P01-00896

LE NAVIGATEUR

Clive Cussler est né aux États-Unis en 1931. Après avoir servi dans l'armée en tant qu'ingénieur mécanicien, il entame une carrière dans la publicité et se lance également dans l'écriture. Dès ses premiers romans, *Mayday* et *Iceberg*, il donne naissance à son héros récurrent Dirk Pitt. Clive Cussler a également acquis une solide réputation de chasseur d'épaves, il est d'ailleurs président de l'Agence nationale maritime et sous-marine (NUMA). Cette activité inspire nombre de ses romans dont *Renflouez le Titanic !*, qui lui a valu un grand succès.

Paul Kemprecos est journaliste et auteur de plusieurs romans dont *Meurtre du Mayflower*, *Blues à Cape Code* ainsi que de la série des aventures de Kurt Austin, écrite en collaboration avec Clive Cussler.

Paru dans Le Livre de Poche :

ATLANTIDE
CYCLOPE
DRAGON
ICEBERG
L'INCROYABLE SECRET
MAYDAY !
ODYSSÉE
ONDE DE CHOC
L'OR DES INCAS
PANIQUE À LA MAISON-BLANCHE
QUART MORTEL
RAZ DE MARÉE
RENFLOUEZ LE TITANIC !
SAHARA
TRÉSOR
VIXEN 03
VORTEX
WALHALLA

En collaboration avec Dirk Cussler :
LE TRÉSOR DU KHAN
VENT MORTEL

En collaboration avec Craig Dirgo :
BOUDDHA
CHASSEURS D'ÉPAVES II
PIERRE SACRÉE

En collaboration avec Paul Kemprecos :
À LA RECHERCHE DE LA CITÉ PERDUE
GLACE DE FEU
MORT BLANCHE
L'OR BLEU
SERPENT

CLIVE CUSSLER ET PAUL KEMPRECOS

Le Navigateur

ROMAN TRADUIT DE L'ANGLAIS (ÉTATS-UNIS)
PAR MARIE-JOSÉE LACUBE

GRASSET

Titre original :

THE NAVIGATOR
Publié par G.P. Putnam's Sons.

© 2007 by Sandecker, RLLLP pour le texte original ;
Putnam, publié avec l'accord de Peter Lampack Agency, Inc.
© Éditions Grasset & Fasquelle, 2010, pour la traduction française.
ISBN : 978-2-253-15850-9 – 1re publication LGF

Prologue

Une terre lointaine, vers 900 av. J.-C.

Le monstre émergea de la brume matinale dans la lumière nacrée de l'aurore. L'énorme tête au museau allongé et aux naseaux dilatés se rapprochait du rivage où le chasseur, agenouillé, arc bandé, guettait le cerf qui broutait paisiblement la végétation marécageuse. En percevant le clapotis des vagues, l'homme tourna la tête vers la mer. Il poussa un cri de terreur, lâcha son arc et se releva d'un bond. Le cerf, effarouché, s'enfuit dans les bois, suivi de près par le chasseur affolé.

Le rideau de brume s'écarta, laissant apparaître la masse impressionnante d'un gigantesque bateau à voiles. Des franges d'algues flottaient autour de la coque acajou, longue de deux cents pieds. Un homme était debout à l'avant, derrière la figure de proue représentant un cheval écumant. Il regardait depuis un moment un petit boîtier en bois qu'il tenait dans sa main. Dès que la côte apparut, il releva la tête et pointa son doigt vers la gauche.

Les deux timoniers firent virer le vaisseau dans un mouvement gracieux pour lui faire poursuivre sa course parallèlement au rivage. Des hommes d'équipage réglèrent aussitôt la voile carrée à rayures rouges et blanches pour l'adapter au changement de direction.

Le capitaine n'avait que vingt-cinq ans, mais la gravité de son beau visage lui en faisait paraître davantage. Son nez à l'arête à peine creusée était fort et sa bouche charnue. Une barbe noire fournie soulignait sa mâchoire carrée. Sa peau tannée par le soleil et la mer avait une teinte cuivrée. Ses yeux au regard profond étaient si noirs qu'on distinguait à peine ses pupilles.

Ses origines aristocratiques lui auraient permis de porter une toge pourpre, teinte avec la précieuse poudre du murex, mais il était vêtu de la même tunique courte en coton que son équipage et préférait rester torse nu. Sur ses cheveux courts, noirs et ondulés, était enfoncé un bonnet en laine souple de forme conique.

L'odeur saumâtre du large n'était plus perceptible depuis que le voilier était entré dans la large baie. Le capitaine emplit ses poumons des senteurs florales et végétales qui lui parvenaient de la côte. Il se réjouissait de trouver enfin de l'eau douce et brûlait d'impatience de descendre à terre.

Le voyage, pourtant très long, s'était déroulé sans encombre, grâce à l'expérience des marins phéniciens qu'il avait lui-même choisis un à un. Tous étaient accoutumés à la navigation en haute mer. L'équipage comprenait aussi quelques matelots venus d'Egypte, de Libye ou d'autres pays du pourtour méditerranéen. Une équipe de mercenaires scythes assurait la protection du bateau.

Les Phéniciens étaient les meilleurs marins du monde, d'audacieux explorateurs et des commerçants hors pair. Leur empire maritime s'étendait dans toute la Méditerranée et même au-delà des Colonnes d'Hercule à l'ouest, et de la mer Rouge à l'est. Contrairement aux Grecs et aux Egyptiens, dont les navires longeaient les côtes et jetaient l'ancre dès le coucher du soleil, les intrépides Phéniciens naviguaient à la voile en haute mer de nuit comme de jour. Avec un bon vent arrière, leurs gros navires de commerce pouvaient parcourir plus de cent milles en une journée.

Bien que n'étant pas phénicien de naissance, le capitaine maîtrisait parfaitement l'art de la navigation. Son habileté dans la manœuvre et son sang-froid remarquable face aux tempêtes essuyées pendant le voyage lui avaient rapidement valu le respect de son équipage.

La galère qu'il commandait était un de ces « vaisseaux de Tarsis » construits spécialement pour le négoce avec les pays lointains. Mais, contrairement aux autres navires de commerce ronds et trapus, il était long et effilé. Le pont et la coque étaient faits de cèdre du Liban, et le mât court et solide supportait une voile carrée en toile de lin égyptien, renforcée par des lanières de cuir. C'était le plus efficace des gréements existants pour la navigation maritime. La quille incurvée, la proue et la poupe très relevées annonçaient déjà les vaisseaux vikings qui ne seraient construits que plusieurs siècles plus tard.

L'incroyable maîtrise de la mer propre aux Phéniciens ne tenait pas seulement à leur technique de navigation. Leur organisation à bord était elle-même légendaire. Chaque homme avait une fonction bien précise et contribuait à la bonne marche du navire. Le gréement était soigneusement rangé dans un réduit facilement accessible, placé sous la responsabilité du second. Le maître de manœuvre savait où trouver tous les éléments dont il pouvait avoir besoin et vérifiait en permanence l'état du matériel.

Le capitaine sentit une fourrure soyeuse glisser contre sa jambe. S'autorisant un rare sourire, il remit le boîtier en bois dans son réceptacle et se pencha pour attraper le chat du navire. Les chats phéniciens venaient d'Egypte, où les animaux étaient adorés comme des dieux. Les marins phéniciens les prenaient à bord à la fois comme marchandise échangeable et pour chasser les rats. Le capitaine caressa un instant le pelage tigré jaune et roux, puis reposa doucement sur le pont le chat qui ronronnait. La galère approchait de la large embouchure d'un fleuve.

Le capitaine lança un ordre au maître de manœuvre.

— Affalez la voile ; rameurs à leurs bancs.

L'homme transmit le premier ordre à deux des matelots, qui grimpèrent au mât jusqu'à la vergue avec une agilité de singes. Deux autres marins lancèrent les drisses accrochées aux angles inférieurs de la grande voile carrée aux gréeurs chargés de l'affaler.

Les rameurs musclés, disposés en deux rangées de vingt, étaient déjà à leur poste. Contrairement à ceux qui servaient sur de nombreuses galères, ces hommes aux mouvements rapides et précis n'étaient pas des esclaves, mais des professionnels bien entraînés.

Les timoniers amenèrent le vaisseau face au fleuve. Bien que ses eaux fussent grossies par les torrents qui dévalaient des collines et montagnes environnantes à la fonte des neiges, le niveau d'eau et le courant ne permettraient pas au navire de remonter son cours.

Les mercenaires scythes se placèrent des deux côtés du bastingage, leurs armes à la main. Le capitaine, debout à la proue, scrutait la côte. Dès qu'il eut repéré un promontoire herbeux à l'embouchure du fleuve, il donna l'ordre aux rameurs de lutter contre le courant pour maintenir la galère sur place pendant que les marins du pont jetaient l'ancre.

Un homme musclé aux pommettes saillantes et au visage tanné comme du vieux cuir, s'approcha du capitaine.

Tarsa commandait l'équipe de Scythes chargée de la protection du bateau et de sa cargaison. Apparentés aux Mongols, les Scythes étaient connus pour leurs talents de cavaliers et d'archers, mais aussi pour leurs mœurs très particulières.

A la fin d'un combat, ils buvaient le sang de leurs ennemis vaincus et les scalpaient, puis s'essuyaient la bouche avec ces trophées. Tarsa et ses hommes se peignaient le corps en rouge et bleu, prenaient des bains de vapeur pour se laver et étaient vêtus de tuniques et pantalons de cuir assortis, qu'ils rentraient dans leurs bottes souples. Le plus pauvre des Scythes arborait des ornements en or sur sa tenue. Tarsa, par exemple, portait un petit pendentif représentant un cheval, que le capitaine lui avait offert.

— Je vais emmener une équipe de reconnaissance à terre.

Le capitaine acquiesça.

— Je vous accompagne.

Le visage de marbre du Scythe s'éclaira d'un sourire. En vieux mercenaire qu'il était, il n'aurait pas cru le jeune capitaine capable d'amener son bateau à destination. Mais, très vite, en le voyant le diriger d'une main de maître, il avait découvert une volonté de fer derrière les traits aristocratiques et le langage posé du jeune homme.

La grosse chaloupe attachée en temps normal à l'arrière du voilier fut amenée contre son flanc. Le Scythe et trois de ses meilleurs guerriers y embarquèrent avec le capitaine et deux robustes rameurs.

Quelques minutes plus tard, la chaloupe heurta le promontoire avec un raclement bruyant. Sous la végétation envahissante se trouvait un quai en pierre. Le capitaine amarra l'embarcation à un bollard à peine visible. Tarsa donna ordre à l'un de ses hommes de rester sur place avec les rameurs. Puis il se mit en route avec le capitaine et les deux autres Scythes sur le chemin pavé, envahi d'herbes folles, qui menait du quai vers l'intérieur des terres. Après des semaines passées à bord, ils commencèrent par avancer en tanguant mais, très vite, leur démarche devint plus assurée. A quelques centaines de mètres du fleuve, ils arrivèrent sur une place centrale, elle aussi envahie d'herbes, et bordée des quatre côtés par des bâtiments en ruine. On ne voyait rien d'autre, à travers les ouvertures béantes et dans les allées, que des hautes herbes.

Le capitaine se représenta mentalement le campement tel qu'il l'avait vu pour la première fois. Une activité intense régnait alors sur la place. Des centaines d'hommes vivaient dans les dortoirs à toit plat et travaillaient dans les entrepôts.

Le petit groupe d'éclaireurs fouilla méthodiquement chacun des bâtiments. Après s'être assuré que les lieux étaient déserts, le capitaine repartit avec ses hommes vers le fleuve. Arrivé au bout du promontoire, il fit un signe aux marins restés à bord. Pendant que l'équipage levait l'ancre et que les rameurs propulsaient la galère vers le quai, le capitaine se tourna vers le chef des Scythes.

— Es-tu sûr que tes hommes sont prêts pour la tâche qui les attend ?

La question tira au Scythe un grognement méprisant.

— Mes hommes sont prêts à tout.

Cette réponse ne surprit pas le capitaine, qui avait souvent discuté avec Tarsa au cours du long voyage. Poussé par son désir de connaître les peuples d'autres races ou cultures, il l'avait maintes fois questionné sur son pays natal et ses coutumes. Et il s'était bientôt pris d'amitié pour le vieux guerrier, en dépit de sa peau peinte en rouge et bleu et de ses mœurs bizarres.

Une fois le navire amarré au quai, les matelots abaissèrent une large passerelle en bois. Deux chevaux de trait sortis de leurs stalles sous la poupe traversèrent le pont dans un claquement de sabots et furent conduits à terre. Le fait de se trouver soudain à l'air libre les rendait nerveux, mais les Scythes les calmèrent vite avec des paroles apaisantes et des poignées de grain trempé dans du miel.

Le capitaine fit préparer des réserves d'eau douce et de vivres. Puis il descendit dans la cale et s'immobilisa à côté d'une caisse en cèdre du Liban, sur laquelle se reflétait la lumière entrant par l'écoutille. Il donna l'ordre à son équipage de la sortir avec le plus grand soin.

Des cordes solides furent passées tout autour et fixées par un crochet à la bôme. Celle-ci gémit sous son poids, mais la caisse fut lentement hissée hors de la cale, puis placée sur le pont. Quand elle fut détachée du crochet, des rames furent glissées dans les ouvertures prévues sur les côtés. Des hommes la chargèrent sur leurs épaules, descendirent la passerelle et la déposèrent sur le quai.

Ils la mirent sur un chariot surbaissé aux grandes

roues de bois renforcées de métal. Les chevaux furent attelés au chariot, puis, bouclier et arc en bandoulière et leur lance à la main, les Scythes se placèrent de part et d'autre de l'attelage. Le capitaine et leur chef prirent la tête du convoi, qui s'ébranla dans un cliquetis d'armes.

Ils dépassèrent le campement abandonné et s'enfoncèrent à travers bois parallèlement au fleuve. Malgré l'herbe haute qui encombrait la piste, ils avançaient assez rapidement. Ils s'arrêtèrent en fin de journée, installèrent un campement provisoire pour la nuit, et repartirent le lendemain de très bonne heure. Au matin du troisième jour, ils débouchèrent dans une vallée encaissée entre deux collines.

Le capitaine arrêta la colonne et sortit de son paquetage le même boîtier qu'il avait utilisé sur le navire. Pendant que les soldats se reposaient ou s'occupaient des chevaux, il en souleva le couvercle, y versa quelques gouttes d'eau et en scruta le fond. Puis il déroula un parchemin qu'il transportait dans un sac en tissu. Après avoir regardé attentivement l'un puis l'autre, il se remit en route avec la détermination d'un oiseau migrateur.

Le petit groupe traversa la vallée pour déboucher enfin sur un champ où l'on distinguait encore de grandes meules rondes sous les herbes hautes. Le capitaine revoyait les équipes d'hommes en sueur qui peinaient pour les faire tourner. Des mineurs y déversaient des paniers remplis de pierres, qui y étaient broyées et réduites en poudre. Cette poudre était ensuite apportée aux forges rougeoyantes. Les forgerons retournaient les creusets en argile contenant le liquide jaune vif en fusion dans des moules en forme de briques.

Ils poursuivirent leur chemin et se trouvèrent bientôt

face à deux immenses statues de pierre, deux fois plus grandes qu'eux. La partie représentant le corps avait une vague forme humaine, mais leur tête cauchemardesque tenait à la fois de la bête et de l'homme, empruntant à chacun ses traits les plus grossiers. On aurait dit que le sculpteur avait cherché à obtenir le faciès le plus effrayant et le plus hideux possible. Ces colosses étaient destinés à tenir à distance les indigènes. Même les mercenaires scythes se sentaient mal à l'aise. Ils passaient nerveusement leur lance d'une main à l'autre en jetant des regards méfiants vers les deux statues à l'expression maléfique.

Le capitaine consulta son boîtier magique et son parchemin, puis s'enfonça résolument dans les sous-bois, suivi de ses hommes. La voûte de feuillage au-dessus de leurs têtes créait une sorte de crépuscule artificiel. De grosses racines d'arbres ralentissaient leur marche, mais au bout d'une heure, ils débouchèrent sur une clairière entourée de collines dont la partie basse était constituée de rochers lisses. Deux colosses de pierre identiques aux premiers se dressaient face à eux comme pour leur barrer la route.

Partant des statues, le capitaine détermina par triangulation un point précis sur la paroi rocheuse. Il s'en approcha pour la tâter comme un aveugle rencontrant un obstacle inattendu, jusqu'à ce qu'il sente sous ses doigts deux prises presque invisibles, qu'il utilisa pour l'escalader.

Arrivé à trois mètres cinquante du sol, il se retourna et s'assit dans une anfractuosité. Il se fit passer une lance et l'introduisit dans une fente en haut du rocher qu'il dominait, pour s'en servir de levier. Les soldats lui lancèrent une corde, qu'il fixa sur la hampe de la lance. L'autre bout de la corde fut accroché au harnais d'un des chevaux. Au signal du capitaine, les hommes firent avancer le cheval en sens inverse de manière à détacher le pan de rocher que lui-même, calé contre une légère saillie, poussait avec ses pieds. Le bloc de trente centimètres d'épaisseur finit par céder et bascula en avant avec un bruit sourd, découvrant l'entrée d'une cavité de deux mètres de large sur trois mètres de haut.

Une fois redescendu, le capitaine confectionna un nid d'herbes sèches, y mit le feu et s'en servit pour enflammer un brandon fait de brindilles tressées. Tenant son flambeau très haut, il entra le premier dans la cavité rocheuse. Les Scythes s'étaient attelés eux-mêmes au chariot pour le tirer dans la galerie à parois lisses qui s'ouvrait devant eux et s'élargissait au bout de quinze mètres.

Le capitaine alluma plusieurs lampes à huile posées dans des anfractuosités le long des parois. La lumière éclaira une large salle circulaire d'où partaient plusieurs galeries. Au centre se trouvait une grande dalle de pierre ronde, mesurant environ deux mètres de large sur un mètre de haut. Le capitaine demanda aux Scythes de soulever la caisse pour la poser sur cette stèle. Sur ses ordres, ils en retirèrent le couvercle et reculèrent.

Le capitaine se pencha à l'intérieur et souleva le couvercle d'un coffre en bois sombre orné d'or. Son cœur battait à tout rompre tandis qu'il retirait le tissu de protection. Le regard fixe, comme hypnotisé, il contempla longuement le contenu du coffre, qui éclairait son visage d'une lueur dorée. Il remit soigneusement en place le tissu bleu et le couvercle. Puis les hommes de Tarsa refermèrent la caisse extérieure.

— Voilà. Nous avons accompli notre mission, annonça-t-il.

Ces paroles solennelles furent répétées par l'écho de la grande salle circulaire.

L'air frais du dehors fit du bien à son visage en sueur et ses poumons empoussiérés. Il donna l'ordre aux Scythes de redresser le pan de rocher, après quoi il examina la paroi. Personne ne pouvait deviner qu'elle cachait l'entrée d'une galerie souterraine.

La colonne rebroussa chemin. Le chariot étant maintenant plus léger, ils avançaient à un bon rythme et atteignirent le fleuve dans la soirée. Sur la berge en pente se trouvait une grande cabane en bois largement ouverte du côté de l'eau. Le capitaine en inspecta l'intérieur et ressortit avec un sourire de satisfaction. Il dit alors à Tarsa et ses hommes de préparer un bon repas, après quoi ils pourraient dormir.

L'infatigable capitaine les réveilla dès l'aube. Les chevaux tirèrent jusqu'au fleuve l'embarcation en bois entreposée dans la cabane. Elle n'était pas pontée, devait mesurer quinze mètres de long sur près de quatre mètres de large et tenait à la fois du bateau et du radeau, avec son fond presque plat et sa longue barre de gouvernail.

Les hommes y firent monter les chevaux et la poussèrent de manière à la placer dans le courant. La descente du fleuve fut beaucoup plus effrayante que le voyage en mer, car l'embarcation rencontra de nombreux troncs d'arbres à la dérive, écueils, rochers, rapides et tourbillons. Aussi les Scythes poussèrent-ils des cris de joie quand, ballottée comme un bouchon de liège, elle parvint enfin à l'embouchure, et qu'ils aperçurent le navire au mouillage.

L'équipage resté à bord leur fit un accueil chaleureux et les aida à tirer leur embarcation au sec. Et, pendant que le capitaine rédigeait son journal de bord, tous les hommes firent la fête jusque tard dans la nuit.

Bien avant l'aube, et alors que le soleil pointait à peine au-dessus de la cime des arbres, ils étaient déjà prêts à larguer les amarres. Propulsé par le vent et les vigoureux coups de rames, le navire sortit bientôt de l'embouchure du fleuve pour retrouver les eaux plus calmes de la baie. Les rameurs étaient, comme le reste de l'équipage, impatients de rentrer chez eux.

L'allégresse qui régnait à bord fut de courte durée. Alors qu'ils passaient près d'une île, un vaisseau surgit de derrière pour leur barrer la route.

*
* *

Le capitaine lança aussitôt l'ordre d'affaler la voile et de rentrer les rames. Il monta sur une grosse jarre d'eau située à l'avant afin de mieux voir l'autre bateau. Il n'y avait apparemment aucun signe de vie à son bord, mais le pont était caché par la barrière en vannerie habituellement dressée au-dessus des bordages pour protéger la cargaison.

Le vaisseau était un navire de Tarsis, comme le sien.

Il avait la même ligne effilée et un pont long et étroit, et sa poupe et sa proue en forme de tête de cheval étaient très relevées. Le regard acéré du capitaine nota cependant d'importantes différences. L'étrange bâtiment initialement prévu pour le commerce avait été transformé en navire de combat.

Son étrave était renforcée de bronze pour former un

éperon capable de démolir le plus solide des vaisseaux. Quant aux énormes rames fixées à l'avant de la coque, elles pouvaient aisément servir de béliers.

Le chef des Scythes vint trouver le capitaine.

— J'envoie des hommes à l'abordage ?

Le capitaine réfléchit un instant. Une galère phénicienne n'était pas censée représenter une menace, mais, par ailleurs, ce vaisseau étrange n'avait aucune raison de se trouver là. Même si ses intentions n'étaient pas hostiles, son apparition soudaine ne supposait rien d'amical.

— Non, répondit-il. Attendons de voir.

Cinq minutes passèrent. Puis dix. Au bout de vingt minutes, ils virent des hommes descendre par une échelle de corde dans l'annexe du navire de combat. Celle-ci se rapprocha d'eux jusqu'à ce qu'ils fussent à portée de voix. Il y avait quatre rameurs à son bord. Un cinquième homme était campé, jambes écartées, à l'avant, sa cape pourpre flottant au vent derrière lui comme une voile. Il mit ses mains en cornet devant sa bouche.

— Je te salue, mon frère.

— Je te salue aussi, mon frère, répondit le jeune capitaine, surpris. Que viens-tu faire par ici ?

Un sourire narquois apparut sur le visage de l'homme. Il montra du doigt son bateau.

— Je suis venu comme toi, Ménélik, dans un vaisseau de Tarsis.

— Et pour quelle raison, Melqart ?

— Pour unir à nouveau nos forces, mon cher frère.

L'expression du capitaine ne trahit aucune émotion, mais ses yeux sombres brillaient de colère.

— Tu étais au courant de ma mission ?

— Nous sommes de la même famille, non ? Il ne doit pas y avoir de secrets entre parents.

— Dans ce cas, tu peux me révéler tes intentions.

— Bien sûr. Viens à bord de mon navire et nous en parlerons.

— Tu es le bienvenu sur le mien aussi.

L'homme à la cape pourpre éclata de rire.

— La confiance règne entre frères, à ce que je vois.

— Sans doute parce que nous ne sommes que *demi*-frères.

— Nous sommes néanmoins du même sang.

Melqart montra l'île du doigt.

— Cessons cette discussion puérile et rencontrons-nous en terrain neutre.

Le capitaine étudia la configuration de l'île. Contrairement à la côte continentale bordée d'une forêt dense, l'île offrait sur une centaine de mètres une étendue plate et sableuse, qui s'élevait doucement vers un plateau couvert d'herbe.

— Très bien, répondit-il d'une voix ferme.

Il demanda à Tarsa de composer l'équipe qui l'accompagnerait à terre. Tarsa choisit quatre de ses hommes les plus aguerris. Quelques minutes plus tard, ils accostaient sur l'île. Les mercenaires restèrent près de la chaloupe pendant que le capitaine avançait sur le sable.

Son demi-frère l'attendait à trente mètres, les bras croisés sur la poitrine. Il portait la tenue des phéniciens de haut rang, composée d'une tunique en deux parties richement brodée, de la cape pourpre et d'un bonnet conique. Un lourd collier d'or pendait à son cou et d'autres bijoux en or ornaient ses doigts et ses bras.

Il était de la même taille que le jeune capitaine et

son beau visage ressemblait à celui de son frère, avec son nez droit, sa peau sombre, ses cheveux noirs ondulés et sa barbe. Mais alors que le jeune capitaine avait un port altier et une expression volontaire, le visage de Melqart traduisait plus de brutalité que de force de caractère. Dans son regard sombre, on ne lisait aucune profondeur, aucune douceur. Et sa mâchoire en avant était le signe d'un caractère entêté plutôt que déterminé.

— Quel plaisir de te revoir après tant d'années, mon cher frère ! dit-il avec un sourire sans charme qui se voulait engageant.

Le capitaine n'était pas d'humeur à entendre ces amabilités peu sincères.

— Que fais-tu ici ? demanda-t-il.

— Notre père a peut-être pensé que tu aurais besoin d'aide pour accomplir cette mission.

— Il ne t'aurait jamais fait suffisamment confiance.

— Il te l'a bien confiée à toi, alors que tu es un voleur.

Sous cette insulte, les joues du capitaine s'empourprèrent, mais il réussit à contrôler sa colère.

— Tu n'as pas répondu à ma question.

Son demi-frère haussa les épaules.

— J'ai appris que tu avais pris la mer. J'ai essayé d'intercepter ton navire, mais il est trop rapide et je n'ai pas pu te rattraper.

— Pourquoi le tien est-il armé comme un navire de guerre ?

— Les eaux sont dangereuses par ici.

— Tu as désobéi à notre père en venant ici. Il n'aurait pas souhaité que tu le fasses.

— Notre père ! cracha Melqart. Notre père n'est

qu'un homme à femmes qui a couché avec ta mère, une vulgaire putain.

— Comme la tienne, donc.

Melqart écarta un pan de sa cape pour saisir son glaive, mais il changea d'avis et retira sa main.

— Cessons là cette querelle de famille, dit-il d'un ton conciliant. Retournons à mon vaisseau. Je t'offrirai à boire et nous pourrons discuter.

— Il n'y a rien à discuter. Tu vas rebrousser chemin immédiatement sur ton navire et nous vous suivrons.

Le capitaine tourna les talons et repartit d'un pas décidé vers le fleuve. Il tendait l'oreille pour le cas où son frère aurait eu le courage – peu probable – de se jeter sur lui. Mais tout ce qu'il entendit, ce fut l'avertissement de Tarsa.

— Capitaine ! Derrière vous !

Une douzaine d'hommes venaient d'émerger de derrière la butte herbeuse de l'île.

Le capitaine pivota sur lui-même et les vit courir vers lui. Leurs épaules et leurs poitrines étaient couvertes de tatouages.

C'était des Thraces !

Encore une race de guerriers auxquels faisaient appel les marins phéniciens pour leur habileté à manier le glaive et la lance. Les Thraces passèrent en courant à côté de son demi-frère, qui les encourageait de la voix.

— Tuez-le ! Tuez-le !

Le capitaine sortit son glaive à courte lame, mais les Thraces hurlants l'encerclèrent rapidement.

Il se retourna pour faire face à ses assaillants, mais il ne pouvait se protéger sur l'arrière. L'un d'eux pointait déjà son javelot dans son dos. Quelque chose l'arrêta net et l'homme lâcha son arme. Les mains crispées sur les ailerons de la flèche qui lui avait transpercé la gorge, il tomba à genoux en émettant un vilain gargouillis et s'écroula dans le sable, tête en avant.

Tarsa plaça avec calme une autre flèche dans son arc. Sans plus d'effort que pour respirer, il tira et tua un second Thrace. Les autres s'éparpillèrent alors dans tous les sens.

Les archers de Tarsa décochèrent une volée de flèches mortelles dans le dos des Thraces qui fuyaient à toutes jambes.

Le capitaine s'élança sur la plage avec un cri de guerre farouche, et son coup de glaive puissant aurait décapité son demi-frère si celui-ci n'avait pas fait un mouvement de côté désespéré pour l'éviter. Sous la violence de l'assaut, Melqart s'empêtra dans sa longue tunique, perdit l'équilibre et s'affala dans le sable mou.

Il roula sur le dos et jeta son glaive.

— Ne me tue pas, mon frère, implora-t-il.

Le capitaine hésitait. Aussi malfaisant que fût Melqart, c'était quelqu'un de son sang.

Tarsa cria pour l'avertir d'un autre danger.

Une deuxième vague de Thraces était apparue au sommet de la butte pour venir en renfort à la première ligne d'attaquants.

Le capitaine repartit en courant vers la chaloupe en enjambant les cadavres ennemis.

Ses mercenaires scythes lâchèrent une dernière volée de flèches qui réussit à ralentir l'avance des Thraces, mais pas à les arrêter.

Tarsa lâcha son arc et prit le capitaine dans ses bras puissants pour le déposer dans le canot. A grands coups de rames vigoureux, les rameurs mirent rapidement l'embarcation hors de portée des javelots, qui plongèrent dans l'eau derrière eux.

Quand le capitaine remonta sur le navire, son second était occupé à distribuer les lances et les glaives soigneusement rangés sur le pont.

Melqart et la poignée de Thraces restants repartirent en chaloupe. La barrière d'osier qui bordait la cale du navire de guerre s'abaissa, révélant une centaine d'hommes en position de combat sur le pont surélevé.

Le soleil se reflétait dans la pointe de leurs javelots. Leurs boucliers alignés derrière le bastingage formaient un mur de défense. Le capitaine remarqua alors les fumerolles qui s'en élevaient et fit placer des baquets remplis d'eau de mer le long de son propre pont.

Les flèches enflammées, trempées dans de la poix, montaient vers le ciel, suivies d'une traînée de fumée, et retombaient en pluie drue sur le navire.

Elles ne firent pas de blessés, mais beaucoup se plantèrent dans les flancs et le pont. A peine les flammes étaient-elles éteintes qu'une nouvelle volée suivait la première. Quelques-unes des flèches enflammées atterrirent sur la voile ferlée à l'avant.

Des membres de l'équipage s'empressèrent de l'étaler sur le pont et de la piétiner sans se soucier des braises incandescentes qui leur brûlaient les pieds et les jambes.

Le capitaine lança l'ordre de lever l'ancre. Pendant que les Scythes couvraient la manœuvre par une dernière volée de flèches meurtrières, les rameurs faisaient vigoureusement marche arrière pour échapper à celles de l'ennemi. Mais dans la précipitation, le flanc du navire se retrouva en position vulnérable.

Les flammes qui s'élevaient de la voile se propageaient à vive allure. Le capitaine savait que son vaisseau était condamné. Les bateaux de l'époque étaient faits de bois, de corde, de poix et de toile. En quelques minutes, il serait transformé en un immense brasier.

Le navire de guerre se préparait au dernier assaut. Propulsé par ses larges timons avant et arrière, il opérait un virage à cent quatre-vingts degrés de manière à positionner son éperon de bronze face à eux.

Il allait défoncer leur flanc et tandis que leur vaisseau en feu commencerait à sombrer, l'ennemi continuerait à cribler le pont de flèches enflammées et de grenades remplies d'huile en feu projetées par ses grandes catapultes avant.

Le capitaine lança l'ordre aux timoniers de positionner leur vaisseau face à l'autre. Puis il hurla :

— Plus vite ! Plus vite !

Le vaisseau balança d'abord comme une baleine fatiguée, puis finit par prendre de la vitesse. Le navire ennemi, qui était lui-même en train de virer, offrait à son tour un flanc vulnérable. C'était l'occasion ou jamais. Même si leur propre étrave n'était pas renforcée de bronze, le robuste cèdre du Liban dont elle était faite leur permettrait néanmoins un assaut meurtrier.

Un martèlement de sabots se mêla bientôt aux cris des marins. Les chevaux s'étaient échappés de leurs stalles et étaient montés sur le pont par la rampe de la cale. Les Scythes posèrent leurs arcs pour tenter de les faire redescendre, mais les animaux ruaient et roulaient des yeux affolés ; ils avaient plus peur de la fumée et du feu que des marins qui s'agitaient et criaient autour d'eux.

Les deux vaisseaux n'étaient plus qu'à quelques mètres. Le capitaine voyait la silhouette pourpre de

Melqart, qui arpentait son propre pont en invectivant ses rameurs.

Quand le vaisseau en feu percuta violemment le flanc du navire de combat, le capitaine perdit l'équilibre et tomba à genoux, mais il se remit aussitôt debout. La figure de proue brisée pendait sur le côté. Sous la violence de l'impact, le vaisseau avait rebondi en arrière et tourné sur lui-même, de sorte que sa coque se trouvait à présent contre celle de l'autre vaisseau. Ils étaient maintenant à la merci des flèches ennemies. Des guerriers armés de lances allaient débarquer en masse et les massacrer.

Donner des ordres à ses hommes était devenu impossible. Ils couraient dans tous les sens sur le pont en feu pour ne pas périr carbonisés dans les flammes ou piétinés par les chevaux déchaînés.

Les deux navires se heurtèrent violemment.

Quand un souffle de vent dispersa la fumée, le capitaine aperçut à quelques mètres à peine le visage grimaçant de son demi-frère, qui arborait une expression triomphante.

Galvanisé par la colère, il courut à travers le nuage de fumée pour essayer de rallier son équipage paniqué.

Un cheval se cabra devant lui et il dut bondir en arrière pour ne pas se faire écraser. Pris d'une inspiration soudaine, il ramassa un morceau de voile enflammé et l'agita devant l'animal.

Affolé, celui-ci recula en battant dangereusement l'air de ses sabots. Le capitaine cria aux Scythes de faire comme lui.

Ils se mirent vaguement en ligne, puis, hurlant et brandissant des morceaux de voile ou de cuir incandescents, ils repoussèrent les chevaux jusqu'au bord du bastingage, qui n'était pas très haut.

Des Thraces tatoués les attendaient de l'autre côté en position de combat, le regard brillant à la perspective du massacre à venir. C'est alors que, après un bond puissant pour certains, une simple escalade pour d'autres, les chevaux affolés s'abattirent sur eux et se mirent à galoper comme des fous d'un bout à l'autre de leur pont en piétinant tous ceux qui se trouvaient sur leur passage.

Le capitaine sauta à son tour par-dessus le bastingage, suivi de près par ses mercenaires scythes. Il abattit d'un coup de sabre le premier homme qui se mit en travers de son chemin, puis tout son équipage se lança à l'abordage. Déstabilisés par ce violent assaut, les Thraces reculèrent dans la plus grande confusion.

Le visage du capitaine était noir de fumée. Ses blessures infligées par des glaives ou des lances saignaient abondamment, mais il avançait inexorablement vers Melqart. Voyant que la bataille tournait à son désavantage, celui-ci avait fui à l'arrière de son bateau, croyant y être à l'abri. Ménélik grimpa à l'échelle de corde menant au sommet de la poupe relevée. C'est là que s'était réfugié son couard de demi-frère.

Cette fois, il n'hésiterait pas à lui porter le coup fatal.

Au moment où son glaive s'enfonçait dans sa chair, quelque chose vint s'abattre lourdement sur son propre crâne. Il s'écroula sur le pont et un voile noir tomba devant ses yeux.

Un peu plus tard, quand il n'y eut plus trace de la bataille sanglante à la surface de la mer, le témoin silencieux qui se cachait dans les hautes herbes revint prudemment sur la plage vers l'endroit où il avait vu apparaître le monstre à tête de cheval.

Le silence était revenu. Le bruit des armes qui s'entrechoquent avait cessé, les cris de douleur et d'agonie s'étaient tus. On n'entendait plus que le clapotis des vagues qui venaient mourir sur la grève jonchée de cadavres. Il passa de corps en corps pour les dépouiller, non pas de leurs ornements d'or, mais d'objets plus utiles.

Il amassait encore son butin quand il entendit un miaulement pitoyable. Il découvrit une masse de poils mouillés jaune et orange, les griffes plantées dans une planche calcinée. Le chasseur n'avait jamais vu de chat et il fut d'abord tenté de le tuer. Mais il renonça à le faire et enveloppa l'animal dans un morceau de cuir souple.

Quand il fut chargé au point de ne pouvoir plus rien emporter d'autre, il repartit d'où il était venu, ne laissant que ses empreintes dans le sable.

La Maison Blanche, 1809

La seule fenêtre éclairée de la résidence de Pennsylvania Avenue était celle du cabinet de travail du Président. Le feu qui crépitait dans la cheminée préservait la pièce du froid glacial de l'hiver. Les flammes dansantes éclairaient le profil d'aigle de l'homme assis à son bureau, qui chantonnait en écrivant.

Thomas Jefferson jeta un coup d'œil à l'horloge murale, de ce regard bleu-gris lumineux et intense qui surprenait souvent ceux qui le rencontraient pour la première fois. Il était deux heures du matin. Lui qui, levé à l'aube, se couchait habituellement vers vingt-deux heures, était encore à sa table de travail, qu'il n'avait pas quittée depuis six heures du soir.

Après sa promenade de l'après-midi dans Washington sur Eagle, son cheval préféré, il était resté en tenue de cavalier : veste marron usée et confortable, gilet rouge, pantalon de velours côtelé et chaussettes de laine. Il avait seulement troqué ses bottes contre des mules plates. Elles avaient choqué ses visiteurs étrangers, qui s'attendaient à voir le Président plus élégamment chaussé.

Il tendit le bras vers un meuble dont les deux portes

s'ouvraient d'une simple pression du doigt. Il adorait les mécanismes de ce genre. Il y prit un verre en cristal et un carafon de vin rouge français rangés à côté d'une assiette de biscuits et du bougeoir dont il s'éclairait le soir pour regagner ses appartements. Après avoir rempli à demi son verre, il le leva vers la lampe pour admirer la robe du vin, puis en but une gorgée d'un air rêveur, se remémorant d'agréables souvenirs de son séjour à Paris.

Il avait vraiment hâte d'être au lendemain. Dans quelques heures, il se déchargerait de ses lourdes responsabilités sur les frêles épaules de son ami James Madison, qu'il savait à la hauteur de la tâche.

Après avoir savouré une autre gorgée de vin, il se concentra de nouveau sur les papiers étalés devant lui. De cette même écriture fluide avec laquelle il avait rédigé la déclaration d'Indépendance, il avait établi des lexiques des vocabulaires de plus de cinquante tribus indiennes. Cette compilation était le fruit de trente années de travail.

D'où venaient ces tribus ? Cette question l'obsédait. Depuis des années, il dressait des listes des mots les plus courants de la langue et des dialectes indiens en usage sur le Nouveau Continent, pensant qu'en les comparant à ceux du Vieux Continent, il pourrait peut-être retrouver les origines des Indiens d'Amérique.

Il avait usé sans vergogne de ses pouvoirs de Président pour satisfaire son besoin de savoir. Il avait, par exemple, invité cinq chefs cherokee à une réception donnée à la Maison Blanche pour les interroger sur leur langue. De même, il avait chargé Meriwether Lewis de consigner dans un cahier le vocabulaire employé par les tribus indiennes qu'il rencontrerait au cours de son expédition historique vers l'océan Pacifique.

Le livre qu'il comptait écrire sur le sujet serait le couronnement de ses nombreuses années de recherche. Les événements tumultueux qui s'étaient produits au cours de son deuxième mandat l'avaient obligé à repousser temporairement son projet. Avant d'envoyer ses lexiques à l'imprimeur, il devait faire la synthèse des pages et des pages de matière nouvelle rapportées de leur périple par Lewis et Clark.

En espérant pouvoir se remettre à la tâche dès qu'il serait de retour à Monticello, il rassembla les nombreux feuillets en une pile bien nette, qu'il ficela avec soin avant de la placer avec les autres lexiques et divers papiers dans une malle bien solide. Elle serait apportée avec ses effets personnels jusqu'à la James River et chargée sur un bateau à destination de Monticello. Après avoir mis le dernier paquet de documents dans la malle, il en rabattit le couvercle et la ferma.

Il ne restait plus sur son bureau qu'un coffret en étain gravé à son nom. Il l'ouvrit et en sortit un parchemin rectangulaire de vingt-cinq centimètres sur trente, qu'il approcha d'une lampe à huile pour l'examiner. Sur sa surface ondulée on voyait des lignes sinueuses, des croix et des mots étranges. L'un des bords était abîmé.

Il était entré en sa possession en 1791. Avec son voisin de Virginie, Jemmie Madison – comme il l'appelait –, il s'était rendu à cheval jusqu'à Long Island, l'île située en face de New York, pour y rencontrer les derniers descendants de la tribu unkechaug. Il espérait trouver parmi eux quelqu'un qui connût encore la langue ancestrale des Algonquins. Trois femmes d'un grand âge la parlaient encore. Grâce à elles, Jefferson avait pu rédiger un glossaire qui, l'espérait-il, l'aiderait à étayer sa théorie selon laquelle les Indiens d'Amérique venaient d'Europe.

Le chef de la tribu lui avait remis solennellement le parchemin en lui disant qu'il était très ancien et que ses ancêtres se l'étaient transmis de génération en génération. Touché par ce geste, Jefferson avait demandé à un riche propriétaire terrien cosignataire de la déclaration d'Indépendance de subvenir aux besoins de la tribu démunie.

En examinant le parchemin, il eut soudain une idée. Il s'approcha de la table où était installé une sorte de pantographe ; deux plumes fixées de part et d'autre d'un châssis se déplaçaient simultanément sur deux feuilles de papier parallèles quand on écrivait. Il se servait souvent de cet ingénieux instrument pour garder un double de sa volumineuse correspondance.

Il recopia le contenu du parchemin plusieurs fois et ajouta un mot à l'intention de chacun des destinataires pour lui demander s'il pouvait identifier la langue dans laquelle il était écrit. Puis il libella les enveloppes, les cacheta et les plaça dans le panier réservé au courrier sortant.

La liste des mots recueillis auprès de la tribu unke-chaug était dans la malle avec les autres lexiques. Mais il préférait garder le parchemin sur lui. Il le remit soigneusement dans le coffret en étain. Il le glisserait dans une des sacoches de son cheval au moment de partir pour Monticello. Après avoir jeté un dernier coup d'œil à l'horloge, il finit son verre de vin et repoussa sa chaise.

A soixante-cinq ans, ce fils de fermier n'avait pas une once de graisse. Son abondante chevelure blond vénitien se teintait de gris avec l'âge. Avec ses larges épaules, son dos très droit et son mètre quatre-vingt-cinq, il gardait une stature imposante. Malgré quelques crises de rhumatisme inflammatoire, une fois ses membres dégourdis, il retrouvait toute sa souplesse et se déplaçait avec la grâce d'un jeune homme.

Son bougeoir à la main, il traversa les longs couloirs silencieux de la Maison Blanche pour regagner sa chambre.

Le lendemain à l'aube, il se mit en selle pour aller assister à l'investiture du nouveau président. Avec sa simplicité et sa décontraction habituelles, il partit au galop vers le Capitole, saluant juste au passage les cavaliers composant son escorte. Quand il descendit de cheval, il attacha lui-même sa monture à une palissade et choisit de s'asseoir au milieu du public.

Plus tard dans la journée, il fit ses adieux officiels à la Maison Blanche. Puis, le soir, il assista au bal organisé à l'occasion de l'intronisation et dansa avec Dolley Madison.

Le lendemain, il finit de boucler ses bagages, s'assura que la malle contenant ses lexiques indiens se trouvait bien dans le chariot qui devait les emporter jusqu'à la James River, puis il enfourcha son cheval et galopa huit heures d'affilée malgré une forte tempête de neige, tant il avait hâte de reprendre sa vie de gentleman-farmer à Monticello.

L'observateur silencieux était caché derrière un chêne aux branches couvertes de neige, près de la rive de la James River, où plusieurs bateaux de marchandises étaient amarrés pour la nuit. D'une taverne proche fusaient de gros rires. Le bruit des voix montait de plus en plus et il en conclut par expérience personnelle que l'équipage était déjà dans un état d'ébriété avancée.

Il sortit de sa cachette et se dirigea dans la neige vers un bateau dont la flamme vacillante de la lanterne de proue laissait deviner les contours. C'était une embarcation à fond plat de quinze mètres de long, de celles qui servaient à transporter le tabac.

Quand il appela de la berge, personne ne lui répondit. Attiré par la perspective d'une soirée à boire près d'un bon feu en compagnie de femmes, le capitaine lui-même était descendu à terre avec les deux rameurs du bateau. Dans cette partie retirée du fleuve, le brigandage était tellement rare que les capitaines de bateaux ne jugeaient pas utile de laisser un marin à bord. Surtout par une nuit aussi froide.

L'homme monta à pas de loup sur la passerelle, prit la lanterne de bord et se dirigea vers le large taud cintré qui occupait la partie centrale du bateau. Il se glissa sous la bâche ; elle abritait environ deux douzaines de colis portant tous la même inscription rédigée à la main : T.J. Il posa la lanterne et entreprit alors de fouiller caisses et bagages.

Après avoir forcé une malle avec son couteau, il en sortit une pile de papiers soigneusement rangés. Se conformant aux instructions qu'il avait reçues, il les fourra dans un grand sac, lança une poignée de feuilles sur la rive et d'autres encore dans le fleuve. Le fort courant eut tôt fait de les emporter au loin.

L'homme eut un sourire satisfait. Il jeta un dernier coup d'œil en direction de la taverne, redescendit la passerelle et se fondit dans la nuit.

Quelques jours plus tard, en revenant à Monticello avec des amis, Jefferson vit de loin ses domestiques sortir des caisses d'un chariot arrêté devant le portique d'entrée de la maison. Arrivé à quelques mètres, il reconnut la silhouette massive et le visage barbu du capitaine du bateau fluvial qui avait amené ses bagages de Washington.

Il descendit de cheval et s'approcha. Il était si excité qu'il ne remarqua pas l'expression contrite qu'avait l'homme. Il tapa sur un montant du chariot.

— Bravo, capitaine. Toutes mes affaires sont arrivées à bon port, à ce que je vois.

Le visage rond se plissa comme une vieille citrouille.

— Non, monsieur. Pas toutes, malheureusement.

— Que voulez-vous dire ?

Le capitaine sembla se tasser sur lui-même. Jefferson le dominait bien de dix centimètres. Même sans son titre de président des Etats-Unis, il était toujours aussi impressionnant et, à cet instant, son regard brillait d'une intensité telle qu'il aurait pu transpercer l'infortuné capitaine.

Tout en lui relatant ce qui s'était passé, celui-ci tortillait son chapeau entre ses mains si nerveusement qu'il aurait pu le déchirer.

L'une des malles de Jefferson avait été forcée pendant la toute dernière partie du voyage, un peu avant Richmond. Le voleur était monté sur le bateau une nuit où celui-ci était à l'amarrage, pendant que lui-même et son équipage dormaient à terre. La malle avait été vidée de son contenu. Le capitaine tendit à Jefferson une poignée de papiers maculés de boue en lui expliquant que c'était tout ce qu'ils avaient retrouvé sur la berge.

Jefferson baissa les yeux sur le paquet de feuilles trempées et réussit à grand-peine à formuler cette question :

— On n'a rien volé d'autre ?

— Non, monsieur, répondit le capitaine, soulagé de pouvoir faire cette réponse. Seulement le contenu de cette malle.

Seulement le contenu de cette malle !

Ces mots résonnaient dans la tête de Jefferson comme répercutés par les échos multiples d'une caverne.

— Dites-moi à quel endroit vous avez trouvé ceci, demanda-t-il.

Quelques instants plus tard, il partait au grand galop vers le fleuve, suivi de ses amis.

Arrivés sur place, ils se déployèrent sur les deux rives pour les passer au peigne fin. Après de longues recherches, ils n'avaient retrouvé que quelques papiers venus s'échouer sur une berge. A l'exception de quelques-unes, toutes les feuilles contenant les listes de vocabulaire indien avaient été irrémédiablement endommagées par leur séjour dans l'eau. Il ne restait que des blocs de papier compacts et boueux, totalement inutilisables.

L'été suivant, un ivrogne vivant de petits larcins fut arrêté et condamné pour le vol des documents. Il jura qu'il ne connaissait pas l'homme qui l'avait payé pour les dérober et pour faire croire qu'il les avait tous jetés à l'eau.

Jefferson se réjouit de savoir le coupable arrêté et passible de pendaison. Le sort de ce vaurien ne l'intéressait guère, étant donné l'irréparable préjudice qu'il lui avait causé. Par ailleurs, il avait des problèmes plus urgents à régler : il lui fallait remettre en état ses terres laissées trop longtemps à l'abandon et trouver un moyen de régler ses dettes, qui s'accumulaient de jour en jour.

Quelques mois plus tard, l'arrivée d'une missive vint le détourner de ces préoccupations.

Plusieurs des membres de l'American Philosophical Society à qui il avait écrit avant de quitter la Maison Blanche lui avaient déjà répondu. Ils avouaient tous leur perplexité devant les mots qu'il avait recopiés pour les leur envoyer. Tous sauf un.

Le professeur Holmberg était un éminent linguiste de l'université d'Oxford. Il s'excusait de n'avoir pas pu lui répondre plus tôt, s'étant absenté pour un long voyage en Afrique du Nord. Il savait dans quelle langue étaient écrits les mots étranges et lui en donnait la traduction.

Les yeux de Jefferson s'agrandirent de stupeur en lisant la réponse de Holmberg. Sa lettre à la main, il fouilla dans sa bibliothèque et en sortit plusieurs ouvrages. Histoire. Langue. Religion.

Puis il passa plusieurs heures à les compulser en prenant des notes. Après avoir repoussé le dernier livre, il se renversa en arrière, les mains jointes sous le menton, le regard dans le vide. Il réfléchit un long moment, puis prononça à voix basse ce nom familier :

Meriwether Lewis.

Le destin n'avait pas été tendre avec cet homme courageux dont l'expédition avait ouvert la voie à la conquête de l'Ouest américain et l'expansion des Etats-Unis.

Lewis était un homme doué de talents extraordinaires. Jefferson en était bien conscient quand il lui avait demandé de conduire la première expédition vers le Pacifique en 1803.

Instruit, passionné de sciences, intrépide et endurant, Lewis, qui était originaire comme lui de Virginie, avait l'habitude de la vie au grand air et connaissait bien les us et coutumes des Indiens. Il était doué, en outre, d'un excellent caractère. Avant d'être appelé par Jefferson à la Maison Blanche, il était capitaine dans l'Armée et tous ses hommes le respectaient. Dans ses nouvelles fonctions, il avait encore révélé deux autres de ses qualités : la diplomatie et l'habileté politique.

L'expédition avait été une incroyable réussite. A son retour à Washington en 1806 avec William Clark, qui l'avait menée avec lui, Jefferson l'avait nommé gouverneur du Territoire de la Louisiane.

Lewis aurait pu se demander s'il s'agissait là d'une récompense ou d'une punition, car malgré ses nombreux talents et sa belle énergie, il avait toutes les peines du monde à s'en rendre maître. Les ennemis politiques de l'explorateur s'acharnaient contre lui.

Un soir, après une journée épuisante passée à se défendre de l'accusation selon laquelle il aurait dépensé l'argent du gouvernement dans une tannerie de fourrures où lui-même avait des intérêts, il vit, posé sur son bureau, un paquet cacheté à la cire sur lequel il reconnut aussitôt l'écriture de Jefferson. Son long visage au nez aquilin s'adoucit d'un sourire. Il fit sauter le cachet et déplia délicatement le papier d'emballage.

Le paquet contenait un épais document accompagné de ce mot :

> Cher M. Lewis, j'ai pensé que vous pourriez mettre à profit les conseils de jardinage ci-joints. T.J.

La page de couverture portait ce titre : « La culture des artichauts ». Les pages suivantes développaient le sujet et étaient complétées par une grille et un schéma de plantation.

Lewis étala le contenu du paquet sur son bureau et le considéra en fronçant les sourcils d'un air perplexe. Il connaissait la passion de Jefferson pour le jardinage, mais trouvait bizarre qu'il eût pris la peine de lui faire parvenir de si loin de simples renseignements sur la culture des artichauts. Il devait bien savoir que ses écrasantes responsabilités ne lui laissaient guère le temps de jardiner.

Brusquement, son visage s'éclaira et son pouls s'accéléra. Il venait de comprendre. Il fouilla dans le meuble où il avait rangé le rapport de son expédition avec Clark et trouva rapidement ce qu'il cherchait.

Entre deux liasses de documents se trouvait une feuille de papier épais, qu'il extirpa du paquet et tendit vers la lampe. La feuille opaque était perforée de douzaines de petits trous rectangulaires. D'une main tremblante, il la posa sur la première page du document consacré aux artichauts et recopia sur un papier les lettres visibles dans les trous.

Lorsque Jefferson avait conçu l'idée de l'expédition vers le Pacifique, il savait que Lewis se trouverait dans une position délicate sur le plan diplomatique en pénétrant sur des territoires sous domination française et espagnole. Sous ses airs de sphinx imperturbable, Jefferson avait un esprit roué, digne des plus grands dirigeants européens. Aussi, pour correspondre avec son ministre chargé des relations avec la France, se servait-il d'un code secret, qu'il appelait « un cache à utiliser en cas de besoin ».

Alors que Lewis était encore à Philadelphie en train de préparer son départ avec les savants les plus éminents de l'American Philosophical Society, Jefferson lui avait envoyé ce code secret, inventé par lui pour les besoins de l'expédition. Sa méthode d'encodage ressemblait à celle dite de Vigenère, dont l'usage était très répandu en Europe. Elle consistait en une table alphanumérique dont la clé était un mot.

Artichauts.

Lewis n'avait pas eu besoin de recourir au code secret au cours de son expédition, aussi était-il étonné de le voir utilisé aujourd'hui par le Président. Remettant ses interrogations à plus tard, il s'attaqua au décodage du message chiffré avec l'enthousiasme dont il faisait preuve chaque fois qu'il avait un défi à relever. Au fur et à mesure que des lettres émergeaient du texte, les mots se formaient les uns après les autres sous ses yeux.

Cher M. Lewis,

J'espère que cette missive vous trouvera en bonne santé. J'ai pris la liberté de vous soumettre ce rapport sous la forme codée dont nous étions convenus, afin que vous seul puissiez en prendre connaissance et en faire bon usage. Je crains en effet que les renseignements qu'il contient – s'ils sont exacts – n'excitent les passions et ne poussent des hommes à migrer vers des territoires où ils ne sont pas préparés à survivre. Ils pourraient également créer des problèmes avec les Indiens.

Je crois savoir que vous avez déjà fort à faire pour dompter l'étalon sauvage qu'est la Louisiane, mais je sollicite votre aide sur le sujet qui m'occupe.

Amicalement, T.J.

Quand Lewis eut fini de déchiffrer le message codé, il se pencha sur le schéma de plantation joint. Les lignes sinueuses, les cercles, les croix et les mots en langue ancienne commençaient à avoir un sens pour lui. Le plan était en fait une carte de géographie. Et ces contours lui disaient quelque chose. Il compulsa les douzaines de croquis et documents rapportés de l'expédition et trouva bientôt ce qu'il cherchait.

Il prit aussitôt sa plume pour écrire quelques lignes à Jefferson. Il le remerciait pour ses conseils, l'informait qu'il avait trouvé le lieu de plantation idéal pour ses artichauts et l'assurait qu'il aurait grand plaisir à discuter jardinage avec lui, quand il monterait à Washington au début du mois de septembre pour défendre sa cause. Il prendrait contact avec lui dès son arrivée.

Ce projet ne vit jamais le jour. A la fin de cet automne 1809, Jefferson reçut un mot d'un certain major Neelly lui apprenant que Lewis avait été trouvé mort, une balle dans la tête, sur la Piste Natchez, une route peu fréquentée qui longeait le Mississippi. Il avait à peine trente-cinq ans.

Pour Jefferson, la disparition du talentueux jeune homme était inexplicable. C'était à croire qu'une malédiction planait sur le secret de la langue indienne.

Quelques semaines plus tard, le major Neelly se

présenta à Monticello avec le jeune esclave attaché à Lewis. Pendant que Neelly faisait un brin de toilette après sa longue chevauchée, le domestique tendit timidement à Jefferson un paquet en lui transmettant à voix basse un message.

Après avoir demandé à ne pas être dérangé, Jefferson s'enferma dans son bureau pour examiner le contenu du paquet. Puis il mit par écrit une analyse détaillée des événements qui avaient causé la mort de Lewis. Les premières lueurs de l'aube apparaissaient déjà quand il conclut sa synthèse par ce mot, qu'il souligna : *Conspiration.*

Il s'interrogeait en effet. Et si le voleur n'avait pas jeté ses lexiques indiens dans le fleuve, comme il l'avait prétendu, mais les avait remis à son commanditaire ? Et si quelqu'un avait deviné que ses recherches pourraient le conduire à la découverte d'un secret datant de plusieurs millénaires ? Et si Lewis ne s'était pas suicidé, mais avait été assassiné ?

Jefferson passa plusieurs jours à travailler enfermé dans son bureau. Quand il en émergea en brandissant une liste d'instructions pour son personnel, on aurait dit un possédé. Une nuit, profitant de l'obscurité, il partit à cheval, suivi dans un chariot par ses plus fidèles esclaves. Ils revinrent quelques semaines plus tard, fatigués et crottés, mais Jefferson avait une lueur de triomphe dans les yeux.

Il réfléchit aux implications de sa découverte. Il avait fait tout ce qui était en son pouvoir pour préserver les Etats-Unis d'une alliance entre l'Eglise et l'Etat, car elle était la cause des guerres sanglantes qui faisaient rage sur le Vieux Continent. Mais si le secret qu'il détenait était rendu public, il risquait d'ébranler les fondations de la jeune nation et même d'anéantir la toute récente république qu'il avait contribué à créer.

Sans même prendre le temps de faire une toilette ou de se changer, Jefferson se précipita dans son bureau pour écrire une longue lettre à son vieil ami John Adams, qu'il avait battu aux élections précédentes. Quand il cacheta l'enveloppe, un sourire fugitif éclaira son visage fatigué.

Lui aussi était capable de jouer les conspirateurs.

1.

Bagdad (Irak), 2003

Carina Mechadi était folle de rage. En découvrant le désordre indescriptible qui régnait dans les bureaux administratifs du Musée national irakien, la jeune Italienne se transforma en véritable furie ; ses yeux lançaient des éclairs dans toutes les directions. Les classeurs avaient été renversés, des dossiers projetés aux quatre coins des pièces comme sous l'effet d'une tornade, les tables et les chaises fracassées. Cette destruction volontaire était d'une violence effroyable.

Carina éructa un chapelet d'injures en rapport avec la filiation, l'orientation sexuelle et la virilité des vandales responsables de ce terrible saccage.

Le jeune caporal de la Marine américaine posté à la porte pour la protéger, sa carabine M4 dans les bras, ne pouvait saisir le sens des insultes. Les seuls mots qu'il connaissait en italien étaient *peperoni* et *pizza*. Mais il comprit qu'il s'agissait là d'une bordée de jurons digne d'un docker éreinté.

Ce langage musclé l'étonnait de la part d'une jeune femme toute frêle, qui mesurait bien trente centimètres de moins que lui. Dans la tenue de combat que l'Armée l'avait obligée à porter, elle paraissait encore plus menue. Avec son gros gilet pare-balles, on aurait dit une tortue sortant la tête de sa carapace. Elle flottait dans sa tenue de camouflage, faite pour un homme de petite taille mais pas pour une femme. Le casque qui cachait ses longs cheveux noirs lui descendait si bas sur les yeux qu'on distinguait à peine leur couleur bleu vif.

En surprenant le sourire étonné du marine, Carina se sentit gênée et arrêta aussitôt sa tirade.

— Désolée, murmura-t-elle.

— Pas de problème, m'dame, répondit le jeune caporal. Si ça vous tente un jour de devenir instructeur dans la Marine, vous serez la bienvenue.

Le rouge de la colère disparut des joues mates de Carina. Ses lèvres pleines, qui semblaient faites pour séduire plus que pour jurer, s'élargirent en un sourire, découvrant une rangée de dents blanches parfaitement alignées.

— Merci pour cette proposition, caporal O'Leary, répondit-elle avec un léger accent.

Maintenant qu'elle était calmée, elle avait retrouvé sa voix grave et posée.

Elle baissa les yeux sur les papiers éparpillés à ses pieds.

— Comme vous voyez, ce genre de comportement me met hors de moi.

— Je comprends que ça vous foute en rogne – ce fut au tour du jeune marine de rougir – euh… pardon… que ça vous contrarie. C'est un vrai saccage !

La Garde républicaine de Saddam Hussein s'était retranchée dans l'enceinte du musée, un espace de 5 hectares situé en plein cœur de Bagdad, sur la rive ouest du Tigre. Mais, devant l'avance des Américains, même cette unité d'élite avait fui, laissant le musée privé de toute surveillance pendant trente-six heures. Des centaines de pillards en avaient profité pour se faufiler à l'intérieur, jusqu'à ce que les conservateurs du musée restés sur place les en chassent.

Les gardes républicains s'étaient empressés d'enlever leurs uniformes et de brûler en tas leurs cartes d'identité, dans leur hâte à retourner à la vie civile. Comme un dernier geste de provocation, quelqu'un avait écrit en grosses lettres sur le mur d'une cour intérieure : « Mort aux Américains ».

— Bon, nous en avons assez vu, dit Carina avec une grimace dégoûtée.

Toujours accompagnée du caporal O'Leary, elle quitta les bureaux. Ses pieds lui semblaient lestés de plomb et ce n'était pas seulement à cause des bottes militaires dont elle était chaussée. Elle avait peur de ce qu'elle allait découvrir dans les salles ouvertes au public. Les objets habituellement exposés dans les quelque cinq cents vitrines avaient une valeur inestimable.

En traversant le long couloir central, elle sentit ses craintes redoubler. De nombreux sarcophages avaient été éventrés et les momies décapitées.

La vue de la première salle lui causa un tel choc qu'elle en eut le souffle coupé. Elle errait de pièce en pièce dans un état d'hébétude totale. Les vitrines étaient entièrement vidées de leur contenu. Il ne restait plus rien.

Dans la salle des antiquités babyloniennes, un homme corpulent d'une cinquantaine d'années était penché sur une vitrine explosée. Près de lui se tenait un jeune Irakien, qui, en les voyant entrer, pointa sur eux son AK-47.

Le marine cala sa carabine contre son épaule, prêt à tirer.

Le petit homme rond leva les yeux vers lui. Derrière ses lunettes aux verres épais, son regard exprimait plus de mépris que de crainte. Quand il reconnut Carina, son visage s'éclaira d'un large sourire.

— Miss Mechadi ! s'exclama-t-il avec un plaisir évident.

— Bonjour, docteur Nasir. Je suis contente de vous trouver sain et sauf. Caporal, dit-elle en se tournant vers le marine, ce monsieur est Mohammed Jassim Nasir, le conservateur en chef du musée.

Le marine baissa son arme. Après avoir attendu quelques secondes pour bien montrer à l'Américain qu'il ne l'intimidait pas, l'Irakien en fit autant, mais ils continuèrent de s'observer avec méfiance.

Nasir s'approcha pour prendre les mains de Carina dans les siennes.

— Vous n'auriez pas dû venir si tôt. C'est encore trop dangereux par ici.

— Vous êtes bien resté, vous, professeur.

— C'est normal. Ce musée, c'est toute ma vie.

— Je vous comprends. Mais le quartier est sécurisé, à présent. Et puis, le caporal O'Leary veille sur moi, ajouta-t-elle en montrant d'un mouvement de tête le marine qui lui servait de garde du corps.

Le Dr Nasir fronça les sourcils.

— J'espère que ce jeune homme est plus digne de confiance que ses amis chargés de protéger le musée. Si mes collègues n'avaient pas fait preuve d'un courage admirable, il serait totalement dévasté à l'heure qu'il est.

Carina comprenait la colère de Nasir. Les officiers

américains n'avaient mis des hommes en place autour du musée que quatre jours après avoir été appelés au secours par les conservateurs pour endiguer le pillage. De son côté, Carina avait tout essayé pour les convaincre d'intervenir au plus vite. Elle leur avait agité sa carte de l'UNESCO sous le nez, mais en vain. Pour eux, la situation était encore trop incertaine aux alentours.

L'heure n'était plus au débat sur la part de responsabilité des uns ou des autres. Le mal était fait.

— J'ai demandé leur aide aux Américains, dit-elle. Mais, d'après eux, il y aurait eu des combats sanglants s'ils étaient intervenus plus tôt.

Nasir jeta un regard noir vers le jeune marine.

— Bien sûr ! Ils étaient trop occupés à défendre les puits de pétrole.

L'expression de mépris qu'affichait son visage basané laissait deviner qu'il aurait préféré le carnage au pillage.

— Je suis aussi écœurée que vous, lui dit Carina. C'est épouvantable !

— A vrai dire, dans cette partie-ci, la situation n'est pas aussi grave qu'il y paraît, reprit Nasir avec une note d'optimisme inattendue. Dans cette vitrine, par exemple, les objets exposés n'étaient pas de grande valeur. Fort heureusement, après l'invasion de 1991, un plan d'urgence avait été élaboré. Les conservateurs avaient donc mis les pièces les plus précieuses à l'abri, dans des chambres fortes dont l'existence n'est connue que des cinq cadres employés au musée.

— Ça, c'est une bonne nouvelle, professeur !

Le visage de Nasir se rembrunit. Il tira nerveusement sur sa barbe.

— Malheureusement, murmura-t-il d'un ton douloureux, on ne peut pas en dire autant pour les autres sections. Les voleurs ont emporté les plus grands trésors de Mésopotamie. Ils ont pris le vase sacré et le masque de Warka, la statue de Bassetki, la lionne en ivoire attaquant le Nubien et les deux taureaux en cuivre.

— Des pièces d'une valeur inestimable !

— Oui. Contrairement aux pillards que nous avons chassés du musée, ceux qui ont fait main basse sur les antiquités les plus précieuses étaient de fins connaisseurs. Ils n'ont pas volé l'obélisque noir, par exemple.

— Ils devaient savoir que l'original est au Louvre.

Nasir sourit tristement, les lèvres pincées.

— Ils ne se sont intéressés à aucune des copies. Ils étaient très organisés et savaient ce qu'ils voulaient. Venez, je vais vous montrer.

Nasir entraîna le petit groupe vers la réserve de l'entresol. Les étagères murales étaient vides. Des douzaines de jarres, de récipients et de morceaux de poterie cassée gisaient à terre. Carina poussa du pied un uniforme de l'armée irakienne.

— La garde républicaine a séjourné par ici, remarqua-t-elle. Avez-vous une idée de combien d'objets ont disparu ?

— Au bas mot, trois mille. Mais j'ai bien peur que ce ne soit plus. Il faudra des années pour évaluer les pertes.

Dans la salle des antiquités romaines, le professeur déplaça un haut présentoir d'angle. Il dissimulait une porte, dont la partie vitrée avait été fracassée et les grilles en acier tordues. Après avoir extirpé de sa poche une bougie et un briquet, il les entraîna dans l'étroit escalier qui conduisait à une porte blindée. Les deux battants en étaient grands ouverts, mais il n'y avait pas trace d'effraction. Derrière se trouvait un mur de briques dont une partie avait été défoncée pour y pratiquer une large ouverture.

Ils s'y engouffrèrent à la suite les uns des autres pour déboucher sur une pièce où l'air était brûlant et irrespirable. Une odeur âcre leur emplit aussitôt les narines. Des enquêteurs de la police avaient placé de larges bandes d'adhésif jaune de part et d'autre des empreintes de pas visibles sur le sol poussiéreux.

Carina jeta un regard autour d'elle.

— Où sommes-nous ?

— Dans les réserves du sous-sol. Il y a cinq salles. Seuls quelques membres du personnel du musée en connaissent l'existence. Nous pensions que les collections entreposées ici étaient en sûreté. C'était une erreur, comme vous pouvez le constater.

Il dessina un arc de cercle avec sa bougie. La flamme vacillante éclaira, dans la pénombre, une cinquantaine de casiers de pêcheur en plastique renversés et leur contenu éparpillé sur le sol.

— Je n'ai jamais vu un tel fouillis ! C'est indescriptible, murmura Carina.

— Il y avait dans ces casiers des sceaux, des perles, des pièces de monnaie, des fioles, des amulettes et toutes sortes de bijoux. Des milliers d'entre eux ont disparu.

Nasir déplaça sa bougie pour éclairer une cinquantaine de caisses en plastique de plus grande taille, alignées sur les étagères murales.

— Celles-là, ils n'y ont pas touché. Ils devaient savoir qu'elles étaient vides.

Le capitaine O'Leary considérait le désastre tout en gardant un œil sur l'ouverture béante du mur.

— Si je peux me permettre une question, monsieur, comment ont fait les voleurs pour trouver cette cachette ?

Les traits épais de Nasir s'affaissèrent. Il hocha la tête d'un air lugubre.

— Il n'y a pas que vous, les Américains, à devoir vous sentir mal à l'aise. Nous pensons que c'est un des membres du personnel connaissant parfaitement le musée qui la leur a indiquée. Nous avons pris les empreintes digitales de tous les employés, sauf celles du responsable de la sécurité, que l'on n'a pas revu.

— Je comprends mieux pourquoi il n'y a pas de traces d'effraction sur la porte, dit Carina.

— Les voleurs ont emprunté le même passage que nous, mais soit ils ont oublié d'emporter des lampes de poche, soit ils ne pensaient pas en avoir besoin.

Nasir se pencha pour ramasser un morceau de mousse de caoutchouc brûlé.

— Alors, en guise de torches, ils ont pris ça à l'étage au-dessus. C'est une matière qui se consume très vite et la fumée qu'elle dégage est irrespirable. On a retrouvé un jeu de clés par terre. Ils ont dû les faire tomber et n'ont pas réussi à les retrouver. Tant mieux, ils ont ainsi laissé de côté la trentaine de meubles renfermant les cachets les plus précieux et des dizaines de milliers de pièces d'or et d'argent. Il doit manquer ici près de dix mille objets rapportés de fouilles officielles, mais des centaines de caisses ont été épargnées. Allah soit loué !

En file indienne, le petit groupe passa une porte

donnant sur un espace plus grand, rempli d'antiquités de toutes les tailles et de toutes les formes.

— Ces objets-ci sont identifiés depuis longtemps. Nous devions les ajouter à la collection dès que nous en trouverions le temps. Certains d'entre eux sont entreposés ici depuis des années.

— Les traces de pas viennent jusqu'à cette salle, remarqua Carina.

— Les voleurs s'attendaient sans doute à y trouver des pièces de grande valeur. Nous ne saurons ce qui a disparu qu'après avoir procédé à un inventaire. Pour l'instant, nous sommes bien trop occupés à essayer de récupérer les antiquités les plus précieuses.

— Il paraît qu'il y aura amnistie en cas de retour.

— C'est exact. Et cela m'a redonné confiance en la nature humaine. Des milliers d'objets ont déjà été rendus au musée, dont le masque de Warka, et nous en attendons beaucoup d'autres encore. Mais, comme vous le savez, les pièces qui ont le plus de valeur se trouvent probablement déjà entre les mains d'un collectionneur fortuné de New York ou de Londres.

Carina acquiesça en soupirant. Ces vols avaient été soigneusement préparés. L'organisation de l'invasion américaine avait pris des semaines. Pendant ce temps, des marchands peu scrupuleux, installés en Europe ou aux Etats-Unis, avaient dû enregistrer des commandes spécifiques de la part d'amateurs d'art richissimes.

Le commerce des antiquités était devenu une activité presque aussi lucrative que le trafic de drogue. Les deux principaux marchés se situaient à Londres et à New York. Des objets anciens volés lors de fouilles clandestines en Grèce, en Italie et en Amérique du Sud, transitaient souvent par la Suisse, où un simple séjour de cinq ans suffisait à en blanchir l'origine.

Carina semblait réfléchir, debout au milieu des caisses vides.

— Peut-être puis-je faire accélérer le processus de retour ?

— Mais comment ? Nous avons largement fait savoir que les coupables qui rendraient des objets au musée ne seraient pas poursuivis.

Carina se tourna vers le marine.

— Je vais avoir besoin de votre aide, caporal.

— J'ai reçu l'ordre de vous obéir en tout point, madame.

Carina sourit d'un air mystérieux.

— J'y comptais bien.

2.

La chaussée qui tremblait sous les chenilles du Bradley, un transporteur de troupes de vingt-cinq tonnes, indiquait l'approche du char bien avant qu'il ne soit en vue. Quand il apparut à l'angle du boulevard, l'homme qui marchait en frôlant les vitrines des magasins désertés s'était déjà faufilé dans une ruelle. Il se cacha derrière une porte cochère pour échapper au périscope à infrarouge du véhicule.

Il attendit que le char ait disparu au bas du boulevard pour ressortir de la ruelle. Les bombardements annonçant l'arrivée des troupes américaines et alliées s'étaient tus. Il ne restait que les crépitements permanents mais épars des armes automatiques. A part quelques échanges de coups de feu quand les envahisseurs rencontraient des poches de résistance, les combats semblaient s'être arrêtés, le temps que les forces de la coalition et les derniers défenseurs de Bagdad réfléchissent à l'étape suivante.

Il passa devant une statue défigurée de Saddam Hussein et marcha encore dix minutes avant d'arriver dans une petite rue transversale. Il étudia la carte de la ville avec sa minitorche à infrarouge, puis remit les deux dans sa poche et tourna à l'angle suivant.

Malgré sa corpulence et son mètre quatre-vingt-dix,

il se déplaçait comme une ombre dans la ville obscure. Il avait acquis cette capacité à se mouvoir en silence lors de ses semaines d'entraînement dans un camp dirigé par d'anciens membres de la Légion étrangère française, des Delta Force américaines et des Spécial Ops britanniques. Pour exécuter une mission, il était capable de s'introduire dans les lieux les mieux gardés. Bien qu'il pratiquât une douzaine de méthodes différentes pour tuer, sa préférée consistait à utiliser simplement la force de ses énormes mains. D'origine modeste, il avait, depuis, fait du chemin. Sa famille vivait dans une petite ville du sud de l'Espagne quand son bienfaiteur l'avait découvert. Il était alors adolescent et travaillait dans un abattoir. Il prenait un grand plaisir à dépecer les animaux, qu'il s'agisse de poulets ou de bœufs, et essayait de s'offrir un peu de fantaisie dans sa tâche chaque fois qu'il en avait l'occasion. Mais au fond de lui, il aspirait à un plus grand destin.

Sa vie avait bien failli s'arrêter là. Au cours d'une querelle née d'un motif insignifiant, il avait tué un compagnon de travail en l'étranglant de ses mains. Inculpé de meurtre, il avait passé quelque temps en prison et les gros titres des journaux avaient souligné qu'il était le fils de celui qui fut le bourreau officiel de l'Espagne à l'époque où l'on appliquait encore la peine de mort par strangulation.

Un jour, l'homme qui allait devenir son bienfaiteur arriva à la prison dans une voiture avec chauffeur. Il vint le voir dans sa cellule et lui dit :

— Vous avez un passé glorieux ; un grand avenir vous attend.

Le jeune homme l'écouta avec fascination lui parler en termes élogieux des services rendus à l'Etat par sa famille. Le visiteur savait que le père du jeune homme avait perdu son emploi en 1974 quand le garrot avait été supprimé. Il avait préféré changer de nom et s'était retiré dans une petite ferme, où il avait mené une existence misérable, arrivant à peine à nourrir sa famille. Il était mort sans un sou et le cœur brisé, en laissant une veuve et un fils.

Le visiteur voulait le prendre à son service. Il soudoya le juge et les geôliers, donna à la famille endeuillée cent fois plus que ce que le plumeur de poulets aurait pu gagner dans sa vie, et les charges pesant sur le jeune homme disparurent comme par enchantement. On l'envoya dans une école privée, où il apprit plusieurs langues, puis, son diplôme obtenu, on lui assura un entraînement militaire. Les tueurs professionnels qui le prirent sous leur aile reconnurent, comme son bienfaiteur, que c'était un élève particulièrement doué. Il fut très vite chargé de missions qu'il exécutait seul. Elles consistaient à éliminer les personnes désignées par son bienfaiteur. Il recevait ses instructions par téléphone, s'acquittait de sa tâche, et une somme d'argent était déposée sur son compte bancaire en Suisse.

Avant de venir à Bagdad, il avait assassiné un prêtre activiste responsable d'un soulèvement dans une des mines d'or exploitées par son bienfaiteur.

Il s'apprêtait à revenir en Espagne rencontrer son patron quand il avait reçu un message lui ordonnant de s'introduire en Irak avant l'invasion américaine. Il s'était installé dans un petit hôtel discret de la ville pour y prendre les contacts nécessaires.

Il avait été déçu d'apprendre qu'il n'avait pas pour mission de tuer, mais seulement d'organiser le vol d'un objet exposé au musée de Bagdad. Il s'était consolé en se disant qu'il serait aux premières loges au moment de l'invasion américaine pour assister au carnage et aux destructions qui allaient s'ensuivre.

Il étudia de nouveau le plan de la ville et poussa un grognement de satisfaction. Il n'était plus très loin.

3.

La ville étant privée d'électricité, Carina eut du mal à trouver l'immeuble en béton bas et carré, situé dans la partie ancienne de Bagdad. Elle n'y était venue qu'une seule fois, de jour, et pas en temps de guerre. Avec ses fenêtres barricadées de planches, l'endroit était peu accueillant. Au moment où elle s'approchait de la grosse porte en bois, des claquements d'armes à feu se firent entendre au loin.

Elle abaissa la lourde poignée en fonte. La porte n'était pas fermée à clé. Elle l'ouvrit et entra. La lueur diffuse des lampes à huile éclairait le visage des hommes penchés sur des jeux de backgammon ou des verres de thé. L'épais nuage de fumée dégagé par les cigarettes et les pipes à eau n'arrivait pas à couvrir l'odeur de transpiration et de crasse.

A son entrée, le murmure des voix s'arrêta. Bien que la plupart des visages mal rasés fussent cachés dans l'ombre, elle sentit bien qu'elle était la cible de regards hostiles.

Deux silhouettes se détachèrent d'un coin sombre, semblables à des monstres marins émergeant d'un marécage. L'un d'eux passa derrière elle, ferma la porte et se plaça de façon à lui barrer le passage si elle tentait de s'enfuir. L'autre se planta face à elle.

— Qui êtes-vous ? lui demanda-t-il en arabe d'un ton brutal.

Son haleine fétide était un mélange d'ail et de tabac froid. Réprimant un haut-le-cœur, Carina se dressa face à lui de toute la hauteur de son modeste mètre soixante-deux.

— Dites à Ali que Miss Mechadi veut le voir.

Les hommes arabes n'apprécient guère les femmes pleines d'assurance. Un bras lui encercla le cou par-derrière et le serra à la manière d'un serpent. L'homme debout face à elle sortit un couteau et l'approcha si près de son œil gauche qu'elle n'en distinguait plus la pointe acérée.

Elle poussa un cri étranglé pour appeler à l'aide.

La porte s'ouvrit dans un grand fracas. Le bras enroulé autour de son cou desserra sa prise. Le caporal-chef O'Leary se tenait sur le seuil, le canon de son pistolet sur la nuque du gardien de la salle. Le marine avait entendu Carina dans son talkie-walkie. Il était branché sur la même fréquence que celui qu'elle portait accroché à sa veste.

Un Humvee était posté dans la rue, les phares allumés, et les hommes présents dans le salon de thé glauque pouvaient voir le long museau de la mitrailleuse M2 montée sur le toit du véhicule. Il était pointé sur la porte. Un groupe de marines attendait dans la rue, arme à la main, prêt à intervenir.

Le marine ne lâchait pas des yeux l'homme qui menaçait la jeune femme de son couteau.

— Ça va, madame ?

— Oui, merci, répondit Carina en se frottant le cou. Ça va aller.

— Mes cours accélérés d'arabe ne m'ont pas appris comment dire à ce type que je vais lui éclater la cervelle si son copain ne lâche pas tout de suite son couteau.

Carina fit une traduction sommaire, mais efficace. Aussitôt, le couteau tomba à terre et le marine l'envoya valser d'un coup de pied. Les deux brutes manquèrent trébucher dans leur hâte à retourner se réfugier dans l'ombre d'où ils avaient surgi.

Une voix s'éleva de l'arrière-salle cachée par un rideau.

— Que la paix soit sur vous, dit-elle en anglais.

Carina répondit aux paroles de bienvenue habituelles dans les pays arabes.

— Que la paix soit sur vous, Ali.

Un homme émergea de derrière les pans de coton sales qui servaient de tenture et se fraya un chemin au milieu des tables serrées. Le faisceau des phares du Humvee éclairèrent son visage gras et son nez épaté. Un béret de laine rond était enfoncé sur son crâne rasé. Son tee-shirt à l'inscription NEW YORK YANKEES était trop court pour son gros ventre et laissait voir son nombril velu.

— Soyez la bienvenue, signorina Mechadi, dit-il en rapprochant ses deux mains. Bienvenue aussi à vos amis.

— Votre copain s'apprêtait à me crever un œil, répondit sèchement Carina. Est-ce ainsi que vous accueillez vos invités ?

De ses petits yeux sournois, Ali examina la jeune femme de la tête aux pieds avant de remonter vers son visage.

— Vous portez un uniforme militaire, dit-il avec un sourire suave. Il vous a peut-être prise pour un soldat ennemi.

Carina ne releva pas.

— J'ai à vous parler.

L'Irakien gratta sa barbe mal taillée où subsistaient des vestiges de son repas.

— Je suis à vous. Allons boire un thé derrière.

Le marine demanda à Carina :

— Voulez-vous que je vous accompagne ?

— Non, ça ira, répondit Carina en jetant un coup d'œil autour d'elle. Par contre, je veux bien que vous restiez. Comme vous le voyez, le salon de thé d'Ali n'attire pas la meilleure clientèle.

Le caporal-chef sourit. Il passa une tête à l'extérieur et fit signe à ses hommes. Ils entrèrent et prirent position le long des murs.

Ali écarta les rideaux crasseux, ouvrit une porte en fer et fit entrer Carina dans une pièce vivement éclairée. On entendait le ronronnement d'un générateur dans une autre partie du bâtiment. Des tapis richement colorés couvraient le sol et les murs. Sur un écran de surveillance relié à une caméra extérieure, on voyait les abords de l'immeuble. Le Humvee était bien visible dans la rue.

Ali fit signe à Carina de s'asseoir sur une banquette où s'empilaient de gros coussins en velours. Il lui proposa du thé, qu'elle refusa. Il s'en servit un verre.

— Qu'est-ce qui vous amène ici en pleine invasion ?

Elle jeta sur lui un regard dur.

— Je viens du Musée national. Il a été pillé et des milliers d'objets ont disparu.

L'homme retira son verre de ses lèvres, le temps de dire :

— Quel scandale ! Le Musée national est le cœur et l'âme du patrimoine culturel de l'Irak.

Carina rit de l'air faussement choqué d'Ali.

— Vous auriez dû être acteur, Ali. Cette tirade à elle seule vous aurait valu un oscar.

Ali avait appris à jouer la comédie lorsqu'il était catcheur professionnel. Il s'était même produit aux Etats-Unis sous le nom d'Ali Baba.

— Comment pouvez-vous me croire complice d'un casse aussi monstrueux ?

Le mot « casse » faisait partie des mots d'argot qui lui restaient de ses jours de catcheur.

— Pas un objet de valeur n'entre ou ne sort de ce territoire sans que vous le sachiez ou soyez dans le coup.

Ali travaillait avec un réseau international de trafiquants, marchands d'art et collectionneurs. Il avait été le fournisseur attitré de la famille de Saddam Hussein et avait fait l'acquisition de nombreux objets d'art pour les collections personnelles de ses deux fils psychopathes, Uday et Qusay.

— Je ne m'occupe que des pièces légalement acquises. Vous pouvez fouiller chez moi si vous voulez.

— Vous êtes malhonnête mais pas stupide, Ali. Je ne demande pas le retour des objets de moindre importance. Si l'on n'en connaît pas la provenance avec certitude, ils ne présentent pas d'intérêt pour le musée.

Carina sortit une feuille de papier de sa poche.

— Ce sont ces objets-là que je veux. Une amnistie

a été proclamée. Aucune question ne sera posée à ceux qui les rendront.

Ali déplia la feuille de ses doigts boudinés. Un sourire apparut sur ses lèvres.

— Et vous ne voulez pas aussi le pont de Brooklyn ?

— Je l'ai déjà. Alors ?

Ali lui rendit le papier.

— Je ne peux rien faire pour vous.

Carina remit sa liste dans sa poche et se leva.

— Très bien.

— Très bien ? Vous me décevez, *signorina*. Auriez-vous perdu l'agressivité qui vous caractérise ?

— Je n'ai pas de temps à perdre. Je vais de ce pas parler aux Américains, dit-elle en se dirigeant vers la porte.

Ali la rappela.

— Les Américains sont déjà bien occupés à réparer les réseaux d'eau et d'électricité.

Carina continuant d'avancer d'un pas résolu, il poursuivit :

— Ils ont laissé le musée sans protection. Croyez-vous qu'un voleur de babioles comme moi les intéresse ?

La main sur la poignée de la porte, Carina répondit :

— Je crois que vous allez beaucoup les intéresser, au contraire, quand ils sauront les liens étroits que vous aviez avec Saddam Hussein.

— Tout le monde en Irak a été lié à Saddam Hussein d'une manière ou d'une autre. Et j'ai bien fait attention de ne laisser aucune trace de mes transactions.

— Peu importe. Les Américains ont la gâchette

facile depuis le 11 Septembre. Je vous suggère de quitter ce bâtiment avant qu'ils ne le fassent sauter.

Ali se leva et vint vers Carina en traînant les pieds. Son rictus narquois avait cédé la place à une expression inquiète. Il tendit la main pour avoir sa liste.

— Je vais voir ce que je peux faire.

Carina tenait le papier hors de sa portée.

— La barre est plus haute à présent. Joignez vos contacts immédiatement. Et ne me dites pas que le téléphone ne marche plus. Je sais que vous avez vos propres moyens de communication. Alors, allez-y, j'attends.

Ali fronça les sourcils et lui arracha la liste. Puis il retourna à son coussin, qu'il souleva pour sortir un émetteur radio. Il appela plusieurs personnes et leur parla à mots couverts, après quoi, il éteignit la radio et la posa sur la table.

— Vous aurez ce que vous demandez d'ici quarante-huit heures.

— Vingt-quatre. Inutile de me raccompagner.

Arrivée à la porte, Carina lança une dernière pique par-dessus son épaule.

— Vous auriez dû stocker un peu plus de piles pour vos lampes de poche.

— Que voulez-vous dire ?

— Pendant que les abrutis que vous avez envoyés piller le musée se brûlaient les doigts en tâtonnant dans l'obscurité, ils sont passés à côté d'une trentaine d'armoires contenant les plus beaux des sceaux cylindriques et des dizaines de milliers de pièces d'or et d'argent. *Ciao*.

Elle eut un petit rire moqueur avant de disparaître derrière la tenture.

Au moment où Ali claquait la porte derrière elle, un tapis pendu au mur s'écarta, révélant un accès secret par lequel un homme entra dans la pièce.

Il était immense et puissamment bâti. Son visage rose et rond ne correspondait pas à son physique de colosse. C'était comme si sa tête au crâne rasé avait été posée par erreur sur son corps. Sur ce visage large, les yeux, le nez et la bouche étaient bizarrement rapprochés, ce qui lui donnait une expression enfantine et grotesque à la fois.

— Quelle femme ! commenta-t-il.

— Carina Mechadi ? dit Ali d'un ton plein de mépris. Ce n'est qu'une sale fouineuse de l'UNESCO qui pense qu'elle peut me donner des ordres.

L'inconnu leva les yeux vers l'écran de télévision et esquissa un sourire méprisant en voyant le Humvee qui démarrait avec Carina et les marines à son bord.

— Il me semble que c'est exactement ce qu'elle vient de faire.

— J'ai survécu à Saddam. Je survivrai aux Américains, dit Ali avec virulence.

L'homme posa son regard sur l'Irakien.

— J'espère que cela ne change rien pour ce dont je vous parlais avant cette interruption.

— Presque rien.

— Que voulez-vous dire ?

— Il y a un petit problème.

L'homme s'approcha d'Ali. Il le dominait de toute sa hauteur.

— Quel genre de problème ?

— J'ai vendu *Le Navigateur* à un autre acheteur.

— Je vous ai chargé de vous en emparer au musée

et vous ai déjà versé un acompte. Je suis venu à Bagdad pour conclure l'affaire.

— J'ai eu une meilleure offre d'un autre acheteur. Je vais vous rendre votre acompte. Je peux toujours essayer de le convaincre de nous revendre l'objet, mais il ne sera plus au même prix.

Le regard de l'homme transperça le crâne d'Ali, mais il garda son sourire angélique.

— Vous ne chercheriez pas à me soutirer un peu plus d'argent, pas hasard ?

— A vous de voir si vous voulez conclure l'affaire ou pas.

Ali fulminait à cause de son affrontement avec Carina. Et sa colère lui avait fait oublier sa prudence habituelle. Sinon, il aurait senti la menace perceptible dans la voix de l'homme quand il lui déclara d'un ton posé :

— Il me faut cette statue.

Ali remarqua pour la première fois les mains énormes qui prolongeaient les bras puissants.

— Je vous faisais mariner, c'est tout, dit-il en gratifiant son interlocuteur d'un sourire tout en dents. C'est à cause de cette saleté d'Italienne. Je vais appeler l'entrepôt avec mon poste émetteur pour qu'on m'envoie la statue.

Il alla vers les banquettes disposées le long du mur.

— Stop ! dit l'homme d'un ton qui l'arrêta net.

Il prit la radio restée sur la table et ajouta avec un grand sourire :

— C'est ça que vous cherchez ?

Ali plongea alors vers une des banquettes, tâtonna sous un coussin et en ressortit son Beretta.

Le géant bondit sur lui avec la rapidité d'un guépard.

Il jeta à terre la radio, il l'attrapa sous le menton par-derrière et lui vrilla le bras. Ali lâcha son arme. L'homme lui pliait le corps en arrière comme un fer à cheval sur une enclume.

— Dites-moi où se trouve *Le Navigateur* et je vous libère. Sinon, je vous brise la colonne vertébrale.

Ali était résistant mais pas particulièrement courageux. Il ne lui fallut que quelques secondes d'une douleur atroce pour être convaincu qu'aucun objet d'art au monde ne valait d'y laisser sa vie.

— OK, OK, je vais vous le dire, lâcha-t-il en suffoquant, avant de cracher une adresse.

L'homme cessa de lui tordre le bras. La douleur s'estompa. La main d'Ali descendit jusqu'au poignard rangé dans un étui accroché à sa cheville. Aussitôt libéré, il allait saigner ce sale individu comme un porc. Il n'en eut jamais l'occasion. La main libre de l'homme rejoignit celle qui le tenait sous le menton et il se mit à lui dévisser la tête en même temps qu'il lui enfonçait un genou dans le bas du dos.

— Qu'est-ce que vous faites ? souffla Ali qui arrivait à peine à articuler. Je croyais qu'on était d'accord.

Il avait à moitié perdu connaissance quand il y eut un craquement sourd. Les doigts enfoncés dans sa gorge relâchèrent leur prise. La tête d'Ali retomba sur sa poitrine comme celle d'une poupée de chiffon et il s'écroula à terre. L'homme enjamba son corps qui tressautait encore, écarta le tapis qui servait à cacher la sortie dérobée. Quelques instants plus tard, il avait disparu dans le dédale de ruelles. Il lui fallut marcher presque jusqu'à l'aube pour rejoindre son hôtel. Debout devant la fenêtre de sa chambre, d'où il voyait la fumée qui s'élevait des décombres de la ville, il composa un numéro sur son téléphone satellite.

Son bienfaiteur à la voix mélodieuse répondit aussitôt.

— J'attendais ton appel, Adriano.

— Désolé pour ce retard, monsieur. Il y a eu un petit imprévu.

Adriano décrivit l'entrevue avec Ali jusqu'à son geste final. S'il lui avait dissimulé une partie de la vérité, son bienfaiteur l'aurait appris.

— Je suis très déçu, Adriano.

— Je sais. Mais je n'ai pas eu le choix. *Le Navigateur* ne devait pas tomber entre d'autres mains. C'étaient vos instructions.

— Tu as eu raison d'y obéir. Nous devons absolument trouver cet objet les premiers. Il attend depuis près de trois mille ans. Alors, un peu plus, un peu moins, ça n'a pas d'importance.

Adriano poussa un soupir de soulagement. Il avait appris à n'éprouver ni peur ni douleur, mais il connaissait parfaitement le sort qui attendait ceux qui contrariaient son bienfaiteur.

— Vous voulez que j'essaie de le retrouver ?

— Non. Je vais passer par mon réseau international. C'est trop dangereux pour toi de rester là-bas.

— Je me suis déjà arrangé pour quitter le pays par la Syrie.

— C'est bien.

Il y eut une pause, puis l'interlocuteur reprit :

— Cette femme dont tu parles, Carina Mechadi, elle va peut-être nous être utile.

— Comment ?

— On verra, Adriano. On verra.

L'interlocuteur raccrocha.

Adriano empoigna son sac et quitta la chambre en refermant la porte derrière lui. Il allait retrouver un trafiquant de pétrole qui avait promis de le faire sortir d'Irak. Il avait pour instruction de ne laisser aucune trace derrière lui. Dès qu'il serait en sécurité de l'autre côté de la frontière, il enverrait l'homme dans l'autre monde.

Il sourit à cette perspective réjouissante.

4.

Comté de Fairfax, Virginie, de nos jours

La Corvette rouge décapotable ralentit à peine avant de tourner pour s'engager dans un chemin privé. La salsa diffusée par ses haut-parleurs évoquait l'ambiance des bars de Tijuana. Après être passé devant un manoir victorien et des pelouses dont l'herbe semblait avoir été coupée aux ciseaux à ongles, Joe Zavala poussa jusqu'au bout du chemin pour s'arrêter devant un joli bâtiment en bois construit au bord du Potomac. Il s'apprêtait à descendre de voiture quand il entendit le coup de feu.

Pour son travail d'ingénieur maritime et brillant concepteur de sous-marins au sein de l'Agence Nationale de Recherches Sous-Marines et Maritimes (NUMA), la seule arme dont il avait vraiment besoin était son ordinateur portable. Mais depuis qu'il faisait partie de l'équipe des Missions spéciales, il avait adopté la doctrine « scout toujours prêt ». Aussi chercha-t-il sous son siège l'étui qu'il y laissait par prudence. Il en sortit un Walther PPK.

Il descendit de voiture et, le dos au mur, longea la façade du bâtiment du même pas furtif qu'un chasseur aux aguets. Arrivé à l'angle, il avança à découvert en tenant son pistolet à deux mains, prêt à tirer.

Un homme aux larges épaules, vêtu d'un short beige et d'un tee-shirt blanc, lui tournait le dos, debout au bord du fleuve. Il avait un pistolet à la main, mais le bras le long du corps, et examinait une cible en carton punaisée à un arbre. Un nuage de fumée rouge flottait dans l'air. Zavala mit le pied sur un rameau juste au moment où l'homme retirait son casque protège-oreilles. Le craquement du bois le fit se retourner d'un bond. Il découvrit alors Zavala, qui, ayant passé l'angle du bâtiment, pointait son arme sur lui.

Kurt Austin était à la tête de l'équipe des Missions spéciales. Zavala travaillait sous ses ordres. Il sourit en le voyant.

— Tu pars à la chasse, Joe ?

Zavala abaissa son arme et s'approcha de l'arbre pour inspecter la perforation sur la cible. Elle était juste à l'extérieur du cercle central.

— C'est *toi* qui devrais y aller. Un vrai tireur d'élite !

Austin retira ses lunettes de tir. Ses yeux étaient du même bleu intense que certains coraux.

— Pour l'instant, je me contente de cibles fixes.

Il regarda le pistolet de Zavala.

— C'est quoi cette arme de commando ?

Zavala rentra son pistolet dans sa ceinture.

— Tu ne m'avais pas dit que tu avais transformé ta luxueuse propriété en stand de tir.

Austin souffla sur le canon de son arme comme un tireur heureux d'avoir dégainé plus vite que son adversaire.

— J'avais trop hâte d'essayer mon nouveau joujou.

Il tendit le pistolet de duel à Zavala, qui en admira la crosse en acajou et le canon rayé de forme octogonale.

— Bien équilibré, dit-il en le soupesant. De quand date-t-il ?

— Il a été fabriqué en 1785 par Robert Wogdon, un armurier de Londres. C'est à lui qu'on doit quelques-uns des pistolets de duel les plus précis de l'époque. Pour essayer un pistolet de duel, il faut le laisser pendre au bout de ton bras avant de le relever très vite, viser dans le collimateur et appuyer sur la détente. S'il est bon, tu fais mouche à chaque fois.

Zavala visa un autre arbre et fit claquer sa langue pour imiter un coup de feu.

— Dans le mille ! s'écria Austin.

Zavala lui rendit l'arme.

— Je croyais que ta collection était déjà complète.

— C'est la faute de Rudi, répondit Austin en haussant les épaules.

Rudi Gunn était le directeur adjoint de la NUMA.

— Après notre dernière mission, il nous a seulement dit de décompresser un peu, remarqua Zavala.

— C'est bien ce que je disais. L'oisiveté, c'est dangereux chez un collectionneur.

Austin retira la cible de l'arbre et la mit dans sa poche.

— Qu'est-ce qui t'amène en Virginie ? Ça manque de femmes à Washington ?

Zavala était un bel homme. Avec son léger accent mexicain et son côté latino, il avait beaucoup de succès auprès des femmes. Les coins de sa bouche se relevèrent à peine pour dessiner le sourire charmeur qui lui était si particulier.

— Je ne te dirai pas que j'ai mené une vie de moine. Tu ne me croirais pas. En fait, je suis venu pour te montrer un prototype sur lequel je travaille depuis quelques mois.

— Le prototype S ? Tu vas m'expliquer ça autour d'une bière.

Austin enveloppa le pistolet dans un chiffon doux, remit ses affaires de tir dans un sac, et entraîna son ami vers une grande terrasse en bois qui dominait le fleuve.

Il avait acheté cet ancien hangar à bateaux situé non loin de Langley quand il faisait partie d'une équipe de plongeurs sous-marins clandestins attachés à la CIA. Le prix demandé dépassait de beaucoup son budget, mais la vue panoramique sur le fleuve l'avait fait craquer. Après avoir obtenu un rabais parce que le bâtiment était en très mauvais état, il avait consacré plusieurs milliers de dollars et un nombre incalculable d'heures à transformer ce hangar à bateaux délabré en confortable pied-à-terre où il pouvait venir se reposer de son éprouvant travail de directeur des Missions spéciales.

Il sortit deux bières mexicaines du réfrigérateur et en tendit une à Zavala. Après avoir trinqué en choquant leurs bouteilles l'une contre l'autre, ils burent une gorgée du liquide bien frais. Zavala sortit une feuille de sa poche, l'étala sur la table et la lissa.

— Que penses-tu de mon nouveau sous-marin humide ?

Dans un sous-marin humide, le pilote et le passager sont tous deux en tenue de plongée et assis à l'extérieur et non à l'intérieur d'un cockpit. Ce genre de submersible a la même forme de torpille que son homologue fermé. Le propulseur est à l'arrière et le pilote à l'avant.

L'engin dessiné par Zavala avait un long nez plongeant à l'avant, une bulle de protection en forme de pare-brise, l'arrière court et fuselé, deux phares blancs, deux portes sur les côtés et un intérieur de deux couleurs. Ses quatre propulseurs faisaient penser à des roues.

Austin se racla la gorge.

— Hum ! Si tu ne m'avais pas dit qu'il s'agissait d'un sous-marin, pour moi cet engin avait tout d'une Corvette de 1961. De *ta* Corvette, en fait.

Zavala se pinça le menton.

— Il est turquoise. Ma voiture est rouge.

— Et il est rapide, avec sa forme aérodynamique ?

— Ma voiture monte à plus de cent kilomètres-heure en six secondes. Lui est un peu plus lent, mais il évolue à la surface aussi bien que sous l'eau, et vire à merveille. Il fait tout ce que fait une voiture, à part user de la gomme.

— Pourquoi sa forme est-elle si différente de celle des sous-marins plus… traditionnels, dirons-nous, avec leur forme de soucoupe ou de torpille ?

— En dehors du défi que je me suis lancé, je voulais un engin amusant à conduire pour les missions de la NUMA.

— Il est opérationnel ?

— Les essais ont bien marché. J'ai aussi conçu tout ce qu'il faut pour le transporter, le mettre à l'eau et le récupérer. Le prototype vogue en ce moment vers la Turquie. Dans une semaine, je vais participer à des fouilles archéologiques à l'emplacement d'un port antique récemment découvert à Istanbul.

— Une semaine, ça nous laisse assez de temps.

— Pour faire quoi ? demanda Zavala sur ses gardes.

Austin lui tendit un magazine scientifique ouvert à la page d'un article sur le travail d'un navire qui prenait en remorque des icebergs pour les éloigner des plates-formes pétrolières et gazières de Terre-Neuve vers lesquelles ils menaçaient de dériver.

— Ça te dirait une petite promenade au milieu des icebergs ?

Zavala parcourut rapidement l'article.

— Je ne sais pas, Kurt. Il doit faire bien froid là-haut. Mon sang chaud de Mexicain est plus attiré par Cabo.

Austin lui jeta un regard dégoûté.

— Allez, Joe. Qu'est-ce que tu ferais à Cabo ? Tu lézarderais sur la plage en buvant des margaritas. Tu admirerais le coucher du soleil en enlaçant une belle señorita. On s'en lasse, à la longue. Et ton goût de l'aventure, tu l'as perdu ?

— Eh bien, justement, cette fois, c'est le *lever* du soleil que je voudrais bien admirer en fredonnant une chanson à ma belle.

— Là, tu prendrais un risque, rétorqua Austin. Je te rappelle que je t'ai déjà entendu chanter.

Zavala savait très bien qu'il chantait faux.

— OK, touché, soupira-t-il.

Austin reprit le magazine.

— Dans ce cas, je ne chercherai même pas à te convaincre, Joe…

Zavala savait par expérience que son collègue était si persuasif qu'il était difficile de lui résister.

— Tiens donc ! Ce serait nouveau.

Austin sourit.

— Si ça t'intéresse, il va falloir te décider très vite. Le départ est prévu pour demain. Je viens d'avoir l'accord des autorités. Alors, qu'en dis-tu ?

Zavala repoussa sa chaise et rassembla les plans de son sous-marin.

— Merci pour la bière.
— Où vas-tu ?

Zavala était déjà à la porte.

— Chez moi. Prendre mon maillot en pilou et une bouteille de tequila.

5.

Environs de Marib, Yémen

— Là, tombeau de reine.

Le vieux bédouin au visage fripé montrait du doigt une cavité d'un mètre de large sur soixante centimètres de hauteur creusée dans la pierre calcaire criblée d'anfractuosités. Les couches de strates aux bords irréguliers situées au-dessus et au-dessous de la cavité ressemblaient à des lèvres affreusement crevassées.

Anthony Saxon se mit à quatre pattes pour examiner la cavité. Préférant ne pas penser aux serpents et araignées venimeuses qui pouvaient s'y trouver, il dénoua son turban et retira sa gandoura beige, sous laquelle il portait un pantalon et une chemise. Puis il alluma une lampe de poche pour éclairer la tranchée obscure et inspira profondément.

— Allez, descente au fond du terrier, dit-il d'un ton enjoué.

Il s'y enfonça en rampant comme une salamandre et, bientôt, son grand corps maigre d'un mètre quatre-vingts eut entièrement disparu dans les ténèbres. La galerie descendait en pente raide comme une goulotte à charbon. Il eut un moment de panique et dut lutter contre la claustrophobie quand le boyau se rétrécit à tel point qu'il se vit coincé au fond. Mais il reprit très vite sa reptation sur les coudes et les genoux.

A son grand soulagement, la galerie s'élargissait de nouveau et cinq ou six mètres plus loin, il émergea dans une partie beaucoup plus large. Evitant de se relever trop vite pour ne pas se cogner la tête, il se mit debout et explora les lieux à la lampe de poche.

Le faisceau de la lampe éclaira un mur fait de blocs de pierre scellés au mortier sur le côté d'une cavité rectangulaire assez grande pour y garer deux voitures. La paroi opposée abritait une ouverture d'un mètre cinquante de hauteur surmontée d'une arche en saillie. Il s'y engagea en baissant la tête et se retrouva dans une galerie qui se prolongeait sur une quinzaine de mètres et donnait accès à une salle rectangulaire deux fois plus petite que la première.

La poussière qui flottait dans l'air le prit à la gorge. Sa quinte de toux passée, il vit que la pièce ne contenait rien d'autre qu'un long sarcophage de bois renversé sur le côté et ouvert. Son couvercle gisait à terre, un mètre plus loin. Une vague forme humaine entourée de bandages de la tête aux pieds en sortait à moitié. Saxon jura tout bas. Il arrivait trop tard. Des pilleurs de tombes s'étaient emparés de tous les objets de valeur, et cela, sans doute plusieurs siècles avant sa naissance.

Sur le bois du couvercle était peint le portrait d'une jeune fille à la peau sombre d'une quinzaine d'années. Avec ses yeux immenses, ses lèvres bien dessinées et ses longs cheveux noirs tirés en arrière, elle semblait presque douée de vie. Il repoussa délicatement la momie à l'intérieur du cercueil et s'étonna de sa légèreté. Puis il redressa celui-ci et remit le couvercle en place.

Il promena le faisceau de sa torche sur les parois du tombeau et découvrit les lettres gravées dans la pierre en caractères arabes. Il datait du Ier siècle avant Jésus-Christ ; mille ans d'écart avec celui qu'il cherchait !

— Et zut ! murmura-t-il.

Puis il tapota le couvercle du cercueil.

— Dors bien, ma douce. Désolé de t'avoir dérangée.

Après avoir gratifié le tombeau d'un dernier regard attristé, il repartit dans la galerie pour rejoindre l'endroit d'où partait l'étroit conduit. Tout en pestant, il reprit ses mouvements de reptation en sens inverse pour ressortir. Quand il émergea à l'air libre, il devait faire 38°. Il était couvert de poussière, son pantalon était déchiré, et ses coudes et genoux écorchés, en sang.

Le bédouin, qui l'attendait, l'interrogea du regard.

— *Balkis ?*

Anthony Saxon eut un rire amer :

— Tu parles !

Les traits du bédouin s'affaissèrent.

— Pas reine ?

Saxon revoyait le portrait peint sur le sarcophage.

— Une princesse, peut-être. Mais pas *ma* reine. Pas celle de Saba.

Quelqu'un klaxonna au pied de la colline. Un homme debout près d'une vieille Land Rover leur faisait de grands signes. Saxon répondit à son geste, remit sa gandoura et son turban et redescendit la pente, suivi du bédouin. L'homme qui les attendait près du véhicule gris sable était un Arabe distingué dont la lèvre supérieure était cachée par une moustache très fournie.

— Qu'est-ce qu'il y a, Mohammed ? lui demanda Saxon.

— Faut vite partir. Y a des méchants, ils arrivent.

Il pointa le canon de sa Kalachnikov vers un point situé à environ huit cents mètres. Un nuage de poussière annonçait l'approche d'un véhicule.

— Comment sais-tu que ce sont des méchants ?

— Tous des méchants ici, répondit l'Arabe dont le sourire révéla une rangée de dents en or.

Il se glissa derrière le volant et mit le moteur en marche.

Saxon avait appris à se fier au flair de Mohammed, qui lui avait déjà évité plusieurs fois de se faire tuer dans ce coin reculé du Yémen. Les chefs de clans locaux semblaient tous avoir leur propre armée de bandits, et un goût prononcé pour le vol et l'assassinat.

Il s'installa à l'avant de la Land Rover pendant que le bédouin se tassait à l'arrière. Mohammed écrasa l'accélérateur et le 4 × 4 s'élança sur la piste poussiéreuse. Malgré la vitesse, le conducteur arrivait à serrer son volant sans lâcher son arme.

Il jetait régulièrement des coups d'œil dans son rétroviseur, jusqu'au moment où il tapota le tableau de bord de la voiture comme il aurait flatté l'encolure d'un fidèle coursier.

— C'est bon, on les a semés, annonça-t-il avec un grand sourire. Alors, votre reine ? Trouvée ?

Saxon lui parla de la momie de la jeune fille.

Mohammed montra du pouce le bédouin assis à l'arrière.

— Je vous l'avais dit. Ce fils de chameau et ceux de son campement, c'est tous des bandits.

Pensant qu'il s'agissait d'un compliment, le bédouin sourit de sa bouche édentée.

Saxon poussa un soupir las et reporta son regard sur le paysage désertique. Les gens n'étaient pas les mêmes, mais c'était chaque fois la même histoire. Un imposteur local lui affirmait avec force que la reine qu'il cherchait était là, pratiquement sous son nez, et Saxon rampait au péril de sa vie au fond d'un tombeau, dans une nécropole antique que les ancêtres de l'homme avaient pillée des siècles auparavant. Il ne comptait plus le nombre de momies de jeunes filles à qui il avait rendu visite. Il avait ainsi rencontré des tas de gens sympathiques. Malheureusement, ils n'étaient plus de ce monde.

Saxon sortit quelques rials de sa poche. Il tendit les pièces au bédouin ravi et déclina son offre de lui montrer le tombeau d'une autre reine.

Après l'avoir déposé près d'un groupe de tentes bédouines, ils reprirent la direction de la ville ancienne de Marib. Saxon y était descendu dans un hôtel au nom étonnant : Le Jardin des Deux Paradis. Il demanda à Mohammed de venir l'y retrouver le lendemain matin ; ils verraient ensemble le programme de la journée.

Après une bonne douche chaude, Saxon enfila un pantalon en lin et une chemise, et descendit au salon de l'hôtel avec l'impression d'avoir avalé un demi-kilo de sable. Il se commanda un Bombay Saphir, un cocktail à base de vermouth. Le mélange doux et astringent à la fois fit du bien à sa gorge en feu.

Il engagea la conversation avec deux employés de la Texas Oil installés au bar comme lui. Au second cocktail, son moral était remonté d'un cran, jusqu'au moment où l'un des deux lourdauds de la compagnie pétrolière lui demanda ce qu'il faisait à Marib.

Il aurait pu répondre que c'était une ultime tentative pour retrouver la célèbre Reine de Saba qui l'avait amené dans les ruines de l'antique Marib, d'où on la disait originaire. Mais il se contenta de cette réponse :
— Je suis venu tester l'eau du désert.

Les deux hommes échangèrent un regard perplexe, puis ils partirent d'un grand éclat de rire devant cette blague amusante. Avant de regagner leur chambre, ils lui offrirent un dernier verre.

Il avait donc l'esprit délicieusement embrumé par l'alcool quand un chasseur en livrée d'un certain âge entra dans le bar pour lui apporter une feuille de papier à lettres à l'en-tête de l'hôtel sur laquelle figuraient ces mots :

Je pense être en mesure de vous présenter l'homme de la mer. Si vous voulez toujours le rencontrer, faites-le-moi savoir au plus vite.

Il cligna les yeux et lut de nouveau le message. L'expéditeur était un trafiquant d'antiquités du nom de Hassan, qu'il avait eu au téléphone avant de venir au Yémen. Il griffonna une réponse sur la feuille et la tendit au chasseur avec un pourboire. Il lui demanda ensuite de lui trouver un avion pour le lendemain matin.

Puis, pour dessoûler plus vite, il commanda un grand café noir bien fort, qui serait suivi de plusieurs autres.

6.

Zavala avait fini de boucler son sac marin et était prêt quand Austin se gara devant chez lui. Il habitait dans l'ancienne bibliothèque d'Alexandria, en Virginie, qu'il avait transformée en appartement de célibataire et décorée dans l'esprit sud-californien. Les deux hommes prirent un vol matinal d'Air Canada et atterrirent en fin d'après-midi à St. John's, la capitale de Terre-Neuve, après une escale à Montréal.

Un taxi les emmena aussitôt vers le quai animé, où était amarré le *Leif Eriksson*. C'était un navire imposant de quarante-six tonnes et quatre-vingts mètres de long. Il datait de moins de cinq ans et sa coque avait été renforcée pour pouvoir affronter les glaces de l'Atlantique Nord.

Le capitaine, Alfred Dawe, un natif de Terre-Neuve, les attendait sur le pont, car il connaissait l'heure de leur arrivée. Il les accueillit en haut de la passerelle et se présenta.

— Bienvenue à bord de l'*Eriksson*.

Austin lui serra la main de sa poigne énergique.

— Merci de nous embarquer avec vous, capitaine Dawe. Je suis Kurt Austin et voici mon collègue, Joe Zavala. Nous sommes vos nouveaux gauchos, tout prêts à manier le lasso.

Dawe était un homme trapu d'une cinquantaine d'années. Il aimait répéter qu'il était né dans un trou portant le triste nom de Misery Cove et que les gens de sa famille étaient assez demeurés pour y être restés. Il y avait dans ses yeux bleu clair une lueur malicieuse et son sourire à fossettes éclairait souvent son visage rougeaud. Malgré son humour douteux, Dawe était un capitaine expérimenté, qui comptait à son actif des années de navigation dans les eaux peu accueillantes de l'Atlantique Nord. Il y avait souvent rencontré les navires de recherche de la NUMA, reconnaissables à leur coque bleu turquoise. Il savait que l'agence américaine était un spécialiste mondialement reconnu de l'exploration et de l'étude des océans.

Quand Austin l'avait appelé pour lui exprimer son désir de participer à une prochaine traque aux icebergs, il avait d'abord demandé aux propriétaires du navire l'autorisation de prendre deux passagers à son bord. Une fois leur accord obtenu, il avait rappelé Austin pour lui indiquer la date du prochain départ.

Il brûlait d'impatience de rencontrer les deux hommes depuis qu'Austin lui avait faxé une copie de leurs CV respectifs pour qu'il sache que Zavala et lui n'étaient pas des novices, des dilettantes à surveiller en permanence de peur qu'ils ne passent par-dessus bord.

Austin était diplômé de l'Université de Washington. Après une formation intensive, il était devenu un plongeur expérimenté, spécialisé dans différents domaines allant des recherches sous-marines au sauvetage en eaux profondes. Bien avant que James Sandecker, le premier directeur de la NUMA, l'ait débauché de la CIA, Austin avait travaillé sur des plates-formes pétrolières en mer du Nord et au sein de l'entreprise de sauvetage en mer de son père, basée à Seattle.

D'après son CV, Zavala, diplômé de l'Université de la mer de New York, avait à son actif des centaines d'heures de navigation sur et sous l'eau, et était un brillant ingénieur spécialiste de la conception et du fonctionnement des engins sous-marins.

Au vu de leurs impressionnantes références, le capitaine fut surpris par l'allure décontractée des deux hommes de la NUMA. Il s'attendait à rencontrer des scientifiques à lunettes. Or, derrière leur langage posé et leurs bonnes manières, il devinait le caractère trempé de vieux loups de mer et l'assurance tranquille de baroudeurs.

Ils étaient manifestement dotés d'une résistance physique à toute épreuve. Austin mesurait plus d'un mètre quatre-vingts pour un poids de quatre-vingt-dix kilos et il n'avait pas une once de graisse. Avec ses épaules larges, sa masse de muscles et sa solide charpente, il donnait l'impression d'être une équipe de sauvetage à lui tout seul. L'exposition constante au grand air, aux vents marins et au soleil avait hâlé son beau visage et sa peau avait des reflets métalliques sous sa masse de cheveux prématurément gris, presque blancs. Des rides d'expression entouraient ses yeux intelligents, bleu turquoise, qui semblaient se poser sur le monde avec une assurance tranquille, comme si rien ne pouvait le surprendre.

Zavala était un peu moins grand. Ses muscles allongés, qui lui donnaient l'agilité d'un chat et la légèreté d'un matador, lui venaient de l'époque où, alors qu'il poursuivait ses études à l'université, il avait été boxeur professionnel dans la catégorie poids moyens. C'était avec sa droite fulgurante suivie d'un crochet du gauche qu'il avait payé ses études. Avec son physique d'acteur et son corps athlétique, il aurait pu tenir le premier rôle dans un film de pirates.

Le capitaine conduisit ses invités à leur cabine, petite mais confortable.

— J'espère que nous n'avons délogé personne, dit Austin en jetant son sac sur une des deux couchettes.

Dawe secoua la tête.

— Ce navire est prévu pour un équipage de quatorze, mais il nous manque deux marins pour cette expédition.

— Dans ce cas, nous nous ferons un plaisir de les remplacer, déclara Zavala.

— J'y compte bien, dit Dawe avec un grand sourire.

Il leur fit visiter rapidement le bateau de bout en bout, puis ils montèrent sur la passerelle de commandement, d'où il donna l'ordre d'appareiller. Les matelots du pont larguèrent les amarres et le navire quitta le port de St. John's.

Après être passé entre Fort Amherst et Point Spear, le cap le plus à l'est de l'Amérique du Nord, il remonta la côte terre-neuvienne sous une masse de nuages noirs.

Dès qu'ils furent en pleine mer, Dawe passa les commandes à son second et étala une photo satellite sur la table à cartes.

— Durant les mois d'été, la mission de l'*Eriksson* est de livrer vivres et matériel aux plates-formes pétrolières. De février à juillet, nous surveillons les banquises flottantes qui arrivent de la baie de Baffin.

Il indiqua un point sur la photo.

— C'est de là que proviennent la plupart des icebergs qu'on rencontre dans l'Atlantique Nord. Il y a une centaine de glaciers à l'ouest du Groenland et c'est à eux qu'on doit quatre-vingt-dix pour cent des icebergs qui dérivent jusqu'à Terre-Neuve.

— Ce qui en fait combien ? demanda Austin.

— Entre les moyens et les gros, il doit y en avoir environ quarante mille. Seule une fraction d'entre eux dérive aussi bas. Quatre à huit cents restent dans ce qu'on appelle la Passe des Icebergs, à quarante-huit degrés nord de St. John's. Une fois détachés, il leur faut à peu près un an pour traverser le Détroit de Davis et descendre jusque dans le Labrador.

— Pile à l'endroit où passent les navires, conclut Austin.

— Vous avez bien potassé le sujet, commenta Dawe avec un sourire. Oui, et c'est là que les ennuis commencent. Il y a un va-et-vient constant de navires entre le Canada, les Etats-Unis et l'Europe. Les compagnies maritimes, qui veulent des traversées courtes et économiques, font passer leurs cargos juste à la limite sud de la zone *connue* de dérive de la banquise.

— Et c'est ainsi que le *Titanic* a rencontré un iceberg plus bas que cette limite.

Dawe perdit son sourire.

— On y pense tout le temps quand on navigue dans ces eaux. Et ça nous rappelle qu'il suffit d'une erreur pour aller rejoindre Davy Jones. L'épave du *Titanic* repose au fond des Grands Bancs, c'est-à-dire à l'endroit où se croisent le courant du Labrador et le Gulf Stream. Il y a entre les deux une différence de température de vingt degrés qui donne une brume aussi épaisse que de la laine d'acier. Avec le risque accru de rencontrer d'autres bateaux, la navigation dans ces parages est très difficile.

— De quoi faire dresser les cheveux sur la tête, parfois, j'imagine ? dit Austin.

Dawe hocha la tête.

— Oh oui ! Si la trouille se mettait en bouteille, ça ferait une bonne lotion pour les chauves ! Un iceberg peut zigzaguer sur l'océan comme un ivrogne après une soirée de beuverie. Les icebergs de l'Atlantique Nord sont les plus rapides du monde. Leur vitesse de déplacement atteint parfois huit nœuds. Heureusement, nous sommes bien aidés. La Patrouille internationale d'observation des glaciers survole régulièrement la zone. Les navires qui passent dans le coin signalent l'emplacement des icebergs qu'ils rencontrent. Et l'*Eriksson* travaille avec une flotte de petits avions de surveillance affrétés par les compagnies pétrolières pour assurer la protection de leurs plates-formes.

— Comment en êtes-vous arrivés à la technique du remorquage ? s'enquit Zavala.

— Nous avons commencé par utiliser des canons à eau pour écarter la glace. Ça suffit pour les blocs qui ne dépassent pas la taille d'un piano à queue. Mais pas pour déplacer des icebergs de cinq cent mille tonnes. La méthode la plus efficace est donc de les remorquer vers des eaux plus chaudes.

— Combien en prenez-vous au lasso chaque année ? demanda Austin.

— Deux ou trois douzaines, peut-être. Nous n'appliquons la méthode qu'à ceux qui menacent de heurter une plate-forme pétrolière. Quand un bateau est informé de la présence d'un iceberg, il peut dévier de sa route. Pour une grosse plate-forme à cinq milliards de dollars, ce n'est pas possible. Ça l'est seulement pour les plates-formes flottantes, mais l'opération prend du temps. On a frôlé la catastrophe il y a quelques années. L'iceberg n'avait pas été détecté à temps et il était à peine à dix kilomètres de l'une d'elles. Il était trop tard pour essayer de le prendre au lasso ou faire évacuer la plate-forme. Les ravitailleurs qui se trouvaient sur place ont réussi à la déplacer à la dernière minute. L'iceberg est passé pile au-dessus du puits.

— Avec un tel système de surveillance, c'est étonnant, reprit Austin.

— Comme je vous l'ai dit, ils ont une course fantasque qui dépend de leur taille, de leur forme et du vent. Celui qu'on va chercher est passé au travers. On va donc essayer de le retrouver. Il a été aperçu il y a quelques jours, mais, après, il s'est fondu dans le brouillard. C'est un monstre, apparemment. Je l'ai surnommé Moby-berg.

— Espérons ne pas finir comme le capitaine Achab lors de sa dernière chasse à la baleine blanche, remarqua Austin.

— Personnellement, dit Dawe, je préférerais rencontrer une baleine blanche qu'un iceberg. Au fait, vous ai-je dit pourquoi les Terre-Neuviens aiment conduire en hiver ?

Austin et Zavala échangèrent un regard, surpris par cette digression soudaine.

— C'est parce que la neige comble les nids-de-poule, répondit le capitaine avec un grand rire.

Sa blague le fit tellement rire qu'il en pleura.

Austin et Zavala découvrirent alors et, plus tard au cours du dîner, qu'il avait en réserve un stock inépuisable de blagues du même genre sur ses congénères terre-neuviens.

Le cuisinier de l'*Eriksson* leur servit un repas digne d'un honnête routier. Pendant qu'ils mangeaient une tranche de rôti cuit à point, des haricots verts en boîte, de la purée de pommes de terre à l'ail, le tout baigné d'une épaisse sauce brune, le capitaine infligea à son auditoire captif la suite de son répertoire. Austin et Zavala n'eurent d'autre choix que d'endurer son humour douteux jusqu'à la fin du repas. Après quoi, n'en pouvant plus, ils prétextèrent la fatigue pour aller se réfugier dans leur cabine.

Le lendemain matin, quand ils le rejoignirent sur le pont, le capitaine dut avoir pitié d'eux. Il leur épargna ses blagues et leur offrit une grande tasse de café chaud.

— Nous filons à bonne allure. Nous avons déjà croisé pas mal de blocs de glace flottants. Les icebergs ne sont pas loin.

Il leur en montra un à quatre cents mètres par tribord avant.

— Je n'en ai jamais vu d'aussi gros, dit Austin.

— Ça c'est rien, comparé à ce que vous allez voir plus tard. On n'emploie le terme d'iceberg que pour ceux dont la partie émergée fait plus de six mètres de haut sur quinze mètres de long. Tout ce qui n'atteint pas cette taille est simplement appelé « glace flottante ».

— Nous avons tout un vocabulaire à apprendre, remarqua Zavala.

Dawe acquiesça d'un signe de tête.

— Messieurs, bienvenue dans la Passe des Icebergs.

7.

Saxon prit sa voiture de location à l'aéroport du Caire et se lança dans la circulation anarchique des faubourgs de l'antique cité des Pyramides. La cacophonie de klaxons et le mélange suffocant de poussière et de gaz d'échappement étaient pour lui un changement brutal après ses semaines de voyage dans l'immensité silencieuse des déserts yéménites.

Il rejoignit *Sharia Soudan,* un boulevard extérieur de la ville, et se gara à proximité du *Souq al-Gamal,* le marché aux chameaux. Des cris d'animaux enchaînés et une forte odeur de bétail lui parvenaient de l'enceinte voisine. Les enclos, qui se trouvaient à une époque au milieu des champs, étaient à présent entourés d'immeubles d'habitation.

C'était Saxon qui avait choisi le lieu de rendez-vous. Par mesure de sécurité, il préférait rencontrer Hassan dans un endroit public. De plus, cette oasis à la forte odeur de crottin lui évoquait l'Egypte ancienne qu'il aimait.

Il paya le modeste droit d'entrée demandé aux visiteurs étrangers et entreprit de déambuler au milieu des enclos. Des centaines de chameaux amenés du Soudan attendaient d'être conduits à l'abattoir ou, pire encore, d'être condamnés à transporter des armées de touristes obèses autour des Pyramides.

Saxon s'était arrêté pour regarder un dromadaire récalcitrant qu'on embarquait de force à l'arrière d'une camionnette. Il sentit qu'on le tirait par la manche. L'un des nombreux gamins qui hantaient le marché en murmurant *bakchich, bakchich*, essayait d'attirer son attention.

Il se tourna dans la direction qu'il lui indiquait. Un homme se tenait sous une sorte d'auvent près d'un groupe d'acheteurs de chameaux occupés à marchander avec véhémence. Saxon lui donna quelques pièces et rejoignit l'endroit indiqué. L'homme avait le teint café au lait commun à la plupart des Egyptiens, et une barbe bien taillée. Il portait une galabiya blanche, la longue tunique en coton très prisée chez les hommes égyptiens, et une calotte blanche assortie.

— *Sabâh al-kheir*, lui dit Saxon. Bonjour.
— *Sabaah an-nûr*, monsieur Saxon. Je suis Hassan.
— Merci d'être venu.
— Vous voulez faire une affaire ?

Cette phrase aurait dû éveiller la méfiance de Saxon. Les Egyptiens aimaient prendre le temps de boire une tasse de thé avant d'entamer toute négociation. Mais son impatience fut la plus forte.

— On m'a dit que vous pourriez m'aider à retrouver un objet disparu.
— Peut-être, répondit Hassan. Si vous payez le prix.
— Pas de problème, s'il est raisonnable. Quand puis-je voir l'objet ?
— Je peux vous le montrer tout de suite. Venez. J'ai ma voiture.

Saxon hésitait. La mafia du Caire était parfois liée à des groupes politiques clandestins. Il jugea prudent de tester d'abord Hassan avant de remettre sa vie entre les mains de cet inconnu.

— Allons au Fishawi. Nous y serons plus tranquilles pour discuter.

Le café populaire et sa terrasse extérieure se trouvaient près de l'entrée principale du grand bazar du Caire et de la mosquée la plus ancienne de la ville.

Hassan fronça les sourcils.

— Trop de monde.
— Peu importe.

Hassan hocha la tête et l'entraîna vers une vieille Fiat blanche déglinguée, garée le long du trottoir. Il ouvrit la portière.

— Je vous suis dans la mienne, dit Saxon d'un ton ferme.

Il traversa la rue et s'installa au volant de sa voiture de location. Au moment où il tournait la clé de contact, un véhicule s'arrêta à sa hauteur.

Deux hommes en costume sombre en sortirent et s'engouffrèrent dans sa voiture, l'un à l'avant, l'autre à l'arrière. Tous deux sortirent un revolver et le braquèrent sur sa tête.

— Démarrez, lui intima celui qui était monté à côté de lui.

Saxon sentit un froid glacial l'envahir, mais il réagit avec son calme habituel. Au cours de sa longue expérience d'explorateur et d'aventurier, il s'était souvent trouvé dans des situations délicates. Il démarra sans rien dire, sachant que toute question ne ferait qu'indisposer ces passagers indésirables, et suivit la voiture de Hassan comme on lui en avait donné l'ordre.

La Fiat louvoyait pour avancer malgré les embouteillages. Quand elle prit la direction de la Citadelle, un quartier ancien renfermant de nombreuses mosquées et bâtiments militaires, Saxon sentit son estomac se nouer. Une armée entière ne suffirait pas pour le retrouver dans le labyrinthe des ruelles qui entouraient la Citadelle.

La voiture de Hassan s'arrêta devant un immeuble délabré, où l'on pouvait lire en arabe et en anglais : POSTE DE POLICE.

Hassan et ses hommes le firent sortir de la voiture sans ménagement, longer un couloir mal éclairé et entrer dans une petite pièce sans fenêtre qui sentait la transpiration et le tabac froid. Elle était sommairement meublée d'un bureau métallique et de deux chaises, et l'éclairage se limitait à une ampoule nue qui pendait du plafond.

Saxon n'était qu'à moitié rassuré. Il savait qu'en Egypte, quand on était conduit dans un poste de police, on n'en ressortait pas toujours.

Après lui avoir dit de s'asseoir et demandé son portefeuille, Hassan le laissa quelques minutes seul dans la pièce. Puis il réapparut avec un homme grisonnant au crâne largement dégarni. Une cigarette pendait de ses lèvres épaisses. Il déboutonna la veste qui comprimait son ventre proéminent et s'installa derrière le bureau, face à Saxon. Il écrasa sa cigarette dans un cendrier plein de mégots et claqua des doigts. Quand Hassan lui tendit le portefeuille, il l'ouvrit comme s'il s'agissait d'un livre rare.

— Anthony Saxon, lut-il sur ses papiers.
— C'est cela. Et vous êtes… ?

— L'inspecteur Sharif. Je suis le responsable de ce poste de police.

— Puis-je vous demander pour quelle raison je suis ici, inspecteur ?

L'homme referma le portefeuille d'un geste sec.

— C'est moi qui pose les questions.

Saxon hocha la tête pour montrer qu'il avait compris.

— Pourquoi vouliez-vous voir cet homme ? lui demanda l'inspecteur en désignant Hassan du pouce.

— Ce n'est pas *lui* que je voulais voir. J'ai parlé à un certain Hassan, mais ce n'est manifestement pas celui-ci.

L'inspecteur émit un grognement.

— Exact. Cet homme est l'agent Abdul. Pourquoi vouliez-vous voir ledit Hassan ? C'est un voleur.

— Je pensais pouvoir retrouver par son intermédiaire un objet dérobé au musée de Bagdad.

— Vous vouliez acquérir de la marchandise volée ?

— C'était pour la rendre au musée. Vous n'avez qu'à interroger le vrai Hassan si vous voulez vérifier mes dires.

— Impossible. Hassan est mort.

— Mort ? Je l'ai eu au téléphone hier. Que lui est-il arrivé ?

Tout en observant sa réaction, l'inspecteur dit à Saxon :

— On l'a assassiné. Grosse affaire. Vous êtes sûr que vous n'étiez pas au courant ?

— Oui, certain.

L'inspecteur alluma une Cleopatra, et recracha la fumée par les narines.

— Bon, je vous crois. Maintenant, vous pouvez poser vos questions.

— Comment saviez-vous que je devais le rencontrer ?

— C'est facile. Votre nom figurait dans son carnet de rendez-vous. Nous avons pris des renseignements sur vous. Vous êtes un écrivain connu. Vos livres ont beaucoup de succès.

— J'aimerais bien qu'ils en aient encore plus, dit Saxon avec un pâle sourire.

L'inspecteur haussa les épaules.

— Comment se fait-il qu'un grand écrivain soit en cheville avec un voleur ?

Saxon doutait fort que l'inspecteur puisse comprendre l'obsession qui l'avait poussé à parcourir l'Europe, le Moyen-Orient et l'Amérique du Sud pour essayer de résoudre l'un des plus grands mystères de tous les temps. Par moments, lui-même s'en étonnait. Choisissant ses mots avec soin, il répondit :

— Je pensais que Hassan aurait pu m'aider à retrouver une femme.

— Ah ! dit l'inspecteur. Une *femme*, répéta-t-il en se tournant vers l'agent Abdul.

— Hassan possédait un objet d'art qui aurait pu m'aider pour le livre que j'écris en ce moment et le film que j'espère produire un jour sur la Reine de Saba.

— La Reine de Saba ? répéta l'inspecteur. Elle est morte et enterrée.

— C'est justement la question. Comme pour Cléopâtre.

— Cléopâtre était une grande reine.

— Oui. Et celle de Saba aussi. Elle était belle comme le jour.

La porte s'ouvrit alors sur un homme, qui, au contraire de l'inspecteur rondouillard à la tenue négligée, était grand et maigre, et portait une vareuse vert olive et un pantalon assorti au pli impeccable. Sharif se leva aussitôt pour se mettre au garde-à-vous.

— Merci, inspecteur, lui dit l'homme. Vous pouvez nous laisser.

L'inspecteur exécuta un salut militaire et quitta la pièce, suivi de son subalterne.

L'homme prit place sur sa chaise et posa un dossier devant lui. Son visage étroit se fendit d'un sourire ironique.

— Il paraît que vous vous intéressez au marché aux chameaux ? dit-il dans un anglais parfait.

— J'aime le port de tête des chameaux. Ils me font penser aux aristocrates qui restent dignes même en cas de revers de fortune.

— C'est intéressant. Je m'appelle Yousef. Je travaille pour le ministère de l'Intérieur.

Saxon savait que cela voulait dire les services de sécurité.

— C'est très aimable à vous de vous être déplacé.

— L'amabilité n'a rien à voir là-dedans, déclara l'homme en ouvrant le dossier. J'ai ici le dossier du *vrai* Hassan.

De ses mains manucurées, il sortit plusieurs feuilles de papier agrafées ensemble et les poussa vers Saxon.

— Et voici la liste des antiquités retrouvées.

Elle était rédigée en anglais. Saxon la lut.

— Elle correspond tout à fait à celle qu'a diffusée le musée de Bagdad.

— C'est pourquoi je crains fort que vous n'arriviez trop tard.

Yousef s'appuya au dossier de sa chaise et croisa les mains devant lui.

— Ces objets ont été récupérés par l'armée. Ils ont été remis à un représentant de l'UNESCO. Le lendemain même du transfert, Hassan a été torturé et assassiné.

Yousef fit un geste simulant une strangulation.

— S'il n'avait plus rien à vendre, pourquoi m'a-t-il fait venir ?

— Un voleur reste un voleur. Il vous a peut-être pris pour un riche collectionneur, qu'il pourrait gruger.

— Savez-vous qui l'a assassiné ?

— Nous avons ouvert une enquête.

— Qui est le représentant de l'UNESCO dont vous m'avez parlé ?

— Une Italienne. Son nom est Carina Mechadi.

— Savez-vous si elle est encore au Caire ?

— Elle a pris le bateau il y a quelques jours avec les antiquités retrouvées. Elle les emporte aux Etats-Unis avec l'accord du gouvernement de Bagdad.

Saxon était dégoûté. Il était si près du but !

— Puis-je m'en aller ?

— Vous êtes libre, répondit Yousef en se levant. Ah ! les femmes ! Il y en a toujours une au milieu.

— Vous faites allusion à Miss Mechadi ?

— Non, à la Reine de Saba.

L'Egyptien esquissa un sourire mystérieux avant de raccompagner son visiteur à la porte.

Saxon rentra en voiture à son hôtel, le Marriot. De sa chambre, il passa plusieurs coups de téléphone. Un de ses contacts à l'UNESCO lui confirma que Carina Mechadi était en route pour les Etats-Unis.

Il s'approcha de la fenêtre pour contempler le fleuve

et les lumières de la vieille ville. Il revoyait le sourire de Yousef quand il avait déclaré être à la recherche du fantôme d'une femme disparue depuis trois mille ans.

Après avoir réfléchi un moment, il décrocha à nouveau le téléphone et réserva un billet d'avion pour les Etats-Unis. Puis il fit ses bagages.

Sa longue quête de la femme parfaite l'avait conduit dans les coins les plus reculés et les plus dangereux de la planète. Il n'allait pas abandonner maintenant.

8.

Le porte-conteneurs *Ocean Adventure* pouvait transporter près de deux mille conteneurs, mais, malgré ses sept mille tonnes et ses cinq cents pieds de long, il était minuscule à côté des bâtiments plus récents, qui étaient longs comme trois terrains de football mis bout à bout. Ces considérations de taille échappaient totalement à Carina Mechadi tandis qu'elle faisait le tour du pont du navire d'un pas vif, tête baissée, pour lutter contre le froid glacial de l'Atlantique Nord.

Depuis son départ de Salerne, où elle avait embarqué, elle s'imposait tous les jours cette séance de footing matinal entre le moment où elle descendait de sa cabine du troisième pont et l'heure du petit déjeuner. D'une part parce qu'elle tenait à rester en forme et garder sa silhouette élancée et, d'autre part, parce que cela l'aidait à supporter la lenteur du voyage. Le nombre de tours de pont qu'elle effectuait dépendait du temps et de la température. L'air était le plus souvent froid et humide, mais depuis qu'ils longeaient la côte de Terre-Neuve, il était carrément glacial.

L'*Ocean Adventure* n'avait rien des vaillants bateaux à vapeur qui sillonnaient les océans au siècle dernier et que Joseph Conrad avait immortalisés dans ses romans d'aventures. Il était long et plat et transportait des conteneurs en acier de six mètres sur deux mètres cinquante de haut. Ils étaient empilés les uns sur les autres par six et occupaient pratiquement tout le pont de l'arrière à l'avant. Il ne restait qu'un passage étroit de chaque côté. Des centaines d'autres conteneurs s'entassaient dans les soutes.

Tout en longeant le bastingage de tribord, elle repensait aux événements qui l'avaient conduite sur ce monstre effectuant la traversée de l'Atlantique. Le meurtre de son contact Ali Baba quelques années plus tôt à Bagdad l'avait ébranlée, mais pas vraiment surprise. La violence avait souvent cours dans le cadre du trafic d'objets d'art volés. Des sommes considérables changeaient de mains et il était rare de rencontrer des gens honnêtes dans ce milieu très glauque. Ali avait sans doute tenté de doubler quelqu'un de plus fort que lui.

Aussi peu fiable fût-il, sa mort l'avait consternée, car, sans lui, elle avait peu de chances de retrouver l'endroit où étaient cachées les antiquités qu'elle voulait récupérer. C'était lui qui les introduisait sur le marché. Il ne consignait jamais rien par écrit. Les noms des acheteurs et des vendeurs n'étaient connus que de lui. Depuis sa disparition, la collection du musée de Bagdad avait dû être dispersée aux quatre vents.

Depuis qu'elle était rentrée d'Irak et avait retrouvé les bureaux de l'UNESCO à Paris, où elle était basée, elle avait été très occupée. Elle était, après bien des recherches, sur la piste d'une statue étrusque de grande valeur, quand elle avait reçu la visite d'un certain Auguste Benoir. Benoir était un homme raide et obséquieux, qui lui faisait penser à Hercule Poirot.

Il s'était présenté comme étant l'un des associés

d'un cabinet d'avocats renommé de Paris et n'y était pas allé par quatre chemins.

— Nous représentons les intérêts de la Fondation Balthazar. M. Balthazar est un homme d'affaires fortuné et un philanthrope. Quand il a appris que le musée de Bagdad avait été pillé, il en a été très affligé. Il a lu un article décrivant vos efforts pour tenter de retrouver l'endroit où est cachée une partie des objets disparus. Aussi espère-t-il que vous accepterez, grâce à une subvention de sa fondation, de vous consacrer entièrement à la reconstitution de la collection du musée de Bagdad.

— Vous remercierez M. Balthazar pour sa proposition. Cependant, je pense pouvoir œuvrer plus utilement au sein d'une organisation mondiale comme l'UNESCO.

— Permettez-moi de mieux vous préciser la pensée de M. Balthazar. Vous ne seriez pas obligée de quitter l'UNESCO.

Carina baissa les yeux sur les dossiers qui s'entassaient sur son bureau.

— Comme vous le voyez, j'ai déjà beaucoup de travail.

— Je comprends, dit Benoir en sortant un papier de sa mallette. Mais voici ce que vous propose mon client : une généreuse subvention de sa fondation, à déposer sur le compte en banque de votre choix. Ce compte en banque, vous pourrez l'utiliser à discrétion à la seule condition que l'argent serve à retrouver des antiquités irakiennes. Les sommes mises à votre disposition sont illimitées.

Soudain intéressée, Carina prit le temps de réfléchir.

— M. Balthazar est vraiment très généreux.

Benoir sourit d'aise.

— Alors, mademoiselle Mechadi ?

Carina hésitait. Elle avait déjà plusieurs missions en cours pour l'UNESCO, mais elle ne pouvait pas laisser passer une telle occasion. Elle prit la feuille.

— Laissez-moi le temps d'étudier cette proposition. Je vous téléphone ma réponse demain matin.

Elle appela l'avocat le lendemain pour lui dire qu'elle acceptait.

Dans le cadre de l'UNESCO, elle avait déjà collaboré avec divers gouvernements, des services de police internationaux, des conservateurs de musée et des experts en archéologie, mais l'offre d'un financement illimité lui ouvrait de nouveaux horizons. En disposant de grosses sommes d'argent, elle aurait le moyen d'approcher les personnages peu recommandables qui infestaient le marché de l'art.

C'est ce qui se passa. Elle renforça son réseau d'indicateurs de la police ou de la pègre. Ils l'avaient déjà mise sur la piste d'antiquités disparues de pays autres que l'Irak.

L'une de ses meilleures sources d'information était un officier corrompu de l'armée égyptienne qu'elle ne connaissait que par ce nom : le Colonel. Moins d'une semaine auparavant, il l'avait appelée pour lui annoncer que les antiquités irakiennes qu'elle cherchait étaient mises en vente par un petit escroc du nom de Hassan. Elle dit à l'officier qu'elle souhaiterait le rencontrer dans les quarante-huit heures, lui envoya par mandat un acompte, et lui dit de garder la plus grande discrétion sur cette transaction.

Les accords signés avec la Fondation Balthazar prévoyaient qu'elle se manifeste dès qu'il y aurait du nouveau. Elle téléphona à Benoir pour lui parler du fameux Hassan et lui dit de transmettre l'information à son client.

Avant de s'envoler pour Le Caire, elle appela le professeur Nasir à Bagdad pour lui dire qu'elle était sur le point de retrouver certaines des antiquités disparues. Nasir s'en montra ravi, mais lui expliqua qu'étant donné l'incertitude de la situation en Irak, il craignait déjà pour la collection encore présente au musée et essayait actuellement de rassembler les fonds nécessaires pour en établir l'inventaire précis.

Il accueillit donc avec enthousiasme l'idée de Carina d'exposer les antiquités dans différentes villes des Etats-Unis avant de les rapatrier en Irak. Elle lui demanda de lui signer une décharge l'autorisant à les garder temporairement à cette fin, et de contacter l'ambassade d'Irak à Washington pour l'informer de l'exposition itinérante envisagée.

Dès son arrivée en Egypte, tout était allé très vite. En déjeunant avec elle au Nile Sheraton, le Colonel l'informa qu'il avait déjà récupéré une partie de la collection et l'invita galamment une fois qu'il eut touché sa commission. Le soir même, elle attendait avec impatience le camion qui devait apporter les objets dans un entrepôt des docks de Port-Saïd. Il arriva juste un peu après minuit.

Les antiquités qu'il contenait étaient très poussiéreuses, mais ne semblaient pas avoir trop souffert du voyage. Elle en fit un rapide inventaire à la lampe de poche et en rédigea une brève description en attribuant à chacune un numéro. L'une des plus grandes en taille était une statue en bronze, couverte de terre, représentant un homme barbu, vêtu d'une tunique courte et d'un bonnet conique, qui avait à ses pieds un chat. Elle ne figurait pas sur la liste des objets disparus, mais une étiquette froissée attachée à l'un des bras par une ficelle indiquait son nom : *Le Navigateur*. Après avoir distribué des pourboires généreux avec l'argent de Balthazar aussi bien sur les docks qu'au bureau des douanes, elle réussit à faire mettre le tout sur un cargo en partance pour l'Italie.

Elle prit aussitôt l'avion pour Salerne afin d'être présente à l'arrivée du cargo. Elle organisa le transfert de la cargaison vers les Etats-Unis sur le porte-conteneurs *Ocean Adventure*, puis durant les longues heures d'attente elle définit avec le professeur Nasir et l'ambassade américaine un circuit précis pour l'exposition itinérante de la collection.

Dès l'arrivée du cargo, elle avait appelé Benoir pour lui dire que les objets d'art étaient à présent en sa possession et qu'elle allait les rapatrier en Irak, mais organiserait auparavant des expositions temporaires à travers les Etats-Unis. Il s'en était montré singulièrement déçu, mais il l'avait rappelée un peu plus tard, après avoir joint Balthazar, pour lui transmettre les félicitations du mécène. Carina ayant décidé de ne plus quitter le précieux chargement, elle avait pris une cabine sur le porte-conteneurs.

Elle s'arrêta un instant et jeta un coup d'œil vers la travée ménagée entre deux piles de conteneurs pour s'assurer que celui qui était peint en bleu s'y trouvait toujours. Puis elle reprit sa marche à pas vifs et se dirigea vers la proue. Un vent glacial lui fouetta le visage dès qu'elle ne fut plus à l'abri des conteneurs.

La veille au soir, pendant le dîner, le capitaine lui avait expliqué qu'il allait devoir réduire la vitesse du navire, qui filait jusque-là à huit nœuds, car ils approchaient de Terre-Neuve et entraient dans la zone surnommée « La Passe des Icebergs ». Cet avertissement avait éveillé sa curiosité, plus qu'il ne l'avait inquiétée.

Arrivée à la proue, elle chercha des yeux des icebergs, mais seuls des blocs de glace pas plus grands qu'une malle flottaient dans les eaux grises. Malgré sa superposition de pulls, le vent glacial la transperçait. Le café chaud et les œufs brouillés qui l'attendaient au mess des officiers seraient les bienvenus. Elle tourna le dos à l'océan et remonta le pont par bâbord.

Elle avait fait les deux tiers du trajet pour retourner à l'intérieur du navire quand elle entendit un grondement qui couvrait le bruit de la coque fendant les flots. Elle leva les yeux et vit deux hélicoptères qui volaient côte à côte deux cents pieds au-dessus de l'eau. Ils approchaient du bateau à vive allure. Leurs fuselages noirs ne portaient aucune inscription.

Carina fut surprise de cette apparition soudaine. Le navire se trouvait à plus de cent milles de la côte. Elle se rappela alors que le capitaine lui avait parlé de plates-formes pétrolières installées dans ce secteur. Les hélicoptères devaient venir de l'une d'entre elles.

Ils passèrent au-dessus du navire en rasant le pont supérieur et virèrent en formation serrée pour revenir survoler le bâtiment. Tels des oiseaux de proie, ils décrivaient des cercles de plus en plus bas. Quand elle ne les vit plus et que le bruit des rotors diminua, elle en conclut qu'ils s'étaient posés au sommet des conteneurs.

Certaine que le capitaine pourrait lui expliquer qui étaient ces visiteurs, elle continua d'avancer, mais s'interrompit soudain en voyant une première silhouette descendre par une corde du haut des conteneurs et poser le pied sur le pont, bientôt suivie de trois autres. Les quatre hommes se plantèrent face à elle. Seuls leurs yeux étaient visibles derrière les masques qui cachaient leurs visages. Ils étaient tous vêtus de la même tenue noire ajustée et pointaient sur elle une arme automatique à canon court.

Carina repartit en courant en sens inverse, mais quatre autres hommes, descendus d'une autre pile de conteneurs derrière elle, se rapprochèrent et lui bloquèrent le passage. L'un des inconnus l'attrapa par le bras, la fit virevolter sur elle-même et lui attacha sans ménagement les poignets derrière le dos avec un ruban adhésif.

On la poussa vers la passerelle de commandement en lui enfonçant le canon d'une arme entre les omoplates. Deux Philippins, qu'elle reconnut, avançaient vers eux. Ils faisaient partie du personnel de bord. Quand elle vit leur sourire, la lumière se fit dans son esprit. Ces deux-là étaient de mèche avec les pirates de l'air.

Les hommes se divisèrent en deux groupes. L'un des matelots partit vers la passerelle avec quatre des pirates. L'autre entraîna ses comparses et elle-même vers le milieu du pont. Tout s'était fait en silence, sans le moindre échange de paroles. Ces hommes savaient ce qu'ils faisaient et ce qu'ils voulaient. Mais elle fut atterrée quand le marin qui ouvrait la marche les amena devant le conteneur renfermant les antiquités et tapa de ses doigts gantés sur la paroi métallique.

L'accès à la porte du conteneur était bloqué par d'autres conteneurs. L'un des pirates de l'air sortit d'une mallette en métal un chalumeau et une petite bonbonne d'oxygène. Il assembla les deux, enflamma le gaz et régla le jet sur la position la plus fine. Il mit des lunettes de soudeur pour protéger ses yeux des étincelles et entreprit de découper méthodiquement une ouverture sur le côté du conteneur.

Un cri de protestation échappa à Carina. La réaction ne se fit pas attendre. L'un des ravisseurs l'attrapa par les bras et lui décocha en même temps un violent coup de pied dans les chevilles. Perdant l'équilibre et incapable d'amortir la chute avec ses mains, elle bascula lourdement en avant. Elle heurta du front la surface rigide du pont et s'évanouit.

Quand elle reprit conscience, elle était allongée sur le dos dans la pénombre. Sa douleur à la tête était lancinante. Elle roula sur le côté et découvrit qu'elle était coincée entre deux caisses en bois à l'intérieur du conteneur. Une faible lueur provenait du rectangle découpé au chalumeau.

Elle tenta de se mettre debout, mais en vain. Avec les mains attachées derrière le dos, elle n'avait aucun appui. Ses efforts désespérés lui donnèrent le vertige. Alors qu'elle gisait immobile sur la surface métallique et cherchait à reprendre son souffle, elle vit une ombre se profiler un peu plus loin. Un homme grand et corpulent l'observait depuis le trou découpé au chalumeau. Avec ses joues rondes et son teint rose, on aurait dit un chérubin, mais ses petits yeux rapprochés brillaient d'une lueur maléfique.

Carina sentit son sang se figer. Elle avait rarement vu un visage aussi effrayant.

Son expression devait trahir ses pensées, car l'homme eut un sourire ravi.

Elle se sentit perdre à nouveau connaissance et en fut presque soulagée.

9.

L'Hercule C-130 orange et blanc avait décollé de St. John's à l'aube et avait mis cap à l'est pour attaquer ses sept heures de surveillance. C'était un des avions de la Patrouille internationale d'observation de la banquise. A sa vitesse de croisière de cinq cents kilomètres-heure, il aurait, d'ici la fin de son service, ratissé une zone de quatre-vingt mille kilomètres carrés.

L'opérateur radar rêvassait. Il pensait à son prochain rendez-vous avec une jeune femme de Terre-Neuve. Il réfléchissait au moyen de la mettre dans son lit quand il vit un point clignoter sur l'écran du radar.

Le professionnalisme reprenant le dessus, il oublia aussitôt ses pensées lascives pour se concentrer sur l'écran. Le quadrimoteur était équipé d'un radar à balayage frontal et latéral et venait de signaler une grosse masse à vingt milles au nord.

La détection des icebergs a fait d'immenses progrès depuis 1912, date à laquelle fut créée la première patrouille des glaces pour éviter la répétition d'un drame comme celui du *Titanic*. Cependant, malgré les progrès de la technologie, l'identification des masses repérées est un art plus qu'une science.

L'opérateur essaya de déterminer s'il s'agissait d'un iceberg ou d'un gros bateau de pêche. Un déplacement du signal aurait indiqué que c'était un navire. Mais il restait stationnaire. De son œil exercé, l'opérateur étudia l'ombre portée sur le radar. L'une des extrémités de la cible ne renvoyait aucun écho. Ce phénomène indiquait qu'elle était plus haute qu'un navire.

C'était un iceberg !

Il informa le pilote et lui précisa les coordonnées de la cible. L'avion changea aussitôt de cap pour remonter plus au nord.

Le brouillard était si épais qu'il ne permettrait une identification *de visu* qu'à la dernière minute. L'avion descendit jusqu'à cent mètres au-dessus de l'eau. La brume s'écarta juste le temps pour l'équipage d'apercevoir un iceberg doté d'un sommet très haut et pointu sur un côté. Cela leur suffit.

Ils transmirent au plus vite ses coordonnées au centre opérationnel de la patrouille situé à Groton, dans le Connecticut. Là, un ordinateur en calcula la dérive prévisible. Un bulletin spécial fut diffusé par radio pour avertir tous les bateaux qui se trouvaient dans les eaux concernées. Le Beech Super King d'une compagnie aérienne locale travaillant pour le compte de sociétés de forages pétroliers en mer patrouillait à ce moment-là au-dessus des Grands Bancs. Dès qu'il capta le message, il se rendit au-dessus de l'endroit indiqué. Le brouillard commençait à se dissiper et il lui fut facile de repérer l'iceberg. Après deux passages à basse altitude, il envoya une confirmation par radio aux plates-formes et navires qui se trouvaient dans les parages.

Le *Leif Eriksson* naviguait tranquillement non loin de là quand il reçut l'alerte. Le capitaine poussa aussitôt à fond ses deux moteurs diesel de dix mille chevaux. Laissant un énorme sillage crémeux à la surface des eaux sombres, il s'élança dans la direction indiquée tel un gendarme à la poursuite d'un automobiliste.

Au moment de la diffusion du message radio, Austin et Zavala étudiaient une carte à l'intérieur du poste de commandement.

— Serait-ce notre Moby-berg ? demanda Austin.

— Ça m'en a tout l'air, d'après la description donnée, répondit le capitaine. Nous en aurons confirmation bien assez tôt.

Quelques minutes plus tard, Dawe dut demander aux mécaniciens de réduire la vitesse. Les voiles de brumes qui flottaient autour de l'étrave s'étaient épaissis au point que le navire se retrouvait enveloppé d'un brouillard opaque. Il poursuivit sa route sans la moindre visibilité, guidé seulement par les instruments électroniques.

Le capitaine ne quittait pas des yeux l'écran du radar et lançait de temps à autre un ordre bref à l'officier qui tenait la barre. La vitesse du navire n'était plus que de quelques nœuds et la tension sur la passerelle était perceptible. Ils se trouvaient à présent dans les eaux hantées où le *Titanic* avait sombré. Même avec des instruments électroniques capables de repérer un bateau miniature dans une flaque d'eau, les collisions entre navires et icebergs n'étaient pas rares. Et elles étaient quelquefois fatales.

Détournant un instant les yeux de l'écran, le capitaine poussa un grognement bizarre.

— Savez-vous avec quoi les Terre-Neuviens tuent les moustiques ?

— Avec un fusil de chasse, répondit Zavala.

— Parce qu'en leur tirant dans les yeux, on les rend aveugles et ils s'écrasent au sol, ajouta Austin.

— Ah ! Je vous l'ai déjà racontée ? Qu'à cela ne tienne, j'en ai plein d'autres en réserve.

Après cette boutade destinée à détendre l'atmosphère, le capitaine examina de nouveau l'écran du radar.

— Le brouillard se dissipe. Regardez bien. On devrait l'apercevoir d'une seconde à l'autre.

Plus personne ne parlait. Austin, qui scrutait l'immensité grise, s'écria soudain :

— Le voilà !

La silhouette fantomatique d'un gigantesque iceberg se dressait au loin.

Ses contours se précisèrent peu à peu. Partant de son côté le plus bas, la montagne de glace s'élevait jusqu'à un point culminant aussi haut qu'un immeuble de quinze étages. Le rayon de soleil qui avait percé la couche de brouillard le faisait scintiller comme un miroir. Il était d'une blancheur éblouissante, à l'exception de quelques taches bleu azur à l'endroit des crevasses qui, ayant fondu puis regelé, étaient dénuées des bulles d'air qui reflètent la lumière.

Le capitaine donna une grande claque dans le dos d'Austin et de Zavala.

— Allez chercher vos harpons, les garçons ! Nous avons retrouvé Moby-berg.

Il contemplait l'énorme masse avec ravissement.

— Superbe, hein ?

— Un joli petit glaçon, en effet, commenta Austin. Et dire que la partie émergée n'en représente qu'un huitième !

— Il y a de quoi préparer des milliards de margaritas avec ça ! dit Zavala, visiblement impressionné.

— Cet iceberg est un monstre, comme celui qu'a

heurté le *Titanic*. Dans ces parages, ils font, en moyenne, soixante à soixante-dix mètres de long pour un poids de deux cent mille tonnes. Celui-ci doit mesurer pas loin de cent mètres de long et peser cinq cent mille tonnes. Deux fois plus que celui du *Titanic*.

Le capitaine donna l'ordre à son second de faire le tour de l'immense masse de glace, en n'approchant pas à plus de cent pieds.

— Il faut être extrêmement prudents, expliqua-t-il.

— Ces éperons à fleur d'eau doivent vous nettoyer une coque en moins de deux, remarqua Austin.

Le capitaine ne quittait pas l'iceberg des yeux.

— C'est plutôt ce qu'on ne voit pas qui m'inquiète. Les fissures bleues sont des points faibles. Un gigantesque bloc de glace pourrait s'en détacher à tout moment et sa chute dans l'eau suffirait à nous envoyer par le fond.

Dawe adressa aux deux hommes un petit sourire.

— Toujours aussi contents d'être avec nous ?

Austin acquiesça d'un signe de tête. Il était fasciné par cette montagne de glace, majestueuse et redoutable à la fois.

Zavala ne regrettait pas d'être venu. Lui aussi était comme hypnotisé par l'iceberg.

— Quelle splendeur ! murmura-t-il.

— Eh bien tant mieux s'il vous plaît, mes amis, parce que ce bébé, je vous l'offre. Un bateau de la NUMA m'a sorti du pétrin il y a quelques années. Alors, c'est ma façon à moi de vous remercier. Pour être couverts par l'assurance, les propriétaires du *Leif Eriksson* ont exigé que vous ayez un contrat de travail temporaire. Vous l'avez. Alors, il n'y a plus qu'à se mettre au boulot ! Vous me paraissez doués pour la chasse aux icebergs.

Dawe les avait déjà laissés participer au tractage de quelques blocs de glace. Leur esprit d'équipe et la rapidité avec laquelle ils avaient assimilé la technique l'avaient impressionné.

— Ces blocs-là n'étaient pas plus gros qu'une maison, lui fit remarquer Austin. Celui-là fait la taille du Watergate !

— La technique est la même. Repérer, encercler, arrimer, remorquer. Je serai derrière vous si vous avez un problème. Alors, allez mettre vos cirés. On se retrouve sur le pont.

Austin et Zavala souriaient comme deux gamins à qui l'on vient d'offrir leur premier vélo. Après avoir remercié le capitaine, ils descendirent dans leur cabine enfiler plusieurs couches de vêtements chauds et, par-dessus, leur pantalon et leur blouson en ciré jaune. Quand ils remontèrent sur le pont, le vent avait forci. La surface agitée de l'océan faisait penser à la peau d'un alligator.

Le capitaine les regarda aider l'équipage à nouer bout à bout des rouleaux de câble de quatre cents mètres de long. Le câble utilisé était en polypropylène et faisait vingt centimètres de diamètre. De la bitte cylindrique du pont arrière où il était arrimé, il était largué dans l'eau petit à petit par la large ouverture ménagée dans le bastingage. Son bout libre était attaché à une balise orange. L'opération terminée, Austin prévint le capitaine par son émetteur radio portable.

L'*Eriksson* dessina alors un large cercle autour de l'iceberg sans s'en approcher de plus de soixante mètres. Il s'arrêtait régulièrement pour donner à l'équipage le temps de nouer entre eux de nouveaux rouleaux de cordage.

Quand le navire fut revenu à son point de départ, la bouée fut remontée à bord. Austin donna l'ordre d'y attacher un filin d'acier de manière à ce que la totalité du câble reste immergée. Cette précaution visait à éviter le risque qu'il ne glisse par le haut sur la surface glacée de l'iceberg. Le capitaine vint examiner l'ensemble.

— Bon boulot, commenta-t-il. C'est maintenant que commence la partie de plaisir.

Il remonta avec Austin et Zavala sur la passerelle de commandement. L'iceberg devait se trouver à environ huit cents mètres du navire. Pour Dawe, c'était la distance de sécurité minimum pour le remorquage.

— Je vous rends les commandes, lui dit Austin.

Il savait que la manœuvre qui allait suivre demandait une grande expérience. Il arrivait parfois que les icebergs remorqués basculent en avant et il y avait toujours le risque que le câble se prenne dans les hélices.

Le capitaine donna l'ordre de pousser les moteurs à fond. Le câble se tendit. Le bateau luttait dans un bouillonnement d'écume contre la force d'inertie de l'iceberg. Le géant de glace finit par bouger et le cortège s'ébranla lentement. Il leur faudrait des heures pour atteindre ne serait-ce qu'une vitesse de un nœud.

La manœuvre terminée, Austin s'excusa, descendit dans sa cabine et en revint quelques instants plus tard avec un carton, qu'il tendit au capitaine. En découvrant son contenu, Dawe eut un grand sourire. Il en sortit un Stetson à large bord, qu'il mit sur sa tête.

— Il est un peu grand, mais je peux le bourrer de papier journal. Merci, les garçons.

— C'est une façon bien modeste de vous remercier d'avoir bien voulu nous prendre à bord, lui dit Austin.

Zavala avait du mal à détacher ses yeux de l'iceberg, à côté duquel le bateau paraissait minuscule.

— Qu'est-ce qu'on va faire de ce monstre ?

— On va le remorquer jusqu'à ce qu'on rencontre un courant capable de l'entraîner loin de la plate-forme pétrolière. Cela risque de prendre plusieurs jours.

— Capitaine, dit l'officier penché sur l'écran du radar, venez voir. J'ai repéré un signal. On dirait que la cible se dirige vers la plate-forme Great Northern.

Il avait dessiné trois croix au crayon gras sur un grand cache transparent et les avait reliées entre elles pour montrer la direction et la vitesse de déplacement de la cible. Le capitaine prit une règle plate et la posa sur les marques.

— Pas bon du tout, ça, murmura-t-il. C'est un bateau qui se dirige droit sur la plate-forme pétrolière. Et à grande vitesse.

Il envoya un message radio à la plate-forme Great Northern. Son opérateur radar avait déjà repéré le bateau et cherché à entrer en communication avec lui, mais ce dernier n'avait pas répondu. Il s'apprêtait à contacter le *Leif Eriksson* quand Dawe l'avait appelé.

— On est un peu inquiets ici, expliqua l'opérateur. Il nous arrive droit dessus.

— C'est ce qu'on dirait. Il doit être à environ seize kilomètres de la plate-forme.

— C'est bien trop près.

— Dans ce cas, nous allons abandonner l'iceberg que nous remorquons, pour essayer de l'intercepter. Combien de temps faut-il pour déplacer la plate-forme ?

— On a déjà commencé, mais s'il continue à cette vitesse et dans la même direction, il sera là avant qu'on ait pu bouger.

— Continuez les appels radio. De notre côté, nous allons lui envoyer des signaux.

— Désolé, les gars, dit le capitaine en se tournant vers Austin et Zavala. On va devoir relâcher votre iceberg.

Austin avait assisté à l'échange radio. Il enfila le blouson de son ciré, en rabattit la capuche et sortit sur le pont, aussitôt imité par Zavala.

La technique de décrochage consistait à faire exactement le contraire de la manœuvre d'amarrage. Les marins du pont lancèrent à l'eau la bouée à laquelle était attachée l'extrémité libre du câble, puis Dawe fit faire au bateau le tour de l'iceberg en sens inverse tandis que l'équipage rentrait les centaines de mètres de câble. Dès que la dernière section fut remontée et qu'il n'y eut plus de risque qu'il se prenne dans les hélices, le capitaine donna l'ordre de pousser les moteurs à fond.

Pendant que Zavala restait sur le pont pour aider l'équipage, Austin remonta sur la passerelle de commandement. Le capitaine avait un micro à la main.

— Toujours pas réussi à les joindre ?

Dawe fit un signe de tête négatif. Il paraissait soucieux et commençait même à s'énerver.

— On ne devrait plus être loin de ces abrutis.

Il alla étudier l'écran du radar. Une nouvelle croix avait été tracée sur la ligne droite indiquant la course du mystérieux bateau. Une autre ligne droite, qui venait couper la première, montrait la position de l'*Eriksson* lui-même.

— Quelles sont les chances pour la plate-forme de résister à une collision ?

— Elles sont faibles. La Great Northern est semi-submersible. Ses pontons la protègent un peu, mais pas comme l'Hibernia, qui est ancrée au fond et entourée d'une large barrière de béton.

Pour avoir travaillé en mer du Nord, Austin connaissait bien le monde des plates-formes. Il savait que celles qu'on appelle « semi-submersibles » tiennent plus du bateau que de la plate-forme classique et sont essentiellement utilisées en eaux profondes. Les quatre pieds posés sur des pontons jouent le rôle de coque de bateau et la plate-forme est conçue de manière à pouvoir être remorquée, bien que certaines d'entre elles soient capables de se déplacer seules. Quand une plate-forme de ce genre arrive au-dessus du puits à exploiter, les pontons sont immergés. Et ce sont d'énormes ancres qui servent à la maintenir en place.

— Combien y a-t-il de personnes sur celle-ci ? demanda Austin.

— Il peut y en avoir jusqu'à deux cent trente.

— Auront-ils le temps d'effectuer la manœuvre ?

— Ils remontent actuellement les ancres et les bateaux de service sont prêts à attaquer le remorquage. Mais si la plate-forme est capable d'esquiver les icebergs à dérive lente signalés par la patrouille de surveillance, elle n'est pas équipée pour fuir devant un bateau fou.

Austin avait bien noté le terme employé par Dawe. Il sous-entendait que le mystérieux bateau n'était plus sous contrôle. Pour sa part, il pensait qu'il l'était bel et bien et que c'était sciemment qu'on le dirigeait droit sur la plate-forme Great Northern.

Un matelot à la vue perçante indiquait un point sur l'eau par tribord avant.

— Je le vois !

Austin lui emprunta ses jumelles et ajusta la mollette. Il reconnut alors le profil d'un porte-conteneurs. Les gros caractères peints sur la coque rouge indiquaient que le bâtiment appartenait à une compagnie maritime du nom d'Oceanus Lines, et il put déchiffrer son nom, écrit en lettres blanches sur la large proue : *Ocean Adventure*.

Les deux navires avançaient en parallèle à environ quatre cents mètres de distance l'un de l'autre. L'*Eriksson* essayait par des signaux lumineux et de longs coups de sirène d'attirer l'attention de l'autre bâtiment. Mais l'*Ocean Adventure* poursuivait sa course sans ralentir. Le capitaine Dawe donna l'ordre qu'on continue les alertes visuelles et les messages radio.

La plate-forme était maintenant en vue. Elle semblait posée sur l'eau tel un gros insecte à quatre pattes. On apercevait déjà son immense derrick et sa piste d'atterrissage circulaire.

— Est-ce qu'elle a son propre hélicoptère ? demanda Austin au capitaine.

— Oui. Mais il est en train de revenir après un transport sanitaire et il arriverait trop tard pour procéder à une évacuation.

— Je ne pensais pas à une évacuation. Je pensais qu'il pourrait déposer quelqu'un sur le navire.

— Il n'en aura pas le temps. Au mieux, il pourra recueillir les survivants… s'il y en a.

Austin releva les jumelles.

— N'anticipons pas déjà la catastrophe, dit-il. Peut-être y a-t-il encore une chance de sauver la plate-forme.

— C'est impossible ! La collision va l'envoyer par le fond comme une grosse pierre.

— Regardez le flanc du navire vers le milieu et dites-moi ce que vous voyez.

Le capitaine prit les jumelles.

— Une échelle de corde qui descend presque jusqu'à la surface de l'eau, répondit-il.

Austin lui fit part de son plan.

— C'est de la folie, Kurt. Trop dangereux. Joe et vous risqueriez d'y laisser votre peau.

Austin lui répondit avec un petit sourire :

— Sans vouloir vous offenser, capitaine, si vos blagues sur les habitants de Terre-Neuve ne nous ont pas tués, rien ne le fera.

A son expression, le capitaine vit qu'il était à la fois décidé et confiant. Si quelqu'un pouvait tenter l'impossible, c'était bien cet Américain et son copain.

— Très bien, dit-il. Je vous donnerai tout ce qu'il vous faudra.

Austin remit son blouson de ciré, en remonta la fermeture jusqu'au cou et sortit sur le pont exposer la situation à Zavala. Ce dernier le connaissait assez pour ne pas s'étonner de l'audace de son projet, au mépris des risques.

— L'idée est assez simple, au fond, commenta-t-il. C'est ses chances de réussite qui m'inquiètent.

— Il y en a toujours plus que de gagner au loto.

— A peu près autant, dirais-je. C'est au niveau de l'exécution que ça risque de coincer.

— Evite le mot « exécution », veux-tu ? dit Austin avec une expression mi-figue mi-raisin.

— Désolé pour ce lapsus. Et qu'en pense le capitaine ?

— Il dit que c'est de la folie.

Zavala fixa un instant le porte-conteneurs qui continuait de fendre les flots gris parallèlement à l'*Eriksson*. Son esprit habitué aux calculs estimait sa vitesse et sa direction, compte tenu de l'état de la mer.

— Dawe a raison, Kurt. Nous n'avons aucune chance.

— Tu es donc de la partie ?

Zavala hocha la tête.

— Bien sûr ! Ça devenait ennuyeux, cette chasse aux icebergs.

— Merci, Joe. Pour moi, ce qu'il faut voir, c'est les résultats espérés par rapport aux risques.

Zavala voyait très bien à quoi Austin faisait allusion.

— Combien y a-t-il d'hommes sur la plate-forme ?

— D'après le capitaine, plus de deux cents, sans compter l'équipage du porte-conteneurs.

— Le calcul est facile. D'un côté, les risques sont élevés mais pas insurmontables. De l'autre, il y a plus de deux cents vies en jeu, qu'on va peut-être arriver à sauver.

— C'est ce que je me dis.

Il enfila un gilet de sauvetage et en lança un à Zavala. Ils échangèrent une vigoureuse poignée de main pour sceller leur accord, puis Austin leva le pouce en direction du capitaine Dawe, qui les avait regardés discuter du haut de la passerelle.

Sur les ordres précis du capitaine, le navire fut placé vent de travers, puis maintenu sur place pour permettre à Austin et Zavala de lancer le canot pneumatique rouge vif à l'eau du côté abrité du vent. Le navire avait beau en atténuer la force, l'annexe se retrouva ballottée comme un canard en plastique dans une baignoire.

Austin était équipé d'un talkie-walkie avec micro et oreillette, pour que Dawe puisse le tenir informé de l'avancement de la manœuvre de déplacement de la plate-forme. Si toutes les ancres étaient relevées à temps et qu'elle était remorquée assez loin pour éviter la collision avec le porte-conteneurs, ou si celui-ci déviait de sa route, Dawe préviendrait aussitôt Austin pour qu'il annule l'opération d'abordage envisagée. En revanche, si la collision semblait imminente, ce serait à lui de jouer.

Austin resta un instant suspendu au bas de l'échelle, tandis que les vagues venaient exploser sur ses pieds, puis il se lâcha pour sauter dans l'annexe, dont le fond était aussi glissant qu'un trampoline mouillé. Il aurait été éjecté s'il ne s'était pas cramponné aux poignées de sécurité pour résister aux violentes secousses qui agitaient l'embarcation.

Dès que celle-ci se fut stabilisée sous son poids, il mit en marche le moteur hors bord de soixante-quinze chevaux. Il pétaradait dans un bouillonnement d'écume tandis que l'annexe montait et descendait avec les vagues. Austin se cramponna à l'échelle du navire pour permettre à Zavala de le rejoindre. Ce dernier sauta dans le canot pneumatique avec l'agilité d'un chat, détacha les cordages qui le retenaient par l'avant et l'arrière, et donna une forte poussée pour l'écarter du navire.

Quand Austin lui eut passé la barre, il poussa les gaz à fond et lança l'embarcation dans sa course folle pour intercepter l'*Ocean Adventure*.

10.

De la passerelle de l'*Ocean Adventure* haute comme le sommet d'un immeuble de six étages, le capitaine Irwin Lange avait une vue imprenable sur presque toute la longueur de son navire. Quand les hélicoptères étaient apparus dans le ciel et s'étaient posés sur les piles de conteneurs, il était à son poste. Sa première réaction avait été l'étonnement en voyant à travers les larges vitres de la passerelle ce qui se passait sur le pont.

Il était fier de son calme germanique. Son visage carré, qui dénotait un caractère bien trempé, ne trahissait jamais aucune émotion. Mais, cette fois, c'en était trop. Il fronçait les sourcils, furieux que les hélicoptères aient atterri sans lui en demander l'autorisation. Son esprit logique écarta aussitôt l'hypothèse d'un atterrissage en catastrophe. Un hélicoptère aurait pu être en difficulté, mais pas deux.

Ce qui se passait était anormal, et même inacceptable. L'œil rivé à ses jumelles, il sentit croître sa fureur en voyant une douzaine d'hommes vêtus de noir bondir des appareils, courbés en avant pour éviter les pales qui tournaient encore. Ils disparurent très vite derrière les piles de conteneurs, mais avant qu'ils sortent de son champ de vision, il eut le temps de noter qu'ils étaient armés. Sa colère se transforma alors en désarroi.

Des pirates !

Il déglutit avec difficulté. Ce n'était pas possible ! Les pirates sévissaient en mer de Chine, le long des côtes de Sumatra. Ou encore au large du Brésil ou de l'Afrique de l'Ouest. Mais qu'ils viennent opérer dans une zone glaciale et brumeuse comme les Grands Bancs, il ne pouvait même pas l'imaginer.

Depuis qu'il naviguait entre l'Europe et l'Amérique, c'est-à-dire de nombreuses années, les seuls actes de piraterie qu'il avait pu voir de ses yeux étaient ceux présentés sur la vidéo de démonstration d'un groupe d'assurances. La compagnie maritime propriétaire du navire l'avait distribuée à tous ses capitaines en leur demandant de la visionner avec les officiers du bord. Les images montraient des pirates asiatiques à la mine patibulaire arrivant dans des vedettes rapides et montant à l'abordage d'un pétrolier.

Lange essayait désespérément de se souvenir des conseils donnés dans la vidéo.

La vigilance est la meilleure des préventions contre les pirates.

Ils n'avaient pas prévu le cas de pirates tombant du ciel !

Faites de votre navire une citadelle imprenable.

Il était trop tard pour fermer toutes les écoutilles !

Ne cherchez pas à résister aux pirates.

Aucun risque ! Il n'y avait rien d'autre à bord que des pistolets de détresse. Et ni les officiers allemands ni les hommes d'équipage, des Philippins pour la plupart, n'étaient formés au maniement des armes.

Gardez votre sang-froid.

Ah ! voilà au moins une chose dont il était capable.

Il se tourna vers son second, aussi surpris que lui par l'arrivée soudaine des hélicoptères.

— Je pense que c'est une attaque de pirates, dit-il du même ton neutre avec lequel il annoncerait qu'un grain se prépare.

L'expression de panique de l'officier en second, plus jeune que lui, montrait bien qu'il était loin de posséder le sang-froid du capitaine.

— Des pirates !? Que faut-il faire ?

— N'offrir aucune résistance. Je vais lancer un SOS.

Au moment même où il prenait en main le micro, le haut-parleur de la radio de bord grésilla.

— Je m'adresse au commandant de l'*Ocean Adventure*. Est-ce que vous m'entendez ?

— Je suis le commandant, répondit Lange froidement. Qui êtes-vous ?

L'autre ignora sa question.

— Nous rassemblons en ce moment votre équipage sur le pont et nous interceptons toutes vos liaisons radio, alors inutile de lancer un message de détresse. C'est bien compris, capitaine Lange ?

Comment connaissaient-ils son nom ?

— Oui, j'ai compris, articula le capitaine avec difficulté.

— Très bien. Restez où vous êtes.

Le premier souci du capitaine était d'assurer la sécurité de ses vingt membres d'équipage. S'il les alertait, peut-être certains arriveraient-ils à se cacher. Il appela la salle des machines par le téléphone intérieur. Pas de réponse. Il essaya le mess des officiers. Personne. Luttant contre un soudain accès de panique, il essaya le salon des officiers. Pas de réponse non plus.

Il entendit alors des pas lourds dans l'escalier d'accès à la passerelle. Un groupe d'hommes armés fit irruption dans le poste de commandement. Quatre d'entre eux portaient des tenues noires identiques et leurs visages étaient cachés par des cagoules ne laissant voir que leur regard haineux. Le cinquième homme portait une veste de ciré sur son jean, et son visage était découvert. Le capitaine reconnut Juan, un Philippin qui travaillait à la salle des machines.

Il crut d'abord qu'il était l'otage des autres, jusqu'à ce qu'il remarque le revolver dans sa main. En voyant la consternation se peindre sur son visage, le Philippin eut un large sourire édenté. Le capitaine comprit ainsi qu'il était de mèche avec les pirates. Voilà pourquoi ils avaient pu prendre aussi vite le contrôle du navire. Voilà pourquoi ils connaissaient son nom. Juan avait dû les conduire directement à la salle des machines, puis aux autres parties du bâtiment.

L'un des pirates s'approcha de la console de commandement et en écarta le second.

— Que faites-vous ? lui demanda le capitaine.

L'homme rentra dans l'ordinateur de bord des chiffres inscrits sur un papier. Il enclenchait ainsi le pilote automatique. Il lança ensuite un ordre d'une voix autoritaire.

— Vous et les deux autres, descendez sur le pont.

Lange projeta sa mâchoire en avant en signe de défi, mais il obtempéra et dit à ses officiers d'en faire autant. Arrivé sur le pont, avec son blouson léger, il se sentit transpercé par le vent glacial. Il aurait, de toute manière, été refroidi par la vue qui l'attendait. Le reste de l'équipage était rassemblé tel un troupeau sous la garde d'hommes armés. Un autre Philippin, employé à bord comme Juan, aidait manifestement les pirates.

Sous la poussée des revolvers, les hommes d'équipage étaient conduits vers le pont arrière. D'autres pirates s'activaient pour enrouler une grosse corde autour d'un objet ayant la taille d'un homme, enveloppé dans une bâche.

Lange posa les yeux sur celui qui vérifiait la solidité des nœuds. Il était très grand ; plus d'un mètre quatre-vingt-dix. A côté de lui, les autres avaient l'air de nains. Ses bras paraissaient trop longs par rapport à son corps pourtant massif. Quand il se tourna, Lange put voir son visage, car il n'était pas cagoulé. Il le fixait d'un regard angélique.

— Vous avez bien fait d'obéir à mes ordres, capitaine.

Lange reconnut la voix qui l'avait dissuadé de chercher à envoyer un message de détresse. Son ton jovial et doux était des plus surprenants.

— Qui êtes-vous ? demanda-t-il. Et que faites-vous sur mon bateau ?

— Que de questions ! dit l'homme en secouant la tête. Nous n'avons malheureusement pas le temps d'y répondre.

Le capitaine changea de tactique.

— Je veux bien coopérer avec vous, à condition que vous ne fassiez aucun mal à mon équipage.

Les coins de la bouche presque féminine se relevèrent en un grand sourire.

— Ne vous inquiétez pas, nous comptons laisser votre bateau et l'équipage comme nous les avons trouvés.

Lange n'était pas idiot. Le fait que l'homme n'ait pas dissimulé son visage signifiait qu'il ne craignait pas d'être identifié ultérieurement. Sur un mouvement de tête de sa part, l'un des pirates enfonça son revolver dans le dos du capitaine et lui ordonna de s'allonger face contre terre comme les autres membres de l'équipage. On lui ligota les mains et les chevilles avec un ruban adhésif résistant.

— Et la femme ? demanda Juan à l'homme qui avait un visage rond de bébé. Qu'est-ce qu'on en fait ?

— Fais-en ce que tu veux, répondit l'homme. Elle nous a déjà causé assez d'ennuis comme ça. Mais dépêche-toi.

Il sembla se désintéresser aussitôt du sujet et reporta son attention sur l'objet enveloppé dans la bâche.

Juan caressa le manche du couteau accroché à sa ceinture et partit de l'autre côté du pont pour exécuter son noir dessein. L'excitation lui faisait presser le pas. Depuis que Carina était à bord, il la regardait avec des yeux concupiscents, cherchant à imaginer comment elle était sans son épaisse couche de vêtements. Il se passa la langue sur les lèvres au souvenir de ce corps féminin, chaud et souple, qu'il avait porté pour le déposer à l'intérieur du conteneur. Il n'avait que quelques minutes devant lui, mais il allait lui apprendre ce qu'était un homme, un vrai, juste avant de la tuer.

Au moment où il se mettait à courir, il jeta un coup d'œil vers l'océan et eut la désagréable surprise de voir émerger du brouillard un navire qui avançait parallèlement au porte-conteneurs. Un canot pneumatique ballotté par les vagues se dirigeait vers l'*Ocean Adventure*. Il y avait deux hommes à son bord.

Le Philippin faillit donner l'alerte, mais cela ne lui

laisserait pas assez de temps avec la femme. La concupiscence l'emporta sur le bon sens. Il se débrouillerait tout seul.

Il se baissa pour pouvoir continuer à avancer sans être vu. Le canot semblait viser un point au milieu du navire. Le Philippin y arriva le premier. Il sortit son couteau, s'aplatit sur le pont comme un crocodile guettant sa proie, et regarda le canot approcher.

Cette journée-là allait être particulièrement riche en sensations.

11.

Le canot à fond plat volait au-dessus des flots. Zavala aurait pu mettre fin à ces sauts de carpe en réduisant la vitesse, mais il n'était pas question qu'ils se laissent semer par le porte-conteneurs.

— On se croirait dans une voiture qui a les quatre pneus crevés, commenta Austin d'une voix assez forte pour couvrir le bruit du moteur.

Au moment où Zavala s'apprêtait à répondre, une vague vint lui exploser au visage. Il cligna les yeux et recracha.

— Tu l'as dit ! Saletés d'ornières !

Le canot se rapprochait peu à peu du porte-conteneurs, mais devait lutter contre les énormes vagues d'écume projetées par la coque immense. Zavala avait l'impression qu'on lui arrachait le bras tant la barre était difficile à tenir. A chaque vague, ils étaient repoussés en arrière. Mais, grâce à son adresse et à son œil exercé, il réussit à approcher du milieu du grand bâtiment.

Le porte-conteneurs semblait doué d'une force invincible. Malgré les vagues qui venaient se briser sur son étrave large et haute, il fendait les flots. Une barrière écumante se dressait entre Austin et son objectif : le bas de l'échelle de corde qui pendait presque jusqu'à la surface de l'eau. C'était l'échelle qui permettait aux pilotes des ports d'atteindre l'échelle de coupée métallique située beaucoup plus haut.

Vue du pont de l'*Eriksson,* la mission qu'Austin s'était fixée paraissait difficile, certes, mais pas impossible. Seulement voilà, l'*Ocean Adventure* était long comme un gratte-ciel qu'on aurait couché sur le côté. Pire, c'était un gratte-ciel en mouvement. En regardant d'en bas les remparts de la forteresse qu'il comptait escalader, il se dit qu'il s'était peut-être attaqué à un trop gros morceau.

Il écarta cette pensée négative, remonta à quatre pattes vers l'avant du canot en enfonçant ses doigts dans la surface glissante des boudins en caoutchouc. Quand il se sentit prêt, il leva le bras et fit signe à Zavala de diriger le canot droit sur l'échelle. Le bouillonnement d'écume blanche rejetait l'embarcation en arrière, mais, telle une mouche balayée par une vache, elle revenait à la charge, les gaz poussés à fond.

Austin se cramponnait à l'avant pendant que Zavala essayait d'approcher de la coque du porte-conteneurs sans offrir le flanc du canot aux vagues, qui auraient vite fait de le retourner. L'écume glacée lui piquait les yeux et brouillait sa vue. Le bruit conjugué des paquets de mer, du moteur hors-bord et des moteurs du navire lui interdisait toute communication. Et même toute réflexion. C'était aussi bien, car s'il analysait une seconde ce qu'il allait tenter, il ne le ferait pas.

Ses muscles commençaient à être douloureux à force de résister aux vagues qui le secouaient violemment. S'il n'agissait pas tout de suite, ce serait l'épuisement qui l'empêcherait d'agir. Son courage et sa détermination étaient ses seules armes pour défier les lois de la physique.

Son talkie-walkie grésilla.

— Kurt, revenez.

C'était le capitaine Dawe.

— Peux pas. Trop occupé, cria-t-il dans son micro.

— Je sais. Je vous vois. La plate-forme a appelé. Le câble de la dernière ancre vient de s'emmêler. La collision est inévitable. Vous feriez mieux de vous sortir du milieu. L'impact va être épouvantable.

Austin prit aussitôt sa décision. Il montra à Zavala le porte-conteneurs et hurla par-dessus son épaule.

— La plate-forme est coincée, Joe. En avant, on y va !

Zavala leva le pouce pour indiquer qu'il avait compris et poussa la barre avec doigté pour rapprocher le canot du navire. Une fois de plus, la petite embarcation devait lutter contre la vague immense provoquée par le porte-conteneurs. Se laissant emporter sur sa crête comme un surfeur de Hawaii, elle arriva enfin un peu plus haut que l'emplacement de l'échelle.

L'échelle s'était entortillée dans les cordes de sûreté qui pendaient des deux côtés. Zavala poussa le moteur à fond et chercha le meilleur angle d'approche. Le canot gîta comme un voilier et les deux hommes se précipitèrent de l'autre côté pour faire contrepoids. Ils réussirent à passer le sillage bouillonnant et n'étaient plus très loin de l'échelle, qui battait contre l'immense coque.

Leur canot luttait comme un saumon remontant le courant. Quand l'échelle fut enfin à portée de sa main, Austin coinça ses deux pieds sous les boudins en caoutchouc latéraux, enleva son gilet de sauvetage et se redressa à moitié. Il avait besoin de sa liberté de mouvement et le gilet lui serait bien inutile s'il ratait son coup. Il n'aurait pas de seconde chance et, s'il n'arrivait pas à agripper l'échelle, il serait précipité à l'eau, aspiré sous la coque du bateau et probablement broyé par les hélices.

Sentant le canot reculer sous ses pieds, il lança ses bras le plus haut possible au-dessus de sa tête, mais il lui manquait encore quelques centimètres pour atteindre le dernier échelon de corde. Tout son corps était désespérément tendu au-dessus de la proue du canot, mais ses mains n'attrapaient que du vide. La distance entre ses doigts et l'échelle était en train d'augmenter. Bientôt, ce serait le point de non-retour. L'échelle qui battait contre la coque fut soudain projetée en avant et il en agrippa le dernier échelon.

Au moment où ses doigts se refermaient sur le cordage, Zavala enclencha prestement la marche arrière pour éviter que le canot ne se retourne. Suspendu à l'échelle, aveuglé par l'écume, Austin tendit la main vers le haut, cherchant à tâtons l'échelon supérieur. Il réussit à le saisir, mais malgré leur enrobage de caoutchouc, les échelons balayés par la mer étaient extrêmement glissants. Une vague le cingla soudain à hauteur de la taille et le tira violemment vers le bas. Il se cramponna de toutes ses forces pour ne pas être emporté et réussit à se hisser plus haut.

Sous son poids, l'échelle battait moins fort, mais elle s'entortillait encore sur elle-même. De douleur, il faillit tout lâcher quand une de ses mains se trouva écrasée contre la coque d'acier. C'était comme si on lui avait plongé les jointures des doigts dans de l'acide.

Essayant d'oublier sa douleur, il reprit sa périlleuse ascension.

Il renversa la tête en arrière pour évaluer à quelle distance se trouvait encore l'échelle de coupée. Ce qu'il vit l'encouragea. Il avait gravi la moitié des échelons de corde. Plus que quelques-uns et il atteindrait la petite plate-forme située au bas des marches métalliques.

Après avoir gravi deux autres échelons, il leva de nouveau la tête. Quelqu'un l'observait depuis les deux fines rampes verticales, fixées en haut de l'échelle de coupée pour faciliter l'arrivée sur le pont. L'homme avait la peau basanée et les cheveux en bataille. De sa bouche édentée, il lui souriait d'un air goguenard.

Le visage disparut et un bras jaillit en avant, tenant une sorte de coutelas dont la lame commença à entailler la corde d'un des montants de l'échelle.

— Hé ! s'écria Austin, incapable d'articuler un autre mot.

La main qui tenait le couteau hésita un instant avant de reprendre son travail. Quand la corde céda, l'échelle dégringola d'un cran en projetant Austin contre la coque. Sous la violence du choc, il faillit tout lâcher. Il réussit à rester cramponné et leva de nouveau la tête.

— *Nom de Dieu !* souffla-t-il entre ses dents, alors que le couteau s'attaquait au deuxième montant.

Il saisit au vol une corde de secours qui claquait dans le vent et s'y cramponna des deux mains pendant que le couteau continuait de cisailler la corde. L'échelle, qui ne tenait plus que par un fil, tomba dans le tourbillon d'écume et disparut aussitôt.

La tête d'Austin vint heurter la coque aussi fort qu'un marteau frappant une cloche. Sous la violence du choc, il vit trente-six chandelles, mais lutta pour ne pas perdre connaissance. Il était conscient qu'un seul coup de couteau suffirait à trancher la corde et à le précipiter à jamais au fond de l'eau. Prenant appui avec ses pieds contre la coque, il se propulsa vers le bas de l'échelle de coupée, et s'accroupit promptement sous la plate-forme. Il espérait de cette façon échapper au regard de son agresseur.

Il resta ainsi quelques minutes. Puis, quand il n'y tint plus, il se hissa en souplesse sur la plate-forme et monta à quatre pattes les quelques marches permettant d'accéder au pont. Il y émergea dans une posture défensive maladroite et fut heureux de voir que personne ne l'y attendait.

Du haut du pont, il fit signe à Zavala, qui maintenait un cap parallèle à celui du porte-conteneurs. Zavala agita la main à son tour.

La voix affolée du capitaine Dawe se fit entendre dans le talkie-walkie malgré un fort grésillement.

— Ça va, Kurt ?

Il avait l'impression d'être passé dans un hachoir à viande, mais répondit :

— On ne peut mieux, cap'taine. Je suis sur le bateau. Combien de temps ai-je devant moi ?

— Le navire se trouve à cinq milles de la plate-forme. Mais il ne faut pas sous-estimer le temps d'inertie quand il vire ou essaie de s'arrêter.

Austin s'élança vers l'arrière du bateau, mais fut arrêté en pleine course par un long cri de femme. Il provenait d'un espace situé entre deux piles de conteneurs. C'était un hurlement de terreur.

12.

Carina avait repris conscience quelques instants à peine avant l'abordage d'Austin. Mais son retour dans le monde des vivants s'accompagnait de vifs élancements dans la tête, d'une vision brouillée et de spasmes de nausée.

La douleur et l'inconfort l'empêchaient de repartir dans les limbes. Elle se rendit compte qu'elle était encore à l'intérieur du conteneur, coincée entre deux piles de caisses. Elle avait les bras étroitement ligotés derrière le dos. Pour aller plus vite sans doute, les pirates ne lui avaient pas attaché les chevilles.

Grâce à sa volonté, sa souplesse naturelle et son entraînement régulier à la salle de gym de l'UNESCO, Carina réussit à rouler sur le ventre. Puis en se servant au maximum de ses abdominaux, elle réussit à se mettre à genoux. Quand elle se redressa, elle avait les jambes flageolantes et le vertige. Elle attendit un moment qu'il se dissipe, puis elle se plaça de dos contre l'angle d'une des caisses pour essayer de cisailler le solide ruban adhésif qui lui emprisonnait les poignets.

Des échardes se plantèrent dans sa peau, mais elle surmonta la douleur et poursuivit ses efforts. Après quelques minutes de cette torture qu'elle s'infligeait à elle-même, elle parvint à faire glisser une de ses mains au-dessus du ruban adhésif.

Elle tentait encore de libérer ses poignets quand une silhouette apparut dans l'ouverture découpée au chalumeau.

Elle reconnut le visage de l'homme. Elle ne savait pas son nom, mais c'était un des matelots philippins qu'elle avait vu travailler sur le navire.

— Comme je suis contente de vous voir ! lui dit-elle avec un soupir de soulagement.

— Et moi, signorina, je suis *très* content de vous voir.

Carina perçut un danger dans le ton de sa voix et la lueur qui brillait dans son regard de prédateur.

— Les pirates sont partis ?

— Non, répondit l'homme avec un grand sourire. Nous sommes encore à bord.

« Nous », avait-il dit…

Carina voulut s'enfuir du conteneur, mais il lui barra la route.

— Que voulez-vous ? lui demanda-t-elle.

Elle regretta aussitôt sa question.

Les lèvres du Philippin se retroussèrent.

— Je viens vous tuer. Mais, d'abord, on s'amuse.

Il attrapa Carina par les épaules. Il était un peu moins grand qu'elle, mais beaucoup plus fort. En même temps qu'il lui faisait un croche-pied, il la poussa en arrière. Elle tomba à la renverse. Aussitôt, il se jeta sur elle et la cloua au sol. Pendant qu'elle se débattait pour se libérer, il sortit un couteau et trancha d'un seul geste sa ceinture en cuir.

Elle lançait des coups de poing vers le visage mal rasé de l'homme. Certains l'atteignirent au menton, mais leur puissance n'était pas suffisante pour le faire reculer. Il planta son couteau dans une caisse en bois afin d'avoir les deux mains libres. Carina se mit à hurler de toute la force de ses poumons. Personne ne viendrait à son secours sans doute, mais ses cris stridents dérangeraient peut-être son agresseur.

Il s'écarta d'elle. Aussitôt, elle tendit le bras pour saisir le couteau, mais il vit son mouvement et la frappa violemment à la mâchoire. Carina faillit s'évanouir de douleur. Elle arrêta aussitôt de se débattre. Elle sentit que l'homme lui descendait son jean aux genoux. Il avait l'haleine chargée et respirait bruyamment. Elle n'avait pas assez de force pour le repousser.

Soudain, une voix grave s'éleva.

— A votre place, je m'abstiendrais.

Le Philippin arracha le couteau planté dans la caisse, se releva d'un bond et tourna sur lui-même pour faire face à l'intrus.

Un homme à la large carrure se tenait dans le rectangle de lumière provenant de l'ouverture pratiquée au chalumeau dans la paroi du conteneur. A contre-jour, ses cheveux presque blancs lui faisaient comme une auréole autour de la tête.

Le Philippin bondit sur l'inconnu, son couteau à la main. Carina s'attendait à entendre un cri de douleur au moment où la lame s'enfonçait dans la chair, mais il y eut seulement un bruit semblable à celui que produit l'aiguisage d'un couteau de cuisine sur une meule.

Austin ayant ramassé sur le pont une tablette d'argile couverte de caractères cunéiformes, il la tenait devant lui à hauteur des genoux au moment où il était entré et avait vu ce qui se passait. Quand l'homme se retourna, il le reconnut : c'était celui qui avait sectionné l'échelle de corde. Avec une rapidité qui surprit son agresseur, il releva la tablette à hauteur de sa poitrine pour s'en faire un bouclier et la lame glissa dessus sans l'atteindre.

Aussitôt, il leva la tablette très haut au-dessus de sa tête et l'abattit violemment sur le crâne du matelot. La tablette explosa en morceaux. Le Philippin resta miraculeusement debout quelques secondes avant de s'écrouler comme un accordéon, les yeux révulsés.

Austin enjamba son corps qui tressautait encore et tendit une main à la jeune femme pour l'aider à se relever. Elle remonta en hâte son jean avec des doigts tremblants.

— Ça va ? lui demanda Austin.

Ses yeux bleus étaient pleins de sollicitude.

Carina acquiesça d'un mouvement de tête, puis elle jeta un regard haineux au Philippin qui gisait à terre.

— Merci de m'avoir tirée des griffes de cette ordure. J'espère que vous l'avez tué.

— Ça m'en a tout l'air. Vous faites partie de l'équipage ?

— Non, je suis passagère. Le bateau a été attaqué par des hommes arrivés en hélicoptère. Ils ont pris *Le Navigateur*.

Austin crut qu'elle parlait d'un des matelots.

— Qui ça ?

Carina se rendit compte de sa confusion.

— Le... *Le Navigateur*. C'est... c'est une statue.

Austin hocha la tête. La réponse de la jeune femme ne l'éclairait vraiment pas. Il ramassa le couteau tombé de la main de son agresseur.

— Désolé de ne pas pouvoir m'attarder. J'ai encore quelques problèmes urgents à régler. Essayez de vous trouver une autre cachette. Nous discuterons de tout cela au dîner.

Il ressortit aussitôt par l'ouverture du conteneur sous le regard hébété de Carina qui se demandait si elle n'avait pas rêvé. Qui était cet ange tombé du ciel, capable de la sauver, de se débarrasser froidement de son agresseur et de l'inviter à dîner, le tout en l'espace de quelques secondes, avant de disparaître ? Elle l'ignorait, mais décida de suivre son conseil. Après un dernier regard sur le Philippin, elle sortit en hâte pour aller se perdre dans le labyrinthe des piles de conteneurs.

Tout en remontant le pont gigantesque au pas de course, Austin savait que ses chances d'arriver à temps étaient plutôt minces. Le détour qu'il venait de faire pour sauver une demoiselle en danger risquait fort de leur coûter la vie à tous les deux. La distance à parcourir pour atteindre la passerelle de commandement, aussi haute qu'un immeuble, était bien trop grande.

Il courait si vite que ce fut seulement quelques mètres après l'avoir dépassé qu'il analysa ce que pouvait être le reflet métallique aperçu entre deux piles de caisses. En revenant sur ses pas, il comprit qu'il venait du guidon chromé d'un vélo appuyé contre un conteneur. Il aurait préféré une Harley Davidson, mais le vieux Raleigh trois vitesses dont se servaient les marins pour parcourir le pont gigantesque ferait l'affaire.

Il l'enfourcha et se mit à pédaler de toute la force de ses jambes musclées. Quelques instants plus tard, il aperçut de loin des corps étendus sur le pont juste au-dessous de la passerelle de commandement.

En approchant, il vit que les hommes étaient vivants, mais pieds et poings liés, et allongés face contre terre.

Il laissa tomber le vélo et alla vers l'homme corpulent qui gesticulait comme un fou pour se libérer. Il lui dit de ne pas bouger pendant qu'il faisait sauter avec la lame du couteau l'adhésif qui entourait ses poignets.

L'homme prit appui sur ses mains pour se redresser sur le côté. Il avait une cinquantaine d'années et un visage rond à la peau tannée. Il considéra un instant la lame du couteau, mais parut se détendre quand Austin lui libéra les chevilles et lui demanda s'il était un des officiers du bateau.

— Je suis le capitaine Lange. C'est moi le commandant de l'*Ocean Adventure*.

Austin l'aida à se mettre debout. Il avait les jambes flageolantes.

— Où sont partis les pirates ?

— Je ne sais pas. Ils sont arrivés en hélicoptère, répondit Lange en montrant le ciel. Ils ont atterri sur les conteneurs. Mais qui êtes-vous ?

— Un ami. Les présentations attendront, répondit Austin en le secouant par les épaules pour être sûr d'avoir toute son attention. Votre bateau se dirige droit sur une plate-forme pétrolière. Vous n'avez que quelques minutes pour l'arrêter ou le faire dévier de sa route. Sinon, vous n'aurez plus de bateau.

Le visage du capitaine devint livide.

— Je les ai vus enclencher le pilote automatique.

— Allez vite le désactiver. Je m'occupe de libérer vos hommes.

— J'y cours, dit le capitaine en partant vers la passerelle, les genoux raides et la démarche encore mal assurée.

Austin enleva leurs entraves aux autres membres de l'équipage et leur dit de suivre le capitaine. Il ne craignait pas de rencontrer les pirates. Après avoir fait le nécessaire pour que le bateau coure droit à la collision, ils ne risquaient pas de s'y attarder. Il eut presque aussitôt confirmation de ce qu'il soupçonnait en entendant des rotors d'hélicoptères au-dessus de sa tête.

Leur mission accomplie, les pirates s'apprêtaient à quitter le navire. Leur chef au visage poupin avait fini de s'assurer de la solidité des cordes passées autour de la statue enveloppée dans la bâche, quand le second Philippin infiltré au sein de l'équipage arriva vers lui en courant.

— Juan ne revient pas, annonça l'homme, qui s'appelait Carlos. Je ne sais pas ce qu'il fabrique.

Le chef sourit.

— Moi, je le sais. Il est en train de désobéir aux ordres.

Il entra dans l'hélicoptère le plus proche.

— Qu'est-ce que je dois faire ?

— Tu peux rester lui tenir compagnie, si tu veux.

Il sourit et referma la porte sans attendre.

Une expression de panique apparut sur le visage du Philippin. Il se rua vers le second hélicoptère et grimpa dans le cockpit au moment où les rotors s'emballaient pour le décollage. L'hélicoptère s'éleva lentement au-dessus des conteneurs. Une corde munie à l'autre bout d'un crochet pendait de son fuselage.

L'hélicoptère fit demi-tour puis descendit le plus bas possible au-dessus de la statue enveloppée dans sa toile et ficelée, de manière à pouvoir la soulever grâce au crochet déjà passé dans ses cordes. Austin observait la manœuvre depuis l'angle de la passerelle de commandement.

Il n'avait pas vu les pirates bien longtemps, mais ils lui inspiraient une profonde antipathie. En se courbant en deux, il courut vers l'objet, détacha le crochet et enroula autour d'un bollard du pont la corde en kevlar qui pendait de l'hélicoptère.

Il repartait en courant se mettre à l'abri de la passerelle quand il eut l'impression qu'on lui enfonçait un fer rouge entre les côtes. Quelqu'un lui avait tiré dessus et l'avait touché. Au mépris de la douleur, il se jeta à plat ventre sur le pont et roula plusieurs fois sur lui-même.

Juste avant de plonger tête la première dans une écoutille, il leva les yeux et vit le second hélicoptère et la mitraillette qui sortait par la porte ouverte.

Dans la confusion, le pilote de l'hélicoptère chargé de l'hélitreuillage ne se rendit pas compte que son appareil était attaché au pont. Quand il voulut prendre de l'altitude, il poussa la manette des gaz à fond pour compenser le poids qu'il aurait à transporter. Une fois tendue à bloc, la corde bloqua brutalement l'appareil, qui se mit à voltiger en l'air comme un cerf-volant au bout d'une ficelle.

Le filin se prit dans les pales, qui le sectionnèrent. L'hélicoptère, brutalement libéré, se cabra, partit en vrille au-dessus de l'eau et s'y écrasa dans un immense jaillissement d'écume.

Austin jeta un coup d'œil au-dehors. Le deuxième hélicoptère survola un instant l'eau bouillonnante. Un homme se tenait debout à la porte. Quand il aperçut Austin, leurs regards se croisèrent et un sourire apparut sur son gros visage poupin. Une seconde plus tard, l'hélicoptère vira et s'éloigna du navire.

Austin sortit aussitôt sur le pont. Il comprit alors

pourquoi l'hélicoptère était reparti au plus vite. La plate-forme Great Northern se dressait devant eux à une centaine de mètres à peine.

Le visage et les vêtements fouettés par le vent, il leva les yeux vers la passerelle de commandement et encouragea silencieusement le capitaine. Il pouvait imaginer le combat désespéré qu'il menait là-haut pour essayer d'éviter une catastrophe. Le porte-conteneurs était encore lancé à pleine vitesse. Austin se mit à la place du capitaine. Même en coupant complètement les moteurs, le navire continuerait d'avancer sur son erre. Pour pouvoir garder le minimum de contrôle sur sa course, il valait donc mieux maintenir les moteurs à bas régime.

Alors que le navire se rapprochait dangereusement de la plate-forme, Austin le sentit virer de quelques degrés à tribord. Il déviait enfin de sa route. Mais la distance qui restait entre les deux ne lui permettrait pas de virer suffisamment pour éviter la collision. Un bâtiment de cette taille ne tournait pas sur place.

Il se pencha au-dessus du bastingage et vit les marins qui s'agitaient sur la plate-forme telles des fourmis sur une feuille posée sur l'eau. Deux grosses vedettes tentaient désespérément d'écarter la plate-forme de la trajectoire du monstre. Austin sentit un froid glacial l'envahir : la collision était inévitable.

Quelqu'un l'appelait. Il comprit que la voix venait du talkie-walkie accroché à sa taille. Il enfonça aussitôt l'écouteur dans son oreille.

— Kurt ? Vous m'entendez ? Ça va ?

C'était Dawe. Il semblait affolé.

— Nickel. Et la plate-forme, où en est-elle ?

— Ils ont enfin réussi à décrocher la dernière ancre.

Le capitaine terminait à peine sa phrase qu'Austin vit une immense gerbe d'eau jaillir à l'endroit où l'ancre venait d'être arrachée. Un bouillonnement d'écume se forma autour des quatre pieds de la plate-forme, suivi d'un large sillage indiquant qu'elle bougeait enfin.

Trop tard. D'une seconde à l'autre, le porte-conteneurs allait heurter le pied droit avant. Austin se prépara au choc.

A la dernière seconde, le bâtiment géant tourna un peu plus à tribord. Un sinistre raclement métallique se fit entendre au moment où son flanc heurtait le pied de la plate-forme. Au lieu d'opposer une résistance statique, ce qui l'aurait conduite à sa perte, celle-ci, libérée de ses ancres, recula sous l'impact.

Elle vacilla un instant sous la violence du choc, puis se stabilisa lentement et continua de s'écarter de la zone dangereuse.

Le hurlement d'une sirène avait accompagné toute la manœuvre. C'était celle du *Leif Eriksson*.

La voix de Zavala grésilla dans l'oreille d'Austin.

— En voilà une façon de nettoyer une coque ! Et c'est quoi la suite du programme ?

— Pour ma part, j'ai prévu de dîner avec une jolie femme.

13.

Angela Worth était l'adjointe de la responsable des archives de l'American Philosophical Society à Philadelphie. A force de porter de lourds cartons remplis de documents, la jeune femme, pourtant menue, avait acquis une force que lui envierait un lutteur.

Sans effort apparent, elle prit une grande caisse en plastique sur une des étagères et la posa sur un chariot de manutention. Puis, quittant la chambre forte réservée aux manuscrits anciens, elle poussa le chariot jusqu'à l'une des salles de lecture. Un homme âgé d'environ trente-cinq ans était installé à une longue table, entouré de piles de papiers et de dossiers. Ses doigts couraient sur le clavier de son ordinateur portable.

Elle posa la caisse sur la table.

— Tu ignorais sans doute qu'il existait autant de documents anciens sur les artichauts.

— Tant mieux, en un sens, répondit l'homme, un écrivain du nom de Norman Stocker. Mon contrat prévoit la remise d'un texte d'environ cinquante mille mots.

— Je ne suis pas dans les arcanes de l'édition, mais y a-t-il beaucoup de gens que ce sujet – les artichauts – intéresse ?

— C'est ce que pense mon éditeur, en tout cas. Les livres retraçant l'histoire d'un aliment de tous les jours, c'est très à la mode. La morue, le sel, les tomates, les champignons, peu importe l'aliment. L'idée, c'est de démontrer comment il a changé la face du monde et sauvé l'humanité. Si l'on peut y inclure deux ou trois anecdotes à caractère sexuel, c'est gagné.

— L'artichaut serait-il un aphrodisiaque ?

Stocker ouvrit un dossier contenant des copies de manuscrits anciens.

— « XVIe siècle. Europe. Seuls les hommes ont le droit de consommer des artichauts, car ils sont réputés améliorer la puissance sexuelle. »

Il ouvrit un autre dossier et en sortit la photo d'une jolie blonde en maillot de bain.

— « Marilyn Monroe. 1947. Première Reine de l'Artichaut de Californie. »

Angela souleva la caisse de son chariot et la déposa sur la table. Puis, après avoir soufflé une longue mèche de cheveux blonds qui la gênait, elle ajouta :

— J'ai hâte de voir le film qui aura pour titre « Les Artichauts » !

— Je te ferai inviter à la première à Hollywood.

Angela sourit et dit à Stocker de l'appeler quand il aurait fini. L'écrivain ouvrit la caisse pour en examiner le contenu.

Le genre de livre auquel il travaillait en ce moment n'était pas ce qu'il préférait écrire, mais c'était bien payé, cela lui donnait l'occasion de voyager, et puis c'était un moyen comme un autre de se faire connaître. De toute façon, tant qu'à faire de l'alimentaire, il préférait écrire qu'enseigner. En guise de consolation, il se dit que les artichauts c'était toujours plus intéressant que les kumquats.

Stocker était venu à la bibliothèque de l'American Phisosophical Society dans l'espoir d'y trouver le genre d'anecdotes susceptibles de pimenter un sujet par ailleurs assez plat. Le bâtiment de style géorgien était situé en plein cœur de Philadelphie, à deux pas de Independance Hall. Il centralisait l'essentiel des archives scientifiques du pays. Certains des manuscrits qui s'y trouvaient remontaient même au XVIe siècle.

L'American Philosophical Society avait été fondée en 1745 par un physicien amateur du nom de Benjamin Franklin. Lui et ses amis voulaient assurer la totale indépendance des Etats-Unis dans les domaines de l'industrie, du transport et de l'agriculture. Les premiers membres de ce groupe de discussions étaient des médecins, des avocats, des ecclésiastiques et des artisans. Ils comptaient également parmi eux les présidents Jefferson et Washington.

Stocker passait en revue les classeurs contenus dans la caisse quand ses doigts heurtèrent une surface dure. Il sortit une enveloppe contenant un coffret en cuir marron et doré. A l'intérieur se trouvait un paquet de documents craquants, entourés d'un ruban noir sur lequel on voyait encore le sceau d'origine, brisé depuis. Il défit le ruban et découvrit, sous la page de garde, le titre écrit à la main d'une écriture fine et serrée. L'ouvrage était un traité sur la culture des artichauts.

Le texte, assez ennuyeux, traitait avec force détails de leur plantation, de leur croissance, et de leur récolte. Il était seulement agrémenté de quelques recettes de cuisine. Une des pages du document ressemblait à un plan avec ses lignes sinueuses, ses croix et ses mots écrits dans une langue inconnue. Au fond du paquet se trouvait une feuille de carton épais comportant de multiples perforations rectangulaires.

La bibliothécaire adjointe passait au même moment, les bras chargés de livres. L'écrivain lui fit un petit signe amical de la main.

— Tu as trouvé quelque chose d'intéressant dans ce dernier carton ? lui demanda-t-elle.

— Je ne sais pas s'il pourra me servir, mais, en tout cas, il y a là-dedans un document très ancien.

Angela jeta un coup d'œil au coffret en peau, puis au manuscrit lui-même. Cette écriture lui était familière. Elle retourna chercher un livre sur la Révolution américaine, l'ouvrit à la page montrant une photo de la déclaration d'Indépendance et en approcha l'un des feuillets. La ressemblance était frappante : c'était la même écriture fluide et serrée.

— Tu ne remarques rien ? demanda-t-elle.

— Les deux écritures se ressemblent, répondit Stocker.

— Elles peuvent ! C'est la même personne qui a rédigé les deux documents.

— Jefferson ? Ce n'est pas possible !

— Et si ! Jefferson était à la fois un propriétaire terrien, un scientifique et un collectionneur méticuleux. Regarde, là, dans le coin de la page de titre, les deux petites initiales. T.J.

— Fantastique ! Il n'y a rien de bien passionnant là-dedans, mais la découverte d'un traité sur les artichauts rédigé de la main même de Jefferson mérite bien deux ou trois paragraphes dans mon livre.

Angela fronça le nez.

— Ce manuscrit a manifestement atterri dans ce carton par erreur.

— Comment a-t-on pu classer au mauvais endroit un texte de Jefferson ?

— L'APS a un système de classement très au point, mais il y a ici huit millions de manuscrits et plus de trois cent mille volumes et périodiques. Je suppose qu'au vu du titre, un archiviste n'ayant pas prêté attention au nom de l'auteur, l'aura mis par erreur avec les documents traitant d'agriculture.

Stocker tendit à Angela le plan qui l'intriguait.

— J'ai trouvé ça à l'intérieur. On dirait le plan d'un jardin dessiné par quelqu'un qui aurait bu.

Angela jeta un coup d'œil au croquis, prit le carton perforé et le leva vers la lumière. Une idée venait de germer dans son esprit.

— Appelle-moi quand tu auras fini. Je veillerai à classer moi-même ce manuscrit avec les autres documents se rapportant à Jefferson.

Elle retourna à son bureau, mais, tout en travaillant, elle jetait des coups d'œil impatients vers la table de l'écrivain. L'heure de la fermeture approchait quand il se leva enfin, s'étira et rangea son ordinateur portable dans sa mallette. Elle vint aussitôt vers lui.

— Désolé de te laisser tout ce bazar, lui dit-il.

— Ne t'inquiète pas. Je vais m'en occuper.

Quand tous les autres lecteurs furent partis, elle emporta le dossier Jefferson dans son bureau. Sous l'éclairage de sa lampe, elle posa le carton perforé sur la première page du traité. Des lettres apparaissaient dans les petits rectangles découpés.

Angela, qui était une mordue de mots croisés et avait lu beaucoup de livres sur les codes secrets, était convaincue de tenir entre ses mains un message chiffré. La technique consistait à placer une grille sur une feuille blanche, inscrire dans les trous les lettres composant le message, puis les englober dans des phrases anodines. Le destinataire n'avait plus qu'à se servir d'une grille identique pour découvrir les mots cachés.

Après avoir posé la grille sur plusieurs des pages sans rien obtenir d'autre qu'un charabia dénué de sens, elle en conclut qu'il y avait un deuxième chiffrage, dépassant de beaucoup ses compétences d'amateur. Elle reporta son attention sur le parchemin où figuraient les lignes sinueuses et les croix. Pour essayer de comprendre ce qui y était écrit, elle se connecta à un site proposant un lexique en ligne qu'elle consultait parfois pour y trouver les mots difficiles rencontrés dans ses grilles de mots croisés.

Après avoir tapé les mots, elle appuya sur « Enter ». Le site ne lui proposa aucun équivalent, mais la dirigea vers la partie traitant des langues anciennes. Quand elle demanda à nouveau la traduction des mots, cette fois, le programme lui fournit une réponse qui la surprit et l'intrigua tout à la fois.

Elle l'imprima, fit une copie du document de Jefferson et mit le tout dans son tiroir. Puis elle emporta le dossier original et remonta le couloir jusqu'au bureau de sa supérieure.

Helen Woolsey était une femme d'environ quarante-cinq ans qui dirigeait le service depuis longtemps. Elle sourit en voyant entrer sa jeune protégée.

— Vous faites des heures supplémentaires ?

— Pas vraiment. Mais je suis tombée sur un document étonnant. J'ai pensé qu'il pourrait vous intéresser.

Angela lui tendit le paquet de feuilles manuscrites.

Pendant que sa supérieure les examinait, elle lui expliqua sa théorie.

La bibliothécaire siffla entre ses dents.

— Je suis très impressionnée de toucher un document que Jefferson lui-même a tenu entre ses mains. C'est vraiment une découverte étonnante !

— Je suis bien de cet avis, renchérit Angela. Ma supposition est que Jefferson a caché un message codé dans ce texte. C'était un cryptographe distingué. On utilisait encore ses méthodes de chiffrage plusieurs décennies après sa mort.

— Et, manifestement, il voulait garder secrètes les informations qu'il renferme.

— Ce n'est pas tout, ajouta Angela en tendant la réponse fournie par le site en ligne.

La bibliothécaire l'étudia un instant.

— Ce site est-il fiable ?

— Je pense que oui. Je m'en sers assez souvent.

Helen Woolsey tapota le paquet du bout de son ongle long et soigné.

— Votre ami écrivain a-t-il compris l'importance de ce manuscrit ?

— Il sait seulement qu'il a été écrit par Jefferson et le prend pour un simple ouvrage traitant de la culture des artichauts.

La bibliothécaire secoua la tête d'un air soucieux.

— Ce n'est pas la première fois que des manuscrits de Jefferson s'égarent. On n'a jamais retrouvé, par exemple, ses écrits sur les ethnies indiennes d'Amérique, et un grand nombre des documents qu'il a légués à diverses institutions du pays ont tout bonnement disparu. Avez-vous une idée de ce qui peut se cacher dans ce texte ?

— Pas la moindre. Seul un programme informatique spécial et un cryptologue capable de s'en servir peuvent arriver à trouver la clé du code. J'ai un ami à l'Agence nationale de sécurité qui pourrait peut-être nous aider.

— Très bien ! Mais avant de faire appel à lui, il vaudrait mieux que j'en parle au conseil d'administration. Pour l'instant, ce secret doit rester entre nous. Si le document est authentique, il prendra une valeur considérable, mais nous risquerions de nous ridiculiser si ce n'est qu'un faux.

Angela était d'accord pour garder le secret, mais elle soupçonnait sa supérieure de vouloir récolter seule les lauriers dans le cas où il s'agirait bien d'un document historique. Helen Woolsey n'était pas la seule à avoir de l'ambition. Elle-même n'avait pas l'intention de rester toute sa vie à un poste d'assistante.

Elle acquiesça d'un signe de tête.

— Je ferai mon possible pour respecter le désir de discrétion de Mr. Jefferson.

— Très bien, conclut la bibliothécaire en rangeant le dossier dans un tiroir de son bureau. Je mets ceci sous clé en attendant d'en parler au conseil d'administration. S'il s'agit d'un document authentique, je veillerai à ce que la découverte vous en soit attribuée, bien sûr.

Tu parles ! Tu vas tirer toute la couverture à toi, oui ! Et si c'est un faux, c'est sur moi que retombera la faute !

— Merci, madame Woolsey, répondit Angela avec un sourire qui ne laissait rien deviner de ses pensées.

Après lui avoir rendu son sourire, sa supérieure replongea le nez dans ses papiers. L'entretien était terminé. Dès qu'Angela l'eut saluée et eut refermé la porte derrière elle, elle ressortit le dossier Jefferson du tiroir. Elle chercha ensuite un numéro dans son carnet d'adresses.

Elle était tout excitée en tapant le numéro en question, car c'était la première fois qu'elle avait à s'en servir. Il lui avait été donné par un membre du conseil d'administration décédé depuis, qui, conscient de sa froide ambition et sentant ses propres forces décliner, lui avait proposé d'effectuer à sa place un travail un peu particulier pour le compte d'un riche excentrique fasciné par certains sujets. Il lui suffirait d'ouvrir les yeux et les oreilles et, chaque fois qu'elle entendrait parler d'un de ces sujets, de passer discrètement un coup de téléphone au client.

La contrepartie financière était très généreuse pour le peu qu'on lui demandait, et le premier acompte lui avait permis de meubler son appartement et de s'offrir une BMW d'occasion. Elle était ravie de pouvoir enfin justifier ses honoraires. Elle fut très déçue de tomber sur un répondeur automatique lui demandant de laisser un message. Après avoir annoncé en quelques mots qu'un manuscrit de Jefferson venait de refaire surface, elle raccrocha. Elle eut alors un accès de panique. Cela n'allait-il pas marquer la fin de ses services pour le client inconnu ? Mais, très vite, elle reprit confiance et sourit. Cette découverte pourrait même donner un coup d'accélérateur à sa carrière.

Elle ne se serait pas montrée aussi optimiste si elle avait su que son appel risquait d'avoir des conséquences beaucoup plus graves. De même n'aurait-elle pas apprécié le fait que, de son bureau, son assistante soit elle-même en train de passer un coup de téléphone.

14.

Assis au bord de la table d'examen, Austin se laissait sagement bander les côtes par l'officier qui servait de médecin de bord, quand la porte de l'infirmerie s'ouvrit sur le capitaine Lange. Il avait Carina à son bras.

— J'ai trouvé cette jeune dame en train d'errer sur le bateau, lui dit Lange. Elle m'a dit qu'un preux chevalier lui avait sauvé la vie.

— Un peu abîmé, le chevalier, répondit Austin avec un sourire.

En plus d'une côte fêlée, il avait des marques de coups sur le visage et les phalanges sérieusement écorchées par sa périlleuse ascension.

— Je suis désolée de voir que vous êtes blessé, lui dit Carina.

Elle-même avait un côté de la mâchoire enflé à la suite du violent coup de poing que lui avait asséné Juan, le matelot philippin. Mais, malgré cela, elle était d'une beauté étonnante avec son teint de pêche, ses yeux d'un bleu lumineux, ses sourcils parfaitement dessinés et ses cheveux noirs mi-longs, qu'elle portait tirés en arrière. Son joli visage, sa silhouette élancée et ses longues jambes forçaient l'admiration.

— Merci, répondit Austin. Ce n'est qu'une égratignure. La balle m'a seulement effleuré. Je suis bien plus inquiet pour vous.

— C'est gentil. J'ai mis une compresse d'eau froide pour résorber l'hématome. Et même si j'ai la bouche en feu, j'ai encore toutes mes dents.

— Vous m'en voyez soulagé. Parce que vous en aurez besoin pour notre dîner en tête à tête de ce soir.

Carina lui adressa un sourire malicieux.

— Mais nous n'avons pas été présentés, monsieur Austin.

Il lui tendit sa main.

— Appelez-moi Kurt, miss Mechadi.

— Très bien, Kurt. Et vous, appelez-moi Carina. Mais, comment connaissez-vous mon nom ?

— C'est grâce à l'excellent médecin qui est en train de me soigner. Il m'a dit que vous voyagiez sur le bateau en tant que passagère et travailliez pour les Nations unies. C'est tout ce que je sais de vous, Carina.

— Oh ! Il n'y a pas grand-chose à cacher. Je suis enquêtrice à l'UNESCO. Mon travail consiste à retrouver des antiquités volées. Le seul personnage mystérieux ici, c'est le dénommé Kurt Austin. C'est vous qui avez jailli des flots pour sauver ce bateau et la plate-forme pétrolière après avoir volé à mon secours.

— C'est au capitaine Lange que revient tout le mérite d'avoir réussi à détourner le bateau *in extremis*. Si j'avais été aux commandes, nous serions tous en train de boire du pétrole brut.

— Kurt est bien trop modeste, intervint Lange. C'est lui qui nous a délivrés, mon équipage et moi. Et pendant que je reprenais le contrôle du bateau, il affrontait les pirates et les empêchait d'emporter une des pièces de votre cargaison.

Le visage de Carina s'éclaira.

— Vous avez sauvé *Le Navigateur* ?

Austin hocha la tête.

— Il y a un grand objet enveloppé dans une bâche sur le pont. C'est peut-être votre statue.

— Je vais tout de suite la faire mettre en sûreté, intervint le capitaine Lange.

Par radio, il appela son second et lui demanda d'assigner une équipe à cette tâche. Le second lui annonça alors qu'un garde-côte faisait route vers eux et que les mandataires des propriétaires du bateau arrivaient en avion.

Le capitaine prit ensuite congé. Le médecin de bord en fit autant après avoir donné à Austin deux comprimés d'analgésique.

— Puis-je savoir ce que ce *Navigateur* a de si particulier ? demanda Austin.

— Je me le demande, répondit Carina, sourcils froncés. Cette statue n'a pas une très grande valeur et ce n'est peut-être même pas un original.

— Alors, parlons plutôt de choses concrètes. De notre dîner de ce soir, par exemple.

— Comment pourrais-je oublier l'invitation inattendue de mon sauveur ? Mais dites-moi d'abord comment vous êtes arrivé sur ce bateau.

— Par la mer, tout simplement. J'étais dans les parages en train de capturer des icebergs au lasso.

Carina considéra la carrure d'Austin et l'imagina les attrapant à bras-le-corps. Elle crut d'abord à une plaisanterie, jusqu'à ce qu'il lui explique ce qu'il faisait sur le *Leif Eriksson*.

La jeune femme avait déjà rencontré des hommes étonnants au cours de ses pérégrinations, mais Kurt

Austin était un spécimen unique. Il avait risqué sa vie pour sauver des centaines de personnes et des biens matériels valant des millions de dollars, il avait à lui tout seul mis des pirates en déroute et il en avait même tué un pour la sortir de ses griffes. Et pourtant, il était là à plaisanter comme un gamin. Un coup d'œil à son corps musclé et aux cicatrices visibles sur sa peau bronzée lui donna à penser que ce n'était pas la première fois qu'il prenait des risques et en payait le tribut.

Elle mit le doigt sur une marque ronde sur son biceps droit et s'apprêtait à lui demander si c'était la cicatrice d'une blessure par balle, quand la porte s'ouvrit sur un homme mince, au visage basané.

Les yeux de Joe Zavala s'écarquillèrent sous l'effet de la surprise, puis il esquissa le demi-sourire qui le caractérisait. On lui avait dit qu'Austin était à l'infirmerie. Il ne s'attendait pas à l'y trouver en compagnie d'une jolie femme en train de lui caresser les pectoraux.

– Je suis passé voir comment tu allais, annonça-t-il à son ami. Apparemment, tu vas plutôt bien.

— Carina, je vous présente mon ami et collègue Joe Zavala, expliqua Austin. Nous travaillons tous deux pour la NUMA, l'Agence Nationale de Recherches Sous-Marines et Maritimes. C'est Joe qui pilotait le canot qui m'a amené jusqu'ici. Il a tout d'un pirate, mais n'ayez pas peur, c'est un gentil garçon.

— Ravi de faire votre connaissance, Carina.

Zavala montra le bandage d'Austin.

— Pas trop grave ? Vous m'avez l'air assez amochés, tous les deux.

— Oui, on fait un beau couple, répondit Carina spontanément.

Elle rougit aussitôt de ce lapsus et retira sa main du bras d'Austin, qui vint à son secours en reprenant comme si de rien n'était :

— Moi, j'ai un peu mal aux côtes, mais en dehors de quelques bleus et égratignures, je n'ai rien.

— Un ou deux verres de tequila te remettront vite d'aplomb.

— Bon, Austin, je vois que vous êtes en de bonnes mains, lui dit Carina. Si vous le permettez, je vais aller voir l'équipe qui s'occupe de ma statue. Merci encore pour tout.

Zavala suivit Carina du regard. Quand elle eut refermé la porte, il partit d'un grand éclat de rire, lui qui, habituellement, était plutôt réservé.

— Il n'y a que Kurt Austin pour trouver un tel bijou dans le brouillard de la Passe des Icebergs. Et dire que c'est moi qu'on traite de don juan !

Austin leva les yeux au ciel, puis se laissa glisser de la table d'examen, enfila la chemise en denim bleu qu'on lui avait prêtée, et entreprit de la boutonner.

— Le capitaine Dawe va bien ?

— Il est arrivé au bout de son répertoire de blagues et commence à en resservir quelques-unes.

— Désolé pour toi, mon vieux.

— Il dit qu'il veut bien rester dans les parages encore une journée, mais qu'il doit repartir à la poursuite de Moby-berg. Tu n'y échapperas pas, toi non plus.

— Comment es-tu monté ? A ma connaissance, l'échelle de corde était sectionnée.

— Ils devaient en avoir une en réserve. Dis-moi plutôt ce qui s'est passé quand tu es enfin arrivé sur le pont.

— Je te raconterai tout ça devant une tasse de café. Viens.

Ils se rendirent ensemble au mess des officiers, se servirent une tasse de café brûlant et dévorèrent des sandwichs au bœuf épicé entre deux tranches de pain de seigle noir. Puis Austin fit à Zavala le récit détaillé de ce qui lui était arrivé depuis le moment où il s'était hissé – non sans peine – sur le pont de l'*Ocean Adventure*.

Zavala salua son exploit d'un petit sifflement, puis il conclut :

— Quelqu'un s'est apparemment donné beaucoup de mal et a investi de sacrées sommes pour organiser le vol de cette statue.

— Je suis bien de ton avis. Il faut de l'argent pour se payer des hélicoptères et mettre sur pied une telle opération. Sans parler des accointances nécessaires pour placer deux complices à bord du bateau.

— Ils auraient pu se contenter de voler la statue et partir avec, fit remarquer Zavala. Pourquoi avaient-ils besoin de détruire le porte-conteneurs et la plate-forme ?

— Le bateau coulé, il ne restait ni preuves ni témoins. La plate-forme elle-même n'était pas visée, je pense. Elle servait seulement à provoquer son naufrage. L'opération terminée, ils avaient prévu un grand nettoyage. La mer engloutit tout, c'est bien connu.

Zavala secouait la tête.

— Mais qui peut bien être assez détraqué pour envisager des méthodes aussi meurtrières ?

— Un être insensible et calculateur. Les hélicoptères ont sûrement décollé d'un navire. La côte n'est pas très loin, mais elle est plutôt escarpée. Et je ne vois pas un appareil voler très longtemps en traînant une statue au bout d'un filin.

— Tu as raison. Le commando a dû décoller d'une base en mer.

— Ce qui veut dire que nous perdons du temps à bavarder. Ils sont peut-être encore dans les parages.

— Malheureusement, sur ce porte-conteneurs, il n'y a pas d'hélicoptère.

Austin pencha la tête de côté.

— Je me souviens que le capitaine Dawe a parlé d'un appareil qui devait rentrer à la plate-forme pétrolière. Allons voir s'il est de retour.

Il avala un comprimé antidouleur avec sa dernière gorgée de café et quitta le mess, suivi de Zavala. Le capitaine Lange les accueillit sur la passerelle de commandement. Austin prit des jumelles et chercha des yeux la plate-forme. Un hélicoptère y était posé.

— Quelle superbe vue panoramique on a d'ici ! remarqua-t-il. Avez-vous repéré dans quelle direction sont partis les pirates ?

— Eh non, malheureusement ! répondit le capitaine en rougissant de colère à cette évocation. Tout s'est passé si vite !

— Connaissiez-vous bien les deux marins philippins complices du gang ?

— Ils ont été embauchés par la voie habituelle. Rien dans leur CV ne laissait imaginer qu'ils pouvaient se transformer en pirates.

— Ils sont peut-être montés à bord sous de fausses identités.

— Que voulez-vous dire ?

— Soit ils ont simplement volé leurs papiers à deux

des matelots prêts à embarquer, soit ils les ont aussi éliminés, expliqua Zavala.

— Auquel cas, il y a deux morts de plus à ajouter à la liste, renchérit Austin.

Le capitaine jura tout bas en allemand.

— Vous savez, quelquefois, quand on est à la barre de ce géant, on se prend pour Neptune, le dieu des mers.

Il secoua ses bajoues.

— Mais quand il se produit une chose pareille, on se rend compte à quel point on est impuissant. Je préfère de beaucoup affronter l'océan que des monstres du genre humain.

Austin comprenait très bien ce que le capitaine voulait dire, mais ils devraient remettre à plus tard cette discussion philosophique.

— Pourriez-vous essayer de joindre la plate-forme ? lui demanda-t-il.

Il lui expliqua ce que Zavala et lui avaient en tête.

Lange établit aussitôt le contact radio. Au début, les responsables de la plate-forme ne se montrèrent pas très chauds pour envoyer leur hélicoptère, mais ils changèrent d'avis quand Lange leur précisa que la requête venait de l'homme qui les avait tous sauvés.

Vingt minutes plus tard, l'hélicoptère décollait de la plate-forme pour parcourir la faible distance qui la séparait du porte-conteneurs. A peine fut-il posé sur le large pont avant, qu'Austin et Zavala le rejoignirent, courbés en deux pour éviter les pales qui tournaient encore. L'appareil repartit aussitôt. Dès qu'ils eurent mis leurs casques-écouteurs, Riley, le pilote, se présenta et leur demanda :

— Où allons-nous, messieurs ?

Les pirates avaient beaucoup d'avance et ne se trouvaient certainement plus dans les parages. Austin demanda à Riley de s'éloigner d'une dizaine de milles dans n'importe quelle direction, puis de dessiner une spirale de plus en plus large ayant pour centre le porte-conteneurs.

Riley leva le pouce et partit vers l'ouest à une vitesse d'environ trois cents kilomètres-heure.

— Que cherchons-nous exactement ?

— Un bâtiment assez grand pour avoir deux hélicos sur le pont, répondit Austin.

Riley leva de nouveau le pouce.

— OK, compris.

Quelques minutes plus tard, l'hélicoptère virait et attaquait son premier grand cercle au-dessus de l'eau. Le brouillard s'était levé et la visibilité était de deux à trois milles. Ils aperçurent quelques chalutiers et plusieurs icebergs ; l'un d'eux était très gros ; c'était peut-être Moby-berg. Le seul bateau de grande taille qu'ils survolèrent était un cargo. Son pont était trop petit, cependant, pour contenir deux hélicoptères ; il était en outre encombré de grues qui auraient rendu l'atterrissage et le décollage impossibles.

Austin demanda au pilote de dessiner deux autres cercles. Ce fut au deuxième qu'ils aperçurent un très grand bateau dont l'ombre se profilait sur la surface argentée de l'océan.

— Un minéralier, dit Zavala du siège arrière.

L'hélicoptère descendit à deux cents pieds pour survoler le bateau à coque noire. Les roofs rectangulaires des soutes à minerai occupaient toute la longueur du pont entre l'avant, très haut, et l'arrière qui abritait les quartiers réservés à l'équipage.

— Qu'en pensez-vous ? demanda Austin au pilote.

— Aucun problème pour poser un hélico là-dessus, répondit Riley. C'est pareil qu'un porte-avions.

— Et pour cacher quelque chose là-dedans, ça ne manque pas de place, renchérit Zavala.

— Deux ou trois petites transformations et le tour est joué, reprit Riley.

Austin lui demanda de se placer de façon à pouvoir lire le nom du bateau.

L'hélicoptère se positionna face à l'étrave, où l'on pouvait lire en grandes lettres blanches : *Sea King*.

Le bateau était immatriculé à Nicosie, à Chypre. A côté du nom était dessinée une tête de taureau.

Austin en avait vu assez.

— Rentrons, dit-il.

L'hélicoptère fit demi-tour et reprit de l'altitude. Bientôt, le minéralier disparut dans la brume.

Depuis le pont, deux yeux ronds et gris le suivirent jusqu'à ce qu'il ne fût plus qu'un point dans le ciel et le bruit des pales à peine perceptible. Quand Adriano abaissa les jumelles, il avait un sourire satisfait. L'hélicoptère s'était suffisamment approché pour lui permettre de reconnaître le passager avant.

Le chasseur allait devenir le gibier.

Une vedette des garde-côtes était ancrée non loin du porte-conteneurs. Dès que le pilote de l'hélicoptère eut posé son appareil sur le pont, Austin et Zavala en sortirent. Le capitaine Lange les attendait pour leur annoncer que les garde-côtes avaient envoyé une équipe d'enquêteurs pour interroger les témoins.

Austin ne tenait plus debout que par un effort de volonté. Avec sa tête bourdonnante et ses élancements dans la cage thoracique, il n'avait vraiment pas envie de soutenir un interrogatoire. Ce qu'il lui fallait, c'était une bonne nuit de sommeil. Les garde-côtes auraient peut-être un avis intéressant sur les événements de cette journée de folie, mais il n'en pouvait plus de fatigue.

Le lieutenant chargé de l'enquête était précis et efficace. Il prit en premier sa déposition et celle de Zavala, puis les libéra avant d'interroger le reste de l'équipage. Austin avait dû grimacer une ou deux fois, car il lui suggéra d'aller faire soigner sa blessure à l'hôpital. Le capitaine lui dit que l'hélicoptère de la plate-forme pourrait le ramener sur la terre ferme dès le lendemain matin.

Carina demanda si elle pourrait l'accompagner. Elle devait assister à une réception le lendemain soir à Washington et ne voyait plus la nécessité de rester auprès de sa cargaison puisque la vedette des garde-côtes allait escorter le porte-conteneurs. Zavala, quant à lui, voulait rentrer au plus vite préparer son voyage à Istanbul.

Austin appela le capitaine Dawe pour lui dire qu'ils étaient obligés d'abandonner la partie de chasse aux icebergs.

— Je suis très déçu, répondit Dawe. Enfin, la prochaine fois que vous viendrez, j'aurai quelques nouvelles blagues à vous raconter.

— J'ai hâte de les entendre !

15.

Viktor Balthazar avait écouté sans un mot Adriano lui expliquer que l'opération visant à dérober la statue phénicienne avait échoué. Bien que seule une veine qui battait à sa tempe laissât deviner sa rage, au fur et à mesure que son protégé lui décrivait ce qui s'était passé, la bile montait un peu plus haut dans sa gorge, telle la lave en fusion d'un volcan. Quand Adriano lui expliqua que le transporteur de minerai avait été survolé en hélicoptère par le même homme à cheveux très clairs qui avait fait échouer toute l'opération, Balthazar explosa.

— Ça suffit !

Il serra son téléphone portable si fort entre ses gros doigts qu'il le broya dans un craquement sinistre de plastique et de métal. Puis il lança l'objet devenu inutile à l'écuyer qui tenait les rênes de son cheval gris. Arrachant des mains de son serviteur son casque en métal, il l'enfonça sur son bonnet de protection.

Dans son armure rutilante, il ressemblait à un robot géant de science-fiction. Il était, cependant, beaucoup plus agile que n'importe quel monstre de métal. Malgré cette armure qui pesait près de quarante kilos, il réussit à se mettre en selle sans difficulté.

L'écuyer lui tendit une perche en bois de trois mètres de long. C'était un modèle dit « de courtoisie » à cause de sa pointe en acier émoussée qui la distinguait des lances de guerre à la pointe acérée. Mais, malgré cela, elle restait une arme dangereuse, à cause de la force de propulsion que lui imprimait le galop du puissant cheval belge. Balthazar avait choisi l'animal parce qu'il faisait partie de la longue lignée des chevaux de bataille belliqueux du Moyen Age connus sous le nom de destriers. Celui-ci avait deux fois la taille d'un cheval de selle. Même sans son armure de protection, cette monture pesait plus d'une tonne.

Balthazar cala la lance sur l'épaisse encolure. L'écuyer lui tendit un bouclier blanc, pointu en bas, sur lequel s'étalait la tête noire d'un taureau. Ce même blason s'étalait sur la tunique de Balthazar et le tissu qui flottait sur les flancs du cheval.

La main posée sur la lance, Balthazar se pencha en avant jusqu'à ce qu'il puisse voir à travers l'ocularium, la fente horizontale ménagée dans le casque au niveau des yeux. A sa gauche se trouvait une clôture basse et solide connue sous le nom de « tilt ». A l'autre bout se tenait un cavalier, lui aussi en armure, monté sur un cheval tout aussi grand.

Balthazar avait sélectionné l'homme parmi tous ses mercenaires pour sa robustesse et ses talents de cavalier. Tel le « sparring partner » d'un boxeur, il sortait toujours perdant de leurs joutes et touchait des primes pour compenser ses plaies et bosses. Balthazar lui épargnait les coups fatals, non par sympathie, mais parce qu'il ne voulait pas avoir à former quelqu'un d'autre. Mais, après avoir appris l'échec de l'opération sur le porte-conteneurs, il avait des envies de meurtre.

Les yeux injectés de sang, il lança un regard meurtrier à son adversaire, qui ne se doutait de rien. Il ne s'était pas défoulé sur Adriano, car l'Espagnol, qu'il avait sauvé, plus jeune, d'une inculpation pour meurtre et qu'il employait pour commettre ses forfaits, lui était d'une fidélité absolue. En outre, malgré sa stature impressionnante et sa force redoutable, il le savait aussi fragile qu'un mécanisme de montre. S'il avait passé sa colère sur lui, Adriano en aurait été si abattu qu'il aurait aussi bien pu se suicider de désespoir.

Balthazar serra les dents et empoigna sa lance. Un héraut vêtu d'un costume médiéval aux couleurs éclatantes souffla dans sa trompette pour donner le signal aux deux adversaires. Sa lance dressée, Balthazar éperonna aussitôt son cheval de ses longs étriers dorés.

L'animal massif s'ébranla en labourant l'herbe de ses lourds sabots, et se mit au pas. Cette allure lente de départ permettait au cavalier de trouver son équilibre sur la selle et de bien positionner sa lance. Il devait la pointer légèrement vers la gauche, à un angle de trente degrés, se pencher en avant, puis reculer la main droite très en arrière. La main gauche servait à tenir le bouclier.

Les deux chevaux passèrent ensuite au trot dans un martèlement de sabots. Arrivés au milieu du terrain, les jouteurs s'affrontèrent. L'adversaire de Balthazar fut le premier à réussir une touche. Sa lance frappa le bouclier de Balthazar en plein milieu. Le métal en était cannelé de façon à ce que la pointe glisse sur le côté pour atténuer la force de l'impact, mais ce fut la hampe qui céda et se cassa.

Une seconde plus tard, Balthazar atteignit son adversaire à l'épaule. Mais sa lance, contrairement à l'autre, ne se brisa pas. La force étonnante de l'homme, concentrée sur un point précis et conjuguée à l'élan du cheval, en faisait un véritable bélier. Aussi l'impact fut-il d'une violence telle que, malgré sa pointe émoussée, elle désarçonna son adversaire. Il s'écroula au sol dans un bruit de ferraille monstrueux.

Balthazar arrêta son cheval et jeta sa lance au sol. Puis il mit pied à terre et sortit son épée. Son adversaire gisait sur le dos, le corps disloqué. Insensible à ses gémissements de douleur, il l'enjamba et, tenant à deux mains son épée, il la dressa au-dessus de lui, la pointe vers le bas. Puis, après avoir savouré cet instant, il planta l'épée dans le sol à quelques centimètres du cou de l'homme.

Avec un grognement de dégoût, il s'écarta, laissant là son épée, et s'éloigna à grands pas en direction d'une tente sur laquelle était dessinée la même tête de taureau qu'il arborait sur son bouclier. L'équipe médicale prévue sur place se précipita vers le jouteur blessé pour lui prodiguer les premiers soins.

L'écuyer de Balthazar l'aida à enlever son armure. Sous sa cotte de mailles, il portait une combinaison de protection en kevlar. Son adversaire, lui, n'avait droit qu'à la combinaison de coton épais traditionnelle, qui offrait une bien piètre protection. Balthazar veillait toujours à se donner l'avantage. Sa propre lance contenait une tige intérieure en alliage qui l'empêchait de se rompre comme celle, en bois, de son adversaire.

Sans quitter sa cotte de mailles, Balthazar s'installa au volant d'une Bentley décapotable rouge vif et quitta le pré réservé à ces joutes médiévales. Avec ses douze cylindres, et son double turbo, la voiture atteignit la vitesse de cent kilomètres-heure en moins de cinq secondes. Bien qu'elle fût capable d'aller deux fois plus vite, Balthazar resta à cette même vitesse pour parcourir les trois kilomètres de route qui le séparaient de sa propriété. L'allée, bordée de pelouses magnifiquement entretenues, menait à une grande bâtisse en pierre, construite dans le style des villas espagnoles.

Il gara la Bentley devant la maison et se dirigea vers le porche de l'entrée. Une maison aussi grande que la sienne aurait nécessité un personnel important, mais il avait un seul homme à son service, un factotum de confiance qui avait aussi des talents de cuisinier. Balthazar n'occupait que quelques-unes des pièces. Pour les tâches particulières, il faisait venir les membres de sa garde privée, qui étaient logés dans un baraquement proche et patrouillaient en permanence dans l'immense propriété.

Son valet de chambre l'accueillit à la porte. Malgré son apparence de domestique stylé, c'était un expert en arts martiaux et un garde du corps bien entraîné qui ne se séparait jamais de son arme. Balthazar alla directement au pool-house et se dénuda entièrement. Une vingtaine de longueurs dans sa piscine olympique et un long bain chaud suffirent à peine à calmer sa fureur. Après son bain, il enfila une longue toge blanche semblable à une robe de moine. Celle-ci, bien que cachant ses énormes bras et jambes, ne suffisait pas à dissimuler son imposante carrure. Sa tête massive semblait avoir été d'abord sculptée dans le granit puis transformée par quelque étrange alchimie en tête humaine faite de chair et de sang.

Il demanda à son valet de chambre qu'on ne le dérange pas et alla s'enfermer dans sa galerie de tableaux. Les murs de la pièce immense étaient couverts de portraits représentant ses ancêtres. Il se servit un petit verre de cognac et fit tourner le liquide ambré avant d'en prendre une gorgée. Après avoir reposé son verre, il alla se camper devant le portrait à l'huile du XVIIIe siècle suspendu près de la vaste cheminée. Tout en approchant son visage de façon à se trouver yeux dans les yeux avec la jeune matrone représentée, il posa ses mains sur les panneaux sculptés des deux côtés du tableau.

De minuscules capteurs placés derrière les yeux du portrait enregistrèrent la forme et la couleur de ses pupilles et les comparèrent à celles qui étaient enregistrées dans la base de données d'un ordinateur. Des scanners dissimulés dans les panneaux comparèrent, de la même façon, ses mains et ses empreintes digitales à celles de la base de données. Il y eut alors un léger déclic et un pan de mur s'ouvrit sur un escalier conduisant au sous-sol.

Arrivé face à une porte blindée, Balthazar composa le code qui commandait son ouverture. Elle donnait accès à une pièce tapissée de vitrines dont la température et l'hygrométrie étaient contrôlées et régulées en permanence. A l'intérieur se trouvaient des centaines de livres volumineux, rangés par ordre chronologique. Ils renfermaient l'histoire des Balthazar depuis plus de deux mille ans.

D'origine palestinienne, ceux-ci s'étaient installés à Chypre et y avaient prospéré dans la construction navale. Après avoir construit la flotte de la Quatrième Croisade, ils avaient participé au pillage sanglant de Constantinople et y avaient volé autant d'or que les vaisseaux pouvaient en porter. A la fin de la croisade, ils s'étaient désolidarisés des croisés. Ils étaient partis s'installer en Europe occidentale et étaient entrés dans un cartel qui, grâce à l'or volé, avait bâti un immense empire minier.

Depuis l'installation de la famille à Chypre, chaque naissance, mariage ou décès avait été consigné dans les registres, de même que les transactions commerciales, les querelles de famille, le contenu des journaux intimes. Tous les détails, même s'ils étaient embarrassants ou sordides, même s'ils donnaient la preuve des activités criminelles de la famille, figuraient dans ces épais volumes reliés d'or.

Balthazar les avait tous lus, ligne après ligne, et c'était l'existence d'ancêtres croisés qui avait fait naître sa passion pour les joutes et autres combats de chevaliers. Un ordinateur à l'écran tactile intégré dans le mur permettait de compléter la base de données et d'effectuer des recherches précises.

Une idole de pierre trônait sur une estrade au milieu de la pièce. Elle représentait un dieu assis, les bras à demi pliés, les paumes levées, comme s'il attendait un présent. Il avait un visage rond, un collier de barbe, des cornes et un large sourire qui ressemblait plutôt à un rictus. Le dieu Baal avait droit à cette place d'honneur parce que son nom évoquait celui de la famille Balthazar. Depuis ses origines, celle-ci avait recherché ses faveurs et s'était placée sous sa protection.

L'adoration de cette divinité avait donné lieu à des rites innommables de sacrifices humains. Dans les temps difficiles, les prêtres de Baal plaçaient sur ses bras à demi pliés des nouveau-nés, qui roulaient dans les flammes d'une fosse creusée à ses pieds. Les pieds de la statue de pierre étaient d'ailleurs encore noirs de fumée. Aujourd'hui, la fosse était remplacée par un autel, sur lequel était posé un coffret de bois sombre richement décoré de pierres précieuses.

Balthazar souleva le couvercle et en sortit un coffret de bois plus petit. A l'intérieur se trouvaient plusieurs parchemins, qu'il étala sur l'autel. Ils relataient l'histoire des Balthazar avant la fuite à Chypre. Son père lui en avait révélé le contenu quand ils vivaient encore en Europe. Mais ce n'est que plus tard, après qu'il eut étudié l'araméen, qu'il fut en mesure de comprendre les noirs secrets qui avaient conduit sa famille à l'exil.

En lisant les instructions émanant du lointain ancêtre auteur de ces lignes, il sentit le poids des siècles peser sur ses épaules. Après un moment, il remit soigneusement le parchemin à sa place et referma les deux coffrets.

Il leva vers l'idole des yeux presque blancs et sentit le regard de pierre de Baal le transpercer, comme si le dieu antique plongeait directement au fond de son âme et lui transmettait sa force. Balthazar aspira l'influx invisible comme un pèlerin assoiffé, jusqu'au moment où ses poumons semblèrent sur le point d'éclater.

Il sortit à reculons, puis, après avoir refermé la porte derrière lui, reprit l'escalier pour retourner dans son bureau. Encore ébranlé par l'expérience qu'il venait de vivre, il finit son verre de cognac d'un trait. Puis il décrocha son téléphone et tapa un premier numéro pour parler à Adriano par le biais d'une série de connexions visant à masquer l'origine de l'appel.

Il voulait connaître tous les détails de l'attaque ratée contre le porte-conteneurs. Et il voulait connaître l'identité de celui qui avait fait échouer ses plans. Qui que fût cet homme, il aurait droit au même sort que les centaines d'individus qui s'étaient trouvés en travers du chemin des Balthazar : une mort lente, dans d'atroces souffrances.

16.

Pour un organisme gouvernemental ultrasecret, la National Security Agency est connue du monde entier. Son siège se trouve à Fort Meade, dans le Maryland, entre Baltimore et Washington. Il occupe deux grands immeubles dont la sombre façade de verre bleu foncé pourrait être l'œuvre d'un cubiste déprimé.

Cependant, ces bâtiments ne sont que la partie apparente d'un vaste complexe de quatre hectares, où se déroulent des opérations secrètes. La NSA est le premier employeur de mathématiciens des Etats-Unis et peut-être même du monde. Parmi ses vingt mille et quelques employés figurent les meilleurs spécialistes de cryptologie du pays.

Angela Worth, la bibliothécaire adjointe de l'American Philosophical Society, passa devant les bâtiments de la NSA pour entrer dans le parc de stationnement du Musée national de la cryptographie. Elle s'était levée de bonne heure, avait appelé son bureau pour dire qu'elle était malade et avait pris la route pour descendre de Philadelphie à Fort Meade.

Aussitôt garée, elle prit un porte-documents fatigué sur le siège avant et se dirigea vers l'entrée du musée.

Arrivée à la réception, elle demanda à voir D. Grover Harris. Un instant plus tard, un jeune homme en jean, maigre et chevelu, vint à sa rencontre et lui serra la main.

— Bonjour, Angela, lui dit-il avec un sourire timide. Je te remercie d'être venue jusqu'ici.

— Il n'y a pas de quoi, Deeg. Et moi, je te remercie de me recevoir.

Angela avait rencontré Deeg à un congrès d'amateurs de puzzles et ils s'étaient tout de suite très bien entendus, étant tous deux des mordus d'informatique. Deeg était un garçon sympathique au physique agréable et à l'intelligence étonnante. Comme Angela, il n'occupait qu'un poste assez modeste. Il la fit entrer dans son minuscule bureau et lui proposa une chaise. La pièce était à peine plus grande qu'un placard, ce qui prouvait bien qu'il était encore au bas de l'échelle.

Il s'installa derrière son bureau si encombré de papiers qu'un inspecteur de la sécurité aurait qualifié l'endroit de très dangereux en cas d'incendie.

— Tu m'as paru bien excitée au téléphone. Que se passe-t-il ?

Angela ouvrit le porte-documents. Elle en sortit la copie qu'elle avait faite du dossier Jefferson et la tendit sans un mot à Harris. Il le feuilleta rapidement. Quand, arrivé à la fin, il découvrit le carton perforé, il le leva vers la lumière, puis le plaça sur une des pages.

— Ne serait-ce pas une grille de chiffrage ?

— Je comptais sur toi pour me le dire. C'est toi l'expert en codes secrets.

— Je ne suis qu'un novice sorti de l'Ecole nationale de cryptologie.

— C'est bien suffisant. C'est là que sont formés les spécialistes du chiffre de tous les services gouvernementaux.

— Ne te sous-estime pas toi-même. C'est toi qui as repéré ce document. Que peux-tu m'en dire ?

— Il était mal classé. Il aurait dû se trouver avec les autres dossiers Jefferson.

Deeg Harris se redressa d'un coup sur sa chaise.

— Jefferson ?

— Eh oui ! Après l'avoir comparée à celle de la déclaration d'Indépendance, je suis convaincue que c'est son écriture. Il y a d'ailleurs un petit T.J. dans le coin inférieur droit de la page de couverture.

Deeg prit la page en question pour l'examiner de plus près. Un sifflement silencieux sortit de sa bouche.

— Jefferson. Mais oui, ça se pourrait tout à fait.

Angela poussa un soupir de soulagement.

— Ravie de te l'entendre dire. J'avais peur de te faire perdre ton temps.

— Tu parles ! s'exclama Harris en secouant la tête. La plupart des gens ignorent que Jefferson était un cryptologue distingué. Il se servait de codes secrets pour communiquer avec James Madison et d'autres membres importants du gouvernement. Il est devenu expert en codes et chiffres quand il a été ambassadeur en France.

Harris se leva.

— Viens, j'ai quelque chose à te montrer.

Il entraîna Angela dans une des salles d'exposition du musée et s'immobilisa devant une vitrine qui contenait un cylindre de bois monté sur un axe. Le cylindre, qui mesurait vingt centimètres de long pour un diamètre de cinq centimètres, était constitué de plusieurs disques sur la tranche desquels se trouvaient des lettres.

— On a découvert cet instrument dans une maison près de Monticello. Nous pensons qu'il s'agit du cylindre inventé par Jefferson quand il était le secrétaire d'Etat de George Washington. On écrit un message, puis on tourne les disques pour mélanger les lettres. Le destinataire du message les remet en ordre avec un instrument monté de la même façon.

— On se croirait en plein *Da Vinci Code*.

Harris rit de sa réflexion.

— Le vieux Léonard de Vinci aurait été fasciné par l'évolution qu'a connue le cylindre.

Il amena Angela devant une autre vitrine. Elle contenait ce qui ressemblait à de grosses machines à écrire.

Angela lut l'inscription sur la plaque.

— *Machines à déchiffrer les codes*, dit-elle tout haut, les yeux brillants d'excitation. J'en ai déjà entendu parler.

— Leur existence fut un des secrets les mieux gardés de la Seconde Guerre mondiale. Les gens auraient été capables de s'entre-tuer pour en avoir une. C'étaient, en fait, des versions améliorées du cylindre de Jefferson. Il était très en avance sur son temps.

— Dommage que nous ne puissions pas utiliser une de ces machines pour décrypter ce qu'il a écrit.

— Nous n'en aurons peut-être pas besoin.

Ils retournèrent dans le bureau de Harris. Après s'être laissé tomber sur sa chaise, il s'y adossa et croisa les doigts devant sa bouche. Il réfléchissait.

— Qu'est-ce qui t'a fait t'intéresser aux codes secrets et aux chiffres ?

— Je suis bonne en maths, je fais beaucoup de mots croisés et j'adore les acrostiches depuis que je suis toute petite. C'est ma passion des puzzles qui m'a poussée à lire des livres sur le sujet. C'est là que j'ai découvert l'existence des grilles de chiffrage et l'intérêt de Jefferson pour la cryptologie.

— La moitié des cryptologues existant dans le monde me ferait sans doute la même réponse. C'est effectivement ton intérêt pour ce genre de choses qui t'a fait supposer qu'un message secret se cachait dans ce document, n'est-ce pas ?

Angela haussa les épaules.

— Il y avait des bizarreries dans le texte.

— Les « bizarreries », c'est bien ce sur quoi travaillent tous les jours les spécialistes de la NSA. Jefferson s'y serait senti dans son élément.

— Quel rôle pourrait avoir son cylindre là-dedans ?

— Aucun. En avançant dans sa carrière, Jefferson a cessé d'utiliser ce genre d'instrument. Ma supposition, c'est qu'il s'est simplement servi de la grille pour dissimuler un message secret dans son document sur les artichauts. Il a sans doute écrit ce message en plaçant d'abord les lettres dans les perforations, puis en fabriquant des phrases autour.

— Ce que j'ai remarqué, c'est que la syntaxe était parfois incorrecte et que, sur certaines lignes, les phrases n'avaient pas grand sens.

— Bravo ! On peut supposer que, pour Jefferson, c'était une précaution supplémentaire. Nous allons commencer par recopier les lettres qui apparaissent dans les perforations de la grille.

Angela sortit un carnet de son porte-documents et le tendit à Harris.

— Je l'ai déjà fait.

— Formidable ! Cela va nous faire gagner du temps.

Harris parcourut les lignes composées d'une succession de lettres sans lien apparent entre elles.

— Par où commençons-nous ?

— On repart deux mille ans en arrière.

— Pardon ?

— Jules César a inventé un code secret pour communiquer avec Cicéron pendant la guerre des Gaules. Il a simplement substitué des lettres grecques aux lettres romaines. Par la suite, il a encore amélioré le système en se servant de l'alphabet normal et en décalant les lettres de trois places. Il suffit de superposer un alphabet à un autre pour retrouver la bonne lettre.

— C'est le cas pour ce texte-ci ?

— Pas exactement. Les Arabes ont découvert qu'en déterminant la fréquence d'apparition d'une lettre dans un texte, on peut décoder un message crypté. Mary, la reine d'Ecosse, a été décapitée parce que les spécialistes du chiffre de la reine Elisabeth Ire ont intercepté certains des messages échangés à l'occasion du complot de Babington. Jefferson a inventé une variante de ce qu'on appelle le chiffre de Vigenère.

— Qui découle lui-même de la méthode de substitution des lettres employée par César.

— Parfaitement. On peut créer plusieurs alphabets dans lesquels les lettres sont décalées par rapport à leur place habituelle. La méthode de Vigenère consiste à superposer ces différents alphabets. On répète un mot-clé plusieurs fois sur la première ligne et ce sont les lettres de ce mot-clé qui permettent de repérer les lettres cryptées. C'est le même principe que pour tracer des points sur un graphique.

— C'est-à-dire qu'une même lettre du texte en clair peut être représentée par plusieurs lettres différentes.

— C'est toute l'astuce. Cela rend inutilisables les tables d'analyse des fréquences.

Harris se tourna vers un ordinateur et, après avoir tapé furieusement sur le clavier pendant quelques minutes, il obtint un rectangle composé de plusieurs colonnes de lettres.

— Voilà le principe de base de Vigenère. Le seul problème, c'est qu'on ne connaît pas le mot-clé.

— On pourrait essayer *artichaut* ?

Harris eut un petit rire.

— Ça me rappelle *La Lettre volée* d'Edgar Poe. Ce serait un peu gros. *Artichaut* est la clé du code secret utilisé par Jefferson et Meriwether Lewis lors de l'expédition de Lewis en Louisiane.

Harris répéta néanmoins le mot *artichaut* plusieurs fois sur la première ligne du rectangle pour voir s'il lui permettait de déchiffrer un message dans les perforations de la grille. Il essaya également le mot au pluriel, mais secoua la tête en signe de dénégation.

— Cela aurait peut-être été un peu trop évident, reconnut Angela.

Ils firent des essais avec les mots *Adams*, *Washington*, *Franklin* et *Independance*, mais sans aucun résultat.

— Il y a de quoi y passer la journée, remarqua Angela.

— Tu peux dire des dizaines d'années. Le mot-clé peut même n'avoir aucun sens.

— On ne peut donc pas casser un chiffre de Vigenère ?

— Si, tous les codes finissent par être cassés. La méthode pour casser celui-ci a été trouvée au XIXe siècle par un certain Babbage, un génie qu'on a appelé

« le père de l'ordinateur ». Son système consistait à rechercher des séquences de lettres. Une fois qu'il avait trouvé la bonne, il tenait le mot-clé. J'avoue que ça dépasse mes compétences. Heureusement, nous sommes à deux pas des plus grands déchiffreurs de codes du monde.

— Tu connais quelqu'un à la NSA ?
— Je vais appeler mon ancien professeur.

L'homme était en cours, mais Harris lui laissa un message. Avec l'accord d'Angela, il photocopia tout le document. Il s'était tellement attaché au texte proprement dit qu'il n'avait pas prêté attention au dessin.

Angela le vit examiner les lignes et les croix.

— Ça aussi, c'est un mystère. J'ai d'abord cru que c'était le plan d'un jardin.

Elle expliqua à Harris ce qu'elle avait trouvé sur le site consacré aux langues anciennes.

— C'est très intéressant, mais concentrons-nous d'abord sur le message caché dans le texte.

Les photocopies terminées, Angela remit l'original dans son porte-documents. Harris la raccompagna à la porte en lui disant qu'il la tiendrait au courant de ses recherches. Deux heures plus tard, quand son ancien professeur le rappela, il commença à lui expliquer son problème de déchiffrage d'un code secret. A peine eut-il prononcé le nom de Jefferson que l'universitaire lui dit de venir le voir immédiatement.

Pieter DeVries attendait Harris de l'autre côté du contrôle de sécurité. Il l'entraîna aussitôt dans son bureau tellement il était impatient de voir le dossier.

L'homme était l'illustration parfaite du mathématicien brillant et distrait. Il portait des costumes en tweed été comme hiver et avait pour habitude de tirer sur sa barbiche blanche quand il réfléchissait, c'est-à-dire à peu près tout le temps.

Il examina rapidement le document.

— Vous dites que c'est une jeune femme de la Philosophical Society qui vous l'a apporté ?

— Oui. Elle travaille à la bibliothèque.

— Sans cette grille à la fin, je ne l'aurais pas regardé de plus près.

Angela avait bien voulu laisser la grille à Deeg Harris. Le professeur la prit et y jeta un coup d'œil dédaigneux avant de la reposer.

— Je suis étonné que Jefferson ait employé une méthode aussi simpliste.

— Je ne suis pas certain qu'un message secret se cache dans ce texte, avoua Harris.

— Il y a un moyen très simple de le savoir.

Il scanna les colonnes de chiffres, les entra dans son ordinateur et pianota quelques minutes sur le clavier. Les lettres apparaissaient à l'écran disposées dans des ordres différents et de multiples séquences de lettres se succédèrent ainsi jusqu'à ce qu'un mot jaillisse enfin.

Eagle.

Harris rit en scrutant l'écran.

— On aurait pu y penser. Eagle était le cheval favori de Jefferson.

Le professeur DeVries sourit.

— Babbage aurait vendu son âme pour avoir un ordinateur dix fois moins performant que celui-ci.

Il tapa le mot-clé et demanda à l'ordinateur de l'utiliser pour déchiffrer le message qu'il avait scanné auparavant.

C'est alors qu'apparut, en clair, le texte de la lettre que Jefferson avait adressée en 1809 à Meriwether Lewis.

Harris se pencha au-dessus de l'épaule du professeur.

— Je n'arrive pas à croire ce que je lis. C'est absolument fou.

Il sortit de la pile de feuilles celle sur laquelle se trouvaient d'étranges dessins.

— Angela pense que c'est du phénicien.

— Cela corroborerait ce que le correspondant de Jefferson à Oxford lui disait dans sa lettre.

Harris éprouva soudain un grand abattement.

— J'ai l'impression qu'on a déterré une bombe.

— Cela peut aussi être une histoire inventée de toutes pièces par une imagination fertile.

— Vous le pensez vraiment ?

— Non. Pour moi, il s'agit là d'un document authentique. Ce qui y est écrit, en revanche, reste à vérifier.

— Que devons-nous faire, professeur ?

DeVries tira si fort sur sa barbiche qu'il aurait pu se l'arracher.

— Etre très, très prudents.

17.

La circulation sur P Street était très dense. L'ambassade de la république d'Irak, qui avait pour cadre un monument historique du XIXe nommé Boardman House, y donnait une soirée. Devant la belle maison de trois étages de style roman située à proximité de Dupont Circle, c'était un ballet incessant de limousines et de voitures de luxe venant déposer des hommes en smoking et des femmes en robe longue.

Une limousine du corps diplomatique venait de déposer ses passagers devant la voûte d'entrée. Le portier fit signe à un taxi d'approcher et vint ouvrir la portière arrière. Carina Mechadi en sortit, sa jolie silhouette mince moulée dans une robe longue de velours brun foncé en harmonie avec la couleur de ses cheveux remontés en chignon. Son décolleté profond laissait voir la naissance de ses seins sans, toutefois, être provocant. Un châle blanc brodé posé sur ses épaules mettait en valeur sa peau lisse et dorée.

Elle remercia d'un sourire éblouissant le portier – un homme d'âge mûr, qui sentit sa température monter en flèche –, puis elle suivit les invités qui la précédaient. Un jeune employé d'ambassade posté à l'entrée jeta un coup d'œil sur son carton d'invitation et vérifia que son nom figurait bien sur la liste.

— Merci d'honorer notre réception de votre présence, Miss Mechadi. Soyez la bienvenue à l'ambassade d'Irak.

— Merci, répondit Carina. Je suis ravie d'être ici ce soir.

Le vestibule d'entrée résonnait du brouhaha des conversations. De son regard bleu perçant, Carina jeta un rapide coup d'œil autour d'elle, le temps de décider si elle allait au vestiaire ou non. Les autres invités ayant remarqué sa présence, ils se tournèrent vers elle et les conversations s'interrompirent.

Carina n'était pas très grande, mais elle avait une présence physique étonnante qui réclamait l'attention. Les femmes qui se trouvaient dans la salle sentirent aussitôt le pouvoir qu'elle exerçait sur les hommes et s'accrochèrent au bras de leur cavalier. Elles ne se détendirent qu'en voyant un homme d'une cinquantaine d'années, grand et svelte, sortir de la foule pour aller à sa rencontre.

Il claqua des talons et s'inclina galamment devant elle.

— Carina Mechadi, « l'ange gardien des antiquités », si je ne me trompe.

Un journaliste anonyme lui avait donné ce surnom flatteur dans un article paru dans le magazine de la Smithsonian Institution.

Elle répondit par un gracieux sourire et prit aussitôt l'initiative de la conversation.

— Je n'aime pas beaucoup qu'on m'appelle ainsi, monsieur…

— Pardon, Miss Mechadi, de ne pas m'être présenté. Je suis Anthony Saxon. Je vous prie d'accepter toutes mes excuses si je vous ai offensée.

Il s'exprimait avec l'accent britannique que l'on cultivait autrefois dans les écoles privées.

— Mais non, je n'en suis pas offensée, monsieur Saxon, répondit Carina en lui tendant sa main. Comment m'avez-vous reconnue ?

Il s'inclina sur sa main pour la baiser.

— J'ai souvent vu votre photo dans les journaux. C'est un grand plaisir pour moi de vous rencontrer en personne.

Avec son allure distinguée, ses manières surannées et son smoking impeccablement coupé, Saxon faisait penser à un ambassadeur du début du siècle. Il était grand – plus d'un mètre quatre-vingts – et très maigre. Ses cheveux blond cendré, qui descendaient en pointe au-dessus de ses sourcils fournis, étaient coiffés tout en arrière et sa lèvre supérieure s'ornait d'une fine moustache semblable à celle des acteurs de cinéma des années 40 ou des gigolos de cette époque. Son teint cuivré était le résultat de son séjour dans le désert.

— Faites-vous partie du corps diplomatique, monsieur Saxon ?

— Pas du tout. Je suis un aventurier par choix et un écrivain doublé d'un réalisateur par nécessité. Peut-être avez-vous lu mon dernier livre *A la recherche de la reine* ? demanda-t-il avec une note d'espoir dans la voix.

— Non, je l'avoue.

Pour ne pas le blesser, elle ajouta aussitôt :

— Je suis très souvent en déplacement. Je n'ai guère le temps de lire.

— Je vous remercie pour votre franchise et votre délicatesse, dit Saxon en claquant de nouveau les talons. Mais peu importe que vous connaissiez ou pas mon nom. L'essentiel, c'est que, moi, j'aie entendu parler de vous et de vos efforts pour retrouver les antiquités volées au musée de Bagdad.

— C'est très gentil à vous, monsieur Saxon.

Carina jeta un coup d'œil sur la salle.

— Sauriez-vous, par hasard, où je peux trouver Viktor Balthazar ?

Saxon fronça les sourcils.

— Balthazar ne va pas tarder à prendre la parole. Je serais ravi de vous accompagner dans le grand salon.

Avec un sourire amusé, Carina prit le bras qu'il lui offrait.

— Vous avez la galanterie d'un gentleman de l'époque victorienne.

— Je me serais davantage vu à l'époque élisabéthaine, avec ses duels à l'épée et ses poètes déclamant des sonnets. Mais je vous remercie pour le compliment.

Il la conduisit en naviguant à travers la foule jusqu'à une grande salle décorée de tentures marron et or, où des rangées de chaises capitonnées faisaient face à une estrade sur les côtés de laquelle étaient installés des projecteurs, des caméras vidéo et des micros. Une photo géante du Musée national irakien était accrochée au mur derrière l'estrade.

Saxon lui proposa de s'installer dans une causeuse placée contre un mur latéral en lui expliquant d'un ton de conspirateur que, de là, on voyait parfaitement les invités qui entraient et l'on pouvait, en outre, s'échapper en toute discrétion si les orateurs devenaient trop ennuyeux.

Carina reconnut plusieurs membres du Département d'Etat, des politiciens, des journalistes, ainsi que quelques-uns des plus grands spécialistes – hommes et femmes – des antiquités du Moyen-Orient. Quand elle vit entrer dans la pièce le professeur Nasir, elle en fut ravie.

Elle se leva pour lui adresser un petit signe de la main. Le professeur traversa la salle et vint vers elle, le sourire aux lèvres.

— Miss Mechadi ! Quel plaisir de vous voir ici.

— J'avais moi-même l'espoir de vous y rencontrer.

Elle se tourna vers Saxon.

— Professeur, je vous présente Anthony Saxon. Monsieur Saxon, voici le professeur Jassim Nasir.

Saxon se leva pour serrer la main de l'Irakien, qu'il dominait de toute sa hauteur.

— Je suis très honoré de vous rencontrer, docteur Nasir. Je m'intéresse beaucoup à votre travail au sein du musée.

Nasir eut un sourire épanoui.

— Veuillez nous excuser, monsieur Saxon, dit Carina. Le Dr Nasir et moi avons beaucoup de choses à nous dire. Cela fait très longtemps que nous ne nous sommes pas vus.

— Mais je vous en prie, répondit Saxon.

Il prit aussitôt deux coupes de champagne sur le plateau d'un serveur et en tendit une à Carina.

— Je reste à votre disposition si vous avez encore besoin de moi.

Nasir le regarda se frayer un chemin à travers la foule.

— Très peu de gens me connaissent en dehors de l'Irak, dit-il, visiblement impressionné. Depuis combien de temps connaissez-vous Mr. Saxon ?

— A peu près cinq minutes. Il s'est jeté sur moi à

mon arrivée. Mais dites-moi plutôt à quand remonte notre dernière rencontre ? Trois ans au moins ?

— Comment pourrais-je oublier ? C'était à Bagdad, au musée. En des temps douloureux.

— Je suis désolée de ne pas vous avoir appelé aussi souvent que je voulais le faire.

— Nous avons fini de tout nettoyer et, grâce à des personnes comme vous, nous continuons de récupérer des objets volés. Nous avons reçu des aides financières, mais les dépenses auxquelles nous devons faire face sont phénoménales. Et à cause de l'instabilité qui règne encore dans notre pays, il faudra des années avant que des cars de touristes s'arrêtent à nouveau devant notre porte.

— Raison de plus pour se réjouir de cette réception.

— Oh oui ! renchérit le Dr Nasir, dont le visage s'éclaira. J'étais aux anges quand vous m'avez annoncé que vous aviez retrouvé un grand nombre des pièces volées. Et cette idée d'exposition itinérante est tout à fait géniale. Je n'aurais jamais pensé rencontrer ici autant de mes distingués confrères. Tiens, justement, voici le Dr Shalawa. Vous souvenez-vous d'elle ?

La femme à la silhouette massive qui s'apprêtait à prendre la parole était un des plus grands experts en archéologie assyrienne au monde. Elle était vêtue de la tunique longue traditionnelle des femmes musulmanes et portait sur la tête un foulard qui cachait entièrement ses cheveux. Elle s'éclaircit la voix pour capter l'attention de l'assistance et attendit que le calme fût revenu pour se présenter.

— Je voudrais tout d'abord remercier l'ambassade d'avoir organisé cette réception. Je tiens aussi à remercier, pour leur soutien moral et financier, toutes les personnes présentes ici ce soir. Le premier orateur vous a expliqué que nous aurons besoin de votre générosité afin que notre musée puisse retrouver un jour sa place parmi les plus grandes institutions culturelles du monde. Je suis très honorée de donner à présent la parole à Viktor Balthazar, le président de la Fondation du musée de Bagdad.

Sous les applaudissements de l'assistance encouragée par le Dr Shalawa, un homme assis au premier rang monta sur l'estrade et lui serra la main.

Carina ignorait totalement à quoi ressemblait Balthazar. Il refusait qu'on publie des photos de lui et avait toujours su faire respecter sa volonté. Elle ne savait donc pas à quoi s'attendre et fut surprise de découvrir un géant à la carrure impressionnante dans son smoking sur mesure, et à l'énorme tête de dogue. L'homme se métamorphosa dès qu'il fut sur l'estrade. Son expression féroce se transforma en sourire chaleureux tandis que ses yeux gris se posaient sur chacun des membres de l'assistance.

Quand les applaudissements cessèrent enfin, il dit d'une voix grave et mélodieuse :

— Je suis moi-même très honoré d'être invité à prendre la parole devant cette auguste assemblée, car je sais que chacun d'entre vous a contribué à l'effort déployé à l'échelle internationale pour retrouver les antiquités volées au musée de Bagdad.

Il accueillit sobrement le second tour d'applaudissements avant de poursuivre.

— Ma propre fondation n'a été qu'un des maillons de la chaîne. C'est grâce à vous tous que de nombreux objets de valeur continuent d'être retrouvés. Que le musée a pu remonter ses laboratoires de conservation, former du personnel qualifié et mettre en place une base de données. L'exposition itinérante sponsorisée par la Fondation Balthazar devrait permettre la collecte de nouveaux fonds. Je regrette de devoir m'éclipser avant d'avoir pu remercier chacun d'entre vous individuellement, mais je me réjouis à la pensée que nous sommes tous unis dans cette noble cause.

Il adressa un baiser à l'assistance, descendit de l'estrade et se dirigea vers la porte de la salle. Carina se leva aussitôt pour pouvoir l'intercepter dans le hall d'entrée.

— Excusez-moi, monsieur Balthazar, je sais que vous êtes pressé, mais pourriez-vous m'accorder une minute ?

Le géant lui adressa un sourire engageant.

— Ce serait impoli et même insensé de dire non à une aussi jolie femme, Miss...

— Carina Mechadi. C'est très aimable à vous.

Une expression pensive passa sur le visage de Balthazar.

— Miss Mechadi ! Quelle agréable surprise ! D'après ce qu'on m'a dit de votre ténacité, je m'attendais à voir une matrone de cinquante ans, petite, grosse et laide. Peut-être même dotée d'une moustache, ajouta-t-il en passant un doigt sur sa lèvre supérieure.

— Désolée de vous décevoir, répondit Carina.

— Je ne suis pas déçu, bien au contraire. Mon seul regret est de ne pouvoir m'attarder. En quoi puis-je vous aider ?

— Je voulais simplement vous remercier en personne pour l'aide que votre fondation m'apporte dans mon entreprise.

— Je le fais avec plaisir. Je regrette de ne pas vous

avoir rencontrée plus tôt et de n'avoir pu communiquer avec vous autrement que par intermédiaires. Mes affaires et mes engagements dans des œuvres caritatives me prennent beaucoup de temps.

— Je comprends parfaitement.

— Vous m'en voyez soulagé. Vous êtes, semble-t-il, une sacrée détective. Avez-vous suivi une formation dans la police ?

— Non, au départ, j'étais journaliste. En enquêtant sur les antiquités italiennes retrouvées dans des musées européens ou américains, j'ai découvert que les institutions et les musées étaient souvent eux-mêmes impliqués dans le trafic illégal d'objets d'art. Cela m'a tellement révoltée que j'ai décidé d'essayer de retrouver moi-même les objets, au lieu de me contenter d'en parler.

— A ce que j'ai pu comprendre, ce travail n'est pas sans risques. Benoir m'a parlé de la tentative de détournement d'un porte-conteneurs pour y dérober une antiquité. Quel scandale ! C'est une chance que vous n'ayez pas été blessée.

Carina acquiesça d'un signe de tête.

— Et je ne serais pas ici ce soir sans l'intervention miraculeuse de Kurt Austin.

— Qui cela ? Ce nom ne me dit rien.

— Mr. Austin travaille à la NUMA. Il préfère l'ombre à la lumière des projecteurs, mais c'est lui qui m'a sauvé la vie, a évité une catastrophe maritime et nous a permis de récupérer l'antiquité volée. L'un des pirates lui a tiré dessus, mais, Dieu merci, il n'a été que légèrement blessé.

— Ce comportement de gentleman force l'admiration. Comment se fait-il qu'il se soit trouvé sur le porte-conteneurs ?

— C'est un pur hasard. Il était à bord d'un autre navire qui croisait non loin de là quand il a capté un SOS.

— Formidable. J'aurais plaisir à rencontrer ce monsieur pour le remercier moi-même de son intervention.

— Je serais ravie de vous organiser un rendez-vous.

— Il est étonnant que vous ayez pu retrouver autant d'antiquités irakiennes. Comment avez-vous fait ?

Carina songea au réseau d'indicateurs qu'elle avait dû tisser patiemment, aux généreux bakchichs qu'elle avait dû verser et aux membres du gouvernement qu'elle avait dû harceler sans relâche jusqu'à ce que, de guerre lasse, ils accèdent à ses requêtes pour se débarrasser d'elle.

— C'est une longue histoire, répondit-elle avec un petit haussement d'épaules. En fait, je dois surtout cette réussite au hasard de ma naissance. J'ai des ancêtres en Europe et en Afrique. C'est ce qui m'a facilité les prises de contact sur les deux continents.

— En Afrique, dites-vous ? Votre père est italien, je suppose ?

— Oui, dit-elle en hochant la tête. Et mon grand-père aussi. Il était dans l'armée de Mussolini lors de l'invasion de l'Ethiopie. C'est là-bas qu'il a rencontré ma grand-mère. Ma mère ne l'a pas connu. Elle ignore son nom de famille et sait seulement que son père était italien. Quand elle s'est installée en Italie, où, moi-même, je suis née, elle a fait transformer son nom de jeune fille, Mékada, pour lui donner une consonance italienne.

— Mékada ? C'est un joli nom.

— Merci. D'après ce que je sais, il est assez courant en Ethiopie.

Balthazar resta silencieux un moment avant de reprendre.

— Dites-moi, Miss Mechadi, quels sont vos projets pour les jours à venir ?

— Je vais être très occupée à organiser l'exposition itinérante. Les objets d'art sont actuellement sous bonne garde à la Smithsonian Institution. Il faut que je rassemble un maximum de données sur leur provenance et leur histoire. J'ai déjà rendez-vous avec plusieurs personnes qui m'ont proposé leur aide. Demain, par exemple, je vais en Virginie rencontrer Jon Benson, un photographe du *National Geographic* qui avait assisté à la découverte sur un site archéologique de la statue appelée *Le Navigateur*. Peut-être pourriez-vous passer la voir à la Smithsonian ? Vous y verrez aussi les autres pièces de la collection.

— C'est une bonne idée. Je ne m'y connais pas beaucoup en archéologie, je l'avoue, mais je possède quelques objets intéressants. Tous acquis légalement, je tiens à le préciser. Je serais heureux de vous les montrer si vous acceptez une invitation à déjeuner ou à dîner.

— Ce sera avec plaisir, monsieur Balthazar.

— Formidable. Appelez le secrétariat de la Fondation dès que vous parviendrez à vous libérer. Ils connaissent mon emploi du temps.

Ils se serrèrent la main. Balthazar s'arrêta pour dire au revoir à l'ambassadeur et aux attachés culturels présents dans le hall. Carina, de son côté, retourna dans la salle de conférences, où elle tomba sur Saxon. Il avait un sourire étonné.

— Je vous ai vue bavarder avec Mr. Balthazar.

— C'est pour le rencontrer que je suis venue à cette réception. C'est un homme charmant.

— Connaissez-vous l'origine des fonds qu'il distribue ?

— Je sais seulement qu'il possède plusieurs sociétés minières.

— C'est exact. Il est à la tête d'un cartel regroupant entre autres les plus grosses sociétés d'extraction d'or du monde. C'est un personnage très controversé. Ces sociétés sont accusées d'avoir détruit l'environnement d'une demi-douzaine de pays pauvres et d'avoir ainsi provoqué la misère des populations locales. Ce que la plupart des gens ignorent est qu'il possède également l'une des principales sociétés privées de sécurité existant au monde. C'est-à-dire une société louant des mercenaires.

En cherchant à savoir qui il était, Carina avait déjà lu des articles peu favorables sur Balthazar, mais elle voulait tellement l'aide de sa fondation qu'elle n'avait pas cherché à creuser la question.

— Ce que je sais, en tout cas, c'est qu'il s'est montré extrêmement généreux envers le musée irakien.

— L'argent n'a pas d'odeur quand il sert une noble cause, c'est cela ?

— Je n'ai pas besoin d'un cours de morale, rétorqua Carina, le regard étincelant de colère.

Saxon sentit qu'il l'avait piquée au vif.

— Je vous prie d'accepter mes excuses. Ce dont j'aurais aimé vous entretenir, en fait, c'est des antiquités qui ont été retrouvées et, en particulier, d'une certaine statue qu'on appelle *Le Navigateur*.

Carina se demanda un instant si Saxon avait pu

l'entendre en parler avec Balthazar, mais elle se rendit compte que ce n'était pas possible.

— Vous connaissez l'existence de cette statue ?

Saxon acquiesça d'un signe de tête.

— Je sais qu'il s'agit d'un bronze grandeur nature ou presque, qu'on a retrouvé en Syrie lors de fouilles effectuées il y a quelques décennies. C'est la statue d'un marin que l'on pense phénicien, mais sans en avoir la certitude. Voilà pourquoi elle était entreposée dans le sous-sol du musée de Bagdad. Elle attendait son identification depuis des années quand, après l'invasion américaine de 2003, elle a disparu. On ne savait pas ce qu'elle était devenue, jusqu'à ce que vous la retrouviez en même temps que d'autres antiquités volées.

— C'est incroyable ! Comment se fait-il que vous en sachiez autant sur cette statue ?

— Je la cherche depuis que j'ai entrepris une étude sur Salomon et découvert, à cette occasion, son existence. J'étais sur le point de mettre la main dessus au Caire, mais vous aviez une longueur d'avance sur moi. Au fait, toutes mes félicitations.

— Pourquoi vous intéressez-vous à cet objet en particulier ?

Saxon leva les deux mains.

— Ah ! si vous aviez lu mes livres, vous ne me poseriez pas la question.

— Je ne manquerai pas de le faire dès que j'en aurai le temps, répondit Carina, sans chercher à cacher son agacement.

— Vous ne le regretterez pas, dit-il avec un sourire.

Exaspérée par sa suffisance, elle fit un pas en arrière.

— Si vous voulez bien m'excuser...

— Vous êtes tout excusée. Mais n'oubliez pas ce que je vous ai dit. Méfiez-vous de Balthazar.

Carina ignora ce commentaire et partit retrouver le professeur Nasir.

Saxon la regarda s'éloigner. Malgré son sourire, il avait l'air inquiet.

Dès que Balthazar sortit de l'ambassade, une Mercedes noire vint se garer devant l'entrée. Le chauffeur en sortit et repoussa le portier pour ouvrir lui-même la portière arrière. Le portier était un ancien Marine qui ne se laissait pas intimider facilement. Furieux de perdre un pourboire, il s'apprêtait à protester, mais le malabar lui adressa un tel regard que les mots lui restèrent dans la gorge. La limousine démarra dans un crissement de pneus.

— Bonsoir, monsieur Balthazar, dit le chauffeur. La réception s'est bien passée ?

— Oui, oui, Adriano. Si bien que j'en ai presque oublié le regrettable incident de Terre-Neuve.

— Je suis vraiment désolé, monsieur Balthazar. Je n'ai aucune excuse pour cet échec.

— Peut-être puis-je t'en fournir une, Adriano. Son nom est Kurt Austin. Il fait partie de la NUMA. C'est ce monsieur qui a fait échouer l'opération.

— Comment était-il au courant de notre projet ?

— Il ne l'était pas. Une regrettable coïncidence a fait qu'il se trouvait dans les parages au même moment. Malheureusement pour toi, cet homme est intrépide. Et chanceux. En lui tirant dessus, tu n'as fait que le blesser légèrement.

Adriano se souvint d'avoir aperçu Austin dans la

lunette de son fusil, et ensuite depuis le cockpit de l'hélicoptère qui avait survolé le navire.

— J'ai bien envie d'aller lui dire deux mots.

— Je m'en doute, dit Balthazar avec un rire sardonique. Mais, pour le moment, nous avons des questions plus importantes à régler. J'ai appris qu'un photographe du *National Geographic* a en sa possession des clichés qui ne doivent pas sortir au grand jour. Je veux que tu t'en empares d'une façon ou d'une autre.

— Dois-je me débarrasser du photographe ?

— Seulement si c'est nécessaire. Et il faudra que ça ait l'air d'un accident. Je préférerais que tu te contentes de lui prendre les photos.

— Et la femme ?

Balthazar réfléchit un moment à ce qu'il comptait faire de Carina. Il était capable d'éliminer sans hésitation ceux qui se mettaient en travers de sa route, mais il sentait que la jeune femme n'était pas n'importe qui.

— Je préfère la laisser en vie tant qu'elle peut nous servir. Je veux tout savoir sur elle. Qui elle est, ce qu'elle fait, d'où elle vient.

— Mais Austin, je peux le liquider ? J'ai un compte à régler avec lui.

Balthazar laissa échapper un soupir. Les actes de cruauté ne lui posaient aucun problème. C'était un psychopathe et, en tant que tel, il n'éprouvait aucune empathie pour quiconque. Il se servait des gens et s'en débarrassait ensuite. Par sa requête, Adriano manifestait une indépendance d'esprit qui le contrarierait, lui qui attendait de ses employés la plus grande soumission. Mais, d'un autre côté, il partageait son désir de vengeance. Lui aussi avait un compte à régler avec Austin.

— Je veux d'abord lui faire dire ce qu'il sait, Adriano. Ensuite, tu pourras t'occuper de lui, c'est promis.

Adriano ferma les yeux et fit jouer ses énormes doigts.

— Bientôt, murmura-t-il en se délectant du mot.

18.

Pendant qu'il attendait à la réception de la section Proche-Orient du Département d'Etat, le professeur Pieter DeVries réfléchissait au contenu du dossier Jefferson. Il l'avait lu du début à la fin sans y voir la moindre indication qu'il pût s'agir d'un faux.

La réceptionniste appuya sur une des touches du standard qui sonnait en permanence et échangea quelques mots avec un interlocuteur.

— Mr. Evans peut vous recevoir, monsieur, dit-elle avec un sourire. Troisième porte à droite.

— Merci.

DeVries rangea le dossier dans sa serviette, cala celle-ci sous son bras et s'engagea dans le couloir. Arrivé à la porte indiquée, il frappa discrètement avant d'entrer. Un homme grand et maigre au visage allongé, qui devait avoir un peu moins de quarante ans, se leva pour l'accueillir.

— Bonjour, professeur. Je suis Joshua Evans, un des analystes du service. Asseyez-vous, je vous en prie.

DeVries prit place sur une chaise.

— Merci de bien vouloir me recevoir.

Evans se rassit derrière son bureau, dont le plateau impeccablement rangé traduisait une maniaquerie compulsive.

— Ce n'est pas tous les jours que je reçois la visite d'un membre de la NSA, dit-il en guise d'entrée en matière. Vous restez plutôt entre vous, d'habitude. Qu'est-ce qui vous amène au Département d'Etat ?

— Comme je vous l'ai expliqué au téléphone, je suis décrypteur à l'Agence. Je suis tombé sur une information qui pourrait intéresser votre service et j'ai préféré venir vous trouver directement plutôt que de passer par la voie hiérarchique normale de la NSA. La question est assez délicate, voyez-vous.

— Vous avez toute mon attention.

Le professeur ouvrit sa serviette en cuir et tendit à Evans le dossier contenant une copie du texte original de Jefferson et de sa version déchiffrée. Puis il lui expliqua en quelques mots ce qu'était ce document et comment il s'était retrouvé entre ses mains.

— Quelle histoire ! dit Evans d'un ton aussi léger que s'il commentait un conte de *Ma mère l'Oie*.

Avant de poursuivre, il jeta un coup d'œil condescendant au costume de tweed fatigué du professeur et à sa barbiche blanche.

— Mais je ne comprends toujours pas ce qui vous amène à la section Proche-Orient.

Le professeur écarta les mains dans un geste signifiant que la réponse était évidente.

— La Phénicie se trouvait bien dans la région en question, n'est-ce pas ?

— La Phénicie ? répéta Evans avec un petit sourire amusé.

— Mais oui. Ce fut l'un des plus grands empires maritimes de tous les temps. Il s'étendait jusqu'aux rives de l'Espagne et même au-delà des Piliers d'Hercule.

Evans s'adossa à sa chaise et croisa les mains derrière sa tête.

— Sans doute, docteur DeVries, mais la Phénicie n'existe plus depuis longtemps.

— J'entends bien, mais les descendants des Phéniciens vivent en Syrie et au Liban.

— Aux dernières nouvelles, oui, mais contrairement à ces deux pays, la Phénicie n'a jamais été membre des Nations unies, remarqua Evans avec un petit rire ironique.

DeVries ne se départit pas de son sourire. Ce n'était pas la première fois qu'il se heurtait à la lourdeur bureaucratique. Il savait que pour être mis en rapport avec un responsable, il lui faudrait en passer par des petits gratte-papier suffisants comme Evans.

— Je suis un mathématicien. Pas un diplomate comme vous, dit-il en recourant à la flatterie. Mais il me semble que la région dont nous parlons est si instable que tout ce qui vient bouleverser des croyances ancestrales mérite qu'on s'y intéresse sérieusement.

— Excusez-moi si j'ai l'air sceptique, mais des artichauts, des codes secrets, un texte de Jefferson égaré, reconnaissez que tout cela est assez invraisemblable.

DeVries eut un petit rire.

— Je suis bien d'accord.

— Et, d'abord, comment savons-nous qu'il s'agit d'un document authentique ?

— Nous n'avons pas la certitude que les informations qu'il contient soient exactes, mais la traduction du message en clair, elle, ne laisse aucun doute. Le fait que le document que vous tenez là ait été rédigé de la main du troisième président des Etats-Unis et de l'auteur de la déclaration d'Indépendance lui donne un certain poids, il me semble.

Evans fit le geste de soupeser le paquet de feuilles.

— Vous avez pu vérifier que l'auteur de ce document était bien Jefferson ?

— Des experts en graphologie de la NSA l'ont étudié. Il n'y a aucun doute là-dessus : c'est Jefferson qui l'a écrit.

Evans perdit soudain de son assurance. DeVries avait déjà vu cette expression de panique sur le visage des petits fonctionnaires à qui l'on demandait quelque chose sortant du cadre de leurs fonctions habituelles. Le pire cauchemar d'Evans était devenu réalité : il était obligé de prendre une décision. Le professeur lui tendit une perche.

— Je me rends compte que tout cela peut paraître incroyable. C'est la raison pour laquelle je suis venu solliciter l'aide du Département d'Etat. Peut-être pourriez-vous faire part de notre discussion à votre supérieur ?

Evans respirait. Passer le bébé, c'était dans ses cordes. Une expression de soulagement apparut sur son visage.

— Je vais en parler à mon chef, Hank Douglas. Il est directeur du service des Affaires culturelles. Je reprendrai ensuite contact avec vous.

— C'est très aimable à vous, dit DeVries. Pourriez-vous l'appeler maintenant ? Ainsi, je n'aurai pas besoin de vous déranger une autre fois.

Voyant qu'il ne bougeait pas, Evans décrocha son téléphone et tapa le numéro de Douglas en espérant qu'il serait sorti. A son grand regret, il répondit aussitôt.

— Bonjour, Hank, c'est Evans. Je me demandais si vous auriez une minute à m'accorder.

Douglas répondit que son prochain rendez-vous n'était pas avant une heure et proposa à Evans de venir tout de suite dans son bureau.

— D'accord, répondit Evans.

Dès qu'il eut raccroché, il leva les yeux vers DeVries.

— Il est occupé pour le moment. Je le verrai cet après-midi.

DeVries se leva et lui tendit la main.

— Je vous remercie. Si vous avez besoin un jour de la NSA, n'hésitez pas. Nous ferons, nous aussi, tout notre possible pour vous aider. Je vous appelle en fin d'après-midi.

Après le départ du professeur, Evans contempla un long moment la porte, puis il saisit le dossier Jefferson en soupirant. Pourquoi avait-il accepté de le transmettre ? En sortant de son bureau, il réfléchissait à la meilleure façon de présenter l'affaire à son supérieur.

Douglas était un Afro-Américain d'une cinquantaine d'années au visage avenant. Son crâne était dégarni comme celui d'un moine tonsuré. Il avait une maîtrise d'histoire de l'Université Howard, où il avait fait de brillantes études. Les étagères de son bureau regorgeaient de livres relatant l'évolution de l'*homo sapiens* depuis l'âge de Cro-Magnon.

C'était un des hommes les plus respectés du Service, car, outre ses talents de diplomate, il avait une grande expérience du terrain, ayant vécu plusieurs années au Proche-Orient et au Moyen-Orient. Expert reconnu en matière de politique et de religion dans ces régions où les deux sont souvent indissociables, il parlait aussi bien l'hébreu que l'arabe.

Evans avait choisi de traiter le sujet par la dérision. Il entra dans le bureau de Douglas en pouffant.

— Vous ne devinerez jamais la drôle de conversation que je viens d'avoir.

Il décrivit son entretien avec DeVries en essayant de le faire passer pour un scientifique un peu farfelu à qui il n'avait pas pu dire non. Douglas demanda à voir le dossier et prit quelques minutes pour le lire en silence.

— Voyons si j'ai bien compris ce que vous a dit le professeur DeVries, déclara-t-il en le refermant : un expert en cryptologie de la NSA a déchiffré une correspondance secrète échangée entre Thomas Jefferson et Meriwether Lewis, et suggérant que les Phéniciens sont venus jusqu'en Amérique du Nord.

Evans sourit.

— Désolé de vous faire perdre du temps. J'ai pensé que cette histoire vous amuserait.

Douglas n'avait pas envie de rire, ni même de sourire. Il prit la copie du schéma de plantation des artichauts et lut les mots étranges qui figuraient dessus. Puis il relut la traduction qu'en avait faite deux siècles plus tôt le professeur ami de Jefferson.

— *Ophir*.

— Oui, j'ai vu ce mot. Que veut-il dire ?

— Ophir est le lieu où se trouveraient les mines du roi Salomon.

— J'ai toujours pensé qu'il s'agissait d'une légende.

— C'est possible. Mais il est certain que le roi Salomon a amassé de grandes quantités d'or durant sa vie.

Et la provenance de cet or est toujours restée un mystère.

— D'après ce que vous dites et selon ce document, Jefferson croyait qu'Ophir se trouvait en Amérique du Nord. C'est fou, non ?

Douglas ne répondit pas. Il poursuivit la lecture de la traduction.

— *Une relique sacrée.*

— Vous voyez bien. Qu'est-ce que cela voudrait dire ?

— Je ne sais pas exactement. La relique la plus sacrée qu'on ait pu associer à Salomon, c'est l'Arche d'alliance.

— Vous dites que l'objet biblique dont parle Jefferson est la fameuse Arche ?

— Pas forcément. La relique sacrée pourrait être n'importe quel objet ayant appartenu à Salomon.

Douglas jouait nerveusement avec un stylo.

— Houlà ! Dans des moments pareils, je fumerais bien ma pipe.

— Qu'y a-t-il, Hank ? Que le texte soit de Jefferson ou pas, cette histoire d'Arche d'alliance n'est de toute façon qu'une légende. Il n'y a sans doute rien de vrai dans tout cela.

— Peu importe que ce soit vrai ou pas. Il s'agit avant tout de symboles.

— Je ne comprends pas en quoi c'est important.

— Quelle que soit son interprétation, ce texte est une source de problèmes. Vous souvenez-vous de ce qui s'est passé au mont du Temple en 1969 ? Et en 1982 ?

— Oui, bien sûr. En 69, un fanatique religieux australien a mis le feu à la mosquée qui y a été construite et, en 82, un groupuscule religieux a été arrêté pour avoir tenté de la faire sauter.

— Que serait-il arrivé s'ils avaient réussi, avec l'intention de bâtir à sa place le troisième temple de Salomon ?

— Cet acte terroriste aurait provoqué de violentes réactions, c'est le moins qu'on puisse dire.

— Alors imaginez ce qui se produirait si la découverte de la relique sacrée de Salomon servait de prétexte à l'édification d'un nouveau temple et si l'on apprenait que cet objet se trouve aux Etats-Unis.

— Compte tenu de la paranoïa qui règne dans cette partie du monde, certains diraient qu'il s'agit d'un énième complot des Etats-Unis contre l'Islam.

— C'est exact. Les Etats-Unis pourraient être accusés de vouloir chasser les musulmans du mont du Temple. Et les extrémistes des principales religions s'en mêleraient.

— Mince ! Ce n'est pas une petite affaire.

— Il y a là de quoi mettre le feu aux poudres.

Evans blémit.

— Que faut-il faire ?

— En parler au secrétaire d'Etat. Qui d'autre est au courant du contenu de ce dossier ?

— Le professeur DeVries et son ancien étudiant qui travaille au musée de la NSA. Il y a aussi la documentaliste de l'American Philosophical Society. Les gens de la NSA, eux, savent garder un secret.

— Aucun secret ne résiste plus de six mois à Washington, dit Douglas. Il faut trouver un moyen d'étouffer cette histoire dans l'œuf de façon à ce que, si elle sortait au grand jour, les Etats-Unis puissent y apporter un démenti formel.

— Mais comment ? D'après la NSA, ce document est bel et bien de la main de Jefferson.

— La NSA est un organisme secret ; le gouvernement peut très bien ne pas être au courant. Ce que je suggère, c'est de s'attaquer au bien-fondé de ces affirmations. Il serait impossible à un navire phénicien d'effectuer la traversée depuis la Méditerranée orientale jusqu'aux côtes d'Amérique du Nord. Les connaissances en matière de navigation et la technologie de l'époque n'auraient jamais permis une telle expédition.

— En sommes-nous sûrs ?

— Non. Il faudra en avoir confirmation pour pouvoir avancer cet argument.

— Pourquoi ne pas nous adresser à la NUMA ? Elle dispose à la fois d'une base de données marines et d'experts compétents, et ces gens-là savent être discrets. J'y connais deux ou trois personnes.

Douglas acquiesça d'un signe de tête.

— Occupez-vous de les contacter. De mon côté, je vais demander un entretien au sous-secrétaire d'Etat. Revenez au rapport dans une heure.

Dès qu'Evans fut sorti, Douglas prit dans un tiroir de son bureau sa pipe et sa blague à tabac. Malgré l'interdiction de fumer dans les bureaux, il bourra la pipe et l'alluma. Une auréole de fumée autour de la tête, il se renversa en arrière dans son fauteuil pour réfléchir.

Cela paraissait tellement incroyable. Peut-être s'agissait-il d'un faux, comme le suggérait Evans. Il relut avec attention le document en s'attardant sur chaque mot.

Comme de nombreux Afro-Américains, Douglas éprouvait des sentiments partagés envers Jefferson.

Tout en admettant qu'il avait été un grand homme doué de génie, il avait du mal à accepter qu'il ait pu avoir des esclaves. En relisant le contenu du dossier, il se sentit cependant proche de lui sur le plan humain. Bien qu'en écrivant à Lewis il s'exprimât en termes posés, il était clair que Jefferson était soucieux.

Si Douglas tenait les feuillets d'une main tremblante, il avait des excuses.

Le risque de déclenchement d'un immense chaos dans le monde d'aujourd'hui était bien plus grand que Jefferson n'aurait pu l'imaginer.

19.

Austin pourchassait depuis son bureau les pirates qui avaient attaqué le porte-conteneurs. Le tapis magique qui le transportait ainsi sur un océan virtuel était un système d'images satellites couramment utilisé par la NUMA.

Ce système sophistiqué, appelé le NUMASat, a été mis au point par des scientifiques et des ingénieurs de l'Agence pour donner instantanément des images de tous les océans du monde. Des satellites positionnés à six cents kilomètres au-dessus de la Terre tournent en permanence en orbite pour permettre à leurs caméras et autres appareils embarqués de transmettre des informations depuis n'importe quel point du globe.

Par l'intermédiaire d'images optiques ou infrarouges, les satellites renseignent sur la température de l'eau en surface, la force des courants, l'état du phytoplancton, la quantité de chlorophylle dégagée, la couverture nuageuse, les prévisions météorologiques et d'autres données importantes. Il suffit de posséder un ordinateur pour accéder à cette base de données et en bénéficier gratuitement. Ce système est d'ailleurs largement utilisé par des scientifiques et non scientifiques du monde entier.

Austin était en tenue décontractée : short, chemise hawaïenne et sandales. Il avala deux comprimés d'aspirine avec une gorgée de bière puis, l'œil rivé sur le large écran de vingt-quatre pouces, il tapa sur la touche « Enter » de son ordinateur. Une image satellite de la côte accidentée de Terre-Neuve apparut aussitôt.

— OK, Joe, dit-il dans son micro. Je suis sur Saint-Jean et la pointe septentrionale.

— Ça marche, répondit Zavala, qui avait la même image à l'écran, dans son bureau de la NUMA. Je zoome.

Un rectangle lumineux blanc bleuté apparut sur l'écran d'Austin, superposé à un autre qui montrait une portion d'océan Atlantique. Zavala agrandit le rectangle. Des petits points noirs apparurent alors et grossirent jusqu'à prendre la forme allongée de navires. La date et l'heure figurant en haut à gauche indiquaient que l'image avait été prise quelques jours plus tôt.

— Peux-tu zoomer un peu plus ?
— Choisis ta cible.

Austin cliqua sur un point, ce qui déclencha le mouvement instantané de la caméra. Des centaines de poissons occupèrent aussitôt tout l'écran. Puis la caméra recula, montrant la cale qui les contenait, les treuils et le pont d'un chalutier de haute mer.

— C'est impressionnant, commenta Austin.

— Yeager a utilisé toutes les compétences de Max pour booster la fonction de recherche du NUMASat. Il dit qu'on peut maintenant voir la couleur des yeux d'une puce des sables.

Hiram Yeager était le génie de l'informatique de la NUMA. C'était lui qui dirigeait le vaste service informatique qu'il avait surnommé Max et qui occupait entièrement le dixième étage de la tour à parois de verre turquoise située au bord du Potomac.

— Ils sont bleus.

— C'est vrai ?

— Non, je plaisante. Mais je n'ai jamais vu une image d'une telle définition.

— Avant ce coup de booster, on ne voyait que ce qui dépassait la taille d'un carré d'un mètre de côté en noir et blanc et de quatre mètres en couleur. Yeager a réussi à obtenir des images lisibles pour des cibles de moins d'un mètre de côté en couleur. Ce que tu vois sur l'écran inclut aussi les données fournies par les autres satellites et systèmes d'analyse de l'Armée et des services secrets.

— Tout cela est, bien sûr, parfaitement légal et a reçu l'accord de Hoyle, dit Austin avec un petit rire ironique.

— Presque. Yeager considère ça comme un échange de bons procédés parce que l'Armée compte aussi beaucoup sur le NUMASat. En théorie, les images doivent être floutées quand il y a des opérations militaires en cours quelque part. Je lui ai dit que je ne voulais pas savoir quels étaient les accords et il me laisse accéder aux archives de mon choix.

— Nous sommes mal placés pour critiquer qui que ce soit.

L'équipe des Missions spéciales opérait parfois sans se préoccuper des radars de surveillance gouvernementaux.

— Alors, tu l'as repéré, le minéralier ?

— Regarde !

L'image fut lentement dézoomée et les bateaux redevinrent bientôt de simples points. Zavala dessina un rectangle autour d'une cible. Austin cliqua avec sa souris et l'image d'un énorme navire apparut, occupant tout l'écran. Il se pencha en avant pour mieux voir.

— C'est bien le minéralier que nous avons vu d'hélicoptère. Je reconnais la tête de taureau sur la coque.

— Je me suis renseigné. Il appartient à une société du nom de PeaceCo. Son site la décrit comme spécialisée dans la résolution pacifique des conflits militaires et politiques.

Austin éclata de rire.

— C'est le nouveau jargon pour parler des « mercenaires » ?

— Ils ne se cachent pas d'avoir transformé un minéralier en plate-forme d'envol de leurs unités mobiles. Ils se vantent de pouvoir envoyer des commandos aéroportés n'importe où dans le monde en quarante-huit heures. Quant au navire, ils garantissent qu'il peut être sur place avec l'unité complète en vingt et un jours.

— Qui se cache derrière ce nom de PeaceCo ?

— Difficile à dire. Les administrateurs sont d'anciens militaires américains et britanniques à la retraite. Quant au propriétaire, il se cache derrière une série de sociétés fantômes, enregistrées dans différents pays. J'ai demandé à Yeager de démêler l'écheveau.

— C'est déjà une première indication, mais ce qu'il nous faut, c'est des preuves concrètes.

— Tu parles ! On en a des tonnes ! J'ai trouvé dans les archives les instants qui précèdent l'abordage des pirates. Les images sont prises à intervalles réguliers, c'est pour cela qu'on ne voit pas l'action en continu.

Des images saccadées apparurent à l'écran. Elles

sautaient, s'arrêtaient, repartaient comme dans les cinémas à cinq sous. On voyait des hommes s'activer sur le cargo autour d'une écoutille. Puis, celle-ci ouverte, on distinguait le trou sombre de la cale, d'où s'élevait une plate-forme supportant deux hélicoptères posés côte à côte. On voyait ensuite les hommes monter dans les appareils et les hélicoptères décoller.

— Qui a dit qu'on ne pouvait pas voyager dans le temps ? Voilà qui établit l'heure précise du décollage.

— Maintenant, on passe au porte-conteneurs.

L'image changea pour montrer à l'écran le pont de l'*Ocean Adventure*. Les deux hélicoptères étaient maintenant posés comme par magie sur une des piles de conteneurs et des hommes en sortaient. Il y eut ensuite plusieurs images sur lesquelles on ne notait aucun mouvement, jusqu'à ce que le satellite montre un des hélicoptères tournoyant autour d'un cercle d'écume dans l'océan, à l'endroit où l'autre appareil avait sombré. Zavala retourna aux images du minéralier. Un seul hélicoptère revenait y atterrir. Des hommes en sortaient, la plate-forme s'enfonçait dans les entrailles du navire et l'écoutille était refermée. L'une des silhouettes visibles était plus grande et massive que les autres. C'était sans doute l'homme qui avait tiré sur Austin, mais il tournait le dos à la caméra et on ne voyait pas son visage.

— La preuve est là, dit Austin. Où est le navire en ce moment ?

— D'après les registres maritimes, il a quitté New York il y a quelques jours en annonçant comme destination l'Espagne. Donc, il s'est juste détourné le temps de l'opération, puis a continué sa route comme si de rien n'était. Il me suffit d'un clic pour transmettre l'info aux Affaires maritimes.

— C'est tentant. Mais il est maintenant dans les eaux internationales et même si on lançait tout de suite les garde-côtes à sa poursuite, on ne mettrait la main que sur le menu fretin. Ce que je veux, c'est le cerveau qui est derrière l'opération.

— Je vais continuer à me renseigner. Au fait, comment te sens-tu ?

— Un peu raide, mais j'ai au moins appris quelque chose.

— Quoi donc ? Qu'il vaut mieux éviter les gens armés ?

— Non, non. Que je dois être plus rapide. Tiens-moi au courant si tu glanes des infos avant de partir pour Istanbul.

Austin entendit frapper à la porte.

— Bon, je te laisse. J'ai de la visite.

— Tu attends quelqu'un ?

— Une charmante compagnie, oui. *Ciao*.

Ce dernier mot frappa Zavala.

— *Ciao* ? Serait-ce...

— *Buona notte*, Joe.

Austin riait en raccrochant pour aller ouvrir.

Carina Mechadi attendait sous le porche. Elle montra la bouteille de vin qu'elle tenait à la main.

— Bonsoir. Je crois que j'ai une réservation pour ce soir.

— Mais oui. Votre table vous attend, signorina Mechadi.

— Vous avez dit « tenue décontractée », n'est-ce pas ? J'espère que je suis dans la note.

Carina portait un jean sur lequel étaient brodées des fleurs, et un chemisier sans manches de couleur turquoise. Sa tenue mettait joliment en valeur ses formes harmonieuses.

— Vous êtes sublime.

— Merci, dit Carina avec un petit sourire flatté.

Elle détailla elle aussi Austin et sembla trouver à son goût son bermuda blanc, qui faisait ressortir le bronzage de ses jambes musclées, et sa chemise à fleurs en soie, qui semblait avoir du mal à contenir sa large carrure.

— Et vous, cette chemise vous va à ravir.

— Merci. Elvis Presley portait la même dans le film *Blue Hawaii*. Mais entrez donc.

Carina ne se fit pas prier. Elle admira les meubles en bois foncé de style colonial que faisaient ressortir les murs blancs ornés de tableaux peints par des artistes locaux ; les cartes marines anciennes, les instruments de navigation, la photo du voilier d'Austin et la maquette de son hydravion de course. Le tout créait une atmosphère élégante et confortable.

— Je m'attendais à trouver des requins empaillés, des ancres rouillées, un vieux casque de scaphandre et des voiliers en bouteille.

Austin éclata de rire.

— C'est exactement la description d'un bar de Key West fréquenté par les plongeurs où j'allais boire des margaritas.

— Vous savez ce que je veux dire, reprit Carina en souriant. Vous travaillez pour l'agence océanographique la plus connue au monde. Je m'attendais à voir votre passion pour la mer affichée sur tous les murs.

— Je parierais qu'il n'y a pas grand-chose à votre domicile parisien qui indique en quoi consiste votre métier.

— C'est vrai. J'ai quelques reproductions d'œuvres

classiques, mais le reste est tout à fait traditionnel. Vous avez raison : il vaut mieux avoir un espace personnel qui ne vous rappelle pas sans cesse le travail.

— Je n'irais pas jusqu'à m'installer au Kansas, mais la mer est une maîtresse exigeante dont il vaut mieux s'éloigner. C'est la raison pour laquelle les anciens capitaines de navires se retirent plutôt dans les terres.

— En tout cas, c'est très joli chez vous.

— Mon intérieur n'a pas de quoi être montré dans *Architectural Digest,* mais c'est le havre de paix idéal pour un vieux loup de mer entre deux missions. Cette bâtisse n'était qu'un vieux hangar à bateaux ; je l'ai achetée pour son emplacement en bord de rivière et sa proximité de Langley.

— Vous avez fait partie de la CIA ?

— Oui, j'étais dans le service de renseignements sous-marins. Chargé d'espionner les Russes, essentiellement. A la fin de la guerre froide, on a fermé boutique. Je suis alors entré à la NUMA, où j'occupe un poste d'ingénieur.

La bibliothèque d'Austin aurait été à elle seule la preuve de sa passion pour la mer. Elle contenait des récits d'aventures en mer écrits par Joseph Conrad et par Herman Melville, et des dizaines de manuels de science et d'histoire des océans. Les volumes les plus usagés étaient cependant ceux de philosophie. Carina en prit un qui semblait avoir été souvent feuilleté.

— Aristote. Vous avez des lectures bien sérieuses.

— L'étude des grands philosophes me fournit des citations qui me font paraître plus intelligent que je ne le suis.

— Vous n'y avez pas seulement cherché des bons mots. Ces livres, vous les avez réellement lus.

— Vous êtes très observatrice. Pour employer un jargon de marin, je dirais que la sagesse de ces pages est l'ancre qui m'empêche de dériver dans des eaux troubles.

Carina pensa au contraste frappant entre l'attitude chaleureuse d'Austin ce soir et la froideur avec laquelle il s'était débarrassé de son agresseur. Elle replaça le livre sur son étagère.

— Les pistolets posés sur le manteau de la cheminée parlent d'eux-mêmes.

— Vous avez mis le doigt sur mon point faible. Eh oui, j'en fais collection. Je possède environ deux cents pistolets de duel, que je conserve soigneusement dans une voûte ignifugée. Ces armes me fascinent sur un plan artistique et technique, mais aussi historique. Ce qui m'intrigue, c'est le symbole qu'elles véhiculent : le rôle de la chance dans nos destinées.

— Seriez-vous fataliste ? demanda Carina.

— Non, réaliste. Je sais que ma chance ne dépend pas toujours de moi.

Austin sourit.

— Mais le repas, oui. Vous devez avoir faim.

— Même si ce n'était pas le cas, les senteurs exquises qui s'échappent de la cuisine m'auraient ouvert l'appétit.

Elle donna à Austin la bouteille de vin.

— Un barolo, lut Austin en connaisseur. Je vais le déboucher pour qu'il s'aère. Nous mangeons dehors.

Pendant qu'Austin s'activait, Carina sortit sur la terrasse en bois. La table était éclairée par des lampes à huile dont le verre coloré donnait au décor une atmosphère de fête. Des lumières brillaient le long du Potomac et l'on sentait l'odeur saumâtre – mais pas déplaisante – de la rivière.

Austin choisit un CD d'Oscar Peterson dans sa collection de jazz et des notes de piano agréables s'élevèrent des deux enceintes Bose. Puis il sortit avec deux verres givrés de prosecco. Ce vin italien pétillant était agréable en apéritif et parfait pour accompagner l'entrée : jambon de parme et melon.

Celle-ci terminée, Austin s'excusa et revint bientôt avec deux assiettes fumantes de fettucine à la crème fraîche et au beurre. Carina fondit de plaisir en le voyant y ajouter des copeaux de truffe blanche.

— Ça alors ! Où avez-vous trouvé des truffes comme celles-là aux Etats-Unis ?

— Ce n'est pas moi. Un de mes collègues de la NUMA qui voyage beaucoup me les a rapportées d'Italie.

Carina mangea avec appétit les pâtes, l'escalope de veau et la salade de champignons, elle aussi agrémentée de truffe blanche, tout en buvant du vin blanc. Ils finirent d'ailleurs la bouteille à eux deux.

Elle ne cala même pas au moment du dessert et attaqua sa glace à la cerise avec un égal bonheur.

— *Magnifico !* répéta-t-elle pour la dixième fois depuis le début du repas. Vous pouvez ajouter à vos autres talents celui de grand chef.

— *Grazie.*

Le bel appétit de Carina étonnait Austin, mais il n'était pas pour lui déplaire. Bien au contraire. Les femmes qui apprécient la bonne cuisine ont souvent de l'appétit aussi dans d'autres domaines.

A la fin du repas, il leur servit un petit verre givré

de *limoncello*. Au moment où ils trinquaient, il lui posa la question :

— Vous ne m'avez pas dit comment vous vous êtes retrouvée à accompagner une statue antique aux Etats-Unis.

— C'est une longue histoire.

— J'ai tout mon temps. Il reste même une bouteille entière de *limoncello*.

Carina eut un petit rire et regarda le fleuve un moment pour rassembler ses esprits.

— Je suis née à Sienne. Mon père, qui était médecin, était un archéologue amateur passionné par la civilisation étrusque.

— Je le comprends. Les Etrusques étaient un peuple mystérieux.

— Malheureusement, leur art était très prisé. Quand j'étais encore petite, j'ai vu un site vandalisé par les *tombaroli*, les pilleurs de tombes. Un bras en marbre blanc gisait dans la terre. Cela m'a fortement impressionnée. J'ai fait mes études à l'université de Milan, puis à la London School of Economics, et j'ai finalement choisi comme métier le journalisme. Mon intérêt pour les antiquités s'est trouvé ravivé quand j'ai eu à effectuer des recherches pour écrire un article de magazine sur le rôle des musées et des antiquaires dans le vol des objets d'art. L'image de ce bras en marbre ne m'avait pas quittée. Je suis entrée à l'UNESCO et j'y suis devenue enquêtrice. Déposséder un pays de son histoire est un acte monstrueux. J'ai eu envie de prendre les voleurs la main dans le sac.

— C'est difficile.

— Oui, je m'en suis vite rendu compte. Le commerce illégal d'antiquités volées est ce qui rapporte le plus après le trafic de drogue et la vente d'armes. Les Nations unies ont bien essayé d'y mettre fin par des traités et des accords internationaux, mais l'enjeu financier est trop important. On ne pourra jamais arrêter la vente illégale d'objets tels que les cylindres-sceaux ou les tablettes d'argile.

— Vous semblez avoir largement réussi dans votre mission.

— Je travaille en collaboration avec Interpol et les gouvernements qui essaient de retrouver certaines pièces en particulier. J'ai donc affaire à des antiquaires, des maisons de ventes aux enchères et des musées.

— Etait-ce la raison de votre séjour en Irak ?

Carina hocha la tête.

— Plusieurs semaines avant l'invasion, la rumeur circulait que des marchands d'art et des diplomates sans scrupules avaient passé commande d'objets bien précis à des trafiquants. Les voleurs étaient sur place, prêts à passer à l'action à l'instant même où la garde républicaine déserterait le musée.

— Et *Le Navigateur*, dans tout cela ?

— Je ne connaissais même pas son existence. Il n'était pas sur la liste des antiquités que je cherchais à récupérer par l'intermédiaire d'un trafiquant peu recommandable, un certain Ali, qui s'est fait assassiner depuis. Sa disparition n'a pas été une grande perte pour l'humanité, mais il m'était utile parce qu'il savait où se trouvaient les objets. J'ai quitté le pays après avoir reçu un avertissement : j'allais être kidnappée et retenue en otage si je persévérais dans mes recherches. C'est peu de temps après cela que j'ai été contactée par la Fondation Balthazar.

— Celle qui sponsorise votre exposition itinérante ?

— Oui. Mr. Balthazar est un homme riche, que j'ai rencontré en personne pour la première fois ce soir. Le pillage du musée irakien l'a révolté. Sa fondation a donc fourni les fonds nécessaires pour poursuivre la recherche des objets qui m'ont échappé à Bagdad. Il n'y a pas longtemps, j'ai appris par une source égyptienne que certaines pièces du musée irakien étaient en vente au Caire. J'ai donc sauté dans un avion pour aller acheter le lot. Et *Le Navigateur* en faisait partie.

— Que savez-vous de cette statue ?

— Elle a dû être volée au musée en même temps que les autres antiquités. Le professeur Nasir, qui en est le conservateur, s'est souvenu qu'elle était entreposée au sous-sol. Il la considérait comme une curiosité.

— En quel sens ?

— Elle représente apparemment un marin phénicien, mais il tient une boussole dans sa main. Or, d'après ce qu'il m'a dit, les Phéniciens ne connaissaient pas la boussole.

— C'est exact. On en attribue la découverte aux Chinois.

— Le professeur Nasir pense qu'il pourrait s'agir d'une copie moderne d'une des statues dont les Phéniciens faisaient commerce. Tout comme les statues prétendument anciennes qui sont proposées aux touristes en Egypte ou en Grèce.

— Le professeur sait-il où on l'a trouvée ?

— Oui. Elle a été découverte sur un site hittite lors de fouilles pratiquées au cours des années 1970 du côté de la Montagne noire, au sud-est de la Syrie. Quand elle s'est retrouvée à Bagdad, la question de son authenticité s'est posée. J'ai discuté avec un photographe du *National Geographic* qui était présent au moment des fouilles.

— C'est étrange cet intérêt soudain qu'elle a suscité chez les pillards, puis les pirates de l'air, après être restée près de trente ans dans les réserves du musée.

— D'autant que peu de personnes étaient au courant de son existence. J'ai d'ailleurs été surprise quand Mr. Saxon m'en a parlé au cours de la réception à l'ambassade.

Austin dressa l'oreille en entendant ce nom.

— Vous voulez parler d'Anthony Saxon ?

— Oui. Il semblait bien renseigné sur la statue. Vous le connaissez ?

— J'ai lu ses livres et assisté à l'une de ses conférences. C'est un aventurier et un écrivain dont les explications historiques peu conventionnelles sont rejetées par la plupart des scientifiques.

— Pourrait-il être le commanditaire de l'opération en mer visant à la voler ?

— Non, je ne pense pas. Mais je voudrais savoir pourquoi il s'intéresse tant à cette statue. J'aimerais d'ailleurs bien la voir de mes propres yeux.

— Les personnes à qui je propose de voir *Le Navigateur* sont plutôt rares, mais, si vous voulez, vous pouvez venir demain matin. Il est encore dans un des entrepôts de la Smithsonian, dans le Maryland. Cela vous tente ?

— Rien ne pourrait me faire plus plaisir.

Carina finit son verre de *limoncello*.

— J'ai passé une très agréable soirée.

— Mais... Je sens qu'il y a un « mais ».

— Désolée, répondit Carina en riant. Je resterais

bien, mais j'ai encore beaucoup à faire pour préparer l'exposition.

— J'en ai le cœur brisé, mais je comprends. Alors, nous nous verrons demain.

Une pensée traversa soudain l'esprit de Carina.

— Je compte aller voir le photographe du *National Geographic*. Il vit en Virginie. Cela vous tenterait de m'accompagner ?

— Je suis officiellement en congé de maladie. Mais une petite promenade à la campagne me ferait sûrement le plus grand bien.

Carina se leva.

— Merci mille fois, Kurt. Merci pour tout.

— Ce fut un plaisir, Carina.

Il la raccompagna jusqu'à sa voiture. Il s'attendait à ce qu'elle l'embrasse sur les deux joues à l'européenne. Elle le fit, en effet, mais il eut aussi droit à un long baiser sur les lèvres. Avec un dernier sourire par-dessus son épaule, elle monta dans sa voiture et démarra.

Austin souriait encore quand les feux arrière disparurent au bout de l'allée. Il retourna vers la maison et sortit sur la terrasse pour ramasser les verres. Après avoir éteint toutes les lampes, il jeta un dernier coup d'œil sur le fleuve. Une silhouette sombre se découpait sur la surface argentée. Connaissant chaque centimètre carré du rivage, il fut certain qu'il ne s'agissait pas d'un arbuste ou d'un buisson.

Il se mit à siffloter d'un air insouciant pendant qu'il rapportait les verres à l'intérieur de la maison. Dès qu'il eut posé le plateau, il alla prendre son Bowen dans le meuble fermé à clé où il le rangeait toujours. C'était un revolver personnalisé, à canon lisse et détente rapide. Il possédait plusieurs modèles de la marque Bowen, car il en faisait collection, comme il faisait celle des pistolets de duel.

Il chargea le revolver, se munit d'une lampe de poche et descendit du salon dans le hangar où étaient entreposés son outrigger et son petit hydravion. Après avoir fait doucement coulisser la porte sur ses galets silencieux, il sortit sur la rampe de mise à l'eau.

Dès que ses yeux se furent habitués à l'obscurité, il longea la maison jusqu'à la pelouse où Zavala l'avait trouvé en train d'essayer ses nouveaux pistolets de duel. Quand il s'arrêta pour scruter l'espace situé entre deux gros arbres où il avait repéré l'ombre, l'homme avait disparu. Il jugea plus sage de ne pas poursuivre seul ses recherches et retourna discrètement à l'intérieur de la maison. A peine arrivé dans son salon, il appela la police pour signaler la présence d'un rôdeur.

Huit minutes exactement après son appel, une voiture de police s'arrêtait devant chez lui. Deux agents en sortirent et vinrent frapper à sa porte. A eux trois, ils passèrent au peigne fin les abords de la maison. Austin trouva une empreinte de pas dans la boue du bord du fleuve, ce qui donna aux policiers la preuve qu'il n'avait pas rêvé. Ils l'assurèrent qu'ils feraient une autre ronde au milieu de la nuit.

Austin vérifia que toutes les portes étaient bien fermées et brancha l'alarme. Puis, au lieu de monter dormir dans sa chambre en pigeonnier, il s'allongea tout habillé sur le canapé du salon. Il était convaincu que l'observateur silencieux était reparti, mais il garda néanmoins son Bowen à portée de main.

20.

Le lendemain matin, Austin se leva de bonne heure, enfila un short, un tee-shirt et des sandales, et alla au bord de l'eau examiner l'empreinte de pas. Elle était encore visible. Quand il mit son pied à côté, il en conclut que l'homme était grand et lourd.

Il resta un moment immobile à réfléchir, les yeux plissés à cause de la violente réverbération du soleil sur le Potomac. Que pouvait-il faire dans l'immédiat, vu que l'homme aux grands pieds était reparti depuis longtemps ? Il haussa les épaules et retourna chez lui. Il se serait davantage inquiété s'il avait levé la tête et repéré l'émetteur-récepteur à antenne miniature qui était fixé sur une branche de chêne.

Après s'être douché rapidement, il mit un pantalon et un polo, remplit une tasse isotherme de son café jamaïcain préféré, s'installa au volant d'une Jeep Cherokee bleu turquoise qui faisait partie de la flotte automobile de la NUMA et prit la direction du Maryland.

Il arriva devant les réserves de la Smithsonian Institution une bonne demi-heure avant son rendez-vous avec Carina. Il voulait être seul un moment avec la statue qui avait provoqué tant d'effervescence. Le gardien de l'entrée vérifia son nom sur une liste et l'autorisa à pénétrer à l'intérieur du grand hangar en tôle.

Les deux côtés étaient couverts sur toute la longueur de solides étagères supportant des cartons étiquetés. Ils contenaient les objets qui n'étaient pas présentés dans les salles d'exposition du musée.

Un homme grand et mince était occupé à régler un appareil photo monté sur un pied, face à une statue en bronze. Il leva l'œil du viseur en fronçant les sourcils.

Austin, un peu surpris, s'approcha et lui tendit la main.

— Vous êtes Anthony Saxon, n'est-ce pas ?
Saxon leva un sourcil broussailleux.
— Nous nous connaissons ?
— Je m'appelle Kurt Austin. Je fais partie de la NUMA. J'ai assisté à la conférence sur les cités perdues que vous avez donnée il y a deux ans au Club des explorateurs. Je vous ai reconnu d'après la photo qui figure sur la jaquette de votre dernier livre, *A la recherche de la Reine*.

Saxon défronça aussitôt les sourcils et serra longuement la main d'Austin en la secouant avec vigueur.

— Kurt Austin ! L'homme qui a retrouvé Christophe Colomb ! Je suis très honoré de faire votre connaissance.

— J'ai effectivement fait partie de l'équipe qui a découvert l'endroit où repose ce vieux Chris.

— N'empêche que la découverte de sa momie sur un navire phénicien à l'intérieur d'un tombeau maya est bien la preuve scientifique que les premiers voyages vers le Nouveau Monde datent de l'époque précolombienne.

— Nombreux sont ceux qui refusent de le croire.

— Ce sont des philistins ! Ils n'y comprennent rien ! s'emporta Saxon. Toute ma théorie est fondée sur cette fabuleuse découverte que l'on vous doit. Au fait, qu'avez-vous pensé de mon livre ?

— Il est distrayant et bien documenté. Vos idées sont tout à fait originales.

Saxon poussa un grognement de mécontentement.

— Les gens qui qualifient mon travail d'« original » me prennent souvent pour un illuminé. On compare mes ouvrages aux livres traitant d'OVNI, d'extraterrestres qui mutilent les vaches, et d'autres inepties du même genre.

— Personnellement, je n'ai pas trouvé vos théories farfelues du tout. J'ai même été fasciné par votre hypothèse selon laquelle les Phéniciens seraient arrivés en Amérique par le Pacifique. En mettant au milieu la Reine de Saba, il était certain, toutefois, que vous alliez soulever la polémique. Vous semblez convaincu qu'elle est la clé qui permettrait d'élucider le mystère d'Ophir.

— On retrouve sa trace si souvent à travers les siècles. Je suis donc sur sa piste depuis des années.

— On dit bien : « Cherchez la femme », alors, pourquoi pas ? Dommage qu'un incendie ait détruit votre réplique de navire phénicien avant que vous n'ayez pu prouver ce que vous avancez.

Un éclair de colère passa dans les yeux de Saxon.

— Ce n'était *pas* un accident.

— Que voulez-vous dire ?

— Que c'était un acte criminel. Mais, bon, c'est du passé, n'en parlons plus.

Saxon retrouva son charmant sourire.

— J'ai laissé tomber l'idée de traverser le Pacifique. Trop cher et trop compliqué. J'essaie actuellement de mettre sur pied une expédition plus modeste :

j'aimerais, du Liban, rejoindre le continent américain à la voile en passant par le détroit de Gibraltar à l'aller et au retour, comme le faisaient peut-être les anciens vaisseaux de Tarsis.

— Je ne qualifierais pas de « modeste expédition » la traversée de l'Atlantique aller-retour, mais, en tout cas, bonne chance.

— Merci. Pour quelle raison êtes-vous ici ?

Austin montra du menton *Le Navigateur*.

— Miss Mechadi m'a proposé de venir voir ce monsieur. Et vous ?

— J'ai appris par mes informateurs de la Smithsonian qu'il était ici. J'ai eu envie de venir lui dire un petit bonjour.

Au vu de l'appareil photo et du pied, il était évident que Saxon portait un vif intérêt à la statue. Austin toucha le bras du *Navigateur*.

— Miss Mechadi m'a dit que vous le connaissiez bien. Quel âge a-t-il ?

— Plus de deux mille ans.

Austin regarda avec curiosité la statue en bronze vert sombre qui avait failli coûter la vie à des centaines de personnes. *Le Navigateur* mesurait près de un mètre quatre-vingts. Il était chaussé de sandales et se tenait le pied gauche légèrement en avant. Sa jupette couverte de broderies était retenue à la taille par une large ceinture de tissu. Il était torse nu et avait une peau de bête sur l'épaule droite. Ses cheveux mi-longs s'échappaient d'un bonnet de forme conique. Le sourire qui éclairait son visage était aussi serein que celui d'un bouddha. Il avait les yeux à demi fermés. Il tenait dans sa main droite une sorte de boîtier et son bras gauche était levé comme celui de Hamlet contemplant le crâne de Yorick. Un chat maigre à petite tête était lové à ses pieds. L'artiste s'était ingénieusement servi des pattes de l'animal pour renforcer la stabilité de la statue.

— Si l'on ne m'avait pas dit qu'il s'agissait d'une statue phénicienne, remarqua Austin, j'aurais eu beaucoup de mal à en deviner l'origine.

— C'est parce que l'art phénicien ne se définit par aucun style en particulier. Les Phéniciens étaient trop occupés à faire du commerce pour avoir le temps de créer des œuvres d'art. Ils fabriquaient des produits pour les vendre et reproduisaient donc le style artistique des pays avec lesquels ils commerçaient. La position – pied en avant – est égyptienne. La tête est syrienne, presque orientale. Les plis souples de la jupette évoquent les tuniques grecques. Par ailleurs, la taille de cette statue est surprenante. Les bronzes phéniciens sont en général plus petits.

— La représentation d'un chat est assez inhabituelle.

— Les marins phéniciens emmenaient des chats à bord pour faire fuir les rats et les échanger contre des marchandises. Leurs préférés étaient les tigrés orange et jaune.

Austin examina le boîtier carré que tenait la statue dans sa main droite. Il devait faire quinze centimètres de côté. Un centimètre sous le bord était creusé un rond dans lequel était gravée une étoile à huit branches. L'un des rayons se terminait par un point plus gros que les autres. Une ligne épaisse taillée en pointe aux deux bouts traversait le rond d'un côté à l'autre.

Saxon remarqua son expression concentrée.

— Intéressant, hein ?

— Carina m'a parlé du paradoxe de la boussole.

Les Chinois sont censés l'avoir inventée des centaines d'années après l'âge d'or du commerce phénicien.

— C'est la croyance la plus répandue, en effet. Et vous, qu'en pensez-vous ?

— Je ne tirerais pas de conclusion hâtive, répondit Austin. L'empire maritime des Phéniciens s'étendait sur toutes les régions bordant la Méditerranée et même au-delà. Il fallait qu'ils puissent rester en contact avec leurs colonies. Ils devaient donc effectuer de longues traversées en mer. De Tyr à l'autre bout de la Méditerranée, il y a plus de deux mille milles. Cela suppose des talents de marins inégalés, de bonnes cartes marines et aussi des instruments de navigation.

— Bravo ! Je suis sûr que ce peuple curieux et ingénieux connaissait les propriétés de la magnétite. Ils avaient assez de connaissances techniques pour monter une aiguille magnétique sur une rose des vents comme celle-ci. Et voilà, la boussole était née !

— Cette statue pourrait donc être authentique ?

Saxon hocha la tête.

— Je situe sa fabrication aux environs de 850 avant Jésus-Christ, quand l'empire phénicien était à son apogée.

— L'aiguille a une orientation est-ouest.

Saxon haussa un sourcil.

— Et que remarquez-vous d'autre ?

Austin étudia plus attentivement le visage en bronze, dont le nez semblait avoir été endommagé par un coup de marteau. C'était celui d'un jeune homme barbu. Ce qui ressemblait à première vue à un sourire était peut-être un rictus de concentration, car les yeux étaient également plissés.

Austin se plaça derrière la statue pour examiner la main gauche tendue vers le ciel.

— Je pense qu'il regarde le soleil, comme s'il naviguait en se fiant à un cadran solaire.

Saxon eut un petit rire.

— Vous êtes d'une perspicacité étonnante, mon ami.

L'objectif de l'appareil photo était pointé sur la taille de la statue. Un même motif se répétait tout autour de la large ceinture : un trait horizontal encadré de deux Z se tournant le dos.

— Vous avez mentionné ce motif dans votre livre.

Austin était si concentré sur le détail de la ceinture qu'il ne remarqua pas l'expression étonnée de Saxon.

— C'est exact. Pour moi, c'est le symbole d'un vaisseau de Tarsis.

— Vous avez relevé des motifs similaires en Amérique du Sud et en Terre sainte.

Le regard de Saxon s'assombrit.

— Mes détracteurs prétendent que c'est une coïncidence.

— Ce sont des Philistins, dit Austin pour reprendre son expression.

Il examina de plus près le médaillon circulaire suspendu au cou du jeune marin. Il était gravé d'une tête de cheval et d'un palmier aux racines dénudées.

— Ces symboles-là aussi, vous en parlez dans votre livre.

— Le cheval symbolise la Phénicie et l'arbre une colonie établie.

Austin tâta comme un aveugle lisant le braille les bosses visibles au-dessous des racines de l'arbre.

Avant qu'il ait pu interroger Saxon sur leur signification, une voix féminine s'éleva du seuil de l'entrepôt.

— Comment êtes-vous entré ici ?

Carina semblait hors d'elle.

Saxon, qu'elle foudroyait du regard, ébaucha un sourire.

— Je comprends votre colère, Miss Mechadi. Mais ne vous en prenez pas au gardien. Comme laissez-passer, j'ai utilisé ma carte du Club des explorateurs. Qui est un document authentique, je tiens à le préciser.

— Et même si vous vous l'étiez fait tatouer sur les fesses, là n'est pas la question. Comment saviez-vous que cette statue se trouvait ici ?

— Mes informateurs sont au courant de l'intérêt que je lui porte.

Carina s'approcha du pied de l'appareil photo.

— Les photos de cette statue doivent être publiées dans le livre qui sera vendu au cours de l'exposition itinérante. Vous n'êtes pas autorisé à en prendre.

Le regard de Saxon se porta au-delà de Carina et son expression changea brusquement. D'aimable, elle devint belliqueuse. Il montra les dents comme un pit-bull furieux et grommela :

— Balthazar.

Le magnat du minerai venait d'entrer dans le hangar, suivi d'un jeune homme portant une mallette en cuir. Balthazar s'approcha de Carina.

— Je suis heureux de vous revoir, Miss Mechadi.

Il tendit une main à Saxon.

— Viktor Balthazar. Je ne pense pas avoir le plaisir de vous connaître.

Saxon garda le bras le long du corps et répondit sèchement :

— Tony Saxon. Vous vouliez acheter le bateau à voile que j'avais construit pour traverser le Pacifique.

— Ah oui, je m'en souviens ! dit Balthazar sans s'offusquer de son refus de lui serrer la main. Je voulais l'offrir à un musée. J'ai appris qu'il avait brûlé depuis. Quel dommage !

Saxon se tourna vers Carina.

— Vous voudrez bien m'excuser, Miss Mechadi. J'espère que vous vous souviendrez de notre discussion à l'ambassade.

Il replia le pied de l'appareil photo et le cala sur son épaule. Puis, après un dernier regard haineux pour Balthazar, il s'en fut à grands pas vers la sortie de l'entrepôt.

Carina secoua la tête d'un air impuissant.

— Désolée de m'être emportée ainsi, mais Anthony Saxon est l'homme le plus exaspérant que je connaisse. Bon, oublions-le. Kurt, j'aimerais vous présenter Viktor Balthazar, dont la Fondation sponsorise l'exposition itinérante.

— Ravi de faire votre connaissance, monsieur Austin. Miss Mechadi m'a dit que c'est vous qui aviez fait échouer les plans des pirates. Merci d'avoir sauvé cette jeune femme remarquable ainsi que la collection.

— Carina m'a parlé de la générosité de votre fondation.

Balthazar fit un petit geste de modestie et se tourna vers la statue.

— Le voilà enfin, le fameux *Navigateur* ! Il est vraiment magnifique. J'approuve votre décision d'en faire la pièce centrale de l'exposition, Miss Mechadi.

— Ce choix s'est imposé de lui-même. Malgré son nez abîmé, ce personnage respire la dignité et l'intelligence. Et son expression mystérieuse est aussi très intéressante.

Balthazar acquiesça d'un signe de tête.

— Et vous, monsieur Austin, que pensez-vous de notre ami muet ?

Austin songeait à sa conversation avec Saxon.

— Peut-être serait-il plus loquace si on lui posait les bonnes questions.

Balthazar lui jeta un drôle de regard avant de reporter son attention sur la statue. Il en fit le tour pour en examiner chaque centimètre carré.

— L'avez-vous déjà fait expertiser ? demanda-t-il à Carina.

— Non, pas encore. Ce sera fait quand il aura rejoint le reste de la collection à la Smithsonian en vue de la tournée.

— J'ai réfléchi aux mesures à prendre pour éviter les risques de vol. Comme le montre la visite non autorisée de Mr. Saxon, la sécurité actuelle n'est pas suffisante. C'est pendant son transfert que ce bronze est le plus vulnérable. Aussi ai-je pris la liberté de faire venir un camion ce matin pour le transporter sous bonne escorte. Il ne devrait pas tarder à arriver. Enfin, si vous êtes d'accord, bien sûr.

Carina réfléchit un instant.

Plus il y avait de personnes au courant que *Le Navigateur* se trouvait dans cette réserve, moins il y était en sécurité.

— C'est gentil à vous de vous en être occupé, répondit-elle. J'accepte avec plaisir.

— C'est bien. Bon, je sais qu'il est un peu tôt, mais je propose de porter un toast à la réussite de notre entreprise.

Balthazar fit un signe à son domestique, qui posa sa mallette sur une étagère, l'ouvrit et en sortit une bouteille de Moët et Chandon. Dès qu'il l'eut débouchée, il remplit trois flûtes à champagne et en tendit une à chacun.

Après avoir trinqué avec Carina et Austin, Balthazar leva la sienne très haut.

— Au *Navigateur*.

Austin observait le mécène discrètement. On aurait dit un colosse de pierre. Dans le costume gris anthracite à fines rayures, on devinait un corps puissant de lutteur. Et malgré les larges épaules, la tête, posée sur un cou de taureau, semblait trop grosse par rapport au corps.

Balthazar n'était pas conscient de cet examen. Il semblait incapable de détacher ses yeux de Carina, dont il suivait chacun des gestes. Derrière son sourire chaleureux, Austin percevait chez lui une certaine hostilité à son égard. Balthazar s'intéressait-il à Carina et lui en voulait-il de son amitié avec la ravissante Italienne ?

Ils étaient si concentrés sur la statue que personne ne vit le domestique glisser la flûte vide de Carina dans un sac en plastique avant de la mettre avec les autres dans la mallette. Une fois celle-ci refermée, il s'approcha de Balthazar et lui chuchota quelques mots à l'oreille. Un instant plus tard, Balthazar regarda sa montre et s'excusa de devoir repartir.

Carina le raccompagna jusqu'à la porte. En revenant, elle s'excusa auprès de Kurt de devoir le chasser, mais il était temps qu'elle prépare la statue pour les déménageurs. Ils s'appelleraient sur leurs téléphones portables un peu plus tard pour convenir de leur heure de départ pour la Virginie, où les attendait le photographe du *National Geographic*.

Un Yukon noir aux vitres teintées était garé à côté de la Jeep d'Austin. Un coup d'œil à la plaque minéralogique lui apprit qu'il s'agissait d'un véhicule appartenant au gouvernement des Etats-Unis. Il en eut confirmation quand la portière arrière du Yukon s'ouvrit et qu'un homme en complet bleu marine portant des lunettes de soleil en sortit et lui brandit son badge sous le nez.

— Quelqu'un veut vous parler.

Il ouvrit en grand la portière avant, mais Austin n'aimait pas recevoir d'ordres d'un inconnu aux manières aussi grossières.

— Si vous ne l'écartez pas tout de suite, je vais vous le faire manger, votre badge, répondit-il en souriant.

Austin s'attendait à une réaction agressive, mais, à sa grande surprise, l'homme éclata de rire, puis se pencha pour parler à quelqu'un qui se trouvait à l'intérieur du véhicule.

— Tu as raison, il n'est pas commode, ton copain !

Un grand éclat de rire fusa de l'habitacle, puis une voix qu'Austin n'avait pas entendue depuis bien longtemps lança ce conseil :

— Ne t'approche pas trop, il pourrait te mordre.

Austin passa une tête à l'intérieur du Yukon et vit l'homme corpulent assis derrière le volant, un cigare à la main. Son large visage était fendu d'une oreille à l'autre.

— J'aurais dû me douter que c'était toi, Flagg. Que viens-tu faire par ici ? C'est Langley qui t'envoie ?

— Des gens très haut placés au gouvernement m'ont chargé de venir te chercher. Monte. Jake peut nous suivre dans ta belle voiture de la NUMA.

Austin lança les clés de sa Jeep à l'autre homme et s'installa à côté du conducteur. A l'époque où il travaillait pour la CIA, il avait effectué de nombreuses missions avec John Flagg, mais il n'avait pas revu son ancien collègue depuis des années. Cet Indien Wampanoag originaire de Martha's Vineyard était un spécialiste des situations de crise et travaillait habituellement en coulisses.

— Où allons-nous ? demanda Austin après lui avoir serré la main.

Flagg répondit par un sourire amusé.

— Toi, faire une petite promenade en bateau.

21.

Le camion de déménagement arriva devant l'entrepôt de la Smithsonian Institution vingt minutes après le départ d'Austin. Carina fut soulagée de voir qu'il ne portait aucune inscription qui pût le rendre identifiable. Elle avait déjà pu apprécier l'ingéniosité et la détermination des pirates.

Les portes arrière s'ouvrirent et deux hommes vêtus d'un uniforme gris et d'une casquette assortie sautèrent à terre. L'un d'eux actionna le monte-charge pendant que l'autre y poussait un chariot de transport sur lequel était posée une grande caisse en bois. Le chauffeur descendit de sa cabine et vint se planter à l'arrière du camion avec un quatrième homme, qui s'adressa à Carina avec un accent traînant du Sud.

— Vous êtes Miss Mechadi, je suppose. Je m'appelle Ridley. C'est moi qui dirige cette équipe de gorilles. Désolé, nous sommes en retard.

Ridley était un malabar aux cheveux blonds coupés en brosse à la façon des Marines américains. Ses hommes et lui avaient un revolver à la ceinture et un radio-émetteur dans la poche de leur veste.

— Inutile de vous excuser, répondit Carina. Je viens juste de finir d'emballer la statue que vous devez transporter.

Elle l'emmena à l'intérieur de l'entrepôt. En voyant la silhouette enveloppée de plusieurs couches de mousse et entourée de corde, Ridley éclata de rire.

— Waouh ! On dirait une grosse saucisse.

Carina sourit de cette comparaison.

— Cette statue a plus de deux mille ans. Elle a déjà été endommagée, alors j'ai essayé de la protéger au maximum.

— Je vous comprends, Miss Mechadi. Mais vous en faites pas, on en prendra bien soin.

Ridley mit deux doigts dans sa bouche pour siffler ses camarades. Ils arrivèrent avec le chariot de transport et la caisse en bois, ajoutèrent des couches de rembourrage au fond de celle-ci, puis passèrent des sangles autour de la statue et la couchèrent délicatement dans la caisse qu'ils déposèrent à l'arrière du camion.

Deux des hommes montèrent eux aussi à l'arrière. L'un d'eux sortit un fusil et s'assit sur la caisse, tel un accompagnateur de diligence. L'autre ferma les portes et Carina l'entendit les verrouiller de l'intérieur. Le chauffeur s'installa au volant et Ridley vint vers Carina avec un écritoire à pince.

— Je dois vous faire signer le bon d'enlèvement pour que tout soit en règle.

Carina y griffonna sa signature et lui rendit l'ensemble.

— Ma voiture est garée juste là, dit-elle en la montrant. Je vous suis jusqu'au musée.

— Pas la peine, Miss Mechadi. Nous connaissons le chemin. Comme ça, vous pouvez continuer ce que vous avez à faire.

— Ce que j'ai à faire, c'est précisément d'accompagner cette statue, répondit-elle d'un ton sans réplique.

L'expression de Ridley se durcit quand il la vit se diriger d'un pas décidé vers sa voiture. Il jura tout bas et monta dans la cabine avant du camion. De là, il passa aussitôt un rapide coup de téléphone. Quelques secondes après, il se tourna vers le chauffeur.

— Vas-y, démarre ! lui lança-t-il d'un ton sec.

Le camion sortit du complexe d'entrepôts, suivi de près par la voiture de Carina. Ce n'est qu'une fois qu'ils eurent traversé les faubourgs du Maryland que Carina commença à se détendre. Ridley et ses hommes paraissaient rodés et efficaces ; on aurait dit des militaires. Bien que n'aimant pas les armes à feu, elle était rassurée qu'ils soient armés. Contrairement à l'équipage du porte-conteneurs, en cas d'attaque, ils sauraient défendre leur chargement.

Carina connaissait bien Washington, mais les villes-champignons qui l'entouraient formaient un nœud inextricable de zones d'activités et de zones résidentielles. Le camion passa devant des centres commerciaux, des stations-service, des quartiers d'habitation. Elle s'attendait à ce qu'ils prennent le boulevard périphérique ou l'une des autoroutes permettant d'entrer dans Washington même, mais, à sa grande surprise, elle vit le camion s'arrêter devant un magasin.

Ridley en sortit et vint vers sa voiture sans se presser.

— Ça va, Miss Mechadi ?
— Oui, oui. Il y a un problème ?

Il hocha la tête.

— J'ai entendu à la radio qu'il y a des embouteillages à l'entrée de la ville. Un camion s'est retourné et il y a des kilomètres de bouchon. On va prendre une route secondaire. Ça fait un peu des tours et des détours, alors je préférais vous prévenir.

— C'est gentil à vous. Je resterai juste derrière vous.

Ridley retourna sans se presser au camion et remonta dans la cabine. Les deux véhicules quittèrent le terrain de stationnement l'un derrière l'autre. Carina n'avait pas entendu l'annonce de l'accident et des bouchons, mais peut-être était-elle alors perdue dans ses pensées. Elle éteignit la radio pour mieux se concentrer sur le camion.

Celui-ci prit bientôt une route secondaire bordée d'un alignement ininterrompu de commerces divers et restaurants fast-food. La circulation était dense et il y avait des feux rouges tous les cent mètres. Aussi Carina se réjouit-elle quand, au bout de quelques kilomètres de ces arrêts et redémarrages incessants, elle vit le clignotant du camion s'allumer pour signaler qu'il tournait à droite.

Elle le fut beaucoup moins en traversant une banlieue pauvre aux immeubles décrépits et aux commerces si minables qu'ils devaient dater de la Grande Dépression. Il y avait des graffitis sur tous les murs et des ordures plein les caniveaux. Les gens au visage fermé qu'elle y vit semblaient tous drogués, ce qu'ils étaient sans doute compte tenu de l'état d'abandon du quartier.

Quelques minutes plus tard, ils arrivèrent dans un endroit plus dévasté encore. Ce qui avait dû être un jour une zone commerciale florissante n'était plus qu'un agglomérat de magasins abandonnés, garages fermés et entrepôts en brique cadenassés. Les terrains vagues étaient envahis par la mauvaise herbe et jonchés de papiers déposés là par le vent.

Carina était très frustrée de ne pas pouvoir communiquer avec le camion. Quand elle klaxonna pour se manifester, Ridley agita un bras musclé par la fenêtre, mais le camion ne ralentit pas pour autant. Elle attendait de trouver un endroit assez large pour venir se mettre à sa hauteur, quand le camion tourna vers le terrain de stationnement défoncé d'un restaurant. Les lettres peintes du mot « Pizza » se lisaient à peine sur le bâtiment délabré.

Carina s'attendait à ce que Ridley vienne lui dire qu'ils étaient perdus. Voyant qu'il ne sortait pas du camion, elle en éprouva d'abord de l'agacement, puis de la colère. Elle s'agrippa au volant comme si elle voulait l'arracher. Il ne se passait rien. Le camion ne redémarrait pas. Elle envisagea un instant de sortir, mais l'endroit était désert et le silence inquiétant.

Comme elle s'apprêtait à verrouiller sa portière, une silhouette surgit de derrière une benne à ordures rouillée, s'approcha de sa voiture et s'engouffra à l'arrière.

— Bonjour, dit l'homme d'une voix douce.

Carina reconnut dans son rétroviseur les gros yeux ronds et le visage poupin. C'était le chef des pirates qu'elle avait aperçu par l'ouverture du conteneur quand elle gisait au sol, les poignets et les chevilles attachés. Malgré l'effroi qui la saisit, elle eut la présence d'esprit de mettre la main sur la poignée de la portière pour tenter de fuir. Mais avant qu'elle en ait eu le temps, elle sentit quelque chose de froid dans sa nuque et entendit un léger sifflement. Elle perdit connaissance et sa tête retomba mollement sur sa poitrine.

L'homme descendit de la voiture et s'approcha de

l'arrière du camion. Dès qu'il frappa contre la tôle, les portes s'ouvrirent et ses complices le laissèrent monter et inspecter la caisse. Il se servit de son émetteur-récepteur. Un instant plus tard, un autre camion plus petit portant sur le côté le nom d'une société de livraison expresse sortit de derrière la pizzeria abandonnée. La statue y fut chargée, et les quatre corps inertes qui se trouvaient à l'intérieur déposés à sa place à l'arrière du camion de déménagement.

L'homme au visage poupin contempla un instant Carina et la trouva très belle ainsi endormie. Il lui suffirait d'un geste pour qu'elle le soit définitivement. Il fit craquer ses jointures et ferma les yeux en inspirant profondément. Après avoir réprimé sa pulsion meurtrière, il monta à l'arrière du camion de déménagement. Celui-ci démarra aussitôt et quitta l'aire de stationnement déserte, suivi de près par l'autre camion.

22.

Le Yukon s'arrêta dans une marina des bords du Potomac et Austin en descendit. Le deuxième agent de la CIA suivait dans la Jeep de la NUMA. Après l'avoir garée, il lui lança les clefs et monta à sa place dans le 4 × 4.

Flagg se pencha par la portière.

— Tu viendras déjeuner à Langley un de ces jours, d'accord ? Jake mourrait d'ennui si on évoquait maintenant nos vieilles histoires du temps de la guerre froide.

— On était jeunes et fous à l'époque, déclara Austin en secouant la tête.

— Et la chance était avec nous, ajouta Flagg en riant.

Sur cette boutade, il enclencha la première et démarra.

Austin avança d'un pas nonchalant le long du quai. A part quelques personnes qui bricolaient sur leur bateau, l'endroit était plutôt calme. Il s'arrêta devant un magnifique yacht en bois d'un modèle peu courant.

Il devait mesurer quinze mètres de long. Le pont en acajou et tout l'accastillage rutilaient sous le soleil. Le nom écrit sur la coque blanche était *Lovely Lady*. Un homme assis dans un fauteuil lisait le *Washington Post*. En voyant Austin, il posa son journal et se leva.

— Il est beau, hein ?

Austin aimait les yachts classiques et leur luxe discret, si différent de celui beaucoup plus tapageur et extravagant de certains des yachts modernes ancrés dans la marina.

— Comme son nom l'indique.

— C'est vrai.

— Je sais que cela ne se fait pas de demander l'âge d'une femme, mais de quand date cette « lovely lady » ?

— N'ayez pas peur de l'insulter. Elle sait bien qu'elle n'a rien perdu de sa beauté. Elle est née en 1931.

Austin admira la ligne élégante du bateau.

— Je parie que ce bijou sort du chantier naval de Stephens, en Californie.

L'homme leva un sourcil étonné.

— Vous parlez en connaisseur. En effet, Stephens l'a construite pour l'un des membres peu connu de la famille Vanderbilt. Voulez-vous monter à bord pour le voir de plus près, monsieur Austin ?

Austin sourit. Ce n'était pas par hasard si Flagg l'avait déposé à proximité du quai où le yacht était amarré. Il gravit la passerelle, puis, une fois sur le pont, serra la main de l'homme, qui se présenta sous le nom d'Elwood Nickerson.

Nickerson était grand et maigre. Il avait un physique de joueur de tennis et son visage bronzé était si peu ridé qu'il était difficile de dire s'il avait une soixantaine d'années ou beaucoup plus. Il portait un bermuda marron délavé par le soleil, des chaussures de pont fatiguées et un tee-shirt de l'université de Georgetown presque transparent à force d'avoir été porté. Ses cheveux blancs coupés en brosse, ses ongles soignés et son accent distingué indiquaient qu'il n'était pas un simple membre d'équipage. Il fixait Austin de ses yeux gris acier.

— Ravi de vous rencontrer, monsieur Austin. Merci d'être venu jusqu'ici et désolé pour tout ce mystère. Je vous proposerais bien un verre de Barbancourt sur glace, mais il est sans doute un peu trop tôt.

Surpris que Nickerson connaisse son alcool préféré, Austin se dit que soit il était allé fouiner chez lui et dans son placard à alcools, soit il avait accès aux dossiers du personnel des organismes gouvernementaux.

— Il n'est jamais trop tôt pour un bon rhum, mais je me contenterai d'un verre d'eau. Et d'une explication.

— Pour l'eau, c'est l'affaire d'une minute. Par contre, la réponse à votre question va prendre plus longtemps.

— Je ne suis pas pressé.

Nickerson appela le capitaine et lui dit qu'ils étaient prêts à appareiller. Le capitaine mit les moteurs en route et son second largua les amarres. Pendant que le bateau rejoignait le milieu du fleuve, Nickerson entraîna Austin vers un salon spacieux dont la table rectangulaire centrale en acajou était si bien cirée qu'on s'y reflétait comme dans un miroir.

Il l'invita à s'asseoir, puis il sortit une bouteille d'eau gazeuse du réfrigérateur et lui en servit un verre.

— Je travaille au Département d'Etat, à la section Proche-Orient. J'y occupe bien des fonctions et suis, entre autres, chargé des affaires délicates. Cette petite sortie en mer a l'approbation de mon supérieur, le secrétaire d'Etat. Il préférait ne pas intervenir lui-même pour l'instant.

— Pour avoir eu accès à mon dossier, vous occupez certainement un poste à responsabilités.

Nickerson hocha la tête.

— En effet. Quand nous avons porté cette affaire à l'attention de la Maison Blanche, c'est le vice-président Sandecker lui-même qui nous a suggéré de nous adresser à Dirk Pitt, votre directeur. Et c'est ce dernier qui vous a désigné comme l'homme de la situation.

— Trop généreux de sa part, commenta Austin.

C'était du Dirk tout craché. Quand une mission était particulièrement difficile, il laissait à ses collaborateurs la liberté de la refuser ou de l'accepter en connaissance de cause.

Nickerson perçut la pointe d'ironie dans sa voix.

— Mr. Pitt a bien compris ce que nous souhaitions. Il a toute confiance en vous et en vos capacités. C'est moi qui ai décidé de me renseigner un peu plus sur vous. J'ai la réputation d'être un homme particulièrement prudent.

— Et qui sait entretenir le mystère.

— D'après votre dossier, vous ne perdez pas de temps en bavardages. Vous êtes plutôt un homme d'action. Je vais donc vous exposer l'affaire sans plus attendre. Il y a deux jours, j'ai reçu la visite de Pieter DeVries de la NSA. DeVries est un des plus grands spécialistes de cryptologie au monde. Et l'information qu'il nous a fournie est vraiment troublante.

Pendant les vingt minutes qui suivirent, Nickerson raconta en détail à Austin les circonstances de la découverte du dossier Jefferson à l'American Philosophical Society, le travail de décryptage qui avait été fait et le résultat obtenu après transcription. Puis il se tut en attendant sa réaction.

— Voyons si j'ai bien compris. Une archiviste travaillant au sein de l'organisme créé par Benjamin Franklin est tombée par hasard sur un dossier mal classé contenant un échange de correspondance cryptée entre Thomas Jefferson et Meriwether Lewis. Dans sa lettre, Jefferson dit à Lewis qu'il pense que les Phéniciens sont allés jusqu'en Amérique du Nord et y ont caché une relique sacrée, dans une mine d'or du roi Salomon. Lewis lui répond qu'il se met aussitôt en route pour venir en discuter. Et Lewis meurt en chemin.

Nickerson poussa un long soupir.

— Eh oui, je sais ! Cela semble incroyable.

— Et en quoi cette histoire incroyable concerne-t-elle la NUMA ?

— Accordez-moi un peu de temps pour vous l'expliquer.

Nickerson tendit à Austin une chemise renfermant une liasse de feuilles.

— Voici une copie du dossier et la transcription des messages codés. L'origine des textes est certaine.

Austin ouvrit la chemise et regarda attentivement la fine écriture serrée et régulière de Jefferson. Après avoir feuilleté quelques pages, il releva la tête.

— Vous êtes sûr qu'il s'agit d'un document authentique ?

— Que la lettre ait été écrite par Jefferson, cela ne fait aucun doute. C'est l'exactitude des faits qui reste à prouver.

— A supposer qu'on y arrive, cette découverte viendrait bousculer toutes les croyances. A-t-on idée de ce que peut être la fameuse relique ?

— Certains des spécialistes qui se sont penchés sur ce document disent qu'il pourrait s'agir de l'Arche d'alliance. Qu'en pensez-vous ?

— Il y a de grandes chances qu'elle ait été détruite lors de la prise de Jérusalem par les Babyloniens. On dit aussi qu'elle se trouverait dans les éboulis d'une mine quelque part en Afrique. Les Ethiopiens affirment la détenir, mais peu d'entre eux l'auraient réellement vue. Bref, les révélations de ce document pourraient être une véritable bombe dans l'histoire de l'humanité.

— Vous avez raison : l'Arche est sans doute en mille morceaux à l'heure qu'il est, mais, quelle qu'elle soit, la fameuse relique déposée en Amérique du Nord était un objet de la plus grande importance aux yeux de Jefferson.

— Vous paraissez soucieux, dit Austin.

— Je le suis. Votre choix du mot « bombe » est malheureux, mais ô combien judicieux.

— Avez-vous peur que ceci déclenche une vaste chasse au trésor ? demanda Austin en tapotant le dossier.

— Non. Plutôt que cela provoque une conflagration au Moyen-Orient, qui se propagerait à l'Europe, l'Asie et l'Amérique du Nord.

— Comment pourrait-on en arriver à un conflit international ?

— Si cette relique est bien l'Arche d'alliance, certains pourraient y voir un signe. Le signe que le moment est venu de rebâtir le temple de Salomon à son emplacement d'origine pour l'y abriter. Cette reconstruction supposerait la destruction de la mosquée du mont du Temple, qui est le troisième site sacré de l'Islam. La simple rumeur de cette découverte pourrait donc déclencher de violentes réactions de la part des musulmans du monde entier. L'annonce que l'Arche d'alliance se trouverait en Amérique du Nord ne pourrait être à leurs yeux qu'une machination de la part des Etats-Unis. Ils seraient accusés d'inciter des forces anti-islamiques à détruire un monument sacré de l'Islam. En comparaison, les affrontements qui ont eu lieu jusqu'ici dans cette région instable ressembleraient à de simples escarmouches.

— N'allons-nous pas un peu trop vite ? Vous ne savez même pas ce qu'est exactement cette relique.

— Peu importe ce qu'elle est. Ce qui compte, c'est le symbole qu'elle représenterait. Il y a quelques années, la naissance en Israël d'une génisse rouge a été perçue par certains comme le début d'une série d'événements qui allaient entraîner la fin du monde. Ce n'était pourtant qu'une vulgaire vache rouge !

Austin analysa les paroles de Nickerson.

— Que craignez-vous exactement ?

— Trop de gens connaissent aujourd'hui l'existence de ce dossier. Nous ferons notre possible pour éviter les fuites, mais un jour ou l'autre, il y en aura une. Le Département d'Etat mettra en œuvre des stratégies diplomatiques pour en atténuer l'impact, mais il nous faut prendre d'autres mesures de sécurité.

Austin savait par expérience que le gouvernement était une véritable passoire.

— Et en quoi puis-je vous être utile ?

Nickerson sourit.

— Je comprends pourquoi Dirk Pitt m'a dit de vous parler de la mission directement. Notre meilleure défense, c'est la découverte de la vérité. Il faut que nous arrivions à savoir ce que les Phéniciens ont apporté sur nos rivages. S'il s'agit de l'Arche d'alliance, nous l'enterrerons pour un millier d'années. Si ce n'est pas elle, nous pourrons aisément démentir la nouvelle en temps utile.

— C'est à peu près aussi facile que de retrouver une aiguille dans une meule de foin. La NUMA est un organisme de recherches océanographiques. Ne devriez-vous pas plutôt vous adresser aux services de renseignements ?

— Nous avons bien essayé. Mais sans disposer d'autre information, ils ne peuvent rien faire. Il n'y a que la NUMA qui puisse nous aider. Notre idée, c'est de nous concentrer sur le vaisseau et le voyage, plutôt que sur l'objet lui-même. Vos recherches pour retrouver la tombe de Christophe Colomb font de vous l'homme idéal pour diriger cette mission.

Austin ferma à demi les yeux. Il réfléchissait.

— Si nous arrivions à retracer l'itinéraire du vaisseau, cela pourrait en effet nous aider. C'est une idée.

— En espérant qu'elle aboutisse à un résultat.

— On peut toujours essayer, même si nous parlons d'un voyage remontant à des milliers d'années. Je vais en toucher un mot à mon collègue Paul Trout. C'est un expert en modélisation informatique. Il arrivera peut-être à déterminer par où le bateau aurait pu passer.

Nickerson se détendit comme si on venait d'enlever un poids énorme de ses frêles épaules.

— Merci. Je vais dire au capitaine de faire demi-tour.

Austin s'interrogeait. Quelque chose en Nickerson lui déplaisait. Il lui paraissait sincère et, en même temps, un peu trop flatteur et rusé pour son goût. Peut-être, pour occuper un poste dans les hautes sphères gouvernementales, fallait-il être légèrement retors ? Il décida de laisser pour l'instant de côté ses doutes sur le personnage, sans pour autant oublier cette première impression. Le plus urgent, c'était de se concentrer sur le problème à résoudre.

Il était encore question de Phéniciens. Décidément, il n'arrêtait pas de tomber sur ces illustres marins ! Il mit rapidement au point une stratégie. Il allait appeler Trout et lui dire de se pencher sur la question. Anthony Saxon serait ravi s'il apprenait que son improbable théorie selon laquelle il y aurait eu des contacts avec l'Amérique à l'époque précolombienne était sur le point de déclencher une crise internationale. Lui-même irait jeter un nouveau coup d'œil à la statue du *Navigateur*, mais, cette fois, accompagné de son expert en antiquités phéniciennes.

Son téléphone mobile vibrait dans sa poche. Il le sortit et dit aussitôt : « Kurt Austin. »

— Monsieur Austin, ici le sergent Colby de la police du District. Nous avons trouvé votre nom et vos coordonnées dans le portefeuille d'une certaine Miss Mechadi.

Austin serra les dents pendant que le sergent lui exposait les faits d'une voix monocorde en employant les euphémismes habituels du langage policier.

— Je suis là dans une demi-heure, dit-il avant de raccrocher.

Il se rendit aussitôt dans le poste de pilotage. Pendant qu'il insistait auprès du capitaine pour qu'il pousse à fond les moteurs de la *Lovely Lady*, Nickerson téléphonait du salon.

— Austin a mordu à l'hameçon. Il accepte la mission.

— D'après ce que je sais de lui, le contraire m'aurait étonné, répondit la voix au bout du fil.

— Vous pensez que cela peut marcher ?

— Ça a *intérêt* à marcher. J'en informe les autres.

Une fois que son interlocuteur eut raccroché, Nickerson reposa le combiné et resta un moment immobile, le regard dans le vide. De son vivant, un secret datant de trois mille ans risquait de sortir au grand jour ! Les dés étaient jetés.

Il alla au placard à alcools et y prit une bouteille et un verre. Au diable l'interdiction de boire qu'il avait reçue de son médecin ! Il se servit une bonne rasade de cognac.

23.

Le sergent Colby attendait Austin au bureau des infirmières des Urgences de l'hôpital de Georgetown. Il était en grande discussion avec un médecin en blouse verte. En le voyant approcher, Colby comprit tout de suite que c'était l'homme qui l'avait assailli de questions au téléphone.

— Monsieur Austin ?

— Oui. Merci de m'avoir appelé, sergent. Comment va Miss Mechadi ?

— Plutôt bien, compte tenu de son état quand on l'a trouvée. Je patrouillais avec mon coéquipier dans les quartiers difficiles de la ville quand nous l'avons découverte, effondrée sur son volant.

— Sait-on ce qui lui est arrivé ?

— Non, répondit le policier en secouant la tête. En reprenant connaissance, elle tenait plutôt des propos incohérents. J'étais justement en train de discuter avec le Dr Sid de ce qu'elle avait pu absorber.

Il se tourna vers l'autre homme, le Dr Siddhartha Choudary que tout le monde appelait « Sid ». C'était un des anesthésistes de l'hôpital ; on l'avait fait venir pour examiner la patiente.

— D'après les analyses de sang, on a administré à votre amie une dose de thiopental de sodium, soit par voie nasale, soit par voie transcutanée. Elle a dû perdre connaissance instantanément.

— Nous ne pensons pas que le motif du crime soit le vol, reprit Colby. Son portefeuille contenait de l'argent, sa carte d'identité et votre numéro de téléphone. Ils n'y ont pas touché. Nous allons faire examiner la voiture par des gens du labo. Mais cela ne pourra pas se faire tout de suite. Priorité aux meurtres et on a déjà de quoi faire à la morgue.

— J'aimerais la voir, dit Austin.

Le médecin hocha la tête.

— Vous pouvez y aller, elle est réveillée. Ça ira mieux quand elle aura éliminé le produit qu'elle a dans le sang. Elle est dans le même état que si elle avait trop bu. Mal au crâne, vertiges et peut-être même nausées. Elle pourra sortir dès qu'elle sera en état de marcher, à condition que quelqu'un l'accompagne. Pas question qu'elle conduise. Troisième porte à droite.

Austin remercia les deux hommes et s'engagea dans le couloir.

— A votre place, je ne m'en approcherais pas, lui dit le policier. Elle a l'air enragée.

Carina était assise au bord de son lit et essayait d'enfiler une chaussure, mais la coordination entre son œil et sa main ne se faisant pas, elle pestait tout haut contre son pied. Austin l'interpella de la porte.

— Besoin d'un coup de main ?

Le froncement de sourcils de Carina disparut brusquement. Elle sourit et poussa un petit grognement triomphant ; elle venait de réussir à mettre sa chaussure. Quand elle voulut se lever, elle tituba et s'écroula à terre. Austin entra dans la chambre, la souleva dans ses bras et la déposa sur le lit.

— *Grazie*. J'ai l'impression d'avoir bu trop de vin.

— Le médecin dit que les effets de la drogue devraient disparaître assez vite.

— De la drogue ? Qu'est-ce qu'il raconte ? Je n'ai pas pris de drogue.

— Il le sait bien. On vous a administré un produit anesthésiant. Soit en vous le faisant inhaler, soit en vous l'injectant. Pouvez-vous me dire ce qui s'est passé ?

Une expression de terreur apparut dans le regard de Carina.

— J'ai reconnu le chef des pirates du porte-conteneurs. Le gros malabar avec sa tête de bébé malfaisant.

— Vous feriez mieux de commencer par le commencement.

— Bonne idée. Aidez-moi à me redresser.

Austin la prit par la taille pour l'aider, puis il lui servit un verre d'eau. Assise au bord du lit, elle lui raconta ce qui s'était passé, en buvant de temps à autre une gorgée d'eau.

— Les déménageurs sont venus chercher *Le Navigateur*. L'équipe était dirigée par un certain Ridley. Je les ai suivis dans ma voiture. Le camion a tourné dans un quartier de banlieue pourri. Il s'est arrêté. Je revois le mot « Pizza » à moitié effacé sur un bâtiment. Ma portière arrière s'est ouverte et j'ai reconnu le gros pirate dans le rétroviseur.

Austin se souvint de la grande empreinte de pas relevée au bord du fleuve tout près de sa maison.

— Continuez.

— J'ai entendu une sorte de sifflement. Et puis plus rien. Je me suis réveillée ici.

Une pensée traversa soudain l'esprit de Carina.

— Ils ont volé la statue. Il faut que je le dise à la police.

Elle se leva et s'appuya au montant du lit.

— J'ai la tête qui tourne.

Austin l'embrassa sur le front.

— Reposez-vous encore un moment. Je vais aller voir l'officier de police.

Colby terminait une conversation téléphonique quand Austin s'approcha et lui demanda :

— Miss Mechadi vous a-t-elle parlé du camion et de la statue enlevée ?

— Oui. J'ai cru qu'elle délirait. Je viens d'appeler le commissariat. Un camion correspondant à la description qu'elle nous a donnée a quitté la route accidentellement et a pris feu. On y a trouvé quatre corps calcinés impossibles à identifier.

— Et une statue en bronze ?

— Non, mais vu que tout a brûlé, elle a peut-être fondu, votre statue.

Austin remercia le sergent et retourna informer Carina de leur discussion, mais sans mentionner les corps calcinés retrouvés dans le camion. Elle leva les yeux vers l'horloge murale.

— Il faut absolument que je sorte d'ici. Je ne veux pas rater mon rendez-vous avec Jon Benson, le photographe du *National Geographic*.

— A quelle heure était prévu le rendez-vous ?

— Dans une heure.

Elle donna l'adresse à Austin et lui demanda :

— On peut y arriver ?

— En partant tout de suite, oui. Mais êtes-vous sûre d'être assez d'aplomb ?

— Mais oui, ça va très bien.

Carina se leva et fit quelques pas avant de perdre l'équilibre.

— Bon, je veux bien que vous m'aidiez à marcher.

Ils se prirent par la taille et remontèrent le couloir à petits pas. Colby avait demandé aux infirmières de le prévenir quand Carina serait en état d'être interrogée. Le temps de faire les formalités de sortie, elle semblait avoir repris un peu de forces. On l'obligea cependant à rejoindre le hall d'entrée en fauteuil roulant comme l'imposait le règlement. Arrivée dehors, elle ne titubait plus que légèrement.

Pendant qu'ils roulaient en direction de la Virginie, Carina essaya plusieurs fois d'appeler le photographe, mais il ne répondait pas. Elle supposa qu'il était sorti et comptait être de retour pour leur rendez-vous.

Grâce à l'air frais de la campagne qui entrait par la vitre, elle retrouva vite son état normal. Elle voulut informer Balthazar du vol de la statue, mais elle dut se contenter de le faire par l'intermédiaire de sa messagerie téléphonique.

— Pensez-vous que Saxon puisse être derrière le vol de la statue ? demanda-t-elle à Austin après un moment de réflexion.

— Non, ce n'est pas son genre. Il pourrait, par contre, nous aider grâce aux photos qu'il a prises de la statue ce matin. Nous pourrions les publier en lançant un avis de recherche.

Carina fouilla dans son agenda et en sortit la carte que Saxon lui avait donnée lors de la réception à l'ambassade d'Irak. Le numéro griffonné au dos était celui de l'hôtel Willard. Le réceptionniste l'informa que Mr Saxon ne séjournait plus à l'hôtel. Carina transmit cette information à Austin avec un petit sourire entendu.

Dix minutes plus tard, Austin quitta la route principale pour s'engager dans un chemin de terre conduisant à une ferme basse et longue au toit en bardeaux. Il se gara près d'un camion à plateau poussiéreux et Carina et lui rejoignirent le porche d'entrée. Malgré leurs coups répétés à la porte, personne ne vint ouvrir. Ils allèrent jeter un coup d'œil dans la grange à tout hasard, puis revinrent sur le perron. Austin essaya la poignée de la porte. Comme elle n'était pas fermée à clé, il l'ouvrit. Carina appela du seuil :

— Monsieur Benson ?

Un gémissement leur parvint alors de l'intérieur. Austin entra, traversa le couloir conduisant au salon et y prit une pelle à feu. Puis ils avancèrent à pas feutrés jusqu'au bout du couloir. Un homme gisait sur le dos dans un vaste labo photo.

Carina s'agenouilla auprès de lui. Il avait à la tempe une blessure sanguinolente, la peau tuméfiée tout autour et une vilaine bosse.

On aurait dit qu'une météorite était tombée dans la pièce. Tous les tiroirs étaient ouverts, le sol était jonché de photos, l'écran de l'ordinateur était fracassé. Seules les couvertures du *National Geographic* accrochées au mur étaient intactes. Après avoir appelé les urgences, Austin alla inspecter les autres pièces, mais n'y trouva personne.

Quand il revint dans le labo, Benson était assis par terre, adossé au mur. Carina lui avait nettoyé le coin des lèvres et tenait une serviette pleine de glaçons sur sa tempe. Il avait les yeux ouverts et semblait avoir tous ses esprits.

C'était un homme solidement charpenté d'une cinquantaine d'années. Sa peau était tannée par le soleil des pays exotiques où il avait bourlingué. Ses cheveux longs et gris étaient attachés en queue-de-cheval. Il était vêtu d'un jean, d'un tee-shirt et d'un gilet sans manches bardé de poches à pellicules qui paraissait anachronique à l'ère de la photo numérique.

Austin s'agenouilla, lui aussi, auprès de lui.

— Comment ça va ?

— Mal, merci. A quoi je ressemble ?

— A quelqu'un qui s'est pris un bon coup sur la tête.

Benson esquissa un pâle sourire.

— Les salauds ! Ils m'attendaient. Ils m'ont agressé au moment où je rentrais de ma promenade pour mon rendez-vous avec la jeune femme des Nations unies. Au fait, c'est vous ? demanda-t-il à Carina.

— Oui, je suis Carina Mechadi. Et voici Mr. Austin, qui travaille à la NUMA, l'Agence nationale de recherches maritimes et sous-marines.

Le regard gris de Benson s'éclaira.

— J'ai fait des reportages sur vos deux organismes il y a quelques années.

— Que s'est-il passé, au juste ? demanda Austin.

— En rentrant, j'ai vu une voiture noire dehors. Un gros 4 × 4 immatriculé en Virginie. Je ne ferme jamais la porte à clé. J'ai trouvé des types à l'intérieur en train de fouiller mon labo.

Benson grimaça.

— Si je m'évanouis à nouveau, vous pourrez dire aux flics qu'ils étaient quatre. Tous masqués. Et armés. L'un d'eux était un gros malabar. Je pense que c'était le chef.

Austin et Carina échangèrent un regard.

— Vous a-t-il dit ce qu'ils voulaient ?

— Oui. Tous mes négatifs. Je lui ai dit d'aller se faire voir. Il m'a assommé d'un coup de crosse. Je devrais me réjouir d'être encore en vie et seulement sonné. J'ai préféré faire le mort. Je les ai vus, ses acolytes et lui, vider toutes mes armoires à négatifs. Ils ont tout fourré dans des sacs-poubelle... Et mon ordinateur portable, ils l'ont pris ?

Austin jeta un coup d'œil dans la pièce.

— Ça m'en a tout l'air.

— Ils devaient espérer y trouver mes fichiers photos. Toutes les photos que j'ai prises dans ma vie sont enregistrées sur le disque dur, bien sûr. Vingt-cinq ans de travail.

Benson eut un petit rire.

— Mais ces abrutis, tellement pressés de me mettre K.O., n'ont même pas réfléchi que je pouvais avoir une autre sauvegarde ailleurs. Qu'est-ce qu'ils pouvaient bien chercher ?

— A notre avis, des photos que vous avez prises sur un site de fouilles archéologiques en Syrie.

Benson fronça les sourcils.

— Je m'en souviens. Un photographe se rappelle chacun de ses clichés. C'était en 1972. Une histoire qui a fait la couverture du magazine. Il faisait une chaleur à mourir, là-bas.

— Votre CD de sauvegarde, est-ce que vous accepteriez de nous le prêter ? demanda Austin.

— Ça aiderait à attraper ces salauds ?

— Peut-être.

Austin souleva sa chemise pour montrer son torse bandé.

— Vous n'êtes pas le seul à avoir un compte à régler avec eux.

Les yeux de Benson s'agrandirent de stupeur.

— Dites donc, ils vous ont pas loupé ! Allez voir à l'écurie. Troisième box sur la droite. La trappe métallique cachée sous le foin. La clé est à la cuisine. C'est l'étiquette « Porte de service ».

Carina interrogea le photographe.

— Parmi les antiquités retrouvées lors de ces fouilles, il y avait une grande statue, *Le Navigateur*. Vous en souvenez-vous ?

— Oui, très bien. On aurait dit l'Indien des magasins de cigares avec son petit chapeau pointu. Je ne sais pas ce qu'elle est devenue.

Les yeux de Benson roulèrent dans leurs orbites. Il semblait sur le point de s'évanouir, mais il se ressaisit.

— Allez voir sur la cheminée du salon.

Après avoir trouvé à la cuisine la clé ouvrant le coffre renfermant les CD de sauvegarde, Austin alla dans le salon. Le manteau de la cheminée était encombré de pierres et de statuettes que Benson avait dû rapporter de ses voyages. L'une des figurines attira aussitôt son attention. C'était une reproduction miniature du *Navigateur*. Elle mesurait environ dix centimètres de haut.

On entendit alors un crissement de pneus sur le gravier. C'était ceux d'une ambulance dont le gyrophare rouge et bleu clignotait. Austin glissa la statuette dans sa poche et alla accueillir l'équipe de secours. Ils étaient deux, un homme et une femme. Il les conduisit aussitôt dans le labo photo.

— Que s'est-il passé ? demanda la jeune femme en voyant la pièce sens dessus dessous.

— Des hommes ont agressé ce monsieur et ont saccagé son studio photo, répondit Carina.

Pendant que la jeune femme examinait Benson, son collègue appela la police. Ils auscultèrent le photographe, prirent sa tension, posèrent une compresse sur sa blessure, puis le mirent sur un brancard pour l'emmener jusqu'à l'ambulance.

Austin leur dit que Carina et lui allaient rester sur place pour attendre la police. Dès que l'ambulance eut démarré, ils foncèrent à l'écurie, enlevèrent le foin qui couvrait le sol du troisième box et dégagèrent la trappe métallique. Austin ouvrit avec la clé et souleva la trappe. Quelques marches descendaient dans une pièce de la taille d'un grand placard. La température y était contrôlée, tous les murs étaient couverts de tiroirs étiquetés par année.

Austin trouva très vite le CD portant l'inscription « Site hittite, 1972, Syrie ». Il le glissa dans sa poche, puis Carina et lui retournèrent à l'intérieur de la maison. Quelques minutes plus tard, la voiture de police arrivait dans l'allée.

Le grand maigre en uniforme qui sortit du côté conducteur était la caricature du shérif de la série américaine *Mayberry R.S.D.* Il vint vers eux d'un pas traînant, se présenta comme étant le chef Becker et nota sans se presser leurs noms dans son calepin.

— D'après le toubib, Mr. Benson s'est fait agresser, c'est cela ?

— C'est ce qu'il nous a dit, en effet, répondit Carina. En rentrant de promenade, il a trouvé quatre hommes dans la maison. Quand il a voulu s'interposer pour les empêcher de lui voler ses photos, l'un d'eux lui a asséné un coup de crosse sur le côté de la tête.

Le shérif semblait perplexe.

— Je savais que c'était un grand photographe employé par le *National Geographic*, mais de là à ce que ses photos méritent un cambriolage en plein jour…

Il se tut, cherchant à deviner ce que la jeune femme étrangère et son compagnon à la large carrure venaient faire là-dedans.

— Et le lien entre vous et Benson, c'est quoi ?

— Je travaille pour la NUMA, lui précisa Austin. Et Miss Mechadi est enquêtrice aux Nations unies. Son travail consiste à essayer de retrouver des antiquités volées. Mr. Benson avait pris il y a quelques années des photos de l'une d'elles, qui a disparu depuis, et nous pensions qu'il pourrait nous aider dans nos recherches.

— Vous croyez que ça a un rapport ?

Le shérif était plus malin qu'il n'en avait l'air. Il les observait avec attention pour analyser leur réaction. Austin répondit prudemment :

— Je ne sais pas.

Cela sembla lui suffire.

— Vous pouvez me montrer l'endroit où vous avez trouvé Mr. Benson ?

Austin et Carina l'emmenèrent à l'intérieur de la maison. Quand il vit le désordre qui régnait dans le labo photo, il siffla entre ses dents.

— Vous n'avez touché à rien ?

— Non. Mais cela ne ferait pas une grande différence.

Le shérif eut un petit rire.

— C'est vrai. Bon, je vais faire venir les gars de la police scientifique.

Après avoir pris leurs coordonnées, il les autorisa à

partir en leur disant qu'il les recontacterait s'il avait d'autres questions à leur poser.

Une fois dans la voiture, pendant qu'Austin faisait son demi-tour, Carina lui fit remarquer :

— Vous n'avez pas tout dit au shérif.

— Cela n'aurait fait que compliquer les choses si je lui avais parlé du piratage en mer raté et du vol de ce matin. Et si je lui avais expliqué que le dénominateur commun dans tout ça, c'est *Le Navigateur*.

Carina se laissa aller contre le dossier en cuir et ferma les yeux.

— Je me sens un peu responsable de ce qui est arrivé à Benson.

— Inutile de vous torturer l'esprit. Les coupables, depuis le début, ce sont ces gangsters prêts à tout pour mettre la main sur la statue. Qui, en dehors de nous, savait que Benson avait fait des photos de la statue découverte en Syrie ?

— Les seules personnes à qui je l'ai dit, c'est vous et Mr. Balthazar.

Carina marqua un temps d'arrêt.

— Vous croyez qu'il...

— Encore un dénominateur commun.

Carina s'enfonça dans son siège. Elle fixait la route sans la voir. Puis, après avoir réfléchi un moment, elle se redressa.

— Bon, alors, qu'est-ce qu'on fait ?

Austin sortit le CD de sa poche et le lui tendit.

— Nous partons sur un site de fouilles archéologiques.

24.

Austin manœuvrait pour garer la Jeep à son emplacement réservé du garage souterrain quand Carina rouvrit les yeux. Elle devait encore avoir un reste de drogue dans le sang, car elle s'était endormie presque aussitôt après leur départ de chez Benson. Elle revoyait seulement quelques paysages de la campagne vallonnée de Virginie.

Elle jeta un coup d'œil par la vitre, l'air désorienté.

— Où sommes-nous ?

— Dans l'antre du dieu Neptune, répondit Austin en gardant un visage impassible.

Il descendit de voiture, alla ouvrir la portière de Carina et lui donna le bras pour rejoindre l'ascenseur le plus proche, qui les conduisit rapidement au rez-de-chaussée. Les portes s'ouvrirent sur le grand hall d'entrée de la tour de trente étages aux vitres teintées en vert qui abritait le siège de la NUMA à Arlington, en Virginie.

Carina admira les chutes d'eau superbes et les aquariums muraux, l'immense globe terrestre qui trônait au centre de l'atrium et le sol en marbre du même bleu-vert que la mer. Il y avait beaucoup de monde, essentiellement des groupes de visiteurs armés d'appareils photo.

— C'est magnifique ! s'exclama-t-elle, les yeux écarquillés.

— Bienvenue au siège de l'Agence Nationale de Recherches Maritimes et Sous-Marines, dit Austin avec une certaine fierté. Ce bâtiment abrite plus de deux mille scientifiques et ingénieurs spécialistes de la mer qui assurent un soutien aux trois mille autres agents de la NUMA en mission sur tous les océans du monde.

Carina tournoya sur elle-même.

— Je pourrais rester là des heures à admirer le décor.

— Vous n'êtes pas la première à vous émerveiller. Et maintenant, passons du sublime au ridicule.

L'ascenseur rapide et silencieux les emmena quelques étages plus haut. Ils foulèrent l'épaisse moquette du couloir jusqu'à une porte sur laquelle ne figurait aucune plaque. Austin s'inclina exagérément avec un grand geste du bras pour inviter Carina à entrer dans son bureau.

La pièce était aussi petite que le hall d'entrée de la NUMA était vaste. Un grand tapis vert foncé couvrait le sol et le mobilier se composait de deux fauteuils, un petit canapé, une armoire à dossiers, et une bibliothèque basse où se mélangeaient ouvrages techniques en rapport avec la mer et livres de philosophie. Le bureau lui-même était tout petit, contrairement à ceux, immenses, que l'on voyait habituellement à Washington. Les murs étaient décorés de photos des navires de recherche de la NUMA. Il y avait aussi quelques photos d'Austin en compagnie d'un homme plus âgé au visage viril et bronzé, à qui il ressemblait tellement qu'on pouvait deviner sans peine qu'il s'agissait de son père.

Malgré ses dimensions modestes, la pièce jouissait d'une vue extraordinaire sur le Potomac et Washington.

— Mon architecte d'intérieur est en vacances, dit Austin avec un sourire d'excuse.

Il sortit deux bouteilles d'eau gazeuse d'un petit réfrigérateur, en tendit une à Carina, et l'invita à s'asseoir. Elle prit place dans un des fauteuils et lui-même s'installa derrière son bureau.

— A la vôtre, dit-il en levant sa bouteille.

— Santé, répondit-elle en l'imitant. Ce bureau n'a rien de ridicule. Il est à la fois fonctionnel et accueillant. On s'y sent bien.

— Merci. Une secrétaire, que je partage, se charge de prendre mes messages, car je ne suis pas souvent là. Je voyage beaucoup et quand je viens, c'est pour une raison bien particulière, comme aujourd'hui.

Il sortit le CD des photos de sa poche et le glissa dans l'ordinateur posé sur son bureau. Le logo du *National Geographic* apparut à l'écran, suivi du titre « A la recherche d'une civilisation perdue ». L'article qui suivait relatait les fouilles entreprises en Syrie sur un site hittite. Austin téléchargea toutes les photos et celles-ci apparurent en vignettes bien rangées.

Benson en avait pris des centaines. Après avoir choisi de les faire défiler en gros plan à la cadence d'une toutes les trois secondes, Austin tourna l'écran de façon à ce que Carina puisse les voir, elle aussi.

Quelques instants plus tard, elle en pointa une du doigt.

— La voilà !

La photo montrait des hommes couverts de terre debout près d'une excavation, la pelle à la main. Près d'eux se trouvait le chef d'équipe, un Européen corpulent, qui portait un casque comme les ouvriers mais dont le bermuda et la chemise étaient propres. Une forme conique émergeait du trou.

Sur la vingtaine de photos qui suivaient, on voyait les différentes étapes de l'extraction de la statue : la tête d'abord, puis les épaules, puis l'arrimage de cordes sous les aisselles pour la hisser hors du trou. Sur les photos suivantes, la statue avait été dépoussiérée. Benson avait pris plusieurs gros plans du visage au nez abîmé, et de la statue entière, de face, de dos et de profil.

— Elle ressemble bien à notre statue, dit Carina. Malheureusement, nous ne l'avons plus qu'en photo ! Et c'est l'impasse.

Austin sortit de sa poche la figurine qu'il avait prise sur la cheminée de Benson, et la posa sur la table devant la jeune femme.

— Peut-être pas.

Carina en eut le souffle coupé.

— C'est une reproduction miniature du *Navigateur*. Où l'avez-vous trouvée ?

— Chez Benson.

Elle prit la statuette pour l'examiner de plus près.

— Son existence suppose qu'elle a été fabriquée à partir de l'original.

Elle fronça les sourcils avant de poursuivre.

— D'après ce que nous savons, la statue originale a été expédiée directement de la Syrie à Bagdad et n'a jamais vu la lumière du jour. Quand cette copie aurait-elle pu être fabriquée ?

Austin décrocha son téléphone.

— Nous allons poser la question à quelqu'un qui le sait.

Après avoir obtenu par le service des renseignements le nom de l'hôpital le plus proche de la ferme de Benson, il composa le numéro de l'établissement et mit le haut-parleur pour Carina. Quand il fut mis en relation avec la chambre du photographe, ce dernier répondit d'une voix pâteuse, mais s'anima dès qu'il se fut identifié. En réponse à sa question, Benson lui expliqua qu'il avait une commotion cérébrale et des contusions, mais pas de fracture.

— Je devrais être sorti dans deux jours, conclut-il. Vous avez du nouveau sur cette bande de sauvages ?

— Non, rien de concret. Nous voulions vous demander où vous aviez trouvé la figurine posée sur votre cheminée. La reproduction miniature de la statue que vous avez photographiée sur le site archéologique en Syrie. Quelqu'un en a-t-il fait un moulage sur place ?

— Non. Cette statue-ci a été expédiée aussitôt. Mais quelqu'un a peut-être fait un moulage de l'autre.

Austin et Carina échangèrent un regard surpris.

— L'autre ? Nous pensions qu'il n'y en avait qu'une.

— Désolé. Je comptais vous en parler, mais, comme vous savez, je n'étais pas très en forme à votre arrivée. Oui, il en existe une seconde. L'Allemand qui dirigeait les fouilles a dit que cette paire de statues devait garder l'entrée d'un temple ou d'un tombeau important. J'en ai pris quelques clichés, mais c'était avant l'ère du numérique. Ce négatif-là a été abîmé par la chaleur.

— Et qu'a-t-on fait de la seconde statue ?

— Bonne question. Je n'ai pas vu la suite. On m'a envoyé en reportage ailleurs. Le *National Geographic* voulait des photos des femmes indigènes aux seins nus des îles Samoa. En revanche, il y a deux ans, quand j'étais à Istanbul pour un reportage sur l'Empire ottoman, je suis tombé par hasard sur cette statuette. Le vendeur en demandait beaucoup trop cher, mais je l'ai achetée quand même.

— Vous rappelez-vous où c'était ?

— Oui, une des boutiques du bazar couvert. Il en avait toute une série. Désolé, l'analgésique ne fait plus effet du tout. Il faut que j'appelle l'infirmière. Tenez-moi au courant si vous mettez la main sur les charognes qui m'ont cogné dessus.

— Comptez sur moi.

Austin remercia Benson, lui souhaita un prompt rétablissement et raccrocha.

Carina ne tenait plus en place.

— Une seconde statue ? Il faut absolument qu'on la retrouve.

Austin se représenta la ville tentaculaire d'Istanbul telle qu'il l'avait vue quelques années plus tôt à l'occasion d'une mission en mer Noire. Le bazar couvert était un gigantesque labyrinthe dont les allées regorgeaient d'échoppes. Il se souvint alors du projet de Zavala d'aller essayer en Turquie son sous-marin en forme de Corvette.

— Une équipe de la NUMA doit se rendre à Istanbul pour essayer de retrouver le site d'un port antique. On pourrait demander à Joe Zavala d'aller jeter un œil au bazar pour nous.

— Et après ? S'il retrouve l'échoppe qui vend les

statuettes, à quoi cela nous avancera-t-il si nous ne sommes pas nous-mêmes à Istanbul ?

Carina avait raison.

— Je vais voir s'il reste une place dans le jet de la NUMA, dit Austin.

— *Deux* places.

La jeune femme leva la main pour l'empêcher de protester.

— Je peux vous être très utile. Je connais là-bas quelqu'un qui est bien introduit dans le milieu des antiquaires. Il fait un peu de contrebande, c'est vrai, mais il ne revend que des objets sans grande valeur. J'ai fait appel à lui plusieurs fois pour mettre la main sur des antiquités authentiques. Il connaît tous les gros trafiquants de la ville et pourrait nous faire gagner du temps. Par contre, il ne veut avoir affaire qu'à moi.

Austin réfléchit à sa proposition. La compagnie de la jolie Italienne était loin de lui déplaire, mais ses raisons d'accepter n'avaient rien à voir avec sa libido. C'était plutôt qu'il ne voulait pas la laisser seule. Où qu'elle aille, sa sécurité semblait menacée. Il serait donc plus rassuré de l'avoir sous les yeux en permanence. Par ailleurs, son informateur leur éviterait effectivement des recherches longues et inutiles. Carina avait bien réussi à mettre la main sur *Le Navigateur* alors que d'autres avaient échoué.

Elle insistait tellement, usait de tant d'arguments pour le faire céder, qu'il finit par poser un index sur sa bouche pour la faire taire. Il appela Zavala pour lui demander s'il restait deux places dans l'avion. Après une brève conversation avec lui, il raccrocha et se tourna vers Carina, qui était suspendue à ses lèvres.

— Rentrez faire votre valise. L'avion décolle ce

soir à huit heures. Je vais vous ramener à votre hôtel et je viendrai vous rechercher vers cinq heures.

Carina se pencha en avant et le gratifia d'un long baiser sur les lèvres qui le fit frissonner jusqu'au bout des orteils.

— Ça ira plus vite si je prends un taxi. Alors, à tout à l'heure.

Elle quitta aussitôt son bureau et il l'entendit s'éloigner dans le couloir d'un pas décidé. Il jeta un coup d'œil à sa montre. Il avait chez lui un sac de voyage prêt en permanence. Il lui suffisait d'aller le chercher.

Pendant le trajet, il appela la secrétaire de l'équipe pour la prévenir qu'il s'absentait quelques jours. Et laissa le même message à Elwood Nickerson, sans entrer dans les détails. Il aurait été un peu gêné de dire au sous-secrétaire d'Etat que la clé indispensable pour éviter le déclenchement d'une crise internationale était une statuette de quelques centimètres de haut qui se trouvait à huit mille kilomètres de là.

25.

— C'est pour aujourd'hui ! annonça Paul Trout d'un ton affirmatif.

Debout dans le canot pneumatique, il tendit les cannes à pêche à sa femme, Gamay, qui les rangea dans leur vedette de six mètres de long.

Elle mit la main devant la bouche et fit semblant de bâiller d'un air désabusé.

— Hum ! Tu fanfaronnais de la même façon hier au moment de partir. Et pour quel résultat ? Le même qu'avant-hier.

Trout monta dans le bateau avec une agilité surprenante pour un homme bâti comme un basketteur. Malgré ses deux mètres, il avait la grâce d'un félin. Elle lui venait des nombreuses années passées sur des bateaux aux côtés de son père, qui adorait la pêche. Il actionna le démarreur électrique. Aussitôt, le moteur in-board s'emballa et cracha un nuage de fumée bleue.

— Je n'appelle pas cela fanfaronner. Quand on descend d'une vieille famille de Cape Cod qui a ramené des tonnes et des tonnes de poisson, on a le droit d'être un peu moins bon de temps en temps.

Il leva le nez comme un chien de chasse à l'affût.

— Je te dis qu'il y a une énorme perche tapie au fond de son trou qui n'attend que moi.

— Je comprends pourquoi les pêcheurs sont réputés pour leur vantardise, dit Gamay en larguant les amarres.

Trout poussa légèrement la manette des gaz et traversa Eel Pond pour rejoindre le pont basculant de Water Street. En passant devant un bar dont la terrasse surplombait l'étang, il se passa la langue sur les lèvres.

— Mmm… J'ai déjà le goût de la bière fraîche dans la bouche.

— Montons un peu la barre, dit Gamay. Le perdant paie aussi à dîner.

— Pari tenu, répondit Paul sans hésitation. Les palourdes sautées, c'est délicieux avec une bonne bière.

Le bateau passa lentement sous le pont pour arriver dans le port, longea le terminus des ferries de Martha's Vineyard et l'*Atlantide*, le vaisseau reconstitué pour la recherche ancré au quai devant l'institut océanographique de Woods Hole. C'est à cet endroit que Paul Trout devait sa passion de toujours pour l'océanographie.

Dès la sortie du port, il accéléra et prit la direction des îles Elizabeth, un archipel situé au sud-ouest de Cape Cod. Sur le pont, Gamay préparait déjà leurs cannes à pêche.

Pour Paul, il n'y avait rien de plus agréable que de lancer son bateau à l'assaut des vagues, le visage fouetté par la brise saline, avec la perspective d'une journée de pêche. Tout ce qu'il demandait pour qu'elle soit pleinement réussie, c'était de pêcher un plus gros poisson que Gamay. Cette compétition permanente entre eux était un jeu, mais il était quand même un peu agacé de s'être fait battre ces deux derniers jours.

Gamay avait grandi au bord du lac Michigan et était naturellement douée pour la pêche et la navigation. C'était une belle femme, mais elle avait gardé de son enfance un petit côté garçon manqué. Tout en sachant qu'elle ne faisait que le taquiner gentiment, Trout commençait à se sentir chatouillé dans son orgueil de mâle né sur les côtes de la Nouvelle-Angleterre. Il devait absolument prendre sa revanche aujourd'hui.

Arrivé à proximité de Naushon Island, un petit îlot au relief assez bas, il dirigea son bateau vers une nuée d'oiseaux marins qui piaillaient au-dessus de l'eau et plongeaient à la recherche du menu fretin chassé en surface par de plus gros prédateurs. Des taches jaunes presque immobiles apparurent sur l'écran du détecteur. L'endroit devait être poissonneux. Il coupa le moteur.

Gamay lui tendit une canne à pêche et prit le volant. C'était un accord entre eux : le vainqueur de la dernière sortie laissait l'autre tenter sa chance le premier à la suivante. Trout s'installa dans le fauteuil pivotant et déroula sa ligne. Puis il commença à donner des petits coups secs avec sa canne pour faire bouger l'appât dans l'eau.

— J'en ai une ! s'écria-t-il soudain.

En quelques tours de moulinet, il remonta une perche rayée de quatre-vingts centimètres de long. Après l'avoir mesurée, il la rejeta à la mer. Gamay en pêcha une de soixante-dix centimètres, qu'ils ne gardèrent pas non plus. Chacun pêchait à son tour, mais leurs prises avaient toutes à peu près la même taille. Puis le banc se déplaça et ils durent changer d'endroit. Le nouvel emplacement n'était pas mauvais non plus.

Ils continuaient de comparer leurs prises et la compétition était de plus en plus serrée quand Paul sentit une violente secousse qui faillit lui arracher le bras. « Ça y est ! pensa-t-il, cette fois-ci, c'est la bonne. » Il entendit à peine le téléphone portable qui sonnait. Après avoir répondu, Gamay le lui tendit :

— C'est Kurt. Il veut te parler.

Trout moulinait comme un fou pour remonter l'énorme poisson argenté. Il n'était plus loin de la surface. « Ouah ! Une vraie baleine ! » se dit-il avec ravissement. Il fallait vraiment qu'il se concentre.

— Dis-lui d'attendre un instant, cria-t-il par-dessus son épaule.

— Non, il ne peut pas. Joe et lui sont sur le point de s'envoler pour la Turquie.

— La Turquie ?

Aux dernières nouvelles, Austin et Zavala étaient en route pour Terre-Neuve. Complètement déconcentré, Trout en perdit son poisson. La ligne était devenue toute molle.

— Et zut !

Il se leva, tendit sa canne à Gamay et l'échangea contre le téléphone.

— J'espère que je ne te dérange pas, lui dit Austin.

— Non, répondit-il d'un ton maussade en regardant tristement la surface de l'eau se refermer. Qu'y a-t-il, Kurt ?

— Peux-tu nous rejoindre avec un programme de simulation capable de retracer le voyage transatlantique d'un navire ? Je sais que c'est beaucoup te demander...

— Je peux essayer. Mais il me faut une date. Avec ça, je devrais arriver à retrouver la force des courants et la météo. Si c'est possible, il me faudrait aussi la vitesse du bateau.

— A vrai dire, nous manquons de précisions. Il s'agit d'un vaisseau phénicien. La traversée remonte à 900 ans avant Jésus-Christ.

Trout était plus intrigué que découragé.

— Dis-m'en un peu plus.

— Je t'ai envoyé un paquet par porteur spécial. A l'heure qu'il est, tu devrais déjà l'avoir reçu. Tu y trouveras toutes les explications. C'est urgent. Je te rappelle dès que je peux. Salut.

— Qu'est-ce qu'il voulait ? s'enquit Gamay quand son mari eut raccroché.

Il lui expliqua ce que lui demandait Kurt. C'en était fini de leur partie de pêche. Il jeta un regard plein de regret à une autre nuée d'oiseaux de mer.

— C'est rageant. J'ai perdu mon poisson.

Gamay déposa un petit baiser sur sa joue.

— Je l'ai vu. C'était un sacré monstre. Je crois que c'est à moi de payer la bière.

Le paquet envoyé par Austin les attendait, debout contre la porte d'entrée. Typique des constructions de Cape Cod avec son large toit, la maison, qui datait de deux cents ans, surplombait un minuscule étang. Elle se trouvait à quelques centaines de mètres à peine de l'institut océanographique. C'est au contact des scientifiques qui y travaillaient que la curiosité de Trout pour la mer s'était éveillée dès son plus jeune âge.

Gamay et lui étaient assis à la table de la cuisine et parcouraient le dossier Jefferson en mangeant les sandwichs au jambon et au fromage prévus initialement pour leur pique-nique en mer.

A un moment donné, Gamay leva la tête, souffla une mèche de cheveux qui la gênait.

— C'est incroyable !

Trout prit une gorgée de bière, puis reposa sa canette de Buzzards Bay.

— Je réfléchis à ce qu'on peut faire. J'ai davantage d'expérience dans la modélisation des structures des grands fonds. Toi, tu es passée de l'archéologie marine à la biologie marine. A nous deux, nous pourrions essayer, mais ce ne sera pas suffisant. Il va nous falloir de l'aide.

Gamay sourit. Ses dents de la chance lui donnaient un certain charme.

— N'avons-nous pas entendu dire quelque chose d'intéressant hier soir ?

Trout se souvint d'abord des bourrades des habitués du bar local, qui l'avaient taquiné à propos de son concours de pêche avec Gamay. Puis il se rappela que quelqu'un avait mentionné un nom qu'il connaissait bien. Il claqua des doigts.

— Charlie Summers est ici en ce moment.

Gamay lui tendit le téléphone et il appela le centre de recherches. Summers travaillait sur le quai à modifier les instruments de l'*Atlantide*. Dès qu'on le lui eut passé, Paul lui exposa le problème.

— C'est beaucoup plus passionnant que ce que je fais en ce moment, répondit son ami. Si tu veux, tu peux venir tout de suite.

Quelques minutes plus tard, les Trout arrivaient au quai. Un homme trapu à la mâchoire carrée et aux cheveux épars, blonds comme de la paille, les accueillit en les serrant dans ses bras.

Summers était un grand architecte naval, spécialisé dans la conception de navires de recherche ou à but pédagogique. On le consultait souvent pour la réalisation de yachts de luxe et c'était un expert reconnu en matière de stabilité des grands voiliers.

Il adressa un clin d'œil appuyé à Gamay.

— Je pensais que vous seriez à la pêche aujourd'hui.

— Je vois que les nouvelles vont vite, répondit Trout avec une grimace.

— Toute la ville ne parle que de votre concours. Tu sais comme les pêcheurs et les scientifiques sont bavards.

— Paul a bien failli être le vainqueur du jour, dit gentiment Gamay.

Summers partit d'un grand éclat de rire.

— Paul, ne me dis pas que c'est justement celui qui t'a échappé.

Puis, après s'être essuyé le coin des yeux, il redevint sérieux.

— Alors, c'est quoi cette histoire de Phéniciens ?

Trout était trop heureux de changer de sujet.

— Nous avons reçu un coup de fil de la NUMA ce matin. Quelqu'un qui étudie les contacts établis avec le continent américain avant Christophe Colomb aurait besoin d'aide pour tenter de retracer un voyage. Nous recevons souvent des demandes bizarres de ce genre.

— Celle-ci n'a rien d'extraordinaire. J'ai lu des tas de bouquins sur le talent des Phéniciens en matière de construction navale. D'un point de vue strictement technique, ces gens-là étaient capables de naviguer presque partout dans le monde.

— Tu peux donc nous aider ? demanda Gamay.

Summers secoua la tête.

— Pas sûr. Les Phéniciens n'ont laissé aucune carte. Ils gardaient leurs connaissances de la mer pour eux.

Voyant la déception de Gamay, il ajouta :

— Mais on peut toujours essayer. Venez, on va construire un bateau.

Summers les emmena dans le bâtiment de briques où l'on avait mis un bureau à sa disposition. Il s'installa derrière l'ordinateur et ferma à l'écran la fenêtre montrant un schéma de l'*Atlantide*.

— Tu veux dire un bateau virtuel ? dit Trout en s'asseyant.

— Ce sont les meilleurs, répondit Summers avec un clin d'œil. Ils ne sombrent jamais et on n'a pas à craindre de mutinerie à bord.

Il ouvrit un dossier informatique et le dessin d'un navire à voile carrée apparut à l'écran.

— C'est un vaisseau phénicien ? demanda Gamay.

— Oui. L'un des premiers modèles que l'on ait pu reconstituer au vu des vases, sculptures, miniatures et pièces de monnaie retrouvés. Il a une quille, une coque ronde, des rames et un siège surélevé pour le timonier.

— Nous en cherchons un qui soit capable de traverser l'océan.

Summers s'adossa à son fauteuil.

— Les premiers modèles ont été modifiés par nécessité quand les Phéniciens sont passés de la navigation diurne le long des côtes aux longues traversées sans escale. Je vais me servir d'un programme informatique conçu pour certains architectes qui effectuent des recherches au Portugal et au Texas. Ils ont mis au point une méthode leur permettant d'évaluer la navigabilité de bateaux à voile dont on n'a aucun plan. L'idée était d'en reconstituer une image globale. Ils ont pris comme base les *naus* portugais, ces navires de commerce qui faisaient des allers-retours entre l'Europe et les Indes en contournant l'Afrique. Regardez.

Summers se pencha en avant et, d'un clic de souris, fit apparaître l'image virtuelle d'un trois-mâts.

— On dirait un bateau fantôme, commenta Gamay.

— Ce n'est qu'une base de travail. A partir de plusieurs épaves retrouvées, ils ont dessiné les voiles, les mâts, le gréement. Cette image est l'une des hypothèses obtenues. En reconstituant la coque du navire, ils ont pu en déduire son comportement en mer et en cas de tempête. Munis de ce modèle mathématique, ils l'ont testé dans un tunnel à vent.

— Et l'on peut faire la même chose pour un navire phénicien ? demanda Trout.

— Pas de problème. On va se servir de trois épaves phéniciennes retrouvées en Méditerranée occidentale, non loin des côtes d'Israël. Les bateaux étaient encore posés à plat sur le fond et parfaitement conservés par l'eau froide. Pour les photographier sous tous les angles, nous nous sommes servi de *Jason,* le robot télécommandé qui a pris les photos du *Titanic.* Voilà, j'ai entré les caractéristiques demandées dans l'ordinateur.

Une série de dessins ressemblant aux plans destinés à un constructeur naval apparurent à l'écran. Ils montraient le bateau vu du dessus, de côté et de face.

— D'après les plans, ce navire-ci ne fait que cinquante-cinq pieds de long, fit remarquer Trout.

— Ceci est un mélange des trois vaisseaux retrouvés près d'Israël. Je vais le rallonger. J'ai modifié le programme pour lui permettre d'ajouter les éléments susceptibles d'évoluer avec la taille du bateau.

L'image en trois dimensions qui apparut ensuite à l'écran montrait la charpente et les autres éléments structurels du navire. Puis les espaces entre les parties de charpente commencèrent à se remplir. Les ponts, les rames, le gréement et la voile se matérialisèrent peu à peu ainsi que l'éperon de l'avant. Le dernier détail à apparaître fut une figure de proue représentant une tête de cheval.

— Voilà un vaisseau de Tarsis.

— Il est magnifique ! s'exclama Gamay. Pour un bateau capable d'affronter la haute mer, je le trouve plutôt élégant.

— Il fait environ deux cents pieds de long, précisa Summers. Ce bateau peut naviguer sur tous les océans du monde.

— Ce qui nous ramène à notre première question, dit Trout. Comment peut-on, à partir de là, tracer la ou les routes qu'il a pu emprunter pour traverser l'Atlantique ?

Summers retroussa ses lèvres.

— On peut recourir à la solution utilisée par les architectes qui ont étudié les *naus*. On peut entrer des données différentes concernant le vent, le courant, le temps, la vitesse probable du bateau, les choix possibles du capitaine en fonction de sa structure, et enfin, prendre en compte les circonstances historiques.

Gamay poussa un long soupir.

— Eh bien, nous avons de quoi faire !

Summers jeta un coup d'œil à sa montre.

— Moi aussi. Ils veulent que l'*Atlantide* soit prêt à naviguer dans trois jours. Il faut que je me remette au travail.

Les Trout le remercièrent et reprirent la rue principale de Woods Hole pour rentrer chez eux.

— Et maintenant, qu'est-ce qu'on fait ? demanda Gamay.

— Pas facile à dire. Kurt ne nous a pas donné beaucoup de précisions. Il va être déçu, mais nous n'en avons pas assez pour y arriver. Il faudrait voir la question sous un autre angle.

Comme bien des couples mariés, Paul et Gamay se comprenaient à demi-mot. Leurs années d'expérience au sein de l'équipe des Missions spéciales de la NUMA, où savoir communiquer sous l'eau à distance était vital, avaient servi à développer chez eux ce don de transmission de pensée.

— Je pense la même chose que toi, dit Gamay. Tout voyage en mer commence sur terre. Reprenons le dossier Jefferson depuis le début. Un détail nous a peut-être échappé.

De retour chez eux, ils s'installèrent à la table de la cuisine. Ils se partagèrent les feuillets et les échangèrent ensuite. Ils finirent leur lecture en même temps.

— Qu'est-ce qui te saute aux yeux ? demanda Gamay en reposant son paquet.

— Le fait que Meriwether Lewis soit mort alors qu'il était en route pour aller parler à Jefferson de ce qu'il avait découvert.

— Moi aussi, cela m'a frappée.

Gamay fouilla parmi les feuillets.

— Lewis avait des preuves matérielles à apporter à Jefferson. Nous pourrions faire des recherches pour savoir ce qu'elles sont devenues.

— C'est presque aussi dur que de retracer l'itinéraire d'un navire phénicien.

— Il y a quand même un élément important qui pourrait nous aider. Jefferson était le président de l'American Philosophical Society à Philadelphie. Il y a envoyé Lewis étudier la cartographie en vue de son expédition historique. Pendant que Lewis était à Philadelphie, Jefferson a inventé le code secret qui devait leur servir à communiquer entre eux.

Les grands yeux marron de Paul Trout étaient à demi fermés. C'était chez lui un signe discret d'excitation. Il poursuivit la démonstration de Gamay.

— Jefferson a écrit à plusieurs membres de la Société pour les informer de ses recherches sur la langue indienne et, par la suite, du vol de ses précieux documents. C'est l'un d'eux, un éminent professeur, qui a découvert que les mots écrits sur la carte ancienne étaient du phénicien. Et c'est dans les archives de cette même Société qu'on a retrouvé le dossier sur les artichauts.

— C'est simple, conclut Gamay : tout nous ramène au même endroit.

Elle trouva sur la première feuille le numéro de téléphone de l'American Philosophical Society et le nom de l'archiviste qui avait retrouvé le dossier égaré. Elle appela aussitôt en demandant à parler à Angela Worth. Après s'être présentée, elle prit rendez-vous avec elle pour le lendemain.

Au moment où elle raccrochait, son mari lui dit en souriant :

— Tu es bien consciente que nos vacances sont terminées ?

— Ce n'est pas grave. J'en ai un peu assez de pêcher.

Paul Trout haussa les épaules d'un air las.

— Tout compte fait, moi aussi !

26.

A sa vitesse de croisière de neuf cents kilomètres-heure, le Cessna Citation X mit seulement trois heures pour atteindre Istanbul, après sa courte escale technique à Paris. L'avion bleu turquoise atterrit à l'aéroport international Ataturk et alla se garer au-delà de l'aérogare principal. Ses six passagers empruntèrent une entrée réservée aux VIP et passèrent la douane en un temps record.

Le sous-marin en forme de Corvette était arrivé par avion-cargo et avait été entreposé dans un des hangars de l'aéroport. Zavala voulait avant toute chose examiner son « Subvette » pour voir s'il n'avait pas souffert. Il dit à Austin qu'il les rejoindrait en taxi sur le lieu des fouilles après avoir organisé le transport de l'engin jusque-là.

Deux minibus les attendaient à leur arrivée. Le premier irait déposer leurs bagages à l'hôtel pendant que l'autre emmènerait directement Austin et l'équipe de scientifiques de la NUMA sur le site. Ces derniers étaient impatients de le découvrir. Le responsable de l'équipe était Martin Hanley, un archéologue marin qui avait de longues années d'expérience derrière lui.

Pendant le vol transatlantique, Hanley leur avait expliqué l'urgence de la situation. Il s'était déjà rendu une première fois à Istanbul pour voir le port datant de l'époque où la ville s'appelait encore Constantinople, que l'on avait découvert par hasard à Yenikapi, sur la rive européenne du détroit du Bosphore, en démolissant de vieilles maisons en vue de la construction d'une gare ferroviaire. Ce site avait été nommé le port de Théodose.

Les fouilles archéologiques retardaient la réalisation du tunnel du métro qui devait relier les rives européenne et asiatique de la métropole. Hanley et les archéologues turcs craignaient qu'en voulant faire avancer au plus vite le chantier, on ne passe à côté de vestiges importants. Il était donc rentré à Washington mettre sur pied son équipe.

Les scientifiques américains furent accueillis à bras ouverts par leurs homologues turcs, car les équipes de chercheurs se relayaient jour et nuit dans l'excavation boueuse.

— Vous êtes sûrs que vous ne voulez pas rester ? demanda Hanley à Austin. Ils ont déjà découvert une chapelle, huit bateaux, des sandales, des ancres, des câbles et des pans de murs de la cité antique. Qui sait ce qui peut encore être mis au jour ?

— Non merci, répondit Austin. Carina et moi allons d'abord faire un peu de tourisme.

Austin appela un taxi, qui les emmena dans Kennedy Caddesi, la voie rapide qui longe le Bosphore. Des cargos en file ininterrompue attendaient de pouvoir traverser la passe encombrée qui relie la mer Noire à la Méditerranée. Austin se tourna vers Carina :

— Depuis quand connaissez-vous votre informateur turc ?

— Environ un an. Cemil m'a aidée à retrouver des trésors anatoliens qui avaient été dérobés au palais Topkapi. Il fait un peu de contrebande. Mais ni d'armes, ni de drogue, m'a-t-il précisé. Seulement de cigarettes ou d'appareils électriques ou électroniques, tous les produits qui sont lourdement taxés à la douane.

— A-t-il des liens avec la mafia turque ?

Carina rit.

— Je le lui ai demandé et il m'a répondu qu'en Turquie tout le monde connaît plus ou moins quelqu'un qui en fait partie. Il a bien voulu m'aider, mais il est assez mystérieux.

— C'est ce que j'ai cru comprendre. Il vous a bien donné comme lieu de rendez-vous « la femme renversée avec les yeux de pierre » ?

— Tout à fait. Il aime bien parler par énigmes. Cela me rend folle parfois.

Austin demanda au chauffeur de taxi de les conduire à Sultanahmet. Arrivés à destination, ils traversèrent l'artère encombrée.

— Si je ne me trompe, votre ami se trouve juste sous nos pieds.

— Il n'est pas le seul à parler par énigmes.

Austin acheta à un kiosque deux billets d'entrée pour la Citerne Basilique. Quand ils y descendirent, l'air frais et humide qui y régnait leur parut agréable après la chaleur de la ville.

La voûte immense, faiblement éclairée, ressemblait à un palais souterrain. Des carpes nageaient dans l'eau verte du bassin. Des estrades en bois permettaient d'en faire le tour en longeant les rangées de colonnes. Les voix des visiteurs résonnaient en écho, un fond de musique classique emplissait la voûte, mais le bruit caractéristique de l'eau qui goutte restait perceptible à une douzaine d'endroits différents.

— Les Romains avaient construit ainsi plusieurs citernes, pour alimenter en eau le palais, expliqua Austin. Les Byzantins les ont découvertes parce que certains habitants du quartier attrapaient des poissons par les trous ménagés dans le sol de leur maison. La dame en pierre se trouve par là, venez.

Ils allèrent jusqu'à une plate-forme sur laquelle se dressaient deux colonnes dont la base sculptée représentait la tête de Méduse, l'une de profil, l'autre à l'envers. Les touristes s'arrêtaient devant cette curiosité le temps de la photographier, puis poursuivaient la visite.

Il ne resta bientôt qu'une seule personne, un homme d'une quarantaine d'années qui se trouvait déjà là à leur arrivée. Il avait un appareil photo en bandoulière, mais ne s'en servait pas. Il était vêtu du pantalon noir et de la chemisette blanche que beaucoup de Turcs portaient en été et arborait une paire de lunettes de style Ray Ban inutiles compte tenu de la faible lumière qui régnait à l'intérieur de la citerne.

— A votre avis, pourquoi les Romains ont-ils placé les têtes de Méduse dans cette position bizarre ? demanda-t-il à Carina en anglais avec un léger accent turc.

Carina les observa avec attention.

— Peut-être pour plaisanter. L'une d'elles regarde le monde tel qu'il devrait être. L'autre, tel qu'il est : sens dessus dessous.

— Bravo ! Ne seriez-vous pas signorina Mechadi ?
— Et vous Cemil ?

— Pour vous servir, répondit l'homme avec un sourire. Et ce monsieur doit être votre ami, Mr. Austin.

Austin serra la main du Turc. Après ce que lui en avait dit Carina, il s'imaginait un gangster de cinéma de l'époque de la Prohibition. En réalité, il avait l'air plutôt sympathique.

— C'est un plaisir de vous rencontrer enfin, Miss Mechadi. En quoi puis-je vous aider ?

— Nous sommes à la recherche d'une statue jumelle d'une autre, qui a été volée au musée national d'Irak.

Voyant arriver un nouveau groupe de touristes, Cemil leur proposa d'avancer. Tout en déambulant entre les rangées de colonnes, il expliqua :

— Bien des objets d'art volés à Bagdad ont transité par Istanbul. Cela a fait chuter les prix. Vous avez une photo ?

Austin lui tendit la statuette du *Navigateur*.

— En voici un modèle réduit. La vraie statue est presque aussi grande qu'un homme.

Cemil sortit de sa poche un stylo-torche et examina la statuette.

— J'espère que vous ne l'avez pas payée trop cher.

— Vous la reconnaissez ?

— Oh oui ! Venez avec moi.

Cemil les fit remonter vers la sortie et ils se retrouvèrent dans la rue sous un soleil éclatant. En tramway, le grand bazar n'était pas très loin. C'était un labyrinthe de ruelles abritant des magasins, des restaurants, des cafés et les anciens dépôts de caravaniers appelés *hans*. Du pas de leur porte, les propriétaires essayaient d'appâter les touristes pour pouvoir leur soutirer quelques livres turques.

Ils entrèrent par la porte Carsikapi et s'enfoncèrent dans le lacis d'allées couvertes où régnait une chaleur étouffante. Cemil avançait avec assurance, comme guidé par un radar. Arrivé en plein cœur du bazar, il s'arrêta enfin devant une échoppe. Un homme d'une soixantaine d'années était assis à l'entrée et lisait un quotidien turc en sirotant du thé.

— *Merhaba,* lui dit-il.

Le marchand sourit, posa son journal et se leva pour lui serrer longuement la main.

— *Merhaba.*

— Je vous présente Mehmet, expliqua Cemil. C'est un ami de longue date.

Mehmet leur sortit des poufs confortables et leur servit du thé. Après une courte discussion en turc avec lui, Cemil demanda à Austin de lui passer la statuette pour qu'il la montre à son ami. Le boutiquier l'examina un moment et hocha la tête énergiquement. Puis, avec de grands gestes, il les invita tous à entrer dans son échoppe, qui regorgeait de tapis, écharpes, fez, céramiques et boîtes à thé. Il s'approcha d'une étagère encombrée d'objets en poterie et plaça la figurine à côté de quatre autres, strictement identiques.

Cemil traduisit le commentaire de son ami.

— Mehmet dit qu'il peut vous faire un bon prix pour ces statuettes. En principe, elles valent huit livres pièce, mais il veut bien vous les faire à cinq si vous en prenez plusieurs.

— Mehmet se souvient-il avoir vendu une de ces statues à un photographe américain il y a deux ou trois ans ? demanda Austin.

Cemil traduisit la question et la réponse.

— Mehmet est un Turc. Il se souvient de chacune

de ses ventes. Il revoit très bien le photographe qui lui en a acheté une, parce que cet article-là ne se vend pas beaucoup. Mais, comme il est vieux, sa mémoire lui joue des tours depuis quelque temps.

— Peut-être cela pourra-t-il l'aider ? dit Austin en lui tendant un billet. Je les prends toutes.

Mehmet était aux anges. Il emballa soigneusement chaque statuette dans du papier de soie et les plaça dans un sac en plastique, qu'il tendit à Carina.

— Votre ami peut-il nous dire où il les a achetées ? demanda-t-elle à Cemil.

— Mehmet les trouve dans le Sud, dans le village abandonné où vit sa mère, répondit Cemil. Il dit aux acheteurs que ce sont des eunuques de harem. Elles ne sont pas très fines au niveau des détails, mais il aime bien l'artisan qui les fabrique, alors il lui en prend deux ou trois chaque fois qu'il va voir sa vieille maman, c'est-à-dire à peu près une fois par mois. Il dit que l'artiste les vend plutôt sur place.

— Où se trouve ce village ? demanda Austin.

— Près de Fethiye. C'est Kaya Koï. Jusqu'au traité de Lausanne de 1923, il était grec. Les Grecs qui y vivaient sont rentrés en Grèce et, en échange, les Turcs de Grèce sont venus en Anatolie. Et puis il y a eu un grand tremblement de terre et les Turcs eux-mêmes ont déserté le village. Depuis, ce n'est plus qu'un site touristique.

Austin lui demanda le nom de l'artiste. Mehmet dit qu'il allait sûrement s'en souvenir, mais ne voulaient-ils pas, lui et la jolie femme, jeter d'abord un coup d'œil à sa boutique ? Austin comprit l'allusion et acheta une écharpe en soie pour Carina et un fez pour lui.

Après avoir pris congé de Mehmet, Cemil leur proposa d'aller déjeuner dans un restaurant proche de la mosquée Sainte-Sophie possédant une agréable terrasse ombragée. Pendant qu'ils attendaient d'être servis, Cemil fit cette remarque :

— Je suis désolé que vous soyez venus de si loin pour rien.

— Moi, je n'ai aucun regret, répondit Carina. Cela m'a donné l'occasion de vous rencontrer en personne et de vous remercier pour tout ce que vous avez fait. Et puis, nous n'allons pas en rester là dans nos recherches.

— Mais vous avez bien vu que ces statues ne sont que des objets destinés aux touristes ?

Austin posa les figurines sur la table, les unes à côté des autres.

— A combien de kilomètres se trouve le village où elles sont fabriquées ?

— A huit cents kilomètres d'ici. C'est sur la côte Turquoise. Vous comptez prolonger votre séjour en Turquie ?

Austin prit en main une des statuettes.

— J'aimerais parler à l'artiste qui les a faites.

— Moi aussi, renchérit Carina. Car il est fort possible qu'il les ait fabriquées d'après un modèle grandeur nature.

— Cette statue aurait une grande valeur ?

— Peut-être. Ou peut-être pas, répondit Austin avec prudence.

— Je comprends votre besoin de discrétion, dit Cemil en se levant de table. Dalyran n'est qu'à une heure d'ici en avion. De là, la route jusqu'à Kaya Koï n'est pas trop mauvaise. Excusez-moi, je dois partir, mais si vous avez encore besoin de moi, n'hésitez pas. Je connais beaucoup de monde à Istanbul.

Quelques minutes après le départ de Cemil, ils hélèrent un taxi pour rentrer à l'hôtel. L'employé de la réception leur trouva deux places pour le lendemain matin sur un avion à destination de Dalyran et leur réserva une voiture de location, qu'ils trouveraient à l'aéroport à leur arrivée.

Carina se tourna ensuite vers Austin.

— Et maintenant, Monsieur le guide, que faisons-nous ?

Austin réfléchit un instant avant de répondre.

— J'ai une petite idée qui sortirait des sentiers battus.

Ils reprirent un taxi pour retourner au site de fouilles archéologiques. Sur place, Austin demanda à Hanley s'il voulait deux bénévoles de plus. L'homme leur tendit des pelles et un grand tamis et ils se mirent à l'ouvrage. Loin d'être ennuyée d'être couverte de boue de la tête aux pieds, Carina sautait de joie comme une gamine chaque fois qu'ils trouvaient une pièce de monnaie ancienne ou un morceau de poterie.

Ils travaillèrent ainsi jusque tard dans la soirée et rentrèrent avec le minibus chargé de venir rechercher l'équipe de la NUMA. En traversant le hall de l'hôtel, Austin et Carina étaient si fatigués qu'ils ne remarquèrent pas les deux hommes assis dans des fauteuils, le nez plongé dans un magazine. Ni leurs regards qui les suivirent jusqu'à l'ascenseur.

27.

Austin quitta l'autoroute de la côte Turquoise pour prendre une petite route étroite et sinueuse. Pendant des kilomètres, ils traversèrent ainsi des champs cultivés et des villages endormis jusqu'à ce qu'au sortir d'un virage, ils découvrent enfin des ruines au sommet d'une colline.

Austin gara la Renault près d'un groupe de bâtiments. Le village fantôme était devenu une attraction touristique exploitée par l'Etat. L'incontournable vendeur de billets leur fit payer un droit d'entrée modique et leur montra du doigt le chemin menant au village. Puis il s'approcha des deux occupants de la voiture qui s'était garée à côté de la leur.

Le sentier muletier passait devant une terrasse de snack, une boutique de souvenirs et plusieurs stands de camelots proposant leurs babioles. Après une ou deux minutes d'ascension, Austin et Carina découvrirent une vue imprenable sur le village.

Des centaines de maisons sans toit se dressaient sous le soleil cuisant. Leurs murs de chaux brute n'avaient plus d'enduit. A part quelques-unes d'entre elles qui devaient être squattées à en juger par le linge étendu à l'extérieur, il n'y avait pas un signe de vie. Seule une chèvre mâchonnait tranquillement au milieu d'un jardin envahi de mauvaises herbes.

— On a du mal à imaginer que cet endroit ait pu être un jour habité, dit Carina. Que des gens y ont fait l'amour, des femmes y ont enfanté, des pères y ont fièrement montré leurs nouveau-nés. Qu'on y a célébré des baptêmes, fêté des anniversaires, pleuré des vieillards disparus…

Austin n'écoutait que d'une oreille. Deux hommes étaient arrêtés sur le chemin trente mètres plus bas. L'un d'eux était en train de photographier la chèvre. Ils devaient avoir une vingtaine d'années. Tous deux portaient un pantalon noir et une chemisette blanche. Ils avaient de gros bras musclés et leur visage était caché par une casquette et des lunettes de soleil.

Il ralentit le pas pendant que Carina continuait d'avancer sur le chemin muletier. Quand il la rejoignit, elle traversait la cour d'une église abandonnée pour s'approcher d'un vieillard assis sur un muret à l'ombre d'un arbre. Le muret lui servait à exposer des bols et des assiettes décorés.

Austin le salua avant de lui demander :

— Etes-vous Salim, l'ami de Mehmet ?

Le vieil homme sourit.

— Mehmet acheter travail moi pour grand bazar.

— C'est ce qu'il nous a dit et il nous a expliqué où nous pourrions vous trouver, répondit Carina.

Salim avait des airs de Pablo Picasso, comme beaucoup de Méditerranéens d'un certain âge. Ses joues et son crâne chauve avaient la couleur du cuir tanné, et son visage était aussi lisse que celui d'un bébé. Ses grands yeux noirs reflétaient la sagesse et une sorte de gaieté naturelle.

— Mehmet parler objets de moi ?

Austin sortit de sa poche la statuette du *Navigateur*.

— Nous cherchons quelque chose qui ressemble à cela.

Le visage de Salim s'éclaira.

— Ah ! L'eunuque, dit-il en faisant le geste de couper avec un couteau invisible. Je plus faire. Personne acheter.

Austin posa prudemment sa question.

— L'eunuque a-t-il un grand-père ?

Salim le considéra d'un air perplexe, puis, en souriant de toutes ses dents, il dessina un grand cercle avec les bras.

— Büyük. Le grand eunuque.

— C'est cela. Büyük. Où est-il ?

— Dans tombe. Lycie. Vous comprendre ?

Austin avait remarqué les étranges tombeaux creusés dans la paroi abrupte des falaises. L'entrée en était marquée par deux colonnes à chapiteau supportant un linteau triangulaire, comme les temples grecs et romains.

Dans son anglais hésitant, Salim leur expliqua que, tout jeune déjà, il aimait l'art et parcourait la campagne avec un carnet de croquis et un morceau de charbon à la recherche de sujets intéressants. C'est ainsi qu'un jour il était tombé sur un tombeau lycien dont les habitants du village ignoraient l'existence. Le tombeau était creusé dans une falaise surplombant la mer et caché par une épaisse végétation. S'étant introduit à l'intérieur, il y avait découvert une statue et en avait fait un croquis. Ce n'est que plus tard, quand il cherchait un modèle à fabriquer en argile, qu'il avait repris ce croquis.

— Où est cette statue aujourd'hui ? lui demanda Carina, tout excitée.

Salim tendit un doigt vers le sol.

— Tremblement de terre.

La falaise s'était effondrée dans la mer.

Carina était visiblement déçue, mais Austin continua de questionner le vieil homme. Il lui montra une carte de la côte en lui demandant d'indiquer l'endroit où il avait découvert le tombeau. Salim pointa son doigt sur la carte.

Carina s'accrocha brusquement au bras d'Austin.

— Kurt, ces deux hommes étaient à l'hôtel hier soir.

Les Turcs s'étaient arrêtés à l'entrée de la cour et arrivaient maintenant dans leur direction. Austin se souvint, lui aussi, de les avoir aperçus dans le hall de l'hôtel, sans toutefois s'en alarmer. Leur présence ici ne pouvait pas être une coïncidence.

— Exact. Et nous sommes très loin d'Istanbul.

Il sortit quelques billets de sa poche, les posa sur le muret près de Salim en le remerciant, puis il prit une assiette en céramique, passa un bras autour de la taille de Carina et lui proposa de partir vers l'église comme si de rien n'était.

Le bâtiment était désert. Il entraîna Carina vers une fenêtre qui n'avait plus ni cadre ni verre. De là, il vit les deux hommes en train de parler à Salim. Quand le vieil homme leur montra du doigt l'église, ils en prirent aussitôt la direction. Ils ne faisaient plus semblant de se promener, mais marchaient d'un pas décidé.

Austin dit à Carina d'enjamber la fenêtre située sur le mur d'en face, et la suivit. Puis ils gravirent un sentier caillouteux qui menait à une colline dominant l'église.

Carina se cacha dans une petite chapelle située au sommet pendant qu'Austin s'aplatissait au sol. Leurs poursuivants s'étaient séparés pour faire le tour de l'église. Quand ils se retrouvèrent, après une âpre discussion, ils se séparèrent à nouveau et s'enfoncèrent dans le labyrinthe de maisons abandonnées.

Austin rejoignit Carina et l'entraîna de l'autre côté de la colline, car il avait repéré une ombre en mouvement entre eux et la rue principale. L'un des deux hommes avait fait le tour et passait d'une maison à l'autre pour les retrouver.

Austin avait toujours à la main l'assiette achetée à Salim. Il fit entrer Carina dans l'une des maisons, s'avança sur le seuil et lança l'assiette au loin comme un Frisbee. Elle vola en éclats en retombant, puis il y eut un bruit de pas courant sur le gravier.

Délaissant la rue principale du village, Austin et Carina prirent un sentier de chèvre pierreux pour rejoindre la route un peu plus bas. Ils marchèrent quatre cents mètres en se serrant contre le talus pour ne pas être vus et revinrent vers le terrain de stationnement. Une voiture était garée tout près de la leur. Après avoir fait monter Carina dans la Renault, Austin alla au snack et en revint avec un tire-bouchon.

— Ce n'est pas le moment de déboucher une bouteille de vin, dit la jeune femme, qui paraissait inquiète.

— Personnellement, je préférerais une bonne bière bien fraîche, répondit-il en essuyant son front humide d'un revers de main.

Après avoir chargé Carina de faire le guet, il s'accroupit entre les deux voitures comme pour relacer sa chaussure et enfonça d'un coup sec le tire-bouchon dans le pneu avant de ses poursuivants, puis le tourna jusqu'à ce qu'il sente un jet d'air sur sa main. Pour accélérer les choses, il tordit aussi la valve.

— Que faites-vous ? lui demanda Carina.

— Je fais savoir à nos amis que nous les avons repérés, répondit Austin avec un sourire carnassier.

Puis il s'installa au volant de la Renault et démarra en trombe.

Il conduisait comme un pilote de Grand Prix. Carina le guida à l'aide de la carte pour rejoindre Fethiye, un gros bourg côtier fréquenté par les touristes. Il alla se garer sur le port, où étaient amarrés les bateaux en bois qui emmenaient les touristes pêcher et plonger au large.

Il s'arrêta devant l'un d'eux. Il était long de treize mètres, s'appelait *Iztuzu* – « tortue » en turc – et se louait à l'heure ou à la journée.

Il s'engagea sur la passerelle en appelant. Un homme d'une quarantaine d'années sortit de la cabine.

— Je suis le capitaine Mustapha, se présenta-t-il. Vous êtes tentés par une sortie en mer ?

Son bateau n'était pas neuf, mais il était bien entretenu. Les parties métalliques n'étaient pas piquées de rouille, le pont était rutilant et les cordages bien enroulés. Austin en conclut que Mustapha était un vrai marin. S'il était encore à quai, il serait sans doute content de voir se présenter des clients. Austin sortit la carte qu'il avait montrée à Salim et indiqua un point sur la côte.

— Pouvez-vous nous emmener par là, capitaine ? Nous envisageons de plonger.

— Bien sûr. Je connais tous les bons endroits. Quand voulez-vous y aller ?

— Tout de suite, si c'est possible.

Après avoir accepté sans discuter le prix annoncé par Mustapha, Austin fit signe à Carina de le rejoindre. Le capitaine détacha aussitôt le bateau et le dirigea vers la baie. En suivant la côte escarpée, ils passèrent devant des résidences touristiques, un phare, des villas de luxe perchées dans les collines. Puis, petit à petit, les habitations se firent plus rares.

Mustapha s'engagea dans une anse en demi-lune et arrêta le moteur. Après avoir jeté l'ancre, il sortit des palmes et des masques un peu fatigués.

— Vous voulez nager ?

Austin observait de loin une anfractuosité dans la falaise.

— Un peu plus tard, peut-être. Pour l'instant, j'aimerais aller à terre.

Mustapha haussa les épaules et rangea palmes et masques. Puis il accrocha une échelle au flanc du bateau et amena le canot pneumatique juste en dessous. En quelques coups de rame, Austin rejoignit la plage caillouteuse et tira le canot au sec. A trois mètres environ du bord de l'eau, le terrain s'élevait en pente raide. En s'agrippant aux troncs d'arbres et aux broussailles, il réussit à se hisser sur une plate-forme rocheuse à cinquante mètres au-dessus du lagon. C'était un bloc de rocher de trente mètres de large qui s'était détaché tout net de la falaise. Celle-ci devait présenter des failles, le tombeau creusé dans la paroi avait dû l'affaiblir encore et le violent tremblement de terre avait fait le reste. D'énormes rochers polis par les vagues gisaient au pied de la falaise.

Austin se demandait si la statue avait survécu à la chute brutale du pan de rocher. Après avoir fait un petit signe de la main à Carina, qui avait suivi des yeux son ascension, il entreprit de redescendre. Arrivé en bas, transpirant et épuisé, il se jeta tout habillé dans l'eau. Son short et son tee-shirt maculés de terre avaient besoin, comme lui, d'un bon bain. Habitué aux comportements bizarres des touristes étrangers, Mustapha ne s'étonnait plus de rien. Il remit le moteur du bateau en route et reprit la direction du port.

Austin décapsula deux bouteilles de bière turque et en tendit une à Carina.

— Alors ? lui demanda-t-elle.

Il but une longue gorgée et prit le temps de la savourer avant de répondre.

— Si l'on en croit Salim et si la statue était encore à l'intérieur du tombeau au moment du tremblement de terre, il est très possible qu'elle soit ensevelie sous des tonnes de rochers. Et même si nous la retrouvons, j'ai bien peur qu'elle ne soit en trop mauvais état.

— Nous serions venus jusqu'ici pour rien ?

— Pas du tout. Je voudrais examiner l'endroit de plus près.

Austin dit à Mustapha qu'il souhaitait louer le bateau une journée de plus.

— Pourrez-vous nous ramener ici demain ? Cette fois, je compte bien plonger.

— Bien sûr. Vous êtes des scientifiques ?

Austin lui montra sa carte de la NUMA. Mustapha n'avait jamais entendu parler de l'organisme américain, mais il fut néanmoins impressionné. Il était ravi d'être retenu pour le lendemain, lui qui avait dit aux propriétaires du bateau que, s'ils ne lui trouvaient pas rapidement un second, il ne voulait plus travailler pour eux.

Austin prit un téléphone satellite dans son sac à dos et composa le numéro de Zavala. Ce dernier était sur le site de fouilles de l'ancien port et attendait le feu vert de Hanley pour mettre le Subvette à l'eau.

— Tu n'auras qu'à lui dire que nous avons besoin du sous-marin ailleurs.

Il lui expliqua où se trouvait la crique et le chargea d'acheter un certain nombre de choses dont ils pourraient avoir besoin. Zavala l'assura que s'il ne rencontrait pas de problème de logistique, il atterrirait en avion à Dalyran avec tout le matériel dès le lendemain matin.

Le soleil était déjà couché quand ils rentrèrent au port. Austin demanda à Mustapha l'adresse d'un hôtel tranquille. Le capitaine leur conseilla un complexe situé à vingt minutes de Fethiye, au bout d'une petite route qui serpentait à travers les collines boisées. Le réceptionniste leur dit qu'il était en principe nécessaire de réserver, mais qu'il lui restait une chambre avec un grand lit. Austin n'avait même pas réfléchi à la question du logement et demanda à Carina si elle préférait chercher un autre hôtel.

— Je suis morte de fatigue. A cause du décalage horaire, sans doute. Dites-lui que nous la prenons.

Ils dînèrent au restaurant de l'hôtel de délicieuses brochettes de mouton accompagnées de riz. De leur table d'angle, ils voyaient les lumières de Fethiye briller au loin comme les diamants d'un collier.

— Je n'aime pas parler travail dans un cadre aussi romantique, dit Austin, mais il y a quelques points qui nécessitent des éclaircissements. Avant tout, qui a envoyé ces gorilles sur notre piste jusqu'à ce village abandonné ?

Carina se raidit, comme frappée par une évidence.

— Balthazar !

Austin esquissa un sourire.

— Je croyais que votre mécène était au-dessus de tout soupçon.

— C'est forcément lui. C'est la seule personne à qui j'ai parlé du photographe du *National Geographic*. Et c'est lui qui s'est occupé du transport de la statue. Saxon m'avait d'ailleurs mise en garde contre lui.

— Quel est l'élément nouveau qui vous fait le soupçonner ?

Carina, mal à l'aise, se tortilla sur sa chaise.

— Avant de quitter Istanbul, j'ai appelé son avocat pour lui dire où nous allions et pourquoi. C'était une des clauses de nos accords avec Balthazar et je ne voyais pas quel mal il pouvait y avoir à le tenir informé de mes faits et gestes. C'est Balthazar qui a financé la récupération des antiquités volées à Bagdad.

Elle se rendit brusquement compte de ce qu'elle venait de dire.

— Mon Dieu ! En fait, c'est *Le Navigateur* que Balthazar veut depuis le début. Mais pour quelle raison ?

— Essayons de réfléchir, dit Austin. A supposer qu'il soit l'auteur du vol, pourquoi chercherait-il à nous empêcher de retrouver la statue jumelle ?

— Parce qu'il ne veut pas que quiconque la voie, de toute évidence.

— Nous en saurons peut-être un peu plus demain soir. Bon, ajouta Austin en regardant sa montre, vous êtes sûre que cela ne vous dérange pas que nous dormions dans le même lit ? Nous ne nous connaissons pas depuis longtemps.

Carina tendit la main et la posa sur la sienne.

— J'ai l'impression de vous connaître depuis toujours, monsieur Austin. Allez, montons nous coucher.

Ils prirent l'ascenseur et regagnèrent leur chambre, puis Austin sortit sur le balcon pour donner à Carina le temps de se changer. Il admirait le reflet des lumières sur l'eau quand elle arriva derrière lui et lui glissa un bras autour de la taille. En sentant la chaleur de son corps contre le sien, il se retourna. Il eut alors droit à un délicieux baiser. La longue chemise de nuit en coton blanc de Carina ne dissimulait rien de ses formes harmonieuses.

— Et la fatigue du décalage horaire ?

Carina lui mit les bras autour du cou et répondit simplement :

— Envolée.

28.

Le gazouillis d'oiseau produit par son téléphone portable tira Austin d'un profond sommeil. Il le prit sur la table de nuit et, s'enroulant dans le drap de dessus comme un sénateur romain, il se leva. A la vue des cheveux noirs de Carina étalés sur son oreiller, son visage bronzé s'éclaira d'un sourire approbateur.

Il sortit sur le balcon pour répondre.

— Le jet a atterri à l'aéroport de Dalyran, lui annonça Zavala. Le Subvette et sa remorque sont sortis de l'avion et prêts à partir.

— Joli travail, Joe. Je te retrouve dans une heure et demie.

Austin expliqua à Zavala comment se rendre au site prévu de mise à l'eau.

— Cela risque de me prendre un peu plus de temps, Kurt. Je suis planté au bord de la route à la recherche d'un camion capable de tirer la remorque. A l'aéroport il n'y a que des petites voitures à louer. Bon, je te quitte. J'en vois un qui pourrait faire l'affaire.

Austin faisait confiance à son ami Zavala pour trouver une solution. Ce Latino-Américain à la voix douce et aux manières posées avait le don de réussir l'impossible.

Un bruit d'eau lui parvint de la salle de bains. Carina, que le téléphone avait réveillée, s'était levée et chantonnait sous la douche.

— J'ai besoin de quelqu'un pour me frotter le dos, cria-t-elle.

Austin n'avait pas besoin qu'elle le lui dise deux fois. Sa toge improvisée vola à travers la pièce. Après la douche, ils s'essuyèrent mutuellement avant de s'habiller. Austin enfila un bermuda beige et une jolie chemise hawaïenne et Carina noua un paréo jaune soleil sur son bikini noir. Après un petit déjeuner continental composé de petits pains, œufs durs et café, ils se mirent en route pour la marina.

Austin avait joué franc jeu avec le capitaine Mustapha. Avant de le quitter, la veille au soir, il lui avait expliqué que Carina et lui s'étaient mis à la recherche d'une statue antique sans en avoir demandé l'autorisation au gouvernement turc. Ils ne comptaient pas la garder s'ils la trouvaient, mais il aimait autant que Mustapha sache à quoi il s'exposait. En contrepartie, il serait grassement payé.

Mustapha avait répondu qu'il n'était pas très à cheval sur le règlement. Ils avaient loué son bateau, il les emmènerait où ils voulaient. Ce qu'ils faisaient ne regardait qu'eux.

Austin lui avait demandé de trouver un endroit discret pour une mise à l'eau. Mustapha connaissait un ancien chantier naval dont le propriétaire avait fait faillite de l'autre côté du port. Austin lui dit d'y emmener Carina en bateau ; lui-même les y rejoindrait en voiture.

La route qui menait au chantier naval était complètement défoncée. Après s'être promené au milieu des carcasses des bateaux abandonnés en cours de construction, il alla inspecter la rampe de mise à l'eau. Le bitume s'était détaché sur les bords, mais le centre était à peu près en bon état.

Zavala était en retard de quinze minutes. Austin l'attendait à l'entrée du chemin en se demandant si son ingénieux ami avait réussi à trouver un moyen de transport, quand il perçut un bruit de moteur et vit un nuage de poussière et de plumes approcher. Brinquebalant au milieu des ornières, dans le craquement inquiétant de sa boîte de vitesses et le halètement de son moteur poussif, un camion vint s'arrêter devant lui en dérapant sur la terre. Une fumée bleue jaillit du pot d'échappement et une cacophonie de caquètements s'éleva du plateau arrière. Il transportait des poules dans des cages empilées en équilibre précaire.

Zavala descendit du camion et présenta à Austin le chauffeur, un Turc trapu et mal rasé, qui souriait de toutes ses dents en or.

— Salut, Kurt. Je te présente mon ami Ahmed.

Austin serra la main du chauffeur et fit le tour du véhicule.

Le sous-marin était là, caché sous une bâche verte arrimée par des cordes. La remorque était, elle aussi, attelée par de simples cordes derrière le vieux camion.

— J'ai été obligé d'improviser sur place, expliqua Zavala, assez content de lui. Pas mal, non ?

— Pas mal, admit Austin en roulant des yeux effarés.

Cet attelage brinquebalant avait dû causer quelques angoisses à son ami dans les virages serrés de la route côtière. Il se demandait comment les comptables de la NUMA réagiraient s'ils apprenaient que leur précieux sous-marin d'une valeur de plusieurs millions de dollars avait été attelé par de simples cordes au pare-chocs d'un camion transportant des volailles.

Ahmed recula le camion de façon à placer la remorque sur la rampe de mise à l'eau. Grâce aux rouleaux motorisés, la plate-forme supportant le sous-marin glissa aisément dans l'eau. Ses deux longs flotteurs la maintinrent en surface.

Mustapha et Carina arrivèrent à ce moment-là en bateau. Le capitaine lança un cordage à Zavala pour qu'il y attache la plate-forme.

Austin donna une liasse de livres turques au chauffeur du camion ravi pour le remercier de son aide.

Avant de repartir livrer ses volailles, Ahmed cacha la remorque dans un coin du chantier naval.

Austin et Zavala rejoignirent le bateau en canoë. Dès qu'ils furent montés à bord, Mustapha démarra. Le bateau sortit du port et émergea dans la baie en tirant le sous-marin arrimé sur sa plate-forme.

Quand ils eurent laissé derrière eux les petits bateaux de pêche et de plaisance et qu'il ne resta plus que quelques voiliers à l'horizon, Austin réunit ses amis sur le pont arrière, à l'ombre d'un taud. Pendant qu'ils buvaient à petites gorgées leur café turc, il raconta à Zavala leur visite au village abandonné et leur sortie en mer de la veille avec Mustapha.

— Dis donc, tu en as fait, des choses, en deux jours !

— C'est ça la gestion du temps, mon ami.

Le bateau ralentit. Il approchait de l'endroit où un gros pan de rocher s'était effondré dans l'eau. Le capitaine jeta l'ancre au pied de la falaise. Austin et Zavala rejoignirent en canot la plate-forme flottante. Une fois dessus, ils enlevèrent la bâche qui cachait le sous-marin.

Austin put alors admirer l'engin en fibre de verre rutilant. Zavala avait reproduit sa Corvette décapotable jusque dans le moindre détail à l'exception de la couleur, et y avait apporté les modifications nécessaires pour en faire un sous-marin.

— Magnifique, Joe ! On le croirait sorti de l'usine Chevrolet. Tu me donnes un petit cours de conduite en cinq minutes ?

— Une minute me suffira. Le LRT – L pour lancement, R pour récupération et T pour transport – est une plate-forme amphibie motorisée. Les commandes extérieures se trouvent à tribord. Tu remplis les ballasts. Quand tu atteins la profondeur souhaitée, tu les vides en partie de façon à stabiliser l'engin. Tu affines sa position grâce aux propulseurs. Tu ouvres les crochets qui maintiennent le submersible en place. Je m'écarte. Et toi, tu restes sous l'eau ou tu remontes à la surface avec le LRT.

— Et comment se fait la récupération ?

— Même manœuvre, en sens inverse. J'atterris comme un avion sur le pont d'un porte-avions. Tu arrimes le sous-marin sur la plate-forme et on remonte.

— C'est génial ! Tu es peut-être fou, mais tu es génial !

— Merci pour ce vote de confiance. Je craignais qu'on ne m'accuse de faire joujou avec l'argent de la NUMA.

— C'est vrai que ton engin ne ressemble pas trop à l'ALVIN. Mais je suis sûr que Dirk le trouverait à son goût.

Le directeur de la NUMA, Dirk Pitt, était un collectionneur passionné de voitures anciennes.

— Allons donc nous promener avec le dernier-né des sous-marins de la NUMA.

Ils repartirent à la rame jusqu'au bateau pour enfiler leur équipement de plongée. Austin avait demandé à Zavala de trouver des masques leur permettant de communiquer sous l'eau. L'émetteur-récepteur était fixé à la lanière du masque qui leur couvrait entièrement le visage.

Mustapha ramena les deux hommes en canot jusqu'au LRT. Quand ils y arrivèrent, chacun d'eux mit une bouteille sur son dos. Zavala s'installa au volant du Subvette. Il avait modifié les sièges en tenant compte des bouteilles. Austin s'assit sur le siège rabattable de tribord du LRT et enfonça aussitôt un bouton sur le panneau de contrôle pour mettre en marche les pompes alimentées par des batteries. Les ballasts se remplirent d'air et la plate-forme amphibie et le submersible s'enfoncèrent lentement sous l'eau.

Arrivé à une profondeur de quarante pieds, Austin inversa l'action des pompes pour que le LRT se stabilise. Il appuya sur un autre bouton pour détacher le sous-marin. Les phares de ce dernier s'allumèrent et ses propulseurs le firent s'élever à la verticale au-dessus de la plate-forme.

Austin quitta le LRT et se mit en position assise au-dessus du sous-marin. Puis il purgea l'air de ses flotteurs personnels et se laissa descendre dans le siège passager. Zavala avait aussi prévu une place suffisante dans l'habitacle pour qu'on puisse s'y installer palmes aux pieds. En revanche, comme il aurait été difficile d'actionner les pédales les pieds chaussés de palmes, il avait placé les commandes des propulseurs au volant.

Il fit faire un demi-tour au Subvette pour le placer face à la falaise. Les deux cônes lumineux des phares éclairaient un éboulis rocheux sur une pente à quarante-cinq degrés. En tombant, le pan de falaise avait explosé en une multitude de morceaux ; certains n'étaient que de grosses pierres ; d'autres étaient des blocs énormes à côté desquels le sous-marin paraissait minuscule.

— Ton *Navigateur*, faudrait que ce soit un sacré *hombre* pour être encore entier. Il a dû se faire aplatir comme une canette de bière.

— S'il a survécu trois mille ans, ce n'est pas une mauviette.

Austin entendit le rire de Zavala dans ses écouteurs. Avec la déformation du son, on aurait dit qu'il se gargarisait.

— Ton optimisme à tout crin m'épate. Quelques centaines de milliers de tonnes de rochers, ce n'est rien ! Bon, alors on commence par où pour retrouver ton copain ?

Un rocher plat ayant la taille et la forme d'une table de banquet avançait de quelques mètres par rapport à l'éboulis.

— On va prendre le centre de cette dalle comme point de départ, répondit Austin. On commence par la moitié droite et on dessine des bandes parallèles tout en remontant. On redescend ensuite inspecter le côté gauche. Il faut chercher à repérer colonnes, portiques, frontons ; tout ce qui aurait pu être fabriqué par l'homme.

Zavala attaqua aussitôt le quadrillage. Des bancs serrés de petits poissons s'enfuyaient à l'approche du sous-marin pour aller se cacher dans les anfractuosités. Arrivé à l'extrémité droite de la dalle rocheuse, Zavala fit virer l'engin pour repartir en sens inverse comme on le fait avec une tondeuse à gazon. De temps à autre il s'arrêtait devant une forme prometteuse et positionnait le Subvette de façon à l'éclairer de ses phares.

Le bleu profond de l'eau se transforma bientôt en vert scintillant ; ils étaient remontés à la surface. Le sous-marin replongea aussitôt et reprit son exploration vers la gauche.

Austin aperçut soudain un objet enfoui dans la vase. On en distinguait seulement un bord arrondi. Il demanda à Zavala d'en approcher les propulseurs pour que le puissant brassage de l'eau écarte la vase. Cette technique était souvent employée par les chercheurs d'épaves. Les nuages de sédiments soulevés finirent par se disperser et la forme cylindrique d'une colonne de pierre apparut.

— Essaie de remonter au-dessus de la colonne, demanda Austin.

Zavala resserra le mouvement de va-et-vient et le sous-marin reprit son ascension. A un moment donné, les phares éclairèrent un fronton triangulaire posé de guingois sur des tronçons de colonnes. Austin repéra un trou sombre et quitta le Subvette pour nager jusqu'à ce qui ressemblait à une grotte sous-marine. Il dirigea le faisceau de sa torche vers l'intérieur.

Un instant plus tard, Zavala entendit un éclat de rire dans ses écouteurs.

— Hé, Joe ! T'aurais pas des croquettes pour chat ?

— Dire des âneries, c'est un des symptômes de la narcose azotique.

— Rien à voir avec le délire des profondeurs, je t'assure. J'ai sous les yeux un chat phénicien.

Un cri de joie emplit les écouteurs des deux hommes. C'était Carina, qui suivait leur conversation depuis le bateau.

— Formidable ! Vous l'avez retrouvé !

Austin poursuivit son inspection de la grotte. La statue gisait sur le dos dans son cercueil marin. La cavité mesurait à peu près trois mètres de large sur trois de profondeur, mais elle avait seulement un mètre de hauteur. Austin se glissa à l'intérieur. Le bonnet conique de la statue était endommagé par endroits et elle avait les bras cassés. Mais, contrairement au modèle d'origine, son nez était intact.

— Pour une canette de bière aplatie, il a l'air plutôt en forme.

— Il y a des cordes et des sacs de levage dans le compartiment extérieur de bâbord.

Austin s'en approcha en nageant et en sortit un rouleau de corde de nylon, qu'il arrima au pare-chocs arrière du Subvette, puis il fixa quatre sacs de transport à fond ouvert sur la corde, retourna dans la cavité et passa le bout libre de la corde autour de la base de la statue.

Après avoir gonflé les sacs pneumatiques grâce à l'air d'une de ses bouteilles de plongée, il fit signe à Zavala qu'il pouvait mettre en route les propulseurs. La corde se tendit et la statue avança de quelques centimètres avant d'offrir une résistance. Austin fit signe à Zavala d'arrêter et alla voir ce qui l'empêchait de sortir. Le chat en bronze lové aux pieds de la statue était retenu par un rocher en surplomb.

Austin se faufila tant bien que mal à l'intérieur de la cavité. Ses bouteilles en raclèrent le plafond tant il était bas. Il réussit à se retourner face à l'ouverture et appuya de toutes ses forces sur la base de la statue. Puis il dit à Zavala de recommencer à tirer.

La statue glissa encore de quelques centimètres avant de s'immobiliser de nouveau. Cette fois, c'était le moignon du bras gauche qui était bloqué par des rochers. Zavala cessa de tirer. Austin sortit son couteau et fit levier contre la paroi pour libérer le bras.

Le troisième essai fut le bon. Austin poussa la statue dans l'axe de l'ouverture en prenant appui avec ses pieds contre le fond de la cavité. Et la statue sortit lentement de sa prison sous-marine.

Austin s'apprêtait à la suivre, mais son pied droit était bloqué. Un morceau de la paroi s'était écroulé et sa palme était coincée sous un amoncellement de roches.

Une pluie de pierres s'abattit sur lui pendant qu'il se retournait pour couper la lanière de sa palme. Il lui en tomba plusieurs sur les jambes et l'une d'elles rebondit sur sa tête si fort que ses dents s'entrechoquèrent. Il s'élança en avant pour se cramponner *in extremis* à la tête de la statue avant qu'elle ne lui échappe.

Le sous-marin tira *Le Navigateur* et Austin hors de la cavité. Dès qu'il vit Austin émerger, Zavala accéléra. Il était temps. Une seconde plus tard, toute la voûte s'effondrait. L'ouverture disparut instantanément derrière une avalanche de blocs rocheux.

Austin se frottait le crâne. La pierre qui l'avait frappé était grosse comme le poing.

— Ça va, Kurt ?

— Ça irait mieux si j'avais le crâne en bronze.

Malgré ses élancements dans la tête, Austin voulut surveiller le remorquage de la statue. En partie soutenue par les sacs de levage, elle avançait en position oblique dans l'eau. Quand Zavala l'eut amenée au-dessus du LRT, Austin guida la statue jusqu'à la partie plate ménagée à l'arrière, puis il détacha la corde qui la reliait au sous-marin. Les sacs pneumatiques qui la supportaient l'empêchèrent, malgré son poids, de faire couler la plate-forme.

Austin s'installa aux commandes du LRT pour remonter vers la surface. Mais, au moment où il s'apprêtait à démarrer, il s'immobilisa soudain ; son oreille fine venait de percevoir le vrombissement d'un moteur dans l'eau.

— Carina, appela-t-il depuis son émetteur sous-marin. Vois-tu un bateau dans les parages ?

— Il y en a un qui se dirige vers nous. Pleins gaz.

Austin garda son calme.

— Ecoute-moi bien. Dis au capitaine Mustapha de lever l'ancre et de décamper immédiatement.

— Mais nous n'allons pas vous laisser, objecta Carina.

— Ne vous occupez pas de nous. Filez. Vite.

Devant son ton péremptoire, Carina transmit le message à Mustapha. La réponse du capitaine fut couverte par des ordres lancés d'une voix forte, suivis du crépitement d'une arme automatique.

Puis plus rien.

Austin retourna prendre place dans le Subvette.

— Eteins les phares, dit-il à Zavala.

Même s'il s'inquiétait pour Carina, ils savaient tous deux qu'ils devaient prendre le temps de réfléchir avant d'agir. D'un autre côté, ils n'étaient pas du genre à attendre sans rien faire.

— Et maintenant ?

— Remonte un peu pour voir qui sont les intrus.

Zavala positionna le long nez du sous-marin vers la surface et entreprit une remontée au ralenti. Quand Austin vit la silhouette d'une vedette juste à côté du bateau de Mustapha, il fit signe à Zavala de couper le moteur. Un clic dans ses écouteurs lui indiqua que la communication avec la surface était rétablie.

Il entendit alors une voix d'homme à l'accent traînant.

— Comment ça va, les amis ? Je vois les bulles à la surface. Venez donc nous rejoindre.

— Je n'accepte pas les invitations des inconnus, répondit Austin. Qui êtes-vous ?

— Un bon ami de Miss Mechadi. Allez, remontez. De toute façon, vous finirez bien par manquer d'air.

Zavala prit la petite ardoise accrochée à son gilet de sauvetage et y dessina un point d'interrogation.

Austin réfléchit un instant avant de lui répondre. S'ils obéissaient, ils étaient morts.

Il prit l'ardoise de Zavala et y écrivit en grosses lettres :

— Moby Dick ?

Zavala comprit ce qu'il voulait dire. Surpris par sa suggestion hardie, il effaça le message pour écrire :

— Tu es sûr ?

— Meilleure idée ? marqua à son tour Austin sur l'ardoise.

Zavala fit non avec la tête et écrivit :
— Achab, nous voilà !

Après avoir raccroché l'ardoise à son gilet, il fit aussitôt plonger le sous-marin vers le fond. Dès qu'il l'atteignit, il le fit remonter vers la surface presque à la verticale. Les gaz poussés à fond, le sous-marin prenait de plus en plus de vitesse.

Austin et Zavala se calèrent sur leur siège en prévision du choc imminent.

29.

Quelques minutes avant que le Subvette n'entame sa remontée périlleuse, Carina avait vu un gros hors-bord passer le cap et foncer vers le bateau de Mustapha, la proue à l'oblique, en ricochant sur l'eau comme un caillou.

Elle avait transmis l'ordre d'Austin au capitaine. Mais il était déjà trop tard. Le hors-bord arrivait droit sur eux. Il vira à la dernière minute et son pilote mit le puissant moteur au ralenti. Le hors-bord vint heurter le flanc du bateau de Mustapha à moins d'un mètre de l'endroit où se tenait Carina.

Un des hommes tira en l'air. Carina plongea pour se mettre à l'abri et en lâcha son émetteur, qui tomba sur le pont.

Il y avait quatre hommes à bord, tous vêtus d'un uniforme vert kaki et armés de revolvers. Le haut de leur visage était caché par l'ombre de leur casquette militaire, leurs yeux, par des lunettes d'aviateur ; seules leurs lèvres minces étaient visibles.

Trois des hommes grimpèrent sur le pont du bateau de Mustapha. Le dernier des trois retira sa casquette. Carina le reconnut à ses cheveux blonds coupés en brosse : c'était Ridley, celui qui avait volé *Le Navigateur* dans l'entrepôt de la Smithsonian avec son équipe de faux déménageurs. Il lui adressa un grand sourire et lui dit en prenant une petite voix aiguë de Bécassine arrivant de sa campagne :

— Comment ça va, Miss Mechadi ?

La stupeur de Carina se transforma en colère.

— Que faites-vous ici ?

— On m'a dit que vous étiez dans le coin. Alors mes copains et moi, on est venus vous dire un petit bonjour.

— Epargnez-moi ces âneries et cet accent péquenaud. Où est ma statue ?

Sans se départir de son sourire, Ridley s'approcha du bastingage et regarda les bulles qui remontaient à la surface.

— Vous avez un copain sous l'eau, Miss Mechadi ?

— Si vous voulez le savoir, vous n'avez qu'à y aller, rétorqua vertement Carina.

Elle était incapable de contenir sa fureur.

— J'ai une meilleure idée.

Ridley ramassa l'émetteur tombé sur le pont et l'alluma avec l'intention de parler à Austin. Son sourire s'élargit encore à la vue du bouillonnement de plus en plus visible sous l'eau. Il prit une grenade à main à sa ceinture, la dégoupilla et la tint en l'air comme un joueur de base-ball prêt à lancer. Carina tenta de lui arracher l'émetteur pour prévenir Austin, mais Ridley la gifla du revers de la main si fort qu'il lui fendit la lèvre. Les trois autres hommes s'esclaffèrent, ce qui fit qu'aucun d'entre eux ne distingua la masse turquoise qui remontait comme une fusée vers la surface. Quand ils la virent, c'était trop tard.

Le sous-marin jaillit des profondeurs telle une baleine. Son pare-chocs avant transformé en bélier d'assaut, il éperonna le hors-bord, qui se cabra d'une façon bizarre. L'homme resté aux commandes poussa un hurlement quand il fut catapulté en l'air, bras écartés. Il retomba à plat sur l'eau et s'y enfonça. Une fois remonté à la surface, il appela à l'aide ses comparses pour qu'ils le hissent à bord. Son arme lui avait glissé des mains.

La violence du choc avait projeté le sous-marin en arrière et il avait fallu à Zavala tout son talent de pilote pour réussir à en garder le contrôle.

Austin vit des jambes s'agiter dans le bouillonnement d'écume, puis un objet tomber comme une feuille vers le fond. Il se propulsa hors du cockpit et rattrapa le pistolet automatique qui coulait.

Puis il rentra de nouveau dans le cockpit et, levant le pouce, fit signe à Zavala de repartir vers la surface.

Ridley était un mercenaire aguerri. Aussitôt remis de sa surprise, il pointa le doigt vers l'homme qui surnageait péniblement dans l'eau.

— Remontez-moi cet abruti ! cria-t-il à ses hommes.

Les trois autres mirent leur arme en bandoulière et lancèrent une bouée de sauvetage à leur camarade. Ridley avait toujours sa grenade à la main. Il scrutait l'eau d'un regard acéré, prêt à la lancer au fond, quand un bruit de klaxon de voiture le fit sursauter. Il tourna vivement la tête.

— C'est pas possible ! souffla-t-il.

Une Corvette décapotable bleu turquoise au pare-chocs enfoncé fonçait droit sur eux. Elle volait au-dessus des flots. Zavala était au volant. Le pistolet automatique calé sur le cadre du pare-brise, Austin tira plusieurs balles en visant délibérément assez haut.

Les hommes de Ridley laissèrent aussitôt tomber sur le pont la mitraillette qu'ils gardaient accrochée à l'épaule, et mirent les mains en l'air en laissant l'homme tombé à la mer se débrouiller tout seul. Ridley hésita un instant, mais finit par lever les mains en l'air, lui aussi.

Le capitaine Mustapha aida Carina à se relever. Austin remarqua alors le filet de sang qui coulait de sa bouche. Cette seconde d'inattention suffit à Ridley pour rapprocher ses deux mains au-dessus de sa tête et dégoupiller la grenade. Il était prêt à la lancer sur le sous-marin.

Quand Austin vit le geste de Ridley, son doigt se durcit sur la détente. Il hésitait à tirer, de peur que le mercenaire ne lâche l'engin sur le pont. Heureusement, le capitaine Mustapha avait, lui aussi, vu Ridley dégoupiller la grenade. Au moment même ou ce dernier s'apprêtait à la lancer, le capitaine décrocha une gaffe et lui en assena un grand coup sur le poignet. La grenade tomba des mains de Ridley, heurta le bastingage et roula sur le pont.

Réagissant avec la vitesse de l'éclair, Mustapha plongea en avant pour la rattraper et la lancer par-dessus bord.

Ridley poussa un cri où se mêlaient la rage et la douleur, puis il chercha de la main gauche une autre grenade accrochée à sa ceinture. Austin tira et l'atteignit de plusieurs balles à la poitrine. Ridley fut projeté en arrière et bascula par-dessus bord. La grenade explosa dans sa main en soulevant un geyser d'écume qui éclaboussa tout le pont.

Austin pointa son arme vers les deux autres hommes.

— Sautez ! leur ordonna-t-il.

Il tira plusieurs fois sur le taud du bateau de Mustapha. Les bouts de toile arrachés s'éparpillèrent comme des confettis. Les deux hommes ne se le firent pas dire deux fois, ils sautèrent à l'eau rejoindre leur comparse terrorisé. Austin tira encore quelques balles dissuasives à la surface tout près de leurs têtes.

Il regarda le pitoyable trio nager aussi vite que possible vers la terre, se précipiter sur la berge et disparaître dans les bois. Il cribla de balles la coque du hors-bord qui gîtait dangereusement, et put enfin monter sur le bateau et se préoccuper de l'état de Carina.

Mustapha mit quelques glaçons dans un torchon et le donna à la jeune femme, qui apprécia cette compresse improvisée. Voyant qu'elle n'était pas gravement blessée, Austin confia son arme au capitaine en lui disant de tirer sans sommation si c'était nécessaire.

Zavala amena le Subvette le long du bateau pour permettre à Austin d'y reprendre place, puis ils repartirent sous l'eau pour rejoindre le LRT. Austin en prit les commandes pendant que Zavala y posait le sous-marin. Après l'avoir arrimé, il mit les pompes en route pour vider les ballasts.

La plate-forme amphibie remonta à la surface quelques mètres derrière le bateau de Mustapha. Elle restait à l'oblique par rapport à l'eau à cause du poids de la statue sur l'arrière. Mustapha tendit l'arme à Carina et manœuvra pour reculer. Puis il lança une corde à Austin et Zavala, qui l'accrochèrent solidement au LRT pour permettre au bateau de le tirer. Les deux hommes se laissèrent ensuite glisser dans l'eau et nagèrent jusqu'à l'échelle du bateau.

Dès qu'il fut sur le pont, Zavala enleva sa combinaison de plongée et demanda en tournant la tête vers le rivage :

— Comment ces gars-là ont-ils fait pour nous retrouver ?

Austin prit le téléphone satellite qu'il avait laissé dans la poche de sa chemise.

— Ils ont peut-être capté le signal émis par le téléphone. Ne prenons pas de risques.

Joignant le geste à la parole, il lança l'objet aussi loin que possible et le regarda s'enfoncer dans l'eau. Il remercia Mustapha de sa rapidité de réaction avec la gaffe, puis s'excusa de les avoir mis en péril, lui et son bateau, et également d'avoir abîmé son taud. Le Turc prit la chose avec bonne humeur, mais demanda s'il pouvait considérer sa journée comme terminée et être payé. Austin lui donna un paquet de livres turques assez épais pour étouffer un cheval.

— Une dernière faveur. Il nous faut un endroit sûr pour passer la nuit.

— Pas de problème, répondit le capitaine en empochant les billets. Il y a une petite crique tranquille à deux milles d'ici.

Moins d'une demi-heure plus tard, Mustapha jetait l'ancre dans la crique en question, derrière un petit cap. Il leur expliqua que les marins locaux ne venaient pas y mouiller parce que les rochers affleurant à la surface en rendaient l'accès difficile.

Zavala était assis à la proue, une mitraillette sur les genoux. Carina prit le sac contenant le matériel de moulage qu'elle avait acheté la veille et embarqua dans l'annexe avec Austin. Ce dernier rama jusqu'au LRT, sur lequel ils montèrent tous deux. Carina jeta un regard attendri sur la statue.

— J'ai honte de le tirer de son profond sommeil.

— Il apprécie sûrement la compagnie d'une jolie femme, répondit Austin. Regarde son sourire.

Carina enleva la végétation marine collée sur la bouche du *Navigateur*. Son visage était celui d'un jeune homme barbu au nez fort et à la mâchoire carrée. Comme la statue d'origine, il portait une simple tunique et des sandales et avait au cou un pendentif sur lequel étaient gravés une tête de cheval et un palmier. Avec ses moignons de bras, il faisait penser aux victimes mutilées d'une catastrophe.

Carina sortit deux éponges de son sac et en tendit une à Austin. Ensemble, ils nettoyèrent chaque centimètre carré de bronze. Puis Carina sortit un pinceau, un grand morceau de gaze et un flacon de latex liquide. Elle appliqua plusieurs couches de latex sur le visage de la statue, son pendentif et d'autres parties du corps pour en faire un moulage, puis posa la gaze par-dessus. Le latex une fois sec se détacha facilement, elle étiqueta chacun des moulages et les plaça dans son sac avec le plus grand soin.

— Ça y est, j'ai terminé, annonça-t-elle en retirant le dernier moulage.

— Et le chat ? Il faisait aussi partie de l'équipage, lui fit remarquer Austin.

— Tu as raison, répondit-elle en souriant.

Elle procéda à la même opération pour prendre l'empreinte du flanc du chat et de sa tête à demi tournée.

Une fois ce moulage terminé, elle le détacha et le rangea avec les autres. Son travail était fini, mais elle hésitait à s'éloigner.

— Qu'allons-nous en faire ? demanda-t-elle en montrant la statue.

— Nous ne pouvons pas la ramener. Elle est trop lourde pour être transportée sans un équipement approprié et, par ailleurs, la faire voyager par la route pose un gros problème. On a de fortes chances de se faire repérer. Or, les autorités turques ne voient pas d'un très bon œil les pilleurs étrangers.

Carina paraissait triste de quitter la statue. Elle l'embrassa sur les deux joues, tapota affectueusement le front en bronze et se résigna à repartir dans l'annexe.

De retour sur le bateau, Austin demanda à Mustapha quelle était la profondeur de l'eau dans la crique. Le Turc répondit qu'elle devait être de cinquante ou soixante pieds.

Austin et Zavala retournèrent au LRT. En s'arc-boutant contre un montant, ils réussirent à pousser la statue avec leurs pieds. *Le Navigateur* hésita un instant au bord de la plate-forme, mais une dernière poussée le fit basculer. Il plongea dans l'eau comme s'il était impatient d'y retourner et disparut bientôt dans les profondeurs marines.

30.

A des milliers de kilomètres des eaux turques, le jumeau du *Navigateur* tournait lentement sur un socle rond de trente centimètres de haut. Son corps de bronze scintillait sous la lumière vive des projecteurs braqués sur lui.

L'image du *Navigateur* soumis aux rayons X était reproduite en trois dimensions sur un grand écran mural. La statue antique était entourée d'instruments électroniques de toutes sortes.

Trois hommes étaient assis dans les fauteuils en cuir disposés face à l'écran. Balthazar occupait celui du milieu. A sa droite se trouvait le Dr Morris Gray, un expert en tomographie informatisée, et, à sa gauche, le Dr John Defoe, qui faisait autorité en matière d'histoire et d'art phéniciens. Balthazar s'était attaché les services des deux scientifiques pour le jour où il mettrait enfin la main sur la statue.

Gray expliquait en pointant la flèche de son crayon laser sur l'écran.

— Nous utilisons exactement la même technique que les hôpitaux. Nous photographions l'objet par tranches successives et l'ordinateur reconstitue une image en trois dimensions.

Affalé dans son fauteuil, ses gros doigts croisés sur

ses cuisses, Balthazar avait l'œil rivé sur l'image blanche qui se détachait sur un fond bleu sombre. Il attendait ce moment depuis des années.

— Et que nous dit votre lanterne magique, docteur Gray ? demanda-t-il d'une voix forte.

Gray esquissa un sourire, déplaça le point rouge du laser vers un des panneaux alignés de haut en bas sur le côté de l'écran.

— Chacun de ces tableaux fournit des indications précises. Celui-ci montre la composition du bronze dont est faite la statue. C'est l'alliage classique de quatre-vingt-dix pour cent de cuivre et dix pour cent d'étain. Les autres tableaux concernent l'épaisseur, la résistance à la traction et d'autres données dont nous n'avons pas besoin.

— Et que représentent ces taches sombres sur la statue ? demanda Balthazar.

— Elle a été fabriquée selon la méthode de la cire perdue, répondit Defoe. L'artiste a fait un modèle en argile, il l'a enduit de cire, puis recouvert d'une couche d'argile. Les rayons X montrent les canaux et les ouvertures creusés dans la coque extérieure pour permettre l'évacuation de la cire et du gaz, puis le coulage du métal en fusion. La statue a été fabriquée en plusieurs morceaux ; on voit donc aussi les emplacements des rivets et la marque des coups de marteau.

— Très intéressant, reprit Balthazar, mais qu'y a-t-il à l'intérieur de la statue ?

— Les rayons X ne montrent rien d'autre que du vide, répondit Gray.

— Et à l'extérieur, que voit-on ?

— C'est beaucoup plus prometteur.

Gray sortit une télécommande de sa veste de costume et la dirigea vers l'écran. L'image du corps disparut pour laisser la place à celle du visage en gros plan.

— Je laisse la parole au Dr Defoe pour cette partie.

Derrière ses lunettes à monture ronde, les yeux de Defoe étaient rivés sur l'écran.

— A cause des dégâts subis par la statue, il est difficile d'évaluer l'âge du sujet, mais, à en juger par son corps musclé, il doit avoir une vingtaine d'années.

— Et l'éternelle jeunesse, observa Balthazar dans un de ses rares moments de poésie.

— Il porte le même bonnet conique que l'on voit sur les sculptures et représentations de marins phéniciens. Sa barbe et ses cheveux ondulés m'ont posé davantage de problèmes. Ils indiqueraient qu'il fait partie de la haute société phénicienne. Pourtant, il porte la tunique et les sandales des simples matelots.

— Continuez, dit Balthazar, dont l'expression n'avait pas changé en dépit de son excitation grandissante.

L'image suivante montrait en gros plan le pendentif accroché au cou du *Navigateur*.

— Il y a sur ce pendentif le même dessin que sur les pièces phéniciennes. Le cheval est le symbole de la Phénicie. Le palmier déraciné à sa droite est celui d'une colonie. Mais la partie qui m'intrigue, c'est celle-ci.

Le point rouge se posa sur l'espace semi-circulaire entre la tête de cheval et le palmier. On y discernait des caractères formant une ligne horizontale continue.

— Des runes ? demanda Balthazar.

— C'est ce qu'on a toujours pensé des signes figurant sur les pièces de monnaie, mais ils ne correspondaient pourtant à aucun caractère phénicien connu. Le mystère est donc resté entier pendant des années. Jusqu'au jour où un géologue de l'université de Mount Holyoke, Mark McMenamin, a avancé une nouvelle théorie étonnante après avoir travaillé les signes à l'ordinateur.

Les inscriptions apparurent à l'écran très agrandies et beaucoup mieux définies.

— Ces formes me disent quelque chose, murmura Balthazar.

— Voilà qui devrait vous aider.

Derrière les inscriptions, on devinait des contours géographiques familiers.

Balthazar se pencha en avant pour mieux voir.

— Incroyable ! Ce sont des continents !

— Telles ont été les conclusions de McMenamin. Etant géologue, il a tout de suite reconnu ces masses de terre. On voit bien le rectangle de la péninsule Ibérique qui descend vers l'Afrique du Nord pour faire de la Méditerranée une mer continentale. Là, sur la droite, on reconnaît l'Asie. Ces petits symboles à l'ouest de l'Europe pourraient bien être les îles Britanniques. L'Amérique du Nord, c'est la masse sur la gauche. L'Amérique du Sud est soit absente du croquis, soit intégrée à l'ensemble du continent américain. L'agrandissement à l'ordinateur peut donner lieu à des interprétations différentes. Mais si McMenamin a raison, ce que l'on voit sur ce pendentif indique toutes les colonies de la Phénicie.

— C'est tout bonnement la carte du monde, fit remarquer Balthazar avec une grimace.

— Mais pas n'importe laquelle. Les pièces d'or dont je parlais ont été frappées vers 300 avant Jésus-

Christ. Le bronze de cette statue, lui, date, de trois mille ans. Ce serait donc la carte du monde la plus ancienne qu'on connaisse. Et, plus important encore, elle indique donc qu'il y a eu des expéditions vers le Nouveau Continent dès 900 avant Jésus-Christ, qui est l'époque à laquelle cette statue a été fabriquée.

Balthazar sentit un afflux de sang brutal dans ses veines.

— Je veux voir l'Amérique du Nord de plus près.

La forme qui apparut agrandie à l'écran faisait penser à un énorme cactus du désert avec deux gros bras levés partant d'un tronc volumineux.

Balthazar poussa un grognement méprisant.

— Il faut beaucoup d'imagination pour voir dans ce tas informe le continent nord-américain.

— Attendez, lui dit Defoe en faisant apparaître les contours de l'Amérique du Nord en surimpression. Le tronc du cactus représente le continent dans son ensemble. Le bras gauche, c'est l'Alaska, et le droit, Terre-Neuve.

— A-t-on la preuve qu'il existait déjà des routes maritimes entre l'Est et l'Ouest ?

— Pas vraiment. Mais cela n'aurait rien d'étonnant, sachant que les Phéniciens étaient un peuple secret et que, pour naviguer, ils se fiaient à l'observation des astres et n'avaient donc pas d'itinéraire précis à mémoriser. Mais à l'aide de la boussole que tient la statue dans sa main, on peut en conclure qu'il existait déjà une navigation maritime de l'Est vers l'Ouest et inversement. La position de la statue par rapport au nord de la boussole indique qu'il regarde vers l'ouest.

— Vers les Amériques, donc, dit Balthazar.

— C'est cela.

— Peut-on situer avec précision les endroits où les navires accostaient ?

Defoe secoua la tête.

— Non, cette statue est comme la carte du monde figurant dans les magazines des compagnies aériennes. Elle donne seulement des indications générales ; rien d'utile pour les pilotes.

— Mais à l'approche des côtes, les marins avaient forcément besoin d'indications plus détaillées, fit remarquer Balthazar.

— C'est exact. Les cartes marines étant peu précises, ils avaient besoin que quelqu'un leur signale des points de repère sur la côte pour pouvoir faire le point.

— A-t-on la preuve qu'ils avaient recours à des indigènes ?

Defoe répondit par un mouvement de tête négatif.

— Je n'ai rien trouvé qui permette de l'affirmer. En revanche, j'ai découvert un autre élément intéressant.

L'image à l'écran changea de nouveau.

— Le motif que vous voyez là se répète tout le long de la ceinture du *Navigateur*.

— On dirait le symbole d'un bateau avec ses deux extrémités relevées comme la poupe et la proue d'un navire, commenta Balthazar.

— Ce symbole m'était familier. Je me suis souvenu l'avoir vu reproduit dans le livre d'un certain Anthony Saxon. C'est un explorateur et un archéologue amateur qui a élaboré des théories assez surprenantes.

— Je *sais* qui est Mr. Saxon, coupa Balthazar d'un ton glacial.

— Saxon assure lui-même la promotion de ses livres et a effectivement beaucoup voyagé. Selon lui, ce symbole représente un navire de Tarsis. Il en a trouvé des exemples aussi bien en Amérique qu'au Moyen-Orient et, pour lui, cela constitue un lien entre ces deux régions du monde.

— Je n'ai que faire des théories d'un illuminé. Dites-moi plutôt si quelque chose sur cette statue permet d'établir un lien entre elle et le continent américain.

— La réponse est oui et non à la fois.

Balthazar lança au scientifique un regard noir.

— Je suis un homme très occupé, docteur Defoe. Je vous paie grassement pour vos compétences. Ne me faites pas perdre mon temps à jouer aux devinettes.

Defoe sentit une menace planer.

— Désolé, balbutia-t-il, mal à l'aise. Je vais vous montrer ce que je veux dire.

Il actionna la télécommande pour faire apparaître à l'écran un réseau de lignes sinueuses.

— Nous pensons que ceci est une carte topographique.

— Où l'avez-vous vue sur la statue ?

Le zoom arrière de la caméra montra le chat qui se trouvait à la base de la statue.

— Vous êtes en train de me dire que l'information que je cherche était affichée sur le flanc d'un *chat* ? s'exclama Balthazar.

— Cela n'a rien d'étonnant. Les Egyptiens considéraient les chats comme des animaux sacrés et les croyances religieuses des Phéniciens s'inspiraient de celles de l'Egypte.

— Qu'est-ce que votre ordinateur a permis de mettre en évidence ?

— Ceci, justement.

— Je ne vois rien.

— Nous n'avons pas pu obtenir mieux. La surface du bronze était très abîmée, à l'exception de cette petite partie que vous voyez ici. Nous indiquerons dans notre rapport tout ce que nous avons découvert, mais, en pratique, il faut savoir que tout ce qui a pu être gravé dans le métal a disparu.

— Je ne peux que confirmer, intervint le Dr Gray. Aucune technologie au monde ne peut reconstituer ce qui n'existe plus.

« Si pas ici, ailleurs peut-être », pensa Balthazar.

— Le procédé de la cire perdue dont vous m'avez parlé, peut-il avoir été utilisé pour fabriquer un double de cette statue ?

— Très facilement, si le sculpteur a choisi la méthode indirecte, qui consiste à appliquer la cire sur un modèle aux détails très précis.

Après un dernier regard sur l'image inutilisable encore visible à l'écran, il se leva de son fauteuil.

— Merci, messieurs. Mon valet de chambre va vous reconduire.

Dès qu'il se retrouva seul, Balthazar se mit à arpenter la pièce de long en large en passant et repassant devant la statue. Il pestait d'avoir perdu autant de temps et d'argent pour se procurer ce bloc de métal inutile. Avec son petit sourire, la statue semblait le narguer.

Benoir l'avait informé que Carina partait en Turquie à la recherche d'un double du *Navigateur*. Il avait aussitôt envoyé ses hommes l'intercepter. Ne laissant jamais rien au hasard, il se disait que, dans l'hypothèse où celui-là serait l'original, il devait à tout prix mettre la main dessus.

La sonnerie de son téléphone vint interrompre ses sombres pensées. C'était un appel d'Istanbul. Il écouta son interlocuteur lui raconter que l'opération avait encore une fois échoué. Après lui avoir réitéré ses ordres, il raccrocha violemment.

Un chat avait sept vies, mais ce maudit Austin en avait plus encore !

Un chat !

Balthazar jeta un regard mauvais à l'animal de bronze couché aux pieds de la statue. Quand il releva les yeux, à la place du visage abîmé du marin phénicien, il se représenta mentalement celui d'Austin.

Il alla prendre un énorme fléau accroché au mur avec d'autres instruments redoutables de l'époque médiévale et s'avança entre les supports des caméras. La lourde masse hérissée de pointes se balançait au bout de sa chaîne. Arrivé devant la statue, il leva le bras et l'en frappa violemment.

La masse s'écrasa contre le torse de bronze et rebondit en produisant le même son qu'un coup de gong. Si la cible avait été un humain, l'arme meurtrière l'aurait réduit en bouillie. Avec son torse criblé de trous, la statue, elle, souriait toujours.

Balthazar jura tout haut et jeta le fléau à terre. Puis il sortit de la pièce en claquant la porte.

31.

Les Trout passèrent sans ralentir devant la file de touristes qui attendaient une visite guidée, tournèrent dans une petite rue perpendiculaire, et quittèrent l'agitation qui régnait devant Independance Hall. Ils se rendaient à la bibliothèque de l'American Philosophical Society, dont le bâtiment de briques de deux étages donnait sur un parc tranquille.

Angela était assise à son poste de travail, dans un coin d'une salle de lecture. Quand elle leva les yeux, elle ne put cacher sa surprise en voyant le couple étonnant qui approchait. Aucun des deux ne ressemblait à ceux qui fréquentaient habituellement la bibliothèque.

L'homme, qui devait mesurer près d'un mètre quatre-vingt-dix, portait un pantalon militaire au pli impeccable et un blazer de coton bleu-vert sur une chemise vert pâle. La femme, grande et élancée, aurait pu poser pour *Vogue*. Sous son tailleur-pantalon fluide en soie vert olive, on devinait un corps athlétique et elle avait une démarche élastique et aérienne.

Arrivée devant le bureau d'Angela, elle lui tendit la main.

— Miss Worth ? Je suis Gamay Morgan-Trout. Et voici mon mari, Paul.

Angela se rendit compte qu'elle était bouche bée et se ressaisit en se levant pour leur serrer la main.

— Vous êtes les gens de la NUMA qui avez appelé hier ?

— Tout juste, répondit Paul. C'est très gentil à vous de nous recevoir. Nous ne voudrions pas abuser de votre temps.

— Mais pas du tout. En quoi puis-je vous aider ?

— Il paraît que c'est vous qui avez retrouvé un document écrit par Jefferson qui s'était égaré, dit Gamay.

— C'est exact. Comment l'avez-vous appris ?

— Le Département d'Etat a contacté la NUMA après avoir chargé la NSA de son décryptage.

Angela avait cherché à joindre Deeg, son ami employé au musée de la cryptographie de la NSA, mais il ne l'avait pas encore rappelée.

— Le Département d'Etat ?

— Oui, répondit Gamay.

— Je ne comprends pas. En quoi ce document peut-il l'intéresser ?

— Avez-vous une idée de son contenu ?

— J'ai bien essayé de le décoder, mais je ne suis qu'un modeste amateur. Je l'ai donc transmis à un ami qui travaille à la NSA. De quoi s'agit-il ?

Les Trout échangèrent un regard.

— N'y a-t-il pas un endroit plus tranquille pour en discuter ? demanda Gamay.

— Si, bien sûr. Mon bureau.

La pièce était de dimensions modestes mais bien agencée. Après avoir fait asseoir les Trout, Angela s'installa en face d'eux. Paul ouvrit une mallette en cuir et en sortit un dossier, qu'il posa sur le bureau.

— Nous n'en avons qu'une seule copie, aussi allons-nous vous en résumer le contenu. Le document que vous avez trouvé indique que Jefferson partageait avec Meriwether Lewis sa conviction qu'un navire phénicien avait traversé l'Atlantique il y a près de trois mille ans pour se rendre en Amérique, et que ce navire transportait une relique sacrée qui pourrait bien être un objet biblique. Aussi le Département d'Etat craint-il que cette histoire, qu'elle soit vraie ou pas, ne provoque de vives réactions au Moyen-Orient.

Angela écoutait, fascinée, Paul et Gamay lui exposer tour à tour le contenu du dossier. Son esprit était en ébullition, son regard aussi fixe que si elle était en état de choc et sa langue semblait rester collée à son palais.

— Angela ? Ça va ? lui demanda Gamay.

La jeune femme reprit ses esprits et se racla la gorge.

— Euh... oui, oui.

— Nous nous sommes rendu compte, poursuivit Gamay, qu'il était difficile de reconstituer avec précision un voyage datant de plusieurs millénaires. En revanche, l'American Philosophical Society semble avoir joué un rôle important dans cette affaire : Jefferson en a été président ; Lewis y a étudié avant sa grande expédition ; c'est un de ses membres qui a dit à Jefferson que le parchemin contenait des mots en phénicien. Et d'autres liens encore nous ramènent à l'American Philosophical Society.

— Je n'en suis pas surprise, dit Angela. Bien des gens ignorent l'existence de cette institution historique. Elle a été fondée par Benjamin Franklin et a compté parmi ses premiers membres George Washington, John Adams, Alexander Hamilton, Thomas Paine, Benjamin Rush et John Marshall. Elle a même accueilli d'illustres membres étrangers comme Lafayette, von Steuben et Kosciuszko. Et, un peu plus tard, Thomas Edison, Robert Frost, George Marshall, Linus Pauling. Des femmes, aussi, comme Marguerite Mead ou Elizabeth Agassiz. Cette bibliothèque contient des milliers de documents extraordinaires comme les *Principes* de Newton, les *Ecrits sur l'électricité* de Franklin, ou la doctrine de Darwin, *De l'origine des espèces*. C'est incroyable les trésors qu'elle recèle.

— C'est à la fois formidable et décourageant, déclara Paul, parce que nous cherchons, en somme, une aiguille dans une botte de foin… intellectuel, si je puis dire.

— Notre système de classement est unique en son genre. Donnez-moi simplement une orientation de recherche.

— Meriwether Lewis, suggéra Gamay. D'après le fameux texte sur les artichauts, il semblerait que Lewis ait eu des informations importantes à transmettre à Jefferson.

— Après votre appel téléphonique, j'ai sorti quelques fichiers concernant Lewis. La cause de sa mort a donné lieu à bien des controverses. Certains pensent qu'il s'est suicidé. D'autres, qu'il a été assassiné.

— Ce qui corroborerait le mystère qui entoure le dossier Jefferson, dit Paul. Bon, par où commençons-nous ?

Angela ouvrit un premier dossier.

— Tout jeune déjà, Lewis était un garçon intelligent, aventurier et intrépide. Après s'être enrôlé dans l'armée, il en est sorti capitaine à vingt-trois ans. Il en avait vingt-sept quand Jefferson l'a engagé comme secrétaire particulier. Comme il appréciait son courage, son audace et son intelligence, c'est lui que Jefferson a choisi trois ans plus tard pour diriger l'une des plus grandes expéditions de tous les temps. Pour l'y préparer, il l'a envoyé étudier à la Philosophical Society.

— Car tout ce que Lewis pouvait avoir besoin d'apprendre se trouvait réuni ici, commenta Paul.

— Oui, répondit Angela. Les membres de l'APS l'ont initié à la géographie, la cartographie, la botanique, l'astronomie et d'autres sciences encore. C'était un élève doué. L'expédition a été couronnée de succès.

— Qu'est-il devenu à son retour ?

— Il a commis la plus grave erreur de sa vie, si l'on peut dire. En 1807, il a accepté la fonction de gouverneur du Territoire de la Louisiane.

— En quoi était-ce une erreur ? Il était parfait pour ce poste.

— Non, il était davantage fait pour parcourir des régions inconnues que pour faire respecter la loi. St. Louis étant un avant-poste frontière qui grouillait d'aventuriers et de brigands en tout genre, il a été confronté à de multiples intrigues, querelles et conspirations. Et à la rivalité de son adjoint, qui essayait de prendre sa place. Il a cependant réussi à tenir deux ans et demi, avant de trouver la mort.

— Ce n'est pas si mal, compte tenu des difficultés qu'il a rencontrées.

— Ce travail sédentaire ne lui convenait pas. Il préférait l'aventure et les grands espaces. Mais, globalement, il s'en est très bien sorti.

— Qu'est-ce qui l'a poussé à se rendre à Washington ? demanda Gamay.

— Lewis avait rapatrié un chef Mandan, les frais dépassaient de cinq cents dollars l'enveloppe allouée et le gouvernement fédéral refusait de les lui rembourser. Il était aussi accusé d'avoir reçu des terres illégalement. Confronté à des difficultés financières, il voulait aller à Washington pour obtenir gain de cause et laver son nom de toute calomnie. Il avait également des documents importants à remettre à Jefferson.

— Parlez-nous du voyage qui lui a coûté la vie, demanda Gamay.

— Il y a beaucoup de contradictions et d'illogismes à ce sujet.

— A savoir ?

Angela fit glisser la carte étalée sur son bureau vers les Trout.

— Lewis quitte St. Louis à la fin du mois d'août 1809. Il descend le Mississippi et arrive dans le Tennessee, à Fort Pickering, le 15 septembre. Il est épuisé par la chaleur et a peut-être une crise de paludisme. Des rumeurs circulent : certains disent qu'il a perdu la tête pendant le voyage et a tenté de se suicider. D'autres disent qu'il se soûlait tous les soirs avec d'anciens camarades de l'armée. C'est bizarre parce qu'il n'en avait aucun à Fort Pickering.

— Qu'y a-t-il de vrai dans tout cela ?

— Ce ne sont que des on-dit. De Fort Pickering, Lewis a écrit une lettre au président Madison, qui prouve qu'il était sain d'esprit. Il y affirme que sa grande fatigue est passée et qu'il se sent mieux. Il envisage de traverser le Tennessee et la Virginie à cheval pour venir à Washington. Il dit qu'il a sur lui les originaux des documents rapportés de son expédition vers le Pacifique et ne veut pas qu'ils tombent entre les mains des Britanniques, qui sont sur le point de déclarer la guerre aux Etats-Unis.

— Que s'est-il passé ensuite ? demanda Paul.

— Deux semaines après son arrivée au fort, Lewis s'est remis en route. Il transportait deux malles contenant les fameux papiers rapportés de l'expédition, un porte-documents, un bloc-notes et divers autres papiers, dont certains à caractère personnel. Le Journal qu'il a tenu pendant l'expédition fait l'objet de seize cahiers à couverture de maroquin rouge.

— Comment a-t-il pu emporter un tel chargement ?

— C'était quasiment impossible. Aussi a-t-il accepté la proposition de James Neelly, un ancien agent chargé du territoire des Chickasaws, de l'escorter à cheval. Le 29 septembre, ont donc quitté Fort Pickering : Lewis, son serviteur Pernia, un jeune esclave, et Neelly.

— Pour un gouverneur de territoire, c'était une bien maigre escorte, remarqua Gamay.

— Je suis bien de votre avis. Surtout avec la rumeur concernant la mine d'or retrouvée.

— Le mystère s'épaissit, commenta Paul. Parlez-nous de cette mine.

— On dit que lors de son expédition vers le Pacifique, Lewis aurait découvert une ancienne mine d'or. Il en aurait parlé à quelques amis et en aurait situé l'emplacement sur une carte de façon à ce que, s'il venait à mourir en route, elle ne soit pas perdue pour son pays. Je suis sûre que cette histoire de mine était connue de beaucoup de gens. Et tout le monde, semble-t-il, était au courant que le gouverneur allait emprunter la Piste Natchez.

— Lewis risquait plus que jamais de se faire attaquer.

— Tous les bandits de grand chemin opérant sur la piste devaient n'avoir qu'une idée : mettre la main sur la carte.

— Lewis n'était-il pas conscient du danger auquel il s'exposait ? demanda Gamay.

— Il était bien au courant des risques qu'on court en traversant des régions inhabitées, mais vu ce à quoi il avait été confronté par le passé, il devait penser qu'il saurait y faire face.

— Ou bien, suggéra Gamay, il avait tellement hâte de se rendre à Washington qu'il estimait que le jeu en valait la chandelle.

— Peut-être le danger est-il venu d'une personne toute proche ? De Neelly, par exemple.

— Là encore, c'est plein de contradictions. A son retour, Neelly a affirmé que Lewis avait perdu la raison au cours du voyage. N'empêche qu'ils ont parcouru deux cent quarante kilomètres en trois jours.

— C'est une sacrée performance pour un homme à l'esprit dérangé.

Angela acquiesça.

— Le commandant de la garnison de Fort Pickering n'était qu'à moitié étonné quand on lui a rapporté que Neelly avait incité Lewis à boire, et que Pernia, le serviteur espagnol de Lewis, l'y avait poussé, lui aussi. Neelly ayant perdu deux chevaux, il aurait dit à Lewis de poursuivre sa route avec les deux domestiques pendant qu'il cherchait les bêtes.

— S'il ne le croyait pas en possession de tous ses esprits à ce moment-là, dit Gamay en riant, pourquoi lui aurait-il suggéré de partir devant avec les domestiques ?

— Bonne question, reconnut Angela. Quoi qu'il en soit, ils se sont donc séparés et, le soir même, Lewis s'est arrêté à Grinder's Stand avec Pernia et son jeune esclave.

— Ce nom évoque une vulgaire cabane à sandwichs, commenta Paul.

— Dommage pour Lewis que ce n'en ait pas été une. Il n'aurait pas décidé d'y passer la nuit. Ce relais se composait de deux cabanes. La première était occupée par Mrs. Grinder, ses enfants et un couple d'esclaves. Son mari était absent ce jour-là. Lewis s'est installé dans l'autre cabane et ses domestiques dans l'écurie. Mrs. Grinder affirme que vers trois heures du matin, elle a entendu deux coups de pistolet. Lewis est venu lui demander de l'aide et un verre d'eau ; elle a vu qu'il avait une blessure à la tête et une balle dans la poitrine. Il est mort quelques heures plus tard de ses blessures ; elle en a conclu qu'il avait voulu se suicider. Neelly n'est arrivé que le lendemain.

— Comme par hasard.

— Eh oui ! Il a parlé à Mrs. Grinder et aux domestiques et, une semaine plus tard, il a écrit à Jefferson pour lui dire que Lewis s'était suicidé ; sans doute à cause de ses problèmes avec le gouvernement.

— Si les soucis financiers étaient une raison suffisante, la moitié de la population de ce pays n'aurait plus qu'à se tirer une balle, fit remarquer Paul. Cela me paraît tiré par les cheveux.

— Ça l'est. Lewis avait manié des armes toute sa vie. Et bizarrement, au moment de se faire sauter la cervelle, il aurait seulement réussi à se blesser à la tête.

Et il aurait utilisé un pistolet militaire à canon long pour se tirer dans la poitrine.

— Il semblerait plutôt qu'on lui ait tiré dessus dans l'obscurité. Que savons-nous de Neelly ?

— Après avoir eu des problèmes avec les Chickasaws, Neelly a perdu son poste. Le commandant de la garnison de Fort Pickering l'a accusé d'être un voleur et un menteur. Neelly prétendait avoir prêté de l'argent à Lewis pendant le voyage, alors même que Lewis était parti avec cent vingt dollars, que l'on n'a jamais retrouvés après sa mort. Neelly a aussi prétendu que les pistolets de Lewis étaient à lui.

— Et Pernia ?

— Pernia était soit un Espagnol, soit un Français. Quand Lewis s'apprêtait à partir à Washington, il est apparu comme par enchantement pour l'accompagner. Après sa mort, Neelly l'a envoyé chez Jefferson avec le cheval de Lewis. Il a dit qu'il ferait apporter les malles de Lewis à sa famille un peu plus tard, ce qu'il a fait, en effet. Quand la mère de Lewis a reçu la visite de Pernia, elle était convaincue qu'il n'était pas étranger à la mort de son fils.

— Une enquête a-t-elle été ouverte ?

— Mrs. Grinder était le seul témoin oculaire. Or, elle a finalement servi trois versions différentes de la fameuse nuit. Des voisins ont fortement soupçonné son mari. Cependant, Jefferson a officiellement entériné la version du suicide. L'enquête s'est donc arrêtée là.

— N'avez-vous pas dit que les conclusions de Jefferson reposaient sur les dires de Neelly ? demanda Paul à Angela.

— C'est ce qui me paraît le plus aberrant. Jefferson clame haut et fort que Lewis était hypocondriaque depuis toujours, alors qu'il ne l'a pas connu enfant. Et alors qu'il le dit sujet à la dépression, il lui aurait confié la tête de l'expédition vers le Pacifique. Cela ne tient pas debout. Il prétend que Lewis a replongé en dépression après sa nomination au poste de gouverneur, mais il n'y en a aucune preuve. Et il se contente de on-dit pour déclarer que Lewis n'avait pas toutes ses facultés le soir de l'étape à Grinder's Stand. Tout cela ne colle pas avec le caractère réfléchi qu'on tend à attribuer à Jefferson.

— Je vais avancer une hypothèse, dit Paul. Jefferson entérine la version du suicide pour étouffer l'affaire. Il sait pertinemment qu'il s'agit d'un meurtre, mais il ne peut rien faire pour le prouver et ce qu'il veut avant tout, c'est récupérer les documents que Lewis venait lui apporter.

— C'est fort possible, parce que, quelques années plus tard, il a admis qu'il avait été assassiné. Il y a aussi une légende qui court à propos du jeune esclave. On dit qu'il a vécu jusqu'à quatre-vingt-quinze ans et qu'il a révélé sur son lit de mort que Lewis avait été assassiné. Mais il n'a pas donné le nom des coupables.

Paul résuma la situation.

— Le meurtrier peut donc être l'un des trois : Neelly, Grinder ou Pernia. Ou les trois s'ils sont tous complices. Neelly est le suspect numéro un. Il avait un mobile : Lewis lui devait de l'argent. Et il a eu l'occasion de le tuer. L'autre possibilité c'est que l'un des trois ou les trois aient été chargés par quelqu'un de le supprimer.

Gamay prit la parole.

— Lewis avait des documents importants à apporter à Jefferson dans sa propriété de Monticello. On pourrait faire l'hypothèse qu'on l'a assassiné pour l'empêcher d'accomplir sa mission. Concentrons-nous un peu sur les documents en question.

— Si Lewis était conscient du danger, enchaîna Paul, il ne les a pas gardés sur lui.

— Bravo ! Tu es génial ! s'exclama Gamay.

— Je ne sais pas en quoi je le suis, mais merci.

— Il les a donc sûrement fait transporter par quelqu'un d'autre. Et qui soupçonnerait-on le moins d'avoir sur lui un quelconque objet de valeur ?

Angela éclata de rire devant cette évidence.

— Le jeune esclave.

— C'est bien vrai que je suis génial ! plaisanta Paul. Quand ils sont arrivés à Monticello, le jeune esclave a sans doute aidé Pernia à sortir les malles. C'est ainsi qu'il a pu remettre discrètement les documents à Jefferson.

— J'entends parler d'esclaves et de Monticello ?

Helen Woolsey, la chef d'Angela, les ayant vus en grande discussion dans le bureau de la jeune femme, venait pour satisfaire sa curiosité. Debout sur le seuil de la pièce, elle dévisageait les Trout en souriant.

Angela se leva aussitôt en la voyant.

— Ah ! bonjour, Helen. Nous commentions le fait étrange que Jefferson avait des esclaves alors qu'il déclarait que tous les hommes étaient égaux.

— C'est un sujet passionnant ! Mais vous ne nous avez pas présentés.

— Pardon. Paul et Gamay Trout. Helen Woolsey, la directrice de la bibliothèque.

Tout en serrant la main des Trout, Woolsey lut le titre de la chemise posée sur le bureau.

— Est-ce le dossier que vous m'avez apporté l'autre jour, Angela ?

Gamay se saisit prestement de la chemise et la posa sur ses genoux d'un air de propriétaire.

— Non, ce dossier est à nous. Angela nous donnait quelques précisions sur la biographie de Meriwether Lewis. Paul et moi travaillons à la NUMA, ajouta-t-elle. Nous menons une étude sur l'importance historique de l'océan Pacifique pour les Etats-Unis. Il nous a semblé logique de nous intéresser à Lewis, celui qui a mené la première expédition visant à l'atteindre.

Une demi-vérité valait mieux qu'un mensonge.

— Vous êtes effectivement venus au bon endroit.

— Et Angela nous a bien aidés.

Helen Woolsey dit au couple qu'elle était à leur disposition s'ils avaient besoin d'elle, et se retira.

Gamay la regarda traverser la salle de lecture avant de murmurer :

— Bon vent, madame Glaçon !

Angela éclata de rire.

— Je l'appelle « madame Je-sais-tout », mais « madame Glaçon » lui va encore mieux.

Redevenant sérieuse, la jeune bibliothécaire ajouta :

— Je ne sais pas ce qu'elle manigance. Quand je lui ai remis une copie du dossier Jefferson il y a quelques jours, elle m'a dit qu'elle allait en parler au conseil d'administration. Mais, à ma connaissance, elle n'en a rien fait.

— En tout cas, ce dossier a l'air de beaucoup l'intéresser, fit remarquer Paul.

Angela rassembla quelques documents se rapportant à Lewis.

— Je vais piocher la question de l'esclave. Pourriez-vous revenir dans une heure ou deux, quand madame Je-sais-tout ne sera plus là pour nous espionner ?

— Avec plaisir.

En regardant partir le couple, la jeune femme fut saisie d'un regain d'énergie. Elle mit le dossier Jefferson sous clé dans un tiroir de son bureau, et se consacra de nouveau à ses tâches habituelles. Un moment plus tard, Woolsey jeta un coup d'œil dans la salle de lecture. Elle venait sans doute voir si les Trout étaient encore là. Dès qu'elle la vit ressortir, Angela attaqua les recherches sur son ordinateur.

Quelques clics de souris suffirent pour la ramener en 1809.

32.

Zavala avait fini d'inspecter le Subvette. En le voyant s'écarter de la remorque avec un grand sourire, Austin en conclut que c'était bon signe. Pendant qu'ils revenaient vers le chantier naval abandonné, Zavala avait essayé de se montrer optimiste, mais il était visiblement chagriné que sa dernière création ait été abîmée.

— Comme je l'ai fait aussi solide qu'un tank, le châssis est intact, annonça-t-il avec satisfaction. Le système de propulsion fonctionne encore, mais certains détecteurs ont souffert et les phares sont tout de guingois. On ne va plus pouvoir s'en servir avant mon retour aux Etats-Unis.

Austin lui mit une main sur l'épaule.

— Ton Subvette a souffert pour la bonne cause. Sans lui, nous serions réduits en bouillie à l'heure qu'il est. Tu peux toujours en construire un autre et donner celui-ci à Cussler pour son musée automobile. Tiens, voilà ton taxi.

Une dépanneuse venait d'entrer dans le chantier naval. Austin avait demandé à Mustapha de leur trouver un moyen de transport plus approprié que le camion à volailles d'Ahmed pour ramener le sous-marin sur sa remorque jusqu'à l'aéroport. Après avoir passé quelques coups de téléphone, le capitaine avait réussi à trouver quelqu'un qui accepte la mission. Pendant que la remorque était attelée au camion, Austin le remercia chaleureusement pour son aide. Zavala monta avec le chauffeur. Austin et Carina reprirent leur voiture de location et suivirent la dépanneuse sur la route côtière jusqu'à l'aéroport de Dalyran.

Ils montèrent dans l'avion-cargo affrété par Zavala pour retourner à Istanbul. A l'arrivée, ils se séparèrent, car Zavala pensait travailler jusque tard dans la soirée pour préparer le submersible au voyage de retour aux Etats-Unis. Il préférait donc dormir près de l'aéroport. Austin et Carina rentrèrent à l'hôtel où ils avaient passé la nuit précédente.

Le lendemain matin, Austin se fit conduire en taxi au site de fouilles archéologiques du Bosphore. Il descendit la rampe en bois rustique installée pour le va-et-vient des brouettes et se fraya un chemin parmi les dizaines d'ouvriers qui s'activaient dans l'excavation avec leurs pelles et leurs pioches. Il trouva Hanley à genoux dans la boue séchée, occupé à examiner des morceaux de poterie. L'archéologue se leva en le voyant et lui tendit sa main terreuse.

— Comme je suis content de vous voir, Kurt. Vous êtes prêt à replonger dans la vase de la mer de Marmara ?

— Bien sûr, si le temps le permet.

Austin regardait les hommes travailler.

— Le chantier a bien avancé, on dirait, remarqua-t-il.

Hanley rougit de plaisir.

— C'est le projet le plus palpitant auquel j'aie jamais participé.

— J'espère que vous aurez tout de même le temps de m'accorder une petite faveur.

— Je vous dois bien cela, à vous et à Carina, qui m'avez si gentiment aidé. Mais, au fait, où est-elle ?

— Elle se prépare. Je dois la retrouver pour le déjeuner.

— Saluez-la de ma part. Bon, à présent, dites-moi ce que je peux faire pour vous.

Austin sortit d'un sac marin emprunté à Mustapha les moulages en latex de la seconde statue du *Navigateur*.

— Pourriez-vous, à partir de cela, me faire des plâtres ?

Hanley examina un des moulages en l'inclinant de façon à bien en voir le relief.

— Pas de problème. Il faudra juste compter deux ou trois heures de séchage.

— Nous reviendrons donc avec Carina après le déjeuner.

— Et Joe Zavala, où est-il ? demanda Hanley en prenant le sac et son contenu.

— Il panse les blessures de son sous-marin, qui a été un peu cabossé au cours d'une plongée. Du coup, nous ne pourrons pas l'utiliser ici.

— C'est bien dommage ! Cela nous aurait permis d'explorer les abords du site. En tout cas, comme vous le voyez, on a déjà bien asséché l'excavation.

Austin prit congé de Hanley et se fit conduire avec Carina en taxi au palais Topkapi. Le vaste ensemble de bâtiments, cours, pavillons et jardins se trouvait à la pointe du Sérail, un promontoire vallonné situé à l'intersection de la Corne d'Or, de la mer de Marmara et du Bosphore. Après avoir été, dès l'apogée de l'Empire ottoman, la résidence des sultans et de leurs harems pendant quatre siècles, le palais était devenu un musée très prisé des touristes.

Austin entra par la porte située entre les deux tours jumelles et se retrouva dans les vastes jardins ombragés. Il passa sans s'arrêter devant la salle du trésor, qui contenait une fortune en bijoux et pierres précieuses, et se dirigea vers le restaurant Konyali.

Carina avait choisi une table en terrasse et regardait la mer, qui scintillait sous le soleil. Elle était très élégante dans sa robe longue dont la couleur brun roux mettait en valeur son joli teint doré. Austin, de son côté, avait délaissé ses habituelles chemises hawaïennes et choisi, pour aller avec son pantalon beige, un polo vert foncé beaucoup plus sobre.

Carina l'accueillit avec un sourire éblouissant. Tout en s'installant en face d'elle, il fit ce commentaire amusé :

— Les sultans connaissaient déjà la règle d'or de l'immobilier : « La valeur d'un bien repose sur trois principes : l'emplacement, l'emplacement et l'emplacement. »

— La vue est grandiose !

— Les prix sont exorbitants pour une cuisine très moyenne et un service façon cafétéria, mais ce restaurant est, de tous ceux de la ville, celui qui offre la plus belle vue. En choisissant la salade ou les brochettes, tu ne peux pas te tromper.

Austin proposa d'aller chercher leurs plats et revint un moment plus tard avec deux salades et deux limonades.

Après avoir goûté sa salade, Carina le remercia pour son excellente suggestion, puis elle lui demanda :

— Y a-t-il dans le monde un endroit que tu ne connaisses pas ?

— N'exagérons rien, mais il est vrai que dans mon métier, je voyage beaucoup.

— Et quel est exactement ton métier ?

— Comme je te l'ai dit, je suis ingénieur.

Carina leva un sourcil étonné.

— La NUMA est réputée dans le monde entier pour ses recherches sous-marines. Mais Joe et toi semblez passer votre temps à combattre des méchants et voler au secours des demoiselles en détresse. Et d'ailleurs, merci.

— De rien, ce fut un plaisir. Mais je dirige aussi l'équipe des Missions spéciales composée de Joe et de deux autres personnes. C'est l'équipe chargée d'élucider tout mystère survenu sur l'eau, sous l'eau ou au-dessus de l'eau qui sort du cadre habituel des activités de la NUMA.

— En quoi ce mystère-ci peut-il être comparé à d'autres cas que vous avez eu à résoudre par le passé ?

Austin regardait la file ininterrompue de cargos sur le Bosphore.

— Si l'on s'en tient aux apparences, nous avons là quelqu'un qui veut absolument un objet et qui est prêt à tout, y compris à tuer, pour l'avoir. Mais, personnellement, je pense que ce n'est pas simplement cela.

— Que veux-tu dire ?

— Quand on passe beaucoup de temps sous l'eau, on développe une sorte de sixième sens. Et le mien me dit qu'il ne s'agit pas que de convoitise ou de cupidité.

Derrière la violence des méthodes employées se cache un esprit maléfique.

— Comme si cette chasse au trésor n'était pas déjà assez mouvementée, commenta Carina avec un petit rire nerveux. Que devons-nous faire à présent ?

— Pour l'instant, nous déjeunons tranquillement en profitant du soleil et de la vue. Ensuite, nous irons voir les plâtres que Hanley est en train de nous fabriquer.

— Crois-tu qu'ils vont nous apporter des réponses ?

— Je l'espère. Quelqu'un voulait nous empêcher de découvrir la deuxième statue. Maintenant que nous l'avons trouvée, nous n'avons plus rien à faire en Turquie. L'avion de la NUMA repart demain aux Etats-Unis ; nous pouvons le prendre pour rentrer. J'aimerais étudier un peu mieux le rôle de Balthazar dans cette affaire.

— Quant à moi, je dois mettre à l'abri les autres objets d'art qui seront présentés durant l'exposition itinérante... Kurt ! souffla soudain Carina, ne te retourne pas. Je suis sûre que c'est l'un des hommes qui nous ont attaqués hier en bateau.

— Tu en es sûre ?

Austin se leva et vint se placer derrière la chaise de Carina pour passer en revue la terrasse. Un homme était assis seul à une table. En voyant Austin regarder dans sa direction, il releva le journal qu'il faisait semblant de lire.

— Tu as raison. Je vais voir ce qu'il manigance.

Carina le vit avec appréhension se diriger d'un pas tranquille vers l'homme et se planter devant lui.

— Coucou !

L'homme abaissa son journal avec un grognement hargneux.

— C'est incroyable ! lui lança Austin. Nous n'arrêtons pas de nous rencontrer et je ne connais même pas votre nom !

— Buck. Mais vous n'aurez pas à vous en souvenir longtemps. Vous êtes un homme mort, Austin.

— Comment vous en êtes-vous sortis hier ?

— On a appelé du renfort.

Austin évalua la masse de muscles et la coupe de cheveux militaire.

— Accent américain. Bérets Verts ou Forces Delta ?

— Ni l'un ni l'autre, gros malin. SEAL, annonça l'homme avec fierté.

— Ah ! je comprends maintenant où vous avez appris à nager ! Les unités spéciales de la Marine, c'est pas mal comme formation. Et pourquoi vous ont-ils viré ?

En lançant cette phrase au hasard, Austin avait dû mettre le doigt sur un point sensible, car le sourire avantageux s'évanouit aussitôt.

— Violence gratuite.

— Et maintenant, pour qui travaillez-vous ?

— Pour quelqu'un qui veut votre mort.

— Désolé de décevoir votre patron.

L'homme eut un petit rire mauvais.

— Ils veulent vous infliger une mort lente, mais je vous en offrirai une rapide. Je vous dois bien ça : maintenant que vous avez descendu Ridley, c'est moi le nouveau chef de l'équipe. Jetez un coup d'œil un peu plus loin.

Austin embrassa du regard la terrasse du restaurant et reconnut deux des hommes qu'ils avaient laissés en train de nager le plus vite possible pour rejoindre le rivage. L'un d'eux était appuyé contre un mur ; l'autre assis seul à une table. Ils ne le quittaient pas des yeux.

— Je vois que vous êtes venu avec vos copains nageurs.

— Si vous nous suivez sans faire de difficultés, on sera plus gentils avec la demoiselle.

— Vous l'abattrez, elle aussi, d'une balle dans la tête pour que ça aille plus vite, c'est cela le cadeau ?

Buck fit un signe de dénégation.

— Non, mon patron a d'autres projets pour elle.

— Cette petite discussion était bien sympa, Buck. Eh bien, je vais aller expliquer à Miss Mechadi dans quelle situation désespérée nous nous trouvons, elle et moi.

Sans attendre la réponse, Austin retourna d'un pas léger à la table où Carina l'attendait, glacée de peur.

— Bien vu ! lui dit-il. Ils sont trois. Ils veulent ma peau, mais toi, ils te veulent vivante.

— Seigneur ! Qu'est-ce qu'on fait ?

— Ils ne peuvent rien tenter ici. Il y a bien trop de monde. Allons faire un tour.

Austin prit Carina par le bras pour redescendre vers l'entrée de Topkapi. Leurs poursuivants marchaient une trentaine de mètres derrière eux. Tout en avançant, Austin fouillait sa mémoire pour essayer de se souvenir de la disposition des lieux. Il devait bien y avoir une cachette quelque part dans le palais ou les jardins.

Il eut brusquement une idée. Elle ne leur permettrait pas de semer leurs poursuivants, mais au moins de gagner un peu de temps.

En voyant un sourire se dessiner sur ses lèvres, Carina se demanda quelle idée folle venait de lui traverser l'esprit.

— Tu penses à quoi ? l'interrogea-t-elle d'une voix angoissée.

— Ce n'est pas le moment de poser des questions. Fais exactement ce que je te dirai.

Avec son caractère indépendant, Carina n'aimait pas recevoir d'ordres, mais Austin ayant déjà réussi à deux reprises à les tirer d'un mauvais pas, elle accepta l'idée de lui obéir. Il serra son bras un peu plus fort et elle dut presser le pas pour rester à sa hauteur.

Il lui fit traverser la cour de la salle du trésor où se pressait une multitude de touristes armés d'appareils photo. Puis, une fois passé l'angle de l'élégant bâtiment en marbre situé un peu à l'écart, qui fut la bibliothèque du sultan, ils se mirent à courir. Ils entrèrent par la Porte de la Félicité dans une autre cour, plus vaste que la précédente. Austin tira Carina vers la droite, lui fit traverser en courant le salon des vizirs, l'œil rivé sur la rangée de colonnades au bout de laquelle se trouvait la porte d'accès au harem.

La chance était avec eux ! L'employé chargé de vérifier les billets était parti fumer une cigarette un peu plus loin.

Sans même ralentir à l'entrée, Austin entraîna Carina vers la grande porte en façade. Elle n'était pas fermée à clé. Il l'ouvrit, fit entrer la jeune femme et referma derrière eux. Ils se trouvaient à l'intérieur du harem du sultan.

— Et maintenant, que fait-on ? demanda Carina.

Elle était hors d'haleine d'avoir couru. Quant à Austin, il sentait la douleur de sa blessure se réveiller. Tout en portant une main à ses côtes, il lui fit cette réponse :

— Je te le dirai dès que j'aurai trouvé une idée.

33.

Sous l'Empire ottoman, quand le harem de Topkapi était rempli de centaines de beautés voilées, tout intrus qui se serait aventuré dans l'enceinte interdite aurait été accueilli par les redoutables cimeterres des eunuques africains chargés de garder les lieux.

Quand Austin et Carina débouchèrent dans une cour longue et étroite, le jeune et beau guide entouré d'un groupe s'interrompit dans ses explications et leur jeta un regard aigu.

— Vous cherchez quelque chose ?

— Nous sommes désolés d'être en retard, lui dit Austin en prenant un air innocent.

Le guide fronça les sourcils. Les visites du harem se faisaient en groupe à des heures précises et les préposés à la vente des billets ne l'avaient pas informé qu'il y avait deux retardataires. Il alluma son talkie-walkie pour appeler un vigile.

Carina s'avança vers lui avec son plus charmant sourire et sortit de son sac un billet de cent livres, qu'elle lui tendit :

— Le pourboire, c'est maintenant ou à la fin ?

Le guide lui sourit et remit son talkie-walkie à la ceinture.

— En principe, c'est à la fin. Et seulement si l'on est satisfait.

— Je le serai certainement, murmura Carina avec un battement de cils.

Le guide se racla la gorge et se retourna vers le reste du groupe pour reprendre ses explications. La vingtaine de personnes qui le composaient étaient des touristes turcs et des visiteurs étrangers de différentes nationalités.

— Dans le temps, le harem abritait plus d'un millier de concubines ou esclaves, les épouses du sultan et la mère du sultan. C'était une véritable ville qui comprenait plus de quatre cents chambres. A votre gauche se trouve le quartier des eunuques noirs et de leur chef, qui étaient chargés de garder le harem. Les autres portes conduisent au quartier réservé au trésorier impérial et au grand chambellan. Vous pouvez entrer par ici pour visiter les appartements des eunuques.

Le guide répéta son discours en turc, puis entra le premier dans le dortoir des gardes, suivi de tout le groupe.

Austin fit signe à Carina de rester en arrière. Quand ils se retrouvèrent seuls dans la cour, son regard se posa sur chacune des autres portes à la recherche d'une issue de secours improvisée. Il essaya la poignée de l'une d'elles. La porte n'était pas fermée à clé. Il espérait arriver à semer leurs poursuivants dans l'immense labyrinthe de pièces et de cours intérieures.

— Kurt ! murmura soudain Carina.

La Porte des Carrosses venait de s'ouvrir. Buck entra dans la cour avec ses comparses et leur fit signe de se disperser. Ils avançaient à trois sur leur proie.

Au même moment, le guide et son groupe ressortirent du dortoir des eunuques, dressant entre eux et leurs poursuivants une barrière humaine armée d'appareils photo. Austin et Carina se faufilèrent au milieu du groupe, et se dirigèrent avec lui vers une porte située tout au bout de la cour.

Austin jeta un coup d'œil par-dessus son épaule. Buck et ses hommes essayaient de se faufiler au milieu des touristes pour se rapprocher d'eux.

— Qu'est-ce qu'on fait ? chuchota Carina.

— On profite de la visite. Et quand je dis « on court », tu te mets tout de suite à courir.

— Mais vers où ?

— Je n'ai pas encore la réponse.

Carina lâcha un mot en italien. Austin n'avait pas besoin d'un traducteur pour comprendre que c'était un juron. Il trouva cette réaction de colère positive. Au moins, elle ne se laissait pas aller au désespoir.

Le guide les emmena dans un pavillon dont le toit formait un dôme. Il s'arrêtait régulièrement pour donner des explications en anglais et en turc. Il leur montra les appartements des concubines, l'école et les cuisines du harem.

Austin regardait chacune des portes et chacun des couloirs en se demandant lequel leur permettrait de s'échapper. Pour l'instant, il valait mieux qu'ils ne quittent pas le groupe, car à chaque arrêt, Buck et ses hommes se rapprochaient un peu plus.

Il essayait d'anticiper. Leur intention était sans doute de les isoler des autres touristes. De se jeter à deux sur lui et de le tuer à coups de couteau, pendant que le troisième empoignerait Carina par le bras.

Buck et les deux autres brutes étaient d'anciens commandos, entraînés à se battre au couteau et à tuer.

L'un d'eux lui mettrait une main sur la bouche pour l'empêcher de crier, l'autre lui enfoncerait sa lame entre les côtes. Le temps que les visiteurs se rendent compte qu'un meurtre avait été commis, il ne serait plus de ce monde. Buck et les siens profiteraient de la panique qui s'ensuivrait pour s'enfuir en emmenant de force Carina avec eux.

C'était donc maintenant ou jamais.

Le guide et son groupe arrivaient à l'entrée d'une vaste pièce au sol couvert de tapis. Les murs étaient décorés de mosaïques bleues et blanches du XVIIe. Un vaste divan recouvert de brocart était posé sur une estrade sous un dais doré soutenu par quatre piliers. La décoration des murs et du dôme était un mélange de styles baroque et rococo. La lumière filtrait par les vitraux haut placés.

Le guide leur expliqua qu'ils se trouvaient dans la salle du trône, également appelée salon royal. Sur l'un des côtés se trouvait une autre estrade où prenaient place les concubines, les femmes du sultan et la reine mère quand elles venaient assister aux réunions du Conseil ou à des spectacles de musique et de danse.

Quand le groupe de visiteurs s'éparpilla dans la vaste pièce, Austin et Carina se retrouvèrent sans protection contre Buck et ses hommes. Ils restaient pratiquement seuls, face à eux.

Austin se décida à agir. C'était maintenant ou jamais.

Il dit tout bas à Carina d'entrer dans le jeu. Il la prit par la main et s'approcha du guide.

— Nous serait-il possible, à ma femme et à moi, d'arrêter la visite ? Elle est enceinte et ne se sent pas très bien.

Le guide regarda la silhouette de Carina d'un air étonné.

— Elle est enceinte ?

— Oui, répondit Carina avec un petit sourire modeste. De trois mois seulement, ajouta-t-elle en posant ses doigts écartés sur son ventre plat.

Le guide rougit et leur montra aussitôt une porte.

— Vous pouvez sortir par là.

Ils le remercièrent et se dirigèrent vers la porte indiquée.

— Attendez ! leur lança le guide en allumant son talkie-walkie. Je vais demander au garde de vous accompagner.

Après avoir parlé dans l'appareil, il leur annonça que le garde serait là dans quelques minutes et leur conseilla de rester avec le groupe en l'attendant.

Buck avait vu Austin s'approcher du guide et celui-ci parler dans son talkie-walkie. Il en conclut qu'Austin avait demandé de l'aide.

— Allez, on les encercle, dit-il à ses hommes.

Austin avait entraîné Carina de l'autre côté de la salle pour mettre la plus grande distance possible entre eux et leurs poursuivants, mais ils étaient à découvert.

Les trois hommes convergeaient vers eux. Buck s'approcha si près de lui qu'il vit l'éclat meurtrier de son regard. L'homme glissa une main dans sa veste.

Au même moment, un garde entra dans le salon royal. Le guide lui montra du doigt Austin et Carina. Austin joua alors sa dernière carte.

Pointant un doigt accusateur sur Buck et les deux autres hommes, il hurla de toutes ses forces :

— PKK ! PKK !

Mentionner le parti indépendantiste kurde eut l'effet

escompté. Le garde perdit aussitôt son expression aimable et porta vivement la main à sa ceinture pour y prendre son revolver.

Quand il réussit à l'extirper de son holster, il vit le couteau que Buck avait dans la main. Tenant son arme à deux mains, il cria quelque chose en turc. Buck se retourna et vit le revolver pointé sur sa poitrine. Il lâcha aussitôt son couteau, qui tomba à terre avec un son métallique.

L'un des hommes visait le garde. Austin se jeta sur lui et, d'un solide coup d'épaule, le fit basculer en arrière. Ils s'écroulèrent ensemble. Il le cloua alors au sol, lui retourna le bras et lui décocha un uppercut à la mâchoire.

La salle du trône s'était vidée d'un coup. Le guide, tapi dans l'embrasure d'une porte, chuchotait dans son talkie-walkie pour réclamer du renfort.

Buck glissa la main sous sa veste et en sortit son revolver. Erreur fatale. Le garde, un homme d'une cinquantaine d'années, était un vétéran de l'armée turque et, malgré son embonpoint, il retrouva aussitôt ses réflexes de militaire. Austin se releva et cria encore une fois « PKK » en montrant Buck du doigt.

Le garde se retourna, visa calmement Buck et appuya sur la détente. La balle l'atteignit en pleine poitrine et l'envoya s'effondrer sur le divan du sultan.

Austin courut prendre le bras de Carina, qui était restée figée sur place, et l'entraîna vers la sortie. Ils s'enfuirent dans un couloir, tournèrent à angle droit et revinrent sur leurs pas vers une petite pièce dans l'angle de laquelle se trouvait une porte. Celle-ci donnait sur une terrasse inondée de soleil.

Il y avait deux hommes sur la terrasse. C'étaient

ceux qui les avaient poursuivis dans le village abandonné. Austin se mit aussitôt devant Carina pour la protéger de son corps. Comme les deux hommes s'approchaient d'eux, la porte du harem s'ouvrit brutalement. Les deux comparses de Buck déboulèrent sur la terrasse, leur revolver à la main. Eblouis par le soleil, ils ne virent pas les Turcs plonger la main dans leur veste et en ressortir leur arme équipée d'un silencieux. Ils tirèrent en même temps. Les hommes de Buck, touchés à mort, s'écroulèrent.

Pendant que l'un des Turcs pointait son arme sur la porte, l'autre prit Austin par le bras.

— Venez, ne craignez rien. Nous sommes des amis.

Il lui donna une petite tape dans le dos et fit un clin d'œil à Carina.

Son compagnon les suivit en assurant les arrières. Tout en parlant dans son téléphone portable, il jetait de fréquents coups d'œil par-dessus son épaule.

Les Turcs rangèrent leur arme dès qu'ils se retrouvèrent dans les parties ouvertes au public. Puis ils leur firent traverser plusieurs cours et bâtiments pour rejoindre la sortie du palais. Une Mercedes gris métallisé les attendait, moteur en marche. Le Turc qui avait parlé à Austin s'installa à l'avant.

En montant à l'arrière, Austin et Carina découvrirent qu'il y avait déjà quelqu'un sur la banquette. C'était leur vieil ami Cemil.

Il leur sourit et donna des instructions au chauffeur. La Mercedes démarra aussitôt et se mêla à l'intense circulation de la ville.

— C'étaient des hommes à vous ? demanda Carina à Cemil.

— Ne vous en faites pas, ils ne vous en veulent pas pour le pneu crevé. C'est leur faute. Je leur avais dit de vous suivre, mais ils n'ont pas été assez discrets.

— Je vous le rembourserai, dit spontanément Austin.

Cemil eut un petit rire amusé.

— Un Turc ne dit jamais non. Je suis désolé s'ils vous ont fait peur.

Il leur expliqua qu'après leur rencontre à la citerne basilique, il avait appris que des mercenaires à l'allure inquiétante étaient arrivés à Istanbul. Ils étaient entrés dans le pays sans armes pour ne pas attirer l'attention, et en avaient acheté à un marchand local, qui se trouvait être un ami de Cemil. Ce qui l'avait alarmé, c'était le fait qu'ils étaient arrivés le même jour que Carina et Austin et étaient descendus au même hôtel qu'eux.

C'est pourquoi il avait chargé ses hommes de veiller sur eux. Après s'être fait semer dans le village abandonné, ceux-ci étaient revenus à Istanbul et avaient surveillé l'entrée de l'hôtel, pensant qu'Austin et Carina viendraient y reprendre leurs bagages, puis ils avaient suivi Austin jusqu'au site archéologique et de là à Topkapi. Quand Austin et Carina s'étaient réfugiés dans le harem, ils avaient vu Buck et ses comparses les suivre et avaient couru à la sortie pour les y attendre.

Carina embrassa Cemil sur la joue.

— Je ne sais vraiment pas comment vous remercier.

— Moi, je peux vous dire comment : j'ai fait des affaires un peu particulières qui n'ont pas trop plu aux autorités internationales. Si j'ai des ennuis, vous pourriez plaider en ma faveur.

— Marché conclu, dit Carina.

Cemil abandonna alors son ton jovial.

— Votre hôtel n'est plus assez sûr. Mes hommes iront prendre vos bagages et vous emmèneront dans une petite auberge où vous serez tranquilles pour la nuit. J'ai beaucoup d'amis en Turquie, mais les gens se laissent facilement acheter, alors je ne peux pas garantir que vous y serez en sécurité très longtemps.

— Je pense que Cemil veut dire que le climat d'ici n'est plus très sain, conclut Austin.

— Votre ami a parfaitement compris, dit Cemil à Carina. Il vaudrait mieux que vous quittiez Istanbul au plus vite.

Austin savait écouter les bons conseils, mais il n'avait pas terminé ce qu'il avait à faire. La Mercedes les déposa au site de fouilles du Bosphore. Elle reviendrait les chercher au bout de deux heures.

Hanley était dans la cabane de chantier qui servait de laboratoire temporaire où l'on conservait les objets trouvés dans la vase. Les plâtres étaient étalés sur une table. Ils étaient gris foncé.

— J'ai peint les arêtes et les parties bombées pour les faire ressortir, leur expliqua-t-il. C'est fascinant. Sur quoi avez-vous pris ces empreintes, déjà ?

— Sur une statue phénicienne. Nous comptons les soumettre à un expert dès notre retour, dit Austin.

Hanley se pencha sur le plâtre représentant le flanc du chat enroulé aux pieds du *Navigateur*.

— Comme j'ai moi-même trois chats, cela m'a beaucoup amusé de travailler sur ce moulage-là.

Austin regardait les lignes qui devaient représenter l'aspect tigré du pelage quand son œil repéra un dessin qui ne se trouvait sûrement pas là par hasard. Il examina de plus près le flanc du chat à l'aide d'une loupe. Il s'agissait du motif fait d'un trait délimité par des Z se tournant le dos, mais contrairement à celui qui se répétait tout le long de la ceinture à l'horizontale, celui-ci avait été gravé verticalement.

Il tendit la loupe à Carina, qui l'étudia un instant avant de demander :

— Que veut dire ce symbole ?

— Si c'est bien celui d'un bateau, le navire représenté dans cette position est soit au fond de la mer soit en train de couler, répondit Austin.

Comme il continuait son examen approfondi des lignes et courbes visibles sur le plâtre, il lâcha cette conclusion :

— Il ne s'agit pas d'une fantaisie de l'artiste. Nous avons sous les yeux une carte topographique. Les lignes irrégulières représentent une côte littorale et les découpes, les baies et les anses qui la jalonnent.

Il emprunta à Hanley un appareil photo numérique, qu'il posa sur un pied. Carina lui tint les plâtres à la verticale pour qu'il les photographie sous tous les angles. Il prit des douzaines de photos, qu'il téléchargea sur un ordinateur portable et envoya immédiatement à la NUMA par courrier électronique.

Pendant que Carina et Hanley enveloppaient les plâtres, Austin appela Zavala, qui se trouvait déjà à proximité de l'aéroport. Ils se donnèrent rendez-vous le lendemain matin pour le vol de retour aux Etats-Unis. Le Subvette était déjà à l'intérieur de l'avion-cargo.

La Mercedes revint les chercher avec leurs bagages et les conduisit à un petit hôtel qui dominait le Bosphore.

Trop fatigués pour prendre le temps de contempler la vue, Carina et Austin se couchèrent de bonne heure et s'endormirent presque aussitôt.

Le lendemain matin, la voiture les attendait pour les conduire à l'aéroport.

Zavala les accueillit à bord de l'avion avec du café bien chaud.

Moins d'une heure plus tard, le Cessna Citation volait vers l'ouest à près de huit cents kilomètres-heure.

— Alors, c'était comment Istanbul ? demanda Zavala tandis que l'avion passait au-dessus de la mer Egée.

Austin lui raconta leur rencontre avec Buck et ses comparses dans Topkapi, la course-poursuite dans le harem et l'intervention inespérée de Cémil et de ses hommes.

— Le harem ! J'aurais rêvé d'y aller.

— Et tu aurais été le bienvenu quand la fusillade a commencé.

— Ce n'est pas ce que je voulais dire. Moi, je pense à l'époque où il était plein de jolies femmes.

Austin leva les yeux au ciel. Il était inutile d'attendre de la compassion de son ami. Sa réaction était celle d'un incorrigible coureur de jupons.

— Si ça te dit, il y a encore de la place pour un eunuque, lui lança-t-il.

Zavala serra vivement les genoux.

— Ouille ! Non, ça va, merci. Bon, je préfère aller bavarder avec le pilote.

Austin eut un sourire amusé. Mais son humeur légère ne dura pas longtemps. Buck et Ridley étaient morts et leur bande neutralisée, mais si ses soupçons sur Viktor Balthazar étaient fondés, il aurait encore à affronter d'autres gros bras.

Et le pire de tous, le tueur au visage poupin, était encore dans la nature.

34.

Angela éprouvait un malaise inexplicable, au point d'en avoir froid dans le dos. Il lui arrivait pourtant souvent de rester à la bibliothèque après les heures d'ouverture et c'était la première fois que l'idée de se trouver seule dans le bâtiment désert lui causait une telle angoisse. Ce soir, la sagesse contenue dans les livres anciens qui l'entouraient ne suffisait pas à la rassurer.

Il lui semblait avoir entendu une voix, mais elle n'en était pas certaine, car elle était totalement concentrée sur la lecture des lettres de Meriwether Lewis.

La seule autre personne encore présente dans les lieux était sa chef. Peut-être lui avait-elle simplement dit « bonsoir » en passant devant sa porte ?

Angela s'appuya au dossier de son fauteuil et poussa un soupir de soulagement, car elle n'attendait que cela : que Woolsey s'en aille enfin, avant que les Trout ne reviennent. Elle avait peine à contenir son excitation tant elle avait d'éléments nouveaux à leur communiquer.

Elle tendit l'oreille. Aucun son ne lui parvint. Quelque chose, pourtant, ne lui semblait pas normal.

Elle se leva et traversa la salle de lecture silencieuse. Le couloir était plongé dans l'obscurité. Elle actionna l'interrupteur, mais il ne marchait pas. Il faudrait qu'elle le signale dès le lendemain au responsable de la maintenance. Elle remonta le couloir : une faible lueur filtrait sous la porte d'Helen. Elle frappa doucement. Pas de réponse. Helen avait dû oublier d'éteindre en partant. Elle entra dans la pièce et se figea sur place.

Woolsey était assise à son bureau, les mains posées sur les genoux ; sa tête pendait en arrière comme celle d'une poupée au cou brisé, sa bouche était grande ouverte et ses yeux morts fixaient le plafond. Des marques rouges étaient visibles sur sa gorge.

Angela, terrifiée, retint un hurlement. Elle porta vivement la main à sa bouche et lutta contre l'envie de vomir.

Elle ressortit lentement du bureau. Son instinct lui disait de courir vers la porte d'entrée. Elle regarda un instant le couloir sombre, mais le sentiment d'un danger l'empêcha de s'élancer dans l'obscurité. Au lieu de chercher à atteindre la sortie, elle repartit en sens inverse.

La silhouette massive d'Adriano sortit de la pénombre. Il avait trafiqué l'interrupteur avec un canif et s'attendait à ce que la jeune femme affolée se précipite aveuglément dans ses bras. Mais, au lieu de tenter de quitter le bâtiment, elle était repartie se réfugier quelque part comme un lapin dans son terrier.

Adriano était encore tout excité tant il aimait tuer. Mais l'élimination de « l'observatrice » avait été un peu trop facile à son goût. Il était ravi que la jeune documentaliste lui donne davantage de fil à retordre. La mise à mort d'une proie était beaucoup plus amusante quand la partie de chasse était un peu sportive.

En passant devant le bureau de Woolsey, il admira

son œuvre. Woolsey était la dernière d'une longue lignée d'observateurs placés au sein de l'American Philosophical Society. La pratique qui consistait à avoir des veilleurs dans les hauts lieux culturels de tous les pays du monde remontait à plusieurs siècles. Tout ce qu'on leur demandait, après les avoir choisis, c'était de donner l'alerte au moindre indice pouvant laisser penser que le grand secret avait été percé.

Deux siècles plus tôt, un autre veilleur de la Philosophical Society avait signalé la découverte faite par Jefferson : c'était l'un des universitaires à qui Jefferson avait demandé de décoder les mots écrits sur le parchemin. La destruction de ses précieux documents aurait dû suffire à l'empêcher de poursuivre ses recherches. Mais on avait appris ensuite qu'il avait eu un échange de correspondance avec Meriwether Lewis à ce sujet. Des hommes de main avaient donc été envoyés dans le Territoire de Louisiane pour se débarrasser de Lewis.

Woolsey ne pouvait pas savoir que son premier appel en tant que veilleur allait déclencher une succession d'événements qui la condamneraient à mort. Elle avait pour mission de signaler toute demande de documents concernant les voyages des Phéniciens en Amérique. Elle avait donc informé ses commanditaires de la découverte fortuite du dossier Jefferson. Avant qu'elle ait pu remettre celui-ci au coursier qu'ils lui dépêchaient, quelqu'un du Département d'Etat était venu chercher le précieux document. Elle en avait attribué la faute à son assistante, mais on lui avait défendu de lui faire le moindre reproche. Quand elle avait rappelé pour parler de la visite des Trout à la jeune femme, elle avait, sans le savoir, signé son propre arrêt de mort.

On l'avait chargée de veiller à ce qu'Angela reste

dans son bureau ce jour-là après les heures normales de travail. Adriano s'était introduit dans le musée après la fermeture et s'était tout d'abord débarrassé d'elle avant de tendre une embuscade à son assistante.

Il avançait dans le couloir en essayant méthodiquement une porte après l'autre. Elles étaient toutes fermées à clé. Arrivé à un croisement lui offrant trois choix possibles, il s'arrêta pour humer l'air comme un chien de chasse.

Il entendit alors un léger déclic : le bruit d'une porte qu'on referme tout doucement. Quand Adriano était à l'affût d'une proie, tous ses sens étaient en éveil. Il tourna à droite dans un petit couloir et ouvrit toute grande la porte du fond. La salle de lecture était plongée dans l'obscurité.

Il n'était jamais venu à la bibliothèque, mais il connaissait bien la disposition des lieux. Après la découverte par Angela du dossier Jefferson, il avait envoyé des hommes inspecter le bâtiment. En tueur professionnel consciencieux, il aimait se familiariser mentalement avec l'endroit où il allait opérer.

Il s'attendait donc à trouver de hauts rayonnages garnis de milliers de livres disposés en rangées parallèles.

En entendant la porte s'ouvrir puis se refermer, Angela, qui visait la sortie de secours située au fond de la salle, s'était aussitôt accroupie entre deux rangées de livres. Elle avait l'impression que les battements de son cœur allaient la trahir.

Adriano actionna l'interrupteur et la salle fut soudain inondée de lumière.

Angela essaya de fuir à quatre pattes vers l'extrémité opposée de l'allée et se glissa dans l'espace étroit situé entre le bout des rayonnages et le mur.

L'oreille affûtée d'Adriano perçut le glissement de ses genoux et de ses mains sur le sol.

Il avançait sans se presser dans la salle. Il prenait son temps, s'arrêtant à chaque rangée pour y jeter un coup d'œil avant de se remettre en route. Il aurait pu trouver Angela en une seconde, mais il avait envie de prolonger la traque pour jouir de la terreur grandissante de sa proie le plus longtemps possible.

Après avoir inspecté plusieurs rangées, il aperçut de loin un objet par terre et s'approcha pour l'examiner. C'était une chaussure. Il y en avait une autre un peu plus loin. Angela avait préféré les enlever pour faire moins de bruit.

Adriano eut un petit rire sardonique et fit jouer ses gros doigts.

— Viens ici, Angela, dit-il de la même voix douce qu'une mère appelant son enfant.

Surprise d'entendre son nom, Angela se releva d'un bond et courut vers la sortie. Des pas lourds se rapprochèrent, une main l'attrapa par l'arrière de son chemisier. Elle poussa un hurlement et réussit à se libérer. Adriano la laissa s'enfuir délibérément. Il adorait jouer avec ses victimes.

Angela plongea entre deux rangées de livres et se plaqua de dos contre un rayonnage.

Adriano déboucha au bout de l'allée suivante et son gros visage poupin apparut au-dessus des livres.

— Coucou.

Angela se retourna et vit ses yeux bleus tout ronds. Elle voulut crier, mais son hurlement lui resta dans la gorge.

— Angela ?

C'était une voix de femme qui l'appelait.

Le premier réflexe d'Adriano fut de s'attaquer à l'intruse. Il repartit en sens inverse, pour revenir vers l'entrée de la salle. Il jetterait la femme à terre, se débarrasserait d'elle en un tour de main et pourrait ensuite retourner s'occuper d'Angela.

En débouchant d'une allée, il aperçut deux personnes sur le seuil de la salle. Une femme rousse et un homme plus grand que lui. Ils parurent surpris en le voyant, mais reprirent aussitôt contenance.

— Où est Angela ? demanda la femme d'un ton sec.

Adriano ne répondit pas. Mais un gémissement se fit entendre vers le fond de la salle.

C'était Angela !

L'attitude agressive du couple indiquait clairement qu'ils n'étaient pas du genre à se laisser intimider. L'homme s'approcha d'Adriano pendant que la femme tournait en rond derrière lui.

Adriano n'avait pas l'habitude qu'on lui résiste. Les choses se compliquaient. Il fit deux pas en direction de l'homme, puis repartit en courant vers la sortie. En passant, il éteignit les lumières et disparut à l'extérieur de la salle.

— Ça va, Angela ? demanda Gamay. C'est nous, les Trout.

— Faites attention, l'avertit Angela. Il est venu pour me tuer.

Une fois la lumière rallumée, Angela sortit de sa cachette et se précipita dans les bras de Gamay. Elle tremblait de tous ses membres et était secouée de sanglots.

Paul inspecta la salle, puis sortit dans le hall. Tout était silencieux.

— Il est parti, annonça-t-il en revenant. Qui est ce monstre ?

— Je ne sais pas, répondit Angela d'une petite voix. Il a tué Helen. Après ça, il voulait me tuer, moi. Il connaissait mon nom.

— La porte du bâtiment n'était pas fermée à clé, expliqua Paul. On s'est perdus dans les couloirs en cherchant votre bureau. Et puis on vous a entendue crier. Vous dites qu'il a tué votre chef ?

Malgré sa répugnance à retourner sur la scène du crime, Angela conduisit les Trout au bureau de Helen Woolsey. Paul poussa la porte du bout du pied et entra. Il s'approcha du bureau et colla son oreille contre la bouche grande ouverte de la bibliothécaire. Pas un son et pas un souffle n'en sortaient. En voyant la position de sa tête et les marques sur sa gorge, il ne s'attendait pas vraiment à la trouver vivante.

Il ressortit dans le hall. Gamay entourait d'un bras les épaules d'Angela. En voyant l'expression grave de son mari, elle composa aussitôt le 911 sur son téléphone portable. Puis ils sortirent tous les trois du bâtiment pour attendre la police sur le perron.

La voiture de patrouille arriva cinq minutes plus tard. Deux agents de la police de Philadelphie en sortirent. Après s'être fait expliquer par les Trout et Angela ce qui s'était passé, ils demandèrent du renfort par radio. Puis ils dégainèrent leurs armes. L'un d'eux entra à l'intérieur du bâtiment tandis que l'autre en faisait le tour par l'extérieur.

Adriano quitta discrètement sa cachette, un des arbres du petit parc situé face à l'entrée de la bibliothèque. Les lumières bleu et rouge du gyrophare de la police se reflétèrent sur son visage poupin. Il regarda avec curiosité l'homme et la femme qui l'avaient dérangé pendant sa partie de chasse.

Une autre voiture de police vint s'arrêter dans un crissement de pneus devant l'édifice et deux policiers en sortirent.

Adriano se fondit dans l'ombre et quitta les abords de la bibliothèque sans se faire repérer. C'était un homme patient. Il savait où habitait Angela. Quand elle rentrerait chez elle ce soir, il serait là à l'attendre.

35.

Austin sommeillait à moitié quand il sentit le Cessna changer de vitesse et d'altitude. Il ouvrit les yeux. Par le hublot, il reconnut dans la nuit les lumières de Washington et de sa proche banlieue.

Carina dormait, la tête sur son épaule. Il lui tapota le bras :

— On est arrivés.

Elle ouvrit les yeux et bâilla.

— Le dernier souvenir que j'ai, c'est le décollage de Paris.

— Tu avais commencé à me raconter tes projets pour l'exposition.

— Je suis désolée, dit-elle en se frottant les yeux. Je vais rentrer à mon hôtel et m'offrir une bonne nuit de sommeil. Demain matin, je prends le train pour New York. Il faut que j'aille discuter de l'organisation de la première exposition avec les responsables du Metropolitan Museum of Art.

— Tu maintiens la tournée malgré l'absence du *Navigateur* ?

— Je n'ai pas le choix. Mais voyons le côté positif des choses : la nouvelle du vol de la statue pourrait justement créer l'événement et attirer du monde.

Austin cherchait comment ne pas avoir l'air trop paternaliste.

— Compte tenu de ce qui s'est passé récemment, est-ce bien raisonnable de voyager seule ?

Carina l'embrassa sur la joue.

— Merci, Kurt, mais seules quelques personnes seront au courant de mes projets.

Carina réprima un autre bâillement.

— Crois-tu que je sois encore en danger ?

Austin eut un sourire forcé. Il ne voulait pas l'affoler, mais il fallait qu'elle prenne conscience qu'elle était une cible ambulante.

— Notre ami Buck a bien dit qu'ils avaient l'intention de te kidnapper. Et les gens pour qui il travaille ont le bras long. Nous nous en sommes rendu compte en Turquie.

Carina releva le menton d'un air de défi.

— Il n'est pas question que je passe le reste de ma vie à me cacher.

— Je te comprends. Mais puis-je te proposer un compromis ? Viens dormir à la maison ce soir. Je te servirai un délicieux repas thaï, tu auras une bonne nuit de sommeil pour te remettre du décalage horaire et, ainsi, demain matin, tu seras en pleine forme.

— C'est tentant. J'accepte volontiers, répondit Carina sans hésiter.

Le pilote leur annonça qu'il amorçait la descente vers l'aéroport de Dulles et que l'avion atterrirait dans moins de quinze minutes. Austin jeta un coup d'œil au siège situé de l'autre côté de la travée. Zavala dormait profondément. Il était capable de s'endormir sur un tapis de fakir et de se réveiller en une seconde, prêt à passer à l'action.

Austin prit le téléphone portable de son ami dans la poche de sa veste, pour appeler les Trout. Ce fut Paul qui répondit. Après lui avoir dit qu'il était rentré de Turquie, il lui demanda si, de leur côté, ils avaient en main le dossier Jefferson.

— Gamay et moi l'avons étudié, répondit Paul. La reconstitution d'un navire de Tarsis a déjà bien avancé, mais pour ce qui est de la traversée, il nous faudrait un peu plus de précisions. Néanmoins, je dois te prévenir, Kurt : un indice intéressant nous a conduits à la Philosophical Society, et là, nous sommes tombés sur une fosse aux serpents.

— J'ai du mal à imaginer cette vénérable institution en nid de vipères.

— Les temps ont changé. Peu de temps après notre première visite à la bibliothèque, la responsable du service a été étranglée. Son assistante allait subir le même sort si Gamay et moi n'étions pas arrivés juste à temps pour mettre l'assassin en fuite.

— Avez-vous pu le voir ?

— Oui. C'est un grand costaud au visage de bébé et aux yeux bleus tout ronds.

— Je vois très bien qui c'est. Je l'ai déjà rencontré. Et l'assistante, elle va bien ?

— Elle est encore secouée. Après sa déposition à la police, nous lui avons conseillé de quitter Philadelphie. Elle voulait s'arrêter à son appartement pour prendre quelques affaires. Nous lui avons dit de venir directement chez nous à Georgetown. Gamay lui a prêté des vêtements.

— J'aimerais la rencontrer. Que diriez-vous de sept heures demain matin au bureau ?

— Nous apporterons le café et les beignets. Tu ne nous as pas raconté ton voyage à Istanbul.

— La Turquie est infestée de serpents, elle aussi. Allez, à demain.

L'atterrissage de l'avion finit par tirer Zavala de son sommeil. Il regarda par le hublot et s'étonna.

— On est déjà arrivés ?

Austin lui rendit son téléphone.

— Eh oui ! Tu as rêvé pendant tout le vol.

— Tu parles de rêves ! A cause de toi, j'ai fait des cauchemars peuplés d'eunuques.

De l'aire d'atterrissage, le Cessna rejoignit un hangar réservé. Les trois passagers débarquèrent et chargèrent les plâtres et les bagages dans une Jeep Cherokee de la NUMA. Austin déposa Zavala chez lui et rentra avec Carina après s'être arrêté chez un traiteur thaï pour acheter des plats à emporter.

Ils avaient fini de dîner et bavardaient sur la terrasse en savourant un verre de cognac. Des albums de John Coltrane et d'Oscar Peterson choisis par Austin dans sa collection de jazz nouveau les accompagnaient en fond sonore. Ils avaient décidé d'un commun accord de laisser de côté le sujet du *Navigateur* et des mystères qui l'entouraient, préférant se parler de leurs métiers respectifs. Quand Austin finissait de raconter une de ses aventures à la NUMA, Carina enchaînait avec un épisode passionnant de son propre travail.

Le cognac aidant, la fatigue du voyage eut bientôt raison de la jeune femme. Elle commençait à piquer du nez. Austin la conduisit à la chambre aménagée dans le pigeonnier. Lui-même n'ayant pas encore sommeil, il redescendit dans son bureau.

Il s'installa dans son fauteuil de relaxation en cuir,

les jambes allongées, et resta un long moment à regarder le liquide ambré dans son verre comme s'il interrogeait une boule de cristal.

Il passa en revue tous les événements qui s'étaient produits ces derniers jours depuis le SOS de la plateforme pétrolière, espérant voir se former, à l'issue de sa réflexion, une image aussi nette qu'un Rembrandt. Malheureusement, le résultat ressemblait plutôt à une toile abstraite de Jackson Pollock. Il se leva pour aller prendre dans sa bibliothèque le livre d'Anthony Saxon et revint s'installer dans son fauteuil pour le lire.

Anthony Saxon était un véritable aventurier. En Amérique du Sud, il s'était frayé à la machette un chemin dans la jungle pour retrouver les ruines d'un site abandonné. En Afrique, il avait échappé de peu à la mort après avoir été capturé par une tribu nomade du désert. Il avait visité d'innombrables tombes poussiéreuses et découvert de nombreuses momies. Si le dixième de ce qu'il racontait était vrai, Saxon était de la trempe des grands explorateurs comme Hiram Bingham, Stanley, Livingstone, et Indiana Jones.

Quelques années plus tôt, il s'était lancé dans ce qui aurait pu être sa plus grande aventure. Il voulait partir de la mer Rouge à bord de la réplique d'un navire phénicien pour rejoindre les côtes de l'Amérique du Nord. S'il réussissait à traverser l'océan Pacifique, ce serait la preuve de l'exactitude de sa théorie selon laquelle Ophir, le site légendaire des mines du roi Salomon, se trouvait en Amérique. Cependant, son bateau avait brûlé une nuit dans des circonstances mystérieuses.

Saxon pensait qu'Ophir n'était pas un lieu unique, mais le nom employé pour parler des différents endroits d'où provenait l'or de Salomon. Il avançait comme théorie que Salomon avait envoyé deux flottes jusqu'en Amérique, sous la direction de Hiram, l'amiral phénicien. La première était partie de la mer Rouge. L'autre avait traversé l'Atlantique en passant par le détroit de Gibraltar.

Saxon avait trouvé dans des ruines, au Pérou, un signe étrange, le même qui figurait sur des tablettes retrouvées au Liban et en Syrie. Il l'appelait « le symbole de Tarsis » et se demandait si ce n'était pas une sorte de signe abrégé pour « Ophir ». Plusieurs photos de ce symbole figuraient dans son livre.

Austin les examina avec attention.

Le signe était fait d'un trait horizontal encadré de deux Z se tournant le dos et ressemblait à celui qui était gravé sur la tunique du *Navigateur* et le flanc du chat en bronze.

Saxon avait épuisé toutes les pistes de recherches possibles sur Salomon et Ophir. Dans un chapitre intitulé « L'Epiphanie », il expliquait ce qui l'avait conduit à s'intéresser ensuite à la Reine de Saba. Aucun être n'avait été plus proche qu'elle de Salomon ; le roi avait très bien pu lui faire des confidences sur l'oreiller. Délaissant pour un temps son infructueuse quête d'Ophir, Saxon s'était alors lancé sur cette nouvelle piste.

Il s'y consacrait depuis plusieurs années et avait déjà parcouru des milliers de kilomètres pour retrouver la trace de la défunte reine. Peu à peu, il s'était laissé envoûter. Pour lui, il ne s'agissait pas seulement d'une légende, comme l'affirmaient certains experts. Cette femme à la peau sombre, sans doute originaire de la région du Yémen, avait réellement existé. Il relatait ensuite cette fameuse légende du roi Salomon et de la Reine de Saba : à force d'entendre parler de la sagesse de Salomon, poussée par la curiosité, elle avait voulu venir le rencontrer. Leur attirance mutuelle avait été immédiate et un enfant était né de leurs amours. Après quoi, elle était rentrée s'occuper de son propre royaume. On pense que leur fils était devenu par la suite roi d'Ethiopie.

Une beauté à la peau mate avec des origines éthiopiennes... Austin était songeur. Il leva les yeux vers la chambre du pigeonnier.

Une heure plus tard, il était arrivé à la fin du livre. Il le reposa, vérifia toutes les portes, éteignit les lampes et monta sans faire de bruit l'escalier en spirale. Il se déshabilla, se glissa sous les draps en veillant à ne pas réveiller Carina, mit un bras protecteur autour de son corps doux et chaud et s'endormit presque aussitôt.

Le lendemain matin, il fut réveillé de bonne heure par la voix de la jeune femme qui discutait au téléphone avec l'un des responsables du Metropolitan Museum of Art. Elle avait déjà préparé le café et réservé son billet de train.

Petit déjeuner et douche terminés, Austin l'emmena à Union Station, la gare principale de Washington. En le quittant, elle l'embrassa sur la bouche et lui dit qu'elle serait de retour le soir même. Elle l'appellerait au moment où le train quitterait New York.

De la gare, Austin se rendit directement à la NUMA. Il prit l'ascenseur au sous-sol pour rejoindre le quinzième étage. Au bout du couloir se trouvait une vaste pièce à l'éclairage blafard dont le large mur arrondi du fond était couvert d'écrans de télévision allumés affichant les informations recueillies par le NUMASat.

Le satellite avait été surnommé « l'œil de Sauron » par ceux de la NUMA qui avaient lu *Le Seigneur des Anneaux*. Mais ici, le gardien de l'œil ne ressemblait en rien aux créatures effrayantes de Tolkien. Wilmut était un petit homme replet d'une quarantaine d'années aux manières posées. C'était lui qui supervisait tout le système depuis une console impressionnante située au centre de la pièce.

Des deux côtés de la console se trouvaient des postes de travail où, de leurs ordinateurs, les interprètes des données envoyées par le satellite répondaient aux nombreuses demandes de scientifiques, universitaires et organismes océanographiques du monde entier.

Austin se demandait pourquoi les génies avaient toujours des chevelures incroyables. Einstein, Beethoven, Mark Twain, Lex Luthor, l'ennemi de Superman. Hiram Yeager, le barbu qui dirigeait le service informatique de la NUMA. Et Wilmut lui-même, qui avait une double couronne de cheveux séparée par une raie juste au-dessus des oreilles.

Austin s'approcha par-derrière et lui dit de sa voix la plus grave :

— Salut à toi, Sauron, l'œil qui voit tout.

Wilmut fit pivoter sa chaise et lui adressa un grand sourire ravi.

— Salut à toi, homme mortel. Je t'attendais.

— L'œil de Sauron voit tout et sait tout.

— Eh non, malheureusement ! répliqua Wilmut. J'ai reçu ton message électronique de Turquie ainsi que le fichier photos joint. Assieds-toi et dis-moi en quoi je peux t'aider.

Austin se laissa tomber dans un fauteuil pivotant.

— Sur les photos, tu vois le moulage de marques

relevées sur une statue antique. Il me semble que ce tracé irrégulier est une sorte de carte géographique. Cela pourrait concerner un endroit situé sur la côte Est des Etats-Unis. Je me demandais si tu pourrais comparer cette carte aux photos satellites.

D'un clic de souris, Wilmut fit apparaître dans un rectangle la photo du chat du *Navigateur* prise par Austin. L'image était bien plus nette que sur l'original.

— Je l'ai travaillée, expliqua-t-il. J'ai enlevé les zones sombres, les contours imprécis et tout ce qui était inutile, et je l'ai délimitée de façon à faciliter la visualisation.

Austin approcha son index de l'écran.

— Ce symbole pourrait être celui d'un vaisseau qui aurait sombré. Le problème, c'est que je ne connais pas l'échelle de la carte. Chaque centimètre représente-t-il un mille, dix milles, cent milles ?

— Cette image se traite comme une empreinte digitale. Par la méthode de Galton, on analyse les crêtes, les îles, les fourches du relief cutané, c'est-à-dire tous les points de détail spécifiques appelés minuties qui permettent, par comparaison, l'identification d'un individu. Pour les relevés topographiques, on procède de la même façon. J'ai créé un algorithme qui permet de comparer des points précis de la carte d'origine à ceux des photos satellites. L'ordinateur du NUMASat va étudier toutes les possibilités. Cela ne devrait pas prendre trop longtemps.

Austin dit à Wilmut où il pourrait le joindre dès qu'il aurait du nouveau. Il redescendit en ascenseur à un autre étage. Zavala et lui se retrouvèrent dans le hall et se rendirent ensemble à la salle de réunion. Ses murs étaient décorés de grandes photos de voiliers et sa longue table en chêne posée sur l'épaisse moquette bleue faisait penser à un bateau voguant sur l'eau.

Les Trout étaient déjà là, en compagnie d'une jeune femme au visage grave qu'il supposa être Angela Worth. Elle semblait être encore en état de choc. En quelques heures à peine, elle avait fait la connaissance du couple, sa chef avait été assassinée et sa propre vie menacée. Elle se remettait à peine de cette succession d'événements en arrivant au cœur même de la NUMA, un organisme dont elle ne connaissait les exploits que par la presse.

Quand la porte s'ouvrit, elle resta muette d'étonnement. Les deux hommes qui venaient d'entrer auraient pu sortir d'un roman d'aventures. Le plus grand et le plus athlétique des deux avait des yeux bleu-vert au regard perçant et des cheveux blonds presque blancs. L'autre était un brun plein de charme aux yeux noirs et à la peau mate.

Une fois les présentations faites, Austin et Zavala s'installèrent de l'autre côté de la table. Paul leur tendit des copies de la reproduction en 3 D d'un vaisseau de Tarsis.

— Voici, selon nous, le genre de navire qui aurait pu venir jusqu'en Amérique du Nord. L'hypothèse d'une traversée de l'Atlantique étant difficile à confirmer, nous avons orienté nos recherches vers un autre point du dossier. Plusieurs éléments nous ramènent à la Philosophical Society ; nous avons donc décidé d'explorer cette piste-là. Et c'est ainsi que nous avons fait la connaissance d'Angela.

Austin adressa à la jeune femme un sourire chaleureux qui la mit tout de suite à l'aise.

— Félicitations pour avoir retrouvé le dossier Jefferson.

— Merci. Mais je suis vraiment tombée dessus par hasard.

— Angela a fait encore une autre découverte « par hasard », dit Gamay. Racontez donc à Kurt et à Joe ce que vous avez trouvé d'autre.

— Nous pensons que quelqu'un a assassiné Meriwether Lewis pour l'empêcher d'apporter à Thomas Jefferson des documents très importants.

— Très intéressant. Et comment êtes-vous parvenue à cette conclusion ?

Angela sortit un dossier d'une vieille serviette en cuir.

— J'ai cherché ce que je pouvais trouver sur l'esclave de Lewis, un jeune homme prénommé Zeb. D'après ce qu'on sait, il est arrivé à Monticello plusieurs semaines après la mort de Lewis. Il accompagnait un certain Neelly, venu donner à Jefferson des détails sur les circonstances de la mort de Lewis. Neelly l'avait sans doute emmené pour l'aider à transporter les affaires de Lewis. Je me suis demandé ce que Zeb était devenu ensuite.

— A cette époque, en tant qu'esclave, il devait être considéré comme un des biens de Lewis, suggéra Austin.

— C'est ce que j'ai pensé. Qu'on l'avait remis comme tel à la famille de Lewis. Et puis, une sorte d'intuition m'a poussée à faire des recherches sur le personnel de Monticello. C'est là que j'ai découvert quelque chose de tout à fait étonnant.

Angela tendit à Austin une feuille de papier sur laquelle étaient marqués les noms des employés, leur sexe, leur âge et leurs fonctions. Austin lut la liste et la fit passer aux autres sans un mot.

— Zeb est inscrit comme un homme libre et non un esclave, dit Gamay à voix haute. Il faisait partie des domestiques.

— Comment expliquer que Jefferson lui ait donné sa liberté alors qu'il avait à peine dix-huit ans ? demanda Austin.

Angela avança une hypothèse.

— Je pense que c'était une manière de le récompenser.

— Pas bête. Jefferson l'aurait remercié ainsi pour un service rendu.

— Pour lui avoir apporté les documents secrets de Lewis, par exemple, proposa Gamay. Je parierais que c'est cela.

— Savez-vous ce qu'il est devenu après avoir retrouvé sa liberté ? demanda Austin à Angela.

— Il est resté à Monticello. Il y occupait des fonctions privilégiées. Quelques années plus tard, il ne figure plus sur la liste du personnel, mais l'histoire ne s'arrête pas là.

Elle sortit de sa serviette la photocopie d'une ancienne coupure de journal.

Gamay en prit connaissance.

— C'est notre homme ?

— L'article précise qu'il a été longtemps au service du président Jefferson.

Gamay passa la coupure de journal à Paul.

— C'est de la dynamite, ça ! Il a plus de quatre-vingt-dix ans et va bientôt mourir quand on l'interroge. Et sur son lit de mort, il affirme que Meriwether Lewis a été assassiné.

— Quelles sont les chances qu'il l'ait dit à Jefferson en arrivant à Monticello ? demanda Austin.

Ce fut Paul qui répondit.

— Nous pensons que Jefferson savait depuis le début qu'il s'agissait d'un meurtre, mais a entériné la thèse du suicide, même si cela nuisait à la réputation de son ancien ami.

— Jefferson n'était pas un saint, mais pour faire une chose pareille, il devait avoir une bonne raison, remarqua Austin.

— A notre avis, il l'a fait pour détourner l'attention du motif réel de la visite de Meriwether Lewis : venir lui parler de ceci, dit Paul en brandissant la modélisation d'un bateau phénicien.

— Il ne nous reste plus qu'à aller faire un tour à Monticello pour voir si nous pouvons en apprendre davantage sur le jeune Zeb, déclara Gamay.

Austin s'apprêtait à dire que cette suggestion lui paraissait excellente, quand il dut s'excuser pour répondre au téléphone.

— Ça y est, Kurt ! lui annonça Wilmut, tout excité.

— Tu as trouvé l'endroit où le bateau aurait pu sombrer ?

— Mieux que ça ! J'ai trouvé le bateau lui-même.

36.

Du pont de son catboat, Austin regardait la baie de Chesapeake. Il la connaissait bien pour avoir exploré presque toutes les anses des deux rives à bord de ce voilier de sept mètres de long à faible tirant d'eau qu'il avait lui-même restauré. Malgré sa coque large, le catboat était étonnamment léger et maniable, parfaitement à la hauteur de sa réputation de dériveur « aussi rapide qu'un chat ». Austin, qui aimait la vitesse, adorait naviguer au près par bon vent, sa voile bordée au maximum.

Mais ce n'était pas le programme du jour. Il redescendit sur le quai et alla aider Zavala à décharger la Jeep. Après la réunion avec les Trout à la NUMA, ils avaient rassemblé le matériel nécessaire et s'étaient rendus au chantier naval situé au sud d'Annapolis. Austin avait appelé le directeur du chantier pour lui demander de lui préparer un bateau à moteur en fibre de verre d'environ six mètres de long.

Zavala prit les sacs contenant l'équipement de plongée, pendant qu'Austin sortait deux caisses en plastique. Ils tirèrent tout l'attirail sur le plan incliné et le rangèrent dans le bateau. Puis, après avoir détaché le hors-bord, ils prirent la direction du sud de la baie.

C'était Zavala qui conduisait. Austin, lui, consultait tour à tour la carte et le GPS de poche.

La baie de Chesapeake est l'estuaire le plus profond des Etats-Unis avec ses trois cent vingt kilomètres de long entre Havre de Grace, dans le Maryland, où vient se jeter la Susquehanna, et Norkolk, en Virginie. A l'embouchure du Potomac, elle doit faire près de cinquante kilomètres de large alors que près d'Aberdeen, dans le Maryland, elle n'en fait plus que six.

Zavala scrutait la vaste étendue d'eau qui scintillait sous le soleil.

— Il y a combien d'épaves au fond de cette baie ? demanda-t-il en forçant la voix de façon à ce qu'Austin l'entende malgré le bruit du moteur.

Austin, qui regardait la carte, releva la tête.

— Dix-huit cents environ, au dernier recensement : d'une épave du XVIe siècle échouée du côté de Tangier Island au *Cuyahoga*, une vedette des garde-côtes qui a sombré récemment à la suite d'une collision. Mais l'historien de la NUMA n'a aucune précision sur la cible repérée par le satellite.

— Il l'a repérée à quelle profondeur ?

— La baie n'est pas très profonde, répondit Austin. Il y a en moyenne six mètres de fond, mais il y a aussi des failles de plus de soixante mètres. D'après ce que je vois, notre cible se trouve dans l'une d'elles.

Le hors-bord filait vers le sud, laissant derrière lui les bateaux de pêche des ostréiculteurs et les petits voiliers de plaisance. Sur la voie navigable centrale, la circulation était dense dans les deux sens, comme toujours.

Moins d'une heure après avoir quitté le chantier naval, Austin consulta de nouveau le GPS et fit signe à Zavala, qui réduisit aussitôt les gaz pour suivre la direction qu'il lui indiquait. Quand ils arrivèrent au-dessus du site de plongée prévu, Austin montra l'eau et cria :

— C'est là.

Zavala coupa le moteur, Austin posa son GPS et jeta l'ancre. Le bateau se balançait sur les flots agités à une centaine de mètres d'un îlot. La sonde indiquait une profondeur de quarante-six pieds. Les deux hommes se penchèrent sur la photo satellite fournie par Wilmut. On y distinguait la forme d'un bateau au fond de l'eau. En principe, celui-ci se trouvait juste au-dessous d'eux.

Austin ouvrit une des caisses en plastique et en sortit un robot télécommandé de la taille d'un aspirateur. La NUMA en possédait d'autres, aussi gros qu'une voiture, et Austin aurait pu choisir un de ces engins aux équipements sophistiqués. Mais pour aller plus vite, il avait renoncé à disposer d'un magnétomètre ou d'un sonar et avait préféré un robot plus petit et facilement transportable, suffisant pour les eaux peu profondes.

De couleur rouge vif, le minirobot était équipé à l'avant d'une caméra couleur haute résolution et de phares halogènes et, à l'arrière, de deux puissants propulseurs. Il en avait aussi un sur le côté pour se mouvoir latéralement, et un autre, vertical, pour se déplacer de haut en bas. Des barres métalliques étaient fixées tout autour ; elles servaient à la fois de patins et de protections antichocs.

Zavala ouvrit l'autre caisse étanche, celle qui contenait l'écran de télévision de huit pouces et le boîtier de télécommande. Etant un excellent pilote, il n'aurait pas de mal à se servir de la manette multidirectionnelle. Avec l'aide d'Austin, il fixa sur le robot le long câble de cent mètres de long qui servait à le relier au boîtier. Austin l'attrapa ensuite par la poignée située sur le dessus pour le mettre à l'eau. Pour se familiariser avec la télécommande, Zavala soumit l'engin à quelques manœuvres complexes. Puis il mit en marche les propulseurs et le fit plonger à pic vers le fond.

Quand le robot fut à quarante pieds de profondeur, il le stabilisa et jeta un coup d'œil à l'écran de contrôle. Les deux cônes de lumière des phares éclairaient le fond vaseux : il n'y avait là aucune épave de bateau. Il fit effectuer au robot un mouvement de va-et-vient régulier. Toujours pas d'épave en vue.

Zavala se tourna vers Austin, qui surveillait l'écran par-dessus son épaule.

— J'espère que le NUMASat n'a pas eu la berlue.
— Mais non, voyons. Tu sais bien qu'il est fiable. Reprends le mouvement de va-et-vient, mais par tribord, cette fois. En lignes bien serrées.

Zavala mit en marche les propulseurs latéraux et déplaça le minirobot vers la droite. Il avançait de sept ou huit mètres, tournait et revenait en sens inverse un peu plus loin. Il avait exploré la moitié de la nouvelle zone à balayer quand les phares éclairèrent une ligne courbe et sombre qui dépassait du fond.

Zavala mit le robot en position stationnaire.

— Ou c'est un serpent de mer, ou c'est une membrure de bateau.
— A mon avis, nous avons là une épave. Tu me rappelleras que je dois un Hobbit à Sauron pour le remercier, déclara Austin avec un large sourire.

Zavala fit reprendre son exploration au mini-sous-marin. Ses phares éclairèrent d'autres membrures de bateau et bientôt une charpente tout entière. Le squelette d'une épave se dessinait sous leurs yeux. La taille des membrures se rétrécissait à un bout. Le robot approchait de la poupe.

— Le bois s'est plutôt bien conservé, sauf au niveau des bordages. Ils ont l'air calciné.

— C'est ce qui expliquerait pourquoi le bateau a sombré. Il a dû brûler jusqu'à la ligne de flottaison.

— Combien mesure-t-il, à ton avis ?

Austin scrutait l'écran avec attention.

— Environ cinquante mètres de long. Peut-être plus. Mais... c'est quoi ce truc, là sur la droite ?

Zavala tourna aussitôt le sous-marin dans la direction indiquée. Les phares éclairèrent une pièce de bois de forme allongée : elle représentait un museau de cheval. La partie supérieure du crâne avait brûlé ; il n'en restait rien.

— On dirait la tête d'un gros cheval à bascule.

Le pouls d'Austin s'accéléra. Il prit dans son sac marin une chemise en plastique transparent. A l'intérieur se trouvait la reproduction en 3 D du vaisseau que lui avaient remis les Trout. Il mit l'image à côté de l'écran. Le museau du cheval était pratiquement le même sur le papier et sur l'écran.

— Tu sais quoi, amigo ? Nous sommes peut-être les premiers en deux mille ans à voir en vrai un navire de Tarsis, construit par des Phéniciens.

— Je donnerais bien une caisse de tequila anejo pour voir à quoi il ressemblait quand il naviguait encore.

Austin tapota l'écran. Il venait d'apercevoir une forme ronde exactement au milieu de la coque.

— Qu'est-ce que c'est ?

Zavala mit le robot au ralenti. Ses phares éclairèrent un morceau de métal en partie recouvert par la végétation sous-marine. Il fit faire à l'engin un demi-tour sur place de façon à utiliser la force de propulsion des hélices arrière pour écarter le sable entourant l'objet.

— C'est un casque de scaphandrier, dit Austin.

— Je savais les Phéniciens doués pour la navigation, mais de là à les imaginer plongeant avec un scaphandre !...

— Ce casque ne date pas de leur époque, je te rassure ! Un plongeur sous-marin a dû repérer l'épave avant nous. Et je dirais qu'il n'a jamais pu remonter.

Zavala positionna le robot sous-marin de façon à éclairer l'objet. Austin sortit son équipement de plongée, se déshabilla, ne gardant que son maillot, et enfila la combinaison, les bottes, les gants et la cagoule en néoprène. Quand il eut ses palmes aux pieds, Zavala l'aida à ajuster sa ceinture lestée et sa bouteille. Austin vérifia rapidement que le régulateur fonctionnait. Puis il mit son masque et plaça l'embout dans sa bouche. Il était fin prêt. Il s'assit sur le plat-bord du bateau et se laissa basculer en arrière.

Il s'enfonça de plusieurs mètres dans un nuage de bulles et fut parcouru d'un frisson le temps que l'eau froide entrée à l'intérieur de sa combinaison se réchauffe à la chaleur de son corps. Avec des mouvements puissants, il se propulsa à travers l'eau de plus en plus sombre et opaque vers la lueur vert argenté projetée par les phares du robot.

Arrivé au-dessus du sous-marin, il le contourna pour se placer face à la caméra et faire signe que tout allait bien. Zavala fit bouger l'avant du robot de haut en bas pour montrer qu'il avait compris. Austin lui fit un petit geste de la main et s'éloigna vers la carcasse du bateau. Tout le haut de la coque était effectivement calciné.

Il allait se tourner vers le casque de scaphandrier quand il aperçut un objet rectangulaire. Il le souleva pour l'examiner : c'était une sorte de tablette de pierre ou d'argile de douze centimètres de long sur cinq centimètres d'épaisseur ; l'une de ses faces était creusée de lignes.

Austin la glissa dans le sac attaché à sa ceinture et reporta son attention sur le casque de scaphandre. Il écarta les algues accrochées à la base et libéra la pèlerine. Il creusa la vase tout autour avec ses mains. Des lambeaux de toile pourrie s'échappèrent par en dessous.

Le frisson qui le parcourut n'avait plus rien à voir avec la température de l'eau.

Prenant la lampe de poche accrochée à sa ceinture, il l'alluma et éclaira l'intérieur du casque : deux orbites vides le fixaient.

Austin ne savait que faire. Comme la plupart des amoureux de la mer, il avait le respect des tombes marines. Il pouvait, dès son retour à terre, signaler sa découverte aux autorités maritimes ; cependant, l'intervention des plongeurs musclés de la police risquait de compromettre la découverte des secrets que l'épave pouvait receler.

Il prit le casque entre ses bras et essaya de le soulever aussi délicatement que possible. Le crâne tomba tout droit dans la vase. Le scaphandrier semblait sourire. C'était réconfortant.

Tout en évitant de regarder les orbites vides, Austin sortit un sac de levage de sa housse, le déplia, en noua les sangles autour de la base du casque et le gonfla à l'aide de l'air de sa bouteille. Puis il gonfla son gilet de stabilisation, et, emportant le casque avec lui, remonta vers la surface.

Grâce à l'écran de contrôle du robot sous-marin, Zavala avait pu assister à la première partie de l'opération. Il vit bientôt la tête d'Austin émerger de l'eau et lui lança un cordage. Austin y accrocha le casque pour qu'il ne sombre pas. Puis il tendit à Zavala sa bouteille, sa ceinture de plomb et ses palmes avant de remonter à bord par l'échelle.

Ils unirent leurs efforts pour hisser le lourd casque de scaphandre hors de l'eau et le déposer sur le pont.

Aussitôt sa cagoule enlevée, Austin s'agenouilla pour l'examiner.

— C'est un modèle très ancien. Il doit être là depuis des années.

Zavala inspecta la valve d'arrivée d'air et les hublots avant et latéraux.

— C'est une pièce magnifique, observa-t-il en caressant le dôme de métal. Il est tout en cuivre et en laiton.

Il essaya de soulever le casque et son plastron.

— Ce harnachement doit peser plus de vingt kilos. Le type qui le portait devait être un solide gaillard.

— Pas si solide que cela, remarqua Austin.

— Très juste ! admit Zavala. Je serais curieux de savoir qui c'était.

Austin gratta les algues accrochées sur le devant du plastron à l'endroit où était rivetée une plaque de métal ovale. Le nom du fabricant y était gravé – la société Morse de Boston – ainsi qu'un numéro de série.

— Voilà qui pourrait nous apporter une réponse.

Austin se servit de son téléphone portable pour appeler le service des historiens océanographes de la

NUMA. La jeune documentaliste qui lui répondit s'appelait Jennifer. Il se présenta et lui transmit les renseignements figurant sur la plaque. Jennifer lui demanda les numéros inscrits sur les attaches et lui promit de le rappeler dès que ses recherches auraient abouti.

Zavala, pendant ce temps, avait fait remonter le robot sous-marin à la surface. Austin le hissa hors de l'eau et enroula soigneusement le câble de liaison sur le pont. Après quoi, il se souvint du contenu du sac sous-marin. Il l'ouvrit et en sortit la tablette. Sous l'eau, elle paraissait vert-de-gris, mais, en séchant, elle était plutôt couleur terre. Des lignes profondes d'un centimètre étaient creusées sur l'une des faces. Il la tendit à Zavala.

— Je l'ai trouvée près du casque. Sur le moment, j'ai cru que ces lignes étaient les marques naturelles de la pierre, mais maintenant, je n'en suis plus si sûr.

Zavala prit la tablette et la plaça sous différents angles pour exposer sa surface à la lumière.

— Ces lignes-là sont trop régulières et profondes pour être naturelles. Et les côtés sont parfaitement lisses. C'est une tablette de fabrication humaine. Tu parles le phénicien ?

— Je n'ai pas pratiqué depuis longtemps, répondit Austin en reprenant l'objet pour le remettre dans son sac.

Ils visionnèrent ensemble les images prises par le robot lors de sa première passe au-dessus du vaisseau échoué et tentèrent à nouveau d'estimer sa longueur. Pour avoir plongé dessus, Austin l'évaluait plutôt à soixante mètres.

— Disons qu'en tout cas, ce n'était pas une chaloupe, conclut Zavala.

Le téléphone portable d'Austin l'empêcha de répondre à cette boutade.

— Vous avez tiré le gros lot, annonça Jennifer. C'est un casque de plongée authentique de la Marine à douze boulons et quatre hublots de modèle MK. Morse était un chaudronnier d'art et c'est pendant la guerre civile qu'il s'est lancé dans la fabrication de scaphandres.

— Celui-ci a l'air assez récent, dit Austin.

— Il l'est. Il a été fabriqué en 1944. Le modèle MK est sorti au début du siècle. Il a été amélioré au fil des ans et la Marine américaine s'en est beaucoup servie pendant la Seconde Guerre mondiale pour plonger sur les épaves.

— Cela veut-il dire qu'on ne l'emploie plus depuis ?

— Pas forcément. Quelqu'un a pu le trouver dans un entrepôt ou un surplus de l'armée. S'il est en bon état, c'est un objet de grande valeur pour les collectionneurs.

— Dommage qu'on ne puisse pas savoir à qui il a appartenu en dernier.

— Ce renseignement-là, je ne l'ai pas, mais j'ai fait des recherches dans les archives de la Marine et j'ai trouvé le nom du plongeur qui l'utilisait pendant la guerre. Il s'agit d'un certain Chester Hutchins. D'après les archives, il l'a racheté à la Marine à la fin de la guerre. Il vivait alors à Havre de Grace dans le Maryland.

Austin connaissait bien cette ville du front de mer située près de l'embouchure de la Susquehanna.

— Je sais où c'est. Merci. Peut-être sa famille vit-elle encore là-bas ?

— J'ai trouvé dans l'annuaire une Mrs. Chester Hutchins. Vous avez un crayon ?

Austin en trouva un et nota le numéro dans la marge de la carte marine étalée sur la console de navigation. Après avoir remercié Jennifer, il transmit l'information à Zavala.

— On tient peut-être une piste, commenta ce dernier.

— Cela m'en a tout l'air.

Austin composa aussitôt le numéro qu'il avait noté. En entendant une voix de femme, il hésita un instant. Il ne voulait pas lui provoquer une crise cardiaque. Mais il n'y avait pas de manière délicate d'annoncer la nouvelle.

Il commença par poser cette question :

— Etes-vous une parente de Chester Hutchins ?

— Son épouse, répondit-elle. Enfin, sa veuve. Il est mort depuis des années. Mais qui est à l'appareil ?

— Je m'appelle Kurt Austin. Je travaille pour l'Agence nationale de recherche maritime et sous-marine. Je plongeais avec un ami sur une épave dans la baie de Chesapeake quand nous avons trouvé un casque de scaphandre. Il semblerait que ce soit celui de votre époux.

— Mon Dieu ! murmura-t-elle. Ça fait si longtemps !

— Souhaitez-vous que nous vous l'apportions, madame Hutchins ?

— Oh oui, cela me ferait vraiment plaisir ! Je vais vous donner mon adresse.

Austin la nota et échangea encore quelques mots.

Dès qu'il eut raccroché, Zavala, qui avait suivi de loin la conversation, lui demanda :
— Alors ?
Austin recourba son index.
— Eurêka ! s'écria-t-il avec un grand sourire.

37.

Carina était aux anges.

Son déjeuner de travail au Roof Garden Café du Metropolitan Museum of Art s'était déroulé mieux encore qu'elle ne l'avait espéré. La chance était avec elle. Enfin !

Les deux organisateurs de l'exposition avaient accueilli avec enthousiasme sa suggestion : elle voulait demander aux médias de relayer la nouvelle du vol du *Navigateur*, car elle était convaincue que cela leur ramènerait du monde. Ils l'avaient écoutée, de plus en plus fascinés, leur décrire ses recherches laborieuses pour retrouver la statue, la tentative de vol ratée sur le porte-conteneurs et celle qui, malheureusement, avait réussi.

L'échange avait été une véritable partie de ping-pong. Les idées fusaient de part et d'autre, elles étaient débattues, puis retenues ou non.

Le Navigateur aurait droit à une salle entière. Ce serait comme une exposition dans l'exposition. Il y aurait aux murs des photos géantes de la statue au moment de sa découverte en Syrie. Des photos du musée de Bagdad, des pyramides d'Egypte, du porte-conteneurs, de la Smithsonian Institution ; bref, de toutes les pièces du puzzle. L'espace central serait occupé par une estrade vide, réservée à la statue, ceci afin de renforcer un peu plus l'idée de mystère.

Le nom de cette exposition particulière s'était imposé de lui-même : « Disparu ».

La mise en scène imaginée, du jamais vu dans un musée, devrait remporter un énorme succès.

En redescendant en ascenseur de la terrasse panoramique, Carina souriait intérieurement. « Ces Américains, ils sont forts tout de même ! » Ils se heurtaient peut-être à une concurrence de plus en plus vive sur les marchés mondiaux, mais ils n'avaient rien perdu de leur capacité à vendre du rêve.

Ces réflexions sur les Américains lui rappelèrent qu'Austin attendait son appel.

Elle fut tentée un instant d'aller voir quelques-unes des collections du musée, mais un coup d'œil à sa montre lui apprit que le déjeuner de travail avait duré beaucoup plus longtemps que prévu.

Elle traversa le hall à pas vifs pour rejoindre la sortie. Debout entre les hautes colonnes qui dominaient le vaste escalier donnant sur la 5e Avenue, elle sortit son portable de son sac. Alors qu'elle s'apprêtait à composer le numéro de celui d'Austin enregistré dans son répertoire, elle s'arrêta brusquement. Elle revoyait son geste quand il avait jeté rageusement l'appareil dans les eaux turques.

Elle obtint par les renseignements le numéro de la NUMA et se réjouit, après l'avoir composé, d'entendre une voix humaine lui répondre. L'amiral Sandecker détestait les messages enregistrés et la NUMA était sans doute une des seules agences gouvernementales de Washington à employer encore des standardistes.

Elle dut, en revanche, se contenter du répondeur

d'Austin, car il n'était pas dans son bureau. Elle lui laissa un message disant qu'elle repartait vers Pennsylvania Station et essaierait à nouveau de le joindre pendant le trajet en train ou à son arrivée à Washington. Elle lui laissa le même message chez lui. S'il ne la rappelait pas d'ici là, elle rentrerait à son hôtel en taxi et attendrait qu'il se manifeste.

Concentrée sur ses appels, elle ne remarqua pas l'homme qui l'observait du siège avant d'un Yellow Cab garé près de l'entrée principale du musée.

Les yeux rivés sur sa proie, le chauffeur parlait dans le micro de son émetteur radio.

— Je la prends devant le Met.

Carina remit son téléphone dans son sac et descendit les marches.

Le faux chauffeur de taxi alluma le signal indiquant qu'il était libre et avança lentement de façon à arrêter le véhicule juste devant Carina au moment où elle arrivait sur le trottoir.

Ravie de l'aubaine, elle ouvrit la portière arrière et s'engouffra à l'intérieur.

— C'est pour où, M'dame ? demanda le chauffeur par-dessus son épaule.

— Penn Station, s'il vous plaît.

Le chauffeur opina du chef et ferma la vitre de séparation en plexiglas. Le taxi démarra et se fondit dans la circulation de la 5e Avenue. Carina contemplait par la fenêtre le spectacle de la rue. New York était une de ses villes préférées. Elle aimait son énergie, sa culture, sa puissance, la diversité de sa population.

Parfois, elle regrettait de ne se sentir nulle part chez elle. Ayant des attaches aussi bien en Europe qu'en Afrique, elle avait un pied sur chaque continent. Et même si elle était maintenant basée à Paris, elle passait le plus clair de son temps à voyager. La perspective de sa soirée avec Austin dans sa maison du bord du fleuve l'enchantait. Elle aimait ce bel Américain intrépide et l'enviait d'avoir un endroit où se reposer entre ses nombreux voyages à travers le monde. Il fallait qu'elle lui demande comment il avait réussi à trouver le juste équilibre entre vie privée et vie professionnelle.

Carina sentit soudain une odeur doucereuse, comme un parfum de femme entêtant. L'odeur était si forte qu'elle lui donnait mal à la tête. Elle essaya d'ouvrir sa vitre, mais la commande électrique était bloquée. Le parfum était de plus en plus entêtant. Elle suffoquait. Glissant sur la banquette, elle essaya d'actionner la commande de l'autre vitre. Bloquée, elle aussi.

Elle fut prise de vertiges. Si elle ne respirait pas de l'air frais au plus vite, elle allait s'évanouir. Elle frappa à la vitre de séparation. Le chauffeur ne réagit pas. Elle regarda la photo figurant sur la carte professionnelle ; ce n'était pas le même visage. Les battements de son cœur s'accélérèrent. Elle fut prise de sueurs froides.

« Sortir... de... là. »

Elle tambourina avec ses poings contre la vitre en plexiglas. Quand le chauffeur jeta un coup d'œil dans le rétroviseur, elle vit son regard. Totalement indifférent. Puis le reflet dans le miroir se brouilla.

Elle ne sentait plus ses bras, ses poings devenaient tout mous. Elle s'allongea sur la banquette et ferma les yeux. Elle était en train de perdre connaissance.

Le chauffeur de taxi regarda de nouveau dans le rétroviseur. Voyant qu'elle était inconsciente, il pressa un bouton du tableau de bord pour arrêter l'envoi de gaz soporifique vers l'arrière. Il quitta bientôt la 5ᵉ Avenue pour prendre la direction de l'Hudson.

Quelques minutes plus tard, il gara le taxi devant une guérite de contrôle à l'entrée d'une zone clôturée. Le garde le laissa passer et il rejoignit l'héliport situé au bord du fleuve. Deux hommes se tenaient près d'un hélicoptère dont les pales tournaient lentement.

Le taxi se gara à proximité. Les hommes ouvrirent les portières arrière, sortirent le corps inerte de Carina et le déposèrent sur un siège de l'hélicoptère.

L'un d'eux s'installa aux commandes. L'autre s'assit à côté de Carina. Il tenait à la main une bombe de gaz, prêt à lui en administrer une nouvelle bouffée si elle commençait à se réveiller.

Les pales du rotor s'emballèrent, l'hélicoptère tressauta et s'éleva au-dessus du tarmac. Quelques instants plus tard, ce n'était plus qu'un point gris dans le ciel.

38.

« Je ne suis heureux qu'ici. »

Après avoir lu cette phrase de Jefferson dans le guide, Gamay se tourna vers son mari.

— Jefferson l'aimait vraiment, son Monticello.

— On peut le comprendre, répondit Paul en montrant à travers le pare-brise le portique à colonnes et la rotonde extérieure aisément reconnaissables, au sommet d'une colline dominant la campagne vallonnée de Virginie.

Il y avait plus d'un an que les Trout n'étaient pas venus jusqu'à la maison de Jefferson au cours d'une de leurs balades. Avec leur Humvee, ils aimaient emprunter les routes secondaires et les petits chemins. C'était toujours Paul qui conduisait. Gamay lui servait de copilote et glanait dans sa pile de guides des détails peu connus sur les lieux traversés ou visités, qu'elle lui lisait à voix haute. Parfois jusqu'à satiété.

— Tiens, tiens, murmura Angela, qui était assise à l'arrière.

Paul Trout grimaça. La jeune femme était aussi prolixe que Gamay en la matière. Depuis qu'ils avaient quitté Georgetown le matin même, les deux femmes se relayaient pour donner chacune à leur tour des précisions plus ou moins intéressantes sur Jefferson et Monticello.

— Trop tard, on est arrivés, annonça-t-il pour l'arrêter dans son élan.

— Attendez, le passage qui suit est important, insista Angela, qui avait le nez plongé dans un gros volume intitulé *Thomas Jefferson, sa vie, son époque*. Cela concerne les manuscrits de Jefferson volés au cours de leur transport en bateau entre Washington et Monticello.

Paul dressa l'oreille.

— Allez-y, lisez-le-nous.

Angela n'avait pas besoin d'encouragements.

— Jefferson écrit à son ami le Dr Benjamin Barton, un naturaliste membre de la Philosophical Society, pour lui annoncer le vol de ses listes de vocabulaire indien. Il qualifie le fait de « grand malheur irréparable », car c'est le fruit de trente années de travail. Pendant cette période, il a compilé une cinquantaine de dialectes. Il compte en éditer un recueil, mais il attend, pour envoyer ses listes à l'imprimeur, d'avoir fait la synthèse des documents rapportés de son expédition par Lewis. Il dit à Barton que, pour lui, certains mots indiens ressemblent à du russe. Parmi les quelques feuilles qu'il a pu récupérer sur les berges du fleuve après le vol de sa malle, certaines contiennent des échantillons d'indien Pani recueillis par Lewis. Sur d'autres, qui sont en lambeaux, il voit bien des mots écrits de la main de Lewis, mais se demande de quelle langue il s'agit.

— Serait-ce la même que celle de la carte ? Du phénicien ? demanda Gamay.

— Ce n'est pas impossible, dit Paul. On peut imaginer que dans une de ses lettres, Jefferson a parlé à Lewis des étranges caractères figurant sur la carte. Et que Lewis a fait le rapprochement avec ceux qu'il avait vus sur un parchemin qu'il ne lui avait pas transmis.

— Pourquoi l'aurait-il gardé ? demanda Gamay.

— Parce qu'il le jugeait sans grand intérêt. Mais en recevant la lettre de son ancien patron, il part toutes affaires cessantes pour Monticello. C'est bien la preuve qu'il a quelque chose d'urgent à lui montrer.

— Et que la carte est un document important, suggéra Gamay. Elle remonte au temps des Phéniciens, et elle indique l'emplacement d'Ophir.

— C'est follement excitant comme hypothèse. Malheureusement, ajouta Paul en secouant la tête, telle quelle, cette carte est inutilisable. Pour pouvoir la lire, il faudrait une rose des vents, une échelle numérique, des points de repère...

Angela ouvrit sa serviette, chercha dans le dossier Jefferson et en sortit la copie du parchemin comportant les lignes sinueuses, les croix et les mots de phénicien.

Elle l'agita en l'air.

— Nous sommes tous d'accord pour dire qu'il lui manque un morceau, n'est-ce pas ?

— Oui, confirma Paul. Elle était sûrement plus grande à l'origine.

— Si c'est le cas, enchaîna Gamay, de plus en plus excitée, ce que Lewis apportait à Jefferson c'était peut-être l'autre partie de cette carte. On dit qu'il avait trouvé une mine d'or lors de son expédition vers le Pacifique.

— Ouaouh ! s'écria Angela. Alors, si notre théorie concernant le jeune esclave est la bonne, Jefferson savait où se trouvait la mine d'Ophir.

— Doucement, doucement, dit Paul en riant. Malgré les apparences et notre propension à lancer des idées en l'air pour en discuter, Gamay et moi sommes avant tout des scientifiques. Ce qui veut dire que nous ne travaillons qu'à partir de faits avérés. Et pour l'instant, nous n'avons rien de concret sur quoi étayer nos suppositions.

Angela parut déçue. Gamay tenta de lui remonter le moral en défendant son point de vue.

— Reconnais, Paul, que cette suggestion est excitante, même si elle soulève un certain nombre de questions.

— Je serais le premier à dire que l'hypothèse est plausible. Peut-être allons-nous trouver ici des réponses.

Il gara le Humvee près de la bibliothèque de Jefferson. C'était une bâtisse imposante de deux étages et demi en bardeaux blancs, située à huit cents mètres à l'est de l'entrée principale de Monticello. Ils donnèrent leur nom à l'entrée et demandèrent à voir l'archiviste qu'ils avaient eu au téléphone. Quelques instants plus tard, un homme de haute stature en costume marron clair s'approcha d'eux et leur tendit la main.

— Ravi de faire votre connaissance, dit-il avec un grand sourire. Je m'appelle Charles Emerson. Jason Parker, l'archiviste à qui vous avez parlé, m'a transmis votre demande. Soyez les bienvenus à la bibliothèque de Jefferson.

Emerson avait la voix grave et les manières courtoises d'un gentleman du Sud. Son visage au teint hâlé était très lisse, à part quelques rides au coin des yeux. A sa carrure musclée, on le devinait sportif, mais malgré son allure jeune, ses cheveux argentés laissaient supposer qu'il avait plus de soixante ans.

Gamay lui présenta Paul et Angela, puis elle le remercia.

— C'est très gentil à vous de nous recevoir.

— C'est tout naturel. Jason m'a dit que vous faisiez partie de l'Agence nationale de recherche maritime et sous-marine. C'est bien cela ?

— Oui, Paul et moi travaillons pour la NUMA. Et Miss Worth est archiviste à la Philosophical Society.

Emerson leva un sourcil.

— Je suis très honoré. La NUMA est réputée pour ses exploits. Et l'APS est l'un des joyaux de la culture de ce pays.

— Merci, répondit Angela en jetant un coup d'œil sur le grand hall d'entrée.

— Votre bibliothèque est elle aussi tout à fait impressionnante.

— Nous en sommes très fiers, en effet, répondit Emerson. Sa construction a coûté cinq millions et demi de dollars, elle a ouvert en 2002 et abrite vingt-huit mille volumes. Il y a aussi de nombreuses salles de lecture et une vaste médiathèque. Je vous propose une petite visite.

Emerson leur montra les salles de lecture et les salles informatiques, puis il les emmena dans son vaste bureau.

— Alors, en quoi cette bibliothèque peut-elle intéresser les employés de la NUMA ? Les collines de Virginie sont bien loin de l'océan.

— C'est vrai, acquiesça Gamay avec un sourire. Mais je pense que vous allez pouvoir nous aider. Meriwether Lewis a dirigé une expédition à destination du Pacifique sur les ordres de Thomas Jefferson.

Si Emerson ne voyait pas où elle voulait en venir, il n'en montra rien.

— Meriwether Lewis, répéta-t-il, l'air songeur. Un sacré bonhomme.

Angela ne put s'empêcher d'intervenir.

— En fait, nous nous intéressons plutôt à son serviteur. Un jeune homme du nom de Zeb Moses, qui était à son service quand il est mort.

— Jason m'a dit que vous lui aviez parlé de ce Zeb au téléphone. C'est la raison pour laquelle il m'a chargé de m'occuper de vous. Zeb a eu un parcours étonnant. Il est né en esclavage et a travaillé la plus grande partie de sa vie à Monticello. Il est mort à plus de quatre-vingt-dix ans et a vécu assez longtemps pour connaître la Proclamation de l'Emancipation.

— Vous semblez bien le connaître, remarqua Paul.

Emerson sourit.

— Et pour cause ! Zeb Moses est un de mes ancêtres.

— Quelle formidable coïncidence ! Vous êtes donc tout désigné pour répondre à une question qui nous tracasse.

— Je ferai de mon mieux. Allez-y.

— Savez-vous ce qui a valu à Zeb d'être affranchi si peu de temps après son arrivée à Monticello ?

Quand il réfléchissait, Paul avait pour habitude de pencher la tête de côté et de plisser les yeux comme pour regarder par-dessus la monture d'invisibles lunettes. Cette particularité déstabilisait souvent ses interlocuteurs. Ce fut le cas pour Emerson. Il se départit un instant de son expression cordiale pour froncer les sourcils, mais il se ressaisit vite et retrouva son large sourire.

— Comme je vous le disais, mon ancêtre était un individu remarquable. Comment avez-vous appris qu'il avait été affranchi ?

— En consultant la base de données de Monticello, répondit Paul. A côté du nom de Zeb figure le mot « libre », écrit de la main de Jefferson.

— Effectivement, Jefferson a rendu leur liberté à quelques-uns de ses esclaves.

— Vraiment très peu, intervint Angela. Il avait beau ne pas penser grand bien de l'esclavage, sur votre propre site internet, il est dit qu'il en a toujours eu environ deux cents à son service. Vers la fin de sa vie, il en a vendu plus d'une centaine et en a donné quatre-vingt-cinq à sa famille. Il a rendu leur liberté à cinq d'entre eux par testament et en a affranchi trois seulement de son vivant. L'un des trois était votre ancêtre.

Emerson rit.

— Eh bien, je ne chercherai pas à vous contredire, jeune dame. Vous avez parfaitement raison. N'empêche que c'est la preuve qu'il en a libéré quelques-uns, même si, malheureusement, ils se comptent sur les doigts de la main.

— Ce qui nous ramène à ma question, dit Paul. Pour quelle raison Zeb a-t-il été libéré et a-t-il eu droit à un emploi privilégié de domestique si peu de temps après son arrivée à Monticello ?

Emerson se renversa en arrière et croisa les mains, les coudes appuyés sur son bureau.

— Je n'en ai pas la moindre idée. Et vous, vous avez une suggestion ?

Paul se tourna vers Angela. Il voulait se faire pardonner son petit discours sur la vérité scientifique.

— Miss Worth en a une.

Angela s'empressa de prendre la parole.

— Nous pensons que Lewis avait une mission secrète à accomplir en venant à Monticello : remettre à Jefferson un document de la plus haute importance. C'est ce qui lui a valu d'être assassiné en route. Zeb Moses a alors mené cette mission à son terme. Et c'est pour l'en récompenser que Jefferson lui a rendu sa liberté et l'a pris à son service.

— Très jolie histoire, dit Emerson en secouant la tête pour exprimer son scepticisme sans heurter la jeune femme. Et quel document secret Lewis aurait-il pu confier au jeune Zeb ?

Gamay ne voulait pas qu'Angela en dise trop à Emerson.

— Nous pensons qu'il s'agit d'une carte topographique.

— Une carte de quel endroit ?

— Nous n'en avons pas la moindre idée.

— C'est la première fois que j'en entends parler, dit Emerson. Mais, c'est promis, je vais étudier la question. Cette histoire m'intrigue au plus haut point. Je n'ai jamais imaginé que Zeb avait pu être investi d'une mission secrète.

Il jeta un coup d'œil à sa montre et se leva.

— Je suis désolé de devoir écourter cette discussion passionnante, mais j'ai rendez-vous avec un donateur potentiel.

— Nous comprenons parfaitement, dit Paul. Et nous vous remercions de nous avoir accordé autant de temps.

— Ce fut un plaisir, répondit Emerson en les raccompagnant.

Pour lui l'entretien était terminé. Mais pas pour Angela.

— Oh, j'allais oublier ! Monsieur Emerson, avez-vous déjà entendu parler de la Artichoke Society créée par Jefferson ?

Emerson s'immobilisa, la main sur la poignée de la porte.

— Non, jamais. S'agit-il d'un club de jardinage ?

— Peut-être, répondit Angela en haussant les épaules.

— Il va falloir que je me renseigne aussi là-dessus.

Emerson regarda ses visiteurs remonter dans le Humvee et suivit celui-ci des yeux quand il démarra. Son visage avait une expression soucieuse.

Il retourna d'un pas vif à son bureau et composa un numéro de téléphone.

Une voix d'homme répondit. Brusque et sèche.

— Bonjour, Charles. Comment allez-vous ?

— Ça pourrait aller mieux. Les gens qui ont appelé hier pour poser des questions sur Zeb Moses viennent juste de partir. C'est un couple de la NUMA et une jeune femme de la Philosophical Society.

— Vous avez apaisé leurs soupçons avec votre éloquence habituelle, je suppose ?

— Je croyais y être arrivé, en effet, jusqu'à ce que la jeune femme parle de la Artichoke Society.

S'ensuivit un profond silence, puis l'interlocuteur d'Emerson reprit de sa voix sèche :

— Nous ferions bien de réunir les autres.

— Je m'en occupe tout de suite.

Après avoir raccroché, Emerson resta un long moment le regard dans le vague. Il se ressaisit bientôt et tapa de mémoire le premier numéro de téléphone de la liste.

Pendant qu'il attendait que la personne lui réponde, une image se forma dans son esprit : celle d'une bobine de fil géante en train de se dérouler.

— Premières impressions ? demanda Paul en passant devant la maison de Monticello.

— Aimable, mais, à mon avis, pas franc du collier, répondit Gamay.

— Je suis d'accord, renchérit Angela. Il a quelque chose à cacher.

— Je l'ai observé quand vous avez mentionné la Artichoke Society. Il s'est tétanisé.

— J'ai remarqué sa réaction, moi aussi, dit Gamay. La question d'Angela l'a vraiment déstabilisé. Nous devrions peut-être fouiner un peu de ce côté-là. Quelqu'un connaît-il un expert en artichauts ?

— Oui, moi, répondit Angela. Un garçon qui s'est pas mal documenté pour écrire un livre sur les artichauts. Je vais l'appeler.

Stocker était chez lui et parut ravi de l'entendre.

— Ça va ? J'ai entendu parler du meurtre commis à la bibliothèque et j'ai essayé de te joindre chez toi.

— Ça va, ça va. Je te raconterai tout en détail plus tard. J'ai une faveur à te demander. Au cours de tes recherches, as-tu vu mentionnée une certaine Artichoke Society ?

— Tu veux parler du club secret de Jefferson ?

— C'est cela, oui. Que sais-tu à son sujet ?

— Elle est citée dans un article sur les sociétés secrètes de l'Université de Virginie. Je n'ai pas tout lu parce que cela ne me semblait pas important.

— Sais-tu qui a écrit cet article ?
— Un professeur de l'Université. Je vais te donner ses coordonnées.

Angela nota le nom et le numéro, dit à Stocker qu'elle le rappellerait et expliqua aux Trout ce qu'elle venait d'apprendre. Gamay composa aussitôt le numéro de l'universitaire.

— Bonne nouvelle, annonça-t-elle après avoir raccroché. Il veut bien nous recevoir entre deux cours, mais il faut se dépêcher.

Trout enfonça l'accélérateur et le gros 4 × 4 prit rapidement de la vitesse.

— Prochain arrêt : Université de Virginie.

39.

La veuve du plongeur vivait dans une maison carrée de deux étages qui avait dû être jolie à l'époque où elle était encore entretenue. La peinture jaune des façades s'écaillait. Les volets pendaient de guingois sur leurs gonds. Mais, contrastant agréablement avec cette impression d'abandon général, la pelouse était tondue et les plates-bandes joliment fleuries.

Austin sonna. N'entendant pas le carillon tinter, il tapa à la porte. Personne. Il tapa un peu plus fort.

— J'arrive !

Une femme à cheveux blancs apparut à l'angle de la maison et s'approcha.

— Excusez-moi, dit-elle avec un grand sourire. J'étais dans le jardin.

— Madame Hutchins ? s'enquit Austin.

— Appelez-moi Thelma.

Elle nettoya ses mains terreuses en les frottant l'une contre l'autre et tendit la droite à Austin, puis à Zavala. Sa paume était calleuse et sa poignée de main étonnamment vigoureuse.

Les deux hommes se présentèrent.

Elle les détailla en plissant ses yeux gris-bleu, puis sourit.

— Vous ne m'aviez pas dit au téléphone que vous étiez beaux garçons. Je me serais un peu pomponnée au lieu de me montrer toute crottée. Alors, comme ça, vous avez trouvé le casque de Hutch ?

Austin montra du doigt le Cherokee garé devant la maison.

— Il est là, dans le 4 × 4.

Thelma descendit l'allée d'un pas décidé et ouvrit le hayon du véhicule. Le casque avait été débarrassé des algues et concrétions qui y étaient accrochées et son cuivre lisse rutilait sous le soleil.

La vieille femme en caressa le sommet.

— C'est bien la boîte à crâne de mon Hutch, dit-elle en essuyant une larme. Il est encore au fond ?

Austin revoyait le rictus du scaphandrier.

— Eh oui ! Voulez-vous que nous demandions aux garde-côtes de remonter ses restes pour les inhumer ?

— Non, mieux vaut laisser le vieux bougre là où il est. Il détesterait être enfoui sous terre. J'ai eu deux maris après lui, Dieu les bénisse, mais Hutch a été le premier et le meilleur des trois. Je ne peux pas lui faire ça. Venez. On va lui offrir des funérailles à notre manière.

Austin échangea avec Zavala un regard amusé. Thelma Hutchins n'était pas du tout la vieille dame frêle qu'ils s'attendaient à rencontrer. Elle était grande et se tenait très droite malgré son âge. Elle les emmena d'un pas alerte jusqu'à une vieille table en bois abritée du soleil par un parasol publicitaire *Cinzano* aux couleurs passées. Elle leur proposa de s'installer en disant qu'elle revenait tout de suite.

La façade arrière de la maison était encore plus décrépite que l'avant, mais le jardinet aussi vert et parfaitement entretenu qu'un green de golf. Il y avait des parterres de fleurs un peu partout et un potager magnifique, qui aurait suffi à nourrir une armée de végétariens. Un gros labrador pataud s'approcha et lécha le genou d'Austin.

Thelma ressortit de la maison avec trois bouteilles de bière bon marché en s'excusant de n'avoir pas mieux à leur proposer.

— Je boirai de la *Stella Artois* quand ils m'augmenteront ma retraite. Pour l'instant, faut se contenter de cette pisse d'âne.

Elle tourna la tête vers son chien.

— Lush s'est présenté tout seul, à ce que je vois.

Elle versa un peu de bière dans une gamelle et regarda en souriant le chien trottiner jusqu'au récipient et laper le liquide mousseux. Puis elle leva sa bouteille.

— A Hutch. Je savais bien que quelqu'un finirait par retrouver ce vieux pirate.

Ils trinquèrent à la santé du défunt et burent une gorgée de bière.

— Depuis quand votre mari a-t-il disparu ? demanda Austin.

— Mon *premier* mari, rectifia Thelma.

Puis, après une grande goulée et un claquement de lèvres, elle ajouta :

— Hutch a cassé sa pipe au printemps 1973. Où l'avez-vous retrouvé ?

Austin déplia la carte marine qu'il avait apportée et montra la croix dessinée au crayon.

— Ça alors ! C'est à des kilomètres de l'endroit où je pensais qu'elle était, la fameuse épave au trésor.

— L'épave au trésor ? répéta Zavala.

— C'est comme ça que l'appelait Hutch. C'est à cause d'elle qu'il s'est tué.

— Pouvez-vous nous dire ce qui s'est passé ?

Une expression lointaine passa dans les yeux de Thelma.

— Hutch est né ici et y a passé toute son enfance. Pendant la Seconde Guerre mondiale, il s'est enrôlé dans la Marine et y est devenu homme-grenouille. Il était drôlement bon, d'après ce qu'on m'a dit. Ce scaphandre, il l'a racheté à la fin de la guerre. Quand on s'est mariés, il a continué à plonger de temps en temps pour des entreprises, histoire de ne pas perdre la main. Mais son vrai gagne-pain, c'était son bateau de pêche. C'est comme ça qu'il est tombé sur cette épave. Son filet s'était accroché dessus. Et elle l'a complètement ensorcelé.

— Pourquoi donc ? demanda Austin.

— Hutch connaissait toutes les épaves du coin. Il avait plongé sur la plupart d'entre elles. Il jouait les historiens. Il a fait des tas de recherches, mais pas une archive officielle ne mentionnait de bateau échoué à cet endroit-là.

— Il ne vous a jamais dit où cette épave se trouvait ?

— Hutch était fermé comme une huître de la Chesapeake. Et sacrément vieux jeu : pour lui, les femmes ne savent pas tenir leur langue. Il ne souhaitait pas m'en parler avant d'avoir remonté un peu d'or.

— Qu'est-ce qui lui faisait penser qu'il en trouverait à l'intérieur ?

— Il y a très peu de gens qui savent qu'à une époque, ça regorgeait de mines d'or dans le coin. Dans le Maryland, en Virginie, et jusqu'en Pennsylvanie.

— Cela ne m'étonne pas, déclara Austin. Je ne l'ai moi-même appris que l'année dernière. Je suis tombé un jour dans le Maryland sur une gargote qui s'appelait le Gold Mine Café et on m'a expliqué que ce nom venait de la mine désaffectée qui se trouvait juste à côté.

— Votre mari a donc supposé que le bateau transportait de l'or ? demanda Zavala.

— C'était plus qu'une supposition, mon joli.

Thelma tira sur la chaîne qu'elle portait au cou pour montrer le pendentif en forme de tête de cheval qui y était accroché.

— Voilà ce qu'il a trouvé à sa première plongée. Il me l'a offert en m'assurant que ce n'était qu'un début.

Elle poussa un long soupir.

— Oh, mon Hutch ! Pour moi, tu valais bien plus que n'importe quel trésor.

— Désolé de vous obliger à évoquer ces tristes souvenirs, s'excusa Austin.

Thelma retrouva son sourire.

— Ce n'est rien, Kurt. Je ne devrais pas me laisser aller comme ça.

Zavala avait une question à poser à Thelma.

— Kurt et moi avons eu du mal à hisser ce casque de scaphandre hors de l'eau avec son plastron, tellement il est lourd. Je me demandais comment votre mari arrivait à le mettre et l'enlever tout seul.

— Oh, mais il plongeait jamais seul ! Le jour où il a découvert l'épave, il était avec un de ses marins, Tom Lowry. Du coup, il a bien été obligé de le mettre dans la confidence. Et Tom est devenu son accompagnateur attitré. Hutch lui avait promis qu'ils partageraient tout ce qu'il trouverait. Moitié-moitié.

— Il est encore vivant, ce Tom Lowry ?

— Non, lui aussi, l'épave a eu sa peau. La gendarmerie maritime a supposé que Hutch avait eu un problème au fond de l'eau. Que son tuyau d'air s'était emmêlé ou quelque chose comme ça. Tom était fort comme un bœuf, mais il était toujours entre deux bières, si vous voyez ce que je veux dire. Il était très attaché à Hutch. A mon avis, en ne le voyant pas remonter, il a dû sauter du bateau sans réfléchir. Il a dû faire un malaise dans l'eau et se noyer.

— Dans ce cas, on aurait dû retrouver le bateau à l'ancre au-dessus de l'épave ? remarqua Austin.

— Il y a eu un grain ce jour-là. Le canot s'est détaché et a dérivé. Il a été retrouvé comme le corps de Tom à plusieurs milles de là. J'ai vendu le bateau à un ami de Hutch, que j'ai d'ailleurs épousé quelques années après.

— Avez-vous jamais parlé du trésor à quiconque ?

Thelma secoua la tête.

— Non, pas même aux gendarmes. Cette épave de malheur avait déjà tué deux hommes. Il n'était pas question que je sois de nouveau une veuve éplorée ou qu'il y en ait une autre en ville.

— Combien de fois Hutch a-t-il plongé sur l'épave ?

— Deux fois.

Thelma tripota la chaîne qu'elle portait autour du cou.

— La première fois, il a trouvé ce pendentif. La deuxième, il est tombé sur la jarre. Ils ont dû la remonter, la déposer au hangar et avoir envie de retourner voir au fond.

Austin reposa sa bouteille de bière.

— De quelle jarre parlez-vous, Thelma ?

— C'est une vieille poterie en terre cuite. Elle est grisâtre, verdâtre, et fermée hermétiquement. Je l'ai retrouvée dans un gros bidon en fer, dans le hangar à bateaux. Encore toute couverte d'algues. Hutch et Tom avaient dû la cacher là en attendant. Elle était trop légère pour contenir de l'or, mais, de toute façon, je n'ai jamais eu envie de l'ouvrir. J'avais trop peur qu'elle ne provoque encore un malheur. Comme la boîte de Pandore.

— Pouvez-vous nous la montrer ?

Thelma eut l'air embarrassé.

— Fallait venir plus tôt. Je l'ai donnée il y a quelques jours à un type qui s'est arrêté à la maison. Il m'a dit qu'il écrivait un livre et avait entendu parler en ville de l'histoire de Hutch et de son épave. Quand j'ai mentionné la jarre, il m'a demandé s'il pouvait l'emprunter pour la passer aux rayons X. Je lui ai dit qu'il pouvait même la garder.

— Son nom ne serait-il pas Saxon ?

— Oui, c'est cela. Tony Saxon. Un type pas mal, mais pas aussi beau que vous. Vous le connaissez ?

— Un peu, répondit Austin avec une grimace.

Il était très déçu.

— Vous a-t-il dit à quel hôtel il était descendu ?

— Non.

Thelma paraissait ennuyée.

— Elle vaut des sous, cette poterie ? La maison aurait bien besoin d'être retapée.

— Non, je ne pense pas, répondit Austin. En revanche, ce casque de scaphandre est à vous et lui vaut beaucoup d'argent.

— Assez pour faire réparer et repeindre cette baraque ?

— Oui, et pour vous acheter, en plus, une caisse ou deux de *Stella Artois*.

Austin refusa la deuxième bière qu'elle leur proposait pour fêter cette bonne nouvelle. Zavala et lui allèrent chercher le casque dans la Jeep et le posèrent par terre dans le salon. Puis Austin dit à Thelma qu'il allait demander à un expert en matériel nautique de venir l'estimer.

Pour les remercier, Thelma embrassa les deux hommes sur la joue avec chaleur.

Au moment de remonter dans le 4 × 4, Austin remarqua un morceau de papier enroulé autour de l'essuie-glace. Il le déroula et lut le message écrit au stylo-bille.

Cher Kurt, désolé pour l'amphore. Je serai au Tidewater Grill jusqu'à dix-huit heures. Venez m'y rejoindre, je vous offrirai un verre. A.S.

Austin tendit le mot à Zavala, qui le lut et sourit.

— Si c'est ton copain qui régale, je suis partant.

Zavala monta à son tour dans la Jeep.

Austin démarra et prit la direction du front de mer. Il se souvenait avoir vu à l'entrée de la ville le panneau indiquant le Tidewater et savait comment s'y rendre. Le bar-restaurant surplombait la baie.

Ils trouvèrent Saxon qui parlait pêche avec le barman. En les voyant, il sourit et se présenta à Zavala. Il leur proposa une bière-pression locale et, leur chope à la main, les trois hommes allèrent s'installer à une table d'angle.

Austin n'aimait pas perdre, mais il savait se montrer beau joueur.

— Félicitations, Saxon. Comment avez-vous fait ?

Saxon prit une gorgée de bière et s'essuya les lèvres d'un revers de main avant de répondre.

— J'ai beaucoup bourlingué et j'ai eu de la chance. Il y avait un moment déjà que je voulais me concentrer sur cette région. En fait, c'est après le sabotage de ma réplique de navire phénicien que j'ai cessé d'explorer la côte Ouest des Etats-Unis pour m'intéresser à la côte Est.

— Qu'est-ce qui vous fait dire qu'il y a eu sabotage ?

— Quelques jours avant l'incendie qui a ravagé le bateau, j'ai reçu une offre d'achat d'un courtier maritime. Je lui ai dit qu'il n'était pas à vendre et devait servir à un projet scientifique. C'est cette semaine-là que le bateau a été détruit par le feu.

— Qui était l'acheteur ?

— Vous l'avez rencontré à la présentation du *Navigateur*. C'est Viktor Balthazar.

Austin revit le regard courroucé de Saxon au moment où Balthazar était entré dans l'entrepôt de la Smithsonian.

— Dites-nous ce qui vous a fait venir dans cette baie.

— J'ai toujours pensé qu'Ophir pourrait bien se trouver dans cette région réputée pour ses mines d'or. Je me suis aussi intéressé aux abords de la Susquehanna, car, il y a quelques années, des tablettes couvertes de caractères qui pourraient être du phénicien ont été découvertes du côté de Mechanicsburg en Pennsylvanie.

— Et qu'est-ce qui vous a conduit chez Thelma Hutchins ?

— Après le vol du *Navigateur*, j'étais désemparé.

Je ne savais plus quoi faire. Je suis venu ici et j'ai couru les magasins de plongée et les sociétés d'histoire. Le mari de Thelma – ou, plus vraisemblablement, son équipier – avait dû être un peu trop bavard, car j'ai entendu circuler une rumeur selon laquelle ils avaient trouvé une épave renfermant un trésor. J'ai réussi à obtenir l'adresse de Thelma et je suis allé la trouver. C'est elle qui m'a dit d'emporter l'amphore. Sûrement parce qu'elle a succombé à mon charme.

— Sûrement, répéta Austin. Et nous, comment nous avez-vous trouvés ?

— Si la NUMA veut agir en toute discrétion, je vous conseillerais de peindre vos véhicules dans une couleur moins voyante que ce magnifique turquoise. Je m'apprêtais à aller prendre un petit déjeuner tardif quand j'ai aperçu votre 4 × 4. Je vous ai suivis jusqu'au hangar à bateaux, je vous ai vus décharger votre matériel et repartir en voiture. Et je vous ai ensuite suivis jusque chez Thelma. Mais puis-je à mon tour vous poser une question ? Comment vous-mêmes avez-vous découvert l'existence de cette épave ?

Austin parla à Saxon du double du *Navigateur* qu'ils avaient découvert en Turquie et de la carte topographique gravée sur le flanc du chat.

Saxon s'exclama :

— Sur le flanc d'un chat, ça alors ! A vrai dire, j'ai toujours pensé qu'il existait peut-être deux statues jumelles. Les deux gardiens de l'entrée d'un temple.

— Celui de Salomon ? suggéra Austin, qui se remémorait sa conversation avec Nickerson.

— Selon toute vraisemblance.

Saxon fronça les sourcils avant d'ajouter :

— Je me demande pourquoi les gens qui ont volé

l'original n'ont pas cherché à retrouver le vaisseau naufragé.

— Ils ne sont peut-être pas aussi futés que nous. Maintenant que vous avez l'amphore, que comptez-vous en faire ?

— Je l'ai déjà ouverte pour en étudier le contenu.

— Eh bien ! vous n'avez pas perdu de temps ! Et qu'y avait-il à l'intérieur ?

— La réponse dépend de vous, Kurt. J'espère que nous pourrons faire un échange de bons procédés. J'aurai besoin de l'aide de la NUMA, mais pas pour retrouver l'or. Ce n'est pas cela qui m'intéresse ; c'est la possibilité de remonter dans le temps. Moi, tout ce que je veux, c'est retrouver la Reine de Saba. J'avoue que cette dame me fascine.

Austin plissa le menton et se tourna vers Zavala.

— Tu penses que nous pouvons conclure un marché avec ce personnage insaisissable ?

— Allons, Kurt ! Tu sais comme j'aime les histoires d'amour. S'il faut voter pour ou contre, je suis pour.

En fait, la décision d'Austin était déjà prise. L'aide que la NUMA apporterait à Saxon ne serait pas grand-chose en échange de son savoir et son expérience d'archéologue aguerri. En outre, il admirait l'homme pour son ingéniosité et sa persévérance.

Il regarda Saxon droit dans les yeux.

— C'est oui à l'unanimité, mais à deux conditions.

Les traits de Saxon s'affaissèrent.

— La première ?

— Que vous me disiez ce que vous avez trouvé dans l'amphore.

— Un papyrus. Et la deuxième ?

— Que vous remettiez la tournée de bière.
— Vraiment, Austin ! Vous êtes dur de profiter de la faiblesse d'un pauvre homme, répondit Saxon en frisant ses moustaches.

Avec un grand sourire, il héla le barman et leva trois doigts.

40.

Le valet de chambre de Balthazar remonta le couloir aux murs tapissés de bois sombre et s'arrêta devant une lourde porte en chêne. Son plateau en équilibre sur une main, il frappa doucement de l'autre. Pas de réponse. Il eut un petit sourire. Il savait bien que Carina était à l'intérieur, puisque c'était lui qui l'avait portée inconsciente de l'hélicoptère à cette chambre.

Il sortit une clé de sa poche, déverrouilla la serrure et poussa le battant.

Carina attendait derrière la porte, le visage déformé par la colère. Elle s'était emparée de la lourde lampe de chevet en cuivre et la tenait à deux mains comme une massue, prête à assommer le premier qui passerait le seuil de la pièce. Elle ne s'attendait pas à ce que quelqu'un se présente avec un plateau garni d'une théière et d'une tasse en porcelaine fine.

Sans abaisser la lampe, elle demanda d'un ton brutal :

— Qui m'a déshabillée ?

Le valet de chambre répondit :

— Une femme de chambre. Vos vêtements sont au lavage. Mr. Balthazar a pensé que vous seriez plus à l'aise dans une tenue propre.

— Dites à Mr. Balthazar que j'exige qu'on me les rapporte immédiatement.

— Vous pourrez le lui dire vous-même. Il vous attend dans le jardin. Inutile de vous presser, a-t-il précisé. Vous le rejoindrez quand cela vous conviendra. Puis-je déposer ce plateau ?

Carina foudroya l'homme du regard, mais s'écarta pour le laisser entrer. Il posa le plateau sur une table basse. L'œil rivé sur la lampe qu'elle tenait à la main, il repartit à reculons et ressortit en laissant la porte ouverte.

Carina s'était réveillée quelques minutes plus tôt, étonnée de se trouver dans un lit qu'elle ne connaissait pas. Elle avait encore en mémoire l'odeur douceâtre qu'elle avait respirée à l'arrière du taxi. En rejetant les couvertures, elle avait découvert qu'elle était en sous-vêtements. Et quand elle avait cherché ses habits dans la chambre luxueuse, tout ce qu'elle avait trouvé était une longue tunique de coton blanc à encolure ronde, pendue dans un placard,

La tunique à la main, elle avait jeté un coup d'œil sur la pièce. En dehors des barreaux aux fenêtres, elle aurait pu se croire dans une chambre d'hôtel. Elle venait de s'approcher d'une des fenêtres donnant sur le jardin quand on avait frappé. Enfilant la robe à toute vitesse, elle s'était emparée de la lampe pour aller se poster derrière la porte.

Après le départ du valet de chambre, elle sortit dans le couloir et le vit disparaître dans un autre couloir. Elle revint dans la pièce et claqua la porte. Elle était si énervée que ses mains en tremblaient. Elle posa la lampe, se laissa tomber dans un fauteuil rembourré et se mit à pleurer.

La fureur qui lui avait donné le courage de se préparer à agresser son visiteur était retombée. Elle s'essuya les yeux, alla se laver la figure et se recoiffer. Puis elle but une grande gorgée de thé, sortit dans le couloir et suivit le chemin emprunté par le valet de chambre. Elle déboucha sur un patio ensoleillé dont les portes grandes ouvertes s'ouvraient sur un jardin. Elle perçut le bruit d'une fontaine dont l'ornement central en pierre représentait une femme nue entourée de chérubins, mais ses yeux se posèrent aussitôt sur Balthazar, occupé à couper des fleurs dans un des parterres autour de la fontaine.

Il était vêtu d'un pantalon blanc et d'une chemisette noire, et chaussé d'espadrilles à semelle de corde. Il sourit en la voyant et s'avança vers elle pour lui offrir le bouquet de fleurs.

Elle croisa les bras d'un air résolu.

— Je ne veux pas de vos fleurs. Où suis-je ?

Balthazar posa le bouquet sur un banc en marbre.

— Chez moi, Miss Mechadi. Vous êtes mon invitée.

— Je n'ai que faire de votre hospitalité. J'exige que vous me laissiez partir.

Sans se départir de son sourire, Balthazar la regarda longuement, avec le même intérêt qu'un collectionneur de papillons examine un spécimen rare.

— Exigeante. Autoritaire. Je n'en attendais pas moins d'une Mékada.

Ce commentaire troubla Carina. Sa colère retomba.

— De quoi parlez-vous ?

— J'ai une proposition à vous faire.

Il lui indiqua une table ronde en marbre sur laquelle étaient dressés deux couverts.

— Acceptez de boire un verre de vin avec moi en mangeant quelques tapas et je vous dirai tout.

Carina jeta un rapide coup d'œil sur le jardin. Deux hommes en uniforme noir montaient la garde près d'une porte qui devait donner sur l'extérieur. Aucune possibilité pour elle de s'enfuir. Et même si elle réussissait à s'évader, où irait-elle ? Elle n'avait aucune idée de l'endroit où elle se trouvait. En attendant qu'une occasion se présente, elle s'approcha de la table et s'assit, le dos très droit.

Le valet de chambre apparut comme par magie avec une carafe d'eau pour emplir leurs verres, puis revint apporter plusieurs plats. Carina comptait à peine y toucher, mais elle se rendit compte qu'elle était affamée. Elle mangea tout ce qu'on lui servit en se disant qu'elle avait besoin de prendre des forces. En revanche, elle ne but pas de vin rosé. Elle voulait garder l'esprit clair.

Balthazar semblait lire dans ses pensées. Il était fin psychologue et s'abstint de toute discussion pendant le repas, à part pour lui demander si la nourriture était à son goût. Quand elle eut assez mangé, elle but son verre d'eau d'un trait et repoussa son assiette en disant :

— Voilà, j'ai rempli ma part du contrat.

— C'est exact. A moi de remplir la mienne à présent. L'histoire commence il y a trois mille ans avec Salomon.

— Le roi Salomon ?

— Le seul et l'unique. Le fils de David, le roi d'un royaume correspondant à ce qu'on appelle aujourd'hui Israël. Selon la Bible, Salomon reçoit la visite de la reine d'un autre royaume portant le nom de Saba. Ayant entendu parler de la sagesse de Salomon, elle est curieuse de le rencontrer. En arrivant, elle est impressionnée non seulement par sa sagesse, mais aussi par sa richesse. Ils tombent amoureux l'un de l'autre. Il écrit même une série de poèmes érotiques que certains pensent dédiés à la reine.

— Le Cantique des Cantiques, précisa Carina.

— Parfaitement. La femme chantée dans ces poèmes se présente comme ceci : « Je suis noire mais belle, fille de Jérusalem. »

— Elle venait d'Afrique.

— C'est ce qu'il semblerait. On en fait à peine mention dans la Bible, alors que le Coran en parle. Les Arabes et, plus tard, les chroniqueurs du Moyen Age ont repris cette histoire. La Reine de Saba et Salomon se marient. Elle lui donne un fils, puis retourne dans son royaume. Ayant de nombreuses épouses et concubines, Salomon a déjà beaucoup d'enfants. A son retour chez elle, la Reine de Saba est encore plus riche et plus puissante qu'avant.

— Et le fils ?

— La légende dit qu'il retourne en Afrique et deviendra roi à son tour.

— Très joli conte de fées, commenta sèchement Carina. A présent, puis-je prendre congé et m'en aller ?

— Je n'en suis qu'au début de l'histoire, reprit Balthazar. De la liaison entre Salomon et la servante de la Reine de Saba naît un fils. Il meurt très jeune, mais laisse des descendants. Ceux-ci s'installent à Chypre, y prospèrent dans la construction navale et proposent leurs bateaux aux croisés de la Quatrième Croisade. Après la mise à sac de Constantinople, ils partent s'installer en Europe occidentale et prennent un nom espagnol.

— Balthazar.

— C'est cela. Malheureusement, je suis le dernier descendant de sexe masculin. Quand je mourrai, la lignée s'éteindra avec moi.

« Bon débarras », se dit Carina en son for intérieur. Elle eut un rire sonore :

— Seriez-vous en train d'affirmer que vous descendez de Salomon ?

— Mais oui, Miss Mechadi. Et vous aussi.

— Vous êtes encore plus fou que je ne le pensais.

— Avant de formuler un jugement, écoutez la fin de l'histoire. Le fils de Salomon et de la Reine de Saba est devenu roi d'Ethiopie et sa famille a régné sur le pays pendant des siècles.

— Je suis née en Italie, mais ma mère m'a parlé de Ménélik, le roi d'Ethiopie. Qu'en est-il ?

— Vous connaissez donc le *Kebra Nagast,* qui veut dire « Gloire des rois ». C'est le texte sacré qui rapporte l'histoire de la Reine de Saba et de Ménélik.

Carina commençait à perdre de son assurance.

— J'en ai déjà entendu parler, mais je ne l'ai jamais lu. J'ai été élevée dans la religion catholique.

— Le *Kebra Nagast* aurait été découvert au IIIe siècle avant Jésus-Christ, dans la bibliothèque de l'église Sainte-Sophie à Constantinople. Il se peut qu'il ait été écrit plus tard, en réalité, mais cela n'a pas grande importance. Si vous l'aviez lu, vous sauriez que ce texte parle de Salomon et de Mékada, la Reine de Saba. J'ai demandé à un expert en onomastique de faire des recherches sur le nom Mechadi. Il est bel et bien dérivé de Mékada.

— Cela ne prouve rien ! répliqua Carina. C'est comme si n'importe quel garçon prénommé Jésus ou Christian avait des liens de famille avec le Messie.

— Je suis d'accord avec vous, excepté sur le point suivant : le verre dans lequel vous avez bu au moment de préparer l'exposition du *Navigateur* renfermait des traces de votre ADN. Pour être sûr des résultats, j'en ai fait analyser des échantillons par trois laboratoires différents et la conclusion des trois est la même. Votre ADN et le mien ont en commun plusieurs éléments d'un ADN dont les premiers maillons pourraient remonter à Salomon. Vous par l'intermédiaire de la Reine de Saba. Moi par celui de sa servante. Je vais faire porter les résultats des laboratoires dans votre chambre. Ainsi vous pourrez les étudier à loisir.

— Des résultats de laboratoire peuvent très bien être truqués.

— Vous avez raison, mais ce n'est pas le cas.

Balthazar sourit à Carina.

— Cessez de considérer votre présence ici comme une incarcération. Il s'agit plutôt d'une réunion de famille. La première fois que nous nous sommes rencontrés, vous m'avez dit que vous aimeriez dîner avec moi. Le repas sera servi à dix-huit heures.

Balthazar était déjà debout et s'éloignait. Carina le rappela.

— Attendez !

Balthazar n'était pas habitué à recevoir des ordres. Il se retourna, une lueur de colère dans le regard.

— Oui, Miss Mechadi ?

Elle montra sa longue tunique. Si Balthazar considérait qu'elle descendait d'une reine, elle allait se comporter comme telle.

— Je n'aime pas cette tenue. Je veux mes vêtements.

L'homme hocha la tête.

— Je vous les ferai rapporter.

Puis il s'éloigna et disparut par une des portes-fenêtres de la maison.

Carina resta immobile, ne sachant trop ce qu'elle devait faire.

Le valet de chambre réapparut pour venir prendre les assiettes.

— Monsieur Balthazar vous fait savoir que vous êtes libre de retourner dans votre chambre.

Le rappel de sa situation de prisonnière la sortit de sa torpeur. Elle pivota sur ses talons, rentra dans la maison et retourna dans sa chambre. Ce qu'elle considérait un moment plus tôt comme une prison lui apparaissait à présent comme un refuge.

Elle claqua la porte et s'adossa au battant. Elle resta ainsi, les paupières closes, comme si en fermant les yeux elle pouvait se transporter dans un autre lieu.

Elle refusait l'idée d'avoir une once de sang en commun avec ce personnage répugnant. Sa simple présence lui était insupportable.

Et Balthazar lui faisait peur.

Mais ce qui l'effrayait le plus, c'était la possibilité que son histoire fût vraie.

41.

Le professeur McCullough accueillit ses visiteurs sur le perron de la rotonde de l'Université de Virginie. Le bâtiment de brique rouge construit d'après les plans de Jefferson était surmonté du même dôme que Monticello et le Panthéon de Rome. Le professeur leur proposa de bavarder tout en marchant sous les galeries à colonnes encadrant la vaste pelouse centrale.

— J'ai vingt minutes à vous accorder avant mon cours d'éthique.

Le professeur était un grand gaillard dont la barbe grise ressemblait à un bouquet de mousse espagnole. Il avait des joues rouges comme des pommes d'api et une démarche chaloupée qui ressemblait plus à celle d'un ancien marin qu'à celle d'un universitaire.

— Je dois vous avouer que votre question à propos de la Artichoke Society m'a sérieusement intrigué.

— C'est apparemment une énigme, dit Gamay tandis qu'ils passaient devant un des pavillons bordant la pelouse.

McCullough s'arrêta net.

— C'est même un véritable mystère, dit-il en hochant la tête. J'étais tombé sur le sujet par hasard en préparant un papier sur l'éthique inhérente à l'appartenance à une société secrète.

— Un sujet intéressant, remarqua Paul.

— C'est ce qu'il m'a semblé. On n'a pas besoin de faire partie d'un groupe de conspirateurs visant à s'emparer du pouvoir pour que la question de l'éthique se pose. L'appartenance à n'importe quelle association, aussi innocente soit-elle, peut générer parfois des comportements discutables comme un esprit trop sectaire – « nous et les autres » –, la pratique de rituels étranges, l'emploi de symboles spécifiques et la croyance chez ses membres qu'eux seuls détiennent la vérité. De nombreux clubs, par exemple, sont exclusivement masculins. Certains pays comme la Pologne ont d'ailleurs interdit les sociétés secrètes, des simples associations d'étudiants aux formations nazies.

— Qu'est-ce qui vous a amené à vous intéresser aux sociétés secrètes ? demanda Paul.

— L'Université de Virginie est connue pour les sociétés secrètes qu'elle abrite. Il y en a plus d'une vingtaine sur le campus. Et je parle seulement de celles que je connais.

— J'ai lu un livre sur la Seven Society, dit Angela, qui semblait toujours avoir quelques renseignements intéressants à fournir.

— Ah oui ! Les Sept. C'est un club si secret que c'est par la notice nécrologique du bulletin d'information du campus qu'on découvre qu'une personne en faisait partie. Sa tombe est ornée d'une gerbe de magnolias noirs formant le chiffre 7 et la cloche de la chapelle de l'Université tinte sept fois toutes les sept minutes sur un accord dissonant de septième.

— Jefferson a-t-il fait partie de l'un de ces groupes ? demanda Gamay.

— Quand il était étudiant à l'Université William and Mary, il était membre de la Flat Hat Society, qui est devenue par la suite le Flat Hat Club.

— Drôle de nom, dit Gamay.

— Au siècle dernier, la toque plate en question était portée par les professeurs et les étudiants tous les jours ; pas seulement à la remise des diplômes.

— Comme dans Harry Potter, dit Angela.

Cette réflexion fit rire McCullough.

— A ma connaissance, l'Université de Virginie n'a rien à voir avec Hogwarts, l'école de magie du roman de J.K. Rowling, mais les membres de cette société secrète avaient une façon particulière de se serrer la main. Ils se réunissaient régulièrement pour discuter de divers sujets, mais l'association n'avait « pas d'objet utile » pour reprendre les termes de Jefferson.

Gamay ramena le professeur au sujet qui les intéressait.

— Et la Artichoke Society elle-même, que pouvez-vous nous en dire ?

— Pardon. Je faisais donc des recherches à la bibliothèque de l'Université quand je suis tombé sur une vieille coupure de journal. Son auteur y racontait comment, un jour qu'il arrivait à cheval à Monticello dans l'espoir d'obtenir un entretien avec l'ancien Président, il avait cru voir John Adams descendre d'une calèche devant la maison.

— Une réunion des pères fondateurs ? murmura Paul, étonné.

— Le journaliste n'en croyait pas ses yeux. Quand Jefferson en personne lui a ouvert la porte, il lui a demandé si son visiteur n'était pas John Adams. Jefferson a répondu que c'était le propriétaire d'une plantation voisine venu discuter avec lui de ses dernières plantations. Le journaliste lui a demandé ce qu'il cultivait. Jefferson a souri et répondu : « Des artichauts. » Le journaliste a donc rapporté cette conversation et s'est contenté de mentionner que l'ami de Jefferson ressemblait étrangement à John Adams.

— Qui a pour la première fois attesté de l'existence de la Artichoke Society ? demanda Gamay.

— J'avoue que c'est moi le coupable, répondit McCullough.

Son visage rubicond avait pris une expression penaude.

— Que voulez-vous dire ?

— En fait, ce n'était qu'une supposition. « Et si cette rencontre avait réellement eu lieu ? » Pourquoi les pères fondateurs des Etats-Unis auraient-ils jugé nécessaire de se retrouver ? Les voyages n'étaient pas faciles à cette époque-là. Je suis parti de cette histoire pour écrire un article humoristique sur le penchant de l'Université de Virginie à abriter en son sein des sociétés secrètes. Je l'avais complètement oublié quand un écrivain du nom de Stocker m'a appelé la semaine dernière. Il avait découvert par hasard à l'American Philosophical Society un document sur les artichauts écrit par Jefferson. Une simple recherche dans Google avait fait apparaître mon article.

— Angela est archiviste à l'APS, expliqua Gamay. C'est elle qui a identifié l'auteur du document.

— Quelle étrange coïncidence ! s'exclama McCullough. Je l'ai dit à Mr. Nickerson.

— Qui est Mr. Nickerson ?

— Quelqu'un du Département d'Etat qui s'intéresse beaucoup à Jefferson. Il avait lu mon article et espérait que je pourrais lui en apprendre un peu plus. Il devait me recontacter, mais je n'ai plus entendu parler de lui. Stocker m'a téléphoné la semaine dernière, vous hier. Décidément...

Le professeur jeta un coup d'œil à sa montre.

— Cette conversation est passionnante, mais c'est l'heure de mon cours.

Paul lui tendit sa carte de visite.

— Auriez-vous la gentillesse de nous appeler si vous pensez à un autre détail ?

— Vous pouvez compter sur moi.

— Bon, nous ne voulons pas vous retenir plus longtemps, dit Gamay. Merci de nous avoir reçus, professeur.

McCullough serra la main de ses trois visiteurs et s'éloigna de sa démarche chaloupée.

Paul le regarda traverser la pelouse d'un air pensif.

— Dans le dossier qu'il nous a envoyé, Kurt dit qu'un certain Nickerson du Département d'Etat l'a fait venir sur un magnifique yacht ancien dans une marina du Potomac pour le charger de résoudre l'énigme du bateau phénicien.

— Je me souviens de ce nom, effectivement, confirma Gamay. C'est sûrement le même homme ; qu'en penses-tu ?

Paul haussa les épaules sans répondre et prit son téléphone portable. Il chercha dans son répertoire le numéro d'un fonctionnaire du Département d'Etat avec qui il avait un jour collaboré sur des questions de législation maritime. Il l'appela aussitôt.

Un moment plus tard, il raccrochait et se tournait vers Gamay et Angela.

— Nickerson est bien sous-secrétaire au Département d'Etat. Mon copain ne le connaît pas personnellement, mais, selon lui, il est en poste depuis un certain temps et très bien informé. On le dit brillant mais excentrique. Il vit sur un yacht ancien dans une marina du Potomac. Mon copain a seulement pu me donner le nom de la marina. Que diriez-vous d'un petit crochet au retour ?

— Ce serait plus facile avec le nom du bateau, remarqua Angela.

— Si nous cherchions la facilité, nous ne travaillerions pas à la NUMA, rétorqua Paul.

Les Trout eurent encore plus de mal qu'ils ne le pensaient à retrouver le bateau de Nickerson. Des anciens, il y en avait un certain nombre ; heureusement, un seul d'entre eux – un yacht à coque blanche portant le nom de *Lovely Lady* – pouvait être qualifié de magnifique.

Paul sortit du SUV et s'en approcha. Le pont était désert, il n'y avait aucun signe de vie à bord. Il monta sur la passerelle et appela à plusieurs reprises.

Personne ne répondit, mais un homme sortit la tête d'un bateau voisin.

— Nickerson n'est pas là. Il est parti il y a un bon moment déjà.

Paul le remercia et s'apprêtait à faire demi-tour. En jetant un dernier coup d'œil au nom du bateau, il remarqua que la partie arrière était plus blanche que le reste de la coque. Il retourna voir l'homme pour lui demander si le bateau avait changé de nom récemment et celui-ci répondit par l'affirmative.

Quelques instants plus tard, il se réinstallait au volant du 4 × 4.

— Nickerson n'est pas là.
— Je t'ai vu scruter le nom du bateau, lui dit Gamay.
— Simple curiosité. Le voisin de Nickerson dit qu'auparavant le bateau s'appelait *Chardon*.
Angela dressa l'oreille.
— Vous en êtes sûr ?
— Oui, pourquoi ?
— Nous en revenons aux artichauts…
— Pardon ?
— Je l'ai découvert par hasard en sortant des dossiers pour mon copain écrivain : les artichauts et les chardons sont de la même famille.

42.

Saxon ouvrit la porte de la petite maison qu'il avait louée dans la baie et actionna l'interrupteur. Il sourit de toutes ses dents en pénétrant à l'intérieur.

— Bienvenue dans mon laboratoire d'archéologie personnel.

Les fauteuils et le canapé de son salon qui sentait le renfermé avaient été poussés contre les murs pour faire place à un conteneur à ordures sur roulettes et deux tables de pique-nique pliantes mises bout à bout. Sur les tables était posé un gros paquet de papiers épais pris en sandwich entre deux planches de contre-plaqué.

L'amphore était couchée sur le sofa, ouverte en deux morceaux. Sa surface marbrée de vert était piquetée de corrosion. Le couvercle qui fut un jour scellé avait été séparé du reste au niveau du col. Austin prit la scie à métaux posée sur la table et examina la poussière verte encore visible sur les dents.

— Je vois que vous avez utilisé un instrument de haute précision.

— Acheté au magasin de bricolage du coin, je l'avoue, répondit Saxon, un peu gêné. Je sais, vous devez penser que je suis un vandale, mais j'ai – voyages obligent – l'habitude d'utiliser les moyens du bord pour les objets que je trouve. Et je ne tenais pas à affronter les questions d'un conservateur de musée trop curieux. J'ai pris un risque, je le sais, mais cela m'aurait rendu fou de devoir attendre pour savoir ce que renfermait cette amphore. Je vous rassure : j'ai fait ça tout en délicatesse.

— J'aurais sans doute fait comme vous, reconnut Austin en reposant la scie. J'espère que vous allez m'annoncer que, si le patient est décédé, l'opération, elle, a réussi.

Saxon écarta les bras.

— Les dieux de l'ancienne Phénicie m'ont souri. Les résultats dépassent toutes mes espérances. Il y avait à l'intérieur de l'amphore un rouleau de papyrus presque entier.

— Après son long séjour dans l'eau, dans quel état était-il ? demanda Zavala.

— Le papyrus se conserve mieux dans un climat sec comme celui du désert égyptien, mais l'amphore était scellée hermétiquement et le papyrus roulé à l'intérieur d'un tube en cuir. Alors, j'ai bon espoir.

Austin souleva le couvercle du conteneur à ordures.

— Voilà encore du matériel high-tech, à ce que je vois.

— C'est mon humidificateur à ultrasons à moi. Les feuilles étaient trop friables ; en essayant de les dérouler tout de suite, je risquais de les abîmer ; il fallait d'abord leur redonner un peu de souplesse. J'ai donc mis de l'eau au fond du réceptacle, enveloppé le rouleau de papyrus dans des feuilles de papier absorbant, placé le tout dans une boîte en plastique percée de trous et fermé le couvercle hermétiquement.

— C'est plutôt rudimentaire comme technique. Et c'est efficace ?

— En théorie, oui. Nous allons bientôt le savoir, dit Saxon en jetant un coup d'œil au sandwich de contre-plaqué posé sur la table.

— Et ça, c'est votre super déshumidificateur ionique ?

— Quand le rouleau est devenu pliable, je l'ai placé entre des feuilles de papier absorbant et du Gore-Tex, qui a la propriété d'absorber l'humidité. Le poids du contre-plaqué aplatira les pages et le papyrus reprendra son aspect d'origine.

— Avez-vous pu voir s'il s'agissait d'un manuscrit ?

— La lumière peut foncer un papyrus, alors je l'ai déroulé dans la pénombre, les stores baissés, et l'ai simplement regardé très vite à la lampe de poche. Il est difficile de voir s'il y a quelque chose d'écrit dessus parce qu'il est plein de taches. J'espère qu'elles vont s'éclaircir en séchant.

— Quand pourra-t-on y jeter un œil ? demanda Zavala.

— En principe, ça y est, c'est bon.

Austin éclata de rire.

— Mr. Saxon serait parfait à la NUMA, tu ne crois pas, Joe ?

— Je suis bien de ton avis. Il est inventif, ingénieux, et la p.d.r. ne lui fait pas peur.

— Je vous demande pardon ? dit Saxon, intrigué.

— C'est une abréviation pour « prise de risques », lui expliqua Zavala.

Saxon tira les extrémités de sa moustache vers le bas ; il ressemblait ainsi aux méchants des films muets.

— Eh bien, dans ce cas, je suis ravi que vous soyez

là. Si j'ai fait une énorme bêtise, nous serons trois à essuyer des reproches.

Il éteignit toutes les lampes.

— Messieurs, nous sommes sur le point de fournir la preuve que les Phéniciens ont accosté en Amérique du Nord bien des siècles avant la naissance de Christophe Colomb.

Austin glissa les doigts sous le bord de la planche de contre-plaqué.

— On y va ?

Ils soulevèrent la planche à deux avec précaution et la déposèrent sur le côté, puis retirèrent délicatement les couches de papier absorbant. Le papyrus une fois déroulé devait mesurer quatre mètres cinquante de long ; il était composé d'une succession de feuilles aux bords dentelés d'environ trente centimètres de haut sur cinquante de large.

Si elle était étonnamment bien conservée – ni déchirée, ni fendillée –, sa surface brun clair était en grande partie maculée de taches plus foncées. A certains endroits, on distinguait des caractères d'écriture, mais sous les taches brunâtres, les mots étaient devenus illisibles.

Saxon avait la mine déconfite d'un enfant à qui l'on offre une paire de chaussettes pour son anniversaire.

— Oh non ! Il est tout moisi !

Son bel enthousiasme avait cédé la place à une profonde désolation. Il contempla le papyrus d'un regard morne, puis s'éloigna vers la fenêtre. Austin cherchait un moyen de lui remonter le moral. Il alla dans la kitchenette et en rapporta trois verres d'eau.

Après en avoir tendu un à Saxon et un à Zavala, il leva le sien.

— Nous n'avons même pas porté un toast à l'homme qui a donné sa vie pour remonter ce papyrus des profondeurs de l'océan.

Saxon comprit le message. Sa déception n'était rien à côté du sort du plongeur qui avait retrouvé l'épave et sauvé son précieux contenu.

— A Hutch et à sa charmante épouse, dit-il en trinquant avec Austin et Zavala.

Tous trois se penchèrent à nouveau sur le papyrus. Austin demanda à Saxon de bien l'examiner.

— Oublions ce qui est écrit. Parlez-nous plutôt des qualités physiques de ce papyrus.

Saxon prit une loupe et scruta le manuscrit étalé.

— Il a été fabriqué à partir de laîches géantes originaires des bords du Nil. Il est d'excellente qualité ; la matière provient sans doute du cœur de la plante ; on l'a pilée puis façonnée en bandes, qui ont ensuite été placées en croix et pressées entre deux cylindres. L'encre est, elle aussi, des meilleures. La colle est à base d'amidon. Pour écrire, on s'est servi d'un roseau taillé en biseau ; c'est ce qui donne à l'écriture sa fluidité.

— Et maintenant, parlez-nous de l'écriture, demanda Austin. Peut-on être sûr que c'est du phénicien ?

Saxon examina posément le papyrus.

— Cela ne fait aucun doute. L'alphabet de vingt-deux lettres fut la grande contribution de ce peuple au développement de l'écriture. Le mot « alphabet » lui-même est composé des deux premières lettres. L'arabe, l'hébreu, le latin, le grec et même l'anglais en sont issus. Les Phéniciens écrivaient de droite à gauche sans espace, leur écriture ne comportait que des consonnes, et la séparation entre les mots et les phrases était indiquée par des traits verticaux.

— Bon, oublions ce qui est illisible. Voyons plutôt ce que vous arrivez à lire. Même sur la pierre de Rosette il manquait une partie du texte.

— Avec un esprit aussi positif, vous feriez un excellent psychothérapeute, dit Saxon.

Après avoir pris un carnet à spirale et un stylo, il se pencha sur la première ligne du papyrus. Il se passait régulièrement la langue sur les lèvres, griffonnait dans son carnet, passait au bloc de lettres suivant. C'était parfois un seul mot, parfois plusieurs lignes à la suite. Il examina ainsi tout le papyrus en marmonnant des sons inintelligibles.

Arrivé à la fin, il releva la tête et se tourna vers Austin avec un regard réjoui :

— Je pourrais vous embrasser tellement je suis heureux.

— Je n'embrasse pas les moustachus, qu'ils soient hommes ou femmes, rétorqua Austin. C'est un principe. Dites-nous vite ce qu'il y a là-dedans.

Saxon tapota son carnet. Le premier fragment est écrit par Ménélik, qui se décrit lui-même comme le fils préféré du roi Salomon. Il raconte la mission secrète que son père lui a confiée.

— Ménélik est aussi le fils de la Reine de Saba.

— Il ne faut pas s'étonner qu'il n'en parle pas. Salomon avait plusieurs épouses et de nombreuses maîtresses. Il écrit ici, ajouta Saxon en montrant une partie de texte, qu'il est très fier de la confiance dont l'honore son père. Il le répète plusieurs fois, ce qui me paraît extrêmement intéressant.

— En quoi l'est-ce tant ?

— La légende raconte que lorsque Ménélik était jeune, lui-même et l'un de ses demi-frères, fils de la servante de la Reine de Saba, ont volé l'Arche d'alliance qui se trouvait dans le temple et l'ont transportée jusqu'en Ethiopie pour y établir la lignée royale de Salomon. Certains disent que Salomon était au courant et qu'elle a été remplacée par une copie. D'autres affirment qu'elle a bel et bien été volée à son insu et qu'elle est toujours restée en Ethiopie. Pour d'autres encore, Ménélik, pris de remords, l'aurait ensuite rapportée à Jérusalem et Salomon lui aurait accordé son pardon.

— Salomon était un fin psychologue, commenta Austin. A qui peut-on faire plus confiance qu'à quelqu'un qui souhaite réparer ses erreurs ?

— Sa réputation de sagesse était méritée. Certains fragments du papyrus indiquent que le chargement du bateau de Ménélik avait une immense valeur.

— Rien de plus précis ?

— Malheureusement non. Le reste du papyrus ressemble plutôt à un journal de bord. Ménélik en étant l'auteur, cela laisse supposer qu'il était le capitaine du bateau. J'ai vu le mot « Scythes » répété plusieurs fois. Les Phéniciens employaient souvent des mercenaires pour assurer la sécurité de leurs vaisseaux. Il fait référence à un « grand océan » et il y a des commentaires sur la météo. Mais la plus grande partie du texte est illisible à cause de la moisissure.

Austin secoua la tête d'un air abattu.

— Alors, à vous, maintenant, de me remonter le moral.

— Je devrais y arriver.

Saxon montra du doigt une partie du papyrus exempte de taches.

— Le rouleau était très serré à cet endroit-là et la moisissure n'a pas réussi à s'y infiltrer. Dans ces lignes, Ménélik décrit un promontoire. Il raconte qu'il navigue sur une sorte de mer intérieure tout en longueur où il ne sent plus l'air marin.

Austin dressa l'oreille.

— Ce serait la baie de Chesapeake ?

— Cela se pourrait bien. Le vaisseau a jeté l'ancre près d'une île à l'embouchure d'un fleuve assez large dont l'eau est, selon lui, plus brunâtre que bleue.

— Quand on était en bateau ce matin, j'ai remarqué que l'eau de la baie était assez boueuse, dit Zavala. Et nous sommes passés devant une île près des Aberdeen Proving Grounds.

Austin avait encore avec lui la carte de la baie de Chesapeake dans une pochette en plastique. Il la déplia et l'étala sur le sol. Avec un crayon gras emprunté à Saxon, il mit une croix près du nom Havre de Grace, à l'embouchure de la Susquehanna.

— Si l'on fait l'hypothèse que nos Phéniciens se sont arrêtés là, qu'ont-ils fait de leur précieuse cargaison ?

— Ils peuvent l'avoir cachée dans une mine d'or, suggéra Saxon.

— Dans votre livre, vous dites qu'Ophir se trouve en Amérique du Nord. Pensez-vous qu'ils puissent l'avoir cachée dans la mine du roi Salomon ?

— Quand j'ai commencé à la chercher, cette fameuse mine, je me suis d'abord concentré sur la baie de Chesapeake et les alentours de la Susquehanna. Je vous rappelle que cent ans avant la grande Ruée vers l'Ouest de 1849, il y avait une multitude de mines d'or aux alentours de Washington.

— En effet, confirma Austin.

— D'après Thelma Hutchins, son mari le savait, ajouta Zavala.

Saxon hocha la tête.

— Au début du siècle, il y en avait plus d'une demi-douzaine le long du Potomac, entre Georgetown et Great Falls. Au moins une cinquantaine dans le Maryland, des deux côtés de la Chesapeake. Et l'on a aussi trouvé de l'or dans les rochers du Piedmont Plateau, qui s'étend de New York à la Caroline du Sud.

— Cela fait une sacrée surface à fouiller, commenta Austin.

— Exact. J'ai commencé par chercher des traces du passage des Phéniciens dans la région. Je n'en ai trouvé aucune dans le Maryland, mais j'en ai trouvé un peu plus haut, en Pennsylvanie. Une cache pleine de pierres portant des inscriptions en phénicien a été découverte dans les environs de Harrisburg, la capitale.

— Qu'avaient-elles de particulier ? demanda Austin.

— Le professeur W.W. Strong, qui en a examiné quatre cents parmi celles trouvées près de Mechanicsburg, dans la vallée de la Susquehanna, est affirmatif : les signes gravés dessus sont des lettres de l'alphabet phénicien. Barry Fell, lui, pense que ces inscriptions sont du basque. D'autres encore disent qu'il s'agit tout simplement des marques naturelles de la pierre...

— Attendez.

Austin sortit chercher dans sa Jeep la pierre qu'il avait découverte près de l'épave. En la voyant, Saxon en resta bouche bée.

— Où diable avez-vous déniché cela ?

— En plongeant sur l'épave.

— C'est incroyable !

Saxon prit délicatement la pierre des mains d'Austin comme si c'était un objet fragile, et suivit du doigt le sillon imprimé dans la pierre.

— Ce symbole, c'est *Beth,* le signe phénicien pour *maison*, qui deviendra ensuite le *B* grec. Le naufrage a donc bien eu lieu aux environs de Mechanicsburg.

Austin mit une deuxième croix au crayon à l'endroit présumé du naufrage, et une troisième à l'embouchure du fleuve. Il relia les trois croix entre elles par un trait, qu'il prolongea vers le haut du fleuve.

— On tombe pile sur Mechanicsburg.

— Pas exactement, dit Saxon. Je parcours cette région depuis des années à pied et en voiture. L'endroit le plus prometteur, c'est plutôt celui-ci.

Il traça un cercle au nord de Harrisburg.

— La région appelée St. Anthony's Wilderness m'a toujours intrigué car on dit qu'il y aurait eu là une mine d'or ainsi que plusieurs villes et villages miniers. La région est même traversée par une route portant le nom de Gold Mine Road. C'est une région très sauvage. Et l'une des rares à n'avoir pas encore été mise en valeur.

— Faut-il croire les « on-dit » ? fit Austin d'un air dubitatif.

Saxon reporta à nouveau son attention sur le parchemin.

— Sur une des parties épargnées par les taches, on voit clairement le mot *mine* ; malheureusement tous ceux qui l'entourent sont illisibles à cause de la moisissure. On voit juste l'indication d'un méandre du fleuve en forme de fer à cheval.

Le long doigt de Saxon suivit le cours de la Susquehanna jusqu'au « U » bien visible.

— St. Anthony's Wilderness, c'est la zone qui se trouve à l'est.

Il hocha la tête d'un air découragé.

— Un territoire immense. On pourrait y faire des fouilles pendant des années et ne jamais la trouver.

Austin sortit une feuille de papier de la pochette en plastique et la posa à côté de la carte. La ligne sinueuse dessinée sur le papier correspondait au méandre du fleuve. D'autres dessins représentaient des montagnes et des vallées à l'est du fleuve.

— Ceci est la photocopie d'une carte datant de l'époque phénicienne qui indique l'emplacement de la mine de Salomon. Elle a été retrouvée parmi des documents ayant appartenu à Thomas Jefferson.

— Jefferson ? Que vient-il faire là-dedans ?

— Nous trouverons peut-être un jour une explication. En attendant, que pensez-vous de cette carte ?

Saxon déchiffra les inscriptions en phénicien qui figuraient sur la feuille.

— Elle indique l'emplacement *exact* de la mine par rapport au fleuve ! s'exclama-t-il.

— Ne nous emballons pas trop vite, dit Austin. Il y a quand même un problème de taille : c'est que la Susquehanna fait, comme disent les gens d'ici, plus d'un mille de large pour un malheureux pied de profondeur. Elle est parcourue de courants et semée d'îles et îlots. Il est impensable qu'un vaisseau de Tarsis ait pu la remonter.

— Alors c'est la cargaison qui aura été descendue jusqu'au bateau. La profondeur du fleuve est suffisante à la fonte des neiges pour permettre de le descendre.

— Pas facile, mais faisable avec une sorte de bateau à fond plat, admit Austin.

— C'est ce qu'on appelait un *Susquehanna Ark*, dit Saxon en souriant. On a commencé à utiliser ce genre d'embarcations au XIXe siècle pour descendre de Steuben County, dans l'Etat de New York, jusqu'à Port Deposit, dans le Maryland. C'étaient de gros radeaux de vingt mètres de long sur cinq de large, qui servaient à descendre les marchandises à vendre. Cela se faisait au printemps au moment où le courant était le plus fort et le fleuve grossi par les eaux de la fonte des neiges. Une fois arrivées à destination, ces barges étaient démontées, le bois était vendu et les équipages rentraient chez eux à pied. Il leur fallait huit jours pour descendre et six pour remonter. Des fortunes en marchandises ont circulé de cette façon pendant des années, jusqu'à ce que le chemin de fer supplante ce moyen de transport.

— L'idée était simple mais ingénieuse, remarqua Zavala. Les Phéniciens auraient pu utiliser la même technique pour transporter de l'or.

Saxon éclata de rire.

— S'il vous entend, le Chevalier Errant doit se retourner dans sa tombe, lui qui croyait, comme tout le monde, que les mines du roi Salomon se trouvaient en Afrique.

Zavala, qui comparait les deux cartes, murmura :

— Il y a une chose qui m'intrigue : l'emplacement de la mine indiqué sur la carte phénicienne se trouve aujourd'hui sous l'eau, c'est bizarre.

Saxon regarda où était pointé son doigt.

— En effet. Ça complique les recherches.

— Pas vraiment, dit Austin. Je propose de mettre l'équipe des Missions spéciales sur le coup dès demain. En hélicoptère, St. Anthony's Wilderness n'est pas très loin et nous pouvons y être à la première heure.

— Formidable ! s'exclama Saxon avec enthousiasme. Je vais me pencher à nouveau sur ce papyrus et sur mes notes au cas où un détail m'aurait échappé.

Austin réfléchissait en se pinçant le menton.

— Salomon s'est vraiment donné beaucoup de mal pour que cette relique n'émerge jamais.

Zavala comprit à sa voix que son ami parlait sérieusement.

— Tu veux dire qu'on cherche peut-être à attraper un tigre par la queue ?

— En quelque sorte. Supposons que nous trouvions ce que nous cherchons. Que ferons-nous ensuite ?

— Je n'y ai jamais réfléchi, murmura Saxon. Il est certain que les objets sacrés exercent un immense pouvoir sur les hommes et peuvent même être des sources de conflits entre eux.

— C'est le sens de ma question, dit Austin d'un ton grave qui fit froncer les sourcils à Saxon. Salomon a peut-être été beaucoup plus sage en cachant cette relique que nous ne le sommes en cherchant à la faire réapparaître.

43.

Carina était allongée sur le lit. Elle fixait le plafond d'un regard morne, quand on frappa doucement à la porte. En allant ouvrir, elle découvrit, posée sur le sol, une corbeille en osier contenant ses vêtements soigneusement pliés. Elle prit le mot posé sur le dessus de la pile.

Chère Miss Mechadi. Je vous attends pour le dîner à l'heure qui vous conviendra. V.B.

— Quelle galanterie ! marmonna-t-elle, rageuse, en refermant la porte.

Elle se hâta de retirer la longue robe blanche pour enfiler ses propres vêtements. Une fois habillée, elle se sentit mieux, comme si cela l'aidait à contrôler la situation. Ce n'était qu'une illusion, elle le savait. Elle relut le mot. Elle aurait préféré ne pas se trouver une minute de plus en la présence de Balthazar, mais elle savait bien que son sort était entre ses mains.

Rejetant les épaules en arrière, elle remonta d'un pas décidé le couloir et sortit sur la terrasse. Un garde l'attendait pour l'accompagner jusqu'à l'autre aile. Il la fit entrer dans une vaste salle à manger décorée à l'espagnole. Le stuc pâle des murs contrastait avec les couleurs vives de la frise en céramique et des tentures.

De grandes jarres en terre cuite occupaient les quatre angles.

Le majordome apparut pour l'installer à une table dont le plateau était en cuir et les pieds en fer forgé. Deux couverts y étaient dressés, encadrés de deux chandeliers richement décorés.

Balthazar arriva presque aussitôt, vêtu d'un costume et d'une cravate noire, comme pour une soirée officielle.

— Miss Mechadi, comme c'est gentil d'avoir accepté mon invitation ! dit-il du même ton chaleureux que s'ils se connaissaient depuis longtemps.

Carina eut un sourire forcé.

— Comme si j'avais le choix !

— On a toujours le choix, Miss Mechadi.

Balthazar claqua des doigts pour que le majordome remplisse leurs verres à vin d'un rioja à la robe pourpre. Puis il lui porta un toast silencieux et ne parut pas contrarié qu'elle ne l'imite pas. Elle grignota deux feuilles de salade, trois bouchées du plat principal – une paella pourtant fort appétissante –, et refusa le flan servi en dessert. Elle but cependant son espresso à petites gorgées.

Ils avaient mangé en silence comme un vieux couple qui n'a plus rien à se dire. Quand Balthazar lui demanda si elle avait apprécié le repas, elle répondit par un borborygme.

— Très bien, dit-il en sortant un cigare. Il l'alluma sans la quitter des yeux.

— J'aimerais vous poser une question, reprit-il, caché derrière une volute de fumée bleue. Croyez-vous à la destinée ?

— Qu'entendez-vous par là ?

— Que nos vies ne sont pas tant conditionnées par nos actes que par le destin.

— La thèse de la prédestination ne date pas d'hier.

Elle le regarda droit dans les yeux.

— Personnellement, je pense que chacun de nous est responsable de ses actes et de leurs conséquences. Si vous vous jetez par la fenêtre du haut d'un gratte-ciel, ce geste entraînera votre mort.

— C'est exact. Nos actes affectent le déroulement de notre vie. Mais réfléchissez un instant : quelle force invincible pourrait me pousser à sauter par la fenêtre ?

— Où voulez-vous en venir ?

— C'est très difficile à exprimer. Je préférerais vous montrer ce que je veux dire, plutôt que d'essayer de vous l'expliquer.

— Ai-je vraiment le choix ?

— Pas dans le cas présent, dit Balthazar en se levant.

Il écrasa son cigare dans un cendrier et contourna la table pour venir tirer la chaise de Carina. Puis il l'emmena voir sa galerie de portraits de famille.

— Voici quelques-uns de mes ancêtres. Voyez-vous une ressemblance entre eux tous ?

Carina regarda les tableaux accrochés aux murs de la vaste pièce. La plupart des personnages avaient été peints en tenue d'apparat. Tous ne se ressemblaient pas, mais ils avaient, y compris les femmes, le même regard de loup que Balthazar, comme si un instinct de prédateur était inscrit dans leurs gènes.

— Ils ont certains traits communs.

— Cette charmante jeune fille que vous voyez là était comtesse, dit-il en s'approchant de la peinture à l'huile du XVIIe siècle. Ce tableau a une particularité.

Bathazar approcha son visage de la toile et plaça ses mains de part et d'autre du portrait pour appuyer sur le cadre en bois sculpté. Carina crut qu'il embrassait la toile. Voyant son expression stupéfaite, il lui expliqua le principe du scannage des yeux et des mains. Puis il lui fit descendre l'escalier conduisant à la porte blindée.

Quand celle-ci fut ouverte, Carina ne put cacher sa surprise en voyant les vitrines alignées le long des murs.

— On se croirait dans une bibliothèque.

— Cette pièce abrite toute l'histoire de la famille Balthazar depuis ses origines, c'est-à-dire plus de deux mille ans. Toutes les intrigues auxquelles elle a été mêlée en Europe et en Asie, absolument tout est consigné dans ces archives.

Balthazar alla au fond de la pièce et ouvrit une autre porte. Il prit un flambeau dans un support mural et l'alluma avec son briquet. La flamme qui jaillit éclaira les murs de pierre d'une pièce circulaire. En pénétrant à l'intérieur, Carina vit la statue dressée face à elle, les bras à demi tendus.

— Mon Dieu ! C'est quoi cette horreur ?

— Une divinité antique attendant des offrandes. Elle est dans ma famille depuis des millénaires.

Carina remarqua le nez pointu, le menton projeté en avant et la bouche déformée par un rictus. Les ombres dues à la flamme dansante de la torche accentuaient encore ses traits grotesques.

— Elle est hideuse !

— Pour certaines personnes, peut-être. Mais la beauté est dans l'œil de celui qui regarde. Ce n'est pas la statue que je voulais vous montrer, mais ceci.

Balthazar planta le flambeau sur un trépied en métal et s'approcha de l'autel. Il souleva le couvercle garni de pierres précieuses du grand coffret, ouvrit le coffret en bois intérieur et en sortit les rouleaux de parchemin.

Carina ne voulait pas lui donner la satisfaction de montrer son intérêt, mais elle ne put contenir sa curiosité.

— Ces documents ont l'air très anciens.

— Ils ont près de trois mille ans. Ils ont été écrits en araméen sous le règne de Salomon.

— Qui en est l'auteur ?

— La première femme de la lignée des Balthazar. Le temps a effacé son nom. Elle se nomme elle-même et on l'appelle « la prêtresse ». Voulez-vous savoir ce qu'elle a écrit ?

Carina haussa les épaules.

— Je n'ai rien de mieux à faire.

— Je pourrais vous réciter le texte par cœur. Elle se présente dès la première page : c'est une prêtresse païenne que Salomon a choisie comme favorite. Elle lui a donné un fils qu'elle a appelé Melqart. Comme je vous l'ai déjà expliqué, Salomon était un homme volage. Il s'est en même temps amouraché de la Reine de Saba.

— Mon ancêtre, d'après vous, dit Carina sur un ton ironique.

— C'est cela. Ils ont eu un fils ensemble, qu'ils ont appelé Ménélik. Salomon a ensuite donné sa favorite comme servante à la Reine de Saba. La prêtresse n'avait pas d'autre choix que d'obéir. Les deux garçons ont été élevés ensemble, mais Ménélik a toujours été le fils préféré du roi. A l'adolescence, poussé par sa mère, Melqart a convaincu son demi-frère de l'aider à voler un objet précieux dans le Temple. Ménélik l'a fait, mais il l'a rapporté quelque temps après. Le père a pardonné à ses deux fils, mais il a demandé à son ami Hiram de les enrôler dans la marine phénicienne.

— Et quel était cet objet si précieux ?

— L'Arche d'alliance. Et, plus important encore, les premières Tables de la Loi qui se trouvaient à l'intérieur.

— Les tablettes d'argile que Moïse a redescendues du mont Sinaï ?

— Non. Celles dont je vous parle étaient en or. Dans la Bible, on les appelle le Veau d'or. On prétend que Moïse les a détruites, mais c'est faux.

— Pourquoi aurait-il voulu les détruire ?

— Ces tablettes en or légitimaient des rites païens encore courants à cette époque où il n'existait pas de religions bien définies. Moïse voulait faire des Dix Commandements de Dieu le fondement de celle qu'il prêchait.

— Apparemment, ces tablettes n'ont pas été détruites.

— Elles sont restées cachées jusqu'à l'époque de Salomon. Il craignait qu'elles ne provoquent des conflits entre les peuples, mais n'osait pas détruire des objets sacrés. Craignant qu'elles ne soient à nouveau volées, il a chargé Ménélik de les emporter jusqu'à Ophir pour les cacher au fond de la mine. Mais la prêtresse, ayant découvert ses intentions, a envoyé Melqart les récupérer. Les deux jeunes gens se sont battus. Ménélik a tué son demi-frère, s'est emparé de son bateau et est rentré faire à son père le récit du sanglant combat. Salomon a banni de son royaume la mère de Melqart, qu'il soupçonnait d'ailleurs de chercher à soulever ses sujets contre lui et de vouloir revenir aux anciennes croyances païennes.

— Et que vient faire là-dedans la statue du *Navigateur* ?

— Notre ancêtre, la prêtresse, a appris par ses informateurs que Salomon avait fait fabriquer deux statues en bronze de Ménélik et fait graver sur chacune une carte permettant de localiser Ophir et les tablettes d'or. Une carte plus détaillée avait été dessinée sur un parchemin, mais elle s'est perdue pendant le combat fratricide.

— Et pourquoi *deux* statues ?

— Salomon était aussi prudent que sage. Il les a fait placer comme des sentinelles à la porte de son temple. Pour lui le meilleur moyen de les cacher était de les exposer à la vue de tous.

— Et la prêtresse ?

— Une fois exilée, elle a pleuré son fils unique tué au combat et en a conçu une profonde haine pour la Reine de Saba et son fils Ménélik. Elle estimait que c'était elle que Salomon aurait dû épouser et, donc, que les Tables de la Loi et le pouvoir qui y était associé lui revenaient de droit. Assoiffée de vengeance, elle a chargé le fils de Melqart de retrouver le trésor caché et de tuer les descendants de Salomon et de la Reine de Saba. Lui-même n'ayant pas réussi à le faire, il a transmis ses instructions à la génération suivante. Au fil du temps, l'objectif premier des Balthazar est devenu la récupération des Tables en or avant que quiconque en apprenne l'existence. C'est ainsi qu'a été mis en place à travers le monde un système de veille permanente pour empêcher le secret de la famille d'être découvert.

— Quel est votre rôle dans tout cela ?

— Mon père, à son tour, m'a investi de la mission. Etant le dernier de la lignée des Balthazar, c'est à moi de tenir l'engagement familial pris de nombreux siècles auparavant.

— C'est donc cela ! Vous cherchez à venger cette prêtresse qui n'est plus qu'un tas de poussière. Et parce que vous me prenez pour une descendante de la Reine de Saba, vous voulez me tuer.

— Je préférerais ne pas y être obligé. J'ai une proposition à vous faire. Sachant que je désire perpétuer le nom des Balthazar, quel meilleur moyen aurais-je que de mélanger nos deux sangs ?

Les yeux bleus de Carina s'agrandirent de stupeur.

— Vous plaisantez, j'espère ! Vous n'imaginez pas que je vais…

— Je ne parle pas de mariage d'amour. Je vous propose simplement un marché.

— Et une fois que je vous aurais donné un « héritier », vous vous empresserez de me tuer, bien sûr !

— Cela ne dépend que de vous.

— Dans ce cas, tuez-moi tout de suite. Rien que l'idée que vous me touchiez me répugne.

Carina tenta de s'enfuir, mais Balthazar se planta devant elle pour lui barrer le passage. Cherchant une autre issue, elle se retourna. Son regard tomba alors sur le visage grimaçant de la statue éclairé par la flamme vacillante de la torche.

— Cette statue ! Ça y est, je m'en souviens à présent. J'en ai vu une semblable à Rome. Elle a été volée à Carthage pendant les guerres puniques. Les Carthaginois l'utilisaient pour offrir des enfants en sacrifice au roi Baal quand les Romains assiégeaient la ville.

C'est cela la raison pour laquelle Salomon a envoyé votre sainte prêtresse en exil : parce qu'elle se livrait à des sacrifices humains.

— Salomon n'était qu'un hypocrite, rétorqua Balthazar. Lui aussi honorait les divinités antiques jusqu'à ce que ses prêtres s'élèvent contre cette pratique et qu'il cède à leurs imprécations.

— Je n'ai rien à voir avec vous ou vos dieux méprisables. Laissez-moi partir.

— C'est impossible.

Une lueur de colère passa dans les yeux de Carina. Elle empoigna le flambeau planté sur le trépied et le brandit devant le visage de Balthazar, qui se contenta de rire de ce geste de défi.

— Posez cet objet avant que je ne vous l'arrache des mains.

— Si vous ne me laissez pas partir tout de suite, je vais la saccager, votre sainte prêtresse.

Carina fit volte-face et approcha la flamme du parchemin étalé sur l'autel.

Balthazar lança une main en avant avec la rapidité d'un cobra et lui arracha la torche avant que le parchemin ne s'enflamme. De son autre poing il la frappa au visage. Elle s'effondra à terre, inconsciente.

Balthazar leva le regard vers la statue. Ses yeux en fente brillaient dans la lueur de la torche. Avec ses bras tendus, elle semblait vouloir l'attirer vers elle.

Il regarda le corps abandonné de Carina, puis leva de nouveau les yeux vers la statue. Il penchait la tête de côté comme si elle lui parlait.

— Oui, conclut-il après être resté ainsi un moment. Je comprends, à présent.

44.

En arrivant chez lui, Austin déposa dans l'entrée le sac marin contenant son équipement de plongée et fonça dans son bureau. Le voyant rouge du téléphone clignotait. Deux messages. Il appuya sur la touche « lecture ». Le premier était de Carina.

— *Bonjour, Kurt. Il est treize heures trente. Je quitte le Met. La réunion s'est merveilleusement bien passée. J'ai hâte de tout te raconter. J'espère que l'analyse du* Navigateur *a donné de bons résultats. Je vais prendre un taxi jusqu'à Penn Station. Je devrais être à Washington en fin d'après-midi. Je te rappellerai du train. Ciao.*

Il jeta un coup d'œil à l'horloge murale. Vingt-deux heures passées. Le bip annonçant le début du second message le tira de ses pensées. Peut-être était-ce Carina ? Le message était bref et effrayant.

— *Bonjour, monsieur Austin*, disait une voix métallique. *Nous avons votre trésor italien. Si vous désirez le voir, rappelez-nous à ce numéro.*

La voix déformée artificiellement ressemblait à celle d'un robot. L'indicatif téléphonique du numéro d'appel était hors zone. Austin se remémora les paroles de Buck au Palais Topkapi.

Mon patron a d'autres projets pour elle.

Carina n'était donc jamais arrivée à Penn Station. Il serra les lèvres. Il essayait de se souvenir de ce qu'elle avait à faire ce jour-là en espérant trouver un indice sur les circonstances de sa disparition. Elle n'avait parlé à personne d'autre que lui de son intention de se rendre au Met. Il se souvenait l'avoir entendue le matin même communiquer aux conservateurs du musée l'heure exacte de son arrivée. Elle l'avait fait depuis son téléphone fixe.

Il décrocha pour appeler Joe Zavala et se figea, la main en l'air. Il lâcha vivement le combiné comme s'il s'agissait d'un serpent à sonnette, et se précipita sur la terrasse.

L'air avait une odeur rance mais pas désagréable de vase et de plantes en décomposition. La voix rauque des grenouilles à la période des amours contrastait avec le chœur des insectes. Le fleuve éclairé par une pâle demi-lune était d'un blanc spectral. Il se rappelait le rôdeur qu'il avait surpris en train de regarder sa maison le soir de son premier dîner avec Carina. Le grand chêne sous lequel il avait relevé des empreintes se détachait sur la surface grise du fleuve.

Le rôdeur n'était pas seulement venu fureter dans sa propriété, il en eut soudain la certitude.

Il rentra et ressortit par la porte d'entrée. Après s'être installé au volant de sa voiture, il remonta la longue allée, puis, une fois arrivé sur la route, parcourut sept ou huit kilomètres avant de s'arrêter. Il prit son téléphone portable et composa de mémoire un numéro.

— Flagg, j'écoute, répondit une voix grave à l'autre bout du fil.

— J'aurais besoin de toi. Peux-tu venir chez moi avec un fumigateur ?

— Dans vingt minutes, répondit brièvement Flagg avant de raccrocher.

Flagg était apparemment à Langley. Austin ne savait pas où vivait son ancien collègue de travail. Peut-être même n'avait-il pas d'autre domicile que le siège de la CIA, où il passait l'essentiel de son temps quand il n'était pas en mission.

Austin rentra chez lui. Il s'en voulait de n'avoir pas assez dit à Carina de rester vigilante, tout en sachant qu'elle ne l'aurait écouté que d'une oreille. Intrépide de nature, elle se souciait peu de sa sécurité.

Deux véhicules se garèrent dans l'allée vingt-cinq minutes après son appel. Flagg sortit d'un Yukon. Un jeune homme mince en bleu de travail émergea d'une camionnette portant le nom d'une société de désinsectisation.

Il se présenta comme le technicien chargé de la détection des micros cachés. Il posa une mallette en aluminium sur le sol du bureau, l'ouvrit et en sortit une sorte de pistolet.

Il en dirigea le canon évasé tour à tour vers chacun des murs en pivotant sur ses talons.

Il répéta l'opération dans toutes les pièces du rez-de-chaussée, puis monta l'escalier en spirale qui conduisait à la chambre en pigeonnier. Quelques minutes plus tard, il en redescendit et remit son matériel électronique dans la mallette.

— Il n'y a pas de micro ici, annonça-t-il. La maison est saine.

— Et dehors ? demanda Austin en indiquant du pouce la terrasse.

Le technicien se frappa la tempe avec son index.

— Mais oui, bien sûr !

Il sortit sur la terrasse et rentra quelques secondes plus tard.

— J'ai une réaction du côté du fleuve.

— Je crois savoir où cela peut être, dit Austin.

Il prit une lampe de poche et conduisit Flagg et le technicien au bas de l'escalier de la terrasse et, de là, au pied du grand chêne.

— Il y avait un rôdeur ici l'autre soir et j'ai trouvé une empreinte de pas sous cet arbre.

Quand le technicien pointa son pistolet laser vers les branches, des chiffres apparurent sur le petit écran à LED et l'appareil émit une série de bips.

Il prit la lampe de poche et demanda à Austin et à Flagg de le hisser sur la branche la plus basse. De là, il grimpa dans l'arbre jusqu'à mi-hauteur. Après avoir délogé un objet d'une grosse branche avec la pointe de son canif, il redescendit de l'arbre. Le faisceau de la lampe de poche dirigé sur la paume de sa main tendue éclaira un petit boîtier noir de la taille d'un jeu de cartes.

— Une merveille d'électronique, déclara-t-il. Il se déclenche au son de la voix et se recharge à l'énergie solaire. Ce petit gadget a enregistré toutes les communications passées d'ici, du téléphone fixe ou d'un portable, et les a transmises à une table d'écoute qui pourrait très bien se trouver à l'autre bout du monde. Que voulez-vous en faire ?

Flagg, qui avait assisté à la découverte du mouchard sans rien dire, avança une suggestion.

— Je propose de le remettre à sa place et d'en faire un outil de désinformation.

— Je m'en serais bien servi pour leur balancer

quelques insultes bien senties, mais tu as raison, reconnut Austin. C'est ce qu'il y a de mieux à faire.

Le jeune technicien remonta dans l'arbre. En le regardant grimper, Flagg fit ce commentaire :

— Quelqu'un s'est donné bien du mal pour mettre le nez dans tes affaires, Kurt. Moi qui croyais qu'à la NUMA, ton travail se résumait à compter les poissons de l'océan…

— Tu n'imagines pas les monstres qu'on peut y rencontrer. Quand ton ami aura fini, je t'offrirai une bière et je te raconterai tout.

Le technicien redescendit de l'arbre après avoir remis à sa place le mouchard électronique. Il rangea rapidement son matériel et repartit dans sa camionnette. Austin sortit deux bouteilles de Sam Adams du réfrigérateur et invita Flagg à s'installer dans un des confortables fauteuils du bureau. Il lui fallut une bonne heure pour raconter à son ami tout ce qui s'était passé depuis l'attaque du porte-conteneurs.

Quand Austin fut arrivé à la fin de son récit, Flagg, qui avait gardé un visage impassible, s'autorisa un léger sourire.

— Les mines du roi Salomon ! Dis donc ! Comparé au tien, mon boulot est aussi excitant que le tri du courrier.

Puis il redevint sérieux.

— Ceux à qui tu as affaire ne plaisantent pas, Kurt. Tu penses que c'est ce type, Balthazar, qui a pris ton amie en otage ?

— Depuis le début, c'est lui qui tire les ficelles.

— En quoi puis-je t'aider ?

— Essaie de trouver où il vit.

— Je m'y mets tout de suite. Autre chose ?

— Attends un peu.

Austin décrocha son téléphone, mit le haut-parleur et tapa le numéro laissé par son correspondant anonyme.

— Nous attendions votre appel, dit la voix déformée.

— Je n'étais pas chez moi. De quel trésor italien voulez-vous parler ?

— Vous l'appelez Carina Mechadi. Pour l'instant, elle va bien. Mais cela ne va peut-être pas durer.

— Quel est le montant de la rançon ?

— Il ne s'agit pas d'argent. Nous sommes prêts à l'échanger contre vous.

— Si j'accepte, vous me garantissez que vous la libérerez ?

— Cela dépendra de vous. Nous ne pouvons rien vous garantir.

— Que dois-je faire ?

— Trouvez-vous devant le Lincoln Memorial dans quatre-vingt-dix minutes exactement. Venez seul. Et n'essayez pas de vous équiper d'un mouchard, vous serez passé au détecteur.

Austin jeta un coup d'œil à Flagg.

— J'y serai.

Son interlocuteur raccrocha.

— Ta copine doit être une sacrée bonne femme, commenta Flagg en quittant son fauteuil. Bon, tu ferais mieux d'y aller. Je vais essayer de retrouver Balthazar.

Austin lui dit d'utiliser Joe Zavala comme contact. Après le départ de Flagg, il décrocha le combiné du téléphone pour appeler Joe. Après avoir résisté à la tentation de hurler des épithètes bien choisies à celui qui l'écoutait, il se contenta de dire sobrement :

— Salut, Joe. C'est Kurt. Je ne pourrai pas venir au rendez-vous demain. Pitt m'a appelé. Il veut me voir ce soir.

— Ça doit être drôlement important.

— Ça l'est. Je te rappellerai.

Austin retéléphona à Zavala quinze minutes plus tard tandis qu'il roulait sur le périphérique en direction de Washington.

— J'attendais ton appel, lui dit son ami. Je me doutais bien que tu ne risquais pas de voir Pitt ce soir. Il est en mer du Japon, comme tu le sais.

— Excuse-moi pour ce cirque, mais je suis sur écoute.

Il lui parla du kidnapping de Carina et de son intention de se soumettre aux exigences des ravisseurs.

— Je comprends ton point de vue, Kurt, mais crois-tu qu'y aller soit vraiment la meilleure solution ?

— Je ne sais pas. En me rapprochant de Carina, j'aurai déjà plus de chances de l'aider. Les éléments que j'ai sur l'emplacement de la mine devraient me permettre de négocier.

— Je ne voudrais pas te faire peur, Kurt, mais imagine qu'ils veuillent seulement ta peau et n'aient aucune intention de la libérer ?

— J'y ai longuement réfléchi. C'est un risque à prendre. Pendant ce temps, j'aimerais bien que tu retrouves la mine. Je pourrais ainsi avoir un atout dans ma manche. Tout est une question de temps.

— J'ai déjà réservé un hélico et vu tous les détails avec les Trout. On a rendez-vous avec Saxon demain matin à la première heure. En attendant, mon vieux, je te souhaite bonne chance.

— Merci, j'en aurai besoin.

Après avoir informé Zavala que ce serait lui que Flagg contacterait s'il y avait du nouveau, Austin raccrocha.

Arrivé à Washington, il gara la Jeep dans le garage en sous-sol de la NUMA et se fit emmener en taxi au Lincoln Memorial. Il avait une minute d'avance par rapport au délai imparti. Son taxi venait à peine de redémarrer quand un Escalade Cadillac tout-terrain vint se ranger le long du trottoir. La portière arrière s'ouvrit, un homme en sortit et fit signe à Austin de monter.

Austin prit une grande bouffée d'air et s'exécuta. Quand l'homme rentra dans la voiture à sa suite, il se retrouva coincé entre lui et un autre. Le 4 × 4 redémarra aussitôt et se mêla au flot des voitures.

L'homme assis à sa gauche glissa une main sous sa veste. Austin aperçut l'éclat métallique d'une arme, mais n'aurait su dire s'il s'agissait d'un couteau ou d'un revolver. Il s'en voulut de s'être montré si naïf. En fait, ils n'allaient pas du tout l'emmener quelque part. Ils allaient tout simplement le tuer sur place.

Il leva le bras pour se protéger. Il sentit alors quelque chose de froid sur sa nuque et entendit un léger sifflement. Il eut l'impression qu'on descendait un store noir devant ses yeux.

Son corps inerte devint tout mou, ses yeux se fermèrent et sa tête bascula sur le côté. Seule la corpulence des deux hommes qui l'encadraient l'empêcha de s'affaler.

Le 4 × 4 rejoignit rapidement les quartiers extérieurs de la capitale. Il roulait, sans jamais dépasser la limitation de vitesse, en direction de l'aéroport.

45.

Le McDonnell Douglas MD 500 s'éleva dans le ciel au-dessus de la baie de Cheasapeake. La pâle lueur de l'aurore faisait ressortir la couleur turquoise de son fuselage.

Joe Zavala était aux commandes, Gamay assise à côté de lui, et Paul à demi allongé sur la banquette arrière, qu'il partageait avec les sacs contenant l'équipement de plongée.

Zavala scrutait l'océan à travers la bulle de l'hélicoptère. Il tendit soudain le doigt vers le bas.

— C'est là que se trouve l'épave sur laquelle Kurt et moi avons plongé. Havre de Grace n'est plus très loin.

La pointe blanche du phare de Concord leur apparut bientôt. Puis ce fut le pont de chemin de fer situé à l'embouchure de la Susquehanna.

Zavala suivit le lit du fleuve boueux et remonta vers le nord-ouest. La voie navigable se séparait par endroits en deux pour contourner de maigres îlots. Des champs de culture vallonnés s'étendaient à perte de vue des deux côtés. On aurait dit un tableau de Grant Wood.

A sa vitesse de deux cent quarante kilomètres-heure, l'hélicoptère ne mit pas longtemps à atteindre Harrisburg. Sur les routes au-dessous, la circulation était encore fluide. Arrivé à seize kilomètres au nord du dôme du Capitole, l'appareil vira vers l'est et s'éloigna du fleuve pour se diriger vers une chaîne montagneuse. Après avoir survolé des forêts denses et quelques exploitations agricoles, il descendit à travers les voiles de brume matinale pour aller se poser sur une piste tracée au milieu d'un pré.

La vieille Chevy Suburban de Saxon était garée sur la route qui longeait la piste. Dès que les patins de l'hélicoptère touchèrent le sol, Saxon démarra et traversa le pré pour venir tout près de l'appareil. Il quitta sa voiture et vint à grandes enjambées jusque sous les pales encore en mouvement pour serrer énergiquement la main de Zavala et des Trout. Avec son bermuda beige, sa veste à cartouchières et son chapeau mou au bord relevé sur un côté, il semblait prêt pour un safari en Afrique.

— Où est Kurt ? demanda-t-il.

— Il a été retenu à la dernière minute, répondit Zavala d'un ton léger alors qu'il s'inquiétait sérieusement pour son ami.

— Quel dommage ! s'exclama Saxon, déçu. Il va rater le meilleur moment : celui de la découverte de la mine.

— Vous avez l'air bien confiant, lui dit Paul.

— Joe a déjà pu constater que j'adore faire de grandes phrases. Ce côté théâtral est inhérent à mon métier. Mais je jurerais bien sur la tombe de la Reine de Saba que la mine est à portée de notre main. Venez, j'ai quelque chose à vous montrer.

Saxon les entraîna vers sa voiture et abaissa le hayon arrière. Il ouvrit sa valise et en sortit un gros dossier.

— Eh bien, vous n'avez pas chômé ! remarqua Zavala.

— J'ai encore mal aux yeux d'être resté toute la nuit devant mon ordinateur à faire des recherches, mais cela en valait la peine. Voici une carte topographique de la zone qui nous intéresse. Ce que vous voyez là, c'est le tracé de l'ancienne voie de chemin de fer qui desservait les mines de charbon. Joe vous a sans doute expliqué, ajouta-t-il en se tournant vers les Trout, que ce qui m'a attiré dans le coin, ce sont les rumeurs persistantes selon lesquelles il y aurait eu par ici non seulement des tombeaux indiens enfouis dans des grottes, mais aussi une mine d'or légendaire. Et voici la Gold Mine Road, qui serpente à travers les montagnes, et là, un village abandonné portant le nom de Gold Mine.

Trout écoutait tout en surveillant les bois qui entouraient la piste isolée. Il cligna les yeux plusieurs fois comme il le faisait souvent quand il réfléchissait.

— Veuillez excusez mon scepticisme de scientifique, dit-il avec sa franchise habituelle, mais j'ai peine à croire que les Phéniciens aient pu venir à la voile de l'autre bout du monde, débarquer ici et découvrir par hasard une mine d'or enfouie sous notre jolie campagne de Pennsylvanie.

— Le scepticisme, c'est très sain, répondit Saxon. Mais il faut étudier le contexte. Nous voyons ici aujourd'hui des sentiers pédestres, des villages endormis, des fermes disséminées. Mais, jadis, cette région était habitée par cinq tribus indiennes, peut-être plus, réparties dans une vingtaine de villages. En 1600, quand les Européens l'ont redécouverte, près de sept mille Indiens Susquehannock vivaient dans ces collines et ces vallées.

— Et quel a été, selon vous, le tout premier contact ? demanda Gamay.

— Je pense que des Phéniciens venus jusqu'ici en bateau pour voir s'ils pouvaient trouver du cuivre ont appris par les Indiens qu'il y avait aussi de l'or. Organisés comme ils l'étaient, les Phéniciens ont certainement employé la main-d'œuvre locale pour exploiter les gisements et raffiner l'or, puis ils ont tracé des routes pour transporter cet or jusqu'à la mer et pouvoir ensuite le rapporter chez eux.

— C'est difficile à imaginer, mais pas impossible, reconnut Paul avec un hochement de tête. Si j'ai bien compris, vous êtes en mesure de nous conduire à la mine ?

— En tout cas à l'endroit où je pense qu'elle se trouve. Montez, je vous y emmène.

Ils transbordèrent aussitôt les sacs de l'hélicoptère à la Suburban, et s'installèrent dans la voiture. Saxon prit une route de campagne tortueuse, qu'il quitta au bout de quelques kilomètres pour suivre une simple piste qui s'enfonçait dans les bois.

— Bienvenue dans ce qu'on appelle St. Anthony's Wilderness, annonça Saxon alors que le véhicule brinquebalait au milieu des ornières et des nids-de-poule. Nous sommes ici dans l'une des deux plus vastes régions de Pennsylvanie à n'être dotées d'aucune route digne de ce nom. Elle est seulement traversée par une piste jadis tracée par les Indiens, la Appalachian Trail. Il y a sept mille hectares de bois entre les deux montagnes.

— Je ne savais pas que saint Antoine était venu jusqu'en Amérique du Nord, dit Gamay.

— Il ne s'agit pas du saint, mais d'un certain Anthony Seyfert, un missionnaire britannique. Les gens du coin appellent cette région Stony Valley. Elle est aujourd'hui déserte et silencieuse, mais au XIXe siècle des centaines d'hommes et de jeunes garçons travaillaient dur dans ses mines de charbon. La ligne de chemin de fer venait jusqu'au village de Rausch Gap ; elle a desservi par la suite la station thermale de Cold Springs. Mais quand les mines n'ont plus rien donné, presque tous les habitants ont quitté la région.

— *Presque*, avez-vous dit, reprit Zavala.

Saxon acquiesça d'un signe de tête.

— Des promoteurs astucieux ont trouvé un moyen de tirer profit de la légende de la mine d'or. Ils ont construit un hôtel qu'ils ont appelé le Gold Stream. Les touristes qui y séjournaient étaient emmenés en bateau dans une grotte. La Pennsylvanie en regorge. La grande attraction pour eux était de chercher quelques grammes d'or dans la rivière coulant à l'intérieur.

— Et ils en trouvaient ? demanda Gamay.

— Assez pour les contenter. L'hôtel leur vendait même des médaillons pour rapporter la poussière d'or chez eux. Mais quand la voie de chemin de fer a été abandonnée, il a fermé faute de clientèle.

— Il devait donc y avoir une source aurifère dans les parages, conclut Paul.

Saxon sourit.

— Bien vu. Voilà pourquoi je pense que l'hôtel devrait nous fournir la clé du mystère.

— Comment cela ? demanda Zavala.

— Vous verrez bien, répondit Saxon sur un ton mystérieux.

Tandis que la voiture s'enfonçait au cœur de la forêt, Saxon se lança dans une description détaillée des guerres qui avaient opposé les Indiens et les colons, et montra en chemin à ses compagnons les ruines des anciens campements et tours de bois indiquant un puits de mine. La piste s'arrêtait brutalement devant un lac. Saxon coupa le moteur.

— Bienvenue au Gold Stream Hotel.

Les trois autres descendirent de voiture et le suivirent sur le chemin en pente douce qui conduisait au bord du lac. La surface de l'eau était lisse comme un miroir.

— L'hôtel est sous l'eau ? demanda Zavala.

— Ici, jadis, c'était une vallée. Quand les habitants ont déserté la région, des chercheurs d'or ont essayé de retrouver l'endroit d'où provenait l'or. Ils avaient plus de dynamite que d'intelligence. Ils ont fait sauter un barrage naturel, ce qui fait qu'une rivière proche a inondé toute la vallée et englouti l'hôtel.

Zavala s'approcha du lac entouré de collines boisées et le contempla un moment pour essayer d'évaluer sa taille. Il devait mesurer un kilomètre et demi de large sur trois de long.

— Quelle profondeur peut avoir ce lac ? demanda-t-il.

— Pas loin de trente mètres au point le plus bas. Il est alimenté par une source.

— Les plongeurs sous-marins sont censés avoir un plan de plongée initial, quitte à le modifier en cours de route. Ce lac est immense. Par quel côté devrions-nous commencer, à votre avis ?

— Je vais vous montrer.

De retour à la voiture, Saxon sortit de son sac un dossier intitulé « Gold Stream Hotel » et tendit à Joe Zavala une brochure jaunie vantant les mérites de l'établissement.

Du bâtiment en pierre de deux étages partait un chemin conduisant à l'escalier qui permettait d'accéder à la grotte. Devant l'entrée de celle-ci étaient alignés les bateaux. Un dessin montrait des gens en tenue victorienne pataugeant dans l'eau, une batée à la main. Zavala regardait tour à tour la brochure et le lac et essayait de visualiser l'ensemble sous la surface.

— Personne n'a réussi à retrouver la mine d'or quand l'hôtel était encore debout. Qu'est-ce qui vous fait penser que ce sera plus facile maintenant qu'il est sous l'eau ?

— J'ai réfléchi à la question, dit Saxon. Et j'étais sur le point de renoncer à cette expédition quand je suis tombé sur un article de magazine sur l'hôtel englouti. L'un des anciens aide-cuisiniers décrivait une trappe dans le sol de la cuisine qui l'intriguait car elle était toujours fermée à clé. Un jour, lui et ses collègues avaient fait sauter le verrou et avaient lâché un objet lourd pour essayer d'évaluer la profondeur du trou. Ils n'ont jamais entendu l'objet atterrir. Après cela, la direction de l'hôtel a mis un verrou plus solide sur la trappe pour qu'ils cessent de déverser par là leurs épluchures.

— C'était peut-être une cheminée de ventilation de la mine, suggéra Paul.

Saxon ouvrit le carnet de croquis où il avait reproduit assez fidèlement la forme de l'hôtel d'après la brochure publicitaire. Le conduit d'air y était représenté par deux traits verticaux.

— A mon avis, l'hôtel a été construit par hasard au-dessus de la mine. La grotte que l'on voit marquait peut-être l'entrée de celle-ci. Quand son plafond s'est effondré, l'accès à la mine s'est retrouvé bloqué par les éboulis, mais la rivière aurifère a continué de couler au travers. Si nous arrivons à nous introduire dans ce puits, nous avons des chances d'atteindre la mine. Pensez-vous que ce soit faisable ?

Zavala étudia son croquis un moment et essaya de se représenter mentalement les différentes étapes de la plongée.

— Savez-vous quelle était la largeur du conduit ?
— Non, l'article n'en précisait pas les dimensions.

Zavala était toujours très prudent. Il proposa une plongée en deux temps. Gamay et lui commenceraient par explorer la grotte, puis passeraient par la cheminée de ventilation. Gamay était une excellente plongeuse. Elle avait plongé sur de nombreuses épaves dans les Grands Lacs avant de devenir archéologue marine. Etant tous deux assez minces, ils devraient arriver à nager à l'intérieur du conduit.

Pendant que Paul gonflait un canot pneumatique, ils enfilèrent leur équipement. Saxon avait dessiné à leur intention l'emplacement de l'hôtel sur une carte topographique enfermée dans une pochette plastique étanche.

Paul mit le bateau à l'eau et prit les rames pour emmener Gamay et Zavala sur leur premier lieu de plongée. Ils jetèrent une bouée lestée dans l'eau comme repère. Tout était prêt.

Les deux plongeurs basculèrent en arrière et disparurent dans les profondeurs du lac. Seules quelques ondulations à la surface marquèrent leur passage d'un monde à l'autre.

46.

Austin ouvrit les yeux. Il se sentait aussi mal que s'il venait de se faire agresser. Lui qui croyait naïvement qu'on le laisserait en possession de ses moyens pour rencontrer Balthazar, il s'était bien fait avoir.

Sa vue était brouillée, mais il parvint néanmoins à distinguer un visage masculin à moins d'un mètre de lui. L'homme avait un gros bandage sur la joue droite.

— Ça va mieux ? lui demanda l'homme d'un ton indifférent qui disait bien qu'il se moquait totalement de la réponse.

Austin avait mal à la tête, la langue pâteuse et la vue trouble.

— Toujours mieux que si j'étais passé sous un rouleau compresseur. Qui êtes-vous ?

— Vous pouvez m'appeler Squire. Je travaille pour Balthazar.

L'homme lui tendit un verre contenant un liquide transparent. En voyant son hésitation, il eut un grand sourire. Il lui manquait plusieurs dents de devant.

— N'ayez pas peur. Si Balthazar voulait votre mort, vous seriez déjà six pieds sous terre. Ça, c'est pour dissiper les effets du produit qu'ils vous ont injecté.

Austin but une gorgée du liquide froid et artificiellement sucré. Son violent mal de tête s'atténua un peu et il commençait à mieux y voir. Il était allongé sur un lit de camp et son nouvel ami assis sur un fauteuil pliant. Ils se trouvaient sous une vaste tente rectangulaire à rayures rouges et blanches. La lumière du soleil filtrait à travers la toile translucide.

— Je suis resté inconscient toute la nuit, se plaignit Austin.

— Vous devez les rendre nerveux. Ils vous ont mis une dose de cheval.

Austin termina son verre et le rendit au dénommé Squire, qui, sous son bleu de travail en denim, paraissait bâti comme un lutteur professionnel. Des béquilles en aluminium étaient appuyées contre sa chaise.

— Que vous est-il arrivé ? lui demanda-t-il.

L'homme grimaça.

— Un sale truc. Allez, debout.

Il s'aida de ses béquilles pour se redresser, puis attendit qu'Austin bascule lentement sur le côté et se mette debout. Austin était encore tout étourdi, mais il sentait ses forces revenir peu à peu. Il ouvrit et ferma les poings pour dénouer ses jointures. Squire remarqua son mouvement.

— Il y a deux gardes dehors pour le cas où vous voudriez faire le mariole, et ce ne sont pas des gentils comme moi. Balthazar m'autorise à vous confier à leurs bons soins s'il le faut. Compris ?

Austin acquiesça d'un hochement de tête.

Squire lui fit signe de sortir. Une fois dehors, Austin fut ébloui par le soleil. Deux gardes encadraient effectivement la porte. Ils étaient vêtus de tuniques médiévales qui contrastaient avec les armes automatiques qu'ils pointaient sur lui. Malgré leur air nonchalant, il était clair qu'ils seraient ravis s'il leur donnait l'occasion de s'amuser un peu.

Il y avait en tout une douzaine de tentes alignées des deux côtés d'une grande clairière. Au centre de la rangée d'en face se trouvait une tribune d'honneur surélevée. Elle était surmontée d'un toit, fermée sur trois côtés et flanquée aux quatre angles d'une tourelle. Des oriflammes sur lesquels figurait une tête de taureau claquaient au vent.

Un espace dégagé d'environ quinze mètres de large séparait les deux rangées de tentes. Une barrière en bois assez basse divisait cet espace en deux sur presque toute la longueur. A chaque extrémité, chacun d'un côté de la barrière, deux hommes en armure montés sur des chevaux gigantesques se faisaient face. Ils tenaient des lances en bois à la pointe émoussée. Les animaux portaient eux aussi une armure en métal dans laquelle le soleil matinal se reflétait.

De la tribune, quelqu'un agita un carré de tissu vert. Les hommes en armure éperonnèrent leur monture et chargèrent, lance baissée. La terre tremblait sous la cavalcade des sabots. Arrivés à mi-parcours, les cavaliers s'affrontèrent dans le fracas des pointes métalliques heurtant les boucliers. Les lances en bois se cassèrent en deux. Les cavaliers poursuivirent leur course jusqu'à l'extrémité de la lice, firent faire volte-face à leur monture et chargèrent à nouveau en brandissant, cette fois, une épée. Austin ne vit pas la deuxième partie de la joute car il fut emmené sous bonne escorte entre deux tentes.

Tout ce qu'il pouvait voir autour de lui, c'étaient des champs et des forêts. Puis une lueur rouge fulgurante apparut à l'orée du bois. C'était la carrosserie d'une voiture arrivant à vive allure. Le conducteur freina brutalement, la Bentley s'arrêta en dérapage devant Austin. Son large garde-boue avant n'était qu'à quelques centimètres de son genou.

La portière avant s'ouvrit et Balthazar émergea de derrière le volant. Le soleil faisait luire la cotte de mailles qu'il portait au-dessus d'une tunique imprimée d'une tête de taureau. Un grand sourire éclaira son visage.

— Félicitations, Austin ! Vous avez des nerfs d'acier.

— Disons plutôt que j'ai du mal à me déplacer après le cocktail que m'ont administré vos gorilles.

Balthazar frappa dans ses mains. Celui qui se faisait appeler Squire – l'écuyer – apporta deux chaises à assises et dossiers de cuir, qu'il disposa face à face. Balthazar s'installa et fit signe à Austin de s'asseoir.

— Que pensez-vous de notre petite joute ?

Austin regarda sa cotte de mailles et sa tunique.

— Je me croyais sur le tournage du film *Un Yankee à la cour du roi Arthur*.

— Considérez cela comme un voyage dans le temps. J'ai reconstitué ici au détail près le décor des tournois français du XVe siècle.

— Sans oublier la Bentley, dit Austin d'un ton ironique en regardant la voiture.

Sa remarque déplut à Balthazar, qui fronça les sourcils.

— Au temps des chevaliers, les joutes servaient à préparer les hommes à la guerre et à distinguer les courageux des couards. J'applique la même méthode pour évaluer mes mercenaires. Cela n'a rien d'un jeu.

— Je suis ravi d'apprendre que vous avez un hobby,

Balthazar, mais nous savons tous deux pour quelle raison j'ai accepté votre invitation. Où est Carina Mechadi ?

— En sécurité pour l'instant, comme je vous l'ai dit au téléphone.

Balthazar examinait Austin comme s'il s'agissait d'un spécimen rare.

— Vous devez attacher beaucoup d'importance à cette jeune femme pour venir vous livrer à sa place.

Austin sourit.

— Cela m'ennuyait de ne pas vous connaître *de visu*, Balthazar. Cette petite balade m'a permis de voir votre tête.

Balthazar projeta son énorme mâchoire en avant.

— Alors, allez-y, je vous écoute, monsieur Austin. J'ai hâte de savoir si vous avez quelque chose d'intéressant à me dire.

— Pour commencer, je sais bien quelle est la contrepartie exigée pour la libération de Carina.

— Ah ! Vous avez donc une offre à me faire ? Que me proposez-vous ?

— L'emplacement de la mine du roi Salomon.

— Vous bluffez, Austin, ricana Balthazar. D'ailleurs, c'est moi qui ai l'original du *Navigateur* avec sa carte. Alors, pourquoi irais-je négocier avec vous ?

— Parce que si vous connaissiez l'emplacement de la mine, vous n'auriez pas eu besoin de kidnapper Carina et de l'utiliser comme appât pour m'attirer dans vos griffes.

— Peut-être l'ai-je simplement fait pour me débarrasser d'une petite mouche agaçante ? Mais je veux bien vous écouter. Dites-moi où se trouve la mine, je verrai si cette information peut servir de monnaie d'échange.

Austin grimaça comme s'il était confronté à un choix difficile.

— Les dessins visibles sur le flanc du chat représentent une carte topographique. Une étude informatique poussée a permis de dire qu'elle servait à indiquer l'endroit où avait coulé un bateau phénicien. Dans une amphore retrouvée à l'intérieur de l'épave se trouvait un papyrus expliquant comment accéder à la mine.

— Et qui est l'auteur de ce mystérieux papyrus ?

— Ménélik, le fils du roi Salomon.

— Ménélik ? siffla Balthazar entre ses dents.

— Oui. Il l'a établie après avoir apporté une relique sacrée en Amérique du Nord.

Austin s'attendait à une réaction de surprise de la part de Balthazar, mais il resta impassible.

— Si vous pensiez m'apprendre quelque chose, cela prouve bien que vous n'avez rien compris. Avez-vous une idée de ce qu'est cette relique ?

— Peut-être allez-vous me le dire ?

Balthazar sourit.

— Ce sont les Dix Commandements. Les plus anciens, ceux qui ont été écrits sur des tablettes en or massif.

— De quoi parlez-vous, Balthazar ? Les Dix Commandements ont été gravés sur des tables de pierre.

— Voilà encore la preuve de votre ignorance. On a toujours cru qu'il y avait eu trois versions du Décalogue, toutes gravées dans la pierre. Mais, en réalité, il y en a eu quatre. Et celle gravée sur des tablettes en or fut la première de toutes. Elle correspondait aux croyances païennes de mes ancêtres. Comme elle était controversée, elle aurait dû être détruite. En réalité, elle a été cachée. Et Salomon a décidé de la faire transporter le plus loin possible de son royaume.

— Vous êtes riche comme Crésus. Que sont pour vous quelques kilos d'or en plus ?

— Ces Tables en or appartiennent à ma famille.

— Vous, Bathazar, vous auriez le sens de la famille ? fit Austin avec une moue sceptique.

— Eh bien, contrairement à ce que vous pensez, Austin, il s'agit bel et bien d'une affaire de famille. Regardez autour de vous, la violence est devenue une pratique ritualisée. Elle n'est pas le propre des Balthazar. Nous ne sommes pas pires que les gouvernements de certains pays du monde. Pourquoi croyez-vous qu'il y a aujourd'hui autant de conflits qu'avant la fin de la guerre froide ? Les immenses infrastructures militaires ont non seulement survécu, mais elles se sont même développées.

— Ce qui est excellent pour les sociétés comme la vôtre qui prétendent contribuer au maintien de l'ordre dans le monde.

— Notre activité consiste à apaiser les inquiétudes et réduire les tensions.

— Et quand il n'y en a pas, c'est vous qui les créez.

— Les passions humaines se déchaînent bien toutes seules. Avec ou sans nous, les gens sont prêts à s'entretuer. L'enjeu est plus important qu'il y paraît. La mise au jour officielle de ces Tables de la Loi remettra en cause les bases des civilisations actuelles et des grandes religions. Elle provoquera de violents troubles un peu partout.

— A commencer par le Moyen-Orient.

— En effet. Mais, de là, ces troubles se propageraient au reste du monde.

— Et vous en sortiriez plus riche et plus puissant encore. Que voulez-vous de plus, Balthazar ? Dominer le monde ?

— Non, je n'ai rien des mégalomanes des films de James Bond. Gouverner le monde serait d'ailleurs beaucoup trop difficile.

— Que voulez-vous, alors ?

— Le monopole de la sécurité internationale.

— La concurrence ne manque pas. Il y a des dizaines de sociétés qui se prétendent spécialisées dans le maintien de la paix, sans parler des forces armées existantes.

— Nous les évincerons ou les absorberons toutes jusqu'à ce qu'il n'en reste qu'une immense : PeaceCo. Nos deux sociétés, celle qui loue ses mercenaires et celle qui exploite les gisements de minerai se compléteront. Les pays industrialisés pourront garder leurs précieuses armées et marines nationales. Mais en ce qui concerne l'exploitation des richesses naturelles des nations pauvres d'Afrique, d'Amérique du Sud et d'Asie, ils auront besoin de nos services pour garantir la sécurité de leurs approvisionnements. Je bâtirai un gigantesque empire économique et militaire.

— Les empires ne durent pas éternellement, Balthazar.

— Celui-là durera très longtemps. Et comme je n'ai pas d'héritier, je le léguerai peut-être à Adriano, que je considère comme un fils.

— Vous êtes un homme diabolique, Balthazar.

— Non. Simplement un homme d'affaires qui espère que les petites guerres ne s'arrêteront jamais.

Je veux être le Balthazar de la Paix. Mais commençons par le commencement. Il me faut ces tablettes, Austin.

— Dans ce cas, je vous propose un marché : l'emplacement de la mine contre la liberté de Miss Mechadi.

— Pas si vite, dit Balthazar en levant sa main gantée de fer. Dites-moi ce que vous savez. Je ferai d'abord vérifier l'exactitude de ces informations.

Austin rit.

— Je ne suis pas si bête, Balthazar. Je sais bien que dès que vous en aurez confirmation, vous me tuerez.

— Allons, allons. Vous êtes bien soupçonneux. Je vous propose un compromis. Une chance d'échapper à mes griffes malfaisantes. Vous défendez la cause d'une dame. Les lois de la chevalerie font de vous son champion. Eh bien, comportez-vous comme tel.

Austin réfléchit au sens de la phrase et en conclut que Balthazar était vraiment fou à lier.

Il eut un sourire las.

— Qu'avez-vous donc en tête ?

Balthazar se leva.

— Je vais vous le montrer. Montez.

Il ouvrit la portière passager de la Bentley et s'installa au volant. Puis il démarra et accéléra à fond. En quelques secondes, ils roulaient déjà dans la ligne droite à près de cent soixante kilomètres-heure.

Quelques instants plus tard, Balthazar ralentit et donna un coup de frein brutal. La voiture s'immobilisa à quelques mètres à peine d'un précipice surplombant une gorge.

Un pont métallique enjambait la gorge. Il faisait environ douze mètres de long sur six de large et était dénué de rambardes de sécurité. Une barrière basse en bois courait au milieu. Le bois en paraissait neuf, comme si elle venait d'être installée.

Ils sortirent de la voiture et s'approchèrent du bord de la gorge. Ses parois abruptes plongeaient cent mètres plus bas dans un torrent encombré de rochers.

— Les habitants du coin appellent cet endroit « le fossé de la mort ». J'ai fait construire ce pont pour relier entre elles deux parties de ma propriété. Et j'y ai apporté une petite modification en prévision de votre visite.

— C'est trop d'honneur que vous me faites.

— Pas du tout. Voici donc ce que je vous propose : ma voiture sera en face, avec Miss Mechadi à l'intérieur.

Il montra du doigt le champ de l'autre côté de la gorge.

— Je serai entre vous et elle ; je tiendrai le rôle du dragon mythique. Et nous nous battrons en duel pour les faveurs de la belle dame.

Austin se retourna et regarda les deux SUV qui avaient suivi la Bentley.

— Et vos gorilles, ils feront quoi ?

— Ils auront l'ordre de rester de ce côté-ci.

— Et si je gagne, vous nous laisserez partir ?

— Je vous donne une chance. C'est plus que vous n'en avez actuellement.

— Et si je refuse ?

— Je vous ferai jeter au fond de ce précipice sous les yeux horrifiés de la belle dame.

— Comment pourrais-je refuser une telle proposition ? dit Austin avec ironie.

Balthazar eut un sourire mauvais et lui fit signe de

remonter dans la voiture. Puis il repartit, toujours à une vitesse folle, vers le champ aménagé pour les joutes habituelles. Il déposa Austin à sa tente. Squire était debout devant l'entrée, appuyé sur ses béquilles.

— Votre écuyer veillera à ce que vous ayez un harnachement correct. Nous ne porterons qu'une cotte de mailles et un heaume. Ce ne serait pas très chevaleresque de vous imposer une armure complète. Vous aurez droit à un bouclier et une lance. Pour gagner du temps, les chevaux ne seront pas caparaçonnés. Rendez-vous sur le pont.

Il fit rugir son moteur, les roues de la Bentley dérapèrent sur l'herbe et il repartit à tombeau ouvert.

Squire regarda Balthazar s'éloigner, puis il dit à Austin d'entrer dans la tente. Il l'aida à enfiler une tunique sur laquelle ne figurait aucun emblème et lui tendit une cotte de mailles dont le bonnet couvrait toute la tête à l'exception du visage. Squire lui posa une calotte tricotée sur le sommet du crâne avant de lui mettre son heaume. Celui-ci était un peu grand, mais il devrait s'en contenter. Après lui avoir mis une épée à la taille et des éperons, il lui tendit un bouclier en forme d'écu.

Puis, s'écartant pour juger de l'ensemble, il grimaça un sourire.

— On ne dirait pas Lancelot, mais ça fera l'affaire. Asseyez-vous ; je vais vous donner quelques tuyaux.

Austin retira son heaume et s'assit sur le lit de camp.

— Ecoutez-moi bien : Balthazar aime gagner en trois coups. A la première passe, pour s'amuser, il fait semblant de vous rater. A la seconde, il vous touche ; généralement, en plein milieu du bouclier. La troisième, c'est la bonne : il vous embroche avec sa lance. Des questions ?

— Dites-moi où je peux trouver un AK-47.

Squire étouffa un ricanement de mépris.

— Vous n'en aurez pas besoin. Balthazar a une lance spéciale dont le cœur est en métal, et fait habituellement donner à ses adversaires une lance en bois classique qui se brise sur son armure ou glisse sur son bouclier.

— Voilà qui n'est pas très chevaleresque.

— Non. Mais, cette fois, c'est vous qui aurez celle en métal. Je vais lui donner une lance allemande, faite d'un bois plus lourd. Avec un peu de chance, il aura tellement hâte de vous tuer qu'il ne sentira pas la différence de poids.

— Pourquoi faites-vous cela, Squire ?

L'homme porta une main à sa joue bandée.

— Ce salaud m'a transpercé la joue avec sa lance truquée. Les médecins disent que je vais rester défiguré comme Quasimodo. Et ce que j'ai aux jambes, ça me fait si mal qu'aucune pilule n'arrive à calmer la douleur. Mais parlons plutôt de vous. N'oubliez pas que la troisième touche, c'est la bonne. Il tentera de vous planter sa lance dans le cœur, persuadé qu'elle traversera le cuir de votre bouclier. Alors, vous, visez son estomac. C'est la cible la plus large. Et ne le ratez pas, surtout.

— Et si je perds, que se passera-t-il pour vous ?

— Pour moi, que ce soit l'un ou l'autre qui gagne, ça ne changera rien. Je ne compte pas moisir ici. Je vais essayer de me dégotter un boulot de vigile dans une banque.

Un garde passa la tête à l'intérieur de la tente.

— C'est l'heure.

Squire se mit au volant du SUV garé devant la tente et emmena Austin jusqu'au pont, suivi de près par un autre véhicule transportant des gardes. Il régnait sur place une atmosphère de carnaval. Des oriflammes frappées d'une tête de taureau flottaient en haut de poteaux plantés là pour l'occasion. La nouvelle de la joute imminente s'était répandue comme une traînée de poudre parmi les mercenaires de Balthazar. Aussi, en plus des sempiternels gardes, y avait-il tout le long du précipice d'autres hommes en costume médiéval venus voir Austin se faire transpercer ou précipiter au fond de la gorge.

— Vous ne m'aviez pas dit qu'il avait convié autant de monde à la fête, dit Austin à son chauffeur.

— Balthazar aime avoir des spectateurs.

Squire montra les deux immenses chevaux que l'on venait de sortir de leur van.

— Le gris, c'est le sien. Le pommelé, c'est le vôtre. Il s'appelle Valiant. Balthazar voulait vous refiler un canasson, mais je vous ai choisi une bonne monture. Val est calme et sûr. Il ne regimbera pas au moment de charger.

Squire se gara près des vans à chevaux. Austin descendit du SUV et alla faire connaissance avec son destrier. De près, l'animal était gigantesque. Il lui flatta l'encolure et susurra à son oreille.

— Aide-moi sur ce coup-là, Val, et tu auras tout le sucre que tu voudras.

Le cheval souffla bruyamment en secouant la tête. Austin prit cela pour une façon d'acquiescer et alla ensuite étudier le pont de plus près. Il était si étroit que deux chevaux pouvaient à peine se croiser. Il n'y avait aucune marge de sécurité ; mieux valait pour lui ne pas se faire désarçonner.

Austin entendit alors une clameur s'élever. La Bentley arrivait à toute vitesse vers la gorge. Elle dépassa le pont, suivie par un gros SUV noir, une Cadillac Escalade, et s'arrêta environ cent mètres plus loin. Balthazar descendit de la voiture et ouvrit la portière arrière du SUV.

Il en sortit une silhouette blanche, encadrée par deux gardes, qui n'eut que le temps d'agiter la main avant d'être poussée sur le siège passager de la Bentley. Balthazar revint vers le pont dans la voiture de ses gardes.

Puis il s'approcha d'Austin et lui montra la Bentley.

— Votre chérie est là. J'ai rempli ma part du contrat. A vous, maintenant.

Austin tendit la main.

— La clé de votre voiture.

Balthazar brandit le heaume qu'il tenait sous son bras. Un porte-clés était accroché à l'une des deux cornes dressées au sommet.

— A vous de l'attraper, Austin. Il ne faudrait pas que ce soit trop facile.

Austin réclama un papier et un stylo.

Balthazar lança un ordre d'un ton sec. Aussitôt un de ses hommes courut au SUV le plus proche et revint avec un calepin auquel était accroché un stylo-bille.

En prenant pour support le capot de la voiture, Austin nota quelques indications et dessina une carte en soulignant les mots « Mine d'or ».

Balthazar tendit la main, mais Austin plaça le bout de papier au fond de son propre heaume.

— Comme vous le disiez vous-même, Balthazar, il ne faudrait pas que ce soit trop facile.

Austin savait pertinemment que Balthazar aurait très bien pu ordonner à ses hommes de se jeter sur lui pour lui arracher le plan de la mine et le précipiter dans la gorge. Mais il prenait le pari qu'avec son ego démesuré, il ne voudrait pas renoncer au spectacle qu'il comptait offrir à ses hommes.

— L'heure est venue de montrer votre bravoure, Austin.

Après l'avoir foudroyé d'un regard capable de déclencher un feu de forêt, Balthazar pivota sur ses talons et partit d'un pas martial vers son cheval. Il se hissa sur la selle avec une facilité étonnante. Un écuyer vêtu d'une robe à capuche rouge tenait les rênes de sa monture. Il était grand et corpulent. Quand il se retourna pour regarder Austin dans les yeux, celui-ci reconnut l'homme de main de Balthazar, le tueur au visage de bébé. Adriano se frappa la poitrine, puis lui montra du doigt la Bentley avec un sourire réjoui.

Le sens de son geste était clair. Il signifiait qu'une fois la joute terminée, Balthazar remettrait Carina entre ses mains.

Balthazar éperonna sa monture. Il partit au galop à l'autre bout du pont et fit exécuter un demi-tour à son cheval pour faire face à Austin.

Austin s'approcha de Val pour se mettre en selle. Contrairement à Balthazar, il n'était pas habitué au poids de la cotte de mailles et le fit avec beaucoup moins d'agilité. Squire lui tendit son heaume en lui disant de garder toujours la tête penchée en avant pour pouvoir y voir à travers les fentes étroites prévues pour les yeux.

Puis il lui tendit son bouclier et sa lance, et lui expliqua comment il devait les tenir.

— Surveillez bien le fanion au bout de la lance. Il vous indiquera comment est orientée la pointe.

— Pas d'autre conseil ? demanda Austin, qui entendit l'écho de sa voix dans son heaume.

— Si. Laissez faire votre cheval, n'oubliez pas que tout se joue à la troisième passe, et espérez un miracle.

Il donna une petite tape sur le flanc du cheval et le gigantesque animal s'ébranla. Austin commença par lui faire décrire un cercle et constata avec satisfaction que Val réagissait bien à la pression des genoux. Le poids de son armure et de son équipement le gênait dans ses mouvements, mais la selle haute à l'arrière l'aidait à ne pas perdre l'équilibre.

La courte répétition était terminée.

Un homme vêtu du costume vert des hérauts sonna le premier coup de trompette demandant aux adversaires de se tenir prêts. Austin se positionna face à Balthazar. Le deuxième coup de trompette signifiait qu'ils devaient abaisser leurs lances. Le troisième le suivit d'une seconde.

Balthazar n'avait pas attendu le signal du départ pour éperonner son cheval. Austin réagit une seconde après lui.

Les chevaux se mirent très vite au galop. Leurs lourds sabots faisaient jaillir des mottes de terre dans les airs. De loin on aurait dit un envol de moineaux effrayés. Le sol tremblait sous le poids des énormes bêtes et de leurs cavaliers en armure qui chargeaient dans un fracas de tonnerre.

47.

Gamay et Zavala avaient suivi le cordage reliant la bouée à l'ancre. Ils étaient descendus rapidement grâce à leurs efficaces mouvements de ciseaux. La clarté apparente de la surface était trompeuse. L'eau brun verdâtre était à présent si opaque que la visibilité se limitait à deux ou trois mètres. Le faisceau de leurs torches perçait difficilement les ténèbres boueuses qui ternissaient jusqu'au jaune éclatant de leurs combinaisons.

Arrivés à quelques mètres du fond, ils s'immobilisèrent pour éviter de soulever un nuage de vase. Ils consultèrent une boussole marine et nagèrent vers l'ouest jusqu'à ce qu'une masse sombre se dresse devant eux. Leurs torches éclairèrent une surface verticale recouverte d'une abondante végétation sous laquelle on devinait par endroits quelques pierres. Des poissons jaillirent des fenêtres sans vitre du bâtiment de deux étages semblables aux orbites vides d'un crâne humain.

Une voix de Donald Duck grésilla dans les écouteurs de Zavala. C'était Gamay.

— Bienvenue à l'Hôtel Gold Stream.

— Vue sur mer à tous les étages, ajouta-t-il. Mais ça doit être la morte saison ; il n'y a personne.

Même s'il n'était pas très grand, avec son toit percé de mansardes et ses façades en pierre, l'hôtel avait dû avoir une certaine allure. Ils nagèrent jusqu'au large perron. Le portique s'était effondré. Des algues vertes recouvraient le bois vermoulu de la terrasse où les clients avaient dû, jadis, respirer l'air de la campagne, confortablement installés dans des fauteuils à bascule.

Gamay et Zavala passèrent une tête par la porte d'entrée pour essayer de voir l'intérieur du bâtiment, mais l'obscurité y était presque impénétrable. La sensation de froid glacial qui se dégageait du lieu les fit frissonner malgré leurs combinaisons. Ils firent le tour de l'ancien hôtel. Zavala éclaira avec sa torche un appentis construit à l'arrière.

— Cela pourrait bien être les cuisines, dit-il.

— Bien vu, répondit Gamay. Je crois même apercevoir une cheminée au-dessus du toit.

Ils descendirent une pente douce où la pelouse d'autrefois avait cédé la place à la végétation aquatique, et arrivèrent à un large escalier. Au pied de celui-ci se trouvait une sorte de quai en pierre ; c'était là qu'avaient dû être amarrés les bateaux. On y voyait encore les bollards en granit.

Ils plongèrent ensemble dans la grotte.

A l'intérieur, les stalactites et les stalagmites étaient usées comme les dents d'un vieux chien et la végétation marine leur avait fait perdre leur ancien éclat. Les formes bizarres de la roche donnaient une idée de l'étonnant décor qui avait un jour accueilli les touristes du début du siècle.

Après avoir nagé cinq ou six cents mètres en luttant contre un léger courant, ils arrivèrent au fond de la grotte. L'entrée de l'ancienne galerie était obstruée par d'énormes rochers. Le trou visible dans le plafond de la voûte indiquait qu'il y avait eu un éboulement. Ne pouvant aller plus loin, ils repartirent vers l'entrée, poussés cette fois par le courant.

Quand, quelques minutes plus tard, ils se retrouvèrent à l'arrière de l'hôtel, Zavala contourna le bâtiment de service pour en trouver l'entrée. Il pénétra à l'intérieur, suivi de près par Gamay. La première pièce était assez grande pour avoir été la salle à manger. Zavala longea le mur à la recherche d'une porte ; dans la deuxième pièce, le faisceau de leurs lampes éclaira des placards vides et de larges éviers. Un tas de rouille visible dans un coin avait dû être la cuisinière à bois. Ils examinèrent le sol centimètre par centimètre, mais ne découvrirent aucune trappe.

— Pour ce qui est du prétendu puits de mine, nous nous sommes bien fait berner, dit Zavala.

— Attends un peu avant d'abandonner. L'ancien aide-cuisinier en a vraiment donné une description précise. Essayons la pièce suivante.

Gamay se retrouva dans un espace quatre fois plus petit que la cuisine. Les étagères creusées dans les murs indiquaient qu'elle avait dû servir d'office. Plongeant vers le bas, Gamay se mit à nager le visage à quelques centimètres du sol jusqu'à ce qu'elle aperçoive une surface rectangulaire un peu surélevée. Elle la débarrassa de la vase qui la recouvrait et découvrit alors des gonds et un cadenas rouillés.

Zavala fouilla dans le sac étanche accroché à l'anneau de son harnais et en sortit un pied-de-biche de trente centimètres de long. Il l'enfonça sous le couvercle de la trappe et réussit par un simple mouvement de levier à faire éclater le bois pourri. Il éclaira le conduit, mais l'obscurité complète qui y régnait était impressionnante.

— Pour une fois, tu ne dis pas « moi d'abord », remarqua Gamay.

— Tu es plus mince que moi ; tu te faufileras plus facilement à l'intérieur, répliqua Zavala.

— C'est bien ma chance !

Gamay faisait semblant d'hésiter. En réalité, c'était une intrépide et elle se serait bien battue avec Zavala pour avoir le plaisir de découvrir la mine la première. D'un autre côté, elle avait assez d'expérience pour savoir qu'elle devrait se montrer extrêmement prudente. Plonger dans un conduit vertical demande beaucoup de sang-froid. Chaque mouvement doit être délibéré et parfaitement calculé.

Zavala attacha le bout d'une fine corde de nylon autour du pied d'un meuble massif et l'autre à son pied-de-biche. Puis il lâcha celui-ci dans le conduit. Mais cinquante mètres de corde s'étaient déroulés sans qu'il ait touché le fond.

Gamay tâta les parois du conduit. Le bois était tendre, mais il devrait pouvoir résister. L'espace disponible n'était que d'un mètre carré ; ce serait suffisant pour le passage des bouteilles.

Elle regarda sa montre, puis annonça :

— Bon, j'y vais.

Elle s'assit au bord de l'ouverture et se laissa glisser dans le trou. En heurtant les bords, ses bouteilles firent sauter quelques morceaux de bois, mais les parois semblaient solides. Zavala suivit des yeux la pâle lueur de sa lampe jusqu'à ce qu'elle disparaisse.

— A quoi ça ressemble là-dessous ? demanda-t-il dans son micro.

— Je suis comme Alice dans le terrier du lapin.

— Tu vois des lapins ?

— Ni lapin, ni rien... Hé !

Silence.

— Ça va ? demanda Zavala.

— Super bien, même ! J'arrive dans un endroit beaucoup plus large. Viens me rejoindre. Tu as trois mètres à descendre dans le boyau.

Zavala se glissa à l'intérieur du conduit et rejoignit Gamay dans la salle souterraine.

— Ça doit être la suite de la grotte. On est de l'autre côté de l'éboulis.

— La direction de l'hôtel avait de quoi râler si la rivière ramenait dans la grotte les épluchures jetées par la trappe des cuisines.

Zavala repartit le premier. Il nageait dans la grotte en éclairant les parois avec sa torche. Au bout d'un moment, il n'y eut plus de rochers amoncelés.

— On est dans une mine, annonça-t-il. Tu vois les marques de burin ?

— Ça pourrait être de là que venait la poussière d'or recueillie par les clients de l'hôtel.

Zavala dirigea le faisceau de sa torche loin devant lui.

— Regarde !

Il éclairait l'ouverture d'une galerie creusée sur le côté gauche de la paroi.

Ils quittèrent la grotte pour s'y engager. Elle devait faire trois mètres de haut sur deux de large et était surmontée d'une voûte en berceau. Des anfractuosités avaient été creusées dans les murs, sans doute pour y poser des lampes.

Au bout d'une centaine de mètres, le tunnel en coupait un autre à angle droit. Zavala et Gamay débattirent rapidement de la direction à prendre. S'ils se retrouvaient dans un labyrinthe, sans filin pour les guider ils risquaient fort de se perdre. Et compte tenu de leur autonomie en air limitée, prendre la mauvaise décision risquait de leur être fatal.

— Ton avis ? demanda Zavala.

— Le sol du passage de droite est plus usé que les autres. Je propose qu'on le suive sur cent mètres. Si l'on ne trouve rien, on fait demi-tour.

Zavala serra son index contre son pouce en signe d'accord et ils s'enfoncèrent dans la galerie en question. Ils nageaient sans parler pour économiser l'oxygène. Ils étaient tous deux conscients que chaque mouvement de palme risquait de mettre leur vie en danger. Mais la curiosité les poussait à aller jusqu'au bout de la galerie. Ils venaient de parcourir cinquante mètres quand elle s'élargit soudain.

L'espace sur lequel elle débouchait était si vaste que leurs lampes n'arrivaient à en éclairer ni le plafond ni les parois opposées. Ils étaient arrivés à la partie la plus dangereuse de la plongée. Dans un espace aussi large, ils pouvaient vite ne plus être capables de s'orienter. Ils décidèrent donc de limiter l'exploration à cinq minutes. Ce serait Zavala qui l'effectuerait pendant que Gamay resterait à la sortie du tunnel. A aucun moment l'un d'eux ne devait s'éloigner hors de portée de la torche de l'autre.

Zavala s'élança dans l'obscurité en essayant de nager le long de la paroi.

— Arrête-toi, je ne te vois plus, l'avertit Gamay.

Zavala s'immobilisa.

— OK, je m'écarte du mur, le sol est lisse. Il a dû y avoir beaucoup de passage par ici. Mais rien n'indique à quoi servait cet endroit.

Gamay lui lança un nouvel avertissement. Il fit demi-tour et revint vers la lueur de sa torche. Il nageait en zigzag pour couvrir un maximum de surface.

— Tu vois quelque chose ? demanda Gamay.

— Non, rien... Ah, attends !

Il avait aperçu une forme immobile.

— Tu t'éloignes trop, l'avertit Gamay.

Sa lampe électrique n'était plus qu'un vague point lumineux. Ce serait un suicide que de continuer, mais c'était plus fort que lui, il ne pouvait pas s'arrêter là.

— Un petit mètre de plus, annonça-t-il.

Puis ce fut le silence.

— Joe, je ne te vois plus, s'écria Gamay. Ça va ?

La voix excitée de Zavala explosa soudain dans ses écouteurs.

— Gamay, il faut absolument que tu voies ça ! Laisse ta torche sur place pour marquer l'entrée de la galerie et suis la lueur de la mienne ; je vais l'agiter.

Gamay estimait qu'il leur restait juste assez d'oxygène pour retraverser la galerie, remonter dans l'étroit boyau vertical et refaire surface.

— On n'a plus le temps, Joe.

— Il y en a pour une minute.

Gamay, qui employait souvent un langage cru, se contenta de jurer intérieurement. Elle posa la lampe sur le sol et nagea jusqu'à la lueur dansante. Zavala était debout près d'une estrade ronde de deux mètres de diamètre sur un mètre de haut, dont la surface était jonchée de bouts de bois pourri et de débris de métal jaune.

— C'est de l'or ?

Zavala approcha un des morceaux de son masque.

— Ça se pourrait. Mais moi, ce qui m'intrigue, c'est ce truc-là.

En dispersant les morceaux de bois, Zavala avait mis au jour un coffret en métal de trente centimètres de long sur vingt centimètres de large. Pour pouvoir lire les lettres gravées sur le dessus, il élimina de sa main gantée la pellicule noire qui les rendait illisibles.

Il lâcha en espagnol une exclamation de stupeur. Gamay secouait elle-même la tête d'un air incrédule.

— Ce n'est pas possible !

Il n'y avait pourtant aucun doute : le nom gravé sur le couvercle en métal était : *Thomas Jefferson*.

48.

Le cheval lancé au galop vers la gorge faisait le même bruit d'enfer qu'un char d'assaut. Austin avait du mal à se maintenir en selle. L'un de ses pieds avait glissé de l'étrier ; sa tête ballottait dans son heaume comme celle d'une poupée de chiffon. Son bouclier glissait régulièrement de côté et il n'arrivait pas à garder sa longue lance pointée vers l'avant.

Les sabots de Val cliquetaient déjà sur le pont métallique. Austin eut à peine le temps de distinguer la pointe brillante d'une lance et la tête de taureau ornant la tunique de Balthazar. Après s'être croisés, les chevaux poursuivirent leur galop vers l'extrémité opposée du pont.

Austin avait retenu son souffle au moment de la passe. Arrivé sur l'herbe, il expira longuement. Il tira sur les rênes pour ralentir son cheval et lui fit faire demi-tour de façon à être de nouveau face à Balthazar. Depuis l'autre côté de la gorge, ce dernier, qui avait déjà retiré son heaume et le tenait devant sa large poitrine, le regardait d'un œil goguenard.

— Pas mal, Austin, lui cria-t-il. Mais vous semblez avoir du mal à tout contrôler.

Cette réflexion déclencha les rires de l'assistance.

Austin retira son heaume et essuya du revers de sa

main gantée de fer la sueur qui lui brouillait la vue. Ignorant la douleur causée par sa blessure au côté pas encore cicatrisée, il répondit sur un ton de défi :

— Ce qui me trouble, c'est l'idée que cette belle Bentley sera bientôt à moi.

Balthazar décrocha de son heaume la clé de la voiture et la leva au-dessus de sa tête avec un sourire glacial.

— Ne vous imaginez pas déjà au volant. Elle n'est pas encore à vous.

Austin sortit du sien le papier plié en quatre et le tint en l'air en faisant le geste de la statue de la Liberté.

— Et, vous, ne dépensez pas l'or que vous n'avez pas encore.

Le visage figé dans le même rictus, Balthazar raccrocha la clé à l'une des cornes de son heaume et enfonça celui-ci sur sa tête.

Austin se retourna pour jeter un regard à la silhouette en blanc assise, seule, dans la Bentley. Il lui adressa de loin un petit signe de la main et elle lui répondit. Cela lui redonna du courage. Après avoir replacé le papier tout au fond, il retourna son heaume pour le mettre.

La trompette annonça le début de la deuxième passe.

Austin cala son dos contre la selle, leva deux ou trois fois sa lance pour en évaluer le poids, puis pencha la tête en avant. Il vit alors que Balthazar avait fait venir Adriano près de son cheval pour lui parler.

Le second coup de trompette retentit.

Austin écarta bien sa lance vers la gauche pour que son adversaire arrivant au galop ne puisse l'éviter.

Puis ce fut le dernier coup de trompette.

Austin éperonna Val en s'excusant. La silhouette de Balthazar, qui n'était qu'une masse floue à travers les fentes oculaires, grossissait de seconde en seconde. Il se courba de façon à s'abriter derrière son écu et visa la large poitrine comme Squire le lui avait conseillé.

Balthazar redressa sa lance à la dernière seconde pour que sa pointe s'enfonce sous la visière d'Austin. D'un geste sec, il lui arracha son heaume.

Les deux adversaires poursuivirent leur galop jusque de l'autre côté. En faisant demi-tour, Austin vit son heaume s'arrêter dans sa chute juste à l'angle du pont, au bord du précipice. Adriano se précipita pour l'attraper. Il le leva vers Balthazar, qui en retira le papier avec un grand geste ostensible, lut ce qu'Austin y avait écrit, puis le lui tendit. L'homme de main se dirigea vers un des SUV avec le papier, mais avant de démarrer, il remit le heaume vide à l'un des écuyers, qui vint en courant vers Austin et le lui lança.

— Pas de chance, Austin, cria Balthazar. Mais vous avez encore une chance de sauver la femme.

La suggestion que fit Austin à Balthazar d'aller se jeter du haut du pont fut couverte par le premier coup de trompette.

Les deux hommes eurent à peine le temps de remettre leur heaume que le héraut donnait déjà le signal ; ils devaient abaisser leurs lances.

D'après Squire, tout se jouait à la troisième passe.

Austin était déconcerté par la facilité avec laquelle Balthazar avait placé la pointe de sa lance sous sa visière. La tige en acier intérieure de la sienne était censée lui procurer un avantage. Il allait s'en servir. Il serra les dents et baissa la tête. Il était prêt.

Nouveau coup de trompette.

Les chevaux chargèrent. Balthazar était si tassé derrière son bouclier que seules en dépassaient les cornes de son heaume. Austin visa directement le bord du bouclier. Balthazar frappa le sien en plein milieu et, comme Squire l'avait prédit, sa lance se brisa juste après la pointe.

La lance d'Austin s'enfonça dans l'écu de son adversaire sans difficulté. S'il avait mieux visé, sa pointe acérée aurait pu l'embrocher tout net. Elle ne fit que traverser le cuir et le bois de la bordure, mais la violence du choc désarçonna Balthazar.

Celui-ci s'écrasa lourdement sur le pont et roula par-dessus bord.

Austin jura grossièrement. Il n'avait aucune sympathie pour Balthazar, mais c'était lui qui avait la clé de la voiture.

Il lâcha un autre juron, mais de joie cette fois-ci. Les deux cornes du heaume de Balthazar étaient encore à la hauteur du pont. Il essayait vainement de s'y hisser, mais l'écu qui pendait à son bras et le poids de sa cotte de mailles et de son heaume lui rendaient l'escalade difficile.

Austin retira vivement son propre heaume, jeta sa lance à terre, descendit de cheval et se précipita sur le pont.

Balthazar s'y cramponnait d'un bras. Quand Austin se pencha sur lui, il le supplia de l'aider.

— Je vais vous alléger, lui dit Austin en décrochant le porte-clés d'une des cornes.

Il fut tenté de le pousser du pied pour l'envoyer au fond de la gorge, mais les mercenaires, qui étaient restés un instant pétrifiés en voyant leur patron se faire désarçonner, accouraient déjà depuis l'autre bout du pont.

Austin fit aussitôt demi-tour et courut à la voiture.

En approchant, il remarqua que Carina avait la tête appuyée contre le tableau de bord, comme si elle était incapable de supporter le spectacle. Quand il cria son nom, la personne qu'il avait prise pour elle leva la tête. C'était un des mercenaires de Balthazar ! Il le fixait d'un air ironique avec son visage mal rasé et son fichu sur la tête.

— Merci de m'avoir sauvé la vie, dit-il d'une voix de fausset cherchant à imiter une voix féminine. Il voulut attraper son revolver, mais sa main se prit dans les plis de sa robe.

Fou de rage, Austin serra son poing droit ganté de fer et lui envoya un uppercut au menton qui le sonna d'un coup. Il le tira brutalement hors de la voiture, se glissa derrière le volant et pria le ciel pour que ce fût la bonne clé de contact. Il réussit à démarrer.

Il décida de ne pas s'aventurer en terrain inconnu. Il n'y avait peut-être aucun moyen de traverser les bois visibles au loin. Il ne voulait pas risquer de se retrouver pris au piège.

Les hommes de Balthazar avaient réussi à remonter leur patron. Il leur hurlait de le rattraper. Cinq ou six gardes s'avançaient déjà vers lui. Austin, qui avait ramassé sa lance, la pointa vers eux à travers la vitre baissée, comme s'il participait encore à une joute. Puis il enclencha la marche arrière et fit demi-tour sur place pour revenir à toute vitesse sur le pont.

Balthazar vit la Bentley foncer sur lui et sauta de l'autre côté de la lice centrale, mais la lance d'Austin balaya ses hommes du pont comme des miettes de pain d'une table.

Dès qu'il fut arrivé de l'autre côté, il lâcha sa lance et enfonça la pédale d'accélérateur. Les roues patinèrent dans l'herbe, mais il réussit à garder le contrôle de la voiture qui zigzaguait furieusement et reprit la route menant aux tentes.

Il jeta un coup d'œil dans son rétroviseur. Un SUV le suivait de près. Un autre arrivait face à lui ; quelqu'un avait dû prévenir par radio les gardes restés au campement. Sans dévier de sa route, ni ralentir, il appuya sur le klaxon.

Le conducteur du SUV qui arrivait en face devait croire son véhicule capable de pulvériser la Bentley. A la dernière minute, Austin fit un écart calculé pour provoquer une collision frontale entre les deux 4 × 4.

Il passa en trombe devant l'entrée d'un chemin conduisant à la grande maison visible au loin. Il continua de rouler sur la route encore un kilomètre ou deux jusqu'au moment où il arriva devant un haut portail précédé d'une guérite. Il ralentit, s'attendant à en voir sortir un garde, mais personne ne l'intercepta. Il supposa que les hommes habituellement en faction à l'entrée avaient eu la permission de quitter leur poste pour assister à la joute.

Il descendit de voiture et retourna à la guérite pour appuyer sur le bouton commandant l'ouverture des deux vantaux en fonte. Plusieurs SUV noirs lancés à sa poursuite approchaient. Il fit passer le portail à la Bentley, puis retourna dans la guérite pour le refermer au plus vite. Prenant une lourde chaise, il s'en servit comme d'une masse pour réduire en miettes le panneau de contrôle.

Ses poursuivants n'étaient plus qu'à deux cents mètres.

Il grimpa à un arbre, rampa jusqu'au bout d'une grosse branche qui surplombait le portail et sauta à l'extérieur de la propriété. Il retomba lourdement et en eut le souffle coupé, mais il se ressaisit. Il remonta dans la Bentley, écrasa l'accélérateur et repartit sur les chapeaux de roues.

Il filait à vive allure sur une route déserte entourée de pâturages et de champs cultivés. Seuls quelques silos étaient visibles au loin. Il avait semé ses poursuivants. Il leva les yeux vers le ciel bleu sans nuages et se dit soudain que Balthazar possédait peut-être un hélicoptère.

Vue d'en haut, la voiture rouge vif était une cible facile à repérer. Austin préféra tourner dans un étroit chemin bordé d'arbres dont le feuillage touffu formait une voûte au-dessus de lui. Il aperçut une voiture garée un peu plus loin. Un homme en costume sombre appuyé contre l'aile avant étudiait une carte routière. En voyant passer la voiture rouge à vive allure, il releva la tête. Austin eut le temps d'apercevoir son visage. Il écrasa le frein, fit une marche arrière à toute vitesse et vint s'arrêter devant lui.

— Salut, Flagg.

L'homme de la CIA en costume-cravate détonnait dans ce décor champêtre. En reconnaissant Austin, il ne put retenir un grand sourire. Les yeux plissés, il contemplait tour à tour la Bentley et son conducteur encore vêtu de sa cotte de mailles.

— Chouette bagnole. Tu gagnes bien ta vie à la NUMA, dis donc ! Ton costard aussi est pas mal.

— Ils ne sont à moi ni l'un ni l'autre. Je les ai empruntés à Balthazar. Que fais-tu ici ?

— J'ai découvert qu'il avait une maison par ici. Alors, je suis venu fouiner un peu.

Austin montra la route derrière lui.

— La maison est à quelques kilomètres par là-bas. Où sommes-nous ?

— Au nord de l'Etat de New York. Et ta copine, elle est où ?

— Je ne l'ai pas encore retrouvée. Combien de temps te faut-il pour rassembler une équipe de musclés ?

— La police sera plus vite sur place que nos gars.

— Les policiers du coin ne feront pas le poids contre les mercenaires de Balthazar.

Flagg hocha la tête et sortit un téléphone d'une poche intérieure. Il tapa un numéro et parla quelques minutes avant de raccrocher.

— On m'envoie une équipe de choc de Langley. Ils seront là dans deux heures.

— Deux heures ! répéta Austin. Autant dire deux ans.

— Peuvent pas faire mieux, dit Flagg en haussant les épaules. Combien y a de gros durs en face ?

— Trente-cinq ou trente-six avec Balthazar.

— Ça devrait aller pour deux anciens commandos comme nous.

Il ouvrit la portière de sa voiture et prit sous son siège un Glock 9 mm, qu'il tendit à Austin.

— J'en garde toujours un en réserve.

Il se frappa la poitrine en ajoutant :

— Mais j'ai tout ce qu'il faut sur moi.

Austin se souvint qu'à l'époque où ils faisaient

équipe ensemble à la CIA, Flagg était un véritable arsenal ambulant.

— Merci, dit-il en saisissant l'arme. Monte.

Flagg prit place sur le siège passager de la Bentley.

— Bon sang, Austin ! Je réalise à quel point le boulot manque de piment depuis que tu as quitté la boîte.

Austin démarra et fit demi-tour sur le chemin étroit.

— Accroche-toi ! cria-t-il pour couvrir le hurlement des pneus. Si tu veux de l'action, tu vas en avoir.

49.

— Ne devraient-ils pas déjà être remontés ? demanda Saxon d'un ton inquiet.

— Ne vous en faites pas. Ce sont tous deux d'excellents plongeurs, répondit Trout.

Saxon et lui attendaient dans le canot pneumatique près de la bouée-repère. Trout était, en fait, plus soucieux qu'il ne le laissait paraître. Il avait même consulté sa montre quelques instants avant que Saxon ne lui pose la question. Il trouvait que Gamay et Zavala tiraient un peu trop sur leur réserve d'oxygène, surtout s'ils avaient besoin de paliers de décompression. Il pensait malgré lui aux hypothèses peu réjouissantes possibles : ils pouvaient s'être perdus en voulant explorer les galeries inconnues partant de l'hôtel ou encore être restés coincés quelque part à cause de leurs bouteilles. Il regardait sans le voir un héron bleu en train de pêcher dans le lac quand il repéra une onde à la surface.

Il la montra du doigt à Saxon.

— Les voilà !

Il empoigna aussitôt sa pagaie et invita Saxon à l'imiter. Ils s'approchèrent de l'endroit repéré et virent Gamay émerger la première, suivie de peu par Zavala.

Gamay gonfla son gilet stabilisateur et se laissa flotter sur le dos. Elle sortit l'embout de sa bouche et aspira quelques goulées d'air pur. Trout lui lança une corde.

— Hé, poupée, tu montes ? plaisanta-t-il.

— C'est la proposition la plus agréable de la journée, répondit-elle avec un sourire fatigué.

Zavala s'accrocha à la corde derrière elle pour se faire tirer vers le bord du lac. Ils étaient épuisés. Après avoir ôté leurs bouteilles et leurs palmes, ils sortirent de l'eau en pataugeant, se débarrassèrent de leurs ceintures lestées et allèrent s'asseoir dans l'herbe pour s'y reposer.

Saxon tira le canot au sec. Trout ouvrit une glacière et fit passer des bouteilles d'eau fraîche. Il était incapable de contenir sa curiosité.

— Ne nous faites pas languir plus longtemps. Alors, vous l'avez trouvée, la mine du roi Salomon ?

Un petit sourire apparut sur les lèvres de Zavala.

— C'est ton mari, dit-il à Gamay. C'est à toi de lui annoncer la mauvaise nouvelle.

Gamay soupira.

— Quelqu'un nous a devancés.

— Des chercheurs d'or ?

— Non, pas vraiment, répondit Zavala en se levant pour aller chercher son sac sous-marin dans le canot.

Il en sortit le coffret en étain et le tendit à Trout.

— Voilà ce que nous avons trouvé dans la mine.

Paul se mit à cligner les yeux nerveusement en voyant le nom gravé sur le couvercle. Incapable de parler, il le passa sans un mot à Saxon.

Saxon exprima sa surprise plus bruyamment.

— Thomas Jefferson ! s'exclama-t-il. Comment est-ce possible ?

Gamay sortit un petit couteau de l'étui attaché à sa jambe et le donna à Saxon.

— A vous l'honneur.

Malgré son excitation, Saxon gratta la rouille du fermoir avec une grande délicatesse. Le couvercle avait été cacheté à la cire, mais s'ouvrit sans peine. Saxon contempla une ou deux secondes le contenu du coffret avant d'en sortir deux carrés de parchemin souple, enveloppés dans un papier paraffiné raidi. On pouvait voir dessus des lignes sinueuses, des croix et des mots écrits d'une écriture très fine. Il rapprocha les deux morceaux de façon à faire correspondre les bords dentelés.

— C'est la partie de la carte phénicienne qui manquait, murmura-t-il d'une voix blanche. Sur celle-ci, on voit le fleuve et la baie.

Il en tremblait d'émotion.

Gamay lui prit les carrés de parchemin des mains et les examina sans rien dire avant de les passer à son mari.

— L'affaire se corse.

— C'est le moins qu'on puisse dire, approuva Trout en secouant la tête. Où avez-vous trouvé ce coffret ?

Gamay décrivit leur plongée dans la grotte, puis dans le puits de la mine. Zavala poursuivit en racontant leur exploration des différentes galeries jusqu'à celle qui les avait conduits à la grande salle où le coffret reposait sur son socle de pierre.

Saxon s'était ressaisi et retrouvait sa capacité à réfléchir.

— C'est fascinant ! dit-il. Avez-vous trouvé de l'or ?

— Non, répondit Gamay.

Saxon plissa les yeux.

— De deux choses l'une : ou il y en avait et vous ne l'avez pas vu, ou le gisement était épuisé et la mine désaffectée.

— Dans les deux cas, fit remarquer Trout, quel rapport y a-t-il entre l'objet qu'ils ont trouvé et la légende de la mine d'or du roi Salomon ? Cette mine, c'est celle d'Ophir ou pas ?

— Oui et non, répondit Saxon, amusé par son expression perplexe. On peut penser qu'Ophir n'était pas un lieu précis, mais l'ensemble des différents endroits d'où provenait l'or du roi Salomon.

Gamay contemplait la surface paisible du lac.

— Quelle meilleure cachette qu'une mine abandonnée une fois son gisement épuisé ?

— Ce qui nous ramène, dit Saxon, à la fameuse expédition des Phéniciens dont le but était d'aller cacher quelque part une relique sacrée.

— Ce qui soulève la question suivante : qu'est devenue cette relique ? poursuivit Trout.

Gamay prit le coffret entre ses mains.

— Nous pourrions la poser à Jefferson.

Saxon tenait toujours les deux carrés de parchemin entre ses mains. Il les leva à hauteur de ses yeux pour mieux voir les caractères d'écriture.

— Tiens, tiens ! C'est intéressant, commenta-t-il. Je pense que cette carte est un palimpseste.

— Un palinquoi ? demanda Trout.

— Un parchemin dont on a effacé le texte d'origine pour pouvoir écrire par-dessus. Les moines byzantins maîtrisaient parfaitement la pratique qui consiste à laver le parchemin et gratter tout ce qui est écrit dessus pour pouvoir l'utiliser à nouveau. Mais le procédé est peut-être beaucoup plus ancien. Regardez, quand on met celui-ci à la lumière, on aperçoit par transparence des traces d'écriture.

Il passa les carrés de parchemin aux autres pour qu'ils puissent les examiner.

— Dommage qu'on ne puisse pas lire le message d'origine, dit Trout.

— On y arrivera peut-être. Les conservateurs du musée des arts Walters de Baltimore ont récemment déchiffré un message datant de plus de mille ans, caché dans un palimpseste. Ils obtiendront peut-être un résultat avec celui-ci. Quel dommage qu'Austin ne soit pas là pour partager cette formidable découverte ! Quand sera-t-il de retour ?

Zavala ne pouvait s'empêcher de penser à son ami, même en nageant vers le fond du lac. Austin avait beau être plein de ressources, se laisser kidnapper par cette brute de Balthazar était risqué.

Il se leva pour ramasser son équipement de plongée.

— Bientôt, répondit-il. Enfin, j'espère !

50.

Austin et Flagg réfléchissaient, assis dans la Bentley, moteur en marche, devant l'entrée de la propriété. Les grilles étaient grandes ouvertes.

— Toi qui les disais pas très accueillants, regarde, ils nous attendent.

— C'est bien ce qui m'inquiète.

Ils venaient de passer une heure à chercher un autre accès, mais toute la propriété était entourée de forêts denses et de clôtures électrifiées. Ils s'étaient aventurés dans plusieurs chemins en terre, sans succès, et étaient revenus devant l'entrée principale.

Austin s'appuya sur son volant.

— Un homard doit être aussi hésitant que nous au moment d'entrer dans la nasse. Carina est mon amie, pas la tienne. On peut encore attendre l'arrivée des renforts.

— Non. Ils ne feraient que nous gêner, répliqua Flagg en sortant un autre revolver. Ralentis pour que j'aie le temps de repérer les Peaux-Rouges dans les fourrés.

Austin enclencha la première et passa devant les piliers d'entrée. Flagg s'était assis sur le dossier du siège passager et tenait un revolver dans chaque main. Personne ne se précipita pour les intercepter. Dès qu'ils eurent quitté la partie boisée, Austin chercha des yeux le terrain réservé aux tournois médiévaux. Toutes les tentes étaient renversées, leur tissu déchiré et couvert de traces de pneus. La tribune d'honneur se dressait seule au milieu du pré. Avec une nouveauté.

Comme ils en approchaient, Flagg se raidit :

— C'est quoi, ça ?

Une homme pendait de la tribune, la tête affaissée sur la poitrine, bras et jambes ballants, à un mètre du sol.

Austin serra son Glock un peu plus fort sans ralentir.

— Oh non ! s'écria-t-il soudain.

— Tu le connais ?

— J'en ai bien peur.

C'était Squire. Une lance lui transperçait la poitrine. Il était cloué à la tribune comme un papillon dans une vitrine de collection.

Austin dépassa ce macabre spectacle et arriva bientôt à la hauteur des deux SUV dont il avait provoqué le télescopage.

— Et ça c'est quoi ? demanda Flagg.

— Le résultat d'une course folle pour me prendre en sandwich.

Austin poursuivit sa route jusqu'à la gorge.

Le pré, bondé un moment plus tôt de voitures et d'employés de Balthazar, était désert. Les chevaux et les vans avaient eux aussi disparu. Seules les profondes traces de pneus dans l'herbe indiquaient qu'il y avait eu à cet endroit un ballet de camions et de voitures.

Austin décrivit en quelques mots sa joute contre Balthazar et la supercherie de celui-ci avec la fausse Carina dans la voiture. Puis il revint vers la tribune d'honneur en expliquant à Flagg qu'il devait une faveur à Squire. Ils retirèrent la lance enfoncée dans sa poitrine, enveloppèrent son corps dans un morceau de toile de tente et le posèrent à l'intérieur de la tribune. Puis ils se mirent à explorer les chemins les uns après les autres, jusqu'à ce qu'ils tombent sur un hangar vide et une courte piste d'aterrissage. Voilà qui expliquait comment Balthazar avait pu s'enfuir aussi vite.

Ils décidèrent d'aller inspecter la maison. Austin engagea la Bentley dans l'allée principale. Le bâtiment à deux étages ressemblait à une hacienda comme on en voit dans la campagne espagnole. Les murs étaient faits de stuc beige foncé. Le toit de tuiles rouges était décoré de gênoises arrondies aux quatre angles, les fenêtres de la façade étaient cintrées et une large véranda en fer forgé s'avançait au-dessus du porche.

Austin se gara devant la maison. Personne ne se manifesta. Flagg et lui descendirent de voiture et traversèrent la cour conduisant à une grande porte en bois sombre à deux battants. Austin les ouvrit. Rassuré de ne pas être accueilli à coups de fusil, il pénétra dans le vaste hall d'entrée.

Flagg et lui se relayaient. Chacun à son tour entrait dans une pièce pendant que l'autre assurait les arrières. Ils visitèrent ainsi tout le rez-de-chaussée, puis passèrent à l'étage. Ils trouvèrent la pièce qui donnait sur un balcon. Elle était meublée d'un vaste bureau et de fauteuils en cuir. Austin alla jeter un coup d'œil à l'extérieur. Pas le moindre mouvement sur les pelouses et les champs alentour, à part quelques envols de corbeaux.

— Hé, Austin ! Ton copain t'a laissé un mot.

Flagg montrait une feuille de papier à l'en-tête de Balthazar scotchée à une télécommande posée sur une table basse. Sous l'emblème représentant une tête de taureau étaient écrits ces simples mots :

Cher Austin. Regardez donc la vidéo. V.B.

— Trop poli pour être honnête. C'est sûrement un piège, dit Flagg.

— Je ne pense pas. Balthazar aime torturer ses victimes avant de les tuer.

L'expression de Flagg reflétait son incrédulité, mais il prit la télécommande et appuya sur « on ». Un pan de mur s'écarta pour révéler un large écran de télévision. Le visage de Balthazar y apparut en gros plan. Il souriait. L'enregistrement avait manifestement été fait dans la pièce puisqu'on voyait en fond la porte-fenêtre ouvrant sur le balcon.

Bonjour, Austin. Vous excuserez la brièveté de ce message, mais j'ai une affaire de famille à régler. Miss Mechadi est avec moi. Vous l'ignoriez sans doute, mais elle descend directement de Salomon et de la Reine de Saba. La mission ancestrale dont je suis investi est de l'offrir à Baal. J'avais d'autres projets pour elle qui l'auraient épargnée, mais Baal vous a envoyé à moi pour me rappeler que je n'aurais pas dû quitter le berceau de ma famille et que je devais y retourner. Adriano va être déçu de n'avoir plus que vous pour se défouler. Un conseil : regardez toujours derrière vous. Merci, Austin. J'ai pris grand plaisir à cette joute avec vous.

Le sourire du début revint éclairer le visage de Balthazar.

Vous pouvez garder ma voiture. J'en ai d'autres.

Puis l'image disparut.

Flagg avait les sourcils froncés.

— Ce type est un malade.

— Un dangereux malade, malheureusement. Et Carina est toujours entre ses mains. Tu as réussi à découvrir qu'il possédait cette propriété. Y a-t-il une chance de trouver ses autres résidences secrètes ?

— J'ai déjà eu du mal à dénicher cette baraque, répondit Flagg en secouant la tête. On continue à chercher, mais avec toutes ses sociétés-écrans, ce n'est pas facile. Qui est cet Adriano dont il parle ?

— Un cauchemar ambulant.

Austin tendit la main.

— Prête-moi ton téléphone, veux-tu ?

Zavala était en train de monter dans l'hélicoptère quand il entendit « La Cucaracha ». C'était la mélodie de son téléphone portable. Il s'en saisit à la hâte pour ne surtout pas manquer l'appel. Il reconnut aussitôt la voix familière :

— Tu réponds encore ? J'en conclus que tu n'as pas filé à Mexico avec l'or de Salomon.

Zavala eut un sourire réjoui en entendant la voix de son ami.

— Balthazar a dû en avoir marre de tes blagues douteuses puisque tu es encore là pour les faire.

— C'est à peu près ça. Tu as trouvé la mine ?

— Oui. Mais pas d'or. Par contre, il y avait un autre trésor caché au fond : la deuxième moitié de la carte. Roulée avec l'autre dans un coffret qui a manifestement appartenu à Thomas Jefferson.

— Jefferson ? Encore ! Bon, je te laisse étudier la question avec les Trout. Carina est encore entre les mains de Balthazar. J'aimerais parler à Saxon.

Zavala passa son téléphone à l'archéologue.

— Kurt, c'est incroyable ! Vous vous rendez compte ?

Austin l'arrêta tout net.

— Ça m'intéresse beaucoup, oui, mais pas maintenant. Balthazar m'a laissé un message. Je vais vous faire écouter ses paroles exactes. Si cela vous aide à deviner quels sont ses projets, si vous avez le plus petit indice, dites-le-moi vite.

Austin appuya sur la télécommande afin de repasser l'enregistrement vidéo. Il tint le téléphone en l'air pour que Saxon entende bien l'adieu effrayant de Balthazar.

Après un silence atterré, Saxon posa cette question :

— Il est convaincu que Carina descend de Salomon ?

— Apparemment. C'est quoi cette histoire de Baal ?

Saxon se ressaisit pour répondre.

— Il dit qu'il va offrir Carina à Baal. Cela ne peut avoir qu'un seul sens. Il va l'offrir en sacrifice à son fichu dieu. Le salaud ! Il faut la retrouver, et vite, avant qu'il ne soit trop tard.

— Vous connaissez l'homme depuis plus longtemps que moi. Une idée de l'endroit où il peut l'avoir emmenée ?

— Non, aucune.

— Sa société a un navire pour transporter ses mercenaires. Pourrait-il l'y avoir embarquée ?

— Je ne pense pas. Il parle de ses racines. Cela implique la terre ferme. Il pourrait parler de l'Espagne, où sa famille s'est installée après les croisades. Le berceau de la famille était cependant à Chypre. Ils y ont amassé leur fortune pendant des siècles. C'est ou l'Espagne, ou Chypre. J'en mettrais ma tête à couper.

— Décidez-vous, Saxon. C'est la tête de Carina qui est en jeu.

— Pardon... euh... attendez. Quand mon bateau a été détruit par le feu, j'ai cherché à me renseigner sur Balthazar. Les origines de sa famille sont assez mystérieuses. Par contre, on parle d'eux dans l'histoire des chevaliers du Temple. Les Balthazar ont participé aux croisades des Templiers, mais à la fin, ils les ont abandonnés pour ne pas subir le même sort. L'emblème de leur famille était une tête de taureau ; c'est aussi l'une des représentations du dieu Baal.

La tête de taureau !

Austin revoyait son vol en hélicoptère avec Joe après l'attaque du porte-conteneurs. C'est quand l'appareil avait survolé un minéralier qu'il avait découvert pour la première fois le symbole de la tête de taureau. Sous le nom du bateau figurait le port où il était enregistré.

C'était Nicosie, à Chypre.

— Merci, Saxon. Vous m'avez sacrément aidé. Dites à Joe que je le rappellerai.

Austin raccrocha et résuma sa conversation à Flagg.

— Chypre, répéta ce dernier. C'est à l'autre bout du monde.

— Pas loin des côtes turques. Si j'avais su que Balthazar risquait de venir dans ce coin-là, je serais resté à Istanbul. Vous avez un agent là-bas ?

— Oui, un gars originaire de Chypre. On en a d'autres encore dans la région. Je pourrais envoyer une équipe rendre une petite visite à ton bonhomme.

— Balthazar est un homme dangereux. Il ne laissera personne l'empêcher d'aller au bout de la mission dont il se croit investi. Il tuera Carina avant que quiconque ait pu approcher. Demande à tes agents de le retrouver, mais de n'intervenir qu'en cas de nécessité. Je vais voir si je peux mobiliser un avion de la NUMA pour m'emmener tout de suite sur place. Je n'aurai que quelques heures de retard sur lui.

Austin secoua la tête d'un air soucieux avant d'ajouter :

— Malheureusement, on ne sait pas ce qu'il peut faire entre-temps.

— C'est pour ça qu'il vaudrait mieux que tu l'y précèdes.

Austin n'avait pas envie de plaisanter.

— Je ne savais pas qu'à la CIA, on pratiquait la télékinésie.

— Je pensais plutôt au Blackbird.

Pour avoir travaillé à la CIA, Austin se souvenait parfaitement du surnom donné au SR-71, un avion supersonique volant à très haute altitude qui servait à effectuer des missions de reconnaissance secrètes pour la CIA. Il avait été supplanté par les drones et les satellites à la fin des années 90. Cet avion légendaire était capable de traverser l'Atlantique en deux heures.

— Je croyais qu'ils avaient mis toute la flotte de Blackbirds à la retraite.

— C'est ce qui se dit officiellement. Mais nous en avons gardé un pour transporter nos gars en cas d'urgence.

— *C'est* une urgence.

— Les grands esprits se rencontrent.

Flagg ouvrit son téléphone portable et passa par différents services pour pouvoir parler au responsable qu'il cherchait à joindre. Il terminait sa conversation quand un bruit assourdissant se fit entendre au-dessus de leurs têtes.

Austin s'approcha du balcon et vit deux hélicoptères qui tournaient lentement au-dessus de la maison.

— La grosse cavalerie est arrivée, annonça-t-il.

Flagg remit le téléphone dans sa poche.

— Je peste souvent contre les patrons, mais, pour une fois, je leur dis « chapeau » parce que je suis de bonne humeur. Celui à qui je viens de parler n'a pas été facile à convaincre, mais tu as ton billet de première classe sur le Blackbird.

Malgré cette bonne nouvelle, Austin était réaliste : ses chances de réussite étaient infimes.

Son regard se durcit. Si Balthazar faisait le moindre mal à Carina, il n'aurait plus qu'un seul but : le tuer de ses propres mains et l'envoyer griller en enfer.

51.

Fred Turner était agenouillé derrière son comptoir et rangeait des chopes de bière quand il entendit la porte du bar s'ouvrir et se refermer. Il fronça les sourcils. Sans doute était-ce un habitué qui voulait attaquer la *happy hour* un peu plus tôt.

— C'est fermé, grogna-t-il sans se redresser.

Personne ne répondit. Turner se releva et vit le colosse au visage d'enfant debout près de la porte. Ancien policier à la retraite, Turner sentit planer une menace malgré l'expression aimable de l'inconnu. Il se rapprocha de l'endroit où il rangeait son fusil, près du tiroir-caisse.

L'inconnu se contenta de jeter un coup d'œil sur la salle et de demander :

— D'où vient le nom de cet établissement ?

Turner rit devant cette question inattendue.

— Les gens pensent que je lui ai donné celui d'un saloon du Far-West. Mais quand je l'ai acheté, je me souviens avoir lu qu'il y avait eu des mines d'or dans la région.

— Et que sont-elles devenues ?

— Elles sont fermées depuis longtemps. Elles ne donnaient plus assez.

L'homme semblait réfléchir. Il finit par dire simplement « merci », puis, sans ajouter un mot, il ressortit. Turner reprit son travail en se faisant la réflexion qu'on voyait vraiment des gens bizarres dans les bars.

Adriano ne démarra pas ausitôt. Assis au volant de sa voiture, il relisait le papier contenant les indications d'Austin pour retrouver la mine. Il leva la tête et regarda longuement l'enseigne au néon fixée sur le toit plat et bas de l'établissement : *GOLD MINE CAFÉ*. Puis il déchira le papier en minuscules morceaux, démarra la voiture et prit la route de campagne qui traversait le Maryland.

Sans attendre le résultat de la joute, Adriano était descendu du nord de l'Etat de New York dans le New Jersey, puis le Maryland. Le croquis d'Austin l'avait conduit dans une zone rurale proche de la baie de Chesapeake et, par une série de petites routes, à ce bar perdu, le Gold Mine Café.

Il sortit son portable et appela Balthazar sur sa ligne directe.

— Alors ? lui demanda celui-ci.

Adriano lui expliqua où il se trouvait et ajouta :

— Dommage qu'Austin soit mort. J'aurais su le faire parler.

— Trop tard. Il s'est enfui, dit sèchement Balthazar. Nous avons été obligés de quitter la propriété. N'y retourne pas.

— Et la femme ?

— Elle est avec moi. Nous nous occuperons d'Austin plus tard. Je veux voir sa tête quand je lui annoncerai ce que j'ai fait de sa charmante amie.

Adriano avait espéré que Balthazar lui laisserait éliminer lui-même la femme, mais il cacha sa déception.

— Que voulez-vous que je fasse ?

— Je serai de retour dans quelques jours. En attendant, cache-toi quelque part. Je t'appellerai dès mon arrivée et, à ce moment-là, je te jure que tu auras de quoi t'amuser. Je veux voir tous les membres de la NUMA et leurs acolytes réduits à néant. Tu disposeras de tous les moyens dont tu as besoin.

En raccrochant, Adriano souriait. Il n'avait jamais eu l'occasion de commettre un massacre et la perspective d'avoir plusieurs personnes à tuer l'enchantait. C'était un défi intéressant à relever.

La vie était belle. Et la mort – des autres – encore plus.

52.

Le Boeing portant sur son fuselage l'emblème à tête de taureau atterrit à l'aéroport international de Larnaca, à Chypre, et alla se garer dans la zone réservée aux jets privés. Le mécanicien qui s'occupait des appareils avait fini sa journée et était déjà parti. Balthazar avait délibérément choisi son heure d'arrivée. Il était peu probable que la civière descendue de l'avion déclenche plus qu'une vague curiosité de la part de quiconque l'apercevrait de loin.

Le visage de la personne allongée était entièrement bandé à l'exception des yeux et du nez. Des hommes en blouse blanche chargèrent la civière dans l'hélicoptère qui attendait tout près de là. Quelques secondes plus tard, Balthazar descendit lui-même du jet pour embarquer dans l'hélicoptère. L'appareil s'envola presque aussitôt et prit la direction de l'ouest.

Il atterrit sur un petit aérodrome près de la ville côtière de Paphos. Une ambulance attendait et se mit en route une fois la civière installée à l'arrière. Balthazar et ses hommes suivaient dans une Mercedes.

Le convoi contourna la ville pour prendre une autoroute. Quand il la quitta, ce fut pour s'engager sur une petite route de montagne qui montait par une succession de virages en épingles à cheveux vers des villages isolés et d'anciens hôtels décrépits qui furent un jour des lieux de villégiature à la mode, avant que les vacanciers ne préfèrent la mer à la montagne.

Plus ils prenaient de l'altitude, plus le paysage devenait sauvage et les habitations clairsemées. Ils traversèrent une forêt de conifères sombre et dense. Puis l'ambulance, suivie de près par la Mercedes, tourna dans un chemin de terre à peine visible tant il était envahi d'herbe.

Les deux véhicules parcoururent environ huit cents mètres sur le chemin défoncé. Il s'arrêtait brusquement face à une construction massive qui se découpait sur le fond de ciel étoilé. Balthazar descendit de voiture et emplit ses poumons de l'air frais de la nuit. On n'entendait que le mugissement du vent à travers les ouvertures de l'ancien château médiéval. Balthazar imaginait son atmosphère d'antan et puisait des forces au contact de cette ruine qui avait un jour abrité ses ancêtres.

Le gouvernement chypriote avait manifesté le désir d'acquérir ce bâtiment historique pour en faire une attraction touristique. Mais ses partisans ayant reçu des menaces de mort, le projet avait été abandonné. Ceux qui connaissaient l'effrayante histoire du lieu ne le regrettèrent pas. Les gens du cru parlaient encore en chuchotant des atrocités indicibles qui y étaient associées.

Balthazar n'était pas revenu au château depuis la dernière offrande à Baal. Il se souvenait cependant parfaitement de son architecture. C'était une forteresse hérissée de créneaux permettant aux défenseurs d'attendre l'ennemi à couvert. Les seules ouvertures ménagées dans la façade austère étaient d'étroites meurtrières prévues pour les archers. Mais ce qu'il revoyait surtout, c'était la salle des sacrifices.

Il monta les quelques marches conduisant à l'entrée. A l'aide d'une grosse clé rouillée, il déverrouilla la porte. Elle s'ouvrit avec un grincement sinistre. Les grandes salles vides étaient glaciales, la chaleur extérieure n'y pénétrant jamais. Balthazar cria à ses hommes d'amener la civière et de la déposer devant la cheminée dont l'âtre était si haut qu'un homme pouvait s'y tenir debout.

Il était accompagné de six mercenaires, tous triés sur le volet parmi les employés de sa société de sécurité. Il les avait choisis pour leur empressement à exécuter ses ordres, leur cruauté naturelle et leur capacité à tenir leur langue. Il leur dit d'aller monter la garde à l'extérieur. Puis, une fois seul, il appuya en même temps sur plusieurs pierres du manteau de la cheminée pour déclencher l'ouverture d'une porte secrète au fond de l'âtre.

Muni d'une lampe électrique, il y entra et descendit un escalier en pierre.

Les effluves qui montaient du sous-sol étaient irrespirables. La forte senteur de pétrole se mélangeait à une odeur âcre de tombeau qui évoquait la souffrance et la terreur. Pour Balthazar, ces effluves étaient un parfum suave. Il alluma un brandon de bois planté dans une applique et s'en servit pour enflammer les torchères murales fixées le long de l'étroit passage. Ce couloir débouchait rapidement sur une salle de forme circulaire qui devait mesurer trente mètres de diamètre.

Des dalles funéraires indiquaient le lieu de repos des nombreux Balthazar enterrés dans le château avant que la famille ne fût obligée de s'enfuir de Chypre.

Tout autour de la pièce se dressaient différentes représentations de la divinité adorée par ses ancêtres.

Au centre trônait une statue de bronze semblable à celle de pierre qui était installée au sous-sol de sa maison des Etats-Unis. Comme l'autre, elle représentait le dieu Baal assis, les bras à demi tendus, les paumes levées. Mais celle-ci était quatre fois plus grande. Elle reposait sur une estrade de deux mètres de haut encadrée de deux étroits escaliers en pierre. L'expression de la première statue était presque aimable en comparaison de celle-ci, dont le visage était plus grimaçant que la plus affreuse des gargouilles.

Balthazar accéda par un des escaliers à une petite plate-forme située derrière la statue. C'est là que se tenaient les anciens prêtres. Ils parlaient à travers un tube pour terroriser davantage encore leurs malheureuses victimes.

Il sortit de son sac le livre ancestral utilisé par la famille au moment des sacrifices et le plaça sur la saillie de pierre prévue à cet usage. Tout en relisant les rituels décrits dans le livre, il posa ses doigts sur le levier placé entre les omoplates de la divinité et le tira vers le bas. Un mouvement de poulies et de poids accompagné de grincements sinistres entraîna l'ouverture des deux volets couvrant une fosse creusée dans le sol devant la statue.

Quand il actionna le levier en sens inverse, les bras de la statue se déplièrent vers le bas, puis remontèrent.

Il descendit l'escalier pour aller examiner la fosse. Il voulait s'assurer qu'elle avait bien été remplie de pétrole après le dernier sacrifice. Celui-ci avait eu lieu à l'époque où, la chance semblant abandonner la famille, une offrande à Baal lui avait paru nécessaire pour regagner ses faveurs. La victime était une jeune femme d'Europe de l'Est sans famille qui avait été appâtée par une offre d'emploi alléchante.

Tout était prêt.

Balthazar s'approcha de Carina. Sous ses bandages, elle commençait à bouger imperceptiblement.

« Parfait », se dit-il. Il souhaitait qu'elle voie ce qui l'attendait.

Il défit les lanières de gaze qui la maintenaient attachée sur la civière et la hissa sur son épaule pour la porter jusqu'en haut du piédestal.

Un gémissement plaintif s'échappa des lèvres de la jeune femme. Elle reprenait ses esprits.

Balthazar sourit d'aise. Elle serait bientôt dans les bras de Baal.

53.

La voix du pilote de l'avion de chasse Tornado F3 grésilla dans l'interphone.

— Bienvenue sur la belle île de Chypre, patrie d'Aphrodite, la déesse de l'amour.

Austin était assis derrière lui à la place occupée par l'opérateur chargé de la mise à feu des missiles.

L'appareil décrivit un cercle au-dessus de la base de la British Air Force située près de l'ancienne ville romaine de Curium avant de descendre en piqué vers le sol. Quand le train d'atterrissage toucha le tarmac, Austin se fit la réflexion en regardant défiler les lumières de la piste que les distances entre deux points de la planète étaient de plus en plus courtes. Ce dernier vol avait duré seulement quatre-vingt-dix minutes.

Quelques heures plus tôt, un hélicoptère de la CIA l'avait emmené à Albany. De là un jet habituellement réservé aux cadres l'avait emmené à la base de l'US Air Force située à Andrews, dans le Maryland. C'est là que le Blackbird SR-71, un avion qui ne volait que de nuit, l'attendait dans son hangar, prêt à s'envoler.

Le SR-71 était un avion de surveillance qui pouvait voler à une vitesse supérieure à Mach 3.2 et à près de trente mille mètres d'altitude. Son fuselage bleu foncé aplati sur le dessus mesurait plus de trente mètres de long sans compter son nez en pointe d'un mètre cinquante. Les deux stabilisateurs verticaux situés à l'arrière ressemblaient à des ailerons de requins. Un seul des deux moteurs à réaction, qui pesaient une tonne et demie, aurait suffi à assurer la propulsion d'un navire transatlantique. Dès son arrivée à la base de St. Andrews, on avait fait manger à Austin un repas hyperprotéiné composé de steak et d'œufs, on lui avait fait subir un examen médical et enfiler une combinaison semblable à celle des cosmonautes. En même temps, on lui avait fait inhaler de l'oxygène pur pour lui permettre d'évacuer plus rapidement les substances gazeuses contenues dans son corps. Un camion l'avait emmené jusqu'au hangar qui abritait l'appareil et on l'avait sanglé dans le siège passager à structure spéciale. Le supersonique avait rendez-vous sept minutes après le décollage pour un approvisionnement en vol. Deux heures plus tard, il atterrissait sur une base de la RAF en Angleterre.

Pour effectuer la dernière partie du trajet, Flagg avait préféré demander un chasseur britannique, car celui-ci se ferait moins remarquer à Chypre qu'un appareil de l'US Air Force, les Britanniques ayant encore une base militaire sur l'île.

Une voiture s'approcha de la piste et roula à côté du chasseur jusqu'à ce qu'il s'immobilise. Trois hommes en pantalon, pull à col roulé et béret noirs, sortirent de la voiture et vinrent à la rencontre d'Austin.

— Bonsoir, monsieur Austin. Je m'appelle George, lui dit le responsable du groupe, un Américain d'origine grecque au teint basané.

Après avoir fait les présentations, il lui expliqua que lui-même était venu en avion d'Athènes et avait retrouvé sur place les deux autres agents, celui qui arrivait du Caire et celui qui arrivait d'Istanbul. Un quatrième agent qui était, lui, attaché à l'ambassade américaine à Nicosie et connaissait bien l'île, était déjà parti en mission de reconnaissance.

— Etes-vous armé ? lui demanda-t-il.

Austin acquiesça en tapotant la poche de sa veste.

Pendant qu'il rejoignait le Maryland en avion, Flagg avait chargé un agent de Langley d'aller chez lui prendre quelques affaires et son Bowen et de les lui apporter à la base d'Andrews.

George sourit.

— Suis-je bête ! Vous êtes un ancien de la boîte. Tenez, ceci pourrait vous être utile.

Il tendit à Austin une paire de lunettes de vision de nuit et un béret noir.

Austin embarqua aussitôt dans la Land Rover. Une voiture les escorta jusqu'à la sortie de la base pour leur faire ouvrir la grille.

Malgré la nuit noire, ils roulèrent sur l'autoroute à une moyenne de cent soixante kilomètres-heure, jusqu'à ce que le conducteur ralentisse pour s'engager sur une route de montagne.

George tendit à Austin une lampe de poche et la photo d'une carte satellite. Elle montrait une grande bâtisse carrée perchée sur un piton dont l'accès se faisait par un seul chemin.

Le téléphone de George sonna. Il écouta son interlocuteur, puis, la communication terminée, il se tourna vers Austin.

— Une voiture et une ambulance nous attendent déjà aux abords du château.

— Dans combien de temps y serons-nous ?

— Moins d'une heure. On ne peut pas rouler très vite sur ces petites routes de montagne.

— Il faut foncer. C'est une question de vie ou de mort, insista Austin.

George opina du chef et dit au conducteur d'aller encore plus vite. Celui-ci accéléra et enchaîna les virages en épingles à cheveux en faisant hurler les pneus sur l'asphalte.

Comme ils approchaient du lieu de rendez-vous, George reçut un second appel de l'agent parti en éclaireur, qui, voyant une voiture monter, réclamait un appel de phares pour être sûr qu'il s'agissait bien de la leur. Le conducteur s'exécuta aussitôt.

Une minute plus tard, quelqu'un leur faisait signe du bord de la route avec une lampe électrique.

Quand la Land Rover vint se garer à hauteur de l'homme, George baissa sa vitre. L'homme se pencha par la portière.

— L'entrée du chemin est à cinquante mètres, annonça-t-il.

— On continue à pied, conclut George. Tu nous guideras.

Austin sortit de la Land Rover, et mit ses lunettes à infrarouge. Puis tout le groupe s'élança en courant sur la route.

*
* *

Balthazar porta Carina jusqu'à l'estrade et la déposa sur les bras à demi tendus de la statue.

L'effet des barbituriques qui l'avaient maintenue inconsciente pendant des heures était en train de se dissiper. Quand elle se réveilla, une odeur de pétrole lui emplit les narines. Lorsque sa vue se fit plus nette, elle découvrit l'ignoble visage de bronze de Baal au-dessus d'elle. Ses bras et jambes étaient entravés par des bandages, mais elle pouvait bouger la tête. En tendant le cou, elle vit Balthazar debout près de la statue.

— Je ne vous conseille pas de vous débattre, Makéda. Vous êtes dans une position périlleue.

— Je ne suis pas Makéda ! Je n'ai rien à voir avec la Reine de Saba, espèce de dément ! Libérez-moi tout de suite !

— Votre arrogance trahit vos origines royales. Vous êtes bien la descendante de la Reine de Saba. Son sang coule dans vos veines. Vous m'avez ensorcelé comme votre ancêtre a ensorcelé Salomon. Mais Baal a envoyé Austin pour me rappeler à mes devoirs familiaux.

— Vous êtes fou à lier !
— Peut-être.

Balthazar contemplait la scène comme l'artiste étudie le sujet d'un tableau. Il s'apprêtait à décrocher un flambeau du mur quand il entendit les coups de feu.

Austin s'était arrêté à l'angle du chemin et avait mis un genou à terre.

De loin, il avait vu flamber une allumette et, la brise aidant, l'odeur de fumée de cigarette était venue jusqu'à lui. A travers la vision verte et granuleuse de ses lunettes à infrarouge, il distinguait une forme humaine qui marchait de long en large.

George lui tapota le bras. Il pointa un doigt vers sa

propre poitrine, puis en direction de la sentinelle pour lui faire comprendre qu'il se chargeait de la neutraliser.

Austin acquiesça d'un hochement de tête. George, courbé en avant, s'approcha sans bruit du garde qui ne s'attendait pas à se faire attaquer. La lutte fut de courte durée, il y eut un grognement et le garde s'écroula au sol. George fit alors signe aux autres qu'ils pouvaient le rejoindre.

— Désolé, mon gars. Fallait pas te relâcher, murmura-t-il, debout au-dessus de l'homme inconscient.

D'autres mercenaires avaient entendu le grognement de la sentinelle et arrivaient en courant pour voir ce qui se passait. Des cris s'élevaient de tous côtés. George se trouva pris dans le faisceau d'une lampe de poche. Il leva les mains pour se protéger les yeux. D'une poussée brutale, Austin le projeta à terre pour l'écarter de la trajectoire des balles.

George se releva d'un bond et lâcha une salve de mitraillette vers l'homme qui avait tiré. La lumière de la torche disparut et on entendit un hurlement de douleur.

Austin partit à toute vitesse vers le château et traversa en courant le pont qui enjambait la douve sèche. Le mercenaire posté à la porte essayait de comprendre ce que signifiaient tous ces cris, les faisceaux mouvants des lampes de poche et le bruit de fusillade. Il n'avait pas, comme Austin, l'avantage de la vision nocturne. Quand il vit une forme humaine se ruer sur lui, une épaule en avant, il était trop tard.

Austin le percuta comme une boule de bowling renverse une quille. Le garde bascula en arrière et sa tête heurta le mur du château. Assommé, il s'écroula.

Austin ouvrit la lourde porte et pénétra dans le hall

glacial. Tenant son Bowen à deux mains, il inspecta le rez-de-chaussée et trouva la salle qui abritait l'immense cheminée. La porte dissimulée au fond de l'âtre était entrouverte ; il s'en échappait un filet de lumière.

Austin retira ses lunettes à infrarouge, ouvrit la porte d'un coup de pied et dévala l'escalier. Il passa sous l'arche et découvrit alors le spectacle irréel qui s'offrait à lui : la salle circulaire, où flottait une âcre odeur de pétrole, les statues grotesques le long du mur ; Carina sur les bras relevés de l'ignoble statue géante ; et Balthazar immobile à côté, comme s'il s'attendait à cette irruption.

— Austin ! éructa-t-il, le visage déformé par la rage. Je savais que c'était vous !

Austin voulait avant tout éloigner Batlhazar de Carina. Il pointa sur lui le canon de son Bowen.

— Assez joué au sorcier, Batlhazar ! Descendez de là !

Balthazar se cacha derrière la statue pour parler dans le tube. Sa voix caverneuse semblait sortir de la bouche ricanante de la statue.

— Trop tard, Austin. La Reine de Saba est dans les bras de Baal.

Austin entendit le grincement d'un mécanisme sous ses pieds et recula juste à temps ; les volets de la fosse à pétrole s'ouvraient en grand.

Serrant les dents pour mieux se concentrer, bien campé sur ses deux pieds, il visa la tête de la statue et tira. Des éclats de métal jaillirent dans les airs. La balle avait arraché le nez ; il ne restait à sa place qu'un trou béant. Austin tira de nouveau ; cette fois, la balle arracha une joue. Il détruisit ensuite méthodiquement le reste du visage maléfique.

Avec un cri de douleur, Balthazar sortit soudain de derrière la statue. Un éclat de métal l'avait atteint au visage ; il était en sang. Il tendit le bras et saisit un flambeau allumé planté dans une torchère murale. Austin tira. Il le rata mais, dans sa hâte à retourner se mettre à l'abri, Balthazar fit tomber le flambeau dans l'escalier.

Il descendit quelques marches pour le récupérer. Le chargeur d'Austin était vide. Il remit son arme dans son holster et se précipita sur les marches.

Balthazar, qui avait réussi à attraper le flambeau, le lui brandit devant le visage. Austin se courba en deux et le frappa à l'estomac d'un violent coup d'épaule. Balthazar lâcha le flambeau, mais sa corpulence et la rage qui décuplait ses forces en faisaient un adversaire redoutable. Dans la lutte acharnée qui suivit, les deux hommes perdirent l'équilibre et roulèrent ensemble au bas de l'escalier. Ils atterrirent à quelques centimètres de la fosse.

Balthazar donna un coup de tête à Austin, se releva et lui lança un coup de pied dans les côtes. Il allait lui en administrer un autre au visage, quand, malgré la douleur, Austin trouva la force d'empoigner sa botte et de la tourner. Balthazar, qui ne tenait plus que sur un pied, essaya en vain de garder son équilibre, mais tomba la tête la première dans la fosse.

Austin bondit pour se relever et le vit qui se débattait dans le liquide noir et visqueux. Son visage et ses cheveux en étaient couverts.

— Recule, Kurt !

C'était la voix de Karina. Les bandages qui lui entravaient encore les poignets et les chevilles avaient pris du jeu pendant le transport. Elle venait de réussir à se libérer et à descendre prudemment des bras de la statue. Elle était à présent debout sur l'escalier, le flambeau à la main. Avec sa longue robe blanche et ses traits ravissants déformés par la rage, on aurait dit un ange exterminateur.

— Non, attends ! lui cria Austin en s'élançant sur les marches pour la rejoindre.

Carina hésitait. Elle s'apprêtait à abaisser le flambeau quand elle vit Balthazar qui tentait de sortir de la fosse. Ses mains pleines de pétrole glissaient sur le rebord, mais avec ses mouvements de reptation, il ressemblait à un monstre marin émergeant des profondeurs. Prise de panique, elle leva le bras et lança le flambeau. Il décrivit un arc de cercle et, laissant derrière lui une traînée de braises rougeoyantes, il atterrit dans la fosse.

Le pétrole s'enflamma d'un coup.

Austin se précipita en haut de l'escalier, attrapa Carina par la taille et la poussa dans l'étroit espace situé entre l'arrière de la statue et le mur. Il s'aplatit contre elle pour la protéger des flammes.

Bien que la large statue fît en partie écran à la chaleur insupportable produite par le pétrole en feu, ils risquaient de mourir asphyxiés par la fumée noire et grasse qui s'élevait en volutes jusqu'au plafond. Même si elle s'échappait en partie par la bouche d'aération creusée au plafond, en quelques secondes la pièce fut emplie de vapeurs toxiques irrespirables.

Austin resserrait son étreinte autour du corps menu de Carina quand il aperçut une poignée sur le mur. Il la tira et un pan du mur coulissa sur le côté. Sentant l'air froid qui arrivait de l'ouverture rectangulaire, il cria à Carina de s'y engouffrer. Elle s'avança à tâtons et lui-même la suivit. Il réussit à faire coulisser le pan de mur en sens inverse pour le refermer.

Il sortit une lampe-stylo de sa veste pour éclairer le réduit dans lequel ils se trouvaient. Il était à peine plus grand qu'un placard et sentait le moisi, mais au moins la fumée n'y pénétrait pas. Austin supposa qu'il avait été prévu pour permettre aux ancêtres de Balthazar de s'y mettre à l'abri quand ils sacrifiaient des victimes à Baal.

Ils restèrent dans cette cachette jusqu'au moment où, entrouvrant à peine le panneau, Austin put constater que le combustible avait fini de brûler. L'air empestait le pétrole, mais la fumée s'était un peu éclaircie. Pour pouvoir traverser la salle, ils se servirent des bandages de Carina pour s'en faire des masques de fortune. Puis ils sortirent en rampant derrière la statue et descendirent l'escalier menant à la porte.

En passant devant la fosse qui fumait encore, Carina détourna son regard. Austin ne put s'empêcher d'y jeter un coup d'œil, comme s'il s'attendait à en voir jaillir Balthazar. Mais elle était aussi insondable qu'une fosse abyssale.

54.

Après son bref appel à Balthazar, Adriano avait rejoint le New Jersey en voiture pour mettre à exécution son projet de vengeance contre la NUMA.

Il descendit dans un motel bon marché, et mit au point avec minutie un plan d'attaque élaboré nécessitant de nombreux tueurs, des voitures piégées, des agents de destruction biologique, et les bons vieux moyens que sont les armes à feu de gros calibre.

Il éplucha l'organigramme de la NUMA et choisit comme cibles prioritaires les cadres occupant des postes clés, de façon à paralyser toute l'agence.

Le lendemain, il changea de ville et de motel. A la fin du troisième jour, il avait mis la dernière touche à son projet de destruction massive. Tout était prêt. Il n'attendait plus que le signal de Balthazar.

Au bout de deux jours, il essaya de l'appeler, mais il n'obtint pas de réponse ; la ligne était toujours occupée. Il finit par renoncer à joindre Balthazar en direct et composa le numéro lui permettant d'écouter les enregistrements des conversations d'Austin grâce au micro espion qu'il avait caché chez lui dans un arbre.

— Allô, Joe ? disait la voix d'Austin. Où en es-tu de tes recherches ?

— Nous savons où est la mine. Grâce au papyrus, nous en connaissons maintenant l'emplacement exact.

Adriano leva un sourcil et écouta avec le plus grand intérêt.

— C'est formidable ! Tu peux m'en dire un peu plus ?

Zavala expliquait à Austin que l'hôtel était englouti sous le lac de St. Anthony's Wilderness, et lui expliquait avec force détails comment on accédait à la mine par une trappe de la cuisine. Il donnait même les coordonnées GPS de l'endroit.

— Quand pouvons-nous envisager d'y plonger pour explorer les lieux ?

— Je m'occupe en ce moment de réunir une équipe. On devrait pouvoir être sur place dans quarante-huit heures.

— Tu as bien travaillé, Joe. On verra les derniers détails demain.

Après avoir échangé quelques phrases sans rapport avec le sujet, les deux hommes se saluaient et raccrochaient.

La conversation avait eu lieu le matin même. Adriano relut les notes qu'il avait prises au fur et à mesure. Il quitta le motel pour se rendre dans un des nombreux entrepôts que possédait Balthazar dans les environs de Washington. Celui qui l'intéressait contenait des armes et des munitions, de l'argent, des vêtements, des faux papiers d'identité, bref tout ce dont il pouvait avoir besoin. Et même un équipement de plongée à sa taille. Il le prit et le mit dans le coffre de sa voiture.

Le lendemain matin, il roulait sur le chemin cahoteux qui conduisait à St. Anthony's Wilderness. Il se gara au bord du lac, enfila la combinaison et s'équipa de son gilet de stabilisation et de sa bouteille. Adriano était un très bon plongeur, car il avait été formé par les membres du SEAL employés par Balthazar.

Il nagea jusqu'à la balise visible au milieu du lac, regarda les indications de son GPS portable et plongea vers l'hôtel englouti. Une fois dans les cuisines, il trouva aisément la trappe et s'engouffra dans le puits sans hésiter. Même s'il n'avait pas été si impatient d'arriver à la mine, il n'aurait sans doute pas remarqué les charges de plastic enfouies au milieu d'un tas de bric-à-brac à un mètre de l'ouverture.

Arrivé au fond du puits, il fut surpris de voir une ardoise étanche sur laquelle figuraient une croix et ces mots : « Par ici. »

Il suivit la flèche et tomba sur une autre ardoise, qui indiquait une galerie partant de la cavité principale. Elle aboutissait à une intersection. Là, nouvelle ardoise, nouvelle flèche. Arrivé au bout de cette galerie-là, une quatrième flèche indiquait celle qui menait à la vaste salle renfermant l'estrade en pierre.

Pendant qu'Adriano s'y engageait, deux hommes sortaient tranquillement des bois et s'approchaient du bord de l'eau.

Austin consulta sa montre.

— Cela fait trente minutes qu'il y est.

— Il doit avoir atteint le fond du puits et la mine elle-même.

La conversation téléphonique truquée des deux compères visait à attirer Adriano dans un piège. Il ne leur restait plus qu'à refermer la trappe. Austin s'avança en pataugeant dans l'eau qui lui arrivait à la taille. Il portait un déclencheur protégé par un coffret étanche. Après avoir attendu quelques minutes, il l'immergea dans l'eau et appuya sur un bouton. Quelques secondes plus tard, d'énormes vagues vinrent troubler la surface du lac.

Austin resta immobile, lèvres serrées, jusqu'à ce que les violents remous, qui se propageaient en ondes concentriques, arrivent jusqu'à lui. Puis il fit demi-tour et repartit vers la rive.

Zavala vint à sa rencontre, le visage grave, et lui tendit un dossier qu'il avait trouvé dans la voiture d'Adriano. Il s'intitulait : NUMA.

A la profondeur à laquelle il se trouvait sous le lac, Adriano ne perçut des explosions de dynamite que des grondements sourds.

Ces bruits lointains l'inquiétèrent et il envisagea un instant de faire demi-tour, mais, une fois lancé, il était comme un robot. Rien ne pouvait l'arrêter et le détourner de son objectif. C'est ce qui faisait de lui un assassin redoutable. En l'occurrence, ce jour-là, il était bien décidé à trouver la mine et son or.

En suivant la dernière flèche, il parvint jusqu'à l'autel. Son pouls s'accéléra à la vue de l'estrade où avait été trouvé le coffret en étain de Thomas Jefferson.

Au milieu des morceaux de bois en décomposition trônait une dernière ardoise de plongée, sur laquelle étaient écrits ces mots :

Adriano, en arrivant en enfer, saluez bien Balthazar pour nous.

Austin ! Encore lui !

Après avoir lu ce message, Adriano resta un instant pétrifié, puis il jeta l'ardoise avec rage et se mit à nager aussi vite qu'il le put pour repartir en sens inverse.

Quand il arriva à l'emplacement du puits qui devait le ramener à l'air libre, il trouva à sa place un énorme amas de rochers. Il n'existait plus ; il s'était éboulé.

Il regarda sa jauge à air. Il ne lui restait plus que quelques minutes d'autonomie. Même s'il existait une autre issue, il n'avait plus le temps de la chercher. Il s'assit sur l'éboulis pour attendre l'instant fatal où il n'y aurait plus d'air dans sa bouteille.

L'héritier de la lignée des bourreaux d'Espagne au temps des exécutions au garrot mourut, comble de l'ironie, d'asphyxie.

55.

— Ohé monsieur Nickerson ! Je demande l'autorisation de monter à bord de la *Lovely Lady*.

Nickerson sortit la tête par la porte du salon et sourit en voyant Austin.

— Autorisation accordée.

Austin gravit la passerelle et serra la main du représentant du Département d'Etat. Puis il tapota le sachet en plastique noir qu'il avait apporté :

— J'ai quelque chose à vous montrer, si vous avez deux minutes.

— J'ai tout mon temps pour vous, monsieur Austin. Venez, je vais nous faire du café. J'y ajouterai un petit remontant pour lutter contre le froid.

— Il fait plus de vingt-cinq degrés, monsieur Nickerson.

— Peu importe. Il doit bien faire froid quelque part.

Ils descendirent dans la cabine. Nickerson prépara une cafetière de café bien fort, dans laquelle il ajouta un peu de bourbon du Kentucky. Une fois qu'ils eurent trinqué, Nickerson lui demanda :

— Alors, qu'avez-vous à me montrer ?

Austin ouvrit le sachet et sortit les carrés de parchemin. Il en tendit un à Nickerson.

— Voici ce que Jefferson a reçu d'un chef indien. Au cours de ses expéditions, Meriwether Lewis est tombé par hasard sur l'autre morceau. Mis bout à bout, ils forment une carte topographique montrant l'emplacement exact de la mine de Salomon en Pennsylvanie.

— Fantastique ! Je savais que vous réussiriez. Avez-vous déjà exploré la mine ?

— Oui. Et c'est là que nous avons trouvé les deux carrés. Ils y avaient été déposés par Thomas Jefferson.

— C'est incroyable ! Et la relique ?

— Les Tables de la Loi en or ? Je pense que vous connaissez la réponse à cette question.

— Je ne suis pas sûr de vous suivre.

— Sous la carte se trouvait un autre parchemin. Une version des Dix Commandements assez différente de l'originale. C'est probablement celle qui figure sur les tablettes en or.

— Continuez, monsieur Austin.

— Ces Tables de la Loi-ci ont été écrites par des prêtres païens adorant plusieurs dieux, dont celui qui exigeait des sacrifices humains. Je sais maintenant pourquoi vous étiez si inquiet à l'idée qu'on les trouve. Cela n'avait rien à voir avec la situation au Moyen-Orient.

— En effet. Les Dix Commandements sont censés être des guides moraux infaillibles édictés par un dieu unique. Ils sont le fondement des religions de millions de croyants dans le monde et de la pensée politique en Occident. On dit aussi que les systèmes judiciaires des pays occidentaux s'en sont inspiré. Si l'on découvrait que les toutes premières Tables de la Loi étaient des écrits païens, toutes ces bases fragiles pourraient être gravement ébranlées.

Austin se rappela les prédictions de Balthazar.

— Et cela créerait dans le monde une nouvelle source de conflits dont il n'a vraiment pas besoin.

— Tout juste. Personne ne sait qui a fait rédiger ces Tables en or antérieures aux Dix Commandements gravés dans la pierre, mais leur existence même pourrait leur donner force de loi. Salomon a préféré les faire emporter aussi loin que possible, car il ne voulait pas qu'elles risquent, sous son règne, de semer le trouble dans son royaume. Comme elles le feraient dans le monde d'aujourd'hui, oserai-je ajouter.

— Vous saviez très bien, lors de notre premier entretien, que les tablettes en question n'étaient pas dans la mine.

— Oui, je l'avoue.

— Alors, pourquoi m'avez-vous chargé de cette mission impossible ?

— Nous savons où se trouvent ces premières Tables de la Loi aujourd'hui, mais pas où elles étaient auparavant. Des écrits anciens disent qu'un Marin montrera le chemin d'Ophir. Quand nous avons été informés de la tentative de vol de la statue du *Navigateur* et de la découverte du dossier Jefferson sur les artichauts, nous avons eu peur que quelqu'un cherche à découvrir l'emplacement de la mine et, de là, risque de retrouver les tablettes.

— « Nous », ce sont les membres de la Artichoke Society, je suppose ?

— C'est exact. Nous avons appris comment vous aviez mis en échec les agresseurs du porte-conteneurs et connaissions la formidable réputation de votre équipe. Nous avons donc pensé que vous étiez la personne la plus qualifiée pour cette mission.

— Vous me devez des explications sur cette Artichoke Society, monsieur Nickerson.

— J'en ai bien peur.

Nickerson composa un numéro de téléphone, puis, après une conversation très brève, il se tourna vers Austin.

— Combien de temps vous faut-il pour rassembler votre équipe ?

— Le temps de le dire. Où dois-je leur demander de nous retrouver ?

Nickerson sourit.

— Un endroit charmant qui s'appelle Monticello.

Un peu plus tard dans la journée, Austin, Zavala et les Trout, accompagnés d'Angela, passaient sous les colonnes du porche de la maison de Jefferson. Emerson et Nickerson les accueillirent sur le seuil et les invitèrent à entrer.

Emerson attendit qu'un groupe de touristes s'éloigne pour s'adresser à eux.

— Tout d'abord, vous voudrez bien m'excuser de n'avoir pas été totalement franc avec vous.

— A condition que vous nous expliquiez tout, répondit Gamay.

Emerson hocha la tête.

— Vous n'étiez pas très loin de la vérité. Au cours de ses expéditions, Merriwether Lewis avait découvert par hasard la moitié de la carte qui manquait. Il avait toujours pensé que la mine se trouvait quelque part en Europe. Se rendant compte de son erreur, il a voulu apporter au plus vite ce parchemin à Jefferson. Mais il s'est fait assassiner en route par des gens qui ne voulaient pas qu'on retrouve la mine. C'est Zeb – alors son esclave – qui a apporté le morceau manquant à Monticello. Une fois qu'il a eu la carte tout entière entre les mains, Jefferson a pu retrouver la mine et les tablettes d'or. Et, délibérément, il a laissé la carte au fond de la mine. Comme le roi Salomon, il a estimé qu'il valait mieux que personne ne découvre l'existence de ces premières Tables de la Loi. Il a donc créé une société secrète chargée d'y veiller.

— Vous nous aviez dit que la Artichoke Society n'existait pas, fit remarquer Angela.

— En tant que membre de cette Société, j'étais tenu au secret. Celle d'origine était composée de plusieurs des Pères fondateurs du pays. Arrivés à un certain âge, ils ont enrôlé des gens plus jeunes pour assurer la relève. Vous seriez surpris si je vous révélais le nom de certains des membres actuels.

Austin secoua la tête.

— Plus rien ne m'étonne dans cette affaire. Que sont devenues ces tablettes d'or ?

— Jefferson, accompagné d'une équipe de confiance dont faisait partie mon ancêtre Zeb, est parti à la recherche de la mine. Après l'avoir trouvée, il en a rapporté les tablettes d'or.

— Ici ? A Monticello ? s'exclama Angela.

Elle regarda autour d'elle comme si ces antiques Tables de la Loi étaient exposées à la vue de tous.

Emerson frappa le sol du bout de sa chaussure.

— Elles sont là, sous nos pieds. Cachées dans une pièce secrète.

Cette nouvelle fut suivie d'un silence de stupéfaction.

Paul le rompit bientôt pour demander :

— Pensez-vous que le monde puisse apprendre un jour leur existence ?

— C'est aux membres de la Société d'en décider, répondit Emerson. Dans quelques générations, certains d'entre eux jugeront peut-être que le moment est venu d'en parler.

— Nous souhaitons en permanence accueillir de nouveaux membres parmi nous, intervint Nickerson. Quelqu'un de votre équipe est-il tenté ?

— Merci de cet honneur, mais nous ne sommes pas souvent aux Etats-Unis, répondit Austin. En revanche, je connais une personne qui pourrait faire profiter votre club de sa jeunesse et de son intelligence.

En disant cela, il regardait Angela, qui s'était éloignée de quelques mètres et fixait le sol comme si elle pouvait voir au travers.

Un sourire éclaira le visage de Nickerson.

— Très bien. Je vous remercie pour cette suggestion. Et surtout pour votre aide considérable. J'espère que cela ne vous a pas trop ennuyés ?

Austin jeta un regard circulaire sur son équipe.

— Pas du tout. Ce fut une partie de plaisir, n'est-ce pas, mes amis ?

Paul cligna les yeux plusieurs fois avant de déclarer, le visage imperturbable :

— J'ai vraiment hâte de rédiger le compte rendu de mes vacances.

Epilogue

Austin tira l'écoute de la grand-voile pour prendre le vent. C'était Carina qui barrait le catboat. Elle pointa la large proue vers un bateau de recherche turquoise ancré près d'une île de la baie de Chesapeake. Quand le voilier arriva à proximité, elle vira de bord pour qu'il s'immobilise.

— Jolie manœuvre ! la félicita Austin.
— Merci. Il faut dire que j'ai un bon professeur.

Anthony Saxon se pencha par-dessus le bastingage du bateau de la NUMA et mit ses mains en porte-voix.

— Montez vite à bord. Nous avons des tas de choses à vous montrer.

Après avoir jeté l'ancre, ils embarquèrent dans l'annexe du catboat et Austin rama jusqu'au navire. Celui-ci était le modèle réduit des immenses navires de recherche habituels de la NUMA. Il servait lors de missions se déroulant à proximité des côtes ou en eaux peu profondes.

Au moment même où ils empruntaient l'échelle, Zavala émergeait de l'eau et se hissait sur la plate-forme de plongée arrière du bateau. Quand il les vit, il se débarrassa de son équipement de plongée et monta les accueillir.

— Bonjour, les amis. Vous venez travailler avec nous sur l'épave ?

— Pas aujourd'hui, répondit Austin. Nous sommes seulement venus voir ce que vous avez trouvé.

— Des choses magnifiques, leur dit Anthony Saxon avec enthousiasme.

Il les emmena vers une grande citerne remplie d'eau où étaient immergées une douzaine d'amphores.

— Nous les avons déjà passées aux rayons X. Elles sont pleines de parchemins. Il devrait y avoir là-dedans une foule d'informations précieuses. Les Phéniciens naviguaient dans le monde entier. J'espère que nous pourrons apprendre ainsi jusqu'où ils allaient commercer et trouverons des descriptions de leurs voyages.

— Il va peut-être falloir réécrire les livres d'histoire, remarqua Austin.

— Et nous ne sommes qu'au début de nos découvertes, renchérit Zavala. Cette épave contient une foule d'objets.

Austin baissa les yeux vers l'eau.

— Et que dit Mrs. Hutchins de tout ce remue-ménage ?

— Quand nous avons parlé à Thelma du projet de fouille de l'épave, elle a dit que Hutch commençait peut-être à s'ennuyer sous l'eau et a accepté que nous remontions sa dépouille. Ainsi, elle l'aura plus près d'elle.

Austin félicita toute l'équipe de plongeurs qui s'activait sur le pont. Puis Carina et lui retournèrent à la rame vers le catboat.

Au moment où ils levaient l'ancre et hissaient la voile, Saxon cria du bateau à l'adresse de la jeune femme :

— A samedi, Carina.

Elle approuva d'un signe de tête accompagné d'un petit geste de la main. L'instant d'après, le voilier voguait vers l'autre rive, poussé par le vent du sud-ouest qui soufflait dans la baie.

Ils s'arrêtèrent pour déjeuner dans une petite crique tranquille. Austin alla chercher dans la cabine une bouteille de champagne et deux coupes. Quand il les eut remplies, ils trinquèrent gaiement.

— J'ai une nouvelle pour toi, dit alors Carina.

— C'est ce que la phrase de Saxon m'a laissé supposer.

— Il a trouvé de nouveaux indices sur l'emplacement du tombeau de la Reine de Saba. Il veut que je l'aide à le retrouver. Je n'arrive toujours pas à croire que je puisse être sa descendante, mais j'adorerais découvrir l'endroit où elle repose. C'était une femme remarquable. J'ai donc dit oui à Anthony Saxon.

— Tu vas me manquer, mais l'aventure devrait être passionnante. Quand partez-vous ?

— Nous prenons l'avion dans trois jours.

— Entre-temps, Votre Altesse a-t-elle des désirs particuliers ?

— Tu as soixante-douze heures pour les découvrir, répondit Carina avec un sourire énigmatique. C'est plus qu'il n'en faut.

Austin posa sa coupe de champagne, lui prit des mains la sienne et l'entraîna vers la cabine.

— Rien ne vaut l'instant présent.

Du même auteur
aux Éditions Grasset :

La Poursuite, 2009.

Série DIRK PITT

Vent mortel, 2007.
Odyssée, 2004.
Walhalla, 2003.
Atlantide, 2001.
Raz de marée, 1999.
Onde de choc, 1997.
L'Or des Incas, 1995.
Sahara, 1992.
Dragon, 1991.
Trésor, 1989.

Avec Dirk Cussler
Dérive arctique, 2010.
Le Trésor du Khan, 2009.

Avec Grant Blackwood
L'Or de Sparte, 2012.

Série NUMA

Avec Paul Kemprecos
TEMPÊTE POLAIRE, 2009.
A LA RECHERCHE DE LA CITÉ PERDUE, 2007.
MORT BLANCHE, 2006.
GLACE DE FEU, 2005.
L'OR BLEU, 2002.
SERPENT, 2000.

Série OREGON

Avec Jack du Brul
CORSAIRE, 2011.
RIVAGE MORTEL, 2010.
QUART MORTEL, 2008.

Avec Craig Dirgo
PIERRE SACRÉE, 2007.
BOUDDHA, 2005.

Série CHASSEURS D'ÉPAVES

CHASSEURS D'ÉPAVES, NOUVELLES AVENTURES, 2006.
CHASSEURS D'ÉPAVES, 1996.

Composition réalisée par PCA

Achevé d'imprimer en mars 2012 en France par
CPI BRODARD ET TAUPIN
La Flèche (Sarthe)
N° d'impression : 68152
Dépôt légal 1re publication : avril 2012
LIBRAIRIE GÉNÉRALE FRANÇAISE
31, rue de Fleurus – 75278 Paris Cedex 06

31/5850/8